Linda Davies

Das Sonnentor

Roman

Aus dem Englischen
von Pociao und Roberto de Hollanda

Ullstein

Besuchen Sie uns im Internet:
www.ullstein-taschenbuch.de

Umwelthinweis:
Dieses Buch wurde auf chlor- und säurefreiem Papier gedruckt.

Ullstein ist ein Verlag der Ullstein Buchverlage GmbH, Berlin.
Neuausgabe
1. Auflage November 2004
© 2004 für die deutsche Ausgabe by Ullstein Buchverlage GmbH, Berlin
© 2002 für die deutsche Ausgabe by
Ullstein Heyne List GmbH & Co. KG, München
© 1999 für die deutsche Ausgabe by
Marion von Schröder Verlag GmbH & Co. KG, München
© 1997 by Linda Davies
Titel der englischen Originalausgabe: *Sungate* (Orion Books Ltd., London)
Übersetzung: Pociao und Roberto de Hollanda
Umschlaggestaltung: Nele Schütz Design, München
Druck und Bindearbeiten: Ebner & Spiegel, Ulm
Printed in Germany
ISBN 3-548-26166-3

Doch die Erfahrung ist ein Bogen mir,
Durch dessen Tor die unbereiste Welt
Herglänzt und, wenn ich nahe, stets erbleicht

LORD ALFRED TENNYSON, *Ulysses*

Bis eine Stimme, dem schlechten Gewissen gleich
von ewiger Veränderung flüstert
Und unaufhörlich Tag und Nacht dasselbe kündet:
»Etwas liegt versteckt. Geh und such es. Geh und schau hinter
den Bergen –
Etwas Verlorenes liegt hinter den Bergen. Verloren wartet es
auf dich. Geh!«

RUDYARD KIPLING, *The Explorer*

PROLOG

Sie konnte sich nicht genau erinnern, wann das Verlangen zu fliehen sie wieder gepackt hatte. Offenbar hatte es sich langsam und verstohlen angeschlichen, und als sie es merkte, war es schon zu spät, um Widerstand zu leisten. Zuerst war es wie eine Stimme gewesen, die ihr in einer fremden Sprache unaufhörlich und immer lauter ins Ohr geflüstert hatte. Es machte sie verrückt, dieses unerbittliche, unverständliche Drängen. Mit der Zeit wurde es unerträglich. Bis sie beschloß, nachzugeben. Sie würde verschwinden. Fliehen. Genau wie letztes Mal. Ihre Wohnung, ihre Freunde, den Job und unbezahlte Rechnungen hinter sich lassen. Einfach weggehen. Sobald der richtige Zeitpunkt gekommen war.

Nie hätte sie gedacht, daß ihr Traum zu einem unabwendbaren Geschick werden könnte. Doch als es so kam, fiel ihr eine Lehre der alten Griechen ein: Träume werden dem gewährt, den die Götter vernichten wollen.

1 Die U-Bahn war voller Menschen, die im ungleichmäßigen Takt der alten Schienen schwankten. Halb sieben. Rushhour. Helen Jencks stand in der Mitte des Wagens und hielt lässig das Gleichgewicht. Nach acht Jahren Leben auf dem Boot stand sie selbst beim schlimmsten Schlingern, das die Londoner Tube zu bieten hatte, mit beiden Beinen fest auf dem Boden. Die vollgestopften Plastiktüten von Marks and Spencer drohten bei jedem Holpern umzukippen. Mit ansehen zu müssen, wie ihr Aberdeen-Angus-Filet durch den Wagen rollte und eine rote Blutspur hinterließ, gefolgt von durcheinander hüpfenden roten Paprika und neuen Kartoffeln, hätte ihr gerade noch gefehlt. Fremde Körper rempelten sie an, manche absichtlicher als andere. Der Geruch nach verschwitzten Kleidern vermischte sich unangenehm mit dem des Camembert, der in einer Plastiktüte zu ihren Füßen zerfloß.

Sie haßte die U-Bahn. Normalerweise fuhr sie mit dem Rad zur Arbeit, doch heute morgen hatte sie beim Losfahren einen Platten entdeckt. Es kam zwar selten vor, aber wenn sie dann tatsächlich die U-Bahn nahm, saß unweigerlich irgendein Spinner in ihrem Wagen. Der von heute, ein furchterregender Skinhead, grölte in voller Lautstärke immer wieder dieselben Fußballsongs, und immer im gleichen nervtötenden Singsang. Helen schloß im Geiste Wetten ab, wie viele Leute im Wagen ihn am liebsten umbringen würden. Die Türen der U-Bahn öffneten sich, Baker Street. Einige Pendler zwängten sich hinaus, noch mehr drängten herein. Der Skinhead blieb und grölte noch lauter. Er stand am Ende des Wagens, weit genug entfernt, aber trotzdem hatte Helen das Gefühl, daß sich ihre Nackenhaare sträubten. Edgeware Road. Wellen von Menschen schwappten herein und hinaus.

Ein alter Mann betrat humpelnd den Wagen. Helen hatte das Gefühl, daß sich ihr Herz zusammenzog und ein paar Schläge aussetzte. Der Schmerz der Erinnerung. Mitte Sechzig, etwa einsachtzig groß, leicht gebeugt mit vollem grauem Haar, genau wie ihr Vater heute aussehen würde, aussehen könnte, nach allem, was sie wußte. Ein Hauch von Weisheit und Mitgefühl in seinen Augen und etwas in seinem verwirrten leichten Lächeln, als er merkte, wie sie ihn anstarrte, entfachten den Funken der Sehnsucht aufs neue. Jahrzehnte war das jetzt her, würde es denn nie aufhören? Ihr Blick folgte ihm, als er sich unsicher, doch würdevoll einen Weg durch die Menge bahnte und dabei Entschuldigungen murmelte. Ein feiner Pinkel aus der City stand auf, um ihm seinen Platz anzubieten. Der alte Mann bedankte sich erleichtert, doch bevor er sich hinsetzen konnte, plumpste der Skinhead auf den Platz. Ein paar Leute schnappten hörbar nach Luft. Keiner sagte ein Wort. Der Skinhead nahm eine Packung Marlboro heraus, zündete sich eine Zigarette an und blies dem alten Mann den Rauch ins Gesicht.

Helen drängte sich durch die Leute, bis sie vor ihm stand. Sie starrte auf ihn herab. Er trug Jeans und eine schwarze Lederjacke. Er stank nach Bier und Verachtung. Seine kleinen blauen Augen verengten sich, als er zu ihr aufsah.

»Hier ist Rauchen verboten, und ich glaube, Sie haben dem Herrn gerade den Platz weggenommen.« Ihre Stimme war leise, doch ihre Augen blitzten vor Zorn.

Die Unterhaltungen rechts und links brachen ab. Die Aufmerksamkeit des ganzen Abteils konzentrierte sich auf sie.

»Ach ja? Und was geht dich das an, du dumme Kuh?«

Statt zu antworten, nahm Helen ihm die Zigarette aus dem Mund, ließ sie zu Boden fallen und trat sie mit dem Absatz aus. Der Skinhead sprang auf. Er stand nur wenige Zentimeter von ihr entfernt. Als er sprach, flog ihr sein Speichel ins Gesicht.

»He, was soll das?« Sein Gesicht kam noch näher, die Adern

auf seiner Stirn schwollen an. Ein leichter Schweißfilm erschien auf der Oberlippe.

»Willst wohl die Heldin spielen, was? Wen kümmert schon der alte Sack?«

»Mich, du Wichser.«

»Du hast es so gewollt.« Der Mann zielte mit der Faust nach ihrem Gesicht. So rasch, daß es kaum zu sehen war, wich Helen zur Seite. Dann packte sie die Hand des Mannes, schob ihre Finger in seine Faust und drehte ihm den Arm um. Er heulte vor Schmerz auf, versuchte sich zu befreien und schrie noch lauter.

»Halt still, sonst machst du es nur noch schlimmer.« Sie verstärkte den Druck auf seine Hand und schob ihn seitlich vor sich her durch den Wagen. Die Leute machten ihnen Platz und stießen dabei gegen andere Fahrgäste, die hinter ihnen standen. Helen schob den Mann bis zur Tür. Er stand mit verkrampftem Körper auf Zehenspitzen, als wollte er vor dem Schmerz in seinem Arm fliehen. Alle Fahrgäste wichen zurück, als fürchteten sie, es könne zu einer Schlägerei kommen. Doch die blieb aus. In den nächsten zwei Minuten hörte man keinen Ton bis auf das Wimmern des Schlägers, der von Helen in Schach gehalten wurde. Dann hielt die U-Bahn in Paddington, und die Türen öffneten sich.

Helen verstärkte den Druck noch mehr und flüsterte dem Mann leise und drohend ins Ohr: »Du bist ein Waschlappen, wie die meisten Angeber. Na, wie gefällt dir das?«

Damit stieß sie ihn aus dem Zug und ließ die Hand erst im letzten Moment los. Man hörte ein häßliches Knirschen, als er mit gebrochenem Handgelenk auf den Bahnsteig fiel. Mißtrauisch und neugierig drängten sich die neuen Passagiere in den Wagen. Andere stiegen aus und verrenkten sich dabei fast den Hals. Als sich die Türen schlossen, brach der ganze Wagen in Beifall aus. Der alte Mann nickte ihr von seinem Platz am Ende des Wagens zu. In seinen Augen lag Bewunderung, ein wenig Angst und eine stille Befriedigung über seine wiederhergestellte Ehre. Helen verzog das Gesicht zu einem verlegenen Lächeln und kehrte zu ihren Plastiktüten zurück. Sie spürte die Blicke der anderen auf sich, bis sie in Ladbroke Grove ausstieg.

Ein Fremder folgte ihr und holte sie ein. Es war ein hochgewachsener Mann in elegantem Anzug, der freundlich lächelte.

»Gut gemacht. Das war wirklich beeindruckend. Es ist schön, wenn man sieht, daß endlich mal jemand bekommt, was er verdient.«

»Danke.«

»Wie haben Sie das gemacht? Es wirkte alles so mühelos. Sie haben ihn ja richtig lahmgelegt.«

»Sankyo«, antwortete Helen. »Das ist ein bestimmter Griff. Ein Millimeter zuviel, und der Schmerz wird unerträglich.«

»Was ist das? Karate?«

»Aikido.«

»Dachte ich mir doch, daß es eine dieser ausgefallenen Kampfsportarten ist.« Er streckte die Hand aus.

»Jim Haughton.«

»Helen Jencks.«

Sie wartete, und prompt kam die Reaktion.

»Doch nicht zufällig mit Jack Jencks verwandt?«

Jack Jencks, ein Finanzschwindler, angeblich auf der Flucht. Ex-Direktor einer der größten Privatbanken in Großbritannien. Zwei Tage vor Helens siebtem Geburtstag war er mit einer großen Geldsumme spurlos von der Bildfläche verschwunden. Die Presse glaubte, daß er irgendwo im Ausland untergetaucht war.

»Doch«, entgegnete sie trotzig. »Ich bin seine Tochter.«

Die übliche rasche Neueinschätzung in den Augen des Fremden, die Erinnerung an zwielichtige Geschäfte, das Mißtrauen – all das entging ihr nicht. Im Geiste hörte sie die Stimme ihrer Mutter: *Geh zum Einwohnermeldeamt und laß deinen Namen ändern. Ich tue es auch. Es ist besser so, Hel, glaub mir.*

»Und Sie?« fragte der Mann und ging unverdrossen neben ihr her. »Was machen Sie, abgesehen von Aikido?«

»Ich bin auch Banker.« Sie lächelte herausfordernd. Wie fast alle Leute ließ er sich von seinen eigenen Vorurteilen austricksen. Er grinste wissend zurück. Und wieder war sie zur Zielscheibe eines dummen Witzes geworden, der sie nur wütend machte. Nach all den Jahren büßte sie noch immer für die Sünden ihres Vaters ... lag einem das Verbrechen denn im Blut? Wurde es durch ein Klima des Mißtrauens geschürt? Helen hätte es sich fast gewünscht, aber sie hatte sich noch nie wie eine Gesetzesbrecherin gefühlt und erkannte weder sich noch ihren Vater in dieser Rolle wieder. Obwohl sie sie, wenn es um andere ging, perfekt spielen konnte, ohne daß jemand es merkte.

Sie trennte sich von dem Mann und verschwand in der Menge. Der Gedanke an ihren Vater brachte sie aus der Fassung. Das Gesicht des alten Mannes in der U-Bahn hatte sie nachdenklich gestimmt. Ob ihr Vater in irgendeinem fernen Erdteil, in einem Winkel der Welt, der ihr entgangen war, auch solche einsamen Zugfahrten machte und dabei die Gesichter der jungen Frauen betrachtete, als könne eine davon seine Tochter sein?

Seit dreiundzwanzig Jahren hatte sie nichts mehr von ihm gehört. Die Interpol-Akte ruhte. Während des Sommerlochs tauchten hin und wieder Meldungen auf, nach denen er angeblich irgendwo gesehen worden war, doch sie führten zu nichts. Soweit man wußte, war Jack Jencks tot. Helens Mutter hatte schon vor langer Zeit alle Hoffnung aufgegeben, doch Helen selbst hatte es nie fertiggebracht, sich damit abzufinden.

Sie verließ den Bahnhof und trat hinaus in die geschäftigen, abendlichen Straßen am Ladbroke Grove. Sie trug einen wetterfesten Mantel nach Art australischer Viehzüchter aus steifem braunem Material, an der Seite geschlitzt, das leicht nach wasserabweisendem Öl roch. Er reichte ihr bis zu den Knöcheln und verlieh ihr das Aussehen eines Banditen. Dazu Turnschuhe.

Beim Gehen wirkte sie wie eine Kreuzung aus Tänzerin und Gewichtheberin. Ihre ganze Erscheinung strahlte kraftvolle Energie aus. Ihr Gesicht schien vom Daumen eines Bildhauers zum Leben erweckt worden zu sein. Eine kampflustig geblähte Stupsnase, volle, sanft geschwungene Lippen, die aussahen, als mache sie sich über sich selbst lustig, ein rundes Kinn, ausgeprägte Wangenknochen. Ihre Augen waren tiefliegende dunkelblaue Ovale unter kräftigen, dicht beieinanderstehenden Brauen. Über der Nase hatten sich zwei kleine, vertikale Falten in die Stirn gegraben, die ihr einen Anflug von Nachdenklichkeit oder Zerstreutheit verliehen. Es war ein intelligentes, energisches Gesicht. Der Teint schimmerte hell, die Wangen rosig, wie eine Mischung aus Milch und Blut. Ihr Körper war kräftig und sportlich, etwa einsfünfundsiebzig groß. Sie hatte feste, hoch angesetzte Brüste und einen runden Po, fast wie eine Afrikanerin. Die Beinmuskeln spannten sich über harten, kräftigen Knien und

Knöcheln, doch die Füße mit dem hohen Spann waren die einer Tänzerin. Das blonde, schulterlange Haar war ständig zerzaust, ganz egal, was sie damit anstellte. Mittlerweile hatte sie den Versuch, es zu bändigen, aufgegeben und ließ ihm seine Freiheit. Es war in der Mitte gescheitelt, umrahmte in dichten Locken ihr Gesicht und fiel ihr ständig in die Augen. Etwas Wildes, Nordisches umgab sie, ein Hinweis auf die Wikinger-Vorfahren ihrer dänischen Mutter. Sie sah aus wie ein Mensch, den man kennenlernen will, eine Frau, die amüsant, mitreißend, herausfordernd ist, selten jammert und nie langweilig ist. Zutiefst loyal denjenigen gegenüber, die das Privileg besaßen, sie zum Freund zu haben, obgleich die gefurchte Stirn jede Art von Intimität zu leugnen schien. Sie war in jeder Hinsicht unabhängig und wirkte auf ihre stille Art kompetent. Man traute ihr durchaus zu, daß sie in vier Minuten einen Reifen wechseln konnte und dabei keinen Gedanken daran verschwendete, ob sie sich die Finger schmutzig machen könnte. Und da war noch etwas, das nur diejenigen sahen, die ihr wirklich nahestanden: eine Zerrissenheit, eine Unruhe, Augen, die den Horizont abtasteten.

Sie liebte diesen Weg von der U-Bahn nach Hause. Sie hätte auch in Notting Hill aussteigen können, von dort war es näher, doch sie wollte noch bei ihrem Lieblingsblumengeschäft vorbeigehen, und dieser kleine Umweg bildete die Grenze, die ihr Zuhause von der Arbeit trennte. Die Strecke war ihr seit Jahren vertraut, jeder Orientierungspunkt wie Balsam: *Have it Off*, der afro-karibische Friseur, Videoverleiher, die Westway-Überführung, auf der jetzt der Feierabendverkehr brodelte, Spirituosenhandlungen, die besser bewacht wurden als eine Bank, billige Supermärkte, Männer mit herrlichen Dreadlocks – Gott, der da drüben war umwerfend. Er bemerkte ihren Blick und zwinkerte ihr zu. Wo hatte es solche Typen in den Discos ihrer Teenagerzeit gegeben? Und die jungen Mädchen in den modischen Klamotten, die auf hohen Plateauabsätzen schwankten, die Alten und die Armen, die gegen die Kälte ankämpften, und die gut gekleideten, müden Yuppies, die furchtlos nach Hause strebten.

Sie spähte ins Fenster einer zur Straße gelegenen Wohnung

und erhaschte den Blick eines alten Mannes, der geduldig dasaß und mit einem Ausdruck sanfter Melancholie die Straße beobachtete. Sie lächelte ihm zu. Er nickte, und seine Augen leuchteten auf. Sie strahlte etwas unerwartet Freundliches aus. Leute, die mit ihrem Leben unzufrieden waren oder vielleicht nur einen schlechten Tag hatten, fielen ihr automatisch auf; Underdogs erweckten ihr Mitgefühl.

Als sie am Tandoori-Takeaway vorbeikam, hätte sie am liebsten ein Rogan Dosh mitgenommen und sich zu Hause mit einem Krimi ins Bett verkrochen. Statt dessen blieb sie am Blumenladen stehen und reihte sich geduldig in die lange Schlange der Wartenden ein. Sie schnupperte entzückt, und ihre Augen schwelgten in den leuchtend orangefarbenen Tigerlilien, den strahlenden Veilchen, den herrlichen Rosen und Paradiesvogelblumen mit ihren mandarinenfarbenen Schnäbeln. Der Himmel mochte wissen, wo sie um diese Jahreszeit herkamen oder was sie kosten mochten. Trotzdem entschied sie sich für die Paradiesvögel und trug sie wie eine Trophäe durch die Straßen. Ein Geschenk für sich selbst.

Als sie an dem Gebäude mit Gemeindewohnungen Ecke Ladbroke Grove und Westbourne Park Road vorbeikam, wo ihre beste Freundin Joyce mit ihrem Mann und drei Kindern lebte, dachte sie einen Augenblick daran, raufzugehen. Sie hätte Joyce die Blumen schenken und ein paar Stunden mit den Kindern spielen können. Einfach alles vergessen und selig in ein fremdes Familienleben eintauchen. Doch dann wäre sie kaum noch zu dem gekommen, was sie vorhatte.

»Sei nicht ungerecht, Hel«, ermahnte sie sich und ging weiter den Ladbroke Grove entlang, der den steilen Hügel hinauf in die sanierten Teile von Notting Hill führte. Hier waren Autos und Bewohner jünger und die Häuser weißer. Ihre Wohnung lag am Dawson Place.

Sie bewohnte das Erdgeschoß eines großen weißen stuckverzierten Hauses. Rosenbüsche flankierten den Eingang. Eine große alte Eiche warf dunkle Schatten über die weißen Stufen. Die strahlende Fassade schien sie immer willkommen zu heißen und ihr Zuflucht zu bieten. Im Souterrain brannte Licht. Sie erkannte die gebeugte Gestalt ihrer achtzigjährigen Nachbarin, Mrs.

Lucas, die am Fenster stand und ihr zuwinkte. Sie grinste und winkte zurück. Dann lief sie die Treppe zum Souterrain hinab. Mrs. Lucas machte ihr auf.

»Hallo, Schätzchen, wie geht's?«

»Oh, alles in Ordnung, Mrs. Lucas. Und selbst?«

Die alte Frau hob einen Daumen in die Luft. »Ach, ich will mich nicht beklagen, bloß die Lunge macht mir zu schaffen. Ich kann's kaum erwarten, daß es endlich Sommer wird.«

»Ich auch nicht.« Helen stellte ihre Einkaufstüten auf den Tisch. »Ich hab Ihnen ein Filet mitgebracht. Ich weiß doch, wie gern Sie das mögen. Aberdeen Angus. Garantiert BSE-frei, also keine Angst vor Rinderwahn.«

»Ach, wo denken Sie hin«, sagte Mrs. Lucas, eine Hand in die Hüfte gestemmt. Dann warf sie einen Blick in die Plastikstüte und nahm das Filet heraus.

»Viel zuviel für mich. Das dürfen Sie nicht, hören Sie, das kostet doch bestimmt ein Vermögen.« Die alte Frau tastete nach ihrem Portemonnaie, doch Helen griff sanft nach ihrer Hand.

»Lassen Sie es gut sein. Ich trinke dafür Ihren Gin. Es ist schon mariniert und mit Knoblauch gespickt. Stecken Sie es einfach in den Ofen, eine Stunde bei mittlerer Hitze.«

»Bleiben Sie und essen Sie mit?«

»Würde ich gern, aber ich bin zum Abendessen eingeladen.«

»Bei Freunden?«

»Kann man nicht gerade sagen. Eigentlich würde ich viel lieber zu Hause bleiben.«

»Warum gehen Sie dann hin?«

»Wer weiß, vielleicht lerne ich einen tollen Mann kennen.«

»Na, der hätte aber Glück.«

Schließlich verabschiedete Helen sich von Mrs. Lucas und ging hinauf zu ihrer Wohnung. Ihr Perserkater Munza begrüßte sie stürmisch.

»Hi, mein Kleiner, wie geht's dir?« Sie nahm ihn auf den Arm und streichelte sein herrlich weiches Fell.

»Hast du Hunger?« Sie setzte ihn wieder auf den Boden, öffnete eine Dose Katzenfutter und stellte ihm eine Untertasse mit verdünnter Sahne daneben. Sie lehnte sich gegen den Küchenschrank und sah ihm befriedigt beim Fressen zu. Als er fertig war, stellte sie die Paradiesvogelblumen in eine hohe Vase, überlegte einen Augenblick, ob sie sich umziehen sollte, und beschloß dann, es sein zu lassen. Sie kramte nur ein Paar Stilettos aus dem Schrank, steckte sie in eine Plastiktüte und brach dann zu der Verabredung mit ihrem Ex-Freund auf.

Langsam schlenderte sie Notting Hill Gate herunter, betrachtete unterwegs die Schaufenster, kam auf die Holland Park Avenue und kreuzte die Straße zum Campden Hill Square. Der Platz zu ihrer Linken war von reichverzierten schwarzen Gittern eingefaßt. Die Bäume warfen dunkle Schatten auf das Pflaster. Aus dem Inneren der vornehmen Häuser fiel gedämpftes Licht. Die teuren Autos, die hier parkten, schimmerten im schwachen Schein der Straßenlaternen, und die roten Lämpchen der Alarmanlagen blinkten, als sie daran vorüberging. Der Geruch nach Bauarbeiten und Staub kitzelte sie in der Nase. Immer wenn die Eigentümer dieser gepflegten Häuser das Design vom letzten Jahr leid wurden, fingen sie an, zu renovieren.

Sie steuerte auf die hohen, schmalen Häuser oben auf dem Hügel zu. Viele waren mit blauen Plaketten versehen und wiesen auf berühmte Schriftsteller hin, die hier gewohnt hatten. Ganz oben war es ruhig; der Lärm der Holland Park Avenue wurde von den Bäumen verschluckt. Hier saßen keine einsamen Menschen am Fenster und starrten nach draußen. Es gab nichts zu sehen, nur die Dunkelheit und das Schimmern eines BMW. Diese Welt war von der anderen durch einen Abgrund millionenschwerer Vermögen getrennt.

2 Helens Ex-Lover, Roddy Clark, bewegte sich in den richtigen Kreisen. Die meiste Zeit seines Lebens war er ein vielversprechendes Kind gewesen. Dann hatte er die Versprechen eingelöst und sein Talent außergewöhnlich früh zementiert, als er im Anschluß an die Aufdeckung eines umfangreichen Börsenskandals mit achtundzwanzig zum führenden Enthüllungsjournalisten der *World* ernannt worden war, einer der bedeutendsten überregionalen Tageszeitungen Großbritanniens. Diese Position hatte er mittlerweile seit drei Jahren inne. Der Titel klang gut,

doch Freiheit und Ausmaß seines Jobs konnten ebenso ein Vorteil wie ein Fluch sein. Skandale aufzudecken, war ein unsicheres Geschäft. Sie ereigneten sich nicht in regelmäßigen Abständen, und es kam vor, daß er monatelang irgendwelchen Hirngespinsten nachjagte. Roddy hatte anderthalb fette und anderthalb magere Jahre hinter sich. Überdies förderte sein extravaganter Beruf seinen launischen Charakter und die Neigung zu Depressionen.

Er war nicht das, was man gemeinhin unter attraktiv versteht, dennoch war seine Persönlichkeit enorm anziehend. Wenn Roddy sich für etwas begeisterte, konnte er alle anderen mitreißen. Er hatte volles mahagonifarbenes Haar, das über den Ohren sehr kurz geschnitten war und im Nacken knapp über dem Hemdkragen endete. Die schmalen dunklen Augen spiegelten fast gewohnheitsmäßige Neugier und Wachsamkeit. Gewöhnlich hatte er den Kopf leicht auf die Seite gelegt, während ein leichtes Lächeln den Mund umspielte. Er war schlank und kleidete sich modisch, doch davon abgesehen schien er nicht viel Wert auf seine äußere Erscheinung zu legen. Alles konzentrierte sich auf seinen Verstand, der vor Intelligenz sprühte. Er besaß einen beißenden Humor, der auf Außenstehende amüsant wirkte, wenn er sich jedoch gegen einen selbst richtete, äußerst unangenehm war.

Das Haus, in dem Roddy lebte, ging nach Norden. Es war ein hohes Gebäude und so schmal, daß es beinahe hochnäsig wirkte; wie ein Adlerhorst auf dem Gipfel des Hügels. Sechs Stockwerke einschließlich des Souterrains, wo Roddy wohnte, seit ein Onkel es ihm vor sechs Jahren hinterlassen hatte. Es war eine gute Adresse, aber nicht ganz das, was Roddy sich gewünscht hätte. Zum einen war es eine Souterrainwohnung. An schlechten Tagen hatte er das Gefühl, in einer Höhle zu leben. Trotzdem war es mehr, als er sich mit seinem Journalistengehalt hätte leisten können, und erlaubte ihm einen Lebensstandard, der ansonsten seine Mittel überstiegen hätte. Er liebte gutes Essen, modische Kleider, exotische Reisen und wertvolle Kunst. Es war ein Lebensstil, den seine Eltern und ihresgleichen für schäbig gehalten hätten, bis Verluste auf dem Lloyds-Versicherungsmarkt und über Generationen vererbte Selbstgefälligkeit das Familienvermögen aufgezehrt hatten. Roddy hatte so oft erklärt, daß ein solches Leben eigentlich unter seiner Würde sei, daß Helen fast das Gefühl bekommen hatte, sie sei daran schuld. Sie und ihr sechsstelliges City-Gehalt – als schrumpfe sein Gehalt in dem Maße, wie das ihre wuchs. Roddy warf sein Geld zum Fenster hinaus, sie zog es magnetisch an. Einerseits beneidete Roddy sie deswegen, andererseits war er unendlich stolz auf sie.

Er liebte sie. Das behauptete er jedenfalls. Er wollte sie heiraten. Sie hingegen schätzte seine Gesellschaft, seinen Witz, seine Intelligenz und seine herausfordernde Art. Er verschaffte ihr einen Einblick in die Welt der Presse, eine Arena, die sie einerseits verachtete, andererseits faszinierend fand. Aber sie dachte nicht daran, ihn zu heiraten. Oder überhaupt zu heiraten. Eines Tages vielleicht, wenn ihr der Richtige über den Weg lief, aber jetzt noch nicht. Vor vier Monaten hatte sie Roddy verlassen. Es hatte keinen dramatischen Anlaß gegeben, sie war lediglich eines Morgens aufgewacht und hatte keinen Sinn mehr in ihrer Beziehung gesehen. Seine körperliche Anziehung war verflogen. Seine Fähigkeit, sie zu inspirieren, hatte kaum ein Jahr gehalten. In den letzten sechs Monaten war sie aus reiner Gewohnheit bei ihm geblieben. Es lag ein gewisser Trost darin, es half ihr, die Grenzen eines Lebens zu definieren, das nie Wurzeln gehabt hatte, doch nach einer Weile hatte Helens natürliche Rastlosigkeit diesen Frieden untergraben. Daraufhin hatte sie ihm ruhig erklärt, daß es vorbei war. Doch Roddy war die verschleierte Trauer in ihren Augen, dieser Schmerz, der ihn schon immer zur Weißglut gebracht hatte, weil er wußte, daß er nichts mit ihm zu tun hatte, nicht entgangen. Er hatte zwei Monate vor sich hingebrütet und sich dann mit der Rolle eines Freundes begnügt. Helen war froh darüber. Sie mochte ihn gern, und nun konnte sie seine Gegenwart genießen, ohne sich verpflichtet oder eingeengt zu fühlen. Hin und wieder schlug Roddy auch heute noch vor, daß sie heiraten sollten, doch mittlerweile war Helen ziemlich sicher, daß er seine Hoffnungen begraben hatte. Das überraschte sie. Roddy war unverbesserlich. Wenn er etwas haben wollte, setzte er seine Mischung aus Intelligenz und Schläue ein, und gewöhnlich bekam er, was er wollte. An seine Mißerfolge ließ er sich normalerweise nicht gern erinnern, doch offenbar war sein Bedürfnis nach Helens Gesellschaft größer als sein Stolz.

Sie nahm den Schlüssel aus der Tasche. Roddy hatte darauf bestanden, daß sie ihn behielt, für den Fall, daß er sich aussperrte, was er von Zeit zu Zeit vortäuschte. Sie klingelte, um sich anzumelden, und schloß dann auf. Er saß im Wohnzimmer auf der Armlehne eines Sessels und telefonierte. Als er sich vorbeugte, fiel ihm eine dunkle Haarlocke ins Gesicht.

»Bleib dran, eine Sekunde, bleib dran!« Er sprang auf, kam quer durch den Raum und küßte Helen auf die Wange.

»Hallo, meine Schöne.« Er musterte ihre Aufmachung, bis hinab zu den Turnschuhen. »Bist du geschrumpft oder was?« Dann grinste er, wich ihrem freundschaftlichen Hieb aus und kehrte ans Telefon zurück.

»Ich muß Schluß machen. Die rasende Hel ist da.«

Helen streckte ihm die Zunge heraus.

»Soll ich etwa himmlische Hel sagen?«

Sie hatten sich vor anderthalb Jahren bei einem Dinner kennengelernt, das Hugh Wallace, ihr Boß gegeben hatte. Roddys Eröffnung war eine witzige Beleidigung gewesen. Sie hatte hinter seine Maske von Weltüberdruß geblickt und freundlich geantwortet. Das hatte ihn umgehauen. Beide waren neu füreinander. Er Journalist, ausgerechnet, Vertreter jener Spezies, die den Ruf ihres Vaters zerstört hatte. Er stammte aus gutem Haus, hatte die beste Erziehung genossen, und war ein Mitglied der besseren Gesellschaft. Er selbst hätte sich als kultiviert bezeichnet. Sie war ungezähmt, nicht besonders gebildet und hatte einen Vater, der bekannt wie ein bunter Hund war. Aber sie besaß Mitgefühl und eine selten tolerante Einstellung der Welt gegenüber, als dürfe man gegen Schmerz und Tragik nicht ankämpfen, sondern müsse sich ihnen erst ausliefern, bevor man sich lächelnd von ihnen verabschieden konnte. Dasselbe galt für das Glück. Sie erinnerte Roddy an das Gedicht »If« von Kipling. Das hatte er ihr schon am ersten Abend gestanden. Sie hatte gelacht und ihm erzählt, daß sie mit Kipling sozusagen aufgewachsen war. Ihr Vater hatte ihr dieses Gedicht jahrelang zum Einschlafen vorgelesen. Das war ihr Fundament, später fügte er Dylan Thomas, Oscar Wilde, Enid Blyton und die walisischen Legenden der Mabinogion hinzu.

Roddy fand, daß sie eine perfekte Kipling-Heldin abgegeben hätte und daß der Autor »If« einer Tochter, nicht einem Sohn hätte widmen sollen. Sie schien Triumphe und Katastrophen gleichermaßen zu akzeptieren – indem sie eine Grimasse schnitt, den Kopf schüttelte und ein Gesicht machte, als wolle sie sagen, na, warten wir ab, was als nächstes kommt. Sie kam mit seinen adligen Freunden ebensogut zurecht wie mit dem Müllmann. Sie hatte acht Jahre auf hoher See aufgegeben und beim Glücksspiel einen Job in der City gewonnen, wo sie an jedem Arbeitstag ihre Gewinne aufstapelte und auf ein Mal riskierte, alles oder nichts. Sie setzte ihr eigenes Geld ebenso kaltblütig aufs Spiel wie das ihres Arbeitgebers. Es hätte ihr nichts ausgemacht, ihre wenigen Ersparnisse zu verlieren, und deshalb wuchsen sie. Schließlich hatte sie genug beisammen, um für eine halbe Million Pfund eine Wohnung am Dawson Place zu kaufen, während er mit der Hinterlassenschaft auskommen mußte, die er dem Können anderer zu verdanken hatte. Er hatte immer das Gefühl, daß sie zu der Sorte Frauen gehörte, die mit einem gepackten Koffer unter dem Bett schlafen, damit sie eines Morgens ohne einen Blick zurück einfach verschwinden können. Damals fand er die Aussicht auf einen Verlust erheiternd, doch als sie ihn tatsächlich verlassen hatte, konnte ein Teil von ihm ihr einfach nicht verzeihen.

Er war besessen von Skulpturen und besaß eine ganze Sammlung davon. Sie bevölkerten seine Wohnung und standen sogar im Garten. Helen liebte die glatten, polierten Marmorfiguren. Es kam ihr vor, als könnte man sie mit einem Kuß und einer Umarmung zum Leben erwecken. Sie öffnete die Verandatür, trat hinaus in den Garten und berührte die Statue eines nackten Mannes.

»Viel zu tun?« fragte Roddy, als er hinter ihr herkam und beobachtete, wie ihre Hände über den Marmor wanderten.

»Ach, so wie immer.«

»Wieviel hast du denn heute verdient?«

»Genug. Und du?«

»Weich mir nicht aus. Du hast diesen komischen Blick, wie eine Löwin, die ihre Beute erlegt hat und noch nicht weiß, ob sie sie gleich verschlingen oder für einen Regentag aufheben soll.«

Helen lachte. Sie ging wieder ins Haus, setzte sich aufs Sofa und zog die Turnschuhe aus.

»Ich hatte Ärger in der U-Bahn.«

»Was für Ärger?«

Sie schlüpfte in die Stilettos. Roddys Blick blieb an ihren wohlgeformten Waden hängen, als sie die Beine übereinander schlug und sich auf dem Sofa zurücklehnte.

»Da war so ein Wichser im Wagen, der unbedingt Stunk machen mußte. Ich habe ihn in Sankyo genommen und –«

»Was in Gottes Namen ist Sankyo? Bitte erklär mir das.«

»Ein bestimmter Griff, der zum Beispiel von militärischen Einsatztruppen in Nordirland angewendet wird. Sie beobachten eine Demonstration, identifizieren die Rädelsführer, rennen dann in die Menge rein und schnappen sie sich mit diesem Griff. Der Schmerz ist kaum auszuhalten. Wenn du jemand im Sankyo hast, macht er, was du willst.«

»Dazu braucht man doch kein Aikido. Hör mal, könnte ich nicht darüber berichten? Es wäre *genau richtig* für den Lokalteil.«

»Wenn du das machst, rede ich kein Wort mehr mit dir, Roddy. Du weißt doch, was ich von der Presse halte.«

Wie hätte er das vergessen können? Sie hatte es ihm erzählt, kurz nachdem sie sich kennengelernt hatten. Er erinnerte sich an ihren kühlen, leidenschaftslosen Ton, als sie davon sprach, was die Presse getan hatte, als ihr Vater verschwunden war. Er wußte nur zu gut, daß hinter ihrer ruhigen Fassade blanke Wut lauerte.

Sie stehlen dir deine Anonymität, deine Freiheit, sie kidnappen deine Seele. Das ist meinem Vater passiert, und weil er nicht da war, haben sie sich an meiner Mutter und mir gerächt. Kannst du dir vorstellen, was das für ein Gefühl war? Fast alle Freunde meiner Mutter haben sich von ihr abgewandt. Die Leute zeigten mit dem Finger auf sie und tuschelten hinter vorgehaltener Hand, sobald sie das Haus verließ. In der Schule wurde ich aufgezogen, bis ich lernte, mich zu wehren. Vor unserem Haus waren Kameras aufgebaut – mir kam es vor wie Jahre, aber wahrscheinlich waren es nur ein paar Monate. Wir mußten mit geschlossenen Vorhängen Tag und Nacht im Dunkeln leben. Es war wie in einem Gefängnis. Und die ganze Zeit sagten sie in den Nachrichten und in der Zeitung diese Sachen über meinen Vater. Sein Gesicht war überall, nur nicht da, wo es hätte sein sollen. Zu Hause bei uns. Das hat meine ganze Kindheit geprägt.

All das las er in den von Trauer verschleierten Augen.

»Es ist ein Knüller, Hel.« Er verfluchte sich für seine Loyalität dieser Frau gegenüber. Er hatte schon lange davon geträumt, einen Artikel über sie zu schreiben, und, Gott ja, er könnte zur Abwechslung einen Erfolg gebrauchen. *Jencks erhebt sich aus der Asche ihrer ramponierten Familienehre,* ein goldener kleiner Phönix, wie er im Buche steht.

»Ja ja, das ist es immer. Wenn du das in die Zeitung bringst, kannst du mich vergessen.«

»Ich könnte dich zwar gelegentlich umbringen, Hel, aber vergessen? Niemals.«

»Sehr tröstlich.« Sie warf einen Blick auf die Uhr. »Wann müssen wir zu unserer Pilgerfahrt nach Hampstead aufbrechen?«

»Roz meinte, wir sollten gegen neun dasein.«

»Wer kann bloß so sadistisch sein, am Dienstagabend eine Dinnerparty zu geben?«

»Dann bleib hier.«

»Liebet eure Feinde!«

»Ach, hör auf, Hel, du würdest Roz doch am liebsten zum Frühstück verputzen.«

»Sie hat bestimmt Verstärkung angefordert, keine Angst. Ein Komitee von Linsenfressern.«

»Du magst Linsen!«

»Ja, aber ich würde nicht im Traum dran denken, sie zum Abendessen zu servieren.«

»Roz auch nicht.«

»Na, hoffentlich. Es ist auch so schon schlimm genug.«

3 Das Abendessen bei Roz und Justin hatte spät begonnen, genau wie Helen es sich gedacht hatte. Gegen halb elf servierte Roz schließlich einen ihrer selbst erfundenen vegetarischen Eintöpfe, gerade als sich die versammelten Journalisten, Archi-

tekten und Roz selbst, eine Trustfond-Erbin, die ihren Lebensunterhalt als Sozialarbeiterin verdiente, auf das Thema der unverschämt hohen City-Gehälter einschossen. Sämtliche Anwesen-
den bei diesem Essen hatten Jobs, für die sie erst gegen halb zehn
aufstehen mußten, außer Helen und der Gast, den sie, nach Roz'
Worten, eigens eingeladen hatten, um ihr »Gesellschaft zu leisten«. Als könnte sie sich die Hoffnung auf Gemeinsamkeiten
mit den anderen gleich abschminken. Dabei sprach Roz unbewußt die Wahrheit aus, obwohl sie nur ihre Herablassung zum
Ausdruck bringen wollte. Helens »Gesellschaft« war Reece
Douglas, ein zynischer, zweiunddreißigjähriger Derivative-Mak-
ler, zuständig für den Bereich Fernost bei der Grindlays Bank. Er
setzte sich neben sie und flüsterte ihr zu: »Seien Sie nachsichtig,
es ist harmlos, und wenn es ihnen nach dem Rumhacken auf uns
bessergeht, haben wir wahrscheinlich irgendeinen sozialen Zweck
erfüllt.«

Helen grinste ihn an und streifte die anderen mit einem feind-
seligen Blick.

»*Ich* bin keine Sozialarbeiterin. Ich kann nicht versprechen, daß
ich mich benehmen werde.«

Alle Mitglieder von Roz' Gefolge vertraten die übliche
Mischung aus Ignoranz und Neid und versuchten erfolglos, sie
unter dem Deckmantel ihres »Gewissens« zu verstecken. Helen
spielte mit dem Gedanken, den Beitrag der Architekten zur Aus-
breitung von Migräne oder die Trittbrettfahrermentalität der
Journalisten zu attackieren, verzichtete dann aber darauf. Irgendwo schien doch noch ein Rest von guten Manieren zu schlum-
mern.

»Ich meine, die Sache ist doch, was tun sie eigentlich?« fragte
Roz, als seien weder Helen noch Reece anwesend. »Sie wandern
ins Büro, brüllen ins Telefon und kassieren einen millionen-
schweren Bonus. Ich meine, also wirklich, es geht schließlich nicht
um Raketenforschung oder die Rettung der Welt. Es ist doch so,
daß man ein Gauner sein muß, um damit seinen Lebensunterhalt verdienen zu können. Wieviel verdienst du eigentlich,
Helen?«

»Eine Million allein fürs Fehlermachen, Roz, also, ich meine,
wirklich dumme Fehler. Wenn man bloß durchschnittlich däm-

lich ist, darf man mit mindestens zwei rechnen. Kann ich mal die Weinflasche haben?«

»Und das ist auch so was, dieses Saufen in der Mittagspause. Ich werde nie begreifen, warum Ihr nicht alle noch viel mehr Geld verliert.«

Helen nahm einen großen Schluck Wein und stellte ihr Glas schweigend ab.

»Du machst mich ganz konfus, Roz. Ich dachte, wir machen es?«

»Was denn?«

»Geld, Roz. Dinero, Knete, du weißt schon, das Zeug, das dein Trustfond abwirft. Das muß wirklich toll sein, und es spielt nicht die geringste Rolle, ob du nüchtern oder betrunken bist, der gute alte Trustfond spuckt die Kohle einfach so aus. Du könntest sogar richtig blöd sein, blöder als die meisten Händler – und seien wir ehrlich, sie sind ziemlich dämlich, was? –, und trotzdem würdest du noch Geld verdienen. Nun ja, das ist schon was, muß man zugeben.«

Sie zwinkerte Reece zu, trank noch ein Glas von dem glücklicherweise guten Rotwein und lehnte sich zurück, um den weiteren Ausfälligkeiten zuzuhören. Um Viertel vor zwölf stand sie auf.

»Entschuldigt mich, Roz. Justin. Ich muß morgen in aller Herrgottsfrühe raus und anfangen, mein gräßlich überzogenes Gehalt zu verdienen.«

Reece grinste entzückt. Dann stand er ebenfalls auf.

»Das gleiche gilt auch für mich. Entschuldige mich, Roz.«

Roz verzog schmollend den Mund und nickte. Justin sah vor sich hin und versuchte, ein Grinsen zu verbergen.

Roddy stand mit ihnen auf und verabschiedete sich. Auf der Straße winkten sie einem Taxi. Roddy setzte sich rasch auf den Rücksitz, um Helen und Reece keine Chance zu geben, nebeneinander zu sitzen. Helen war schläfrig, und die Männer schienen auch nicht gerade gesprächig. So fuhren sie schweigend durch die Stadt. Zuerst setzten sie Helen am Dawson Place ab. Beim Abschied reichte Reece ihr seine Visitenkarte, und sie steckte sie wortlos ein. Eine ganz normale Sache, dachte sie in diesem Augenblick, ohne jede Bedeutung.

25

4 Der Wecker klingelte um zehn vor sechs. »Mist!« Helen streckte den nackten Arm aus und schlug auf den Nachttisch, bis sie den Wecker fand, und stellte ihn ab. Sie dachte daran, ihn einfach aus dem Fenster zu werfen. Würde er ein letztes klägliches Rasseln von sich geben, wenn er auf dem Pflaster aufschlug? Sie überließ sich ihrer Träumerei noch einen Augenblick und stellte dann den Wecker wieder an seinen Platz. Schließlich zwang sie sich aufzustehen und trat ans offene Fenster. Der leichte Wind ließ ihre nackte Haut erschauern, trotzdem blieb sie eine Weile dort stehen und atmete tief ein. Sie hatte einen Tick, was Sauerstoff anging. Selbst im Winter schlief sie bei weit offenem Fenster.

Schließlich ging sie ins Badezimmer und vermied dabei sorgfältig jeden Blick in den Spiegel. Wenn sie auch nur halb so mies aussah, wie sie sich fühlte, war es ein Anblick, den man sich besser ersparte. Nach einer kurzen heißen Dusche stellte sie das Wasser auf eiskalt. Sie blieb so lange stehen, bis der Schock nachließ und das Gefühl angenehm wurde, dann stieg sie heraus und griff nach ihrer üblichen beigefarbenen Uniform. Heute war es ein raffiniert geschnittenes Wollkostüm. Einen Augenblick stand sie vor den Parfums und entschied sich dann für *Fracras*, das sie auf Hals und Handgelenke sprühte. Ihre Haut prickelte, als der Alkohol verflog. Ein Duft nach Tuberosen und Gardenien verbreitete sich in dem vom Dampf erfüllten Badezimmer.

Jetzt konnte sie einem raschen Blick in den Spiegel nicht widerstehen und betrachtete belustigt ihre elegante, beigefarbene Tarnung: eine Karrierefrau, die ihr Leben im Griff hat. Doch das elegante Kostüm mit dem langen Reißverschluß konnte nicht verbergen, daß sie im letzten Jahr zugenommen hatte. Sie war immer noch fit, aber nicht mehr so schlank, wie sie gern gewesen wäre. Sie trank mehr Wodka als früher. Ihre Augen waren leicht gerötet, wie so häufig in letzter Zeit, und um ihre Augen bildeten sich immer mehr Fältchen. Lange Nächte, Alkohol, früh aus dem Bett und knallhartes Handeln im Börsensaal vertrugen sich einfach nicht miteinander. Ihr Job und ihr Leben waren zu weit auseinandergedriftet.

Sie hatte vergessen, das Loch im Fahrradreifen zu flicken, also blieb ihr nichts anderes übrig, als wieder die U-Bahn zu nehmen.

Sie brauchte fast eine Stunde, um zu ihrem Arbeitsplatz zu kommen, nach einer halbstündigen Verspätung in Notting Hill. Ein Passagier auf den Schienen, hieß es. Normalerweise beschränkten sie sich auf die Northern Line, als sei das Leben in Hampstead und weiter draußen besonders unerträglich. Ein Selbstmord morgens um halb sieben? Warum sollte jemand aufstehen und sich anziehen, nur um sich dann umzubringen? Warum stahl er sich nicht lieber nachts mit ein paar beruhigenden Schlaftabletten aus dem Leben, das war doch ohnehin die schlimmste Zeit. Sie lachte über ihre morbiden Hirngespinste, schlug rasch die *Financial Times* auf und verlor sich in den tröstlichen Zahlenkolonnen.

An der Liverpool Street stieg sie aus und ging als erstes zu Birley's. Es war erst zehn nach sieben, doch schon hatte sich eine Schlange von hungrigen Wertpapierhändlern gebildet, die mit glasigen Augen auf ihre morgendliche Koffeindosis warteten. Der Duft nach Sandwiches mit Speck lag in der Luft. An einem guten Tag liebte Helen all das, doch wenn sie so zerschlagen war wie heute, hielt sie es kaum aus, auf ihren Kaffee zu warten, ohne auf dem Absatz kehrtzumachen und an die frische Luft zu fliehen. Sie versuchte, den Geruch aus ihrem Bewußtsein zu vertreiben und sich vorzustellen, sie stünde auf hoher See an Deck eines Schiffes. Sie kaufte einen doppelten Espresso und zwei Portionen Toast mit Honig für sich und einen großen Cappuccino und noch eine doppelte Portion Toast für Hugh Wallace, ihren ewig hungrigen Chef.

Die kleinen Papiertüten schlugen gegen ihre Hüfte, als sie eilig auf die kalten, windgepeitschten Straßen der City hinaustrat. Sie bog in den Broadgate Circle ein, einen riesigen, in den Achtzigern entstandenen Gebäudekomplex, wo Goldsteins, seit vier Jahren ihr Arbeitgeber, seine Büros hatte. Einige der bedeutendsten Handelsbanken der Welt hatten hier ihren Sitz, darunter UBS und Grindlays, wo Reece Douglas arbeitete. Als sie an ihn dachte, huschte ein Lächeln über ihr Gesicht.

In dem Gebäude wimmelte es wie üblich von Menschen, hauptsächlich Verkäufern und Händlern, die mit grimmigen, entschlossenen Gesichtern der Kälte zu entfliehen versuchten.

Anspannung und Angst, Morgen für Morgen. Ein Teil ihres

Ichs würde sich hier immer eingesperrt fühlen, in diesem Wirrwarr von Hochhäusern und Rücksichtslosigkeit, dem unerbittlichen Ritual der Arbeit, unterbrochen nur von ein paar gelegentlichen, anstrengenden Ferientagen, die auf zermürbende Weise befreiend waren, und den seltenen, aber hochwillkommenen Krankheiten, die einem einen Extratag bescherten, den man mit heißem Grog und einem Segelschmöker von Bernard Cornwell im Bett verbringen konnte. Andererseits liebte sie den Adrenalinstoß, den das Spekulieren auslöste. Sie fand es spannend, mit unparteiischem Blick die Informationen zu überfliegen, alles gegeneinander abzuwägen, das Wichtige herauszufiltern und sich dann der Intuition zu überlassen, losgelöst von aller Logik. Es war so, als würde man sich von einem wildfremden Mann verführen lassen. Dann das Warten. Gefolgt von Gewinn oder Verlust, Sieg oder Niederlage. Dieser Kick hielt sie hier fest, obgleich seine Macht im Schwinden begriffen war und das Gefühl der Klaustrophobie zunahm.

Insgeheim bereitete sie sich auf den Tag vor, an dem sie hier einfach rausspazieren und nie wieder zurückkommen würde. Sie wußte, daß die City bestenfalls eine Ersatzfunktion erfüllen konnte. Während der acht Jahre auf See hatte sie sporadisch nach ihrem Vater gesucht. Doch am Ende ertrug sie den Gedanken, ewig so weiterzumachen, nicht mehr. Sie hatte keine Kraft mehr für die zahllosen Enttäuschungen. Je länger sie ihr Leben im Bann eines unsichtbaren Geistes verbrachte, um so mehr fürchtete etwas in ihr, ihn tatsächlich zu finden. Was, wenn er nicht der war, den sie suchte? Wenn er tatsächlich ein Betrüger war? Was, wenn er sie gar nicht sehen wollte? Und so hatte sie mit sechsundzwanzig ihre Suche nach ihm abgebrochen. Doch jetzt, vier Jahre später, war die Sehnsucht genauso stark wie eh und je. Die City hatte es nicht vermocht, ihr Halt zu geben oder all die alten Fragen zu beantworten. Jetzt, da sie versucht hatte, ein normales Leben zu führen und gescheitert war, fühlte sie sich ruheloser als je zuvor.

Sie kam an einer der unzähligen Skulpturen vorbei, die den Broadgate Circle schmückten. Es war ein riesiges, möglicherweise geflügeltes Pferd mit hervortretenden, schreckgeweiteten Augen, das aussah, als würde es von einer Schlange erdrosselt.

Sie konnte den Börsensaal noch nicht betreten. Sie brauchte einfach noch fünf Minuten frische Luft und Ruhe. Also schlenderte sie einmal um den Gebäudekomplex herum und blickte zu den rosafarbenen Granittürmen auf. Granit, Metall und Glas, eine Scheibe nach der anderen, die ein großes, vom grauen Licht der City erfülltes Atrium bildeten. Ein Teil der riesigen Fensterflächen war von Gitterwerk verdeckt, das aussah wie eine riesige Jalousie. Mehrere Stockwerke besaßen schmale Balkone, aus denen sich Unmengen von Efeu ergossen. Vermutlich waren die Pflanzen dazu bestimmt, die scharfen Konturen zu mildern, doch in Helens Augen verwandelten sie den Komplex in eine ungebändigte Wildnis. Sie waren wie ein Dschungel auf der Lauer, ein echter, äußerer Dschungel, der das Finanzdickicht im Inneren ersticken würde, wenn man ihm keinen Einhalt gebot. Seine Wurzeln würden den Beton aufbrechen, sich hineinschlängeln und die Computerkabel erdrosseln. Vielleicht würden in einigen Jahrhunderten Archäologen von einem anderen Planeten diese efeuüberwucherten Steinhaufen ausgraben und die Entdeckung eines dem Mammon geweihten Tempels bejubeln. Wieviel Macht hier konzentriert war! Ein Großteil des gesamten Geldaufkommens der Welt wurde von diesen Türmen aus kontrolliert, investiert und manipuliert. Es war ein Empire wie jedes andere und genauso verletzlich.

Zögernd betrat Helen um Viertel nach sieben das Foyer. Ein Schwall von warmer, synthetisch riechender Luft empfing sie. Sie murmelte den Security-Leuten ein verkatertes »Guten Morgen« zu. Sie grüßten eifrig zurück und lächelten mitfühlend, als sie ihre geröteten Augen sahen. Helen lief zu einem der Aufzüge, dessen Türen sich gerade schlossen.

Hugh Wallace lehnte an der Wand der Kabine, eine Hand in der Hosentasche, in der anderen eine Frühstückstüte. Mit erstaunlicher Behendigkeit machte er einen Satz nach vorn und drückte auf den Knopf, der die Tür wieder öffnete.

»Danke«, sagte Helen und zwängte sich hinein.

Wallace sah so schlecht aus, wie Helen sich fühlte. Sein Anzug machte den Eindruck, als hätte er darin geschlafen, und die zusammengekniffenen Augen unter der Basketballkappe waren blutunterlaufen. Einzelne Locken lugten unter der Kappe heraus und ringelten sich fettig auf seinem Hemdkragen. Das Jackett stand offen. Man sah seinen Bauch, der erstaunlich klein war angesichts der Tatsache, daß er sich fast ausschließlich von Fast food ernährte. Die Füße steckten in schwarzweiß gemusterten Reeboks. Schwer atmend stand er da. Helen wußte, daß er an Klaustrophobie litt und schreckliche Angst vor Aufzügen hatte, doch er war Asthmatiker und hätte es nie geschafft, die sieben Stockwerke zum Börsensaal zu Fuß zu gehen. Also lieferte er sich Tag für Tag der Tortur des Aufzugfahrens aus. Erst als sich im siebten Stock die Türen öffneten, sah er wieder vom Boden auf. Er warf Helen aus scheinbar sanften braunen Augen einen Blick von der Seite zu und grinste. Seine vollen roten Lippen hoben sich von der ungesunden Hautfarbe seines Gesichts ab. Er sah aus wie eine Mischung zwischen einem verwirrten kleinen Jungen und einem degenerierten Liebesgott. Doch in diesem Leben schien es sein Karma zu sein, Geld zu scheffeln. Er war Goldsteins Chefstrukturierer in der Derivative-Gruppe, ein Job, den er Laien gegenüber mit dem eines Buchmachers für Buchmacher verglich. Er nahm Wetten über Leute an, die Wetten annahmen. Er war ein mathematisches Genie, hatte in Oxford mit einer Arbeit über die Chaostheorie seinen Doktor gemacht und war besessen von Derivativen.

Sie blieben schweigend im Foyer stehen, während er versuchte, wieder normal zu atmen.

»Lange Nacht?« fragte Helen. Seit kurzem hatte Wallace sich angewöhnt, in den Kasinos Blackjack zu spielen. Als typischer Suchtgefährdeter schlug er sich jetzt auch noch die Nächte damit um die Ohren, was er den ganzen Tag machte, nur war das Ambiente glanzvoller. Letzte Woche hatte er Helen und Roddy zum Les Ambassadeurs in Mayfair mitgenommen. Sie beide hatten gewonnen, während Roddy mürrisch zusah, sprachlos angesichts der Ungerechtigkeit des Lebens. Es gab nun mal Leute, für die Geld kein Thema war. Sie sackten es ein, als sei es ein Zufall.

»Ich war bis drei im Internet«, sagte Wallace, nahm den Deckel von seinem Kaffeebecher aus Styropor und verbrannte sich beim ersten Schluck prompt den Mund.

»Mist!« Er wischte sich mit dem Hemdsärmel über die Lippen. »Hab' mich mit zwei Lesben eingelassen, die auf eine Dreiernummer aus waren. Ich hab' stundenlang versucht, ihnen weiszumachen, daß ich eine einsachtzig große Blondine namens Trish bin.«

Helen schüttelte sich vor Lachen, als sie versuchte, sich diesen über siebzig Kilo schweren Mehlsack als schlanke, muskulöse Göttin vorzustellen.

»Und?«

»Na ja, Ich hab' mich ziemlich gut geschlagen, bis sie mich fragten, was ich mache.«

»O Gott, was hast du gesagt?«

»Modeeinkäufer.«

Die meisten Leute fanden es schwierig, sich vorzustellen, daß Wallace einen akademischen Abschluß besaß. Der trockene Humor in seinen zurückhaltenden Äußerungen entging ihnen, sie fanden ihn einfach nur tolpatschig.

»Und wie war's bei dir?« fragte Wallace zurück. »Warst du mit Roderick unterwegs?«

»Ja, zum Abendessen bei Freunden von ihm.«

»Aber nicht von dir, was?«

»Ich würde mir jedenfalls kein Bein für sie ausreißen.«

»Undankbares Mädchen.«

»Ach, von wegen. Hier, ich hab dir Cappuccino und Toast mitgebracht.«

Er hob seine Tüte. »Heute hab' ich sogar selber dran gedacht.«

»Nimm es trotzdem. Für den Hunger, der noch kommt.«

»Du verwöhnst mich, Hel.« Er nahm beides entgegen und wandte den Blick ab. Irgendwie kam er ihr traurig vor. Seit ein paar Monaten machte er eine merkwürdige Veränderung durch. Mit seinem abwesenden Ausdruck wirkte er manchmal fast wie ein heimlicher Ehebrecher.

Sie zückten ihre elektronischen Dienstausweise vor den Sicherheitstüren und betraten den Börsensaal mit seinen siebentausend Quadratmetern Arbeitsfläche voller High-Tech für vierhundert Primadonnen, davon fünfundneunzig Prozent männlichen Geschlechts. Es war einer der erfolgreichsten Börsensäle in der City von London. Der Nettogewinn im letzten Jahr hatte zweihundertfünfzig Millionen Pfund betragen. Allmählich kam der Tag in Gang, Helen konnte das Geschrei schon beinahe hören, die wütende Gier nach Geld, konnte den Ehrgeiz, die Grausamkeit und Konkurrenz förmlich mit Händen greifen. Hier gab es keinen fairen, offenen Kampf; alle Auseinandersetzungen fanden in der Abgeschiedenheit eines Konferenzraums mit Plastikmöbeln oder in der beißenden Stille der Klos statt. Doch sie liebte das alles, als wäre es ein Bordell, das sie vor der Gosse gerettet hatte.

Sie bahnten sich einen Weg durch das Gewirr der Schreibtische und steuerten auf die Derivative-Gruppe zu, auch bekannt als Abschußrampe der Raketenforscher. Hier handelte man nach dem Motto: *Alles, was sich bewegt, läßt sich auch verkaufen.*

Derivative waren Finanzverträge, genauso wie Anleihen oder Aktien, bloß ein bißchen komplexer. Sie hatten keinen eigentlichen Wert, sondern leiteten ihn von etwas anderem ab. Das konnte alles mögliche sein, angefangen bei Sojabohnen bis hin zu einem Aktienindex wie dem FT100. Die simpelsten Derivative-Verträge waren Termingeschäfte. Ursprünglich waren sie entwickelt worden, um Landwirte vor Marktschwankungen bei der Ernte abzusichern. So konnte ein Landwirt sich schützen, indem er beispielsweise im Dezember einen Preis vereinbarte, zu dem er seine Erträge im Oktober verkaufen würde. Wenn Helen gefragt wurde, was sie tat, führte sie gewöhnlich dieses Beispiel als Erklärung an. Wallace hingegen, der in seinem Bereich völlig aufging, konnte zusätzlich mit einer historischen Abhandlung aufwarten. Er schien beinahe alles gelesen zu haben, was über Derivative erschienen war. In seiner Freizeit schrieb er an einem Buch über die Entwicklung des Markts. Erst gestern hatte er Helen und Paul Keith erzählt, daß es Ende des siebzehnten Jahrhunderts in Dojima, unweit von Osaka, eine Terminwarenbörse für Reis gegeben hatte.

Die modernen Future-Märkte hatten sich um 1850 mit der Eröffnung der Handelskammer in Chicago entwickelt, doch erst Mitte der achtziger Jahre unseres Jahrhunderts hoben die Finanz- und Future-Märkte richtig ab. Wallace war dabeigewesen, als es passierte. Er war mit einem Markt aufgewachsen, der explodiert und mittlerweile über sechshundertfünfzig Billionen Dollar pro Jahr wert war, und dies allein mit den Produkten, die an klassi-

32

schen Börsen gehandelt wurden. Wallace zitierte das Beispiel der Derivative aus dem siebzehnten Jahrhundert, als sei Alter ein Garant für Zuverlässigkeit und Solidität. Doch Helen fand den Derivative-Markt weder zuverlässig noch solide. Er konnte einem über Nacht den Boden unter den Füßen wegziehen, wie es Barings passiert war, als ein Händler im Alleingang einen Derivative-Verlust von siebenhundertvierzig Millionen Pfund aufgebaut und die Bank gesprengt hatte. Derivative stellten den größten, potentiell lukrativsten und zugleich zerstörerischsten Markt der Welt dar. Wallace vergötterte ihn. Helen hielt ihn auf Distanz und respektierte ihn als ernstzunehmenden Gegner.

Hundert Angestellte arbeiteten in der Derivative-Gruppe, dazu kam ein fünfzigköpfiges Team, das ihnen zuarbeitete, alles in allem hundertvierzig Männer und zehn Frauen. Alle weiblichen Kräfte bis auf vier arbeiteten als Assistenzkräfte im Hintergrund oder als Sekretärinnen. Sie waren zwischen achtzehn und siebenunddreißig Jahre alt, und ihre Gehälter und sonstigen finanziellen Zuwendungen schwankten zwischen zweiundzwanzigtausend und einer Million vierhunderttausend Pfund im Jahr. Die Qualifikationen reichten von null bis zum Doktortitel in Mathematik. Diese Gruppe handelte mit Derivativen, die auf Zinsraten, Währungen, Anteilspapieren und Rohstoffen basierten. Die Händler saßen etwa einen halben Meter voneinander entfernt in schmalen Schreibtischreihen, die mit dem Rücken zueinander standen. Sie hockten praktisch aufeinander, ihre Arbeitsplätze waren mit modernsten Monitoren und Telefonanlagen ausgerüstet. Nervosität und der Geruch nach Schweiß hingen in der Luft, und über allem wogte ein Meer von Stimmen und Geräuschen.

Helen saß an einer T-förmigen Schreibtischkonfiguration am Ende einer langen Doppelreihe für etwa vierzig Händler. Links von ihr hatte Andy Rankin seinen Platz, Spezialist für Aktienmärkte in Fernost, und auf der rechten Seite war ein weiterer Arbeitsplatz für den Praktikanten Paul Keith eingerichtet worden, der neu in ihrem Team war. Dahinter lag Wallace' Büro. Vor vier Jahren, als Helen eingestellt worden war, hatte man sie zufällig in unmittelbarer Nähe ihres Chefs plaziert. Zuerst hatte sie dieses Arrangement gehaßt und sich beobachtet gefühlt. Ob sie morgens spät kam, abends früh ging oder einen schlechten Tag hatte, Wallace konnte alles sehen. Doch mit der Zeit merkte sie, daß Wallace kaum etwas mitkriegte und noch weniger speicherte, so besessen war er von der fixen Idee, immer neue und verrücktere Derivative zu erfinden. Es kam vor, daß er sich zwölf Stunden im abgedunkelten Büro einschloß und selbstvergessen mit seinen erschreckend komplizierten Computern spielte. Wenn er auftauchte, hielt er sich vornehmlich an Helen und Rankin und schenkte dem Rest des riesigen Derivative-Prozesses kaum Aufmerksamkeit. Die drei bildeten eine Art autonomes Trio, das sich vor den übrigen Händlern abschottete.

Jetzt blieb er vor seinem Büro stehen und drehte sich zu Helen um. Wenn er grinste, bildeten sich lauter Fältchen um seine Augen. »Es bleibt doch bei heute abend, oder? Essen bei dir?«

»Na klar. Ich hoffe, du kommst.«

»Soll das ein Witz sein? Ist Roddy dabei?«

»Wäre besser, meinst du nicht?«

Jede Woche kamen Roddy und Wallace zu ihr zum Abendessen; abgesehen von den Ferien war dieses Ritual nur von Roddys zweimonatigem Rückzug unterbrochen worden, als Helen ihn verlassen hatte.

»Wäre er eifersüchtig, wenn wir uns allein treffen?«

»Soll das ein Vorschlag sein?«

Wallace lachte unsicher. Bei Helen Jencks wußte man nie, woran man war.

Paul Keith blickte nervös zu Helen und Wallace auf. Er arbeitete erst seit einer Woche in ihrer Gruppe. Er war zweiundzwanzig, hatte an der Universität von Edinburgh sein Examen in Mathematik gemacht und absolvierte gerade jeweils zwei Monate in den sechs wichtigsten Bereichen des Parketts; eine neue Initiative von Zaha Zamaroh, der Königin der ganzen Abteilung. »Gegenseitige Befruchtung« nannte sie das. Keith wirkte nicht besonders glücklich. Seine Gegenwart hatte das Trio durcheinandergebracht. Helen war nett zu ihm, Rankin tolerierte ihn, doch Wallace hatte ihn von Anfang an nicht haben wollen, weil er ihn für einen von Zamarohs Spionen hielt, und war auffällig bissig ihm gegenüber. Helen tadelte ihn deswegen, und Wallace machte ein zerknirschtes Gesicht, hörte aber nicht auf, den Neuen zu schikanieren. Ein Geschundener, der nun andere piesackte. In der Schule war Wallace der ewige Sündenbock gewesen. Jetzt, dreißig Jahre später, rächte er sich.

»Morgen, Paul«, sagte Helen mit breitem Grinsen. »Wie geht's?«

Miserabel, sagten seine Augen. »Morgen, Hel.«

»Ach, sind wir schon bei Hel?« mischte sich Wallace ein. »Nur ihre Freunde nennen sie Hel, wußten Sie das nicht?«

»Hören Sie nicht auf ihn«, sagte Helen. »Er hat Liebeskummer, weil sein elektronisches Lesbenpärchen nichts von ihm wissen will.« Sie warf Wallace einen vorwurfsvollen Blick zu. Er grinste und schlurfte in sein Büro.

Als der Nachbarstuhl quietschte, drehte sich Helen um und sah Andy Rankin, der versuchte, sich klein und unauffällig zu machen.

»Andy, was hast du mit deinen Haaren gemacht?«

Rankins ehemals volles braunes Haar war so gräßlich verunstaltet, daß Helen ihn kaum wiedererkannte.

Sie streckte die Hand nach seinem Kopf aus. »Laß mich mal fühlen.« Die Stoppeln waren höchstens einen Zentimeter lang und überraschend weich. Rankin lief knallrot an.

»Oh, ist das schön weich. Sieht aus wie eine Nagelbürste.«

»Vielen Dank.«

»Ach, komm schon, Andy. Das hast du doch bestimmt nicht um der Schönheit willen gemacht. Wahrscheinlich hast du eine Wette verloren.«

Er nickte unmerklich und verlegen. Helen konnte sich die Szene nur allzu gut vorstellen. Wahrscheinlich hatte Andy sich ausnahmsweise für eine selige Nacht vergessen und war mit seinen alten Kumpels aus Epping Forest einen trinken gegangen. Er hatte ihnen Lebewohl gesagt, als er eine Internatsschülerin heiratete, die so etepetete tat, als sei sie mindestens aus Knightsbridge. Sie hatte bestimmt nicht den Ehrgeiz, ihren Mann in einen Skinhead zu verwandeln.

»Was sagt denn Karen dazu?«

Er streifte sie mit einem gehetzten Blick. Rankin, eins neunzig groß, dreiundachtzig Kilo schwer, wirkte selbst in seinen besten Zeiten wie ein Schläger. Die einzige Entschädigung für seine Knollennase und die massige Figur waren braune Rehaugen, die so leicht verletztlich wirkten. Wie im Augenblick.

»O Mist«, sagte Helen. »Ich hab' meine Zigaretten vergessen.« Sie schenkte ihm ein entwaffnendes Lächeln. »Kann ich eine von dir haben?«

Rankin lächelte zurück, sichtlich erleichtert, das Thema wechseln zu können, das ihn ohnehin noch tagelang verfolgen würde.

Mach dir nichts draus, hätte Helen am liebsten gesagt. Gib dir vor den Mistkerlen keine Blöße, doch jeder gute Rat hätte seine Not und Unsicherheit noch unterstrichen. Er warf ihr eine Packung Camel ohne Filter zu.

»Hier, das Richtige für harte Burschen wie dich.«

»Danke für das Kompliment. Ich bin nun mal nicht nett, Andy, das müßtest du langsam wissen.«

»Wenn du es noch oft genug sagst, wird es bestimmt irgendwann einer glauben.«

Sie war nett, egal was sie sagte. Hinter ihren zynischen Augen, die menschliche Schwächen so gut zu erkennen und verstehen schienen, verbarg sich außergewöhnliche Großzügigkeit und Wärme. Doch wer nicht zu ihren Freunden gehörte, sah es nicht. Auf dem Parkett ging es um Geld, nicht um Gefühle.

5 Hugh Wallace kam wieder aus seinem Büro und zog sich einen Stuhl heran.

»Also los, Jencks, falls du es geschafft hast, ein paar von deinen kleinen grauen Zellen zu retten, nachdem du unbedingt mit zwielichtigen Gestalten die Nacht durchmachen mußtest – was liegt diese Woche an?« Er warf Helen einen halb frotzelnden, halb bewundernden Blick zu. Sie hatten sich vom ersten Augenblick an verstanden. Er hatte nicht erwartet, daß es so reibungslos gehen würde, als man sie ihm vor vier Jahren praktisch vor die Nase gesetzt hatte. Sie hatte keinerlei Qualifikationen, keinen Hintergrund, bloß diesen zähen, abgehärteten Blick, eine schier unglaubliche Lernbegierde und die Intelligenz, das Gelernte umzusetzen. Ihre Fähigkeiten besiegten seine Vorbehalte. Er hatte sofort gespürt, daß auch sie eine verletzte Seele hatte, und das schmiedete sie aneinander. Er sah die Narben, die der Schmerz auf ihrer Haut zurückgelassen hatte, ahnte die Sehnsucht und die Einsamkeit in ihr und wußte auch, daß sie seine inneren Wunden ebenso akzeptierte wie seine Unfähigkeit, Beziehungen aufzubauen, es sei denn zu Computern. Bis sie gekommen war und ihm ihre Freundschaft angeboten hatte.

Nur eines trübte diesen Zustand. Er hatte immer das Gefühl, daß es bloß eine Frage der Zeit war, bis er implodieren, auf irgendeine Art Opfer seiner Unfähigkeit werden würde, während Helen trotz ihrer Schwächen die Kraft zum Überleben besaß. Es war, als wüßte er, daß sie ihm im Spiel des Lebens eine Niederlage beibringen, ihre Freundschaft, die eine zwischen ebenbürtigen Partnern sein sollte, verraten würde. Helen grinste ihn an, offensichtlich ohne etwas von den düsteren Gedanken in seinem Kopf zu bemerken.

»Irgendwie gefällt es mir nicht, wie es am Golf aussieht«, sagte sie munter. »Ich glaube, die Börse ist den Irak leid und hält ihn nur für einen Nebenschauplatz. Vermutlich werden die Händler bald was Neues brauchen, womit sie sich gegenseitig Angst einjagen können. Wenn das passiert, nimmt die Volatilität zu, die Ölpreise fallen, Gold steigt. Ich gebe ihnen ein paar Monate, um was auszubrüten. Ich möchte Calls für Brent-Rohöl und Puts für Gold kaufen, jeweils mit drei Monaten Laufzeit.«

Dann erklärte sie Keith: »Put- und Call-Optionen geben dem Käufer, mir in diesem Fall, das *Recht*, nicht aber die *Verpflichtung*, innerhalb einer bestimmten Zeitspanne eine Ware oder einen Index zu einem vorher festgelegten Preis, dem sogenannten Strike-Price, zu kaufen oder zu verkaufen. Wenn ich den Markt richtig einschätze, werde ich in drei Monaten Öl zu einem Preis kaufen können, der unter dem dann gültigen Marktpreis liegt, es direkt weiterverkaufen und einen Gewinn machen oder auch bloß die Call-Option an der Optionsbörse weiterverkaufen. Sie wird automatisch mit dem Ölpreis steigen, und auch dann kann ich einen hübschen Gewinn mitnehmen.«

»Das kann ja heiter werden«, unterbrach Rankin. Helen warf ihm einen nachsichtigen Blick zu. Sie hatte der Bank dieses Jahr bereits über drei Millionen Dollar eingebracht. Rankins war erst bei einer Million.

Sie wandte sich wieder Keith zu. »Wenn ich das Gold richtig einschätze, werde ich mein Gold zu dem vorher festgesetzten Preis verkaufen können, der über dem gültigen Marktpreis liegt. Das kann ich tun, indem ich die für den Handel erforderliche Menge Gold kaufe und die Differenz einstecke. Oder, noch einfacher, indem ich meine Puts verkaufe, deren Wertanstieg an den fallenden Goldpreis gekoppelt ist. Auch dann mache ich Profit.« Wallace fing an, mit den Fingern auf den Schreibtisch zu trommeln. »Wenn Sie fertig sind, Professor Jencks ...«

»Ich bin noch nicht fertig, also warte gefälligst. Gesetzt den Fall, ich täusche mich und die Märkte entwickeln sich entgegen meiner Vorhersage, dann würde ich mein Recht auf Put und Call nicht ausüben wollen. Sagen wir, der Ölpreis fällt, dann will ich natürlich keinen Gebrauch von meiner Option machen und es zum Strike-Price kaufen, wenn ich es billiger auf dem freien Markt kriegen kann. Ergibt das einen Sinn?«

Keith verzog gequält das Gesicht. »Ja, ich denke schon.« -

»Machen Sie sich keine Sorgen. Das kommt schon mit der Zeit. Jedenfalls ist das der ganze Kick an Optionen. Flexibilität. Ich kann mein Recht wahrnehmen, wenn ich will, aber ich muß es nicht. In diesem Fall beliefen sich meine Kosten für den Kauf von Optionen auf den Kaufpreis für Calls und Puts. Das nennen wir ›Prämie‹. Die Prämie wird unter anderem von der Volatilität der betreffenden Ware oder des Index bestimmt. Es gibt eine ganze Palette von unglaublich ausgeklügelten Preisfestsetzungsmodellen, die alle vom sogenannten Black/Scholes-Modell für Optionspreise abgeleitet sind. Es wurde in den sechziger Jahren von drei seriösen Raketenforschern entwickelt. Hugh wird es Ihnen erklären, nicht wahr, Hugh?«

»Den Deubel werd' ich tun.« Wallace schob einen Finger unter seinen Kragen und zerrte heftig daran.

»Übrigens, es gibt Sheperd's Pie.«

»Wenn ich Zeit habe«, murmelte Wallace.

»Gut.« Helen wandte sich wieder Keith zu. »Der Preis gilt normalerweise schon bei einem Bruchteil des Wertes, der dem gesamten Umfang des Handels zugrundeliegt. Ich kann das Recht kaufen, in drei Monaten Öl für einhundert Millionen Dollar zu kaufen und brauche tatsächlich nur sechs Millionen hinzulegen.«

»Wow!«

»Genau. Ein großes WOW. Das nennt man Gearing oder Vervielfachung. Für ein paar Millionen kann ich mich ziemlich weit aus dem Fenster lehnen und ein sehr hohes Risiko eingehen.«

»Und jede Menge Kohle machen«, warf Rankin ein.

»Oder meine Prämie verlieren«, fuhr Helen fort. »In Rankins Fall wäre ich ›long options‹. Wenn ich aber ›short‹ bin, das heißt, die Optionen an meine Kontrahenten verkaufe, für das gesamte Kapital geradestehen muß und den Markt falsch eingeschätzt habe, verliere ich mein letztes Hemd. Das Parkett ist übersät mit Leichen von Händlern, die an der Optionsbörse zu hoch gepokert haben und dabei gescheitert sind.«

»Aber man kann sich doch gegen Verluste schützen, nicht?« fragte Keith.

»Na klar. Normalerweise macht man das auch, aber manchmal wettet man auf die Richtung, in die sich ein bestimmter Index bewegen wird, und dann sichert man sich nicht ab. Das hat Nick Leeson mit dem Nikkei gemacht, als er Barings zu Fall brachte.«

Keith wirkte angemessen ernüchtert.

»Wieviel willst du also anlegen?« mischte sich Wallace ungeduldig ein.

»Soviel ich kann, ohne den Preis ins Wanken zu bringen«, antwortete Helen ohne zu zögern. »Wir haben doch Kapital genug, oder?«

»Solange die allmächtige Zamaroh nicht auf die Idee kommt, die gesamte amerikanische Schatzkammer aufzukaufen.«

Alle grinsten. Zaha Zamaroh war die Chefin des Börsensaals, eine iranische Prinzessin, mit einem Thron, der ihre Initialen trug, einem Summa-cum-laude-Abschluß von Harvard, einem MA von Oxford und einem MBA von Wharton. Sie herrschte mit dem geballten Despotismus, Zorn und blutigen Charisma ihrer königlichen Vorfahren. Sie war die einzige auf dem Parkett, die es mit Wallace aufnehmen konnte. Wie die meisten Leute hatte er eine Heidenangst vor ihr.

»Alles ist möglich«, sagte Helen.

39

»Und du, Andy? Was hast du vor?« fragte Wallace.

Jeden Tag erklärten Helen und Andy ihm, was sie kaufen und verkaufen wollten. Seit einiger Zeit schien Rankin die Lust am Handeln vergangen zu sein. Helen vermutete, daß er nach einer Reihe von Verlusten im letzten Jahr die Nerven verloren hatte. Beim Handel mit Topix-Futures hatte er innerhalb von drei Wochen zwei Millionen in den Sand gesetzt. Nach einem solchen Schlag ist es schwer, wieder Tritt zu fassen. Man braucht Mut, man muß auf sein Urteil vertrauen und genau wissen, wann man am Ball bleiben und wann man seine Position glattstellen muß. Rankin wirkte in letzter Zeit nicht besonders sicher. Die Konkurrenz wittert Unsicherheit, so wie Hunde Angst wittern, und nimmt einen gnadenlos auseinander. Rankin war sechsunddreißig; allmählich wurde er zu alt für dieses brutale Geschäft. Es gab nicht viele erfolgreiche Händler über Dreißig. Den ganzen Tag flackernde Zeilen voller Informationen auf vier verschiedenen Monitoren im Auge zu behalten, ein Ohr am Hörer, umgeben vom Geschrei der Kollegen, zwölf Stunden sekundenschnell rechnen, sich ständig überprüfen und am Ende jeden Tages einer Bewertung stellen zu müssen – das bedeutete einen ungeheuren Streß. Die Leute hier lebten nur für ihren Job. Und da gab es Laien, die glaubten, sie hätten eine Chance in diesem Geschäft. Wenn Freunde sie darauf ansprachen, gab Helen ihnen stets denselben Rat: Fangt bloß nicht an zu spekulieren, steckt euer Geld in Anlagen und vergeßt es. Es wird wachsen, wenn ihr es in Ruhe laßt. Wenn ihr aber versucht, zu kaufen und zu verkaufen, werdet ihr von professionellen Spekulanten und ihrer Königin, der Börse selbst, niedergewalzt. Sie wird euch euren Mangel an Aufopferung nie verzeihen. Also überlaßt das Feld den Profis.

Und nicht mal die hatten leichtes Spiel. Mit Dreißig sahen sie aus wie Vierzig. Viele schienen eines Tages einfach zu verschwinden. Wo sie hingingen, wußte Helen nicht. Diejenigen, die über entsprechende Beziehungen verfügten, kletterten die Karriereleiter empor, wechselten ins Management und sahen zu, wie andere sich ruinierten. Die übrigen konnten sich aufs Land zurückziehen – wenn sie Glück hatten. Manchmal fragte Helen sich, was aus Wallace werden würde. Er hatte es nicht nötig, für

Geld zu arbeiten. In den vierzehn Jahren, die er an der Börse verbracht hatte, mußte er mindestens acht Millionen verdient haben. Er blieb nur, weil er süchtig war.

Rankin spielte mit seinem Stift und drehte ihn zwischen seinen Wurstfingern hin und her. »Ja, ich habe da ein paar Sachen am Laufen und bin mit jemandem im Gespräch«, murmelte er. »Vielleicht mache ich was mit dem KOSPI.« Der KOSPI war der Koreanische Aktienindex, ein riskanter Markt, an dem sich schon mancher Händler die Finger verbrannt hatte.

»Und?«

»Ich bin noch nicht ganz soweit.«

Wallace schob seinen Stuhl zurück und stand auf. »Was sagen die Aasgeier immer? Friß oder stirb. Wie es aussieht, bist du heute ziemlich hinüber.«

»Und du, Hugh, eine wandelnde Leiche?« zog Helen ihn auf. »Wann erfindest du endlich ein knackiges neues Produkt für uns?«

Wallace watschelte mit erhobener Hand und gestrecktem Mittelfinger in sein Büro zurück.

»Haben sie dir auf der Schule nichts Besseres beigebracht?« rief Helen.

»Eines Tages überspannst du den Bogen«, sagte Rankin.

»Ja, aber wann? Was muß man als Frau hier eigentlich tun, um gefeuert zu werden?«

Rankin warf ihr einen verwirrten Blick zu. Helen wurde vom ganzen Parkett für die Rücksichtslosigkeit bewundert, mit der sie sich von einer Position trennte, die nicht gut lief. Im Moment aber sah es aus, als wollte sie ihren eigenen Job loswerden. Rankin verspürte einen Anflug von Panik, vermischt mit Neid. Helens Wurzellosigkeit machte sie frei. Er dagegen war gefangen – in der Arbeit, in seiner Ehe, in Schlimmerem. Er wandte den Blick ab und rief Keith.

»He, Keith. Hol mir einen Cappuccino und ein Schinkensandwich. Hier sind fünf Mäuse.«

Keith nahm das Geld schweigend. Nach sechs Monaten auf dem Parkett hatte er sich dran gewöhnt, von hochnäsigen Händlern, die versuchten, ihre zerbrechlichen Egos zu stärken, wie ein Sklave behandelt zu werden.

»Wollen Sie auch was, Hel?«

»Nein danke, Paul.«

Keith zockelte los, eine hochaufgeschossene, trostlose Erscheinung, die aussah wie ein Gespenst. Helen fragte sich, wie lange er auf dem Börsenparkett überleben würde.

Helen wandte sich ihren Monitoren zu und versuchte, in den Zahlenkolonnen etwas Dramatisches zu entdecken, irgendeine Unregelmäßigkeit, ein Signal, etwas, das nicht dasein sollte, etwas, das wachsen, sich ausdehnen, platzen und die weniger Betuchten zum Flattern bringen würde. Dann käme ihre Chance, sie würde mit ihren Dollars wedeln, die anderen aufkaufen oder aussitzen und den Profit einstreichen. Sie hatte eine rebellische Natur. Alle paar Monate leistete sie sich ein großes und spektakuläres Geschäft, das gegen alle Voraussagen des Marktes verstieß, und kassierte – oder verlor – Millionen von Dollar für Goldsteins. Gewöhnlich machte sie Gewinn. Auf ihre Intuition konnte sie sich verlassen. Sie beobachtete und wartete, tastete den Markt ab, hielt Ausschau nach Zeichen von Veränderung, kaufte im voraus, hielt ihre Position und verkaufte, sobald *es* losging – was immer *es* gerade war. Manchmal war *es* nichts weiter als ein Gerücht, manchmal war es ein Brady-Plan, um den Bananenrepubliken aus der Patsche zu helfen, manchmal ein Krieg. Doch heute lachten die Zahlen sie in stummer Überlegenheit aus. Sie hielten, was sie versprachen. Wenn irgend etwas faul war, so konnte sie es nicht sehen, wenn sich irgendwo etwas zuspitzte, so spürte sie nichts davon. Vielleicht war sie einfach nicht in der richtigen Stimmung. Sie war ruhelos, mit den Gedanken woanders.

Die Transaktionsmöglichkeiten, die sie Wallace genannt hatte, waren reiner Zufall. Eins war auf dem Parkett absolut tabu, nämlich die Antwort: Ich weiß nicht. Man wußte immer genau Bescheid, war sich absolut sicher. Man hatte eine Meinung. Zögern überließ man Versagern, Zweifel den Tutorenkursen in Oxford. Es ging um Kaufen oder Verkaufen. Dazwischen lag das Schlachtfeld, auf dem man nur hielt. Wenn man sich morgens mit Kunden oder Kollegen unterhielt, ging es ausschließlich darum, was man zu erzählen hatte. Jeder spann seine Geschichten, verwirrte den Gegner, wickelte ihn ein. Aber man mußte wissen, wann eine Geschichte zu einem Handel wurde, oder es endete damit, daß man sich selbst heillos verstrickte.

Sie dachte flüchtig an Roddy, Roz und die anderen beim gestrigen Abendessen. Sie lagen garantiert noch im Bett. Helen erinnerte sich an Roz' arrogante Stimme.

»In der City verdient man sein Geld doch mit links. Man kommt und geht, brüllt ins Telefon, und schon hat man ein paar Millionen eingesackt.« *Ja, ja, Schätzchen,* dachte sie, *du kannst ja mal vorbeikommen und es versuchen.* Sie warf einen Blick auf ihre Telefonanlage, um zu sehen, ob sie blinkte.

»Hallo, Bernie.«

»Was ist dick, fett und gefräßig?«

»Bernie Greenspan um acht Uhr morgens.«

»Ich muß endlich anfangen, dreckige Witze zu erzählen.«

»Glaubst du, die würde ich nicht verstehen?«

»Ja, stimmt. Streich das wieder. Tut sich bei dir was?«

»Nicht viel. Und bei dir?«

»Alles unter Kontrolle. Willst du heute morgen immer noch Goldfinger spielen?«

»Heute stehe ich mehr auf Massagesalons, Bern.« Händler hatten Spitznamen für alles mögliche. Massagesalons war ein Kodewort für Öl. Vor Helens Augen tanzten lauter Massagekunden, die sich mit Nordsee-Brent einölen ließen.

»Was willst du? Sechs Monate?«

»Zu lang.«

»Drei?«

»Vielleicht. Wie steht der Preis für drei Monate, Put und Call?«

»Du willst einen Call.«

»Wart's ab, Bern.«

»Größenordnung?«

»Ooooh, Bernie, groß wie üblich.«

»Ja, ja, entschuldige die Frage, aber was verstehst du heute morgen unter groß?«

»Fünftausend Kontrakte.«

»Strike-Price?«

»Am Geld. Achtzehn vierzig.«

»Ich ruf' gleich zurück.«

Fünf Minuten später war er wieder dran.

»1.10, 1.30 Call, 0.97, 1.17 Put.«

»Dann kaufe ich fünftausend Calls auf drei Monate Rohöl zu 1.30.«

Sie hörte ihn leise nach Luft schnappen. Bernie hatte erwartet, daß sie das Gegenteil tun und Calls verkaufen würde.

»Abgemacht«, sagte er mürrisch.

»Alles klar«, gab sie zurück. »Na komm schon, Bernie. Du bist ein Engel. Ich lad' dich zu einem Drink ein.«

»Wann?«

»Am Donnerstag.«

»Versprochen?«

»Großes Ehrenwort.«

Er lachte höhnisch, als sei allein die Erwähnung von Ehre absurd in ihrer Branche. Helen nahm den Kopfhörer ab und grinste.

»Hab' Öl gekauft«, rief sie, so laut, daß Wallace es hören konnte. »Zweiundneunzig. Drei Monate.« Rankin, der nur einen halben Meter von ihr entfernt saß, hatte alles Wort für Wort mitbekommen. Wallace winkte, um zu zeigen, daß er verstanden hatte. Helen füllte den Händlerschein aus. Fünftausend Call-Option-Verträge zu $1.30, multipliziert mit dem Vertragsumfang von tausend Barrel ergaben $6.500.000 Prämie, die sie morgen bezahlen mußte. Diese Prämie verlieh ihr das Recht, in drei Monaten fünftausend Verträge zu tausend Barrel pro Stück zu kaufen. Das waren eine halbe Million Barrel Rohöl, eine Position, die bei einem Strike-Price von $18.40 für Brent-Rohöl auf eine Gesamtsumme von zweiundneunzig Millionen Dollar kam. Das war ziemlich viel Öl, egal, von welcher Warte aus man es sah. Sie verspürte den flüchtigen Kick des Handels, doch abgesehen davon war sie vollkommen unbeteiligt. Sie hatte etwas getan, von dem sie wußte, daß es gefährlich war, hatte den Handel getätigt, obwohl er riskant war, aber sie vertraute auf ihre Glückssträhne. Sie hielt schon seit sechs Wochen an. Helen hatte das Gefühl, daß sie noch eine kurze Strecke durchhalten mußte.

Um sie herum war es ungewöhnlich still geworden. Als sie aufblickte, sah sie Zaha Zamaroh, die neben ihr stand und Paul Keith beäugte, als sei er ein Versuchskaninchen aus dem Labor. Keith errötete leicht, und ein zweifelndes Lächeln huschte über sein Gesicht, als er zu Zamaroh hinaufstarrte. Eine in Chanel gehüllte Göttin, eins fünfundsiebzig groß, achtzig Kilo. Kostüm, Lippen und Fingernägel waren so rot wie ein Feuerwehrauto. Er hätte es nicht geglaubt, wenn er sie nicht mit eigenen Augen gesehen hätte. Sie sah aus wie eine Kreuzung aus einem Märchen und einem Pornomagazin. Die böse Stiefmutter mit einem Hauch von Jessica Rabbit, und dazu ein Verstand, der jedes Computerterminal gesprengt hätte.

»Morgen, Paul. Wie kommen Sie klar?«

»Morgen. Äh, ganz gut, danke. Helen hilft mir.«

»Was für ein Glück.« Sie wandte sich Helen zu. Die beiden Frauen zollten sich gegenseitig höflichen Respekt, wahrten jedoch Distanz.

»Helen.«

»Zaha.«

»Ich sehe mit Freude, daß hier Händlerscheine ausgefüllt werden«, bemerkte Zamaroh und deutete mit dem Kinn auf den blauen Schein, den Helen noch in der Hand hielt. »Hoffentlich bringen sie auch was.« Sie wandte sich an Rankin.

»Nun sieh mal einer an, wen haben wir denn da? Eine wandelnde Klobürste. Sie könnten sich selbst vermieten, Rankin. Damit würden Sie jedenfalls mehr Geld verdienen als für uns.« Helen zuckte zusammen. Rankin starrte vor sich hin und gab keine Antwort.

»Ein paar Pfund pro Stunde wären wenigstens etwas«, fuhr Zamaroh fort. Sie trat näher und beugte sich über Rankin. »Sie sind mit zwei Millionen im Rückstand, Rankin, und langsam verliere ich die Lust, mitzuzählen.«

»Das verschafft ihr Befriedigung«, erklärte Helen, als Zamaroh wieder gegangen war. »Sie muß einfach jeden Morgen ein paar Sklaven erschlagen.«

Paul Keith versuchte sich möglichst unsichtbar zu machen. Rankin starrte auf seine Monitore. An seiner Schläfe pochte eine Ader.

»Man sollte sie feuern. Psychopathisches Weibsbild.«

»Du wärst vielleicht auch ein bißchen komisch, Andy, wenn die Ayatollahs deinen Vater aufgehängt hätten«, erwiderte Helen.

45

Rankin schnaubte, stand auf und schlich sich in Wallace' Büro. Die beiden diskutierten über eine Stunde hinter verschlossenen Türen. Helen vermutete, daß sie versuchten, Rankins Karriere zu retten.

6 Um zwölf rief die Security an. Helens beste Freundin Joyce Fortune wartete unten. Helen griff nach ihrem Mantel und ihrer Tasche.

Joyce sah wie immer umwerfend aus. Sie lehnte lässig an einer Marmorsäule und registrierte grinsend die bewundernden Blicke, mit denen Goldsteins' männliche Mitarbeiter sie streiften, egal ob jung oder alt. Ihr blondiertes Haar war zu einem kinnlangen Bob geschnitten. Der Pony endete über dunklen, sanft geschwungenen Augenbrauen, die einer Herzogin würdig gewesen wären. Ihre Augen waren geradezu unwirklich blau und strahlten Humor und einen Schuß Boshaftigkeit aus. Die helle Haut hatte sie mit etwas Rouge auf den schmalen Wangenknochen kaschiert, die Lippen dagegen auffallend rot geschminkt und mit einem Konturenstift vorgezeichnet, damit der Lippenstift nicht verlief. Der Effekt war eine seltsame Mischung aus Sex-Appeal und Strenge. Sie war nicht auf herkömmliche Art schön, ihre Lippen waren zu schmal und ihre Hakennase zu lang, aber sie trat auf wie ein Star.

Als sie ihre Freundin auf sich zukommen sah, rief sie: »Na, wenn das nicht unsere beigefarbene Schönheitskönigin höchstpersönlich ist!«

Helen musterte Joyce anerkennend von oben bis unten. Sie trug hautenge Bluejeans, schwarze knöchelhohe Wildlederstiefel mit hohen Absätzen und eine schwarze, maßgeschneiderte Lederjacke.

»Man muß mit der Zeit gehen, Schätzchen. Ich seh' schon vor mir, wie du noch mit neunzig so aufgedonnert im Altersheim rumläufst. ›Dressed to kill‹ könnte noch eine ganz neue Bedeutung kriegen«, gab Helen zurück.

»Na, hast du schon was verdient?« fragte Joyce mit einem boshaften Grinsen. Sie konnte Helen innerhalb von dreißig Sekunden am Gesicht ablesen, was mit ihr los war.

»Gerade soviel, daß deine Kids eine Woche in Reeboks rumlaufen können.«

Die beiden Frauen grinsten sich an. Sie genossen ein Spiel, das begonnen hatte, als sie sich mit zwölf in der Schule in Holland Park kennengelernt hatten. Joyce war dort hingegangen, weil sie keine Wahl hatte. Helen hatte sich dem Wunsch ihrer Mutter, sie auf eine Privatschule zu schicken, widersetzt und darauf bestanden, auf die staatliche zu gehen, wo die meisten ihrer Freunde waren. Beide waren mit sechzehn abgegangen und hatten dann unterschiedliche Wege eingeschlagen, waren jedoch eng befreundet geblieben. Joyce stieg in der Transportfirma ihres Onkels ein und arbeitete sich von einer Sekretärin zur Lastwagenfahrerin hoch, bevor sie heiratete, drei Kinder bekam und sich angeblich auf die Gemeindewohnung in Ladbroke Grove beschränkte. Doch immer wenn das Geld knapp oder der Drang, dem häuslichen Herd zu entfliehen, zu groß wurde, schwang sie sich für eine Woche hinter das Steuer eines Lastwagens und überließ die Kinder und ihren Mann Brian der Obhut ihrer Mutter. Joyce lebte ein Leben, das zu ihr paßte. In ihren Augen ging auch Helens Inkarnation als Banker, ihr Versuch, ehrbar zu werden, nicht über die beigefarbene Tarnkleidung hinaus. Es war ständiges Thema ihrer Witze.

»Dann sieh zu, daß du besser wirst«, sagte Joyce. »Die Zwillinge haben demnächst Geburtstag und erwarten natürlich eine Sensation von ihrer Patentante.«

»Freche kleine Kerle! Sag ihnen, wenn sie Glück haben, dürfen sie sich einen Marsriegel teilen.«

Joyce lachte. Helen verwöhnte ihre Kinder, so oft sie nur konnte, und wickelte sie mit ihrer Mischung aus Charme und Einschüchterung dermaßen ein, daß sie sich in kleine Engel verwandelten, solange sie da war.

Sie gingen Richtung Blomfield Street und stiegen die Treppe zu Balls Brothers hinunter. Das Restaurant war ruhig, aber in wenigen Minuten würde der erste Schwung von hungrigen Gästen hier einfallen. Sie begrüßten Claudio, den Manager, der sie zu einem Ecktisch führte und innerhalb von wenigen Augenblicken mit zwei Bieren wieder zurückkam. Zufrieden beobachtete er, wie Helen ihr Glas in einem Zug leerte. Er brachte ihr ein neues und nahm ihre Bestellung auf.

47

»Steak und Chips, Claudio. Zweimal.« Dann sagte sie zu Joyce gewandt: »Seit wann bist du zurück?«

»Seit gestern abend. Eigentlich sollte ich erst heute morgen kommen, aber Brian konnte es mal wieder nicht abwarten, daß ich nach Hause komme.«

»Und wo warst du?«

»London, Newcastle, Cornwall, London.«

»Also weit. Wie war's?«

»Gut. In Newcastle hat mich ein toller Typ angemacht ... du würdest nicht glauben, was er gesagt hat.«

Helen setzte ein schiefes Lächeln auf: »Versuch's mal.«

Joyce beugte sich dichter zu Helen herüber und senkte die Stimme.

»Er hat gesagt, er würde einen Fotografen kennen, mit dem er an einem Trucker-Kalender arbeitet. Er wollte, daß ich in einem roten Lederbustier mit langen schwarzen Stiefeln und einer Peitsche auf meinem Laster posiere. Er meinte, ich würde eine tolle Domina abgeben.«

»Da hatte er ja nicht ganz unrecht.«

Das Essen kam, herrlich knusprige Pommes frites und saftige Steaks. Sie machten sich heißhungrig darüber her.

»Wie geht's eigentlich Dai?« fragte Joyce. Dai war Helens Patenonkel, der Mensch, der sie vermutlich besser kannte als irgendwer sonst auf der Welt.

»Gut«, murmelte Helen und kaute weiter.

»Und Munza?«

»Auch.«

Nach Roddy fragte Joyce nicht. Sie konnte ihn nicht ausstehen und tat immer so, als existiere er nicht.

»Was macht die Arbeit?« bohrte sie weiter und schob sich eine Gabel voll Pommes frites in den Mund.

»Alles in Ordnung. Wallace entpuppt sich als Racheengel, der den neuen Praktikanten schikaniert.«

»Mistkerl.«

»Genau.«

Joyce legte Messer und Gabel hin und musterte Helen mit zusammengekniffenen Augen.

»Woran denkst du, Hel? Nach außen gibst du dir den Anschein, als sei alles in Ordnung, aber irgendwas geht in dir vor. Ich spüre es bis hierher.«

Helen sah auf und strich sich das Haar aus dem Gesicht. »Ach, Joyce. Ich bin so unruhig und merke, wie ich von Tag zu Tag ruheloser werde. All die alten Gefühle. Vor vier Jahren glaubte ich noch, daß ich sie ein für allemal abgeschüttelt hätte.«

»Du willst wieder los, was? Alles hinschmeißen?«

»Stimmt.«

»Ich verstehe das nicht. Du arbeitest fünf Tage pro Woche in einem Job, in dem du erfolgreich bist. Und obendrein verdienst du mehr Geld als ich mir vorstellen kann, es sei denn, es wäre illegal.«

»Du kennst mich doch. Ich bin nicht gut im Auf-der-Stelle-Treten. Ich will immer sehen, was sonst noch so los ist. Jenseits des Tellerrands.«

»Willst du wieder auf die Suche nach deinem Vater gehen?«

»Weiß ich noch nicht. Ich habe ja eigentlich nie richtig gesucht. Ich meine, ich hatte keinen Plan. Ich bin einfach da ausgestiegen, wo das Boot vor Anker ging. Nicht daß ich jetzt einen Plan hätte. Ich habe nur das Gefühl, daß da draußen etwas ist, weit weg. Ich muß was unternehmen, irgendwas, ich weiß nicht, was. Entweder dieses Ding in meine Umlaufbahn bringen oder mich in seine begeben.«

»Ist das deine Intuition?«

»Ja, irgendwas kommt auf mich zu, Joyce, ich spüre es.«

»Was Gutes oder Schlechtes?«

»Keine Ahnung. Ich weiß nur, daß es groß ist.«

Einen kurzen Augenblick hätte Joyce sie am liebsten gedrängt, ihren Plan zu ändern, wie er auch aussah, und hierzubleiben, wo sie sicher war. Doch es gelang ihr nicht, die plötzliche Angst in Worte zu fassen.

8 Helen machte um halb fünf Feierabend, unschlüssig, was sie Wallace und Roddy zum Abendessen vorsetzen sollte. Das Schlimmste für eine Profiköchin, schlimmer noch, eine erstklassige Profiköchin, sind die Erwartungen der anderen. Daß sie seit vier Jahren nicht mehr in der Küche gestanden hatte, um damit ihren Lebensunterhalt zu verdienen, war keine Entschuldigung. Sie war qualifiziert und besaß sogar ein Abzeichen, um es zu beweisen. Vor dreizehn Jahren, als sie mit sechzehn die Schule abschloß, hatte ihre Mutter geglaubt, ein sechsmonatiger Kochkurs könne eine nützliche Sache sein. Es wäre eine zusätzliche Möglichkeit, Geld zu verdienen und eines Tages den passenden Mann zu finden. In diesem Kalkül war keinerlei Romantik enthalten gewesen, nur rein praktisches Denken. Helen gab es ungern zu, aber ihre Mutter hatte recht behalten, wenn auch nicht so, wie sie es vorhergesehen hatte. Das Abzeichen hatte ihr eine Stellung als Schiffskoch auf einem achtundzwanzig Meter langen Boot namens »Escape« und acht Jahre lang Kreuzfahrten durchs Paradies verschafft. Und sie hatte ihr John Savage, den Vorstandsvorsitzenden von Goldsteins über den Weg laufen lassen, als er die »Escape« charterte. Mit einer Herausforderung, einer Partie Backgammon und viel Sachverstand hatte sie Savage ihre Chance als Banker abgetrotzt. Aber wie auch immer, wenn es ums Essen ging, war sie Köchin und urteilte dementsprechend.

Sie nahm die U-Bahn, stieg fünfundzwanzig Minuten später in Queensway aus und steuerte auf Whiteley's Einkaufszentrum zu. Grinsend betrat sie Marks and Spencer. Sie würde bluffen. Kein Mensch würde erwarten, daß eine so ausgezeichnete Köchin wie sie ihren Gästen Fertigkost vorsetzte. Sie schlenderte mit der Einkaufstasche über der Schulter durch die Gänge und packte mit heimlicher Genugtuung Shepherd's Pie, gewaschenen und abgepackten Feldsalat, tiefgekühlten Apfelstrudel und Custard mit echter Sahne hinein. Sie würde den besten der Weine servieren, die Dai ihr mitgegeben hatte, den Custard mit einem Spritzer Brandy verfeinern, alles auf ihrem feinsten Geschirr anrichten, und die Jungs wären im siebten Himmel, weil sie sich einbildeten, daß sie ihretwegen stundenlang in der Küche gestanden hatte. Um zu retten, was von ihrem Gewissen noch übrig war, kaufte sie bei Dewhurst's noch ein Pfund Suppenfleisch und ging nach Hause.

Dort schob sie Billie Holliday mit *Lady in Satin* in ihren tragbaren CD-Player, machte eine Dose Kitekat auf und fütterte zuerst den ungeduldigen Munza. Dann packte sie ihre Einkäufe aus, versteckte die verräterischen Plastiktüten und Verpackungen von Marks and Spencer und stellte den Topf mit dem Suppenfleisch auf kleine Flamme.

Im Schlafzimmer zog sie Trainingsanzug und Turnschuhe an und flickte das Loch im Fahrradreifen. Nach fünf Minuten Yoga-Stretching zum Aufwärmen brach sie in der Dämmerung Richtung Kensington Gardens auf.

Sie joggte gern am Abend. Sie liebte das Gefühl der Kraft, das mühelose, fast lautlose Dahingleiten im Schutz der Dunkelheit. Eine einsame Frau galt zwar seit alters her als leichte Beute. Doch wenn sie bei Nacht joggte, fühlte sie sich wie ein Jäger. Wahrscheinlich beschwor es irgendwelche uralten Erinnerungen in ihren Genen. Sie wußte zwar, daß sie bei einbrechender Dunkelheit im Park eine gewisse Vorsicht, wenn nicht sogar Angst an den Tag legen sollte, schlug sie jedoch in den Wind, so wie sie sich keineswegs auf die beleuchteten Wege beschränkte. Ihre Aikido-Kenntnisse verliehen ihr Selbstvertrauen, aber es war mehr als das. Vor Jahren hatte sie die Dunkelheit lieben gelernt und sich so oft wie möglich freiwillig zur Nachtwache gemeldet, wo sie dann allein über dem schwarzen Meer saß und die riesigen, leuchtenden Sterne am Firmament betrachtete. Die Nacht war ihre Freundin, keine Quelle der Angst. Ein Zustand, in dem sie sich entspannen konnte, wo niemand sie beobachtete, wo sie einfach frei war.

Sie rannte hinunter bis zum See, der jetzt ganz verlassen von allen Singvögeln, Enten und Gänsen dalag. Sie hatten sich schon ein Plätzchen gesucht, wo sie sich zum Schlafen aneinander kuschelten. Sie lief einmal um das Wasser und steuerte dann quer über das Gras auf den Musikpavillon zu. Sein grüngeflecktes Kupferdach schimmerte in der Nacht.

Allmählich setzte ihr Körper Endorphine frei. Sie verließ den Pfad und lief zwischen den Bäumen weiter. Es war beinahe so, als joggte sie auf dem Land, auf Dais Grundstück in Wiltshire. Der

Verkehrslärm war noch als fernes Dröhnen zu hören, doch wenn sie sich Mühe gab, konnte sie sich auch einreden, es wäre das Rauschen eines Wasserfalls.

Jetzt näherte sie sich ihrer Lieblingsstatue in London. Es war eine dunkle, verwitterte Bronzestatue, die ein Pferd mit Reiter darstellte. Das Pferd wehrte sich gegen den Zaum und beugte den kräftigen, muskulösen Hals zur Brust hin, während die Hinterbeine gestreckt waren, als wollte es jeden Augenblick fliehen. Der Reiter, der einer klassischen griechischen Statue nachempfunden war, hielt die Hand über die Augen und suchte den Horizont ab. Die Bronze hieß *Physical Energy* und war eine sehr gelungene Illustration dieses Begriffs, der in der geballten Kraft des Pferdes und seiner Beherrschung durch den Reiter wunderbar zum Ausdruck kam. Helen blieb einen Augenblick davor stehen, dann rannte sie weiter Richtung Serpentine. Sie kam an der Skulptur von Peter Pan vorbei und fragte sich, wie es wohl sein mochte, in ewiger Jugend erstarrt zu sein, sich nie weiterentwickeln zu können. Dann war es Zeit, umzudrehen und zum See zurück zu laufen. Sie kam an dem großen Obelisken vorbei, der zum Gedenken an eine Nilexpedition im Jahre 1864 aufgestellt worden war, immer noch elegant, aus rosa Granit und voller Erinnerungen an ferne Länder. Einen Moment lang spürte sie beinahe den heißen Wüstenwind auf der Haut. Und dann dieses heftige Verlangen zu fliehen, das sie in letzter Zeit wieder so häufig überfiel. Wie hatte sie glauben können, daß die Wanderlust sie verlassen hätte? Vier Jahre in der City hatten nichts geändert, sondern ihr allenfalls ermöglicht, sich auszusuchen, in welchem Teil eines Flugzeugs sie reisen wollte.

Als sie den Park verließ und die Bayswater Road überquerte, schlugen Lärm und Geschäftigkeit der Großstadt wieder über ihr zusammen. Sie wich in die kleinen Seitenstraßen aus und steuerte Richtung Petersburgh Place. Dieser Teil von London war von einer merkwürdigen Anonymität geprägt. Auf den Straßen hörte man Dutzende von Sprachen, und aus den Küchen strömten alle möglichen Essensdüfte. Einen Augenblick wünschte sie, unter den Deckmantel dieser Anonymität schlüpfen und aus ihrer eigenen Kultur heraustreten zu können, um sich allein in ein Restaurant zu setzen, in dem sie noch nie gewesen war und wo niemand sie kategorisieren würde. Fremde in einem fremden Land zu sein. Wie wunderbar mußte das Gefühl sein, daß man sein Gepäck auf einem anderen Kontinent zurückgelassen und alle alten Verbindungen gekappt hatte.

Sie rannte an der St. Matthew's Church vorbei. Die Kirche war riesig, aus rußgeschwärztem gelbem Stein mit großen, dunklen Fenstern und imposanten Eichenportalen. Dann bog sie in die Moscow Road ein und sah die russische Basilika mit ihrer grün angelaufenen Kuppel vor sich. Sie konnte sogar den Weihrauch riechen, als sie vorbeilief. Sie kam zum grünbelaubten Pembridge Square, drosselte ihr Tempo und legte die letzten hundert Yards bis zum Dawson Place im Schrittempo zurück.

Diesmal ließ sie das Stretching aus und nahm statt dessen eine lange heiße Dusche. Dann wusch sie sich das Haar und kämpfte fünf Minuten mit dem Fön, bevor sie aufgab und es von selbst trocknen ließ.

Normalerweise gab sie sich keine große Mühe mit ihrer äußeren Erscheinung. Sie benutzte kein Make-up, abgesehen von Lippenstift in natürlichen Brauntönen, dafür aber reichlich teure Wundercremes, in der Hoffnung, die Falten zu bekämpfen, die immer sichtbarer wurden, seit sie ihren Job in der City angenommen hatte. Schließlich stand sie vor ihrer Parfum-Sammlung, griff nach dem Flakon mit *Nahema* und sprühte sich verschwenderisch damit ein.

Sie schlüpfte in Jeans und ein weißes T-Shirt. In weniger als fünf Minuten hatte sie in der Küche alles vorbereitet, ging dann ins Schlafzimmer und zog einen langen Lederkasten aus dem Schrank. Sie legte ihn aufs Bett, öffnete ihn vorsichtig und betrachtete voller Ehrfurcht das schimmernde Tenorsaxophon auf dem schwarzen Samt. Das war das einzig Gute, das ihr von den drei Jahren mit Caz, ihrem Musikerfreund aus der Teenagerzeit, geblieben war. Sie fragte sich, was er wohl heute machte. Ob er immer noch Teenies aufgabelte und sie mit seinen Jazznächten, verrauchten Clubs und dem unwiderstehlichen Charme eines *Künstlers* verführte? Und sie dann immer noch verprügelte, wenn sie seine Alltagswelt, den abgestandenem Zigarettenqualm, den kalten Kaffee und das Tief nach einem Auftritt satt hatten? Du hast dir die Falsche ausgesucht, flüsterte sie leise und dachte

53

daran, wie sie ihn das letzte Mal gesehen und er das letzte Mal versucht hatte, sie zu schlagen.

An seinen guten Tagen hatte er ihr das Saxophonspielen beigebracht. Als sie eine natürliche Begabung zeigte, hatte er ihr das Instrument geschenkt, das sie jetzt in der Hand hielt. In jener Zeit hatte sie nicht weinen oder über ihre Gefühle sprechen können; sie hatte nicht einmal versucht, sie in Worte zu fassen. All ihr Schmerz, ihre Einsamkeit und ihre unstete Freude verwandelten sich unter dem alchemistischen Einfluß des Saxophons in reine Schönheit. Sie erinnerte sich an die Gemeindewohnung in Belsize Park, wo sie im zehnten Stock am offenen Fenster gestanden und sich die Seele aus dem Leib gespielt hatte, während das nächtliche London im orangefarbenen Licht der Straßenlaternen verschwamm.

Sie schaltete die Lampe aus und trat ans Fenster. Ein paar Sekunden stand sie reglos da und hielt das Saxophon an die Brust. Dann hob sie das Mundstück an die Lippen wie die Hand eines Geliebten, und die Töne entströmten dem Instrument wie eine Klage. Helen legte den Kopf in den Nacken und ließ sich von der Musik durchrieseln. »Lily was here« spielte sie, wieder und wieder, wie eine Klage.

9 Hugh Wallace, Roddy Clark und Helen saßen in der luxuriösen, von Kerzen erhellten Dunkelheit des Wohnzimmers und genossen die heiße, mit einem Schuß Wodka versetzte Consommé. Zwischen Wallace und Roddy herrschte die Vertrautheit alter Freunde, die gelegentlich auch Rivalen waren. Sie hatten dieselbe Schule besucht, ihre Familien kannten sich, und ihr Leben war mehr oder weniger parallel verlaufen, nur interessierte sich der eine mehr für Zahlen und der andere für Worte. Wallace mangelte es an Roddys scheinbar sicherem Auftreten; dafür besaß er das Geld, nach dem Roddy sich sehnte. Er hatte sogar Roddys Leidenschaft für Skulpturen übernommen und nach eigener Einschätzung noch übertroffen, als er ein Stück kaufte, das er ebenso um seiner selbst willen schätzte wie aus dem Bewußtsein heraus, daß Roddy es sich nie hätte leisten können. Wal-

lace' finanzielle Überlegenheit sorgte für ein empfindliches Gleichgewicht zwischen den beiden Männern. Nicht daß Wallace Roddy je richtig mögen oder ihm vertrauen würde. Traue niemandem. Laß niemanden rein. Rechne immer mit Ablehnung. Früher oder später kommt sie. Das hatte er schon in dem kalten Haus im schottischen Hochland gelernt, wo er als einziges Kind seiner stets abwesenden Eltern so oft wie möglich ins Internat verfrachtet worden war. Nur damit er ihnen nicht im Weg war.

Wallace und Helen unterhielten sich über die Transaktionen des heutigen Tages. Roddy schaltete ab und sah sich wehmütig um. Er liebte diesen Raum. Er vermißte das Gefühl, ihn, wenn auch nur vorübergehend, mit Helen zu teilen, wie es früher der Fall gewesen war. Die Wände waren dunkelrot, Sofas und Sessel weich gepolstert, Wände und Boden mit kostbaren persischen Teppichen aus Wolle und Seide bedeckt. Dieser Raum war ganz und gar durchdrungen von Helen, überall Schnickschnack und Nippes, farbige Schachteln, aus knorrigen Ästen geschnitzte Schlangen, Kohlezeichnungen, jeder erdenkliche Plunder aus ihren Seemannszeiten und zwischendrin Dais erlesene Geschenke – Teppiche, Silber, ein paar Gemälde. Kindliche Sammelwut und kultivierter Geschmack, in einer Person vereint. Während er sich umsah, verspürte er einen unerwarteten Schmerz, fast die Vorahnung eines neuerlichen Verlustes, und merkte plötzlich, daß er versuchte, sich die Einzelheiten des Zimmers einzuprägen: ein gerahmtes Porträt von Helen und Dai, die mit den Dobermännern spielten, ein Paar kunstvoll gearbeitete silberne Kerzenleuchter, das Gemälde einer Feluke auf dem Nil.

»Nun, was gibt's Neues in der Welt der Reporter?« Wallace' Frage riß Roddy aus seinen Gedanken. »Was ist der Knüller des Tages?«

»Ein Interview mit Mrs. Stewart Watts«, antwortete Roddy nervös und versuchte, seine Gedanken zu sammeln.

»Wer um alles in der Welt ist das?«

»Die betrogene Ehefrau eines Abgeordneten«, erklärte Helen.

»Und was hatte sie zu sagen?« fragte Wallace. »Außer daß sie ihm am liebsten die Eier abhacken würde?«

Helen beobachtete die beiden und war hin und her gerissen zwischen dem Ekel und der Faszination, die sowohl von der

Regenbogenpresse als auch den sogenannten respektablen Blättern geweckt und geschürt wurden. Sie machten die Reporter und ihre Leser gleichermaßen zu Junkies, und alle waren süchtig nach Leid, Erniedrigung und der Bloßstellung fremder Menschen.

»Du wärst überrascht«, erwiderte Roddy. »Wenn man den Leuten das Mikrophon einer bedeutenden Tageszeitung vor die Nase hält, hören sie gar nicht mehr auf.«

»Du meinst, sie beißen an«, sagte Helen.

»Was soll das heißen?«

»Du machst ihnen weis, daß es ihre große Chance ist, die Geschichte ihres Lebens loszuwerden, ihre Meinung zu sagen, die Fakten auf den Tisch zu legen.«

»Genau.«

»Als wären Fakten unabänderlich.«

»Worauf willst du eigentlich hinaus, Hel?« Manchmal fand er die hohen moralischen Maßstäbe, die sie an seinen Beruf legte, wirklich zum Kotzen.

»Ach, hör auf, ihr seid doch Experten darin, Tatsachen zu verdrehen, ihnen mehr oder weniger Bedeutung zu schenken, und dann einen Kommentar aus einer anderen Quelle dazwischenzumogeln, der alles lächerlich, naiv oder falsch erscheinen läßt, je nach Perspektive.« Helen beobachtete Roddy und nahm die Verärgerung wahr, die Maske des in seiner Berufsehre verletzten Journalisten und die raschen, verschleierten Blicke, die er mit Wallace wechselte.

»Nun?« fragte sie herausfordernd.

»Fakten sprechen für sich selbst«, sagte Roddy.

»Die objektive Wahrheit, meinst du?« fragte Helen und versuchte, sich ihre Geringschätzung nicht anmerken zu lassen.

»Willst du mir etwa einreden, daß es sie nicht gibt?« fragte Roddy.

Wallace' Stimme mischte sich ein, beiläufig und sorglos. »Ich glaube, es war der Duke of Wellington, der das Konzept der reinen Objektivität als erster mit Hohn und Spott übergossen hat. ›Die Geschichte einer Schlacht? Genausogut könnten Sie mich nach der Geschichte eines Balls fragen.‹ Etwa so, wenn mich meine Erinnerung nicht täuscht.«

Helen und Roddy lachten, und ihre blitzenden Augen besänftigten sich, als sie an Wallace hängenblieben, der über diesen kleinen Triumph um des lieben Friedens willen lächelte.

»Habt ihr Hunger?« fragte Helen plötzlich und sprang auf.

»Und wie!« sagte Roddy.

»Mir knurrt schon die ganze Zeit der Magen!« erklärte Wallace.

Helen überließ die beiden sich selbst und ging wieder in die Küche.

Roddy sah ihr nach, dann stand er auf und schenkte sich ein neues Glas Wein ein. Er trank es halb aus und sagte dann, wie zu sich selbst:

»Ich weiß nicht, was mit ihr los ist. Sie ist in letzter Zeit so gereizt.«

»Vielleicht hat sie einfach keine Lust mehr, sich noch mehr Blödsinn anzuhören.«

»Du meinst, nachdem sie den ganzen Tag nichts anderes zu hören bekommt?«

Wallace ignorierte Roddys Seitenhieb. »Es ist doch kein Wunder, daß sie hin und wieder um sich schlägt.«

»Und sich über meinen Berufsstand lustig macht?«

»Dein Berufsstand hat ihren Vater auf dem Gewissen.«

»Ach, hör auf.«

»Hast du das Zeug gelesen, das man über ihn verzapft hat?«

»Du etwa?«

»Zufälligerweise ja. Schwindler, Betrüger, Verbrecher, du würdest nicht glauben, wie viele Zeugen man aufgetrieben hat, die aussagten, sie hätten es ja schon immer gewußt, er sei nicht ganz koscher, ein bißchen verschlagen, keiner von uns. Dabei hatte man ihm nicht mal den Prozeß gemacht.«

»Nein, statt dessen ist er abgehauen.«

»Man hat ihm nie den Prozeß gemacht, er ist nie verurteilt worden, und trotzdem hat ihn jedes Blatt in diesem Land in der Luft zerfetzt.«

»Er hat seine Schuld in dem Moment eingestanden, als er geflohen ist, oder etwa nicht? Eine Menge Geld war aus seiner Bank verschwunden, nach heutigem Wert müssen es etwa sechzig Millionen gewesen sein, und einen Tag, bevor der Diebstahl bemerkt wurde, hat er sich abgesetzt. Das ist eine Tatsache.«

57

»Reine Mutmaßung. Wer kennt schon die ganze Geschichte?«

»Muß man sie kennen? Die Presse wußte genug.«

»Oder glaubte es zumindest«, murmelte Wallace. »Was letztlich aufs gleiche hinausläuft. Weißt du was, das Schlimmste, was deinem Gewerbe passiert ist, war Watergate. Ihr habt einen Präsidenten gestürzt. Ihr seid nicht der vierte Stand, ihr seid der erste. Gott helfe jedem, der euch in die Hände fällt.«

»Du hast schon immer eine Schwäche für Versager gehabt. Klassischer Fall von Opfer-Mentalität.«

»So was nennt man Mitgefühl. Das kannst du deinem Wortschatz hinzufügen.« Hugh quälte sich aus dem Sofa und ging in die Küche.

Roddy stand auf und ging ins Bad. Er hatte immer das Gefühl, daß er sich für einen Abend mit Wallace stärken mußte. Irgend etwas an Wallace' Humor erschien ihm hinterhältig. All diese angebliche Schüchternheit, die sich hinter einer Fassade aus Geld versteckte. Helen und er sprachen eine gemeinsame Sprache, in der von Prozentpunkten, Betas und Volatilität die Rede war, einen unbegreiflichen Slang, der ihn, den Journalisten, zum Schweigen verurteilte. Er redete sich ein, daß er diese Ausdrucksweise verabscheute und nicht ausstehen konnte, wofür sie stand, nämlich für einen völlig seelenlosen Austausch von Geld oder einen unblutigen Krieg, ausgetragen von finanziellen Söldnern, die er an seinem Tisch nicht dulden würde. Und doch saß er hier mit zwei Exemplaren diese Sorte von Menschen. Er hätte an Wallace' Stelle sein können, so ähnlich waren sie sich von ihrer Herkunft her, wären nicht diese Millionen von Pfund gewesen, die sie voneinander trennten. Und Helen müßte eigentlich ihm gehören.

Er schloß die Tür zum Badezimmer hinter sich ab und lehnte sich gegen das Waschbecken. Dann ließ er den Blick über das gläserne Regal wandern, das Helen an einer Wand angebracht hatte. Ein Fach war für verschiedene Cremes und Lotions reserviert, die beiden anderen enthielten ihre Sammlung von Parfumfläschchen. Helen kaufte sie geradezu zwanghaft. Sie hatte mehr Duftnoten, als sie in ihrem ganzen Leben würde benutzen können, von großen Modehäusern wie Chanel, Christian Dior und Givenchy ebenso wie von den internationalen Parfumherstellern. Außerdem hatte sie vor einiger Zeit die neuen, kleineren Spezialisten entdeckt, Jo Malone in der Walton Street oder L'Artisan Parfumier in einer Seitenstraße von Chelsea. Sie kaufte Parfums wie andere Leute Wein. Jeden Tag legte sie einen anderen Duft auf, je nach Stimmung. Das Ergebnis war ein Sammelsurium, das ihm den Kopf verdreht hatte. Geißblatt in Sommergärten, ein Abend in der Oper, Jasmin in einer heißen Nacht in Spanien, Zitronenhaine im herbstlichen Griechenland. Hinter der Maske ihrer Düfte war sie eine Zauberkünstlerin. Er hätte ihre Affäre anhand der Parfums nachzeichnen können, die sie benutzt hatte. Vergißmeinnicht, heute müßte es Vergißmeinnicht sein, zur Erinnerung. Schließlich spritzte er sich eine Handvoll kaltes Wasser ins Gesicht und kehrte ins Wohnzimmer zurück.

»Hier. Du kannst die Teller nach drüben tragen, wenn du magst«, sagte Helen in der Küche. Einen Augenblick später erschienen Wallace und sie mit Tellern voller Sheperd's Pie und einer großen Schüssel Salat. So saßen sie um den Tisch, aßen, tranken, schon wieder viel zuviel, abgeschirmt vom Rest der Welt. Draußen begann es zu regnen, und die Scheiben beschlugen.

10

Normalerweise fuhr Helen gern mit dem Fahrrad zur Arbeit. Dann sauste sie durch die friedlichen Straßen, eingelullt von der Stille des frühen Morgens. Doch heute war sie ungewöhnlich nervös. Je näher sie Goldsteins kam, um so schlimmer wurde es.

Sie kaufte sich ihr Frühstück und setzte sich widerwillig an ihren Schreibtisch. Sie nahm eine Scheibe Toast, die vor Butter triefte, und tauchte sie in den Tee. Gott, wie gern wäre sie heute woanders gewesen. Sie hatte das mulmige Gefühl, daß irgend etwas schiefgehen würde. Vielleicht ging ihre sechswöchige Glückssträhne allmählich zu Ende. Sie registrierte die Warnung ihrer inneren Stimme und nahm sich vor, besonders vorsichtig zu sein. Nur noch zwei Tage. Morgen war Freitag, und ein langes Bank-Holiday-Wochenende lag vor ihr. Sie wollte es mit Dai auf seinem Landsitz in Wiltshire verbringen. Drei freie Tage, bis sie am Dienstag wieder arbeiten mußte, drei Tage nichts als Ruhe und gutes Essen. Sie wollte raus hier, nach Hause, weg von dem plötzlichen Gefühl, zu ersticken.

Dann klingelte die Leitung der AZC-Bank in Luxemburg, einer von Rankins regelmäßigen Vertragspartnern. Helen hatte vielleicht fünf oder sechs Mal mit Carlos, Rankins Händler bei AZC, telefoniert. Sie hielt ihn für einen Halunken, doch er war ein wichtiger Kontrahent von Rankin und galt auf dem Parkett als toller Hecht. In Rankins Abwesenheit hatte Helen gar keine andere Wahl, als seinen Anruf entgegenzunehmen.

»Hallo, Carlos.«

»Helen. Welch unerwartetes Vergnügen!«

»Oh, danke für das Kompliment. Andy ist nicht da.«

»Aha. Vielleicht können Sie ihm ausrichten, daß er mich später zurückrufen soll.«

»Er hat bis Dienstag Urlaub. Ich nehme an, Sie wollten ihm ein Geschäft vorschlagen.«

»Tja, das hatte ich tatsächlich vor. Aber es müßte heute noch sein.«

Helen stellte das Telefon auf stumm und rief Wallace zu: »AZC hat ein Angebot, Hugh.«

Wallace kam aus dem Büro. »Holen Sie mir einen Cappuccino, Keith. Mit viel Schokolade.« Er drückte dem Praktikanten ein paar Münzen in die Hand und setzte sich neben Helen.

Keith zog resigniert ab. Sein Pech. Immer wenn es spannend wurde, schickten sie ihn weg.

»Was will er?« fragte Wallace.

»Kann ich Ihnen helfen?« fragte sie Carlos.

»Davon bin ich überzeugt.«

»Worum geht es denn?« fragte Helen und wußte nicht, ob sie lachen oder kotzen sollte.

»Andy hatte einen KOSPI-Call, den ich vielleicht kaufen will.«

Helen stellte wieder auf stumm. »Er interessiert sich für eine Kaufoption am KOSPI. Weißt du irgendwas darüber?«

»Ja, wir haben den Preis gestern festgesetzt. Laß dir die Einzelheiten durchgeben, und ich prüfe, ob alles klar ist.«

»Was hat er quotiert?« fragte Helen, an Carlos gewandt.

Wallace griff nach einem zweiten Hörer und hielt ihn ans Ohr.

»Zwei Jahre, am Geld, eine halbe Million Einheiten«, antwortete Carlos.

Helen murmelte lautlos »Scheiße« vor sich hin. Das war eine riesige Transaktion.

»Wie steht der Strike-Price genau?« fragte sie ruhig.

»Einundneunzig fünfundsechzig auf sechs elf.«

»US-Dollar?«

»US.«

Helen warf Wallace einen Blick zu, der gedankenverloren in die Luft starrte und mit einer Haarlocke spielte. Er erwiderte ihren Blick und sagte leise:

»Mach es.«

Helen stellte auf stumm. »Hat der Markt sich nicht bewegt?«

Wallace schüttelte den Kopf. »Unwesentlich, zu unseren Gunsten. Mach es ruhig.«

»Wollen Sie den Handel sofort abschließen?« fragte Helen in den Hörer.

»Gleicher Umfang, gleicher Preis?«

»Ja.«

»Dann los.«

»Welche Regelung?«

»Die übliche.«

»Was bedeutet das, ich handele normalerweise nicht mit dem KOSPI.«

»Am nächsten Tag«, antwortete Carlos mit herablassender Freundlichkeit.

»Schön. Ich verkaufe Ihnen fünfhunderttausend Verkaufsoptionen auf den KOSPI zu einundneunzig fünfundsechzig.«

»Einverstanden. Sehr angenehm, mit Ihnen Geschäfte zu machen.«

Helen legte auf. »Ich hasse diese verdammten KOSPI-Deals. Es ist nicht mein Marktbereich. Ich habe keinen Schimmer davon. Wie kommt es bloß, daß Rankin jedes Mal weg ist, wenn dieser schmierige Kerl mit einem KOSPI-Deal an der Strippe hängt? Ich habe immer das Gefühl, daß er mich am liebsten vierteilen würde.«

Wallace wandte sich ab. Dann stand er auf. »Ach was, du hast einfach Pech.«

»Ha!« Sie riß ein Blatt vom Block und hielt die Einzelheiten des Handels fest.

Eine halbe Million Einheiten zu 91.65 US-Dollar pro Stück. Sie stellte die Rechnung auf. Der Spaß kostete Carlos 45.825.000 $, die morgen auf Goldsteins Konto fällig waren. Dafür gewährte Goldsteins ihm und AZC die Option, ihnen in zwei Jahren eine halbe Million Einheiten des koreanischen Aktienindexes am Geld abzukaufen, mit anderen Worten, zum heutigen Tageskurs des Index, der bei 611 stand. Der Preis pro Einheit, zu dem Carlos kaufte, war ein Prozentsatz davon. Helen rechnete aus, daß es fünfzehn Prozent waren, was in Ordnung war, soweit sie wußte. Das bedeutete, daß der KOSPI innerhalb der nächsten zwei Jahre um mehr als 15 Prozent steigen mußte, wenn Carlos auf seine Kosten kommen wollte. Goldsteins hingegen würden Gewinn machen, solange der KOSPI-Index weniger als 15 Prozent stieg, korrigiert um den Zeitwert des Geldes, denn sie würden zusätzlich zwei Jahre Zinsen für 45 Millionen Dollar kassieren. Diese Art von Handel basierte auf den unterschiedlichen Haltungen, die die beiden Parteien mit Blick auf die Zukunft vertraten. Wenn es noch komplizierter war, sicherte man sich gleichzeitig durch eine ebenso hohe, aber entgegengesetzte Transaktion mit einem anderen Partner ab, eine Übung, die als Hedge-Geschäft bezeichnet wurde.

»Scheiße, das ist ein großer Deal«, murmelte Helen vor sich hin. Einen Moment wurde ihr schwindelig. Als sie den Händlerschein ausgefüllt hatte, überflog sie ihn noch einmal, steckte ihn in den Schlitz einer Maschine, der ihn mit Datum und Zeit versah und warf ihn in die Ablage. Die dem Geschäft zugrundeliegenden Verpflichtungen für Goldsteins beliefen sich auf 611 multipliziert mit 50 000 – gigantische drei Milliarden fünfundfünfzig Millionen Dollar. Sie würden also eine halbe Million Verträge zu jedem Preis kaufen müssen, den der KOSPI in vierundzwanzig Monaten über 611 lag. Diese würden sie dann an Carlos für 611 pro Stück verkaufen müssen, ihr wahres Risiko lag also in der Differenz zwischen 611 und dem Preis in zwei Jahren, multipliziert mit 500 000. Wie man es auch drehte und wendete, es war ein verdammt großer Handel, fand Helen. Sie würden die Transaktion durch ein Hedge-Geschäft absichern müssen. Sobald sich die Märkte veränderten, würde sie oder vielmehr Rankin die Position, die sie gerade verkauft hatte, für vielleicht vierzig Millionen kaufen. Theoretisch. Aber in diesem großen und riskanten Markt war das Ausmaß potentieller Probleme und Verluste schier unübersichtlich.

Helen verbrachte die Mittagspause mit einem Spaziergang durch die Straßen der City und versuchte vergeblich, ihre Unruhe abzuschütteln. Sie war damit aufgewacht, und jetzt hatte der Handel mit AZC sie noch verstärkt. Sie hatte eine böse Vorahnung, die ihr völlig absurd schien. Normalerweise hatte sie um die Mittagszeit einen Bärenhunger, doch heute schaffte sie es gerade, am Finsbury Circus ein halbes Sandwich hinunterzuwürgen. Irgend etwas stimmte nicht mit der menschlichen Seite des Handels. Carlos und Wallace hatten eine fast unanständige Eile an den Tag gelegt. Wallace hatte ihr gesagt, daß der Markt sich zu ihren Gunsten bewegt hatte. Ein gerissener Kerl wie Carlos hätte sich auf dieser Basis normalerweise einen neuen Preis quotieren lassen. Warum sollte er etwas verschenken, wenn er es nicht nötig hatte? Die logische Konsequenz wäre, Wallace über den Handel zu befragen, aber ein Instinkt hielt sie zurück. Sie brauchte eine dritte Partei, jemand, der sich mit dem KOSPI auskannte. Das Problem war, daß es ein sehr spezialisierter Markt war. Dann fiel ihr plötzlich das Abendessen vom Dienstag ein, Reece Douglas. Sie trug dasselbe Kostüm wie an jenem Abend. Langsam griff sie in die Jackentasche und zog seine Visitenkarte heraus.

»Volltreffer!« Zum ersten Mal an diesem Tag grinste sie, dann kramte sie ihr Handy aus der Handtasche und wählte seine Nummer.

»Grindlays.«

»Reece?«

»Ja. Wer spricht?«

»Helen Jencks. Wir haben uns am Dienstag abend kennengelernt.«

»Oh, bei dieser schrecklichen Dinnerparty.« Er lachte. »Wie geht es Ihnen?«

»Gut«, log sie. »Hören Sie, ich weiß, es kommt ein bißchen überraschend, aber ich brauche einen professionellen Rat. Hätten Sie zufällig heute abend eine halbe Stunde Zeit, um sich auf einen Drink mit mir zu treffen?«

Es wäre ganz leicht und würde schnell gehen. Ein paar Wodkas, Beruhigung, wiederhergestellter Seelenfriede und das Leben wäre wieder so wie immer. Doch sie war alles andere als überzeugt.

11 Sie saßen in der überfüllten Bar von Corney & Barrow am Broadgate Circle. Reece trank ein Guinness, Helen hielt sich an einem kugelförmigen Brandyglas fest, in der Hoffnung, daß er ihren Magen beruhigen würde.

»Ich habe mich heute auf Ihr Territorium begeben«, erzählte Helen.

»KOSPI?«

»Ja.«

»Da müssen Sie vorsichtig sein, das kann schnell ins Auge gehen.«

»Ja.« Sie sah sich um. »Ganz unter uns, ich bin etwas beunruhigt.«

»Was haben Sie gemacht?«

Helen beschrieb ihm den Handel.

»Zu welchem Preis?«

»Einundneunzig fünfundsechzig.«

Reece nahm einen langen Schluck Guinness. Eine Weile sagte er gar nichts. Helen sah, wie er den Handel im Geiste nachvollzog.

»Sagen Sie das noch mal.«

»Stimmt was nicht?«

»Doch, doch. Wahrscheinlich habe ich mich verhört.«

Helen wiederholte, was sie gesagt hatte.

»Haben Sie dem KOSPI-Händler davon erzählt?«

»Er hat Urlaub, aber der Typ, der die KOSPI-Deals strukturiert, war dabei. Er hat zugestimmt. Warum? Was ist los?«

»Ich habe heute eine fast identische Transaktion abgewickelt, zu einhundertzweiundzwanzig.«

Helen rechnete leise nach.

»Soll das heißen, mein Preis lag um mehr als dreißig Punkte daneben?« Ihr drehte sich der Magen um.

Reece sah ihr in die Augen und nickte.

»Das kann nicht sein«, antwortete Helen ruhig. Wallace hat zugestimmt. Er hat den Preis gestern erst mit unserem KOSP-Händler strukturiert.

»Sie haben fünfhunderttausend Einheiten verkauft, stimmt's?«

Helen nickte.

»Das sind –«

»Ich kann selber rechnen.« Sie fuhr sich mit den Fingern durchs Haar. »Wenn Sie recht haben, lag unser Preis um fünfzehn Millionen daneben. Lieber Himmel! Sie müssen sich irren.«

»Ich irre mich nicht. Sie sollten mir lieber glauben.«

»Wallace macht keine Fünfzehnmillionendollar-Fehler. Und ich auch nicht.«

Lieber Himmel, das war das Ende ihrer Karriere. Doch eine Stimme in ihrem von Angst überfluteten Inneren flüsterte, daß es mehr war als das.

12 Helen und Joyce betraten den *dojo* im Ladbroke Centre. Die vertrauten weißgetünchten Wände und der dicke cremefarbene Tatami auf dem Boden entführten Helen in eine andere Welt, die als Zuflucht konzipiert war. Sie sog die kühle, nach Lorbeer duftende Luft ein und versuchte, sich zu beruhigen.

Die beiden Freundinnen zogen ihre weißen *gis* an, über denen beide schwarze, weite Hosen trugen, das Privileg der schwarzen Gurte. Joyce trug den schwarzen Gurt des ersten Dan, Helen den des zweiten. Ihre Sandalen ließen sie vor dem *dojo* stehen, mit der Ferse zur Tür; dann traten sie ein, knieten nieder und verbeugten sich vor einem Foto von O Sensai, Morihei Ueshiba, dem Begründer des modernen Aikido. Ueshiba hatte aus der uralten Kunst, deren Ursprünge zurückreichten bis zum Bushido des vierzehnten Jahrhunderts in Japan, eine Lebensphilosophie, eine Kampfkunst und zugleich eine ausgeklügelte Selbstverteidigungstechnik entwickelt. Die Schüler lernten, einen Angreifer in

Schach zu halten, statt ihn zu verkrüppeln oder gar zu töten wie in anderen, aggressiveren Kampfsportarten, Taekwondo oder Karate zum Beispiel. Trotzdem konnten manche Griffe tödlich sein, besonders die, mit denen man Druck auf lebenswichtige Nervenzentren ausübte. Aikido bedeutet »Weg der spirituellen Harmonie«. Man brachte den Schülern bei, mit Hilfe von geistiger Ruhe und Körperbeherrschung den Angriff eines Gegners abzuwehren.

Helen und Joyce gesellten sich zu ihrer Klasse, nämlich zehn anderen Studenten und ihrem Sensai, oder Lehrer, Dave. Joyce begrüßte die anderen und wechselte dann mit allen ein paar Worte. Helen hielt sich abseits und sprach mit niemandem. Die beiden Kummerfalten auf ihrer Stirn waren ausgeprägter als je zuvor. Pünktlich um acht begann der Unterricht. Es herrschte äußerste Konzentration. Jeder wußte, daß die kleinste Nachlässigkeit zu ernsthaften Verletzungen führen konnte. Zuerst wärmten sie sich auf, ließen die Arme kreisen, machten Stretching-Übungen und sammelten ihre *chi*-Energie. Dann gingen sie zum sogenannten Jumbi Dosa über, rudernden Bewegungen, die von tiefem Atmen und einem monotonen Gesang begleitet wurden. Diese Übung diente dazu, die Schüler von ihrem jeweiligen Alltag auf die Insel Aikido »wegzurudern«. Helen atmete langsam und gleichmäßig und versuchte, die Außenwelt hinter sich zu lassen. Anschließend übten sie ein rundes Dutzend verschiedene Techniken, Würfe und Haltegriffe. Zuerst war Helen der *uke*, also derjenige, der dem Angriff ausgesetzt ist, und Joyce der *nage*, dann wechselten sie die Rollen.

»Benutzt eure Mitte«, sagte Dave, während er die Schüler umkreiste und gelegentlich als *uke* oder *nage* einsprang, um einen bestimmten Punkt zu verdeutlichen.

»Hol mich in deine Mitte oder tritt hinter mich«, sagte er zu Helen. »Such den Kontakt. Genau. Wo immer es hingeht, du bist schon da.« Helen packte seinen Arm, hielt ihn im Rokkyo und warf Dave scheinbar mühelos auf den Tatami. Er rollte ab, sprang auf, und beide verbeugten sich voreinander. Mit leichten, raschen Schritten bewegte er sich durch den *dojo*, ohne je seinen leisen Kommentar zu unterbrechen. Seine Augen blitzten vor Energie.

»Laßt euch fallen, gebt den Angreifern die Kraft, die sie brauchen. Je mehr mich der andere zu verletzen versucht, um so einfacher ist es. Bewegt eure Mitte, bleibt in Bewegung, steht niemals still. Er sieht euch hier, und im nächsten Augenblick seid ihr schon woanders.«

Körper flogen durch die Luft und landeten wie kreiselnde Geschosse auf dem Tatami. Jedesmal, wenn sie zum Stillstand kamen, schlugen sie mit den Handflächen auf die Matte. Als unbeteiligter Beobachter hätte man glauben können, daß sie freiwillig fielen. Nichts von der großen Kraft, die im Spiel war, wurde sichtbar. Helen hatte Aikido schon immer als eine unsichtbare Kunst bezeichnet. Seine Anhänger bestätigten diesen Eindruck. Normalerweise machten sie nicht viel Aufhebens um ihre Aktivitäten. Auf der Straße merkte man ihnen nicht an, mit welcher Gewandtheit sie ihre Kraft einzusetzen verstanden.

»Senkt eure Mitte, hebt die eures Gegners. Hört auf zu tanzen«, fuhr Dave fort. Manchmal schien der *dojo* voller umherwirbelnder Derwische zu sein. Helen wischte sich mit dem Ärmel über das Gesicht; sie war schweißüberströmt. Sie holte gerade tief Luft, als Joyce sie angriff. Helen trat ein, und Joyce wirbelte sie durch die Luft. Helen rollte ungeschickt ab, eine Spur zu spät. Ein schneidender Schmerz durchfuhr ihre Schulter. Sie unterdrückte eine Grimasse, zwang sich, rasch wieder aufzustehen und verbeugte sich vor Joyce, die sie erschrocken anstarrte. Dave war wütend.

»Wenn sie einen Angriff plant, darfst du gar nicht da sein, sonst tötet sie dich. Wenn du glaubst, daß du getroffen wirst, stelle dich dem Schlag. Dein unbeugsamer Arm wird ihn abfangen. Du strebst nach Kontakt, nicht nach Kontrolle.«

Nach fünfzig Minuten beendeten sie die Sitzung mit Gleichgewichts- und Atemübungen, um frische *chi-Energie* zu sammeln, dann knieten sie in einer Reihe, verbeugten sich vor O Sensai und vor Dave und verließen nacheinander den *dojo*.

Nach dem Duschen und Umziehen holte Joyce ihr einen Orangensaft und nahm sie beiseite.

»Was ist los?«

»Was meinst du?«

»Na hör mal. Dein Timing war beschissen. Du kannst von Glück reden, daß du nichts abgekriegt hast.«

Helen seufzte tief. »Ich weiß es nicht. Es war ein komischer Tag im Büro.«

»Gestern war doch noch alles okay.«

»Ja, aber heute nachmittag ist was passiert.«

»Was?«

»Weiß ich nicht genau. Ich versuche noch, dahinterzusteigen.« Joyce zögerte. »Du siehst aus, als hättest du Angst, Hel.«

»Hab' ich auch.«

13 Als Helen am nächsten Morgen aufwachte, fühlte sie sich wie gerädert. Trotzdem schlüpfte sie in den Trainingsanzug, packte Kostüm, Schuhe und Bluse in die beiden Fahrradtaschen und strampelte los. Als wäre alles so wie immer.

Um sieben saß sie am Schreibtisch. Sie starrte auf ihr Frühstück und biß lustlos in den Toast. Keith streifte sie mit einem besorgten Blick.

»Alles in Ordnung, Hel?«

»Hmm? Ja, bestens. Ich hab mir nur den Magen verdorben, das ist alles.«

Dann kam Wallace hereingeschlurft. »Hi, Hel.«

Sie gab vor, in einen Artikel über Gewerkschaften in Hongkong vertieft zu sein, hob nur den Arm zum Gruß und ließ ihm Zeit, wie immer vor den Computern gleichsam in Trance zu fallen. Doch innerlich wartete sie die ganze Zeit darauf, daß man ihr den gestrigen Handelsschein unter die Nase halten und Zaha Zamaroh sie in der Luft zerfetzen würde. Ein schwarzer Plastikmüllsack, fünf Minuten, um ihren Schreibtisch auszuräumen. Gefeuert wegen Betrugs, was für eine Schande. Noch eine gescheiterte Existenz. Versagerin. Das ganze Drama einer öffentlichen Hinrichtung, nur um die schnatternden Massen zu befriedigen. Wenn es doch bloß schon vorbei wäre. Wenn nicht sie, dann hatten Wallace und Rankin sich um fünfzehn Millionen Dollar verhauen, ein Fehler, den man sich bei einem KOSPI-Experten und einem Derivative-Genie kaum vorstellen konnte.

Sie sah, wie Wallace auf seinen Drehstuhl plumpste, seine Monitore anstellte und sich so weit vorbeugte, daß er mit dem

Mund beinahe den Bildschirm berührte. Reglos und verzückt saß er da. Nur seine Augen flogen über den Bildschirm, und die Finger bearbeiteten die Tastatur. Er sah aus wie ein Schlangenbeschwörer, der ein elektronisches Instrument spielt und ein Nest von ineinander verschlungenen Nattern bändigt, bei deren Anblick jedem anderen das Blut in den Adern gefroren wäre. Auf diesen Augenblick hatte sie gewartet. Sie betrat sein Büro mit dem Beleg des gestrigen KOSPI-Deals in der Hand. Er sah nicht mal auf. Sie warf ihm den Schein auf den Schreibtisch und wandte sich wieder zum Gehen.

»Vielleicht kannst du mal einen Blick drauf werfen«, sagte sie über die Schulter. »Ich bin es nicht gewohnt, solche Scheine auszufüllen. Ich habe Angst, daß ich den falschen Partner draufgeschrieben habe oder so was.«

Er grunzte nur. Sie ging zurück zum Schreibtisch und wartete.

Alles hängt daran, dachte sie, an diesen wenigen Augenblicken: ihr Name und ihre Karriere, Wallace' und Rankins Karriere, ihrer aller Glaubwürdigkeit und darüber hinaus jene unsichtbare Gefahr, die sie nicht fassen konnte und die ihr angst machte.

Bei einem plötzlichen Geräusch fuhr sie zusammen und sah auf. Wallace kam aus seinem Büro und studierte den Zettel in seiner Hand. Sie konnte sein Gesicht nicht erkennen. Schritt für Schritt, mit gerunzelter Stirn, blasser Haut und eingefallenen Schultern kam er näher. Dann warf er ihr den Zettel zu, doch er landete auf dem Boden neben ihrem Schreibtisch. Wallace starrte darauf.

»Alles in Ordnung.« Damit kehrte er in sein Büro zurück. Helen bückte sich, um ihn aufzuheben. Sie hielt ihn an einem Zipfel fest, als sei er vergiftet. Hitzewellen überschwemmten ihr Gesicht. Sie rollte ihn zusammen, schob ihn in den Ärmel ihrer Bluse und stand auf.

Sie ging quer durch den Börsensaal zum Kaffeeautomaten. Hier war es ruhiger. Es gab ein paar Pflanzen, ein Fenster, Licht und bessere Luft. Sie stand ein paar Minuten da, schlürfte den dünnen Kaffee und ließ den Blick durch den Saal schweifen. Plötzlich sah sie alles wie aus der Distanz. Eine Heerschar von Händlern, die Krieg gegen andere Heerscharen in Dutzenden von gleich ausgestatteten Börsensälen auf der ganzen Welt führten. Und es ging nur ums Geld. Wer würde gewinnen? Goldsteins oder Carlos?

Es war, als zögen sich die Muskeln um ihr Herz zusammen, als wiche ihr Körper intuitiv vor etwas zurück, das ihr Bewußtsein nicht wahrhaben wollte. Ihr, mehr als jedem anderen, graute es vor Fehlern, wenn Geld im Spiel war, egal, in welchem Bewußtsein sie gemacht wurden. Reece mußte sich geirrt haben. Es konnte gar nicht anders sein. Aber irgendwie schaffte sie es nicht, sich davon zu überzeugen. Die Angst ließ sie nicht los. Sie ging hinüber zu den Kopiergeräten, fotokopierte den Schein, rollte ihn zusammen und schob ihn zusammen mit dem Original in den Ärmel zurück.

14 Helen traf sich mit Reece unten am Broadgate Circle. Es war ein kalter Tag, der Himmel war schiefergrau, und der Wind blies durch ihre Kleider. Abgesehen von ein paar Menschen, die zu ihren Büros strebten, waren Reece und sie allein. Sie öffnete ihre Handtasche, nahm den Händlerschein heraus und reichte ihn Reece.

Er brauchte nur einen Augenblick, um ihn anzusehen.

»Es ist der falsche Preis, Helen.«

Sie starrte ihn an. In ihren Augen lag Grauen. »Kein Wort darüber, okay?« sagte sie leise.

»Was haben Sie vor?«

Doch sie hatte sich bereits abgewandt. Der Wind peitschte ihr das Haar ins Gesicht.

Sie ging geradewegs zum Börsensaal zurück. Wallace hockte in seinem Büro vor den Monitoren. Helen glitt an ihren Platz und blätterte mechanisch durch die Schlagzeilen am Bloomberg-Bildschirm.

Zwei Gedanken in ihrem Kopf prallten aufeinander. Es sah so aus, als sei Rankin nie dagewesen, wenn Carlos angerufen hatte, um über seine riesigen KOSPI-Transaktionen zu verhandeln. Was, wenn es kein Fehler war? Es gab nur drei Möglichkeiten. Entweder Reece irrte sich, Wallace irrte sich, oder Wallace hatte den

Preis bewußt falsch angegeben, dafür gesorgt, daß Rankin nicht an seinem Platz saß und sie dazu gebracht, den Handel abzuwickeln. Doch diese Spekulation grenzte an Wahnsinn.

Wie verhält man sich normal, wenn einen das Mißtrauen befallen hat wie ein Virus, und jedes Zusammenfahren, jedes Flattern, jede Veränderung des Ausdrucks von Leuten beobachtet wird, die nur wenige Zentimeter entfernt sitzen? Wie lange kann man auf einen Monitor starren? Wie viele Nachrichten-Updates braucht man pro Stunde? Den Lunch ließ sie ausfallen; der Appetit war ihr ohnehin vergangen.

Gegen halb vier kam Wallace aus seinem Büro und schlug vor, daß Helen und Keith nach Hause gingen. Keith ließ sich das nicht zweimal sagen und machte sich sofort aus dem Staub. Helen zögerte und starrte vor sich hin.

Wallace musterte sie. »Alles in Ordnung, Hel?«

Sie erwiderte seinen forschenden Blick. Einen Augenblick sagte sie nichts.

»Ja. Ich bin bloß ein bißchen müde.«

»Gut. Dann bis Dienstag. Schöne Feiertage.«

»Ja, Hugh. Dir auch.«

Sie sammelte ihre Sachen ein und wandte sich zum Gehen. Auf halbem Weg zum Aufzug blieb sie plötzlich stehen und blickte sich um. Wallace schaute ihr nach. Ausnahmsweise stand er kerzengerade da, so daß er ihren Weg durch das Labyrinth der Schreibtische verfolgen konnte. Er wirkte ungewöhnlich aufmerksam, sein ganzer Körper schien angespannt. Dieses Bild blieb ihr noch lange im Gedächtnis; es waren die letzten Sekunden ihres alten Lebens.

15 Helen fuhr nach Hause und stellte das Fahrrad in einem unbenutzten Zimmer ab. Dann setzte sie sich im Schneidersitz auf den Fußboden und bereitete ihren Gegenangriff vor. Sie würde nicht bis Dienstag warten. Sie würde nicht passiv dasitzen, das Beste hoffen und so tun, als sei es besser, nicht zu wissen, was zum Teufel da vor sich ging. Sie war Probleme immer direkt angegangen statt zu warten, bis sie in eine Falle tappte.

Schließlich griff sie nach dem Telefon und wählte Reece' Nummer. Es klingelte und klingelte. Seine Privatnummer hatte sie nicht. Vielleicht war er schon nach Hause gegangen. Dann meldete sich eine fremde Stimme.

»Grindlays.«

»Kann ich mit Reece sprechen, bitte.«

»Der ist gerade weg.«

»Sind Sie sicher?«

»Ja, bin ich. Ich kann sehen, daß er auf dem Weg zum Aufzug ist.«

»Holen Sie ihn zurück. Bitte.«

»Wer zum Teufel spricht eigentlich?«

»Möglicherweise jemand, der ihm ein Wahnsinnsgeschäft anbietet.«

Sie wartete angespannt. Helen konnte sich vorstellen, wie der Wichser am anderen Ende abwog, was schlimmer war: sich die Mühe zu machen, Reece zurückzuholen oder eine nervige Frau abzuwimmeln, die möglicherweise ein Wahnsinnsgeschäft anzubieten hatte.

»REEEECE. Eine Frau.«

Helen bemitleidete jeden im Dreißig-Meter-Umkreis dieses Idioten, aber gleichzeitig hätte sie ihn küssen können. Sie hörte, wie der Hörer auf den Tisch geknallt wurde, und dann war es still.

»Ja?«

»Reece. Ich bin's, Helen.«

»Helen. Sie haben mich gerade noch erwischt. Wie geht's?«

»Mies. Ich brauche Ihre Hilfe. Könnten wir uns heute abend treffen?«

Es kam ihr vor wie eine Ewigkeit, bevor er antwortete.

»Wo und wann?«

»Bei mir, um zehn.«

»Gut, ich werde dasein.«

16

Reece kam um fünf nach zehn, in Jeans und Parka, mit schmalem Gesicht und besorgtem Blick. Er trug einen Wollpullover, der aussah, als hätte ihn jemand für ihn gestrickt. Helen konnte beinahe spüren, wie sich die Wolle an ihrem Gesicht anfühlen würde. Dieser Fremde zog sie an. An einem anderen Ort, und zu einer anderen Zeit, dachte sie bei sich. Manchmal neigte sie dazu, das Leben als kosmischen Witz anzusehen, und das hier war eine grandiose Gelegenheit.

Es lag eine merkwürdige Knappheit in ihrer Begrüßung, in der Art, wie er hereinkam, seinen Parka auszog und genau zu wissen schien, wo er sich hinsetzen sollte. Er wartete und schien kein Bedürfnis zu haben, das Schweigen zwischen ihnen unterbrechen zu müssen. Helen bot ihm einen Drink an. Er entschied sich für Whiskey. Sie nahm schwarzen Kaffee.

»Geht es um den KOSPI-Deal?« fragte Reece und musterte sie unter seinen dichten Augenbrauen.

Helen nickte. »Was, wenn es kein Fehler war?«

Reece nahm bedächtig einen großen Schluck Whiskey.

»Sie meinen, Wallace könnte bewußt einen falschen Preis genannt haben?«

»Er macht keine Fünfzehnmillionen-Fehler.«

»Was macht er dann?«

»Das weiß ich nicht. Und eigentlich möchte ich es auch gar nicht wissen, aber ich muß es rauskriegen.«

»Wie?«

»Ich habe im Lauf des letzten Jahres etwa acht KOSPI-Deals abgewickelt, immer wenn Rankin gerade nicht da war. Ich würde gern ins Büro fahren, sämtliche Unterlagen herauskramen und die Preise mit Ihnen vergleichen.«

Er nickte fast unmerklich, als sei es keine Frage, daß er ihr helfen würde.

»Haben Sie ein Handy?«

»Ja.«

»Ich nehme meins auch mit. Ich möchte lieber nicht die Büroleitung benutzen, weil sie alles aufzeichnet. Falls jemand aus Zufall in unsere Leitung gerät, würde er nicht wissen, wovon wir reden, aber wir sollten trotzdem vorsichtig sein, für alle Fälle.«

Sie tranken aus und nahmen ein Taxi in die City. Reece brachte Helen bis Goldsteins und ging dann weiter zu Grindlays.

Der Börsensaal lag im Dunkeln. Helen knipste eine Reihe von Lampen an und tauchte den Raum in blendendes Licht. Schimmernde Oberflächen, der Geruch nach Staub, der sich in den Tag und Nacht laufenden Rechnern festgesetzt hatte. Alles war still, fremd und unheimlich. Ihre nächtliche Anwesenheit im Börsensaal war keineswegs ungewöhnlich. Händler kamen häufig zu ungewöhnlichen Tages- und Nachtzeiten, wenn sie Transaktionen mit irgendwelchen Märkten in Übersee abwickelten. Trotzdem fühlte Helen sich nackt und entblößt, als könnte sie jeden Moment bei einem Verbrechen erwischt werden, dessen Namen sie nicht kannte. Dabei war sie unschuldig. Sie schloß ihren Aktenschrank auf und suchte nach den Unterlagen ihrer KOSPI-Deals, konnte jedoch nichts finden. Dann versuchte sie es mit Rankins Schreibtisch. Seine Schubladen waren abgeschlossen.

»Verdammt!« Wütend lehnte sie sich zurück, sprang dann auf und griff nach dem stählernen Brieföffner auf ihrem Schreibtisch. Sie schob ihn in den Spalt über der obersten Schublade von Rankins Schreibtisch, drückte ihn nach unten und brach das Schloß mit einem kräftigen Stoß auf. Dann zog sie die Schublade auf und blätterte durch Rankins Bücher mit den Händlerscheinen. Es dauerte eine halbe Stunde, bis sie sämtliche KOSPI-Deals gefunden hatte, die sie an Rankins Stelle getätigt hatte. Alle waren von Wallace abgesegnet worden. Sie stand auf und spähte durch den Börsensaal; ein Sicherheitsbeamter stand an der Tür. Helen winkte ihm zu und setzte sich wieder, in der Hoffnung, daß er von selbst verschwinden würde.

Sie schaltete ihr Handy ein und rief Reece an.

»Tut mir leid, daß es so lange gedauert hat; es gab Unmengen von Unterlagen, die ich durchwühlen mußte. Aber jetzt habe ich alle acht gefunden.«

»Macht nichts. Geben Sie mir die Einzelheiten durch.«

»Okay. Am achten Juli letzten Jahres habe ich vierhunderttausend Calls auf drei Monate zu einem Strike von 512 für eine Prämie von 76 pro Stück verkauft.« Helen hörte, wie er mit Papier raschelte und dann etwas in den Computer eingab. Nur wenige Minuten, vielleicht Sekunden, und sie wüßte Bescheid.

Jetzt brach das Klicken der Tastatur ab. »Falscher Preis. Ich habe 97.«

Helen überschlug die Zahlen im Kopf. Bei vierhunderttausend Einheiten brachte die Differenz von 21 Goldsteins ein Minus von 8,4 Millionen.

Weder Reece noch sie sagten ein Wort. In diesem Moment veränderte sich ihre ganze Welt. Sie rutschte von ihrer Achse und drehte sich plötzlich so schnell, daß sie das Gefühl hatte, von allem wegkatapultiert zu werden, was sie kannte und was ihr vertraut war. Jeden Augenblick würde sie in ein schwarzes Loch stürzen.

»Kommen wir zum nächsten Handel«, sagte sie mühsam. »Am zwölften September habe ich fünfhunderttausend Puts auf zwei Jahre zu 590 für 88 verkauft.«

Reece meldete sich. »112.«

Helen rechnete nach. 12 Millionen Dollar Verlust.

So ging es weiter, bis sie alle acht Transaktionen verglichen hatten. Am Ende hatte Helen ausgerechnet, daß Goldsteins mit insgesamt fünfzig Millionen Dollar im Rückstand lag. Je nachdem, wie die Börse sich entwickelte, konnte das einen direkten Verlust oder verlorene Profite bedeuten.

»Jetzt will ich noch ein paar von Rankins KOSPI-Transaktionen vergleichen, stichprobenartig«, sagte sie und betete, daß ihre Stimme nicht versagte. »Diejenigen, die er selbst getätigt hat.«

»Gut.«

Sie testeten zehn. Bei allen bewegten sich die Preise innerhalb des gleichen engen Spielraums wie die von Reece. Nur bei Helens Transaktionen stimmte etwas nicht. Sie blickte an die Decke und bot ihre ganze Willenskraft auf, damit sie aufhörte, sich zu drehen.

»Was wollen Sie tun?« fragte er.

»Weiß ich noch nicht. Ich muß erst mal nachdenken. Gehen Sie nach Hause, Reece.«

»Sind Sie sicher?«

»Ja. Und noch was, Reece.«

»Hm?«

75

»Danke.«

»Dafür, daß ich Ihre Welt zum Einstürzen gebracht habe?«

»Sie haben sie nicht zum Einstürzen gebracht. Machen Sie sich keine Sorgen, ich stehe noch aufrecht.«

Sie legte auf und saß zusammengekauert in der Stille da. Ein Sturm der Angst wirbelte um sie herum. Sie warf ihr Bewußtsein aus wie einen Anker. Das Bild war nicht schlecht, es erinnerte sie an eine Nacht im Südatlantik, als sie Tausende von Meilen von hier entfernt bei Windstärke neun zwischen fünfzehn Meter hohen Wellen gestanden und das Schiff dermaßen geschlingert hatte, daß sie nicht mehr wußte, wo oben und unten, ob sie im Himmel oder in der Hölle gelandet war.

Danach hatte nichts sie mehr umwerfen können. Langsam, aber sicher beruhigte sie sich, bis sie wieder einigermaßen klar denken konnte.

Sie griff nach dem Brieföffner, ging in Wallace' Büro und setzte sich an seinen Schreibtisch. Dort brach sie sämtliche Schlösser auf, eins nach dem anderen, und fing an, systematisch seine Unterlagen zu durchsuchen. Sie wußte nicht genau, wonach sie eigentlich suchte, aber eine Stunde später war ihr klar, daß sie es gefunden hatte. Sie war gerade dabei, ein Schloß des Aktenschranks aufzubrechen, als ihr der Öffner abrutschte, auf dem Boden aufprallte und dann unter den Schrank fiel. Sie kniete sich auf allen vieren davor und schob die Hand in den schmalen Schlitz zwischen Fußboden und Schrank. Als sie nach dem Öffner tastete, berührten ihre Finger ein Blatt Papier, das sie herauszog. Dann versuchte sie es erneut und erhaschte schließlich den Griff des Öffners. Mit einiger Mühe zog sie ihn heraus, und dabei fiel ihr Blick auf das Blatt, das sie gerade gefunden hatte. Prägeschrift auf schwerem, sahneweißem Papier. Sah teuer aus.

Helen Jencks.
Kontonummer: 247 96 26 76 2BV
Kontoauskunft, Tel: 246 5525

Sie nahm das Blatt und las den Briefkopf: Banque des Alpes, eine diskrete Schweizer Bank. Es war an sie adressiert, c/o Postfach, von dessen Existenz sie keine Ahnung hatte, und unterschrieben von einem gewissen Konrad Speck, den sie nicht kannte. Sie hatte mit der Banque des Alpes weder privat noch geschäftlich je zu tun gehabt. Sie schob die Schublade von Wallace' Aktenschrank zu und kehrte an ihren Schreibtisch zurück. Automatisch griff sie nach einer frischen Packung Zigaretten, die sie heute nachmittag in die Schreibtischschublade gelegt hatte. Mit zittriger Hand zündete sie sich eine an, inhalierte tief und rief vom Handy aus die Banque des Alpes an. Ein Anrufbeantworter meldete sich nacheinander auf Französisch, Deutsch und Englisch: »Willkommen bei unserem Spracherkennungsdienst.« Anrufer, die diesen Dienst in Anspruch nehmen wollten, so fuhr die metallische Stimme fort, könnten Auskunft über ihr Konto erhalten, indem sie ihren Namen und ihre Kontonummer nannten, sobald sie dazu aufgefordert wurden. Wenn die Angaben mit den zuvor von der Bank gespeicherten Angaben übereinstimmten, würden die Angaben telefonisch durchgegeben. Langsam und deutlich nannte Helen ihren Namen. Sekunden später hörte sie: »Ihre Stimme wurde leider nicht akzeptiert. Bitte versuchen Sie es erneut.«

Sie wartete einen Moment und meldete sich dann mit der lebhaften, warmen Stimme, die sie am Telefon und manchmal auch bei der Arbeit benutzte.

»Ihre Stimme wurde akzeptiert. Bitte nennen Sie Ihre Kontonummer«, antwortete die Maschine. Sie las die Nummer ab und wartete.

Und wieder meldete sich die metallische Stimme: »Kontostand zum heutigen Geschäftsschluß: eine Million vierhundertdreiundneunzigtausend zweihundertzweiundfünfzig Dollar.«

Sie schaltete das Telefon aus, griff hastig nach dem Papierkorb unter ihrem Schreibtisch und übergab sich. Dann saß sie vornübergebeugt und heftig keuchend da, bis der Anfall vorbei war. Sie spuckte den bitteren Geschmack aus, wischte sich mit einem Taschentuch über das Gesicht und lehnte sich zurück. Auf einmal fügte sich alles zusammen, Stück für Stück, der ganze schier unglaubliche Plan. Nur allzu deutlich sah sie die unausweichliche Schlußfolgerung vor sich: Helen Jencks, schuldig wie sonst was. Wie der Vater, so die Tochter. Wer würde auf ihre Unschuldsbeteuerungen hören, wer würde ihr glauben, daß sie in eine Falle getappt war, die Händlerscheine in Unkenntnis des wahren Sachverhalts unterschrieben hatte und die eins Komma vier Millionen auf einem Bankkonto in ihrem Namen, das von ihrer eigenen Stimme aktiviert wurde, nicht ihr auf betrügerische Weise beschafftes Geld war? Alle Indizien deuteten darauf hin, daß sie schuldig war.

So einfach, und so unwiderlegbar. Sie wußte auch, was dann kam, riesige Schlagzeilen und ellenlange Artikel, in denen zum x-ten Mal durchgekaut wurde, was ihr Vater angeblich verbrochen hatte. Seine Schande würde durch ihre vermeintliche Schuld wieder aufleben. Ihr Handy klingelte. Sie meldete sich.

»Immer noch da?« fragte Reece.

»Nein«, log sie. »Ich bin gerade nach Hause gekommen.«

»Was werden Sie tun, Helen?«

»Nichts. Ich kann nichts tun. Bitte, fragen Sie mich nicht, warum, und erzählen Sie niemandem, was heute nacht passiert ist.«

»Helen, irgendwas stinkt an der Sache zum Himmel, und wir können nicht einfach die Augen davor verschließen.«

»Bitte, Reece, lassen Sie die Finger davon. Tun Sie einfach so, als hätten Sie mich nie kennengelernt.«

Helen griff nach ihrer Tasche, nahm den Brieföffner und brach in einem plötzlichen Anfall von Rebellion ihren eigenen Schreibtisch auf, bevor sie Goldsteins für immer verließ.

17

Helen wanderte durch ihre elegante, kostspielige Wohnung, die sie von ihrem eigenen Geld bezahlt hatte. Gemälde, Silber, Perser – zum Teil Geschenke von Dai, zum Teil hart erarbeitet. Jetzt schien all das sie zu verspotten, und sie sah es durch die Brille eines Anklägers: die reiche Beute einer Betrügerin.

Sie schenkte sich ein großes Glas Wodka ein, trank es halb aus und rief Dai an. Ein Uhr morgens. Nach dreimaligem Klingeln meldete er sich, konzentriert und hellwach wie immer.

»Dai, ich bin's, Helen. Ich muß mit dir reden.«

»Hel, was ist los? Wo bist du? Ich habe dich schon vor Stunden erwartet. Was ist passiert?«

»Oh, Dai, es tut mir leid, ich hätte anrufen sollen. Mir ist was dazwischen gekommen, es ist … ich … O Gott. Nicht am Telefon.«

»Wo bist du? Ich komme zu dir.«

»Nein. Ich komme lieber zu dir.«

»Ich warte auf dich.« Dann machte er eine kleine Pause. »Fahr vorsichtig.«

Helen nahm ihr Saxophon mit. Es war mit ihr um die ganze Welt gereist. Irgendwo in ihrem Inneren ahnte sie, daß sie nicht zurückkommen würde.

Helen fuhr mit fünfundneunzig Meilen in der Stunde über die friedliche Autobahn. Heute nacht waren die Straßen menschenleer, als hätten alle außer ihr rechtzeitig einen Tip bekommen und wären getürmt, selbst die Verkehrspolizei. Die üblichen Wochenendstaus anläßlich des Bank Holiday waren längst vorbei, und sie hatte die Straßen fast für sich. Ihr eleganter schwarzer Wagen rauschte ruhig durch die Dunkelheit. Es war der ihres Vaters gewesen, damals ein brandneuer BMW, heute vierundzwanzig Jahre alt, der bei Sammlern hoch im Kurs stand. Dai hatte ihn gekauft, nachdem Helens Vater verschwunden war, und ihn Helen geschenkt, als sie von ihrer Zeit auf hoher See zurückkam. Im Inneren des Wagens roch es nach altem Leder und Tabak, und wenn die Nacht so feucht war wie heute, hätte sie schwören können, daß sie einen Hauch des Aftershaves entdeckte, das er damals benutzt hatte.

Dai benutzte es auch. Für Helen waren er und ihr Vater immer wie Zwillinge gewesen. Sie waren zusammen in den Welsh Valleys aufgewachsen. Sie hatten gemeinsam die Grammar School besucht und es später zu etwas gebracht. Ermutigt von einem außergewöhnlichen Lehrer, einem Arabisten und Cambridge-Absolventen, hatten sich beide um ein Stipendium für das Pembroke College in Cambridge beworben, um Arabisch zu studieren, und es auch bekommen. Helens Vater nutzte seine Arabischkenntnisse in der City, wo er das Fundament für seine Bankgeschäfte mit dem Mittleren Osten legte. Dai zog nach Dubai und handelte mit Antiquitäten aus dem Mittleren Osten. Er war ein hervorragender Geschäftsmann mit dem Instinkt der Straße und dem Blick eines Ästheten. Dreißig Jahre später hatte er sich ein millionenschweres Vermögen aufgebaut und lebte in einem Haus, das an eine Schatzkammer erinnerte. Er war nicht verheiratet. Er hatte immer behauptet, er könne seine Lebensweise einer Frau nicht zumuten und Helen sei genau die Tochter, die er sich gewünscht habe. Doch jetzt war er einsam und allein, und sie hatte den Verdacht, daß der alte Mann die Selbstsucht seiner Jugend bereute. Er bezahlte für die Jahre der Freiheit.

Es begann zu regnen, zögernd zuerst, als könnten sich die Wolken nicht recht entscheiden, doch dann schüttete es plötzlich wie aus Kübeln. Helen spürte, wie der Wagen auf der nassen Straße schlitterte, wenn sie bremste. Die Scheibenwischer liefen auf Hochtouren, und trotzdem war es schwierig, bei den herabstürzenden Wassermassen etwas zu sehen. Sie konzentrierte sich nur aufs Fahren und hielt ein Tempo von fünfundachtzig Meilen in der Stunde.

Schließlich drosselte sie die Geschwindigkeit, verließ die Autobahn und folgte einer Reihe von Ausfahrten, bis sie die schmale, gewundene Landstraße erreichte, die zu der vertrauten Einfahrt führte. Hohe Gitter versperrten ihr den Weg. Sie stoppte, drückte auf einen Knopf am Gitter und meldete sich über die Sprechanlage an. Derek, Dais Butler und alter Freund, antwortete, dann öffneten sich die Gitter. Helen gab Gas und fuhr die von Eichen gesäumte Chaussee entlang. Im Moment waren sie nicht zu sehen, bis auf die kurzen Augenblicke, in denen der Mond flüchtig durch die dahinjagenden Wolken brach und die Zweige mit Silber überzog.

Auf dem Vorplatz knirschte der Kies unter den Reifen. Ihre Ankunft löste eine Reihe von Scheinwerfern aus, die Helen beim Aussteigen blendeten. Sie sah, wie sich die große Haustür öffnete und ihr Patenonkel in den Regen heraustrat. Seine vier schlanken schwarzen Dobermänner sausten an ihm vorbei und begrüßten Helen, vor Aufregung winselnd.

Dai folgte ihnen die Treppe hinab. Wie üblich hatte er einen elegant geschnittenen Tweedanzug an, der vom Tragen geschmeidig geworden war. Sein dichtes grauschwarzes Haar war tadellos nach hinten gekämmt und fiel ihm in einer weichen Welle über die rechte Schläfe. Er hatte hohe, leicht hervortretende Wangenknochen, dichte Augenbrauen, aufmerksame, wachsame Augen und schmale Lippen. Mittlerweile war es zwanzig nach zwei, aber er zeigte keinerlei Anzeichen von Müdigkeit. Sein Gang wirkte sicher. Trotz seiner fünfundsechzig Jahre war er immer noch sehr attraktiv. Helen fand immer, daß er aussah wie ein alternder James Bond. Sean Connery im Tweedanzug.

»Cariad.« Das war sein Kosename für sie, »Liebling« auf Walisisch. Er streckte die Arme aus, drückte sie fest an sich und führte sie dann die Treppe hinauf ins Haus.

In seinem Arbeitszimmer setzten sie sich in die gemütlichen Sessel mit dem zerschlissenen Bezug. Normalerweise streckte Helen gern die Füße auf den alten Perserteppichen aus, doch heute hockte sie zusammengekauert da und schlang die Arme um den Oberkörper, als sei ihr kalt. In dem riesigen Kamin prasselte ein Feuer, das vom Sturm draußen noch angeheizt wurde. Er zerrte an den Bäumen und trieb abgerissene Blätter durch die Luft. Die Dobermänner lagen still zu Dais Füßen.

Helen warf ihm einen Blick zu. Er hatte ihren Vater besser gekannt als sie. Wäre ihr Vater so gewesen, wenn er jetzt vor ihr säße? Jedesmal, wenn sie Dai nach langer Zeit wiedersah, stellte sie sich diese Frage, und immer durchforschte sie seine Züge, als könne sie dort einen Hinweis auf ihren Vater finden.

Dai schenkte ihnen zwei große Brandys ein und reichte Helen ein Glas. Sein Gesicht war von tiefen Falten gezeichnet, mehr als sonst, fand sie. Seine Augen wirkten besorgt und mitfühlend. Es schien, als wolle er etwas sagen, doch dann beherrschte er sich. Helen spürte, daß er seine Fragen zurückhielt und wartete, bis sie zum Reden bereit war.

Sie nahm einen großen Schluck Brandy. Seine Wärme tröstete sie.

»Ich bin heute abend in die Bank gefahren, um mich von etwas zu überzeugen. Hätte ich es nicht mit eigenen Augen gesehen, ich hätte es nicht geglaubt. Das habe ich unter Hugh Wallace' Aktenschrank gefunden.« Sie reichte ihm den Brief von der Banque des Alpes.

»Ich habe die Nummer angerufen und meinen Namen und die Kontonummer angegeben. Ein Anrufbeantworter erklärte, meine Stimme sei akzeptiert worden und nannte mir den Kontostand.

Offenbar besitze ich eine Million vierhundertdreiundneunzigtausend zweihundertzweiundfünfzig Dollar.«

Dais Augen weiteten sich ungläubig, doch er wartete schweigend.

»Ich habe ein solches Konto nie eröffnet. Soviel Geld habe ich gar nicht. Wallace und Andy Rankin spielen ihr eigenes schmutziges Spielchen. Sie haben Goldsteins um insgesamt fünfzig Millionen Dollar erleichtert. Und mich hatten sie dazu ausersehen, den Kopf hinzuhalten.«

Dai beobachtete sie beim Sprechen. Die erzwungene Ruhe, hinter der sich ein Sturm von Gefühlen verbarg, entging ihm nicht.

»Wie, um alles in der Welt?«

Helen trank aus. Dann stand sie auf und füllte beide Gläser nach.

»Ganz einfach. Rankin handelt mit etwas, das KOSPI heißt. Es spielt keine große Rolle, was es ist, du könntest dir genausogut vorstellen, daß es Fahrräder sind. Ich habe keine Ahnung von den Preisen für Fahrräder, ich handle mit Saxophonen. Also sorgen Wallace und Rankin dafür, daß Rankin nicht erreichbar ist, wenn ein Kunde anruft und ein Fahrrad kaufen will. Ich nehme den Anruf entgegen, der Kunde fragt, wieviel das Fahrrad kostet, über das er heute morgen mit Rankin gesprochen hat. Wallace nennt mir einen Preis, ich gebe ihn an den Kunden weiter, und der Handel ist perfekt. Die Sache ist, in Wirklichkeit kostet das Fahrrad zwanzig Prozent mehr, als wir verlangt haben. Also verkauft der Kunde unser Fahrrad weiter, steckt die zwanzig Prozent Differenz in die Tasche und gibt dann wahrscheinlich Rankin und Wallace die Hälfte als ihren Anteil zurück.«

»Wie konnten sie bloß glauben, daß sie damit durchkommen?«

»Das ist nicht schwer. Nur ganz wenige Leute auf dem Parkett kennen den ›wahren‹ Preis für den KOSPI oder das Fahrrad, und es gibt so viele tausend unterschiedliche Produkte, mit denen gehandelt wird, daß man ihn leicht verstecken kann. Jeden Abend wird ein Ausdruck von allen Geschäften gemacht, die Goldsteins an diesem Tag abgewickelt hat; im Durchschnitt sind es zweieinhalbtausend Transaktionen pro Tag. Übereinandergelegt ist jeder Ausdruck so dick wie das Telefonbuch. Wie zum Teufel soll man das überwachen? Geschweige denn kontrollieren, ob die Preise stimmen. Außerdem sorgen sie dafür, daß niemand in der Nähe ist, wenn ich den Handel abschließe. Wir haben einen neuen Praktikanten in der Gruppe. Wallace war von Anfang an gegen ihn, aber Zamaroh hat ihn uns aufgezwungen. Kein Wunder, daß Wallace ihn nicht wollte. Er könnte bezeugen, daß Wallace mir den falschen Preis genannt hat. Gestern hat er ihn Cappuccino holen geschickt, gerade als ich anfing, eine dieser Transaktionen mit falschen Preisen abzuwickeln. Aber das ist mir erst später aufgegangen.«

»Gibt es denn keinerlei Warnsystem für solche Betrügereien?«

»Nicht wirklich. Es läuft darauf hinaus, ob einer auf die Idee kommt, ausgerechnet diesen speziellen Handel zu überprüfen und ihn mit ähnlichen anderen zu vergleichen. Wallace und Rankin konnten berechtigterweise davon ausgehen, daß niemand Grund hatte, die Transaktion zu durchleuchten, und selbst wenn man sie rein äußerlich überflog, würde man nicht gleich merken, daß der Preis nicht korrekt war. Sollte aber doch jemand nachbohren, was wirklich ziemlich unwahrscheinlich war, und rauskriegen, daß was nicht stimmte, dann hatten sie für einen Sündenbock gesorgt. Auf jedem illegalen Händlerschein steht mein Name, und dann haben sie sich dieses Schweizer Bankkonto für mich ausgedacht und anderthalb Millionen drauf eingezahlt, was übrigens ausdrücklich dafür bestimmt ist, entdeckt zu werden. Jemand, der sein Geld verstecken wollte, würde es heutzutage nicht auf einer Schweizer Bank deponieren, sondern in Panama, auf den Cayman Islands oder irgendwelchen anderen aufstrebenden kleinen Inseln in der Karibik.«

»Wie haben sie es wohl geschafft, an deine Stimme zu kommen?«

»Das habe ich mir auf der Fahrt hierher auch überlegt. Als ich meinen Namen das erste Mal nannte, bekam ich zur Antwort, daß die Stimme nicht mit der gespeicherten übereinstimme. Dann meldete ich mich so, wie ich es am Telefon bei Goldsteins tue. Du weißt ja, du hast es selbst schon oft genug gehört, frisch, munter und sehr selbstbewußt. Das funktionierte. Wallace und Rankin hatten also bloß meine Stimme aufnehmen müssen, als ich bei Goldsteins ans Telefon ging.«

»Was ist mit der Kontonummer? Die war doch auch Teil der Stimmenerkennung.«

»Dazu wollte ich gerade kommen. Vor etwa einem halben Jahr kam Rankin eines Tages zu mir und sagte, er sei dermaßen verkatert, daß er nicht mal die Zahlen auf diesem Stück Papier lesen könne, und ob ich sie bitte ihm vorlesen würde. Ich weiß noch, daß ich mich fragte, wie zum Teufel er an diesem Tag eigentlich seine Arbeit tun wollte, weil die Zahlen eigentlich ganz gut lesbar waren. Ich kann mich genau daran erinnern.«

»Du meinst, er hat dich dabei heimlich aufgenommen?«

»Ich bin mir ganz sicher. Schlau, was? Und dann ist da natürlich noch die Sache mit meinem Vater. Wie der Vater, so die Tochter, beides Schwindler. Das haben die Leute ohnehin immer von mir gedacht. Aber jetzt werden sie schadenfroh grinsen und sagen: ›Wir haben euch gewarnt. Ihr hättet ihr nie vertrauen dürfen.‹« Sie zerrte heftig an ihrem Haar. »Ich habe keine Chance, Herrgott! Ich habe noch nie Angst vor einem Kampf gehabt, aber wie soll ich den hier gewinnen? Ich bin jetzt schon geschlagen. Kannst du dir die Presse vorstellen? Sie würde ein Urteil fällen, bevor ich auch nur ein Wort vor Gericht aussagen könnte. Ein gefundenes Fressen für die Reporter. Vier Jahre harte Arbeit, vier Jahre Mißtrauen, Verachtung und blöde Sprüche, gerade laut genug, damit ich sie mitkriege, vier Jahre der Versuch, den Namen Jencks wieder reinzuwaschen. Und wofür? Mein Vater hat mir schon vor Jahren alles verdorben, und weißt du was? Ich habe immer versucht zu glauben, daß er es nie getan hat, daß er unschuldig war und gute Gründe für seine Flucht gehabt haben muß. Wahrscheinlich hatte irgendwer anders das Geld geklaut. In der Schule habe ich mich mit jedem angelegt, der meinen Vater als Dieb beschimpfte. Ich habe mein Leben lang für seinen guten Ruf gekämpft, und wozu? Er hat mich verlassen und obendrein dafür gesorgt, daß Wallace und Rankin in mir einen perfekten Sündenbock hatten.« Verzweifelt vor Wut, hin- und hergerissen von Ängsten, die nicht einmal Dai und sein sicherer Hafen zerstreuen konnten, brach Helen in Tränen aus. Sie kauerte sich noch mehr zusammen und verbarg das Gesicht in den Händen. »Der Mistkerl!« Ihre Stimme klang erstickt. »Er war von Anfang an ein Dieb, hab' ich nicht recht? Und als es notwendig war, hat er meine Mutter und mich einfach verlassen. Ich habe mich ein ganzes Leben lang selbst belogen.«

»O Cariad.« Dai empfand den heftigen Zorn in ihrer Stimme wie einen Schlag gegen die Erinnerung an den besten Freund, den er je gehabt hatte. Und jetzt saß Jacks Tochter vor ihm, zerfetzte ihren Vater in der Luft und versuchte gleichzeitig, sich einzureden, daß die Lügen, gegen die sie sich ein Leben lang gewehrt hatte, die Wahrheit waren. Der Schmerz und die Verzweiflung waren überwältigend. Dann hörte er seine eigene heisere Stimme das Schweigen brechen. »Nein, Cariad. So war es nicht.«

18

Dai spürte einen brennenden Kloß im Hals. Er hatte sein Versprechen gehalten und dreiundzwanzig Jahre geschwiegen. Doch jetzt war es zuviel. Sein Schweigen konnte Helen zerstören, aber das Schlimme war, die Wahrheit auch. Er brauchte nicht an ihre Unberechenbarkeit, ihre chaotischen Reaktionen erinnert zu werden. Sie war von zu Hause weggelaufen, sie war durchgebrannt und acht Jahre zur See gefahren, wo sie sich bei der vergeblichen Suche nach ihrem Vater aufrieb. Als sie es nicht mehr aushielt, hatte sie all ihre Hoffnungen auf eine Karriere in der City gesetzt, die sich jetzt ein für allemal zerschlagen hatte. Irgendwo tief in seinem Inneren wußte er, daß er ihr die Wahrheit schuldete und sie nicht länger vor der Grausamkeit des Schicksals bewahren konnte. Daß Wallace und Rankin ihren Vater benutzt hatten, um Helen in eine Falle zu locken, bedeutete, daß sie die Wahrheit erfahren mußte, wenn sie jemals hoffen wollte, sich gegen sie zur Wehr zu setzen. Egal, welche Geheimnisse er preisgeben, welche Regeln er brechen mußte – Helen war alles, was zählte, abgesehen von der erkalteten Asche seiner Loyalität für eine längst vergessene Sache und für Menschen, die ihm ohnehin nie viel bedeutet hatten.

Warum war es so schwer, zu sprechen, die Worte zu finden, wenn sein Gedächtnis sich an jeden einzelnen Augenblick von damals erinnern konnte, obwohl inzwischen Jahrzehnte vergangen waren?

Seine Gedanken schweiften zurück ins Jahr 1976, zu jener stürmischen Nacht im Oktober, als Jack Jencks hierher, in dieses Haus gekommen war, nervös, mit versteinertem, abgezehrtem Gesicht. Die Wahrheit war so tief und so lange begraben gewesen, daß es beinahe leichter war, an die Dichtung zu glauben. Doch seine Gefühle hielten die Wahrheit am Leben. Wenn er zurückdachte an jene Nacht – und Gott war sein Zeuge, er gab sich alle Mühe, es zu vermeiden –, dann kamen sie mit einer Macht zurück, die ihn einfach überwältigte.

Sag es, sprich, wie ein Kind, das laufen lernt. Ein Schritt, ein Wort. Sie sah ihn an, sah den Schmerz in seinem Gesicht und beobachtete ihn mit einer schrecklichen Vorahnung.

»Dein Vater hat vor dreiundzwanzig Jahren hier gesessen, im gleichen Sessel wie du jetzt. Er war damals zweiundvierzig Jahre alt und mußte das Leben aufgeben, das er bisher gelebt hatte, mußte alles aufgeben, wenn er überhaupt weiterleben wollte.«

»O Gott, nein«, schrie Helen auf.

»Jetzt hör mir zu, Stück für Stück.« Dai nahm einen großen Schluck Brandy.

»All das hatte zwanzig Jahre zuvor begonnen, Mitte der fünfziger Jahre, als wir in Cambridge studierten. Wir studierten Sprachen, Arabistik, wie du weißt, und waren beide sehr begabt. So zogen wir die Aufmerksamkeit gewisser Leute auf uns, und man sprach uns an. Secret Intelligence Service, die sogenannte Firma. Es kam zu langen Gesprächen bei Tee und Crumpets, vor einem prasselnden Kaminfeuer, in den verstaubten Zimmern des Pembroke College. Dann in London. Wir könnten nützlich sein. Und wir waren es. Es war sehr aufregend, im Namen der Königin, fürs Vaterland, und so weiter, ein hübscher Zeitvertreib für Gentlemen. Wir hatten keine Ahnung, wo uns das hinführen würde. Wir gingen beide in den Mittleren Osten. Ich benutzte meine Antiquitäten als Tarnung, und er seine Bankgeschäfte. Er kam gut an, sein Charme öffnete ihm alle Türen, und er war tüchtig. Einer der ersten westlichen Bankiers, die es in arabischen Ländern zu etwas brachten. Ich kaufte Teppiche und Antiquitäten, dein Vater bot seine Bankdienste an. Wir hatten mit Waffenhändlern zu tun, mit hohen Regierungsbeamten und auch mit Terroristen. Wir verbrachten lange Abende bei Wasserpfeife und Minztee. Der SIS setzte deinen Vater auf Terroristen an,

86

er verfolgte die Spuren ihres Geldes und bot ihnen die notwendigen Kanäle. Er kam bis in umittelbare Nähe der Palästinensischen Befreiungsfront, die damals unter der Führung eines gewissen George Habash stand. Das war fast noch vor deiner Zeit, Cariad. Du warst ein Baby, dann gingst du in den Kindergarten, später in die Schule. Die ganze Zeit kam er immer näher an die Führung heran, bis sich eines Tages herausstellte, daß den Terroristen Geld im Wert von umgerechnet zwanzig Millionen Pfund gestohlen worden war. Sie verdächtigten deinen Vater. Er hatte sich zur falschen Zeit am falschen Ort aufgehalten, aber er war nicht der Täter. Ich glaube, die Palästinensische Befreiungsfront ist nie dahintergekommen, wer ihr Geld gestohlen hat. Vielleicht war es sogar einer von ihren eigenen Leuten. Doch um zu beweisen, daß dein Vater unschuldig war, hätte man ihn als Agent auffliegen lassen müssen. Er hatte keine andere Wahl als unterzutauchen. Er kam zu mir. Er wollte dich und deine Mutter mitnehmen, aber das war zu riskant. Deine Mutter wollte ohnehin nicht, keine zehn Pferde hätten sie dazu gebracht. Ich glaube, sie war damals wie gelähmt und stand unter Schock. Sie hatte keine Ahnung von seinen geheimdienstlichen Aktivitäten gehabt. Umgekehrt hätte sie auch nicht zugelassen, daß er dich mitnimmt. Er wußte, daß er das nicht von ihr verlangen konnte. Gott, in meinem ganzen Leben habe ich keinen tieferen Schmerz gesehen.« Dai stockte einen Augenblick. Dann beugte er sich vor und starrte auf seine Hunde. »Er mußte verschwinden, mußte so weit wie möglich fort. Wir hatten einen gemeinsamen Freund, einen Kommilitonen aus Cambridge, der ebenfalls für die Firma arbeitete. Er gewährte ihm Unterschlupf. Ein anderer Kontinent. Er ging nach Peru. Eine Zeitung bekam Wind von der Sache und brachte eine Story über Diebstahl an Geldern von Kunden, um zu testen, wie weit sie gehen konnte. Da niemand dementierte, brachte sie die ganze Sache groß raus. So war sein Ruf zerstört, aber er war davongekommen. Die Presse hat ihn nie aufgestöbert. Ob die Palästinenser ihn gefunden haben, weiß ich nicht. Jedenfalls ist er seitdem verschwunden. Das ist jetzt dreiundzwanzig Jahre her. Ich habe nie mehr von ihm gehört, mit ihm gesprochen oder ihn wiedergesehen.«

Helen atmete so schwer, als koste sie jeder Atemzug unendliche Mühe. Sie blickte ins Feuer, damit er ihre Augen nicht sah. Sie erinnerte sich an jenes schreckliche Schweigen an dem Abend, als ihr Vater verschwunden war. Sie hatte gewartet, daß er nach Hause kam und auf die Haustür und seine Schritte gehorcht, genau wie jeden Tag gegen sieben. Sonst war sie die Treppe hinunter gelaufen und geradewegs in seine Arme, hatte die kratzige Wolle seines Anzugs oder den weichen Hemdstoff an ihrer Wange gespürt, und später hatten sie alle beim Abendessen gesessen, ihre Mutter, ihr Vater und sie, und sich erzählt, was sie am Tag alles erlebt hatten. Doch an diesem Tag war es sieben Uhr geworden, acht Uhr, neun Uhr, und die Minuten hatten sich gedehnt wie Tage. Seitdem hatte das Schweigen, das an jenem Abend begonnen hatte, scheinbar nie wieder aufgehört. Bis jetzt.

Sie preßte die Augen zu, als hämmere der Schmerz gegen ihre Lider und wollte heraus. Dreiundzwanzig Jahre Schmerz. Die Zeit heilte keine Wunden, diese jedenfalls nicht. Die Zeit machte sie nur noch schlimmer. Helen hatte ihn an jedem Geburtstag vermißt, bei jedem einzelnen Schritt auf dem Weg zum Erwachsensein, an jedem verheulten Nachmittag, wenn die Tränen auf ihren Wangen trockneten.

»Warum? Erzähl mir nur, warum er gehen mußte.« Ihre Augen hingen an den seinen, blind vor Unverständnis.

»Weil es nicht anders ging. Es war besser so.«

»Wie kannst du so was sagen?«

»Es geht nicht anders in einer solchen Situation.«

Er stand auf und legte die Arme um sie. Da brach sie zusammen. Ihr ganzer Körper verkrampfte sich in einem stummen Schluchzen, ohne daß der Schrei, der ihr in der Kehle saß, herauskam.

Draußen heulte der Wind und rüttelte an den Fenstern. Die Uhr tickte gleichgültig, doch die Hunde waren unruhig.

Schließlich löste sie sich aus seinen Armen und lehnte sich im Sessel zurück. Dai blieb auf der Lehne sitzen und blickte auf sie herab.

»Er war unschuldig, all die Jahre. O Gott!« Doch dann kam ihr eine Idee – wie ein unerwarteter Sturm voll unwiderstehlicher Wucht –, und da wußte sie, daß sie nie wieder Frieden fin-

den würde, wenn sie diese Idee nicht in die Tat umsetzen würde. Sie fuhr sich mit der Hand übers Gesicht und wischte die
Tränen fort.

»Lebt er noch?« fragte sie.

»Wer?«

»Der Freund, der ihm Unterschlupf gewährte.« Plötzlich ging
Dai auf, worauf sie hinauswollte.

»Nein, Hel, bitte.«

»Ich will nach Peru, Dai.«

»Überallhin, aber nicht –«

»Peru.«

»Dein Vater könnte längst tot sein, vielleicht schon seit Jahren.«

»Ich habe mein Leben lang nach ihm gesucht, jede Insel im
Südpazifik abgeklappert, um ihn zu finden. Aber in Wirklichkeit
wollte ich ihn gar nicht finden, denn ich hatte Angst, daß er
tatsächlich schuldig war und uns freiwillig verlassen hatte, oder
daß er mich haßte und zurückweisen würde, wenn ich ihn auf-
spürte. Deshalb habe ich aufgegeben. Ich bin nach Hause zurückgekehrt, habe einen Job in der City angenommen und alles getan,
um ihn zu vergessen. Ich hab' versucht, mir einzureden, es gäbe
ihn nicht, diesen gähnenden Abgrund in meinem Leben, und
weißt du was? Es ging nicht. Die Sehnsucht hat mich nie verlassen. Und jetzt weiß ich es. Ich weiß, daß er unschuldig ist. Ich
weiß, daß er fliehen mußte, um sein Leben zu retten, und ich
weiß, wo er hinging. Lieber Himmel, Dai, wie kann ich jetzt noch
hierbleiben? Er muß ein alter Mann sein, vielleicht liegt er im
Sterben. Ich muß einfach zu ihm.«

Es war, als wäre sie sein eigenes Kind, ein solcher Schmerz zerriß ihm jetzt das Herz.

Er stand auf. »Wahrscheinlich sind sie alle längst tot.« Seine
braunen Augen wirkten blaß, so viel blasser als in ihrer Erinnerung, als habe der Kummer alle Farbe aus ihnen herausgewa-
schen. Sie stand auf und umarmte ihn so fest, daß es ihm weh
tat.

»Ich möchte in seine Fußstapfen treten, ich will dahin, wo
er hingegangen ist.« Sie streckte die Hand aus, nahm Dais
Hand und drückte sie heftig. »Ich habe nie etwas von ihm gehabt.

Ich will sehen, was er sah. Und wenn er noch lebt, finde ich ihn.«

»Wenn du gehst, wird man es als Schuldbekenntnis interpretieren, Helen.«

»Meine Schuld steht ohnehin fest. Wie soll ich jetzt hierbleiben und mich mit Wallace und Rankin herumschlagen? Ich habe das Gefühl, daß man die Sache vertuschen wird, wenn ich gehe, einfach verschwinde. Savage und die anderen Verantwortlichen bei Goldsteins haben bestimmt keine Lust, in der City als Idioten dazustehen. Wenn ich weg bin, haben sie ihren Sündenbock auf einem Silbertablett und werden alles unter den Teppich kehren. Die Presse wird kein Sterbenswörtchen erfahren.«

»Aber du bist unschuldig, Cariad.«

»Was bedeutet das schon, wenn es darum geht, meinen Vater zu finden?«

»Also läßt du sie einfach damit durchkommen?«

»Nein, das nicht. Ich werde mich an Wallace und Rankin rächen, mach dir deswegen keine Sorgen. Aber zuerst muß ich meinen Vater finden.«

19 Dai und Helen saßen in unbehaglichem Schweigen am Frühstückstisch. Helens Blick schweifte über die Hügel in der Ferne. Auf den Hängen grasten Schafe. Sie sahen aus wie ein Stilleben.

»Warum ist er *nie* zurückgekommen?« fragte sie und riß sich von dem Anblick los. »Meinst du nicht, er hätte es wagen können? Müßte die Todesdrohung nicht längst vergessen sein?«

»Wahrscheinlich, aber ich nehme an, daß inzwischen einfach zuviel Schaden angerichtet war. Sein guter Ruf war dahin. Vermutlich hat er sich gedacht, daß deine Mutter einen anderen Mann gefunden hatte, und glaubte, daß du über den Verlust hinweggekommen bist, mit einem neuen Vater vielleicht. Wie hätte er wiederkommen und euer Leben noch einmal auf den Kopf stellen können?«

»Meins hätte es eher ins Gleichgewicht gebracht, aber das wußte er wahrscheinlich nicht.«

»Sicher hat er in Peru ein neues Leben begonnen. Wie hätte er alles wieder aufgeben sollen? Besonders als er älter wurde? Wenn man sich einmal fürs Exil entschieden hat, ist es sehr schwer, wieder zurückzukommen.«

»Ich hoffe, er hat ein neues Leben begonnen. Und daß er glücklich ist.«

»Es kann sein, daß er schon lange tot ist, Cariad. Damit mußt du rechnen.«

»Ich weiß.«

»Du bist entschlossen, zu fahren, nicht wahr?«

»Ich habe mich von einer Minute auf die andere entschieden, zur See zu fahren, ich habe meinen Job in der City bei einer Partie Backgammon gewonnen, und ich glaube, daß mein Vater noch lebt. Also muß ich versuchen, ihn zu finden. Wenn nicht jetzt, wann sonst?«

Dai quälte sich den ganzen Morgen. In einer solchen Situation gab es keine Rechte, nur Bedürfnisse. Die Geschichte wiederholte sich nach dreiundzwanzig Jahren erneut. Doch diesmal konnten Weisheit und Vorsicht womöglich unnötiges Leiden verhindern. Andererseits hatte er den eisernen Willen in Helens Augen gesehen. Sosehr er auch um sie besorgt war, er würde niemals versuchen, diesen Willen zu brechen. Dennoch brauchte er mehrere Stunden, bis er sich durchgerungen und die namenlose Angst niedergekämpft hatte, die ihn jedesmal neu überwältigte, wenn er sich Helen in Peru vorstellte.

Schließlich ging er mit schweren Schritten in sein Arbeitszimmer und stöberte in alten Mappen herum, bis er fand, wonach er suchte, ein Relikt aus ihrer aller Vergangenheit.

Er blätterte in einem alten Adreßbuch mit rissigem rotem Ledereinband, das sein Vater ihm vor mehr als vierzig Jahren geschenkt hatte. Die Einträge stammten aus der feinen Feder eines Füllers, die blaue Tinte war verblaßt, aber noch lesbar.

Victor Maldonado, Sohn einer schottischen Mutter und eines peruanischen Vaters war nach Cambridge gekommen, um Archäologie zu studieren und nebenbei Herzen zu brechen. Dai und Jack hatte er bei einer Vorlesung über das alte Ägypten kennengelernt, dann hatten sie zu dritt Tutorenkurse belegt. Victor hatte rabenschwarzes Haar, honigbraune Haut, dunkle lächelnde Augen und war zu allen Schandtaten bereit. Sie freundeten sich an, wie es unter unschuldigen Studenten üblich ist, nur war Maldonado alles andere als das. Seine Unschuld hatte er am sechzehnten Geburtstag in einem Bordell in Lima verloren, während sein Großvater im Nebenzimmer wartete. Ein Verführer, Verschwörer, Verbündeter, der sicheren Unterschlupf gewährte. Das war jetzt dreiundzwanzig Jahre her, eine Ewigkeit.

Ich kann nicht, Helen, wie soll ich dich zu jemandem schicken, den ich völlig aus den Augen verloren habe? Selbst wenn Victor damals ein harmloser Tunichtgut war – wer weiß, was Zeit und Enttäuschung aus ihm, der so jung so erfolgreich gewesen war, gemacht hatten? Aber sie würde nicht auf ihn hören.

Lange starrte er auf die Telefonnummer, als versuche er in der Ziffernfolge irgendein Muster zu erkennen, das über die Gegenwart hinauswies. Die Zahlen verschwammen ihm vor den Augen; er verspürte einen Anflug von Übelkeit und schüttelte den Kopf, als wollte er das Gefühl der Beklemmung loswerden, das ihn plötzlich überkommen hatte. Dann wählte er. Das Schicksal hing an einer verrauschten Telefonleitung.

»Langer Spaziergang?« fragte Dai, als sie sich zum Lunch setzten. Es gab Aberdeen-Angus-Filet.

»Ich glaube, die Hunde sind ziemlich geschafft.« Sie warf einen Blick auf die vier schwarzen und braunen Körper, die ineinander verknäuelt vor dem Feuer lagen.

»Ich habe in Peru angerufen, aber nur Maldonados Bruder erreicht und ihm gesagt, ich sei ein alter Freund aus Cambridge. Er wollte mir seine Nummer nicht geben, hat aber zugesagt, daß er die Nachricht weiterleitet. Sein Bruder sei ein vielbeschäftigter Mann.«

»O Dai«, sagte sie und berührte seine Hand. »Wann war das?«

»Kurz vor dem Essen. Wir müssen wahrscheinlich ein bißchen Geduld haben.«

»Mit oder ohne Maldonados Hilfe – ich muß auf jeden Fall nach Peru. Am Dienstag fliegt die Sache bei Goldsteins auf. Dann werden sie entdecken, daß die Schreibtische aufgebrochen wurden und eine interne Untersuchung in Gang setzen. Früher oder später kriegen sie raus, worum es geht. Und dann wird plötzlich auch mein Konto in der Schweiz auf der Bildfläche erscheinen, jede Wette.«

»Du könntest dagegen angehen, Helen. Ich würde dich in jeder Hinsicht unterstützen.«

»Das weiß ich, Dai, aber so komisch es klingt, es ist mir mittlerweile irgendwie egal. Ich will nur noch raus aus dem ganzen Schlamassel und meinen Vater finden.«

»Wallace war dein Freund, Hel. Er hat jede Woche an deinem Tisch gegessen. Was würde ich darum geben, ihn mir vorzuknöpfen!«

»Ich könnte ihm den Hals umdrehen und Rankin auch. Ohne mit der Wimper zu zucken. Aber wie geht es dann weiter?«

»Du würdest dich besser fühlen. Ich kann den Gedanken, daß sie mit so was davonkommen, einfach nicht ertragen.«

»Werden sie auch nicht. Wenn der richtige Augenblick gekommen ist, klatsche ich in die Hände. Das Flattern eines Schmetterlingsflügels läßt Königreiche einstürzen. Und ich kann Doktor Wallace noch ein paar Lektionen in Chaos-Theorie beibringen.«

Es wurde Abend, und Helens Saxophon heulte gespenstisch durch das Haus. Am Sonntagmorgen saßen Helen und Dai am Frühstückstisch, um sich herum Stapel von Zeitungen, und versuchten, sich mit dem Dschungel gedruckter Worte abzulenken; insgeheim aber horchten beide nur aufs Telefon.

»Erzähl mir von Maldonado«, sagte Helen. »Was ist er für ein Mensch?« Sie sah Dai an. Sein Blick verlor sich in einem Tunnel, der geradewegs in die Vergangenheit führte.

»Oh, es ist siebenundvierzig Jahre her, seit ich ihn kennengelernt habe. Wir waren alle noch so jung. Halbe Kinder. Besser gesagt, Jack und ich. Victor war anders. Groß, sportlich, gute Figur. Er hatte wundervolles dichtes Haar und große schwarze Augen, die mir damals sehr erfahren schienen. Er war ein Mann von Welt, ja, und wir beide waren sozusagen noch grün hinter den Ohren. Ein charmanter Draufgänger. Er hat uns alle eingewickelt mit seinem Charme, Männer wie Frauen. Er liebte das Leben, aber er war auch ein bißchen melancholisch, wie die Waliser. Sentimental.« Dai lächelte. »Dabei aber warmherzig, witzig und

93

großzügig. Äußerst schwierig, wenn er einen nicht mochte oder glaubte, man hätte ihn hintergangen. Dann konnte man nur noch beten. Er sagte immer, er habe Rache im Blut, das Erbe der Konquistadoren sei bei ihm mit einer gesunden Portion Inka vermischt. In seinem eigenen Land hätte er das allerdings nie zugegeben. Es galt wohl als große Schande, aber ich glaube, insgeheim war er stolz darauf. Er hielt sich für den Nachfahren eines Inkakönigs, wegen der hohen Wangenknochen und der breiten Brust. Er war ein guter Freund, nur ein bißchen hitzköpfig und verwöhnt durch sein blendendes Aussehen und sein Geld. Die Familie mußte einmal unermeßlich reich gewesen sein, aber ich hatte den Eindruck, daß sie ihr Vermögen in Windeseile durchbrachte.« Dai breitete die Arme aus. »So war er damals, aber das ist fast ein halbes Jahrhundert her.«

»Das muß nicht unbedingt etwas heißen. Hast du dich denn verändert?«

»Oh, Cariad«, sagte Dai und lachte leise. »Das weiß ich nicht. Tief in meinem Innern fühle ich genauso wie damals. Ich bin ein bißchen müder, trotzdem neugieriger aufs Leben als je zuvor, vielleicht auch ein bißchen weiser. Aber immer noch der Junge vom Land: ich liebe grünes Gras, Bäume, Hunde, überbackenen Käsetoast, starken Tee mit Milch und Dylan Thomas.«

Helen lachte. »Na, da siehst du es!«

»Aber das beruhigt mich nicht. Er war ein Freund, ein guter Freund, aber nicht wie Jack. Deinem Vater hätte ich mein Leben anvertraut. Über Victor würde ich das nicht sagen.«

»Ich würde ihm ja auch nicht gerade mein Leben anvertrauen.«

»Woher willst du das wissen? Peru ist ein gefährliches Pflaster. Du wärst ganz allein auf dich gestellt, du hättest nicht mal den Schutz der Britischen Botschaft.«

Wieder flackerte eine unaussprechliche Angst in Helen auf.

»Ich kann selbst auf mich aufpassen.«

»Aikido hilft nicht viel, wenn der andere eine Waffe hat.«

»Unschuldig zu sein auch nicht, wenn man in eine Falle getappt ist.«

»Weißt du, wie es ist, wenn man gejagt wird, Helen? Kannst du dir vorstellen, daß die Presse dich verfolgt? Nehmen wir an, du fliegst wirklich nach Peru. Sämtliche Videokameras in Heathrow werden dich aufnehmen, es wird Unterlagen über deine Flucht geben. Deine Spur zu verfolgen ist ein Kinderspiel.«

»Ist es vielleicht besser, in der eigenen Wohnung von der Presse belagert zu werden?«

»Vielleicht sickert gar nichts durch, wenn du bleibst.«

»Ich kann nicht bleiben, Dai, wenn ich nicht weiß, was ich tun soll.«

»Na, verhalte dich wenigstens so unauffällig wie es nur geht, wenn du schon unbedingt deinen Kopf durchsetzen willst. Halt dich fern von den Touristengegenden. Zumindest für eine Weile.«

»Dann werde ich also zum Flüchtling, genau wie mein Vater«, sagte sie und warf ihm einen ironischen Blick zu. »So muß es sein, wenn man Feuer mit Feuer bekämpft.«

»Paß bloß auf, daß du dir nicht die Finger verbrennst.«

»Ich bin vorsichtig, Dai, ich werde den Namen meines neuen Vaters benutzen. Mein Paß lautet auf diesen Namen, für mein Ticket werde ich ihn ebenfalls benutzen, und die Presse müßte schon ziemlich tief graben, um mich zu finden, genau wie die Behörden.«

»Gut. Aber geh nicht hin und verplappere dich irgendwo. Du bleibst eine Williams.«

Sie verzog das Gesicht. »Was sagen wir Maldonado, wenn er anruft und uns seine Hilfe anbietet?«

»Dasselbe. Helen Williams. Verrat ihm ja nicht, wer du bist.«

»Das ist doch verrückt. Ich möchte, daß er mir hilft, meinen Vater zu finden.«

»Na schön, Helen. Wir machen einen von deinen Deals. Wenn Maldonado anruft, bitte ich ihn, dir zu helfen. Ich verliere kein Wort über irgendeine Verbindung zwischen dir und Jack. Du machst es genauso. Jedenfalls für eine gewisse Zeit, ein paar Wochen oder Monate vielleicht. Erst wenn du das Gefühl hast, daß du ihm völlig vertrauen kannst, bittest du ihn um Hilfe.«

»Wie könnte er mir schaden?«

»Nun, zum Beispiel, indem er der Presse oder den Behörden einen Tip gibt.«

»Warum in aller Welt sollte er das tun? Welches Motiv könnte er haben?«

»Menschen haben alle möglichen Motive für alle möglichen Sachen. Man merkt es immer erst, wenn es zu spät ist. Daß man das Böse nicht sieht, heißt nicht, daß es nicht existiert.«

Als das Telefon schrillte, fingen die Hunde an zu bellen. Dai fuhr zusammen, ging über die knarrenden Dielen und nahm den Hörer ab. Die Stimme am anderen Ende schien die Zeit um Jahrzehnte zurückzudrehen.

»Dai, mein alter Freund. Victor Maldonado.«

»Victor! Es ist lange her.«

»Ein ganzes Leben. Wie geht es dir?«

»Nicht schlecht. Ich werde alt, allmählich tun mir die Knochen weh, aber jeder Tag ist ein Geschenk.«

»Du warst schon immer ein Optimist, wie?«

»Was bleibt einem sonst übrig?«

»In Peru gibt es einfach zuviel Betrug. Hier saugt man das Mißtrauen schon mit der Muttermilch ein.« Immer noch die alte geschliffene Ausdrucksweise, nur noch ausgeprägter, als sei er am Leben gereift.

»Damals in Cambridge warst du nicht so vorsichtig, wenn ich mich recht erinnere.«

»Das waren auch andere Zeiten, nicht wahr? Wir waren unschuldig.« Ein Hauch von Bedauern schwang in seiner Stimme mit. Und eine vage Anspielung auf Jack Jencks. Es gab einfach keine richtige Methode für Dais Anliegen, keinen cleveren Einstieg wie bei dem Vorschlag für ein Geschäft. Ihre Vertrautheit basierte auf alter Freundschaft und gemeinsamen Sorgen.

»Lebt er noch?«

Es folgte eine lange Pause, das Siegel des Schweigens war gebrochen.

»Das weiß ich nicht. Ich habe ihn seit sechs Jahren nicht mehr gesehen.«

»Warum nicht?«

»Wir haben uns auseinanderentwickelt. Das Alter verändert einen, meinst du nicht?«

»Auf alle Fälle weiß man nie, was kommt.«

»Was kann ich für dich tun, Dai?« fragte Maldonado im gelassenen Bewußtsein eines Mannes, der es gewohnt ist, anderen Menschen eine Bitte zu erfüllen oder abzulehnen. Dai hatte sich auf die alten Bande der Freundschaft verlassen. Er war erstaunt über diesen knappen, rationalen Einstieg.

»Ich brauche eine Zuflucht für jemanden, den ich kenne.«

Wieder folgte eine Pause, dann ein Wechsel im Ausdruck, der trotz der Telefonleitung spürbar war. Als habe die Zeit einen Sprung gemacht und wiederhole sich.

»Darf ich fragen, warum?«

»Um mir einen Gefallen zu tun, zur Erinnerung an alte Zeiten.«

Unwillkürlich fühlte sich Maldonado zurückversetzt in Räume, die von Kaminfeuern erleuchtet waren, mit Portwein auf dem Tisch, Trost in den kalten Nächten von Cambridge.

»O Dai, alte Zeiten. Das war ein anderes Leben.«

»Na schön, dann vergiß, daß ich gefragt habe.«

»Nein, du verstehst mich falsch. Meinst du, ich würde dich im Stich lassen? Wie lange soll er bleiben?«

Die Zeit holte Dai wieder ein, als er aufs Geratewohl antwortete: »Drei Monate. Und es ist eine Frau. Sie wird dir gefallen.«

»Wer ist sie?«

»Eine gute Freundin, Victor. Eine alte Freundin.«

»Wann würde sie eintreffen?«

»Sie würde heute noch fliegen, wenn möglich.«

»Aber sie schleppt keine Probleme mit, oder?«

»Im Gegenteil, die will sie gerade hinter sich lassen.«

»Probleme haben die schreckliche Angewohnheit, einem überallhin zu folgen.«

»Diesmal nicht.«

Das werden wir sehen, dachte Maldonado und studierte seine Hände. Probleme sind wie eine ansteckende Krankheit.

So schnell konnte es gehen, wenn man ein Leben aufgeben mußte. Ein Betrug, die Entdeckung, eine Geschichte, die Jahre her war, ein paar Telefongespräche, die Beschwörung alter Freundschaften, der Appell an die Ehre eines Mannes, dessen Verhalten von Ehrgefühl geprägt war. Der Übergang zum Trivialen, ein Anruf im Reisebüro, das Ticket, das Helen wegbringen würde.

Dai rieb sich die Schläfen und starrte ins Leere. Dann stand er auf und trat zu dem Wandsafe, der hinter einem Gemälde der Welsh Valleys verborgen war, grüne Hügel, von Kohleminen zerklüftet. Er wühlte in Bündeln von Geld, englische Pfund, deutsche Mark, Yen und Dollar, nahm aber nur die Dollar heraus. Er zählte zwanzigtausend ab, verschloß den Safe wieder und wickelte das Geld in braunes Packpapier.

Die Wände seines Arbeitszimmers waren voller Bücherregale. Er kannte die einzelnen Werke wie alte Freunde, wußte, wo sie wohnten und wer ihre Nachbarn waren. Er wählte drei aus, setzte sich wieder und lauschte dem Japsen der Hunde, während er auf Helens Schritte wartete. Rasch und leicht, wie die einer Tänzerin klapperten sie rhythmisch über den Steinboden in der Halle. Dann drehte sich der Türgriff, und ihr vom Wind gerötetes Gesicht tauchte auf. Sie lächelte und runzelte die Stirn, als spüre sie, daß sich etwas verändert hatte. In diesem Moment erinnerte er sie an die Zehnjährige, die sie einmal gewesen war, ein tapferes kleines Ding.

»Hast du deinen Paß dabei?«

Sie nickte. Wie oft hatte er sie damit aufgezogen, daß sie ihn immer bei sich trug. Als sei sie jederzeit bereit, alles hinter sich zu lassen.

»Dann hast du es geschafft?«

»In fünf Stunden geht dein Flugzeug. American Airlines über Miami nach Lima. Maldonado nimmt dich auf.«

»O Dai.«

»Hier.« Er reichte ihr drei Spanischbücher, eines mit Redewendungen und Verbtabellen, eine Grammatik und ein Wörterbuch, alle ziemlich abgegriffen.

»Deine Schulbücher.«

»Du hast sie aufgehoben«

Er erhob sich. Zum ersten Mal fiel ihr auf, welche Anstrengung es ihn kostete. Er wird alt, dachte sie, entsetzt von dieser Erkenntnis. Wieso war ihr das nie aufgefallen? In ihrem Kopf war er immer der gleiche geblieben, ohne sich je zu verändern. Wie egoistisch wir Kinder sind. Wir erlauben unseren Eltern nicht einmal soviel Unabhängigkeit, daß sie sich ohne unsere Zustimmung verändern oder alt werden können. Sie verbrennen, und wir wärmen uns an ihrer Glut.

»Na los,« sagte Dai. »Du mußt packen.«

Er gab ihr einen abgenutzten Lederkoffer. Als erstes packte sie das Saxophon ein. Ihre Bewegungen waren mechanisch. Sie nahm ihre Kleider vom Bügel, faltete sie, konzentrierte sich auf das, was sie tat und erstickte alle Gefühle. Als sie mit dem Koffer die Treppe herunterkam, trat Dai aus dem Arbeitszimmer.

»Soll ich dich zum Flughafen bringen?«

»Ich fahre lieber mit Derek, wenn es dir recht ist.« Keiner von beiden ertrug es, die Qual des Abschieds noch weiter hinauszuzögern. Dai umarmte sie. Es entging ihr nicht, daß er den Atem anhielt und die Zähne zusammenbiß. Dann spürte sie Knochen, wo früher Muskeln gewesen waren, drängte die Tränen zurück und hielt ihn fest, bis sie ihre Kraft wiedergefunden hatte und ihm davon abgeben konnte.

»Erzähl es Joyce, ja? Sie wird es verstehen.«

»Und deiner Mutter?«

»Ach, sie wird gar nicht merken, daß ich weg bin.«

Er nahm ihre Hände und lächelte auf sie herab. Sie spürte, welche Mühe es ihn kostete, ein fröhliches Gesicht zu machen, Schmerz und Wut aus seinen Augen zu verscheuchen, bis nur noch Mitgefühl und Liebe da waren.

»Viel Glück, Cariad. Du weißt, wo ich bin. Du kannst jederzeit nach Hause kommen. Ich helfe dir, gegen die Schweinehunde anzugehen.«

Sie spürte seine Willenskraft und Entschlossenheit, denen das Alter nichts anzuhaben vermochte.

»Das weiß ich.«

»Wenn du deinen Vater findest, grüße ihn bitte von mir.«

»Mach' ich. Paß gut auf dich auf, Dai.« Sie küßte ihn auf die Wange und ging.

Wie gerne hätte sie sich umgedreht und wäre zu ihm zurückgekehrt, doch sie wußte, daß sie niemals Ruhe finden würde, wenn sie diesem Impuls folgte.

Derek brachte sie zum Flughafen. Der Wagen fuhr über die

Autobahn, die zu beiden Seiten von grünen Wiesen und gerade
erblühten Frühlingsbäumen gesäumt war. Ein kaum erkennbarer
Dunst hing über den vorbeifliegenden Flüssen. Es war eine so
sanfte, so großzügige Landschaft. Man hatte immer den Eindruck,
daß sie sich öffnete, um einen willkommen zu heißen. Sie war
weder rauh noch einschüchternd, sie besaß keine überwältigende Schönheit, nichts, das gefährlich war, nur eine tröstliche Sanftheit, die Platz für Träume ließ. Sie war ein Hafen, sie hatte Ent-
decker hervorgebracht, die Risiken eingehen konnten, weil sie
wußten, welcher Friede sie bei ihrer Rückkehr erwartete. Doch
Helen empfand keinen solchen Frieden. Sie wußte nicht, wann
oder wohin sie zurückkehren würde. Sie hatte nicht einmal Zeit
gehabt, Abschied zu nehmen. Sie betrachtete die Landschaft jetzt
wie jemand, der dem bevorstehenden Tod im klaren, schmerzlichen Bewußtsein eines Verlustes entgegensieht.

20 Flughafen Jorge Chavez, Lima, Peru. Die Hitze war wie
Honig. Sie klebte auf ihrer Haut. Danach kamen die
Fliegen. Um sie herum Stimmengewirr, fremde Körper, Beine
stellten sich ihr in den Weg, Arme streckten sich nach ihrem Koffer aus. Die Luft hallte wider vom Geschrei der Träger – »*Señorita, Señorita*« –, die ihre Dienste anboten. Sie lächelte, hielt ihr
Gepäck umklammert und ließ den Blick durch die Halle schweifen. Die Luftverschmutzung in Lima färbte den Himmel oran-
gerot. Sterne waren nicht zu sehen. Es roch nach Staub, Abgasen
und Aufregung. Die Menschen waren klein und stämmig und
sahen aus wie Überlebende einer Katastrophe. Helen überragte
sie und war blaß im Vergleich zu ihrer dunkel schimmernden
Haut. Einige lächelten aus instinktiver Freundlichkeit, andere
musterten sie ungeniert. Wie viele warme Mahlzeiten könnte
man wohl aus ihr herausquetschen?

Zwei Männer kamen auf sie zu. Sie waren um die Dreißig,
groß und kräftig. Der eine trug einen Anzug, der andere Jeans
und eine Lederjacke. Die Menge machte ihnen Platz. Vielleicht
lag es an ihrem lässigen Gang; sie wirkten sportlich und durch-
trainiert. Vielleicht lag es aber auch an den harten Gesichtern,

die ihre Umgebung kaum wahrzunehmen schienen, als gäbe es
nichts, das ihnen angst machen könnte.

Die Männer blieben einen Schritt vor ihr stehen.

»*Señorita Williams?*« fragte der im Anzug und verzog das
Gesicht zu einem freundlichen Grinsen. Er sah aus, als ginge er
regelmäßig ins Fitneßstudio; trotz des Anzugs erkannte man
einen muskulösen Körper.

»*Sí?*« antwortet Helen mit fragendem Lächeln.

»*Buenas noches. Soy el chófer de Doctor Maldonado*«, antwortete der Mann.

»*Ah. Okay. Y Doctor Maldonado?*«

»*No se encuentra, Señorita. Mañana. Por favor. Venga al car-
ro.*«

Er deutete in Richtung Parkplatz. Die Lederjacke musterte sie
interessiert.

Helen nahm an, daß sie ihren Gastgeber erst morgen früh kennenlernen würde. Plötzlich war die Angst wieder da. Am liebsten
hätte sie diese Fremden stehenlassen und wäre in der Menge
untergetaucht. Doch dann kehrte ihre Vernunft zurück, und sie
beruhigte sich. Sie ließ zu, daß die Lederjacke nach ihrem Koffer
griff, und folgte dem Muskelmann. Er führte sie zu einem großen
schwarzen Toyota-Jeep und öffnete ihr mit schwungvoller Geste
die Tür. Sie stieg ein. Die Tür fiel dumpf hinter ihr ins Schloß,
als sei das ganze Ding aus Blei gemacht. Sie hörte, wie die Zen-
tralverriegelung leise einrastete. Die Lederjacke setzte sich ans
Steuer, der angebliche Chauffeur auf den Beifahrersitz. Gleichgültig blickte er in die Nacht hinaus.

Sie verließen den Flughafen und fädelten sich in den träge
fließenden Verkehr ein. Der Wagen kam nur langsam voran. Der
Muskelmann trommelte mit den Fingern auf das Armaturen-
brett. Obwohl sie ständig versuchten, irgendwelchen Schlag-
löchern auszuweichen, war es eine holprige Fahrt. Der unebene
Asphalt wurde von Straßenlaternen trübe erleuchtet, die Dunkelheit ansonsten nur von häßlichen Neonreklamen für Coca-
Cola, Inca Cola, Shell oder Toyota durchbrochen. Am Straßenrand türmten sich Berge von Müll. Sie sah räudige, wilde Hunde,
planlose Ansammlungen von Häusern mit Wellblechdächern und
Wäsche, die in der schmutzigen Luft flatterte. In der Ferne erho-

ben sich Hügel, an deren Hängen sich lauter kleine Schachteln festklammerten. Barackensiedlungen.

Nach zehn Minuten, in denen sie nur langsam vorwärts kamen, drückte die Lederjacke auf die Hupe, scherte auf die Fahrbahn mit dem entgegenkommenden Verkehr aus und bog links in eine schmale Seitenstraße ab. Helen sah ein paar Jungs, die mitten auf der Straße Fußball spielten. Die Scheinwerfer des Wagens huschten über ihre nach allen Seiten davonstiebenden Körper. Die Kinder zogen sich in die Schatten zurück und beobachteten feindselig, wie der Wagen ihre improvisierten Tore rammte. Dann bog er nach rechts in eine erheblich breitere Straße ab. Sie war auf beiden Seiten von acht Meter hohen, mit Stacheldraht bewehrten Mauern gesäumt. Hier gab es weder andere Wagen noch Fußgänger oder Fußballspieler, nur den kränklichen orangefarbenen Schein der Straßenlaternen, der wie ein radioaktives Leichentuch über der Stadt hing.

Helen hörte ihre eigene Stimme. Das ist jetzt dein Zuhause, meine Liebe, es ist besser, sich gleich damit anzufreunden. Sie starrte durch die rauchfarbenen Fenster und lachte in sich hinein. Hierher ist dein Vater gekommen. Das hat er gesehen. Betrachte es mit seinen Augen. Sie kamen in eine Wohngegend. Das zerfallende, schäbige Flair, die abblätternde Ockerfarbe und die Holzbalkone erschienen ihr schön, und in den Mimosenbäumen, die ihre Blätter wie einen Baldachin aus Spitze über die Straße breiteten, lag eine fedrige Anmut.

Der Fahrer raste durch die Straßen, hupte und fuhr gelegentlich bei Rot über eine Ampel. Nach einer Weile führte die Straße aufwärts. Es ging einen Hügel hinauf, auf dessen Gipfel sie eine riesige Satellitenschüssel erblickte. Sie drehte sich um und sah auf die Lichter von Lima hinab, die schwach durch den vom Meer aufsteigenden Dunst funkelten.

Die Luft war klar, als sie den Kamm des Hügels erreichten und auf der anderen Seite wieder hinabfuhren. Hier gab es große freie Flächen, die von stockdunklen Abschnitten unterbrochen wurden. Nach dem, was sie erkennen konnte, waren die Häuser hier größer. Die meisten versteckten sich hinter hohen Mauern mit Elektrozäunen und Infrarotsensoren, die abweisend blinkten, wenn der Wagen vorbeifuhr.

Nach weiteren fünf Minuten bogen sie scharf ab und rasten auf ein großes Portal in einer hohen Mauer zu. Der Fahrer drückte auf den Knopf einer kleinen Fernbedienung, das Tor glitt rasch zur Seite, eine Sekunde, bevor sie hindurchschossen, und schloß sich ebenso rasch hinter ihnen. All das passierte in einer perfekt aufeinander abgestimmten Routine. Sie parkten, Helen stieg aus und betrachtete ihr neues Zuhause.

21

Helen erwachte bei Sonnenaufgang. Sie glaubte, das Gurren der Tauben hätte sie geweckt, doch vielleicht war es das Licht, das durch die Jalousien sickerte und jetzt in weißgoldenen Streifen auf den Holzboden schien. Oder die warme Brise, die ihre nackten Schultern streifte. Sie streckte sich genüßlich, setzte sich im Bett auf und streifte das Laken ab. Es war aus altem Leinen, dick und weich. Das Bett selbst bestand aus feingeschnitztem Mahagoniholz und hatte eine weiche Roßhaarmatratze, die wie geschaffen zum Träumen war.

Sie blickte sich in dem großen Schlafzimmer um. An einer der weißen Wände standen ein Kleiderschrank und eine Kommode, weiß lackiert und mit Blumenmustern bemalt. Die Farbe war so alt, daß sich an manchen Stellen feine Risse gebildet hatten. Noch immer nackt, erkundete Helen das Cottage. Drei Zimmer, drei Bäder, Küche, Eßzimmer, Wohnzimmer, Holzböden, und alles lag im Schatten. Die Fenster waren mit von außen verriegelten Läden verdunkelt.

Sie schlüpfte rasch in saubere Jeans und ein weißes T-Shirt, öffnete die Vordertür und stand im Paradies. Zögernd stieg die Sonne höher, und in der Luft hing leichter Dunst. Die Jacarandabäume waren mit dunkelroten Blüten übersät. Bananenstauden raschelten leise im Wind. Papageien schwatzten in Flammenbäumen. Über ihr kreiste ein Adler, der sich von der warmen Luftströmung tragen ließ. Jenseits dieser Gartenoase erhoben sich Berge, die Ausläufer der Anden. Sie wirkten so nah, daß sie das Gefühl hatte, sie brauche nur die Hand auszustrecken, um sie zu berühren.

Die Steinplatten um den Pool wärmten ihre nackten Füße. Eine verschwenderische Fülle von Bäumen umgab sie, die sich unter der Last ihrer Früchte bogen: Bananen, Feigen, Pflaumen, Pekannüsse, riesige Avocados. Und alles erwachte jetzt, am frühen Morgen, zum Leben.

Direkt vor ihr stand ein riesiger Ficus mit leuchtend grünen und moosfarbenen Blättern, die in der Brise zitterten. Bei seinem Anblick mußte sie an eine der Geschichten denken, die ihr Vater ihr erzählt hatte, als sie klein war. Sie handelte von einem Mädchen in einem verzauberten Königreich, wo die Bäume nicht mit Blättern sondern Edelsteinen geschmückt sind.

Ein heiserer Schrei zerriß die Stille. Sie wirbelte herum und mußte lachen, als sie einen leuchtend gelb und türkis gefärbten Ara entdeckte, der auf seinem großen offenen Käfig hockte und sie anstarrte. Sie trat näher.

»Hallo! Kannst du sprechen?«

»Pepelucho«, schien er zu sagen.

»Pepelucho, aha.«

Der Papagei kam seitwärts auf sie zu, wie ein Mann, dem die Hose auf die Knöchel gerutscht ist. Die Federn am Kopf und im Nacken waren gesträubt. Er zitterte ein wenig und stieß dann einen weiteren markerschütternden Schrei aus.

»Ah, Sie haben Pepelucho schon kennengelernt?«

Helen wandte sich um. Vor ihr stand ein Mann, so nah, daß sie ihn beinahe riechen konnte. Er hatte wettergegerbte dunkle Haut und flache hohe, fast mongolische Wangenknochen. Helen fand, daß nur noch der prächtige Kopfputz fehlte. Er sah aus wie ein Inkakönig.

»Victor Maldonado.« Er hatte eine außergewöhnliche Art, das R zu rollen. Seine leise Stimme war so dick und zähflüssig wie Sirup, und doch entdeckte sie darin noch einen Widerhall von Cambridge.

Sie streckte ihm die Hand entgegen. Er schüttelte sie. Sein Griff war fest, seine Haut kühl und rauh.

»Helen Williams.« Sie verkniff sich das ›Jencks‹ gerade noch rechtzeitig. »Ich habe Sie gar nicht kommen hören.«

»Das Gras verschluckt die Schritte.«

»Er sagt seinen Namen.«

»Er spricht eine ganze Menge, wenn er in der richtigen Stimmung ist. Sollen wir versuchen, ihm Ihren Namen beizubringen?«

»Pepelucho, kannst du Helen sagen?«

»Oder Señorita Williams.« Er machte eine Pause zwischen Señorita und Williams, als sei er sich über die Kombination nicht ganz sicher. Einen Moment musterte er ihr Gesicht, ließ den Blick über die scharfen blauen Augen, die gerunzelte Stirn, die geschwungenen Augenbrauen und die kampflustige Nase schweifen. Dann lächelte er.

»Wie wär's mit Frühstück?«

Er führte sie zu einem Holztisch auf einer großen Terrasse hinter dem Hauptgebäude. Helen beobachtete ihn, als er mit schwerem, gebieterischem Schritt vor ihr herging. Er rückte den Stuhl zurecht und setzte sich ihr gegenüber. Viele Runzeln zeichneten sein Gesicht, und die Lider waren halb geschlossen, als seien sie müde von der Anstrengung, immer offenzustehen, doch die Augen selbst blitzten herausfordernd.

»Übrigens haben wir noch mehr Tiere im Garten, die Sie vermutlich nicht so putzig finden werden wie Pepelucho. Wachhunde zum Beispiel. Ab Mitternacht lassen wir sie frei herumlaufen. Dann ist es besser, nicht mehr durch den Garten zu streifen. Sie sind zum Töten abgerichtet.«

»Welche Rasse?«

»Dobermänner.«

Helen verbarg ein Lächeln.

»Was nehmen Sie? Ein englisches Frühstück?« Sie sah wohl aus wie eine Frau, die gutes Essen zu schätzen weiß.

»Wunderbar.«

Maldonado nickte einer Frau mit gestärkter weißer Schürze zu, die damit beschäftigt war, ein zweites Gedeck aufzulegen.

»Carmen, meine Köchin.«

Carmen war höchstens einssechzig, hatte kupferfarbene Haut und die runden, beinahe asiatischen Züge der südamerikanischen Indios: eine kräftige, breite Nase und schmale, intelligente Augen. Helen fand sie sehr hübsch.

»Carmen wird für Sie dasein und Ihnen alles besorgen, was Sie brauchen. Sprechen Sie Spanisch?«

»So gut wie gar nicht«, sagte Helen und versteckte sich hinter traditionellem britischem Understatement.

»Dann lernen Sie es lieber«, sagte Maldonado und goß ihnen beiden Kaffee aus einer silbernen Kanne ein. Er nahm einen kleinen Schluck und beobachtete sie über den Rand seiner Tasse. Dann stellte er diese geräuschlos auf die Untertasse, ohne Helen aus den Augen zu lassen.

»Hören Sie, ich weiß nicht, was Sie getan haben, und im Moment ist es mir auch gleichgültig, aber eins müssen Sie mir doch verraten. Warum ausgerechnet Peru?«

Helen nippte bedächtig an ihrem Kaffee. Maldonado schien die Regeln ihres neuen Spiels zu brechen, bevor sie die Gelegenheit hatte, den ersten Zug zu machen. Er ließ ihr keinen Raum: die Wahrheit oder eine Lüge. Die Wahrheit flackerte durch ihr Bewußtsein. Sie drängte sie zurück. Sie hätte ihm gern alles erzählt und das Gefühl gehabt, daß es richtig war, die Suche nach ihrem Vater gleich hier und jetzt zu beginnen. Einen Augenblick war der Drang dazu beinahe unwiderstehlich, doch sie kämpfte ihn eisern nieder. Sie hatte Dai versprochen, daß sie warten würde, und ihr Instinkt sagte ihr, daß ein übereiltes Geständnis nicht klug wäre. Sie mußte sich erst zurechtfinden und einen Plan austüfteln, bevor sie handelte; alles andere wäre naiv.

»Irgendwo mußte ich hin«, sagte sie gleichgültig.

»Aber Peru? Ins tiefste, dunkelste Peru? Warum nicht Frankreich, Skandinavien, die Staaten? Irgendwohin, wo es angenehm ist, nicht so weit weg von zu Hause.« Er lächelte bei seiner Frage und fing an, eine dicke Scheibe Papaya zu zerschneiden und mit der Gabel aufzuspießen. Ebensogut hätte er sich nach dem Wetter in England erkundigen können.

»Ich möchte gar nicht so nah an zu Hause sein.«

»Waren Sie schon mal hier?«

»Nein, noch nie.«

»Dann haben Sie also nur Lima gesehen?«

»Hmmm.«

»Und was denken Sie?« Er behandelte ihre Antworten wie kleine Bissen, die er kurz kaute, bevor er den nächsten forderte.

»Es erinnert an Kafka.«

Maldonado lachte und warf ihr einen anerkennenden Blick zu.

»Phantastisch. Sie haben absolut recht. Das arme Lima ist nicht gerade die beste Reklame für Peru. Man nennt es die Rache der Inkas an Pizarro, aber Lima ist nicht Peru, wie Sie wissen. Wenn Sie wirklich das Gefühl haben wollen, weit weg von zu Hause zu sein, dann warten Sie, bis Sie im Land herumreisen, falls Sie das vorhaben. Fahren Sie in die Sierra, schauen Sie sich an, wie die Quechua leben oder besuchen Sie die Stämme im Amazonasgebiet. Es ist eine andere Welt. Es könnte sogar ein anderes Jahrhundert sein. Wenn Sie auf der Flucht vor etwas sind, hätten Sie sich keinen besseren Ort aussuchen können.«

»Das habe ich mir gedacht.« Hinter seiner höflichen Weltgewandtheit verbarg sich eine rauhe Menschlichkeit, eine ungewohnte Direktheit, zum Beispiel in der Art, wie er ihr Fragen stellte, die sie für tabu gehalten hatte.

»Aber warum nicht Chile, Argentinien, Ecuador oder sogar Kolumbien?« fragte er.

»Keine Ahnung. Vermutlich klang Peru interessanter.«

»Warten Sie, bis Sie es näher kennenlernen. Sie haben nicht gelebt, bevor Sie nicht gesehen haben, wie der Mond über den Ruinen von Machu Picchu aufgeht, die Aras wie Juwelen in der Sonne funkeln, oder bis Sie den schneebedeckten Alpamayo bestiegen haben und sich vorkommen wie auf dem höchsten Punkt der Welt.«

Es hatte den Anschein, als rede sich Maldonado langsam in Trance. »Aber es gibt noch soviel mehr. Ich könnte endlos weiter erzählen.«

»Deswegen bin ich gekommen«, sagte Helen.

Maldonados Blick schien aus weiter Ferne zu kommen, als er sie lange schweigend musterte. Es war zermürbend, aber sie hielt ihm stand. Schließlich fuhr er fort, stellte jedoch keine Fragen mehr, sondern stürzte sich in einen kuriosen Monolog, der ihn wie eine merkwürdige Mischung aus Professor, Priester, Psychologe und Partisan erscheinen ließ.

»Schauen Sie, Helen. Ich könnte sagen, willkommen in meinem Haus, bitte betrachten Sie es als das Ihre, ich könnte sagen, daß ich und mein gesamtes Personal Ihnen zur Verfügung stehen, ich könnte Sie wie einen normalen Gast behandeln und es dabei bewenden lassen, aber ich würde damit weder Ihnen noch unserem Freund Dai einen Gefallen tun. Verstehen Sie mich nicht falsch, Sie sind willkommen, und wir stehen Ihnen zur Verfügung, aber es ist besser, für Sie selbst und auch für mich, wenn Sie über ein paar Hausregeln Bescheid wissen. Sie sind auf der Flucht vor irgend etwas, das ist unübersehbar. Wenn Dai Morgan mich nach dreiundzwanzig Jahren anruft, müssen Sie einiges auf dem Kerbholz haben. Hören Sie auf, zu fliehen. Ruhen Sie sich eine Weile aus. Lassen Sie Ihre Probleme, wo sie sind. Halten Sie sie fern von hier. Sie sind verwundet, das sieht man. Erholen Sie sich, so schnell es geht. Peru ist kein Ort für Rekonvaleszenten. Es wird Sie umbringen, wenn Sie Schwäche zeigen.« Er lächelte. »Sie halten mich für ein bißchen melodramatisch, nicht wahr? Jeder Fremde würde das tun, und viele Peruaner auch. Wir haben dieselben Schwierigkeiten, unser eigenes Land zu verstehen wie Sie. Aber ich kenne es.« Er holte tief Luft und verzog das Gesicht, als hätte er einen unangenehmen Geschmack im Mund. »Ich kenne es. Dieses Land zu verstehen ist mein Lebenswerk. Ich habe zusammen mit Ihrem Freund Dai in Cambridge unter anderem Anthropologie studiert, wie Sie wissen.« Helen hielt den Atem an, doch ihren Vater erwähnte Maldonado mit keinem Wort. »Aber man kann dieses Land nicht mit Hilfe von Büchern kennenlernen, man muß es am eigenen Leib erfahren.« Er stand auf, und seine Züge wurden wieder weich. »Erinnern Sie mich irgendwann daran, wenn Sie eine Weile hier verbracht haben, dann erzähle ich Ihnen von Peru.« Er sprach den Namen seines Landes aus wie den einer Geliebten, leidenschaftlich und besitzergreifend, schuldbewußt und hinterhältig, bewundernd und voller Angst. Eine starrköpfige Traurigkeit lag darin, als sähe und akzeptierte er alles, was es ihm und seiner Sehnsucht nach Verständnis vor die Füße warf.

»Warum bleiben Sie dann?« fragte Helen sanft. »Wenn es so schrecklich ist, so brutal sein kann?«

»Weil es mir im Blut liegt, weil ich süchtig danach bin. Weil es das schönste Land der Welt ist.«

22

Die Mittagssonne, die auf die weißgetünchten Häuser am Dawson Place schien, blendete Dai. Er kniff die Augen zusammen und parkte den Wagen im Schatten einer hohen Eiche. Dann ging er zusammen mit Derek die Treppe zum Haus hinauf. Sie schlossen die Haustür auf und betraten die Wohnung. Helens Abwesenheit hallte darin wider wie ein Echo. Es roch nach Verlassenheit. Kein selbstgebackenes Brot, kein Beef Wellington, keine der Leckereien, mit denen sie Dai und Derek sonst begrüßt hatte. Nur Munza strich mit erhobenem Schweif um sie herum, als wüßte er auf seine katzenhaft unergründliche Art, daß irgend etwas nicht stimmte, und machte sie dafür verantwortlich. Er reagierte weder auf ihre ausgestreckten Hände, noch auf die Sahne, mit der sie ihn zu locken versuchten.

»Nun komm schon, du Mistvieh«, knurrte Dai. »Mein Gott, jeder Hund wäre mir lieber.«

Munza tanzte davon und versetzte Dai, als er ihn in eine Ecke trieb, einen so scharfen Hieb mit der Tatze, daß seine Hand blutete.

Dai sperrte Munza in seinen Korb. »Verdammter Kerl. Den würde ich gern Hugh Wallace auf den Hals hetzen.«

»Ich auch«, sagte Derek.

»Wir sollten Joyce anrufen. Vielleicht hat sie Lust, rüberzukommen. Bei ihr zu Hause kann man nicht richtig reden.«

Nach zwei Tagen am Steuer ihres Lasters verbrachte Joyce den Bank Holiday mit Brian und den Kindern. Sie rekelten sich faul vor dem Fernseher, aßen Curry und versuchten, ein riesiges Puzzlespiel zusammenzusetzen. Dais Anruf klang beiläufig, war jedoch zutiefst beunruhigend.

»Ich geh' noch mal eben einkaufen«, erklärte Joyce und griff nach ihrer Jacke. Sie küßte Brian auf die Wange. »Es dauert nicht lange.«

Zehn Minuten später stand sie atemlos vor Helens Tür. Ihre geröteten Wangen bildeten einen Kontrast zu dem langen blonden Haar.

»Was ist passiert?« Als sie Munzas Korb sah, bestätigten sich ihre schlimmsten Befürchtungen. »Wo ist Helen?« Sie schlug die

Hand vor den Mund. »O Gott, bitte sag mir nicht, daß sie einen Unfall hatte.«

»Es geht ihr gut, mach dir keine Sorgen. Sie mußte nur eine Weile verschwinden«, erklärte Dai knapp. »Man hat sie in eine Falle gelockt, bei der Arbeit. Sie ist dahintergekommen, Joyce, konnte sich aber der Sache nicht stellen. Also ist sie untergetaucht. Nach Peru. Niemand darf davon erfahren, nur du, hat sie gesagt.« Er erzählte ihr die ganze Geschichte und ließ nur den Teil über Jack Jencks weg.

Joyce wurde bleich und hörte schweigend zu. Sie konnte sich nur auf die Worte ›Falle gelockt‹ konzentrieren, und auf die Gesichter, an die sie sich erinnerte, Wallace, Rankin. Sie blickte sich um. Da stand der Eßtisch, wo sie mit beiden gesessen hatte.

»Weiß Roddy davon?«

»Kein Wort.«

»Wie geht es jetzt weiter? Wird der Schwindel bei Goldsteins auffliegen?«

»Wahrscheinlich. Man wird einige Nachforschungen anstellen, wenn rauskommt, daß Helen spurlos verschwunden ist.«

»Und wenn sie was finden, werden sie glauben, daß Helen es war.«

»Vermutlich.«

»Also werden Wallace und Rankin damit durchkommen?«

»Sieht ganz so aus.«

Joyce starrte ihn einfach nur an. Sie konnte nicht glauben, was sie da hörte.

»Vermutlich wird Goldsteins die ganze Sache vertuschen wollen«, sagte Dai. »Es wird ihnen prima in den Kram passen, so zu tun, als seien Rankin und Wallace unschuldig, selbst wenn sie Verdacht schöpfen sollten. Wenn Helen weg ist, werden sie ohnehin keinen Grund haben, die beiden zu verdächtigen. Einen Skandal können sie sich nicht leisten. Eine Bank muß auf ihren Ruf achten. Sie wird alles tun, um ihn zu schützen.«

»O Dai.« Joyce trat zu ihm und umarmte ihn. Ihr schmaler Körper war starr vor Wut.

»Will sie tatsächlich nichts gegen die beiden unternehmen?« fragte sie und löste sich von ihm.

»Sie hat gesagt, sie würde sich darum kümmern, wenn es soweit ist.«

»Aber was sucht sie ausgerechnet in Peru?«

»Ach, du kennst doch Hel, sie will wandern und im Gebirge zelten, sich die Gegend ansehen.«

»Sich die Gegend ansehen! Sie will weglaufen, fliehen. Sie sucht immer noch nach ihrem Vater.«

Dai fuhr erschrocken zusammen, doch Joyce sah nachdenklich an ihm vorbei ins Leere und ließ nicht erkennen, ob sie wußte, wie nah sie der Wahrheit soeben gekommen war.

»Ich muß zurück, Brian wird sich sonst Sorgen machen.«

»Was willst du ihm sagen?«

»Liebe Güte, was kann ich ihm denn sagen? Daß sie durchgebrannt ist und wieder zur See fährt?«

»Warum nicht?«

Joyce dachte darüber nach, als wollte sie ausprobieren, ob sie damit durchkommen würde.

»Na schön. Wenn jemand fragt, sage ich das.«

»Nur Brian und den Kindern. Wenn jemand anders Fragen stellt, weißt du von gar nichts.«

Joyce ging nach Hause und schenkte sich einen Whiskey ein. Daraufhin setzte sie das Puzzle fertig zusammen, kuschelte sich kurz neben Brian und kochte dann das Abendessen. Kein Mensch wäre auf die Idee gekommen, daß irgendwas nicht stimmte. Um zehn zog sie sich um.

»Ich fahr noch mal eben zu Mum«, erklärte sie Brian. »Es dauert nicht lang, höchstens zwei Stunden.« Brian warf ihr einen verwunderten Blick zu, sagte aber nichts. Er war schon lange an ihre spontanen Aufbrüche und Freiheitsgelüste gewöhnt.

»Du siehst gut aus«, sagte er und zog sie an sich. »Wie Cat Woman, so ganz in schwarz. Fehlt nur noch die Maske.« Sie gab ihm einen langen Kuß, ging ins Kinderzimmer, strich sanft über die schlafenden Gesichter und nahm eine Wollmütze aus der Schublade.

Dann rannte sie die vierzehn Stockwerke bis zum Ladbroke Grove hinunter. Abgaswolken hingen im leichten Nebel. Lieber Himmel, was war bloß mit dem Wetter los, man hätte schwören können, daß es Winter war. Sie zog den Reißverschluß des schwarzen Parka hoch, stieg in ihren klapprigen Ford Capri und fuhr zum Dawson Place, wo sie einen Parkplatz direkt vor Helens Wohnung fand. Helens Schlüssel klapperten in ihrer Tasche, als sie die Vordertreppe hinaufging. Ersatzschlüssel, die jetzt, in einem Notfall, den keiner von beiden hatte voraussehen können, sehr nützlich waren. Sie trat ein und ließ die Tür leise hinter sich zuschnappen.

Das Licht der Straßenlaternen fiel schwach durch die Fenster. Sie sah genug, ohne die Lampen anschalten zu müssen. Sie suchte ein paar Minuten, konnte aber Helens Adreßbuch nicht finden und hielt inne, um nachzudenken. Wenn man lange genug nachdenkt, fällt einem immer eine Lösung ein. Der Computer. Helen war so vorsichtig, daß sie ihre Adressen bestimmt gespeichert hatte. Joyce verstand zwar nicht viel von Computern, konnte aber einigermaßen mit dem Ding umgehen. Ihr ältester Sohn Ian hatte es ihr letztes Jahr zu Weihnachten beigebracht, als er einen geschenkt bekommen hatte. Trotzdem war es mühsam. Schließlich spuckte Helens Computer eine Liste mit Adressen aus. Sie ging eine nach der anderen durch, grinste triumphierend und schraubte ihren Füller auf.

Schließlich setzte sie sich mit zwei Adressen bewaffnet wieder in den Wagen und fuhr los. Es war dunkel, überall hingen Nebelschwaden, die anscheinend nur da waren, um sie unsichtbar zu machen.

Hugh Wallace hatte sich das ganze Wochenende zu Hause verkrochen, um an seiner Dissertation zu arbeiten und im Internet zu surfen. Für sein leibliches Wohl sorgte der Pizzaservice. Am Montag abend spürte er den ersten Anflug eines heftigen Migräneanfalls und hörte im Geist die Stimme seiner Mutter, du brauchst frische Luft, mein Junge. Er ging zum Schrank im Flur, griff nach seinem Anorak und verließ die Wohnung.

Joyce hatte auf der anderen Straßenseite geparkt und beobachtete ihn. Geschmeidig wie eine Katze verließ sie den Wagen und ging ihm nach. Sie war so schnell, daß sie ihn rasch eingeholt hatte. Er dagegen schlich wie ein Geist durch die wabernden Nebelschwaden und nahm seine Umgebung gar nicht wahr.

Joyce streifte die schwarze Wollmütze über, die nur ihr Gesicht freiließ. Wallace war nur noch wenige Schritte vor ihr. Er hatte nicht die leiseste Ahnung von ihrer Anwesenheit, bis sie unmittelbar hinter ihm stand.

Sie tippte ihm leicht auf die Schulter und blieb stehen, als er sich erschrocken umdrehte. Sie wollte ihm in die Augen schauen, die Angst darin sehen.

Es war nicht das, was sie gelernt hatte. Aikido war eine Verteidigungstechnik, nicht zum Angriff geeignet, doch die Wut hatte sie wie umgewandelt. Sie sah sich um. Die Straße lag verlassen da. Sie wandte sich wieder Wallace zu, beugte sich herüber und blickte ihm in die Augen.

»Du Schwein. Sie war deine Freundin, und du hast sie betrogen.«

Wallace wollte antworten, doch seine Worte erstickten in einem Schrei, als Joyce ihm ins Gesicht schlug. Selbst in diesem Moment konnte sie sich kaum dazu durchringen, ihn zu verletzen. Er sah sie an wie ein verlorener kleiner Junge, dessen Welt gerade zusammengebrochen ist. Sie schlug noch zweimal zu. Er versuchte, auszuweichen, stolperte auf dem Pflaster und prallte mit dem Kopf auf den Bürgersteig. Joyce wartete, daß er wieder aufstand. Aber das tat er nicht.

Sie beugte sich über ihn, fühlte seinen Puls und rannte zur nächsten Telefonzelle am Ladbroke Grove, um der Ambulanz zu beschreiben, wo er lag. Dann verschmolz sie mit der Dunkelheit.

Zehn Minuten später war der Krankenwagen da. Wallace wurde in die Notaufnahme des St. Mary Paddington Hospitals gebracht. Der diensthabende Arzt untersuchte ihn und zog dann einen Neurologen hinzu. Wallace war immer noch bewußtlos. Man röntgte seinen Schädel und stellte vorerst fest, daß er keine lebensgefährlichen Verletzungen hatte, doch es dauerte noch eine ganze Stunde, bis er wieder zu sich kam. Schwere Gehirnerschütterung. Er würde mindestens eine Nacht im Krankenhaus bleiben müssen. Er lag im Bett, erbrach sich und versuchte vergeblich, aufzustehen und sich davonzuschleichen.

23

Maldonado verließ nach dem Frühstück das Haus. »Ich muß zu einer Ausgrabung«, sagte er. »Aber zum Mittagessen bin ich wieder da. Wir haben etwas Besonderes vorbereitet, eine peruanische Spezialität. Machen Sie es sich in Ihrem Cottage bequem. Wenn Sie etwas brauchen, können Sie Carmen anrufen. Sie erreichen sie auf Leitung 5.«

Helen hörte, wie ein Wagen angelassen wurde und eine Tür zufiel, und dann war alles still, bis auf das Vogelzwitschern im Garten. Sie blickte sich um und genoß die warme Brise, die ihre Haut umfächelte. Sie dachte an die Kälte in London und den metallischen Geschmack, den die Abgase dort im Mund hinterließen. Hier im Garten roch es nur nach Jasmin. Jenes London, das ihr so unvermittelt und grausam erschienen war, als sie ihre Entdeckung gemacht und hierher geflohen war, schien weit weg. Sie hatte eine Welt gegen eine andere eingetauscht. Halb und halb hatte sie das Gefühl, noch dafür bezahlen zu müssen, daß es so trügerisch einfach gewesen war, diesen Schritt zu vollziehen. Von jetzt an würde ihre Reise sie durch unbekanntes Gebiet führen, wo es keine Pfade gab, denen sie folgen konnte. Nur Maldonado. Sie spürte, wie die Ungeduld in ihr wuchs. Dieser Mann war der erste Wegweiser, den sie auf der langen Suche nach ihrem Vater gefunden hatte. Und doch wußte sie instinktiv, daß sie ihm mit Vorsicht begegnen mußte. Nicht umsonst hatte sie einen Blick in sein kompliziertes Inneres erhaschen dürfen.

Sie brauchte einen Plan. Ihre Gedanken flatterten zu Wallace und Rankin, doch sie zwang sich dazu, sich auf Peru zu konzentrieren. Im Moment konnte sie im Hinblick auf die beiden nichts tun. Sie würde später versuchen, Dai anzurufen, um herauszukriegen, ob es schon Reaktionen auf ihr »Verbrechen« und ihre Flucht gegeben hatte. Vielleicht würde sie das in der Stadt erledigen. Sie war sich nicht sicher, ob es klug war, von Maldonados Haus aus zu telefonieren. Besser, sie ging keine unnötigen Risiken ein.

Sie verdrängte die Gedanken an London und stopfte sie in eine kleine Schublade ihres Bewußtseins. Sie waren nichts im Vergleich zu dem Aufruhr in ihrem Herzen, wenn sie daran dachte, wie nah sie ihrem Vater schon gekommen war.

Sie schob das Geschirr beiseite und ließ den Blick über die Formen der Pflanzen und Blumen schweifen, die hinter die Szenerie in ihrem Kopf zurückgetreten waren. Sie hatte einen Pakt mit Dai geschlossen. Bevor sie ihn um Hilfe bitten konnte, mußte sie herausbekommen, was Maldonado für ein Mensch war, und entscheiden, ob sie ihm vertrauen und ihm erzählen durfte, wer sie wirklich war. So gern sie sich auch in dem Glauben gewiegt hätte, daß er vertrauenswürdig sein mußte, nur weil sie ihn so brauchte, schwor sie sich doch, vorsichtig zu sein. Sie mußte ihre Intelligenz benutzen, nicht jahrzehntealten Träumen und Sehnsüchten nachhängen. Die Sache sehen wie einen Handel, so viele Informationen sammeln wie möglich, das Risiko abwägen und dann alles abbrechen oder den nächsten Schritt tun. Aber sie wußte schon in diesem Augenblick, daß sie sich niemals davon abbringen lassen würde, egal, wie hoch das Risiko war. Diesmal mußte sie den Weg bis zu Ende gehen.

Am besten machte sie sich erst einmal mit der Umgebung vertraut. Vor allem mit den Hunden. Mit den Resten des Frühstücksspecks bewaffnet, ging sie auf die Suche. Schließlich entdeckte sie einen Zwinger am anderen Ende des Gartens, zur Straße hin.

Vier Hündinnen, die am Gitter aufgereiht standen. Ihre Nasen waren wie Pfeile erhoben. Helen summte leise und beruhigend vor sich hin. Die Hunde lauschten, ihre weichen Ohren zuckten.

»Ja, genau, ihr Süßen. Ich bin eure Freundin, kein Feind.« Die Gitter des Zwingers schützten sie. Einen Augenblick durchfuhr sie die Angst, als sie sich vorstellte, wie die Hunde auf sie losgelassen wurden. Zwei der Hündinnen fingen an zu knurren. Helen zwang sich, tief und regelmäßig zu atmen, um die Angst zu besiegen. Als sie sich beruhigte, hörte auch das Knurren auf. Sie trat langsam näher, damit sie Zeit hatten, ihre Witterung aufzunehmen. Den Speck hatten sie bereits entdeckt. Helen bemerkte ihre gierigen Blicke, die von ihrem Gesicht zu den Händen schweiften und dort hängenblieben, aber sie waren zu gut erzogen, um zu betteln. Helen wartete fünf Minuten, bis sie das Gefühl hatte, daß sie das Spiel des gegenseitigen Abtastens leid waren. Eine der Hündinnen wandte sich ab und legte sich in eine Ecke. Eine zweite folgte ihrem Beispiel. Helen redete weiter vor sich hin, bis die dritte und fünf Minuten später auch die Anführerin ent-

schieden, daß sie keine Bedrohung darstellte, und ihr den Rücken
zukehrten. Dann biß sie die Speckstreifen durch und warf ein
Stück in den Zwinger. Die Anführerin wirbelte herum und verschlang es mit einer einzigen eleganten Bewegung des Kopfes.
Helen warf die anderen Stücke hinterher, so daß jede eines abbe-
kam. Lächelnd stand sie da und beobachtete sie.

»Das war's. Bis morgen, meine Süßen.«

Sie drehte eine Runde durch den Garten und ging dann zurück
zu ihrem Cottage. Sie wusch sich die Hände, kramte im Koffer
nach einem Reiseführer für Peru, den sie in Heathrow gekauft
hatte, zog sich einen Stuhl auf die kleine Terrasse und setzte sich,
um im Schatten des Flammenbaums zu lesen. Bei jedem Umblät-
tern stieg ihr ein schwacher Geruch nach gebratenem Schinkenspeck in die Nase.

Plötzlich blickte sie auf, weil sie eine Bewegung wahrgenom-
men hatte. Ein Mann schlenderte um die Ecke des Hauptgebäu-
des, etwa hundert Meter von ihr entfernt. Er kam mit schlen-
kernden Armen auf sie zu, in einer Hand eine Pistole. Sie
erstarrte, doch als er näher kam, wechselte er unmerklich die
Richtung und steuerte auf das andere Ende des Gartens zu. Er
ging langsam und sah aufmerksam nach rechts und links. Ein
zweiter Mann erschien hinter einem Gebüsch am Ende des Gartens. Die beiden nickten sich zu, wechselten ein paar Worte und
gingen dann weiter. Helens Anspannung wurde durch ihre
scheinbar ruhige Patrouille und das Gefühl, daß die Männer zum
Haus gehörten, kaum vermindert. Sie beobachtete sie, bis sie aus
ihrem Blickfeld verschwunden waren. Es dauerte lange, bis sich
ihr rasender Herzschlag beruhigt hatte. Maldonado hätte sie warnen können, oder waren bewaffnete Wachtposten ein so alltägli-
cher Bestandteil des Lebens hier, daß sie keinerlei Kommentars
bedurften? Ihre latente Angst steigerte sich. Der Garten war ein
kleines Paradies, bewacht von Kampfhunden und bewaffneten
Männern. Woher kam die Bedrohung? Wen fürchtete Maldonado, und warum? An welchem gottverfluchten Ort war sie da bloß
gelandet?

24

Um acht Uhr abends klopfte Carmen an ihrer Tür und führte sie zum Haupthaus. Alles sah so anders und fremd aus. Neugierig sah Helen sich um. Als sie durch einen langen mit Marmor verkleideten Gang gingen, hallten ihre Schritte in der Stille wider. Ein paar kleine Spots in der Decke warfen einen schwachen orangefarbenen Schein auf die weißen Wände. Sie konnte ein paar Gemälde von kräftigen Pferden erkennen, die sich stolz aufbäumten.

Hin und wieder kamen sie an geschlossenen Türen vorbei, doch Carmen blieb erst vor der letzten stehen, die dunkler, schwerer und mit feineren Schnitzarbeiten versehen war als die anderen. Sie öffnete die Tür und bedeutete Helen mit einer Kopfbewegung, einzutreten, bevor sie sie wieder schloß. Der Tisch war für zwei gedeckt, doch Maldonado tauchte nicht auf. Helen aß und trank allein. Sie begann mit einem Pisco Sour, der ihr von einem lächelnden Butler gereicht wurde. Er schmeckte wie eine ernstzunehmende Version von Whiskey Sour, teuflisch stark, mit Limettensaft aufgefüllt und war dabei aber äußerst süffig. Sie trank drei davon und wurde mit jedem neuen Glas fröhlicher.

Um halb zehn hatte sie ein dreigängiges Menü verspeist, das aus Hühnerbrühe, knusprig gebratenem Schweinefleisch mit Röstkartoffeln und Spargel und einem köstlich süßen Reispudding bestand. Als sie fertig war, blieb sie noch ein paar Minuten leicht beschwipst an diesem fremden Tisch sitzen und fand ihre Situation beinahe komisch. Dann stand sie leise auf, verließ das Eßzimmer und begab sich durch die Drinks ermutigt auf Entdeckungsreise. Sie versuchte die erste Tür zur Linken. Die Klinke ließ sich herunterdrücken und gab den Blick frei auf ein marmorverkleidetes Badezimmer mit einem Stapel alter, ziemlich abgegriffener Ausgaben des *Spectator* auf einem kleinen Tisch. Sie ging weiter zur nächsten Tür. Diese führte in ein Arbeitszimmer. Helen trat ein, machte Licht und setzte sich auf einen alten Lederstuhl hinter dem Schreibtisch aus Mahagoni. Sie sah sich flüchtig um und zog ein paar Schubladen auf. Briefpapier, Stifte, Korrespondenz, ein Blatt mit dem Briefkopf der Banco de Panama. Helen hätte es gleich wieder weglegen sollen, doch in einem Anflug von Übermut konnte sie der Versuchung, es zu lesen, nicht widerstehen. Ihr Blick fiel auf eine Kontonummer und den Kontostand: vier Millionen Dollar.

»O Mist!« Nun ja, Dai hatte gesagt, daß die Maldonado-Familie reich sei. Ihr Bewußtsein, das unersättlich war, wenn es um Zahlen ging, speicherte automatisch sämtliche Ziffern. Dann hörte sie von fern das weiche Quietschen von Gummisohlen auf dem Marmorflur. Sie legte den Brief zurück, sprang auf und löschte das Licht. Die Schritte gingen vorbei, dann hörte sie, wie sich eine Tür öffnete. Sie stieß die Tür des Arbeitszimmers vorsichtig auf und spähte den Gang hinab. Die Tür zum Eßzimmer stand offen. Sie schlüpfte hinaus, öffnete und schloß die Tür des angrenzenden Badezimmers und kehrte laut summend ins Eßzimmer zurück. Carmen drehte sich überrascht um.

»Ah, Carmen. *Baño*«, sagte Helen und deutete zum Flur. »Pipi.«

Carmen nickte zum Zeichen, daß sie verstanden hatte, und geleitete sie schweigend durch den Garten zu ihrem Cottage. Dort sagte sie *hasta mañana* und ging zurück zum Haus.

Vor dem Einschlafen lauschte Helen dem rhythmischen Surren des Ventilators und dem Ruf einer Nachteule, mit dem sie ihre Beute aus dem Versteck lockt, bevor sie herabstößt und sie tötet.

25 Beim Aufwachen fühlte sich Andy Rankin zerschlagen und hungrig. Nach drei freien Tagen wieder ins Büro zu müssen war deprimierend, tröstlich nur die Aussicht auf ein paar Bacon-Sandwiches, die er sich gönnen würde, sobald er in der City ankam. Er küßte seine schlafende Frau zum Abschied und verließ das Haus. Es dämmerte bereits, doch um sechs Uhr morgens regte sich in den Straßen noch nichts, abgesehen von einer schwarzen Katze, die er aufgeschreckt hatte. Doch plötzlich versperrte ihm eine dunkel gekleidete Gestalt den Weg. Er blieb wie angewurzelt stehen.

»Was zum Teufel wollen Sie?« Er hätte nicht einmal sagen können, ob es ein Mann oder eine Frau war. Die Augen, die ihn hinter der Wollmütze musterten, schienen zu lächeln.

»Ich bin eine Freundin von Helen.« Die Stimme war weiblich, klang drohend und wurde durch die Mütze gedämpft.

»Was zum –«

»Zeit zum Abrechnen.«

Rankin hatte eine plötzliche Vorahnung dessen, was auf ihn zukam, und verspürte unerklärlicherweise Angst vor dieser Frau. Er hob den Arm. Die schwarz gekleidete Gestalt kam näher, schlug ihm beide Arme zur Seite und umklammerte seinen Kopf und den rechten Arm. Er hatte gerade noch Zeit, das Tempo zu registrieren und die Kraft, mit der sie ihn gepackt hielt, dann spürte er, wie er sich um die eigene Achse drehte und ein stechender Schmerz seine Schulter durchfuhr. Er hörte ein gräßliches Knirschen; der Schmerz strömte durch den ganzen Arm. Er war gebrochen. Rankin flog kopfüber auf den Bürgersteig. Ein paar Sekunden schnappte er nur nach Luft. Dann trieben blinde Wut und Rachsucht ihn wieder auf die Beine.

»Verdammtes Miststück.«

»Das war erst der Anfang, Freundchen.« Joyce wich ihm aus. Einen Augenblick stand sie da und beobachtete ihn, sah im Geiste, was sie ihm antun könnte, und bekam fast Angst vor ihrer eigenen Gewaltbereitschaft. Sie mußte ihn unschädlich machen, und zwar rasch. Sein Gesicht zeichnen. Sie wartete, bis er ausholte, dann packte sie seinen gesunden Arm am Handgelenk, drehte ihn um und hörte, wie er vor Schmerz aufschrie. Gegen diesen *Sankyo*-Griff war er machtlos. Sie schleuderte ihn mit aller Macht gegen einen geparkten Wagen. Blutüberströmt sackte er zu Boden.

Joyce sah zu, daß sie wegkam. Im Laufen streifte sie die Wollmütze ab, ging dann ruhiger eine Nebenstraße hinab und kam auf der Kensington Church Street heraus.

Sie atmete wieder gleichmäßig. Ein paar Meter vor ihr lief ein gut gekleideter Mann um die Dreißig geräuschvoll die Treppe seines Hauses herunter. Wahrscheinlich hatte er seine Absätze beschlagen lassen. Joyce verzog den Mund zu einem Lächeln und ging an ihm vorbei. Der Mann lächelte unsicher zurück. Mit ihrem blonden Haar, das wie ein Heiligenschein um ihren Kopf stand, den rosigen Wangen und dem schrecklichen Funkeln in den Augen sah sie aus wie ein Racheengel.

119

26

Paul Keith kam um fünf nach sieben im Büro an. Er stellte seine Aktentasche ab und nahm den Deckel von dem Kaffeebecher, den er bei Birley's gekauft hatte. Drei Tage ohne Goldsteins waren himmlisch gewesen. Jetzt war er nervös und verkrampft und hatte sogar auf sein übliches Vollkornbrötchen verzichtet. Vorsichtig nippte er an dem Kaffee, schloß den Schreibtisch auf und bückte sich, um Hulls Werk über Derivative herauszunehmen. In diesem Moment entdeckte er das gesplitterte Holz an Rankins Schreibtisch. Er zog eine Schublade heraus und entdeckte lauter leere Fächer, die eigentlich Akten hätten enthalten müssen. Er spürte, wie sich ihm der Magen umdrehte, als er hektisch nach Wallace, Rankin oder Helen Ausschau hielt. Als nächstes sah er sich Helens Schreibtisch an. Aufgebrochen. Dann den von Wallace, dasselbe. Er hockte schockiert da und wartete, daß die anderen eintrudelten. Halb acht verging. Er beobachtete, wie eine Gruppe von Tradern hereinströmte und sich an die Monitore setzte. Zehn vor acht, immer noch keine Spur von den anderen. Er mußte aufstehen und irgendwem Bescheid sagen, daß sie nicht gekommen waren, wußte aber, daß Wallace und Rankin ihm das Leben zur Hölle machen würden, wenn er verbreitete, daß sie nicht rechtzeitig zur Arbeit erschienen waren.

Die Telefone fingen an zu klingeln. Es dauerte nicht lange, bis sie einen nervtötenden Chor bildeten. Er versuchte, die Anrufe entgegenzunehmen, kam aber nicht nach.

Gegen halb neun drohte die Panik ihn zu überwältigen. Mittlerweile fragte er sich, ob sich die ganze Gruppe bei Nacht und Nebel aus dem Staub gemacht hatte. Er suchte nach Goldsteins Liste mit den Privatnummern der Mitarbeiter und rief bei Helen, Rankin und Wallace an. Niemand nahm ab.

Um Viertel vor neun tauchte die fürchterlichste Person im ganzen Börsensaal auf, diejenige, der er am allerwenigsten hätte begegnen wollen. Er hätte schwören können, daß das Parkett bebte und die Luft in dem Kraftfeld pulsierte, das sie zu umgeben schien, bevor er verschreckt den Kopf hob und Zaha Zamaroh auf sich zuschweben sah. Ihr Lippenstift glänzte. Als sie entdeckte, daß Keith ganz allein in der Trading-Gruppe saß und hektisch versuchte, die Anrufer abzuwimmeln, blieb sie stehen und musterte ihn wie eine Medusa.

»Was machen Sie denn da? Wo sind die anderen?«

Ihre Stimme hatte die natürliche Reichweite eines Volkstribunen, der auf einem antiken Marktplatz steht und zu Tausenden von Anhängern spricht. Sie konnte sich von einem Ende des Börsensaals bis zum anderen verständlich machen, doch jetzt sprach sie gedämpft. Sie hatte eine perfekte englische Aussprache, die man ihr in den besten britischen Internaten eingetrichtert hatte. Nur ein winziger Akzent war geblieben, der besonders bei den Zischlauten auffiel.

»Sie sind nicht da.«

»Das sehe ich. Wo sind sie?«

»Sie sind noch nicht gekommen.«

»Wollen Sie mir etwa weismachen, daß Wallace, Jencks und Rankin alle am gleichen Tag nicht zur Arbeit erschienen sind?«

»Äh, ja.«

»Wo sind sie denn?«

»Keine Ahnung. Ich habe versucht, sie zu Hause anzurufen, aber es geht niemand ran. Ich glaube, sie wollten zum Skifahren. Gletscherski. Vielleicht war das Wetter schlecht, und sie stecken irgendwo fest.«

»Dann hätten sie angerufen. Versuchen Sie es weiter zu Hause. Wenn Händler anrufen, sagen Sie, bisher sei noch keiner da; sie möchten es später noch mal versuchen. Und sobald einer von den dreien seine dämliche Visage zeigt, schicken Sie ihn zu mir.«

Zamaroh machte auf dem Pfennigabsatz kehrt und rauschte davon. Keith ging weiter ans Telefon, sagte seinen Spruch auf und suchte den Raum ab. Er betete zu Gott, daß die anderen endlich kamen, bevor Zamaroh explodierte.

Um halb zwölf erschien Zamaroh erneut auf der Bildfläche. Paul Keith saß allein am Schreibtisch und starrte auf die flackernden Monitore. Die unerbittlichen Telefone waren endlich verstummt, nachdem die Anrufer zu dem Schluß gekommen waren, daß Rankin, Jencks und Wallace geschlossen krankfeierten.

»Nun?« fragte Zamaroh, als sei Keith schuld daran, daß die übrigen Schreibtische unbesetzt waren.

»Nichts. Ich habe den ganzen Vormittag versucht, sie anzurufen.«

»Keiner von ihnen ist zu Hause?«

Keith schüttelte den Kopf.

»Und Sie haben keine Idee, wo sie sein könnten?«

»Nein.«

»Sie haben keine Telefonnummern hinterlassen?«

»Helen und Andy wollten wegfahren. Aber sie haben nichts hinterlassen.«

Zamarohs Gesicht erstarrte.

»Rühren Sie sich nicht vom Fleck. Und bleiben Sie bei der Version, daß sie heute später kommen.«

Keith nickte, starrte zu Boden und räusperte sich.

»Äh, da ist noch was, bevor Sie gehen.«

Zamaroh kam einen Schritt näher und baute sich vor Keith auf.

»Drei Schreibtische sind aufgebrochen worden. Und es sieht so aus, als seien ein paar Akten verschwunden.«

Zamaroh starrte ihn an, als hätte sie nicht recht gehört. Der Lärm des Börsensaals verebbte. Einen Augenblick hörte Keith nur das Blut, das in seinen Ohren rauschte.

»Das will ich sehen«, zischte Zamaroh.

Keith deutete auf das zersplitterte Holz.

»Warum haben Sie mir das nicht gleich gesagt?«

Keith fing an zu stottern. Zamaroh unterbrach ihn.

»Weiß sonst noch jemand davon?«

»Nein.«

»Dann halten Sie den Mund. Die Sache ist streng vertraulich. Haben Sie irgendeine Vorstellung, wer es gewesen sein könnte?«

»Äh, nein, eigentlich nicht.«

Zamaroh musterte ihn durchdringend, dann wandte sie sich ab und marschierte in ihr Büro zurück. Dort rief sie John Savage an.

»John, hier ist Zaha. Ich muß mit Ihnen reden.«

»Zaha. Ich bin zum Lunch in der Bank verabredet. Hat es nicht Zeit?«

»Nein, hat es nicht.«

Savage seufzte ärgerlich. »Also schön. Kommen Sie rauf.«

Savage blickte aus dem riesigen Eckfenster seines Büros, als Zamaroh eintrat. Wie gewöhnlich trug der Vorstandsvorsitzende

einen tadellos geschnittenen Anzug, unübersehbar Saville Row.
Trotzdem strahlte er etwas Jungenhaftes aus, das nicht ganz der
strengen Etikette des Establishments entsprach. Vielleicht war es
das satte Dunkelblau, weder verblichen noch zerknittert, sondern
scheinbar neu, wie all seine Anzüge, vielleicht die Tatsache, daß
die Nadelstreifen eine Spur zu breit waren. Vielleicht war es aber
auch nur das volle silberne Haar, das Savage wie Tarzan nach hinten gekämmt trug. Dieser Mann strahlte eine Macht aus, die das
ganze Zimmer erfüllte, selbst wenn seine Aufmerksamkeit
scheinbar der Skyline von London galt.

Savage wandte sich langsam um und lächelte Zamaroh flüchtig zu. Seltsam, dachte sie, diese Angewohnheit, die Welt mit halbgeschlossenen Augen zu betrachten. Es war, als wollte er sie unbewußt auf Abstand halten. Wirklich seltsam, denn sonst machte
er einen äußerst weltmännischen Eindruck – gewandt, intelligent
und zynisch. Ein bißchen zu zynisch, vielleicht hatte er die Welt
allmählich satt. Savage kam ihr langsam entgegen, ohne sie aus
den Eidechsenaugen zu lassen. Er war einer der wenigen bei Goldsteins, der sich von ihr nicht einschüchtern ließ.

»Was gibt's?«

»Drei Angestellte aus der Derivative-Gruppe sind heute morgen nicht zur Arbeit erschienen. Ein Praktikant versucht den
ganzen Vormittag, sie zu Hause zu erreichen. Doch niemand geht
dran.«

»Drei von hundert. Das ist zwar nicht gerade erbaulich, aber
auch nicht besonders bemerkenswert. Worauf wollen Sie hinaus?«

»Hugh Wallace, Andy Rankin und Helen Jencks. Sie bilden eine
Art Dreieck, mit Wallace an der Spitze. Sie bleiben unter sich und
halten sich vom Rest des Parketts fern.«

»Wollen Sie andeuten, daß die ganze Gruppe abgewandert ist?«

»Alle drei Schreibtische sind aufgebrochen worden, mehrere
Akten verschwunden.«

Savage fuhr zusammen und starrte Zamaroh durch schmale
Augenschlitze an. »Wer weiß davon, außer Ihnen?«

»Nur der Praktikant, der es gemeldet hat, Paul Keith. Er
behauptet, er wüßte nicht, was das zu bedeuten hat. Er scheint
wie vom Donner gerührt.«

Savage rief seine Sekretärin. »Bitten Sie Michael Freyn zu mir, Evangeline.«

Michael Freyn, der Sicherheitschef, hatte sein Büro im gleichen Stock wie Savage. Die räumliche Nähe von Security und Verwaltung unterstrich die gestiegene Bedeutung seiner Funktion in einer Zeit, da interner Betrug, Massenabwanderung von Angestellten in Schlüsselpositionen, Lauschangriffe, elektronischer Diebstahl und Geldwäsche sich zu immer größeren Bedrohungen auswuchsen.

Freyn erschien innerhalb von wenigen Sekunden. Er nickte Zamaroh zu und nahm Platz. In seinen Augen spiegelte sich die mißtrauische Wachsamkeit eines Mannes, der immer nur dann zu Hilfe gerufen wurde, wenn es ein Problem gab.

Savage wandte sich an Zamaroh: »Lassen Sie den Praktikanten rufen.«

Zamaroh wählte die Nummer der Derivative-Gruppe. Keith meldete sich mit düsterer Stimme:

»Sonderprodukte.«

»Kommen Sie rauf in Mr. Savages Büro. Es ist im zehnten Stock.«

Keith drückte sich nervös vor der Tür herum, bis Savage ihm ein Zeichen gab, einzutreten. Er manövrierte seine hoch aufgeschossene Gestalt durch die Tür und nahm auf Savages Einladung hin Platz. Freyn musterte ihn.

»Es sieht so aus, als hätten wir ein Problem«, sagte Savage. »Miss Zamaroh hat mir mitgeteilt, daß Hugh Wallace, der Strukturierer und die beiden Händler Andy Rankin und Helen Jencks aus der Derivative-Gruppe heute morgen nicht zur Arbeit erschienen sind.«

Freyn nickte unmerklich bei der Erwähnung der verschiedenen Namen.

»Keiner von ihnen hat angerufen, und unter ihrer Privatnummer sind sie nicht zu erreichen. Unser Mitarbeiter Paul Keith« – und damit stellte er Freyn Keith zum ersten Mal vor – »hat Zaha erklärt, daß er nicht weiß, was los ist. Ich entnehme jedoch seinem Gesichtsausdruck und seinen zitternden Händen, daß er vermutet, irgend etwas sei faul an der Sache, beispielsweise die Tatsache, daß die Schreibtische von Jencks, Wallace und

Rankins aufgebrochen waren. Mehrere Akten sind verschwunden.«

»Wann ist das passiert?« fragte Freyn, stand auf und ging quer durch das Büro auf Keith zu.

Keith schien in seinem Sessel zu schrumpfen.

»Ich bin mir nicht sicher. Alles war in Ordnung, als ich am Freitag gegangen bin. Als ich heute morgen ankam, habe ich es entdeckt.«

»Wann sind Sie gekommen?«

»Um fünf nach sieben.«

»Ist das die Zeit, zu der Sie normalerweise kommen?«

»Ja, mehr oder weniger. Meistens erst gegen Viertel nach sieben. Aber heute wollte ich besonders früh dasein.«

»Wann haben Sie Miss Zamaroh über Ihre Gruppe berichtet?«

»Äh, ich glaube, das war gegen elf.«

»Sie haben vier Stunden gewartet?«

Keith holte tief Luft, als wollte er alles auf einmal loswerden. »Es war schon schlimm genug, daß die Händler nicht kamen. Ich mußte dauernd ans Telefon. Ich hätte es früher melden müssen, aber ich wußte, daß es Scherereien geben würde und hab' versucht, es rauszuzögern.«

Zamaroh empfand plötzlich Mitleid mit Keith, der aussah, als würde er sich jeden Moment in die Hose machen. Freyn war einer der wenigen im Hause, für die Savage die Augen aufmachte. Zweiundvierzig Jahre alt, einsneunzig groß, bestand er nur aus Muskeln und hatte als Sergeant bei den Fallschirmspringern gedient. Ein Choleriker mit heller Haut und spärlichem rotem Haar.

»Haben Sie irgendwem in der Gruppe davon erzählt?« fragte Savage, an Keith gewandt.

»Nein. Nur Ms. Zamaroh.«

»Kein Wort davon dringt nach draußen. Verstanden?«

Keith nickte.

»Haben Sie noch irgendwas hinzuzusetzen?«

»Äh, nein.«

»Na schön. Dann gehen Sie wieder an Ihren Arbeitsplatz. Bleiben Sie in der Gruppe, richten Sie sich darauf ein, uns bei den Ermittlungen behilflich zu sein, aber gehen Sie nicht ans Telefon.«

»Glauben Sie, daß an der Sache was faul ist?« fragte Freyn, nachdem Keith gegangen war.

»Sieht so aus.«

»Jencks?«

»Sie könnten alle unter einer Decke stecken.«

»Was soll ich machen?«

»Schicken Sie drei Sicherheitsleute zu Wallace, Rankin und Jencks nach Hause. Wenn sie da sind, sollen sie sie herschleifen, tot oder lebendig.«

Freyn nickte.

Savage wandte sich an Zamaroh. »Rufen Sie den Leiter der Abwicklung an –«

»Kevin Anderson«, ergänzte sie.

»Bitten Sie ihn, sich die Bücher und Händlerscheine der Gruppe vorzunehmen, und zu sehen, ob er irgend etwas Ungewöhnliches findet. Versuchen Sie rauszukriegen, welche Akten fehlen. Setzen Sie ein paar Sekretärinnen an die Telefone der Gruppe. Sie sollen sagen, daß die Händler krank sind. Keine großartige Erklärung, aber wir haben keine Wahl.«

Zamaroh und Savage wechselten einen Blick. Das Gespenst von Barings hing über ihnen.

»Was ist mit der Internen Ermittlungskommission?« fragte Zamaroh. Die Interne Ermittlungskommission, Compliance genannt, war die juristische Abteilung der Bank, die für die Kontrolle ihrer Seriosität zuständig war.

»Zuerst wollen wir rauskriegen, ob es ein Fall für die Compliance ist, bevor wir ins Wespennest stechen«, sagte Savage und fixierte sie, als wollte er jeden Widerspruch im Keim ersticken. Zamaroh nickte. Die juristische Prozedur nahm ihren Lauf; der Ruf der Bank, Savages Job und auch ihr eigener standen auf dem Spiel.

27

Karen Rankin war gerade dabei, ihrem Mann Schmerzmittel und Beruhigungstabletten zu verabreichen, als das Summen der Sprechanlage ertönte. Sie griff stirnrunzelnd nach dem Hörer.

»Ja?«

»Mrs. Rankin?«

»Wer ist da?«

»Mein Name ist Bill Pittam. Ich komme von Goldsteins, Mrs. Rankin, Security. Kann ich Sie einen Augenblick sprechen?«

»Hören Sie, ich habe zu tun. Was wollen Sie?«

»Könnten Sie bitte an die Tür kommen, Mrs. Rankin? Ich verstehe Sie nicht besonders gut auf diesem Ding.«

Pittam war einer von Freyns Unteroffizieren bei den Fallschirmspringern gewesen und sah aus wie eine Bulldogge. Seine Zugehörigkeit zur Pfingstbewegung hielt ihn im Zaum, doch in seinem Diensteifer war er unermüdlich. Er wartete geduldig. Schließlich hörte er einen Fluch und dann das Klappern von hohen Absätzen auf dem gekachelten Boden, bevor die Tür vor seiner Nase aufgerissen wurde. Karen Rankin stand im Türrahmen, eine Hand in die Hüfte gestemmt, mit wütendem Gesicht.

»Okay. Was wollen Sie?«

»Können Sie mir vielleicht sagen, wo ich Ihren Mann erreichen kann?«

»Oh, das ist ja wirklich hinreißend. Er kommt einen Tag nicht zur Arbeit, und schon schicken sie die verdammte Security, um nach ihm zu sehen? Was hat das zu bedeuten?«

»Es tut mir leid, Mrs. Rankin. Ich weiß, daß ich störe, aber ich muß mit Ihrem Mann sprechen.«

»Na schön«, sagte sie übertrieben laut und trat von der Tür zurück. »Wenn Sie wirklich mit ihm sprechen wollen, dann kommen Sie mit. Überzeugen Sie sich selbst, daß er nicht einfach blaumacht.« Sie marschierte vor ihm her durch den Flur und die Treppe hinauf.

»Andy, hier ist ein Sicherheitsbeamter von Goldsteins, der mit dir reden will.«

Pittam eilte hinter ihr her. Auf dem Treppenabsatz drehte sie sich zu ihm um.

»Fünf Minuten, dann gehen Sie wieder.«

Er nickte. »Vielen Dank, Mrs. Rankin.«

Er folgte ihr ins Schlafzimmer und blieb wie angewurzelt stehen, als er Andy Rankin mit einem blauen Auge, geschwollener Nase und dem Arm in Gips im Bett liegen sah.

»Was ist denn mit Ihnen los?«

»Wer zum Teufel sind Sie?« murmelte Rankin mit schwacher Stimme.

»Sorry. Mein Name ist Bill Pittam, Mr. Rankin. Ich bin von der Security bei Goldsteins. Wir waren etwas beunruhigt, als Sie heute morgen nicht zur Arbeit erschienen sind.«

»Wie nett von Ihnen.«

»Darf ich fragen, was passiert ist, Sir?«

»Wonach sieht es denn aus? Ich bin auf dem Weg zur Arbeit zusammengeschlagen worden.«

Pittam deutete auf Rankins Gips. »Ich hoffe, Sie waren beim Arzt, Sir?«

»Natürlich war er das, was glauben Sie denn?« antwortete Karen. »Ich habe ihn auf die Unfallstation gebracht. Der Arm ist gebrochen, die Nase auch. Außerdem hat er schwere Prellungen am Hinterkopf. Die Ärzte sagen, daß er unter Schock steht und ein paar Tage absolute Ruhe braucht. Und genau das hatte er, bis Sie hier auftauchten. Sie haben uns immer noch nicht verraten, warum Sie eigentlich hier sind.«

Andy fürchtete, daß er nur zu gut wußte, warum der Mann da war. Er preßte sein Gesicht in die Kissen und stöhnte vor Schmerz.

»Ich habe den Auftrag, Sie ins Büro zu bringen, Mr. Rankin.«

»Um Gottes willen!«

»Schon gut, Kar«, sagte ihr Mann und wandte sich wieder Pittam zu. »Ich glaube, es ist besser, Sie sagen mir, was los ist.«

»Das weiß ich nicht, Chef. Ich habe den Auftrag, herzukommen, zu sehen, ob Sie hier sind, und Sie zu bitten, ins Büro zu kommen. Mr. Savage hat meinen Boss beauftragt und der hat mich geschickt. Sie haben gesagt, ich soll Sie mitbringen, tot oder lebendig.«

»Na gut«, antwortete Rankin. »Sie haben die Nachricht überbracht. Ich werde heute nirgendwo hingehen. Ich kann mich kaum auf den Beinen halten und muß mich ständig übergeben.

Ich werde im Büro anrufen und fragen, was zum Teufel da los ist.«

»Wer war es, Sir? Straßenräuber oder was?«

»Wie zum Teufel soll ich wissen, wer es war?« fauchte Rankin.

»Stimmt. Und jetzt reicht's.« Karen Rankin brachte Pittam zur Tür.

Andy Rankin starrte an die weiße Decke, streckte mit schmerzverzerrtem Gesicht die Hand nach dem Telefon aus und rief in der Derivative-Gruppe an. Eine fremde weibliche Stimme meldete sich. Er widerstand dem Impuls, zu fragen, wer sie sei. »Bitte, geben Sie mir Hugh Wallace.«

»Wer spricht?«

»Ein Freund.« Rankin hatte keine Lust, sich zu erkennen zu geben, bevor er nicht wußte, was los war.

»Ich fürchte, Mr. Wallace ist heute nicht im Haus.« Eine Welle von Panik ergriff Rankin trotz seiner Übelkeit.

»Äh, dann Helen Jencks, bitte.«

»Miss Jencks ist nicht da.«

»Und Paul Keith?« Die Panik schnürte ihm den Hals zu.

»Mr. Keith auch nicht.«

»Wo zum Teufel stecken sie denn alle?«

Er bemerkte einen Anflug von Mißbilligung in ihrer spröden Stimme. »Sie haben sich krank gemeldet, fürchte ich.«

»Andy Rankin auch?« fragte er rasch.

»Andy Rankin ebenfalls«, antwortete sie steif. Rankin legte auf und fiel in die Kissen zurück. Als seine Frau hereinkam und sein Gesicht sah, musterte sie ihn mißtrauisch.

»Was ist los?«

»Wallace und Jencks sind ebenfalls nicht im Büro.«

»Das klingt ein bißchen seltsam, aber davon geht doch nicht gleich die Welt unter.«

Rankin zuckte die Achseln und stöhnte über den Schmerz in den Rippen.

»Ist das alles?«

»Das ist alles.«

Karen musterte ihn. Es war klar, daß er log. Trotzdem wandte sie sich ab und verließ das Zimmer mit dem Gefühl, daß in bestimmten Situationen eine Lüge der Wahrheit vorzuziehen ist. Sie vertraute darauf, daß ihr Mann mit ein paar Tagen Ruhe schon regeln würde, was er jetzt vor ihr verbarg.

Rankin sah ihr mühsam nach, dann griff er erneut nach dem Telefon und rief Wallace' Privatnummer an. Doch da meldete sich nur der Anrufbeantworter.

28

Helen schreckte aus dem Schlaf. Durch die Ritzen der Fensterläden drang der Duft von Zitrone, vermischt mit Weihrauch ins Zimmer. Sie kannte diesen Duft, das durchdringende Aroma eines Aftershaves. Des Aftershaves, das ihr Vater benutzte.

Sie sprang aus dem Bett, schlang sich ein Handtuch um, öffnete die Tür und spähte hinaus. Im Schein der aufgehenden Sonne erkannte sie Maldonado, der vom Cottage weg auf sein Haus zuging. Sie zog die Tür ein wenig zu und beobachtete ihn durch einen schmalen Spalt, bis er verschwunden war. Dann ging sie einmal um das Cottage herum. Ihre nackten Füße berührten den feuchten Tau. Irgendwie mußte sie lachen über die Streiche, die ihre Sinne ihr spielten.

Sie ging zurück ins Schlafzimmer, ließ das Handtuch zu Boden fallen und stellte sich vor den Spiegel, um sich nackt darin zu betrachten. Ihr Körper wirkte üppiger als sonst. In letzter Zeit hatte sie fünf Kilo zugenommen. Ihre Haut war bleich, die Augen geschwollen und blutunterlaufen. Kein Wunder bei dem Kater. Wenn sie jetzt einen Sprint hinlegen sollte, müßte sie husten, soviel Teer hatte sich von zwanzig Zigaretten am Tag in ihrer Lunge angesammelt.

Doch mittlerweile war sie befreit von der täglichen Schufterei im Büro und mußte nicht mehr trinken, um Roddy Gesellschaft zu leisten oder sich gegen seine Freunde zu wappnen. Sie brauchte auch den Balsam einer Zigarette nicht, der ihr über eine schiefgelaufene Transaktion hinweghalf oder sie in den neuen Tag katapultierte. Ihre alten Gewohnheiten waren eine Schwäche, für die es nun keine Rechtfertigung mehr gab. Es würde ihr nicht schwerfallen, neue zu finden, doch der Gedanke, ewig so weiterzumachen, widerte sie an. Ihre frisch gewonnene Freiheit barg ein unendliches Spektrum an Gefahren, aber auch die Chance, noch einmal ganz neu anzufangen.

In London war sie durch die Vorstellungen von Freunden und Kollegen auf eine bestimmte Persönlichkeit festgelegt gewesen, auch wenn sie sich selbst vielleicht ganz anders sah. Alle möglichen Äußerlichkeiten halfen ihr, sich zu definieren – die Wohnung, ein Wagen, Kleider, die Bücher, die sie las, das Schreibpapier, das sie benutzte. Es war Teil eines Codes, der von gesellschaftlichen Beobachtern wie Roddy benutzt wurde. Dazu kamen auffälligere Aspekte, beispielsweise ihre Art, im Büro zu sprechen, immer knapp und präzise. Wenn sie entspannt war, wirkte auch ihre Stimme gelöster. Dann kam eine sanfte Trägheit zum Vorschein, und Fragmente des walisischen Singsangs schlichen sich ein, Erinnerungen an die Stimme ihres Vaters. Ein anderes Beispiel war ihre Art zu sitzen, immer aufrecht und wachsam. Alles war so miteinander verschweißt, daß sie nicht einfach eines Morgens aufwachen und eine völlig andere sein, sich dem letzten Schrei der Mode entsprechend neu definieren konnte, wie sie es zusammen mit Joyce so oft getan hatte.

Als Teenager waren sie Experten im Experimentieren mit der äußeren Erscheinung gewesen. Sie erinnerte sich noch gut an ihre Ausflüge zu Miss Selfridge, wo sie sich gegenseitig um die Kleiderständer mit den schrillsten Klamotten der Saison gejagt hatten. Damals hatten sie Stunden damit verbracht, vor dem Spiegel und den anderen jungen Mädchen in den Umkleidekabinen zu posieren. Am Ende waren sie triumphierend mit einem völlig neuen Image in den bunten Plastiktüten aus dem Laden marschiert. Wenn sie konnten, hatten sie anschließend in einem der Pubs auf der Oxford Street noch ein Bier bestellt, obwohl kein Mensch glaubte, daß sie schon sechzehn waren, hatten mit den Jungs geflirtet und sich kichernd ihre Träume anvertraut.

Und abends waren sie losgezogen, um die Wirkung ihres neuen Aufzugs zu testen. Damals hatten Kleider immer viel mehr bedeutet als einfach nur Sachen, die man anzog. Kleider waren Symbole für Geld, für Unabhängigkeit (ihre Mutter hätte ihr das nie erlaubt) und Erwachsenwerden gewesen. Sie hatten einen Zauber besessen, der die angehenden Frauen verwandelte und ihnen den ersten Vorgeschmack von der Macht ihres Geschlechts vermittelte. Ihre schönen ebenmäßigen Körper waren noch unberührt, und doch sprach bereits Erfahrung aus ihnen. Die Spuren des Verschleißes, der Preis, den man im Leben zahlen muß, zeigten sich allerdings erst, wenn man ganz genau hinsah, an den Augen oder der Form des Mundes. Aber sie hatten es gewußt, hatten die Veränderungen bemerkt und die Grenzen ihrer Maskerade erkannt.

Später, auf See, erhielt sie die Chance, sich neu zu definieren, doch ihr Name, der anscheinend auf allen Kontinenten bekannt war, hatte ihr auch hier Grenzen gewiesen. Sie entschied sich dafür, ihren Vater niemals zu verleugnen. Egal wer sie war oder was sie tat, immer wurde es als Reaktion interpretiert, eher als Ausdruck eines zwanghaften Verhaltens als einer freien Wahl, als sei es unausweichlich, daß sie das Produkt seines schlechten Rufs war, von ihm gezeichnet und geprägt. Diese Ausgangssituation hatte wohl dafür gesorgt, daß es tatsächlich so kam. Bis jetzt hatte sie sich noch nie bewußt vorgenommen, mit den verborgenen Aspekten ihrer Persönlichkeit zu experimentieren. Doch das Exil brachte eine einsame und zugleich erregende Freiheit mit sich.

Sie streifte einen Badeanzug und Shorts über und machte sich auf den Weg zum Pool, der diskret am Ende des Gartens lag. Dort stand sie auf den sandfarbenen Kacheln und streckte sich. Die frühmorgendliche Brise strich kühl über ihre Haut, während die Sonnenstrahlen langsam über die Wipfel der Bäume krochen und sie erwärmten.

Sie begann mit ihrer alten Yoga-Übung, obwohl alle Muskeln schmerzten und protestierten. Ihr Körper war noch steif von dem langen Flug, und gestern hatte sie nicht viel getan, außer den Garten zu erforschen, zu essen und zu schlafen. Nach einer halben Stunde war sie soweit, daß sie sich ohne Mühe bewegen und atmen konnte. Als sie aufhörte, spürte sie, wie ihre Glieder prickelten, als hätte das Blut gerade wieder angefangen zu zirkulieren. Danach machte sie eine Viertelstunde Konditionstraining. Schließlich streifte sie flüchtig lächelnd die Shorts ab und sprang mit Anlauf in den Pool.

Das Wasser fühlte sich herrlich an auf ihrer verschwitzten Haut. Sie schwamm dreißig Längen, wobei sie zwischen Kraulen,

Brust- und Rückenschwimmen wechselte, schwang sich dann mit einer schnellen Bewegung aus dem Pool und stand tropfnaß in der Sonne.

Bewundernd betrachtete sie die Schönheit des Gartens, der sie still und schützend umgab. Man hörte nur das Glucksen des Wassers und das friedliche Zwitschern der Vögel in der Bananenstaude. Als sie quer durch den Garten zum Cottage zurückging, hörte sie plötzlich Wasser rauschen. Es klang wild und unangebracht in dieser Umgebung. Sie bog um eine Gruppe von mannshohen Büschen und wäre fast auf eine Leitung getreten, aus der Wasser ins Gras strömte. Dann sah sie, wie ein Gärtner sich über ein anderes Rohr beugte. Es gehörte zu einem verwirrenden System, das sich kreuz und quer durch den ganzen Garten zog.

»Qué pasa?« fragte Helen und fühlte sich wie eine Statistin in einem italienischen Western.

»Inundación de agua«, erwiderte der Gärtner. Eine Bewässerungsanlage für den Garten. Helen war fasziniert von den enormen Wassermengen, die sich über das Gras ergossen und wenige Augenblicke später versickert waren, als hätte die Erde einen unersättlichen Durst. Als sie sich dem Haus näherte, bemerkte sie überrascht, daß sie bis zu den Knöcheln im feuchten Untergrund versank. Ein etwa dreißig Quadratmeter großer Bereich stand unter Wasser. Komisch, daß der Garten hier nicht so durstig ist, dachte sie, als sie mit erfrischend kühlen Füßen durch den kleinen Sumpf stakste, der dann unversehens wieder in trockeneren Grund überging.

Sie kehrte ins Cottage zurück und nahm eine lange heiße Dusche, bevor sie am Schluß den Hahn auf eiskalt stellte. Jetzt floß das Blut rasch durch ihren Körper, und ihre Wangen hatten ein wenig Farbe gewonnen. Sie wühlte in ihren Kleidern, beige, schwarz und sahneweiß, ihre britische Uniform, die neben der Farbenpracht des Gartens zu verblassen schien.

In Gedanken machte sie sich eine Liste von Dingen, die sie brauchte, und weitete sie rasch aus auf Dinge, die ihr Herz höher schlagen ließen. Shorts, Hosen, Kleider, Pullover, Hemden, Gesichtscreme, Parfums, Bücher; alles mögliche und alles anders.

Heute würde sie nach Lima fahren, Dai anrufen, die Stadt erkunden und einkaufen gehen. Sie war jetzt ruhiger, erfrischt von den Übungen und entzückt von der Schönheit des Gartens. Die Angst der letzten Tage schien von ihr abzufallen.

Sie schlüpfte in ein sandfarbenes Baumwollkleid und trat mit nassem Haar in den Garten. Pepelucho, der prächtig aussah mit seinem himmelblauen und goldenen Gefieder, kreischte aus Leibeskräften. Anscheinend machte es ihm Spaß. Sie hatte sich noch nie zuvor von einem Ara zurechtgewiesen gefühlt, trat jedoch gehorsam näher.

»Wie geht es dir, du Hübscher? Du bist ein ganz besonders toller Kerl, weißt du das?« Der Ara stolzierte auf dem Dach seines riesigen Käfigs auf und ab, als sei ihm das absolut nicht neu. Aufmerksam blickte er sie über seinen großen gebogenen Schnabel hinweg an wie jemanden, der in sein Revier eingedrungen war. Anscheinend war er sich nicht sicher, ob er sie verjagen oder erobern sollte.

»Mach's gut, mein Kleiner.« In der gepflegten Wildnis des Gartens ging sie unter Palmen und Asucennabäumen entlang, deren weiße Blüten wie umgedrehte Lilien herabhingen und einen betörenden Duft verströmten. Sie streckte die Arme aus und strich mit beiden Händen durch die samtweichen Baumwedel.

Schließlich setzte sie sich zum Frühstück auf die Terrasse des Haupthauses. Carmen bediente sie freundlich lächelnd wie immer. Sie nahm Kaffee mit gebratenem Speck, Eiern, Tomaten und Toast und bekam zum Nachtisch eine süße weiße Frucht vorgesetzt, die sie noch nie gesehen hatte – eine *chirimoya*, wie Carmen ihr erklärte. Anschließend schlich sie sich mit ein paar Speckstreifen in der Hand zum Hundezwinger.

Die Dobermänner standen am Gitter aufgereiht und erschienen ihr nicht weniger mörderisch als am Tag zuvor.

»Hey, ihr Süßen, wie geht's euch heute?« murmelte Helen und trat näher an das Gitter.

»Im Grunde seid ihr die reinsten Schoßhündchen, was? Nicht neurotischer als ich auch.« Ein Zweig bewegte sich in der warmen Brise und streifte ihre Wange. Sie zog ihn herab und hielt die Nase an die weißen Sternblumen, die paradiesisch dufteten. Sie sog den Duft tief ein. Er hatte etwas beinahe Berauschendes. Die Hunde legten die Köpfe auf die Seite und beobachteten sie. Helen pflückte eine Blüte und hielt sie ihnen nacheinander unter

134

die zuckenden Nasen. Als sie klein war, hatte ihr Vater ihr erzählt, daß der Geruchssinn eines Hundes tausendmal ausgeprägter ist als der eines Menschen. Die Hunde wichen ein wenig zurück. Man hätte meinen können, daß sie grinsten.

»Das haut euch auch um, was?« fragte Helen. Sie schwelgte im Sonnenschein und dem schwindelerregenden Duft und redete beschwichtigend auf die Hunde ein. Erst als sie schwere Schritte hörte, die außerhalb ihrer Sichtweite vorbeigingen, verstummte sie. Sie wartete, bis sie nicht mehr zu hören waren, und warf dann jedem Hund ein Stück Speck zu.

»So, meine Süßen, das war's. Bis morgen.«

Sie ging am Cottage vorbei, nahm ihre Tasche mit Portemonnaie und Paß und ging entschlossen hinüber zum Haupthaus

Carmen fuhr erschrocken zusammen, als Helen die Küche betrat und sich mit einer Mischung aus Neugier und Mißtrauen vor ihr aufbaute.

»*Señorita?*«

»Doctor Maldonado?«

Carmen schüttelte den Kopf.

»Taxi«, sagte Helen. Zum Teufel mit Maldonado und seinen Warnungen vor den Gefahren in Peru. Schwachsinn! Carmen warf ihr einen zweifelnden Blick zu und sah sich hilfesuchend um.

»Telefon«, sagte Helen. »Taxi.«

Carmen schüttelte erneut den Kopf.

»*Sí!*« sagte Helen. Sie warf einen Blick auf einen an Maldonado adressierten Brief, der auf dem Küchentisch lag und prägte sich rasch die Adresse ein. Dabei erfuhr sie zum ersten Mal, daß sie sich in einem Vorort namens La Molina befand. Das zu wissen, gab ihr ein besseres Gefühl, obwohl sie keinerlei Anhaltspunkte hatte, wo und wie sie ihn einordnen sollte, abgesehen von der Tatsache, daß er im Dunkel der Nacht vierzig Minuten von Lima entfernt lag. Helen nahm das Telefon und sah Carmen an.

»*Número*. Für Taxi.«

29

Ein VW-Käfer, mindestens zwanzig Jahre alt, hellgrün und völlig verrostet, erwartete sie auf der Straße. Helen stieg ein und schlug ihr Verbenbuch auf. In holprigem Spanisch erklärte sie, daß sie gern nach San Isidro fahren würde, das in ihrem Führer als eins der schönsten Viertel beschrieben war, voller Geschäfte, Restaurants und Büros. Das Taxi setzte sich mit einem Ruck in Bewegung. Der Fahrer fuhr schnell und folgte dabei einem unberechenbaren Rhythmus, den Helen nicht ausmachen konnte, der jedoch existieren mußte, da sie es schafften, einer Reihe von Zusammenstößen, die in London unvermeidlich gewesen wären, auszuweichen. Es schien keine verbindlichen Regeln zu geben, bloß ein System, in dem man sich anrempelte oder durchschlängelte, je nachdem, und immer mit den Abgasen des Vordermanns in der Nase.

Sie fuhren einen Hügel hinauf, und Helen erkannte die Satellitenschüssel auf dem Gipfel wieder. Da waren sie in der Nacht ihrer Ankunft auch vorbeigekommen. Unter ihnen hing eine Dunstglocke, die das Zentrum von Lima verbarg. In La Molina war es noch sonnig gewesen. Es kam ihr vor, als sei sie auf dem Weg von einem Land zum anderen, und die Schüssel markierte die Grenze.

Sie fuhren breite Straßen entlang, auf denen sich ein erstaunliches Sammelsurium von Vehikeln tummelte, wie man sie nur in Ländern der dritten Welt findet. Vollgestopfte Minibusse, deren Passagiere diversen Geschäften nachgingen, uralte Taxis, die sich zuweilen mit einem handgeschriebenen Namensschild hinter der Windschutzscheibe auswiesen, während andere aussahen, als sammelten die Fahrer opportunistisch sämtliche Leute ein, die ihnen vom Straßenrand winkten. Es gab klapprige amerikanische Straßenkreuzer aus den fünfziger und sechziger Jahren, die viel zuviel Benzin schluckten. In London würde man sie für teures Geld umrüsten und als letzten Schrei ausgeben. Hier waren sie keine Mode, sondern eine Lebensnotwendigkeit. Mitten durch das Gewimmel sausten dunkelblaue japanische Flitzer mit getönten Scheiben und teurem Vierradantrieb. Hin und wieder überholte sie ein unweigerlich schwarzer Porsche, aus dem laute Discomusik dröhnte.

Jedesmal, wenn sie vor einer Ampel hielten, stürzte sich eine

Horde von Straßenverkäufern auf das Taxi, die von Avocados über Papageien und Straßenkarten bis zu Büchern alles feilboten, was man sich vorstellen konnte. Der Titel auf einem Buchrücken, den Helen entziffern konnte, war *El Típico Idiota Latinoamericano*. Wunderbar! Wäre sie in einem surrealistischen französischen Film, hätte sie darin eine nur für sie bestimmte Botschaft gesehen.

Winzige Geschäfte säumten die Straßen. Sie verkauften gebrauchte Matratzen, Holzmöbel, Rattankörbe, Massenware. Sie erkannte Schneidereien, Waschsalons und Apotheken, und eine schien tatsächlich »Jesus von Nazareth« zu heißen. Sie sahen aus, als seien sie seit Generationen in Familienbesitz und hätten nur überlebt, weil Arbeitszeit hier nicht bezahlt und die Profite winzig waren. Zwischen Lebensmittelgeschäften für die arme Bevölkerung standen vereinzelt Läden, die Hi-Fi-Anlagen, Fernseher und Computer anboten, protzig bewacht von Security Guards mit braunen Uniformen und schußsicheren Westen; sie trugen halbautomatische Waffen.

Nach einer Weile erschien ihr alles etwas übersichtlicher, und die weit auseinanderliegenden Gebäude drängten sich in schmaleren Straßen zusammen. Sie kamen an modernen Möbelgeschäften, Buchhandlungen und Banken vorbei. Die Leute waren besser gekleidet, aber trotzdem sahen sie aus, als sei ihnen kalt unter dem düsteren Himmel, und ihr Blick war in die Ferne gerichtet, als wären sie eigentlich lieber woanders. Offensichtlich erschien vielen Passanten die Stadt ebenso unfreundlich wie Helen. Das war nicht das Südamerika, das sie sich vorgestellt hatte. Sie vermißte den blauen Himmel, die leuchtenden Farben, das Gewimmel auf den grauen Bürgersteigen. Statt dessen dröhnte der Verkehr, stank es nach Abgasen, hatte man das Gefühl, unter einem ungeheuren Druck zu stehen. Niemand schien Zeit zu haben. Alle hatten ein festes Ziel, obwohl es nichts gab, das den Weg lohnte. Die Gesichter der Menschen waren ausdruckslos, als könnten sie nicht riskieren, ihr wahres Ich zu zeigen. Liebe Güte, wo war bloß Peru?

Im Geiste hörte Helen wieder Maldonados tiefe Stimme: *Lima ist nicht Peru.* Irgendwie konnte sie sich sein ironisches Grinsen vorstellen, hätte er gesehen, wie verzweifelt sie aus dem Fenster starrte, den Blick suchend über die Menge schweifen ließ. Als könnte man so leicht fündig werden, und doch suchte sie auch hier, in diesen fremden Straßen, nach ihrem Vater.

Plötzlich wandte sich der Fahrer zu ihr um, ohne auf den Verkehr zu achten.

»San Isidro.«

»Wieviel in Dollar?« fragte Helen.

»Zwölf.«

»Hier sind zehn.« Bezahle nie, was sie verlangen, auch so eine Regel der dritten Welt. Zweifellos war sie mit zehn noch mächtig übers Ohr gehauen worden.

Der Fahrer nickte und nahm das Geld an, ohne mit der Wimper zu zucken. Helen stieg aus, schlang sich die Handtasche über die Schulter und quer über die Brust und ging die Straße hinunter, bis sie zu einem Hotel neben einem kleinen Park voll knorriger Olivenbäume kam. An der Rezeption fragte sie auf Englisch, ob sie eins der Telefone benutzen dürfe, um in England anzurufen.

»Ich kann Ihnen eine Anzahlung in bar leisten, wenn Sie es wünschen.« Sie lächelte dem Portier, einem gutaussehenden jungen Mann zu. Er hieß Carlos, wie das Namensschild verriet. »Hier sind zwanzig Dollar.«

Carlos erwiderte ihr Lächeln und antwortete in perfektem Englisch:

»Es ist ein bißchen unüblich, weil Sie nicht Gast bei uns sind, aber wir haben einen Konferenzraum, in dem Sie ungestört sind. Fünf Minuten. Okay?«

»Sehr gut. Vielen Dank.«

»Bis Sie zurück sind, habe ich die Rechnung im Computer, und wir können alles regeln.«

Helen folgte ihm in den Konferenzsaal im zweiten Stock und setzte sich hin, um zu telefonieren. Dai Llewelyn meldete sich nach dem dritten Klingeln.

»Ich bin's!«

»Cariad! Wie geht's dir?«

»Sehr gut. Maldonados Haus ist phantastisch. Es liegt in einem Vorort namens La Molina, etwa eine Stunde vom Zentrum entfernt. Allein der Garten ist ein Paradies.«

»Und wie geht's ihm?«

»Anscheinend gut.«

»Von wo rufst du an?«

»Aus einem hübschen kleinen Hotel. Im Zentrum. Ich hatte das Gefühl, ich sollte Maldonados Telefon lieber nicht benutzen.«

»Nein. Gut. Und bei ihm ist alles in Ordnung, nicht wahr?«

»Er ist sehr charmant, wenn er da ist, was nicht allzu häufig vorkommt. Gibt es was Neues?«

»Oh, ich hab' da was aufgeschnappt.«

»Was denn?«

»Anscheinend haben Wallace und Rankin innerhalb der letzten vierundzwanzig Stunden ein paar Scherereien gehabt.«

»Scherereien?«

»Ja, beide mußten vorübergehend ins Krankenhaus.«

»Oh Dai! Was hast du dir dabei gedacht?«

»Es hat nichts mit mir zu tun. Ich weiß es von Joyce. Anscheinend hat sie gesehen, wie es passiert ist. Jedenfalls hat sie mich heute morgen angerufen und mir alles brühwarm berichtet.«

Helen prustete los. »Hat es gesehen! Und ob sie es gesehen hat! Diese Frau ist unglaublich.«

»Na, Wallace und Rankin haben jedenfalls ihr Fett weg. Joyce hat praktisch zugegeben, daß sie den beiden eine neue Visage verpaßt hat. Ich glaube nicht, daß sie vor Mitte der Woche wieder ins Büro können. Und wenn, dann höchstens auf Krücken. Jedenfalls werden sie sich was einfallen lassen müssen, um ihre Verletzungen zu erklären.«

»Sollen sie schmoren. Ich kann mir lebhaft vorstellen, wie John Savage die Nase rümpft. Du weißt ja, daß Wallace sein Neffe ist, oder?«

»Nein, ich hatte keine Ahnung!«

»Mach dir keine Sorgen. Onkel John schert sich einen Dreck um Vetternwirtschaft, wenn es hart auf hart geht oder die Reputation von Goldsteins auf dem Spiel steht. Joyce ist ein Schatz! Jetzt ist die Kacke am Dampfen, und Wallace und Rankin werden einiges davon abkriegen!«

»Wer austeilt, muß auch einstecken können!«

Helen verstummte.

»Cariad? Bist du noch da?«

»Ja, sicher bin ich noch da.« Ihre Gedanken rasten. »Ich denke nach. Du hast mich da auf eine Idee gebracht.«

»Was für eine?«

»Weißt du noch, das Geld auf dem Schweizer Konto?«

»Na klar.«

»Nun, jetzt wo Wallace und Rankin ein paar Tage außer Gefecht sind, bietet sich die Gelegenheit doch geradezu an. Wäre es nicht eine Schande, es einfach da liegen zu lassen?«

»Ich hoffe, du meinst nicht …«

»Und ob ich das meine! Ich würde es gern ein bißchen hin und her schieben, auf andere Konten transferieren, na, du weißt schon, in irgendein sonniges Land, wo man keine unangenehmen Fragen stellt.«

»Du meinst, du willst es stehlen? Bist du verrückt geworden?«

»Wie kann ich mein eigenes Geld stehlen?«

»Sei vorsichtig, Helen. Geld hat dir nie viel bedeutet. Es wäre besser, wenn du diese Idee ganz schnell wieder vergißt.«

»Soviel ist es nun auch wieder nicht, Dai. Obwohl ich lügen müßte, wenn ich behaupten sollte, daß eins Komma fünf Millionen nicht eine gewisse Anziehungskraft hätten. Es ist ein ziemlich hinterhältiger Plan. Aber was würde ich darum geben, die Gesichter der Mistkerle zu sehen, wenn sie entdecken, daß das Geld verschwunden ist. Ich würde ihnen erstens gern eins auswischen, weil sie mich reingelegt haben, und zweitens mir selber was Gutes tun, Dai. Es wäre sozusagen der Beginn meiner Rache.«

»Das kann ich verstehen, aber glaub' ja nicht, du könntest einfach mit den Fingern schnippen, und schon setzt es sich in Bewegung.«

»Das ist mir klar.«

»Wie hast du dir das also gedacht?« Dai empfand einen faszinierenden Abscheu vor sich selbst. Eine alte rebellische Ader war wieder zum Leben erwacht.

»Du hast das ganze Netzwerk parat. All die Offshore-Strukturen, von denen du mir erzählt hast, als du mir beibringen wolltest, wie ich mein Geld anlegen sollte. Ich wußte doch, daß diese Lektionen eines Tages Früchte tragen würden.«

»Du hast mir also zugehört?«

»Wie eine brave Schülerin.«

»Und jetzt, laß mich raten, willst du Gebrauch davon machen?«

»Nun ja. Wenn ich es zu einer von deinen Banken transferieren würde, könntest du es für mich weiterleiten, so wie du es für richtig hältst, und irgendwo wird es dann anonym landen, geschützt von irgendeinem hermetisch abgesicherten Bankgeheimnis.«

Dai dachte eine Weile darüber nach. Sie hörte ihn nur atmen. »Bleib mal kurz dran.« Ein paar Sekunden später war er wieder da. »Also gut. Mir ist da etwas eingefallen. Hast du was zu schreiben?«

Sie wühlte in ihrer Handtasche nach Papier und einem Stift. »Ja. Schieß los.«

Er diktierte ihr eine Kontonummer und den Namen der Bank.

»So, und jetzt zu den Einzelheiten. Wie willst du den Transfer auf mein Konto bewerkstelligen?« fragte er.

»Ich rufe jetzt gleich in der Banque des Alpes an.«

»Hast du die Nummer dabei?«

»In meiner Handtasche, Dai, zusammen mit meinem Paß und all dem anderen Krimskrams, den ich immer mit mir rumschleppe. Zum Glück! Es ist jetzt nach vier in der Schweiz, aber ich müßte sie noch erwischen. Ich gebe ihnen meine Kontonummer und sage meinen Namen auf.«

»Sie werden mehr brauchen als das.«

»Eine Unterschrift, klar.«

»Ja. Wahrscheinlich werden sie eine in ihren Unterlagen haben. Vielleicht in deinem Namen, vielleicht aber auch in einem anderen.«

»Ich vermute, in meinem. Nach dem gleichen Prinzip, mit dem unsere Freunde dafür gesorgt haben, daß auch alles andere sauber auf mich ausgestellt ist. Wahrscheinlich haben sie meine Unterschrift von irgendwelchen Papieren im Büro kopiert oder sie gefälscht.«

»Vielleicht. Wenn du das Risiko eingehen willst, werden wir es auf dieser Grundlage versuchen. Aber falls du irgendwas witterst, falls sie Verdacht schöpfen oder dir sagen, es gibt ein Problem, leg sofort auf und vergiß die ganze Sache. Sobald du ihnen meine Kontonummer gibst, haben sie eine Spur, der sie folgen können.«

»Und du würdest unter Beschuß geraten.«

»Die Nummer, die ich dir gegeben habe, hat nichts mit mir zu tun, aber es könnte trotzdem zu Komplikationen kommen. Und noch was. Die Banque des Alpes könnte bei Eröffnung deines Kontos Anweisung bekommen haben, Einzelheiten möglicher Transaktionen an unsere Freunde weiterzuleiten, über ein Postfach zum Beispiel. Wenn die Unterlagen gespeichert werden, könnte die Sache auffliegen.«

»Ja, es gibt eine Postfachadresse. 793 475 in London W8. Kannst du das Geld so weiterleiten, daß es keine Spuren hinterläßt?«

»Natürlich. Es bleibt nur ein paar Sekunden auf dem Konto, das ich dir genannt habe. Dann wird es ein paar Mal um die ganze Welt reisen. Kein Mensch wird es verfolgen können, außer mir, bis wir es irgendwo für dich deponieren.«

»Bist du dir sicher, daß du deswegen nichts zu befürchten hast?«

»Dafür sorge ich schon. Du mußt nur aufpassen, daß der Anruf in der Schweiz glatt über die Bühne geht.«

Helen starrte aus dem Fenster auf die Olivenbäume.

Nachdem sie zur Einstimmung ein paar Mal hintereinander ihren Namen aufgesagt hatte, wählte sie die Nummer der Banque des Alpes.

»Ich möchte eine Überweisung von meinem Konto machen«, sagte sie, als die Vermittlung sich meldete. »Können Sie mich bitte durchstellen?« Zu wem durchstellen, war ihr schleierhaft, aber ihre Stimme klang so lässig und selbstbewußt, daß die Vermittlung nicht mit der Wimper zu zucken schien.

»Einen Augenblick bitte.«

Etwa fünfzehn Sekunden herrschte Schweigen, dann meldete sich am anderen Ende ein Mann, sehr höflich und schrecklich korrekt.

»Mein Name ist Konrad Speck. Was kann ich für Sie tun?«

»Ich würde gern mein Konto auflösen und das Geld transferieren.«

»Den gesamten Betrag?«

»Alles.«

»Ihre Kontonummer bitte.«

Helen las sie von ihrem Zettel ab und hörte beim Sprechen das leise Klicken seiner Computer-Tastatur.

»Ihr Name bitte?«

»Helen Jencks«, sagte sie energisch. Wieder eine Pause, und Helen stellte sich vor, wie das Computersystem ein Warnlämpchen aufleuchten ließ. Schließlich fragte Konrad Speck:

»Wohin soll das Geld transferiert werden?«

Klang das okay? Sollte sie ihm Dais Kontonummer geben?

»Könnten Sie mir erst noch den Kontostand nennen, bitte?«

»Aber natürlich, Miss Jencks. Eine Million vierhundertdreiundneunzigtausend vierhundertsiebenundfünfzig Dollar und zwölf Cents, einschließlich Zinsen.«

Jetzt mußte sie es wagen. »Bitte überweisen Sie den gesamten Betrag auf das folgende Konto.«

Er wiederholte sämtliche Einzelheiten, die sie ihm durchgegeben hatte.

»Ja, richtig.«

»Da ist nur noch eins, Miss Jencks.«

O lieber Himmel, bitte, nicht.

»Ihre Zinsen.«

»Ja?«

»Wenn Sie das Konto jetzt auflösen, verzichten Sie auf einen Monat Zinsen in Höhe von sechstausendzweihundertzweiundzwanzig Dollar, und die Gebühren für den Saldoabschluß betragen dreihundert Dollar.«

Sie hätte am liebsten vor Erleichterung gelacht.

»Ich verstehe.«

»Wann dürfen wir Ihre schriftliche Bestätigung erwarten?«

Oh, Mist. »Das könnte eine Weile dauern.«

»Gut, wir transferieren das Geld, sobald wir Ihren Brief erhalten haben. Einen schönen Tag noch, Miss Jencks.«

»Äh, einen Moment«, sagte sie schnell. Wallace und Rankin würden bald wieder zur Arbeit erscheinen, möglicherweise schon morgen. Sie konnte nicht warten.

»Können Sie den Betrag nicht nach meinen mündlichen Anweisungen transferieren?«

»Ausgeschlossen. Wir brauchen Ihre Unterschrift und eine schriftliche Bestätigung Ihrer Absicht. Sie werden verstehen, daß wir für einen Transfer in dieser Größenordnung die Sicherheitsbestimmungen einhalten müssen.«

»Was ist mit einem Fax? Wenn ich Ihnen jetzt ein Fax schicke, könnten Sie den Transfer dann sofort veranlassen?«

»Nun«, wieder hörte sie das Klicken der Tastatur, »wir haben bei Ihnen auch schon früher mit Anweisungen per Fax gearbeitet, aber wir würden es vorziehen, zur Auflösung des Kontos Ihre Instruktionen im Original zu bekommen.«

»Ich wäre Ihnen sehr verbunden, wenn Sie ein Fax akzeptieren könnten …«

Das Warten war eine Qual.

»Wie Sie wünschen, Miss Jencks. Wenn Sie mir jetzt ein Fax schicken, kann die Transaktion noch heute stattfinden. Sie haben ja meine Privatnummer.«

»Oh, äh, irgendwo muß ich sie haben, aber geben Sie sie mir lieber noch einmal, für alle Fälle.« Sie kritzelte die Nummer auf den Zettel.

»Vielen Dank, Herr Speck.« Sie legte auf, am ganzen Körper zitternd, und rief Dai an.

»Wie war's?«

»Alles in Ordnung, glaube ich. Bloß einen Haken gibt es. Er sagt, er kann das Geld erst dann überweisen, wenn er schriftliche Instruktionen von mir hat. Solange kann ich nicht warten.«

»Und?«

»Also habe ich gesagt, daß ich ihm ein Fax schicke.«

»Damit verrätst du ihm deinen Aufenthaltsort.«

»Nicht wenn du es schickst.«

»Ich kann doch deine Unterschrift nicht fälschen.«

»Doch, kannst du wohl. Ich habe schon öfter gesehen, wie du die Unterschriften anderer Leute nachmachst. Das tust du die ganze Zeit, in deinem Arbeitszimmer. Du weißt genau, daß ich dich dabei erwischt habe.«

»Oh Hel-len.« Wenn er die Geduld verlor, sprach er ihren Namen immer mit einem walisischen Akzent aus, in zwei Teilen.

»Dann muß ich das Fax erst irgendwo anders hinschicken und es von da an die Banque des Alpes weiterleiten lassen, sonst kann man es zu mir zurückverfolgen.«

»Würdest du das tun?«

»Gib mir die Faxnummer.«

30

Bill Pittam kam um halb vier wieder bei Goldsteins an und begab sich direkt in Michael Freyns Büro im zehnten Stock.

»Ich habe Rankin gesehen. Es war kein schöner Anblick.«

»Warten Sie«, sagte Freyn und rief Savage an.

»John, Bill Pittam ist hier, er hat Rankin gesehen. In Ordnung, mache ich.«

Fünf Minuten später versammelten sich Freyn, Pittam und Zamaroh in Savages Büro. Freyn stellte den beiden anderen Pittam vor.

»Also«, berichtete Pittam. »Ich bin zu Mr. Rankin nach Hause gefahren. Seine Frau wollte mir erst nicht aufmachen. Sie ist etwas hochnäsig. Er lag im Bett und sah ziemlich mies aus. Arm gebrochen, Nase gebrochen, Schock. Er behauptet, er sei heute morgen auf dem Weg zur Arbeit zusammengeschlagen worden. Seine Frau hat ihn ins Krankenhaus gebracht. Ich habe ihn aufgefordert, zur Arbeit zu kommen, aber ich hatte den Eindruck, das hätte er nicht geschafft. Er sagte, er müsse sich immer noch erbrechen. Es sah wirklich schlimm aus.«

»Hat man ihn bestohlen? Was genau ist passiert?« fragte Zamaroh.

»Das hat er nicht gesagt. Ich habe ihn gefragt, aber er sagte, er wüßte nicht, wer es war.«

Zamaroh warf ihm einen gereizten Blick zu. Er ignorierte sie. »Mrs. Rankin war ziemlich energisch«, sagte er an Savage gewandt.

Zamaroh schnaubte verächtlich. »Mrs. Rankin sollte nicht vergessen, wer die Rechnungen für ihre Kleider bezahlt. Ich fahre selbst hin.«

Savage rieb sich das Kinn und musterte Zamaroh und Freyn, als wären sie Rohdiamanten und er der Schleifer.

»Nehmen Sie Michael mit.«

Zamaroh hob die Augenbrauen. Savage senkte den Blick. Schließlich gab sie mit einem zuckersüßen Lächeln nach. Savage beobachtete sie, als sie in ihr Königreich im siebten Stock zurückkehrte.

»Halten Sie ein Auge auf sie«, sagte er zu Freyn. »Die meiste Zeit wird sie reden, wird sich mit ihrem ganzen Gewicht ins Zeug legen und versuchen, den Kerl einzuschüchtern. Damit haben Sie eine gute Gelegenheit, ihn zu beobachten. Sie kann ziemlich ungemütlich werden, dann sind Sie eben um so netter. Ich weiß, das ist nicht Ihre übliche Rolle, aber ich kann mir beim besten Willen Zamaroh nicht nett vorstellen, Sie etwa?«

»Wie kommt sie bloß damit durch?«

»Sie ist verdammt gut. Sie versteht, was da unten vor sich geht, behält stets den Überblick, ist selbst eine ausgezeichnete Händlerin und läßt sich nicht ins Bockshorn jagen. Die meisten Abteilungsleiter haben eine Heidenangst vor erfolgreichen Händlern. Zamaroh weiß, daß sie besser, intelligenter und härter ist als sie. Und die wissen es auch. Sie blickt durch, egal, ob es um Computersysteme oder Abwicklung geht. Sie hat wirklich alles im Griff.«

Ja, im Würgegriff, dachte Freyn.

Zamaroh und Freyn saßen im Taxi und wechselten kein Wort. Zamaroh telefonierte während der ganzen Fahrt von der City nach Kensington mit Kevin Anderson, dem Leiter der Abwicklung. Sie wollte rauskriegen, ob er irgend etwas Ungewöhnliches in den Händlerscheinen von Rankin und Jencks entdeckt hatte.

»Was hat er gefunden?« fragte Freyn schließlich.

Zamaroh schüttelte den Kopf. »Nichts. Wahrscheinlich gibt er sich einfach nicht genug Mühe.«

»Vielleicht gibt es aber auch gar nichts zu finden.«

»Glauben Sie das wirklich?«

»Ich glaube nur, daß wir noch nicht allzuviel wissen«, sagte Freyn und hielt Zamarohs Blick stand, so lange er konnte. Schließlich wandte er sich ab und sah aus dem Fenster. Er wünschte, er hätte seinen Kampfanzug für atomare und bakteriologische Kriegführung angezogen.

Das Taxi bremste in Vicarage Gardens.

»Eins komma neun Millionen«, erklärte Zamaroh, als sie Rankins Haus musterte. »Ein bißchen sehr protzig.«

Sie genießt es, dachte Freyn. Der verdammte Börsensaal könnte in Flammen aufgehen, und sie würde einen Kriegstanz veranstalten, um das Feuer zu bekämpfen.

»Zeit für ein kleines Verhör«, sagte sie. »Klingeln Sie.«

»Klingeln Sie selbst oder haben Sie Angst, sich die Nägel abzubrechen?«

Zamaroh erstarrte, so überrascht war sie, verzog dann aber den Mund zu einem breiten Grinsen. Sie schenkte Freyn einen bewundernden Blick und musterte ihn von oben bis unten, als sähe sie ihn gerade zum ersten Mal. Um ein Haar wäre er rot geworden.

»Ganz schön frech!« sagte sie und preßte einen knallrot lackierten Fingernagel auf die Klingel.

Es dauerte eine Weile, dann hörten sie Karen Rankins abweisende Stimme.

»Ja?«

»Mrs. Rankin?«

»Was ist es jetzt schon wieder?«

»Zaha Zamaroh«, sagte sie eisig. »Von Goldsteins.«

»Ich weiß, wer Sie sind.«

Zamaroh zog vor der Sprechanlage eine Grimasse, als wolle sie Karen Rankin nachäffen. Die Sprechanlage verstummte. Eine Sekunde später kam Karen die Treppe herunter.

Sie öffnete die Tür, entschied nach einem einzigen Blick auf Freyn, daß er nur eine Randfigur war, und konzentrierte sich auf Zamaroh. Freyn hielt sich im Hintergrund und beobachtete die beiden Frauen, die sich gegenseitig unter die Lupe nahmen. Hinter ihrem aufmerksamen Blick und ihrem Schweigen verbargen sich mikroskopisch feine Kalkulationen, die vermutlich so begannen: *Ist sie hübscher als ich, besser im Bett, ist sie intelligenter?*

In diesen wenigen Sekunden schienen sie eine stillschweigende Abmachung zu treffen, als wüßten beide, daß sie es mit einer ebenbürtigen Gegnerin zu tun hatten. Freyn beobachtete es verblüfft. Karen Rankin war groß, schmal, modebewußt und sah aus, als sei mit ihr nicht gut Kirschen essen. Eine Lady, die sich mit anderen Ladys zum Lunch verabredete. Futter für Zamaroh, und doch standen sich beide Frauen mit einem versteckten Lächeln in den Augen gegenüber. Ihm fiel nicht auf, was Zamaroh in Karen ahnte: rücksichtslose Willenskraft, Berechnung und Entschlossenheit.

»Bitte, kommen Sie rein.« Karen trat einen Schritt zurück, damit Zamaroh an ihr vorbeirauschen konnte. Freyn streckte die Hand aus.

»Ich bin Michael Freyn, Mrs. Rankin, Chef der Security.« Er bemerkte einen Anflug von Besorgnis in ihrem Gesicht. Sie reichte ihm die Hand und bedeutete ihm, einzutreten.

»Bitte, warten Sie einen Augenblick. Ich werde Andy fragen, ob er mit Ihnen sprechen kann.«

Freyn unterdrückte ein Lächeln. Die Feindseligkeiten hatten begonnen.

»Es geht ihm sehr schlecht, verstehen Sie«, rief Karen über die Schulter.

»Das ist nun mal so, wenn Gewalt im Spiel ist«, konterte Zamaroh.

»Das kann ich nicht beurteilen«, erwiderte Karen. »Ich habe normalerweise nie damit zu tun.« Sie ging nach oben und weckte ihren Mann.

»Andy«, sagte sie ungewohnt sanft. »Diese schreckliche Zamaroh ist unten, zusammen mit einem gewissen Michael Freyn. Er sagt, er sei Chef der Security.«

»O Gott!« Andy rieb sich die Augen.

»Du mußt nicht mit ihnen reden.«

»Doch, muß ich.«

Karen ging neben dem Bett in die Hocke, so daß ihr Gesicht auf einer Höhe mit dem seinen war.

»Hör zu, ich weiß nicht, was zum Teufel hier los ist, ich weiß nicht, was du angestellt hast oder nicht, aber was es auch ist, reiß dich zusammen, okay? Ich stehe hier, direkt hinter dir. Ich spiele meine Rolle, und du kümmerst dich nur um deine, verstanden?«

Rankin sah seine Frau an, verschlang sie förmlich mit den Blicken.

»Bring sie rauf.«

Zaha und Freyn folgten Karen die Treppe hinauf. Sie ließ ihnen den Vortritt ins Schlafzimmer und bezog Position an der Tür, als sei sie bereit, sie jeden Augenblick rauszuwerfen. Zamaroh spielte mit dem Gedanken, sie zum Gehen aufzufordern, verwarf ihn aber schnell wieder.

»Zaha«, stieß Rankin mühsam hervor.

»Was wird hier eigentlich gespielt, Rankin?«

»Ich bin heute morgen überfallen worden. Das wissen Sie doch längst.«

»Allerdings, und noch viel mehr. Haben Sie eine Ahnung, wo Wallace und Jencks sind?«

»Sind sie nicht im Büro?«

»Haben Sie einen Dachschaden oder was?«

»Kann man wohl sagen. Ich bin mit dem Kopf voran gegen einen Wagen geflogen, wenn Sie es genau wissen wollen.«

Nicht übel, dachte Zamaroh und empfand eine gewisse Sympathie für den Täter.

»Also, wissen Sie nun, wo Wallace und Jencks sein könnten oder nicht?«

»Sie sind wirklich nicht im Büro?«

»Heute schalten wir aber besonders schnell, wie? Nein. Sie sind nicht im Büro. Sie haben nicht angerufen, und sie sind auch nicht zu Hause.«

Rankin fuhr sich mit dem Handrücken über die Stirn.

»Keine Ahnung, wo sie sein könnten.«

»Gibt es irgend etwas, das Sie mir erzählen sollten?«

»Worüber?«

»Über die Gruppe zum Beispiel.«

»Was ist damit?«

»Haben Sie Probleme? Probleme beim Handeln, meine ich. Verluste, von denen wir nichts wissen?«

»Bestimmt nicht. Wie kommen Sie dazu –«

»Schon gut, schon gut, regen Sie sich wieder ab. Was ist mit Jencks?«

»Nichts, nicht daß ich wüßte.«

»Und Wallace – hat er sich irgendwie seltsam benommen?«

»Nein. Sie wissen ja, er ist immer etwas komisch. Hören Sie, ich kriege schon wieder Kopfschmerzen.«

149

»Dann schlafen Sie sie aus. Wir erwarten Sie morgen früh um sieben.« Zamaroh drehte sich um zu Freyn.

»Was genau ist heute morgen vorgefallen, Mr. Rankin?« fragte Freyn.

Rankin stieß einen tiefen Seufzer aus. »Ich bin um sechs aus dem Haus –«

»Verlassen Sie das Haus immer um diese Zeit?« fragte Freyn.

»Mehr oder weniger.«

»Und dann?«

»Ich war noch keine fünf Schritte weit gekommen, als diese Frau aus dem Souterrain nebenan auftauchte.«

Karen, Freyn und Zamaroh rissen überrascht die Augen auf.

»Eine Frau?« wiederholte Freyn.

»Ja. Ein verdammtes Weibsbild.«

»Was genau hat sie getan?«

»Ach, lassen Sie mich in Ruhe, um Himmels willen. Mir wird schon schlecht, wenn ich daran nur denke. Ich werde es Ihnen morgen in sämtlichen Einzelheiten schildern, wenn Sie darauf bestehen. Aber jetzt will ich mich ausruhen.«

Freyn nickte. »Na schön, Mr. Rankin. Wir setzen unser Gespräch morgen früh im Büro fort.«

»Was soll das eigentlich? Was ist los? Was passiert mit unseren Positionen, Zaha?«

»Ich kümmere mich um die Positionen. Vielleicht springt dann endlich was dabei heraus.«

»Hören Sie, Miss Zamaroh«, sagte Karen und trat einen Schritt auf sie zu. Zamaroh hob die Hand. »Tut mir leid. Ist mir nur so rausgerutscht. Das war sehr unhöflich.«

»Aber was ist denn eigentlich los?« fragte Karen. »Da ist doch was faul, wenn die Abteilungsleiterin und der Chef der Security Hausbesuche machen.«

»Drei Händler werden vermißt, Mrs. Rankin«, erklärte Freyn.

»Ah, ich verstehe. Sie glauben an einen zweiten Nick Leeson. Nun, machen Sie sich keine Sorgen. Ich kann Sie beruhigen. Mein Mann ist kein Nick Leeson. Er ist ein anständiger Kerl. Wenn er mit krummen Dingern zu tun hätte, wüßte ich es, da können Sie Ihre verdammte Bank drauf wetten. Aber ich weiß von gar nichts.«

Das konnten sich Freyn und Zamaroh lebhaft vorstellen.

»Schon gut, Mrs. Rankin«, sagte Freyn. »Wir gehen jetzt. Bitte entschuldigen Sie die Störung.« Er ging zur Tür. Zamaroh streifte Rankin mit einem langen prüfenden Blick.

»Wir machen morgen früh weiter. Um sieben. Ich schicke Ihnen ein Taxi.«

Karen sah ihnen nach, als sie gingen. »Sie schickt ein Taxi. Reizend, nicht wahr?«

»Sie glaubt, daß ich mich drücken will.«

»Oh, du wirst gehen, und wenn ich dich höchstpersönlich hinschleifen muß.«

Zamaroh und Freyn fuhren zurück in die City.

»Was meinen Sie?« fragte Zamaroh.

»Er hört sich genauso an wie das Opfer eines Überfalls: zerschlagen und müde.«

»So ist er immer.«

»Und wie hört er sich Ihrer Meinung nach an?«

»Zu dämlich, um irgendwas im Schilde zu führen.«

Sie rief Kevin Anderson an. »Gibt's was Neues?« fragte sie, ohne sich die Mühe zu machen, ihren Namen zu nennen. Sie lauschte. »Nun, dann suchen Sie genauer.«

Als nächstes wählte sie Savages Nummer. »Rankin hat eine Gehirnerschütterung. Er ist noch begriffsstutziger als sonst.«

»Glauben Sie, er hat Dreck am Stecken?«

»Die Abwicklung hat noch nichts gefunden. Aber ich glaube, Rankin ist ohnehin zu dämlich für so was.«

»Seien Sie vorsichtig, Zamaroh. Sie haben kein Monopol auf Intelligenz. Was ist mit Helen Jencks? Sie ist alles andere als dämlich.«

»Ja, da haben Sie recht«, antwortete sie versonnen. Sie hatte von Anfang an etwas gegen Helen Jencks gehabt, abgesehen von der Tatsache, daß sie ihnen jedes Jahr ein paar Millionen eingebracht hatte. Kein akademischer Abschluß, nur eine kühle Gerissenheit, die sie offensichtlich auf der Straße oder auf ihrem Schiff aufgeschnappt hatte, beim Glücksspiel oder weiß der Kuckuck, womit sie ihre Jugend verplempert hatte. »Gibt es Hinweise auf Wallace oder Jencks?« fragte sie.

»Nein. Und das beunruhigt mich viel mehr. Diese Kombination von Wallace und Jencks.«

»Sie sind befreundet. Albern immer zusammen herum. Sie scheint die einzige in der Gruppe zu sein, die ihn versteht. Sie könnte ihn leicht beeinflussen. Und natürlich ist sie durch ihre Herkunft vorbelastet.«

31 Um fünf Uhr nachmittags gelang es Wallace, aufzustehen und zum öffentlichen Telefon im Krankenhausflur zu humpeln. Er rief in der Derivative-Gruppe an und erfuhr, ohne seinen Namen zu nennen, daß Rankins, Jencks und, so unwirklich es klang, auch er selbst, krank gemeldet waren. Diese Neuigkeit, verbunden mit der Anstrengung, sich auf den Beinen zu halten, sorgte dafür, daß ihm schon wieder übel wurde. Er versuchte, sich an Rankins Privatnummer zu erinnern, was ihn einige Mühe kostete. Schließlich fiel sie ihm wieder ein. Karen Rankin meldete sich.

»Karen«, sagte er mit heiserer Stimme. Sie erkannte ihn nicht.

»Ja?«

»Hier spricht Hugh. Ist Andy zu Hause?«

»Ja, er ist da.«

»Ich muß mit ihm sprechen.«

»Er braucht absolute Ruhe, Hugh.«

»Warum Ruhe? Wieso ist er nicht im Büro?«

»Wieso bist du nicht im Büro? Und was ist los mit dir, du hörst dich fürchterlich an.«

»Ich bin heute nacht zusammengeschlagen worden.«

»O Gott, du auch!«

»Was meinst du mit du auch?«

»Andy wurde heute morgen überfallen.«

»Oh, Scheiße. Hör zu, Kar, ich brauche deine Hilfe. Ich bin im St. Mary's Paddington. Ich muß hier raus, aber allein schaffe ich das nicht. Könntest du herkommen und mich abholen?«

»Was zum Teufel ist eigentlich los? Warum ist es dringend? Wenn es dir so schlecht geht, daß du im Krankenhaus liegst, solltest du lieber dableiben.«

»Hör mal, Kar, ich kann hier nicht reden. Bitte komm und hol mich ab.«

Karen hatte einen eisernen Willen und ein energisches Auftreten, womit sie ihren Mann terrorisieren und zugleich faszinieren konnte. Sie sorgte dafür, daß Wallace umgehend aus dem Krankenhaus entlassen wurde, obgleich die diensthabende Krankenschwester protestierte und sie nachdrücklich auf mögliche Konsequenzen aufmerksam machte. Erst als Karen versprach, sich persönlich um das Wohlergehen ihres Patienten zu kümmern, gab sie nach. Mittlerweile war es halb sieben. Karen half Wallace beim Einsteigen ins Taxi, das draußen gewartet hatte.

Wallace setzte sich unbeholfen auf den Rücksitz. »Ich muß ins Büro.«

»Um Himmels willen! Willst du als erstes deinen geliebten Schreibtisch vollkotzen? Komm endlich zur Vernunft. Du gehörst ins Bett! Ich bin zwar nicht gerade begeistert, aber am besten kommst du mit zu uns.«

»Ach, hör auf, Kar, so schlimm ist es nun auch nicht.«

»Hör mal zu, mein Lieber, vielleicht kannst du mit deinen flotten Sprüchen eine Krankenschwester überzeugen, aber mich nicht. Wenn ich dich nicht gestützt hätte, wärst du glatt zusammengeklappt.«

»Warte. Ich muß dir was sagen.«

»Ich will es gar nicht wissen. Ich führe ein sehr schönes Leben und habe nicht die Absicht, es zu ändern. Du hast die ganze Nacht, um dich zu erholen, besser gesagt, ihr beide, und morgen früh könnt ihr zusammen ins Büro fahren und alles regeln, was dort verdammt noch mal zu regeln ist. Und strengt euch ja an. Die Security von Goldsteins war schon da und die Trading-Floor-Chefin ebenfalls.«

»Was? Zamaroh war bei euch zu Hause?«

»Jetzt sei still und ruh dich aus. Andy wird dir alles erzählen.«

32 Um sechs faßte sich Paul Keith ein Herz und fragte Zamarohs Sekretärin Kathy, ob er nicht bald nach Hause gehen könne.

»Nicht bevor meine Chefin zustimmt. Dann rufe ich Sie an.«

»Das kann aber noch Stunden dauern.«

»Stimmt.«

»Hören Sie, ich muß noch was einkaufen, bevor die Geschäfte schließen. Wenn ich nicht weiß, wie lange ich noch hier festsitze ... kann ich wenigstens mal schnell rüber zu Marks and Spencer?«

Kathy sah ihn halb verächtlich, halb mitleidig an. Er gehörte nicht zu der Sorte Männer, die Dinnerpartys geben oder auch nur wissen, wie man sich ein Abendessen kocht. Genausowenig konnte sie sich vorstellen, daß er eine Freundin hatte, die er vor dem gemütlich prasselnden Kaminfeuer mit *salmon en croûte*, Rucola-Salat und einer Flasche eisgekühltem Chablis verwöhnen wollte. Sie hielt ihn eher für einen Junggesellen, der sich in stinkenden Bürosocken mit einer Steak-and-Kidney-Pie und einer Flasche Bier vor dem Fernseher lümmeln und *Coronation Street* sehen würde.

»Warten Sie mal.« Sie rief Zamaroh an.

»Bitte, entschuldigen Sie die Störung, Miss Zamaroh. Der Praktikant fragt, ob er nach Hause gehen kann. Okay, ich sag's ihm.«

Sie legte auf und wandte sich zu Keith um.

»Träumen Sie weiter.«

Um halb sieben klopfte der Chef der Abwicklung, Kevin Anderson, an die Glastür von Zamarohs Büro. Er war mittelgroß, hager wie ein Marathonläufer, hatte drahtiges schwarzes Haar und trug eine randlose Brille. Normalerweise strahlte er die ruhige Zuversicht und heitere Gelassenheit eines Mannes aus, der weiß, daß er seinen Job gut macht; beides wurde jedoch in letzter Zeit von gelegentlichen Wutausbrüchen erschüttert. Die ständigen Überstunden und die Geringschätzung seitens der Händler, die alle Mitarbeiter der Abwicklung für Parasiten hielten, die von ihrem Genie lebten, setzten ihm zu. Nur wenn sie einen Fehler gemacht hatten, kamen sie an und behandelten ihn wie ihren besten Freund. Anderson klopfte erneut. Schließlich sah Zamaroh auf und winkte ihn mit dem Blick eines Raubvogels herein. Er hatte ihr alle halbe Stunde einen telefonischen Bericht durchgegeben. Regelmäßige Besuche in ihrem Büro hätten nur Verdacht erweckt.

»Machen Sie die Tür zu. Was haben Sie gefunden?«

»Nichts. Ich kann nichts Ungewöhnliches entdecken.«

»Dann strengen Sie sich an. Ich möchte, daß Sie die ganze Nacht dranbleiben.« Sie warf einen Blick auf die Uhr. »Verschwinden Sie in einer Stunde, so daß niemand mißtrauisch wird. Genehmigen Sie sich eine Portion Fish and Chips oder was Sie sonst normalerweise essen. Kommen Sie nach neun wieder. Aber achten Sie darauf, daß niemand Sie bemerkt. Arbeiten Sie bis fünf Uhr früh, dann fahren Sie nach Hause, machen sich frisch und berichten mir um sieben. Falls Sie etwas finden, hier ist meine Privatnummer.« Sie warf ihm einen Zettel über den Schreibtisch. »Sollte es etwas geben und Sie finden es nicht, werden Sie wegen Inkompetenz gefeuert, ohne Abfindung und ohne Zeugnis. Dann kriegen Sie nie wieder einen Job in der City.«

Anderson starrte sie haßerfüllt an. Sie starrte zurück, bis er den Blick abwandte.

»So einfach ist das nicht«, sagte er und sah auf seine Schuhe. »Wenn es gut getarnt ist, kann es Tage dauern, bis wir etwas finden. Ich muß Zehntausende von Händlerscheinen durchforsten.«

»Dann halten Sie sich ran.«

Zamaroh entließ ihn mit einem Blick und rief Savage an.

»Die Abwicklung kann nichts finden.«

»Gott sei Dank.«

»Kein Grund zum Feiern. Es könnte einfach nur sehr gut versteckt sein.«

»Sehr tröstlich.«

Eine Stunde später war Zamaroh auf dem Weg zu Savages Büro, um ihn über die Situation zu unterrichten. Dort stieß sie auf Freyn. Sie fragte sich, was Freyn mit Savage verband, warum die beiden ständig zusammenhockten. Savage brauchte nur zu husten, und schon kam Freyn mit einer Spritze angelaufen. Savage hatte wahrscheinlich dafür gesorgt, daß Freyn die

Ohren offenhielt und seine Rivalen um den Posten als Vorstandsvorsitzender in Mißkredit brachte. Savage war ohne Zweifel der beste Mann für diesen Posten, aber es konnte nie schaden, Rückendeckung zu haben.

»Die Abwicklungsabteilung hat immer noch nichts Auffälliges gefunden«, erklärte sie. »Ich habe Anderson gesagt, er soll etwas essen gehen und wiederkommen, wenn es hier ruhiger ist. Ich will nicht, daß man sich noch mehr das Maul zerreißt als unbedingt nötig. Er wird die ganze Nacht dranbleiben. Und falls er was findet, ruft er mich zu Hause an. Gibt es immer noch keine Spur von den beiden anderen?« fragte sie, an Freyn gewandt.

Er schüttelte den Kopf.

»Was ist da bloß faul?« fragte Zamaroh. Es ärgerte sie, daß man diesem Problem offenbar weder mit Intelligenz noch mit Einschüchterung beikommen konnte.

»Es ist mir unangenehm, es zur Sprache zu bringen«, sagte Freyn, »aber müssen wir nicht die Polizei verständigen?«

Savage schauderte. »Dieses Wort will ich hier nicht hören.« Er stand auf und ging um seinen Schreibtisch herum, bis er vor Freyn stand. »Wir haben nichts in der Hand. Ein Händler wurde überfallen, die beiden anderen liegen wahrscheinlich zusammen im Bett und genießen ihre wilde Affäre.«

Zamaroh prustete los. »Jencks und Wallace? Sie ist zwar nicht besonders anspruchsvoll, aber so verzweifelt nun auch wieder nicht.«

»Halten Sie den Mund, Zamaroh«, sagte Savage. »Helens Vater war vielleicht ein Betrüger, aber wenigstens hat er kein Königreich geplündert.«

»Was fällt Ihnen —«

»Hören Sie, ich habe für heute die Nase voll von Ihren Sprüchen. Halten Sie den Mund und konzentrieren Sie sich auf das Wesentliche. Freyn hat einen wichtigen Punkt angesprochen. Wenn wir eine strafbare Handlung vermuten, sind wir verpflichtet, die Ermittlungskommission und die Bank of England zu verständigen. Ich frage Sie daher offiziell, zum Mitschreiben sozusagen — und vergessen Sie nicht, daß Ihr kleines Reich da unten von Ihrer Antwort abhängen könnte: Wissen Sie von

156

irgendwelchen Unregelmäßigkeiten, die darauf hindeuten, daß wir ein Problem haben?«

Zamaroh ließ sich keine Gefühlsregung anmerken und warf Savage einen eisigen Blick zu.

»Noch nicht. Aber ein bedingungsloses ›Nein‹ kann ich Ihnen auch nicht bieten. Es könnte sein, daß wir in den Unterlagen noch etwas übersehen haben.«

»Halten Sie es für möglich, daß Helen Jencks, Andy Rankin und/oder Hugh Wallace Gelder beiseite geschafft haben, die Goldsteins gehören?«

»Möglich ist es. Irgend etwas stimmt nicht, das liegt auf der Hand. Vielleicht hat Rankin Helen und Wallace unter Druck gesetzt, vielleicht hat er ihnen gedroht, etwas zu verraten, und sie haben jemanden angeheuert, der ihn zusammengeschlagen hat. Vielleicht hat das gar nichts mit Goldsteins oder mit Geld zu tun. Möglicherweise haben Sie recht, und Jencks hatte eine Affäre mit einem von ihnen oder auch beiden. Vielleicht geht es bloß um Sex.«

»Und die aufgebrochenen Schlösser, die verschwundenen Akten?« fragte Savage. »Das bringt uns wieder zum Anfang zurück, zu der Annahme, daß es doch etwas mit ihren Transaktionen zu tun hat.« Er hielt inne und ließ den Blick bedeutungsvoll von Zamaroh zu Freyn schweifen. »Im Augenblick haben wir nichts, das wir melden könnten. Egal wem. Sind wir uns darüber einig?«

Sie nickten.

»Ich möchte nicht, daß auch nur ein Mensch mehr davon erfährt als unbedingt notwendig«, fuhr Savage fort.

»Kevin Anderson hat veranlaßt, daß heute nacht um zwei jemand kommt, um die Schlösser zu reparieren, damit keiner was davon mitkriegt und anfängt, zu tratschen«, sagte Zamaroh.

»Gut. Wenigstens ist einer da, der mitdenkt«, erwiderte Savage. »Wir müssen um jeden Preis vermeiden, daß irgend etwas davon an die Öffentlichkeit dringt. Nicht auszudenken, was los wäre, wenn die Presse Wind davon kriegt …«

33

Zamaroh ging wieder nach unten, erlöste Paul Keith und blickte ihm voller Abscheu nach, als er ging. Er war auf jeden Fall mitschuldig, und sei es nur, weil seine Vorgesetzten ihn mißbraucht hatten, ohne daß er es merkte. Auf dem Parkett war es in jedem Fall besser, ein Betrüger zu sein als ein Dummkopf. Ersteres löste bei vielen heimliche Bewunderung aus, letzteres jedoch fast einmütig Verachtung.

Keith verließ den Börsensaal und raste zu M&S, um sein Chicken Tikka Marsala und je eine Packung vorgeschälte Möhren und grüne Bohnen zu kaufen. Dann nahm er die Northern Line nach Chalk Farm.

Um halb neun kam er in seinem Einzimmer-Apartment an und wählte Helen Jencks' Nummer. Niemand ging ran. Als nächstes versuchte er Andy Rankin. Dort meldete sich Karen.

»Ich muß mit Andy sprechen.«

»Wer spricht?«

»Paul Keith. Ich bin ein Kollege von Andy.«

Karen hatte ihn auf keiner gesellschaftlichen Veranstaltung kennengelernt und war nicht geneigt, ihm irgendwelche Privilegien zuzugestehen.

»Was Sie nicht sagen!«

»Es ist dringend.«

»Ja, ja, das ist es immer. Bleiben Sie dran.«

Wenige Sekunden später knackte es in der Leitung, und eine matte Stimme sagte: »Hi, Paul.«

»Hören Sie, ich möchte nicht aufdringlich sein, aber was haben Sie eigentlich alle? Im Büro ist die Hölle los.«

»Wo sind Sie?«

»Ich bin gerade nach Hause gekommen.«

»Nehmen Sie ein Taxi und kommen Sie her.« Rankin gab ihm die Adresse und legte auf.

Vierzig Minuten später stand Keith vor der Tür. Karen Rankin führte ihn ins Wohnzimmer. Wallace lag in einem geborgten Trainingsanzug auf dem Sofa. Sein Gesicht war grün und blau verfärbt; er stand offensichtlich unter Schock. Rankin hing in einem breiten Sessel, den Arm in Gips, mit gebrochener Nase. Die Schatten im Raum verliehen seinem Gesicht ein gespenstisches Aussehen. Keith starrte sie ungläubig an. Karen Rankin blickte von einem zum anderen und ging dann hinaus, als hätte sie genug gesehen. Sie setzte sich allein an den Tisch im Eßzimmer und starrte aus dem hell erleuchteten Fenster in die Nacht.

Mittlerweile hatte Keith seine Sprache wiedergefunden. »Was ist los mit Ihnen?«

»Na, das sieht doch ein Blinder mit Krückstock, würde ich sagen«, antwortete Wallace. Seine Stimme klang zittrig und abgehackt. »Wir sind zusammengeschlagen worden. Wie war's im Büro?«

»Na ja, es fing damit an, daß Sie alle drei nicht aufgetaucht sind und Ihre Schreibtische aufgebrochen waren.«

»WAS?« schrie Wallace. »Andys und meiner?«

»Ja. Und Helens auch. Es sieht so aus, als wären ungefähr sechs Akten aus Andys Schreibtisch verschwunden.«

Rankin reagierte nicht. Keith hatte den Eindruck, daß er unter Drogen stand, so wie er unter den halbgeschlossenen Lidern ins Leere starrte.

»Sonst nichts?«

»Ich glaub' nicht.«

»Haben Sie es gemeldet?«

»Mir blieb nichts anderes übrig. Zamaroh war schon auf hundertachtzig, als sie hörte, daß keiner von Ihnen zur Arbeit erschienen war.«

Wallace stöhnte. »Was hat sie gesagt?«

»Ich glaube, sie hätte mich am liebsten geviertelt, als ich es ihr meldete. Sie war eiskalt und hat mich zu John Savage und einem Security-Typen namens Freyn geschleift.«

»Scheiße.«

Wallace' geschwollene Lider begannen zu flattern. »Helen Jencks ist also nicht aufgetaucht?«

So wie er jetzt im Trainingsanzug vor ihm lag, des Panzers seiner üblichen Schrullen beraubt, mit aufgedunsenem, gräßlich zugerichtetem Gesicht und rauher Stimme, erschien er Keith beinahe hilflos. In ihrer kurzen Bekanntschaft hatte Wallace nicht ein einziges Mal versucht, nett zu Keith zu sein oder seine Verachtung ihm gegenüber zu verbergen. Doch jetzt hatten sich die

Machtverhältnisse plötzlich verschoben. Wallace schien ihn zu brauchen. Dafür haßte ihn Keith.

»Nein. Ich hab' bei ihr zu Hause angerufen, aber es war niemand da.«

Wallace verstummte.

»Was ist los?« fragte Keith.

»Das wissen wir nicht. Passen Sie auf, am besten … am besten fahren Sie einfach nach Hause und essen zu Abend. Wir sehen uns morgen. Äh, ja, und danke fürs Kommen.«

Keith musterte ihn mißtrauisch und stand dann unbeholfen auf.

»Na gut. Wiedersehen.«

Wallace wartete, bis er gegangen war. Karen Rankin führte ihn hinaus, kam zurück, blieb einen Augenblick in der Tür zum Wohnzimmer stehen und starrte ihren Mann an. Ihr Gesicht war eiskalt. Wallace ertappte sich dabei, daß er an Hillary Clinton dachte und wie oft es den Anschein hatte, daß Eheleute lieber die Rollen tauschen sollten. Dann schloß Karen die Tür und verschwand.

Ihr Mann blickte starr auf die Tür.

»Sieht so aus, als säßen wir in der Scheiße.«

»Die Schlampe, die dafür verantwortlich ist« – er deutete auf sein Gesicht und Rankins schlaff daliegenden Körper –, »hat irgendwas von Helen gemurmelt.«

»Bei mir auch«, nickte Rankin.

»Sechs Akten sind verschwunden«, sagte Wallace. »Helen Jencks ist verschwunden.« Im Geiste schien er irgendwelche hektischen Berechnungen anzustellen, und sein Blick flackerte unstet.

»Glaubst du, sie ist uns auf die Schliche gekommen?« fragte Rankin.

Wallace' Gesicht, das ohnehin blaß war, wurde jetzt noch bleicher.

»Hast du das Voice Tape hier?« fragte er.

»Welches? Das mit Helens Stimme?«

»Ja, welches sonst«, fauchte Wallace.

»Ich hab' es immer in der Aktentasche. Sie ist abgeschlossen. Die Kombination liegt auf …«

»Ruf die Banque des Alpes an und spiel es ab.«

Rankin griff nach dem Handy und befolgte Wallace' Anweisung. Helen Jencks Stimme, die ihren Namen und die Kontonummer angab, hing geisterhaft im Raum. Rankin drückte die eins auf dem Telefon, um den Kontostand abzufragen. Die metallische Computerstimme am anderen Ende antwortete:

»Kontostand um zehn Uhr dreißig Ortszeit: null.«

34 Ian Farrell und Tess Carlyle saßen im Glaspalast von Vauxhall Cross, dem neuen zweihundertdreißig Millionen Pfund teuren Hauptquartier des Secret Intelligence Service, unter Insidern auch als Riverside oder Gloom Hall bekannt. Es lag am südlichen Ufer der Themse in Vauxhall und blickte gebieterisch nach Norden auf seine Herren in Whitehall hinüber.

Farrell war der Leiter der Drogenabteilung. Er war zweiundfünfzig Jahre alt und hatte sich gut gehalten. Sein silbergraues, krauses Haar wirkte immer ein wenig zerzaust. Mit seinem Vollbart sah er aus wie ein Seemann, die Knollennase dagegen erinnerte an einen Boxer. Er hatte dunkelbraune, intelligente Augen, denen man Freude und Ärger gleichermaßen anmerkte. Wenn er entspannt war, wirkten sie leicht versonnen, als hätten sie zu oft gesehen, wie schnell man in Ungnade fallen kann. Dicke Augenbrauen wölbten sich über den Lidern. Seine Oberlippe verschwand fast vollständig unter dem dichten Schnurrbart, was ihm – wie auch die tiefe Falte zwischen den Augenbrauen – ein nachdenkliches Aussehen verlieh. Er neigte zu Magengeschwüren und mußte deshalb seit zwei Jahren auf Alkohol verzichten. Trotzdem verging kein Tag, an dem er sich nicht nach Whiskey sehnte und seine Enthaltsamkeit als Strafe betrachtete.

Carlyle war seine Assistentin. Die ersten Fältchen in dem blassen Gesicht waren ein Hinweis auf ihre bewegte Vergangenheit. Sie war Ende Dreißig, wirkte aber völlig alterslos. Die Energie, die sie wie ein Kraftfeld umgab, war die einer knapp Zwanzigjährigen, die ihre Karriere gerade erst beginnt und noch alle Kämpfe vor sich hat. Sie trug das zottelige kastanienbraune Haar schulterlang und hatte eine leicht gebogene Nase, bei deren Anblick Farrell an einen Raubvogel denken mußte. Ihre Augen waren kühl und scharf. Es waren Augen, die viel gesehen und ihr Mitgefühl unterdrückt hatten, Augen, die ebenso zu einer Heiligen wie zu einer Ketzerin gepaßt hätten. In ihnen vermischte sich ein Fünkchen Weisheit mit dem Wissen um unzählige grausame Schicksale.

Es war Dienstag um die Mittagszeit. Farrell und Carlyle beendeten gerade ihren täglichen Informationsaustausch. Er hatte sich etwas länger hingezogen als sonst, nachdem über das Bank-Holiday-Wochenende besonders viele Berichte aus allen Teilen der Welt auf ihrem Schreibtisch gelandet waren. Carlyle saß in einem schwarzen Ledersessel und hielt einen Umschlag in der Hand. Er war dünn und leicht, der Inhalt anscheinend unauffällig. Trotz ihrer Erfahrung lächelte Carlyle sorglos. Sie hatte keine Ahnung, welche Bedeutung er noch haben sollte.

»Von Favour«, erklärte sie. »Er meldet sich nach einem Monat im Dschungel wieder zurück.«

»Was hat er zu berichten?«

»Noch eine verschlüsselte Warnung.«

»Maldonado?«

Carlyle nickte. »Vor einer Woche fand an einem Ort namens Leticia, direkt an der Grenze zu Brasilien, eine gemeinsam von Peru, Kolumbien und dem DEA geplante Operation statt. Irgendwas ist schiefgelaufen, anscheinend hatten die Narcos einen Tip erhalten. Alle bis auf zwei konnten fliehen. Zwei DEA-Leute, drei Peruaner und ein Kolumbianer kamen dabei um. Außerdem ein anonymer ›Beobachter‹. Offenbar war es ein Freund von Favour aus seiner SAS-Zeit, nur war dieser Typ noch Mitglied seines Regiments.«

»Mist. Favour wird sich denjenigen, der dahinter steckt, vorknöpfen wollen. Und lassen Sie mich raten, er tippt auf Maldonado, was?«

Carlyle nickte. »Er glaubt, daß er die Narcos gewarnt hat. Es war das El-Dólar-Syndikat. Favour hat schon seit Monaten den Verdacht, daß Maldonado mit ihm unter einer Decke steckt.«

Favour war der Kodename für Evan Connor, ehemaliger SAS-Angehöriger und jetzt freier Mitarbeiter des britischen Geheim-

162

dienstes in Südamerika. Favour unterstand Carlyle. In den letzten vier Monaten hatte er immer wieder vor Maldonados Unzuverlässigkeit gewarnt.

»Glauben Sie, daß da was dran ist?« fragte Farrell.

»Nun, man darf nicht vergessen, daß Favour und seinesgleichen den Narcos am liebsten Mann zu Mann gegenübertreten würden. Er ist befangen. Er wittert das Böse und würde es am liebsten überall ausrotten. Ich bin mir nicht sicher, ob es ihm Spaß macht, mit dem Teufel zusammenzuarbeiten so wie wir. Er würde Maldonado am liebsten ganz einfach als Verbrecher aus dem Verkehr ziehen. Natürlich ist Maldonado ein Verbrecher, jedenfalls zum Teil. Immerhin ist er offizieller Leiter der Drogenabteilung in einem Land, das sechzig bis achtzig Prozent des gesamten Kokainbedarfs der Welt produziert. Er hat Macht, Einfluß und Zugang. Er entscheidet über Leben und Tod. Natürlich ist er korrupt. Es ist einfach nicht möglich, in diesem Land mit offenen Karten zu spielen. Die Frage ist nur, hat er das Maß der annehmbaren Korruption überschritten?«

»Und steht er noch auf unserer Seite?«

»Wenn ich eine bedingungslose Antwort geben müßte, würde ich nein sagen«, erwiderte Carlyle.

»Na schön, genug des moralischen Relativismus. Ihr Agent warnt uns davor, Maldonado zu vertrauen. Glauben Sie, daß er recht hat?«

»Favour hat gehört, daß Maldonado riesige Mengen von *Moche*-Figuren auf dem Schwarzmarkt zusammenkauft und dafür Millionen ausgibt, die, so läßt er durchblicken, aus Deals mit den Narcos stammen. Bisher sind es nichts weiter als Gerüchte. Nur die Zeit kann uns Gewißheit geben. Bis dahin aber ist Maldonado viel zu nützlich, um ihn fallenzulassen. Es sei denn, Favour liefert hieb- und stichfeste Beweise. Wenn man den Drogenhandel bekämpfen will, kommt man um Maldonado nicht herum. Man kann ihn lieben oder hassen, aber man braucht ihn «

»Ich wünschte bloß, wir könnten näher an ihn rankommen, um ihn besser einschätzen zu können. Favour hat nur indirekten Zugang zu ihm. Er hat ihn nie getroffen. Wir bräuchten jemanden in Maldonados nächster Umgebung.«

35

»Zigarette?« Maldonado hielt Helen ein silbernes Etui mit zwanzig sauber nebeneinander aufgereihten Zigaretten hin. Helen betrachtete sie sehnsüchtig. Sie wußte genau, wie sich eine Zigarette zwischen den Fingern anfühlte, sie konnte fast sehen, wie die Spitze beruhigend aufglühte, und den scharfen Rauch schmecken, der sich in ihren Lungen ausbreitete.

»Nein, danke.«

»Aber einen Drink nehmen Sie doch?« Carmen hielt ein Tablett mit zwei Gläsern in der Hand, die eine milchige Flüssigkeit enthielten.

»Pisco Sour«, sagte Maldonado. »Unser Nationalgetränk.«

Helen griff nach dem Glas. »Ich weiß. Gestern abend habe ich drei davon getrunken.«

Maldonado lachte leise. »Dann scheinen Sie ihn ja erstaunlich gut zu vertragen. Worauf wollen wir anstoßen?«

Helen dachte einen Augenblick nach.

»Auf eine sichere Reise.«

»Für wen?«

Für mein Geld und mich. Flüchtig tauchten die verunstalteten Gesichter von Wallace und Rankin vor ihr auf, dann Joyce, wie sie davonstolzierte. Am liebsten hätte sie laut herausgelacht, doch statt dessen nahm sie einen Schluck Pisco. Ein wundervolles, erregendes Gefühl von Unbekümmertheit erfüllte sie.

»Ganz schön stark.«

Maldonado lächelte. Ein Wachmann mit Pistole ging am Fenster vorbei. Helen sah ihm nach.

»Wer ist das?« fragte sie und nahm einen Schluck.

»Ein Wachposten.«

»Offenbar sieht man hier überall Männer mit Waffen.«

»Ja, das stimmt, ein Überbleibsel aus gewalttätigeren Zeiten.«

»Warum sind sie immer noch da?«

»Peru ist nicht London.«

»Ich bin viel gereist. Aber eine solche Übermacht an bewaffneten Kräften habe ich nirgendwo gesehen.«

Er zuckte die Achseln und nippte an seinem Pisco Sour.

»Es gibt eine Menge Kriminalität.«

»So viel, daß Sie zwei bewaffnete Männer brauchen, die Ihren Garten bewachen?«

Er stellte sein Glas ab und musterte sie lächelnd. Mittlerweile war ein zweiter Wachmann aufgetaucht, ebenfalls bewaffnet. Helen deutete mit dem Kinn auf ihn.

»Ist das eine Maschinenpistole?«

»Eine Heckler und Koch MP5, falls Sie das interessiert.«

»Eigentlich nicht. Ich mag keine Waffen.«

»Das ist auch etwas, woran Sie sich gewöhnen müssen. Wie Sie selbst sagten, es gibt viele Waffen in Peru. Man kann ihnen nicht entkommen. Das Land ist eine Brutstätte für Verbrechen, kein Wunder, die Kluft zwischen Arm und Reich ist groß. Haben Sie die Armenviertel auf dem Weg vom Flughafen hierher bemerkt?«

»Ja.«

»Die meisten haben weder Wasser noch Strom; Cholera, Ruhr und Typhus sind an der Tagesordnung. Hin und wieder schicken die Behörden Bulldozer, die ihre jämmerlichen Wellblechhütten plattwalzen, weil sie ein Schandfleck sind.«

»Lieber Gott!«

»Den lieben Gott könnten wir hier gut gebrauchen. Es gibt weder genug Schulen noch Arbeit, die Leute hier wissen einfach nicht, was sie machen sollen. Viele überleben ehrenhaft, weiß der Himmel, wie sie das anstellen. Andere sterben, werden kriminell oder schließen sich den Terroristen an.«

»Das kann man verstehen«, sagte Helen.

»Ja, nicht wahr?«

»Und was tun Sie dagegen?«

»Ha!« Maldonado breitete die Hände aus und betrachtete sie. Dann schüttelte er den Kopf und führte Helen ins Eßzimmer.

Sie setzten sich an einen alten Mahagonitisch. Obwohl Helen ihr Mißtrauen gegenüber Maldonado noch nicht abgeschüttelt hatte, sehnte sie sich nach seiner Gesellschaft, was sie selbst überraschte. Er war so charmant, dieser Mann, so um sie bemüht und kultiviert. Und ein überaus überzeugender Geschichtenerzähler obendrein, als er jetzt von seinen Ausgrabungen und den Objekten erzählte, die er hier und da gefunden hatte.

»Es gibt kein schöneres Gefühl, als vor einer Ausgrabungsstätte zu knien, vorsichtig die Erde abzutragen, die seit Ewigkeiten dort gelegen hat, und auf einen Schatz zu stoßen, der seit zwei Jahrtausenden unberührt war. Sie fassen ihn an, Sie betasten ihn mit der eigenen Hand. Ah! Das ist unvergleichlich.« Die Schwermut, die sonst sein Gesicht prägte, schien wie weggeblasen, wenn er über Archäologie sprach.

Nach dem Essen stand er auf.

»Kommen Sie mit. Ich möchte Ihnen ein paar der schönsten Dinge zeigen, die je ausgegraben wurden.« Er führte sie in sein Arbeitszimmer, drückte auf einen Schalter und tauchte zwei Regale ins Licht, während der Rest des Raumes im Dunkeln lag. Bei ihrem Erkundungsversuch in Maldonados Arbeitszimmer gestern abend waren sie Helen gar nicht aufgefallen. Plötzlich sah sie sich etwa zwanzig Tonfiguren gegenüber, die ihren Blick stumm erwiderten. Ihr Ausdruck war so menschlich und realistisch, daß sie beinahe erwartete, sie blinzeln zu sehen. Ohne Worte erzählten sie ihre eigenen Geschichten von Leid und Glück, Krankheit und Geburt, Herren und Sklaven. Zwei waren verstümmelt. Der einen fehlte die Hand, die andere sah aus, als habe ihr das geflügelte Tier, das auf ihrer Schulter saß, die Augen ausgehackt und die Haut abgezogen.

»Die *Moche*«, erklärte Maldonado, »die schönste Keramikkunst aus prähistorischer Zeit. Es sind Figurengefäße, viel eindrucksvoller als Malerei, finden Sie nicht?« Er streckte die Hand aus und streichelte eine Figur nach der anderen, als wären sie aus Fleisch und Blut. Helen dachte an Roddy und seine Leidenschaft für Skulpturen, aber was jetzt in Maldonados Augen schimmerte, war mehr als Besessenheit, es war Liebe, Sehnsucht und Besorgnis.

»Das ist meine Privatarmee, bestehend aus lauter Freunden. Sind sie nicht herrlich?«

»Ja, das sind sie ...«

»Man nennt sie *huacos*, heilige Objekte. Sie wurden zu Zehntausenden aus den Gräbern geraubt. Meine hier sind heil, aber man kann die gestohlenen gewöhnlich daran erkennen, daß sie irgendwo durchlöchert sind. Die *huaqueros* oder Grabräuber suchen mit langen dünnen Stöcken, sogenannten *sondas*, nach den Gräbern. Sie behaupten, sie hätten es im Gefühl, ob die Erde ein Grab enthält, deshalb stochern sie mit den *sondas* in der Erde herum, und natürlich beschädigen sie damit die *huacos* in den

Gräbern. Es ist ein Greuel, und alle Archäologen sind verzweifelt, aber was will man machen? Es steckt nun mal sehr viel Geld in diesem Geschäft.«

»Liegt nicht ein Fluch auf den Gräbern wie in den meisten Kulturen?«

»O ja. Viele Leute würden es bestätigen, aber die *huaqueros* haben Hunger, deshalb denken sie lieber nicht darüber nach.«

»Wann sind die *huacos* entstanden?«

»Das Königreich von Moche bestand bis etwa siebenhundert vor Christus, also zeitgleich mit den Maya.«

»Was ist mit ihnen passiert?« fragte Helen und berührte den lächelnden Mund einer Figur.

»Sie sind El Niño zum Opfer gefallen.«

»Wem?«

»Es gibt hier ein seltsames Wetterphänomen, das wir El Niño nennen, Christkind, weil es gewöhnlich um die Weihnachtszeit auftritt. Eigentlich ist es ein Witz, denn es bringt eher Katastrophen als Erlösung. Ein größeres kommt etwa alle zehn Jahre vor, ein wirklich verheerendes einmal im Jahrhundert. Es hat damit zu tun, daß die warmen Gewässer der Ecuador-Strömung die kalten Wassermassen des Humboldt-Stroms vor der peruanischen Küste verdrängen. Dann kommt es zu schweren Unwettern; in manchen Gegenden zu Feuersbrünsten oder Dürreperioden, in anderen zu sintflutartigen Regenfällen und schweren Überschwemmungen. Man glaubt, daß El Niño die Bewässerungskanäle von Moche überflutet hat und die Bevölkerung verhungert ist.« Seine Stimme wurde leiser, als spräche er mit sich selbst. »Was für eine Tragödie. Es waren die besten Künstler, die je in Peru lebten. Perfektionisten mit großem Einfühlungsvermögen und viel Humor ...«

»Konnten die Moche denn nichts tun, um sich zu retten?«

»Oh, sie haben es versucht, das können Sie mir glauben.«

»Wie?«

»Mit Menschenopfern zum Beispiel. Einer der grauenerregendsten Funde, die ich je gemacht habe, stammt aus einem dem Mond geweihten Mochetempel, Huaca de la Luna. Wir fanden die Überreste von mehr als vierzig Männern, zwischen fünfzehn und vierzig Jahre alt. Sie lagen in dickem Sedimentgestein, was beweist, daß sie während heftiger Regenfälle geopfert wurden. Wenn es nicht jener schreckliche Niño war, der das gesamte Königreich auslöschte, dann einer seiner katastrophalen Vorläufer. Wir glauben, daß die Männer von einem Gesteinsvorsprung hinter der Huaca de la Luna heruntergestoßen wurden. Manche Skelette lagen so, als wären sie an einen Pfahl gebunden gewesen. Bei vielen waren die Oberschenkel aus den Hüftgelenken gerissen, andere waren enthauptet worden. Die Moche verehren einen eigenen Gott, den sie den Enthaupter nennen. Wir glauben, daß einige Männer geopfert wurden, um den Regen zu beenden, und andere, nachdem es aufgehört hatte zu regnen.«

»Hu, wie grausam.«

»Es ist ein grausames Land. Hier, ich möchte Ihnen etwas zeigen, damit Sie wieder fröhlich werden. Normalerweise zeige ich es Fremden nicht, aber Sie machen nicht den Eindruck, als könnte man Sie leicht schockieren.«

Maldonado nahm einen Schlüssel aus der Tasche und schloß einen großen Schrank auf, der in die Wand eingelassen war. Als er die Tür öffnete, ging ein Licht an. Helen mußte lachen. In den Regalen saßen und lagen eine Reihe von Tonfiguren, die sich diversen sexuellen Gelüsten hingaben. Auch hier war der Ausdruck der Gesichter verblüffend realistisch. Helen konnte Lust, Entsetzen, Befriedigung, Sehnsucht und Verwirrung darin entdecken. Ein männliches Wesen saß ganz allein da und umfaßte seinen Phallus, der ihm bis zu den erstaunten Augen reichte.

Helen betrachtete die Figuren. »Sie sind zum Schreien komisch. Die Gesichter ...«

»Die meisten Archäologen behaupten, Moche-Keramiken seien für heilige und zeremonielle Zwecke bestimmt gewesen, Beerdigungen, spezielle Riten. Für einen Großteil trifft das sicherlich zu, aber ich glaube, diese hier sind schierer Lebenslust entsprungen. Jede einzelne kann einen zum Lachen bringen. Sie sind vollkommen wirklichkeitsgetreu und trotzdem komisch.« Maldonado betrachtete die Figuren noch eine Weile, dann schloß er den Schrank wieder.

»Man kann beim Anblick dieser Figuren nicht lange traurig sein, nicht wahr?« Er führte sie zurück ins Wohnzimmer. »Doch jetzt ist es genug. Ich habe soviel geredet, daß Sie sich bestimmt gräßlich langweilen.« Er hob die Hand, um ihren Protest abzuwehren.

»Erzählen Sie mir von sich, Helen Williams.«

Sie erinnerte sich daran, wie John Savage sie vor vier Jahren ebenfalls dazu aufgefordert hatte. *Erzählen Sie mir von sich, Helen Jencks! Wer sind Sie wirklich?* Doch beide Male antwortete sie nicht.

»Ich bin dreißig und habe mein Leben hinter mir gelassen. Da es hier nichts zählt, gibt es auch nichts zu berichten.«

Maldonado lachte.

Helen runzelte fragend die Stirn.

»Sie hätten mich ruhig warnen können«, sagte Maldonado, »offenbar habe ich eine Sophistin unter meinem Dach.« Sein Blick ruhte belustigt auf ihr. »Wir könnten eine Menge Spaß miteinander haben, Sie und ich.«

»Ach, ja?«

»Vergessen Sie nicht, ich bin Archäologe. Ich setze ein ganzes Leben aus Fragmenten zusammen.«

36 Helen saß in der jasmingeschwängerten Dunkelheit auf den sonnenwarmen Kacheln der kleinen Terrasse vor ihrem Cottage. Sie trank Mineralwasser direkt aus der Flasche und dachte über den Abend mit Maldonado nach. Je mehr Zeit sie mit ihm verbrachte, um so faszinierender und verwirrender fand sie ihn. Die Einblicke, mit denen er sich ihr offenbarte, waren wirklich erstaunlich. Sie hatte das Gefühl, daß es eine Menge an diesem Mann gab, das sie niemals herausfinden würde. Früher oder später würde sie einfach ihrem Instinkt folgen und ins kalte Wasser springen müssen. Sie brannte darauf, die Suche nach ihrem Vater zu beginnen, und Maldonado war zweifellos der Ausgangspunkt. Das Dumme war, daß sie sich zwar einerseits von seinem dunklem Charisma angezogen fühlte, andererseits die Warnung ihrer inneren Stimme nicht überhören konnte. Sie wünschte, sie hätte einen Spickzettel, irgendeine Erkenntnis über das Leben und den Geist jenes Man-

nes, bei dem sie Zuflucht gefunden hatte. Wäre es ihr möglich gewesen, sich zwölftausend Meilen zurück nach London in das Geheimarchiv des Secret Intelligence Service zu versetzen, hätte sie folgende, von Tess Carlyle angefertigte Kurzbiographie lesen können:

Victor Manuel Maldonado de la Cruz – so sein voller von väterlicher und mütterlicher Herkunft abgeleiteter Name. Siebenundsechzig Jahre alt. Geboren in Cajamarca, in den Anden, auf der Hacienda seiner Familie. Ausgebildet in Champagnat und an der Universidad Católica in Lima, anschließend zweites Archäologie-Examen in Cambridge. Seine Tutoren waren überrascht, als er sich mit dreiundzwanzig Jahren freiwillig zur peruanischen Armee meldete und bis zum Rang eines Obersten aufstieg. Mit neununddreißig verließ er die Armee und stellte sich ganz in den Dienst des Servicio Inteligencia Nacional (SIN). Dort arbeitete er zunächst als Mitglied, später als Leiter der Terroristenbekämpfung. 1989 kamen seine beiden Söhne Enrique (achtzehn) und Emilio (neunzehn), sowie seine Tochter Charo (sechs) bei einem Bombenanschlag des Leuchtenden Pfads ums Leben. Ein Jahr später beging seine Frau Selbstmord. Maldonado verfolgte den Leuchtenden Pfad bis zur Festnahme seines Anführers Abimael Guzmán im Jahr 1991. Dann trat er offiziell in den Ruhestand.

In Wirklichkeit dient er dem SIN hinter den Kulissen weiterhin als Berater. Trotz seines nichtamtlichen Status übt er mehr Einfluß aus als viele offizielle Funktionäre. Er war derjenige, der 1997 Präsident Fujimori zum Sturm auf die japanische Botschaft in Lima riet, nachdem diese Ende 1996 von Terroristen des MRTA besetzt worden war. Der MRTA ließ später vierhundert Geiseln frei, behielt jedoch die übrigen achtzig sechs Monate in seiner Gewalt. Auf Maldonados Rat hin, den er Präsident Fujimori direkt einflüstern konnte, wurden peruanische Militärs, Polizeikräfte und eine Spezialtruppe durch den SAS und die Delta Force ausgebildet und dann auf die Terroristen angesetzt. Sie stürmten die Botschaft, befreiten die Geiseln und verloren dabei nur eine Geisel und zwei Angehörige der Sondereingreiftruppe. Alle vierzehn Terroristen wurden getötet. In militärischen Termini war die

Operation ein voller Erfolg für Maldonado und seine Spezialtruppe.

In Peru ist Maldonado eine schattenhafte, allgegenwärtige
Gestalt, die als Fujimoris graue Eminenz gilt. Seine Quellen sind
unerschöpflich, seine Verbindungen makellos, sowohl bei den
Reichen als auch bei den Armen, trotz aller erkennbaren Unter-
schiede. Doch auch er kann nichts gegen die gutgenährten Indu-
striellen ausrichten, deren Imperien auf Drogengeldern basieren.
Maldonado weiß, wer unberührbar ist, jagt diejenigen, die sich
jagen lassen, verfolgt eine zynische Politik und phantasiert gelegentlich von neuen Wegen in der vermeintlichen Rebellion gegen
sich selbst. Er ist sehr nützlich, sicherlich unberechenbar und
extrem gefährlich.

37 Auf der anderen Seite des Gartens saß Maldonado in
seinem Arbeitszimmer und beobachtete, wie die Lichter in Helens Cottage erloschen. Neben ihm stand ein Mann. Der
Schein der Lampe wurde von seinen dunklen Augen verschluckt.
Er war schmächtig, etwa einssechzig, mit seidigem schwarzem
Haar, das bis zu den Ohrläppchen reichte. Sein braunes Gesicht
war mit Pockennarben übersät. Die Augen wirkten wie ins
Gesicht eingeschnitten, tiefe aufmerksame Schlitze über hohen
Wangenknochen. Er hatte schmale Brauen, die ständig in Bewegung waren, und ein ausdrucksvolles Gesicht. Als Kind war er
bestimmt hübsch gewesen, und die Augen sogar schön, doch jetzt
strahlte der Mann etwas Finsteres aus, als hätte er zuviel Böses
in der Welt gesehen und könnte sich nichts anderes mehr vorstellen. Er schien von Groll und Mißgunst geprägt zu sein. Seine Augen flogen wachsam nach links und nach rechts, als wit-
terten sie überall Gefahr. Und seine Stimme war genauso unstet
wie seine Augen.

»Wer ist das?«

Maldonado wandte sich dem Mann zu, den er als seine rechte
Hand betrachtete. Ángel Ramírez Malpartido.

»Die Freundin eines Freundes. Ich gewähre ihr für eine Weile
Unterschlupf.«

»Ausgerechnet hier? Glaubst du, daß du ihr trauen kannst?«

»Nein, um ehrlich zu sein, nicht.«

Ángel lächelte. »Warum nicht?«

»Aus irgendeinem Grund versucht sie, ihre wahre Identität vor mir zu verschleiern.«

»Wer ist sie denn?«

Maldonado lächelte. »Die Tochter eines Mannes, den ich einmal kannte und dem ich vor vielen Jahren geholfen habe.«

»Wer war das?«

»Jemand, der Ärger hatte und fliehen mußte. Genau wie sie von sich behauptet.«

»Was ist aus ihm geworden?«

»Wir waren Freunde, dann haben wir uns gestritten und aus den Augen verloren. Nach allem, was ich weiß, könnte er längst tot sein.«

»Und wie kommst du darauf, daß sie seine Tochter ist?«

»Das Gesicht«, sagte Maldonado und seufzte. »Ihre klaren blauen Augen, die Falte auf der Stirn, die Gesichtsform, der Mund. Es war ein Schock, als ich sie zum ersten Mal sah. Ich wußte sofort, wer sie ist.«

»Die Frage ist also, warum ist sie hier und warum lügt sie, stimmt's?«

»Sie könnte eine Schlange sein, die sich in meinem Haus eingenistet hat. Ich habe genügend Feinde, die nur davon träumen, mir einen Spitzel auf den Hals zu hetzen. Merkwürdigerweise tauchte sie wenige Tage nach der gescheiterten Leticia-Operation auf, bei der die Briten einen und die DEA zwei Männer verloren haben. Ich kann es mir nicht leisten, an einen Zufall zu glauben. Wir sollten versuchen, alles über Miss Jencks rauszufinden, was rauszufinden ist, was meinst du? CIA, SIS, was auch immer sie sein mag.«

38

Am Mittwoch morgen trafen Hugh Wallace und Andy Rankin im Abstand von fünf Minuten im Büro ein. Wallace kam mit gesenktem Blick und tief ins Gesicht gezogener Baseballkappe hereingeschlurft, in dem vergeblichen Versuch, seine Blessuren zu verbergen. Er sprach mit niemandem und verzog sich sofort in sein Büro. Rankin betrat den Börsensaal wie ein Schläger, der es mit dem ganzen Pub aufnehmen will. Karen hatte die Beruhigungsmittel abgesetzt, ihm zwei Tassen extra starken Espresso zum Frühstück gebrüht und ihm ein paar aufmunternde Worte mit auf den Weg gegeben. Jetzt war er aufgedreht wie nur irgend etwas. Er versuchte seinen üblichen lässigen Schlendergang, doch die Schlinge um den Arm behinderte ihn. Innerlich kochend lächelte er und verbeugte sich leicht, wobei er mit einer Geste, die an Triumph grenzte, die Fragen zur Kenntnis nahm, die ihm von allen Seiten entgegenschallten. Auf dem Parkett gab es keine Tabus. Nur zu gern kosteten die Spieler das Unglück ihrer Kollegen aus. Eine kleine Prozession von Händlern zog unter verschiedensten Vorwänden an der Derivative-Gruppe vorbei. Aus ihren feixenden Gesichtern sprach schiere Schadenfreude. Wallace versteckte sich in seinem Büro. Rankin konnte sich nirgends verstecken. Also konfrontierte er seine Inquisitoren und stellte seine Schrammen geradezu zur Schau.

»Gletscherski in Val d'Isere. Und dann ein Fels dazwischen. Das hättet ihr erleben müssen, die Abfahrt war so steil, daß sie kaum zu sehen war. Na, jedenfalls habe ich ihn voll erwischt ... ich hatte mindestens fünfzig Sachen drauf.« Dann ein breites Grinsen, das ziemlich komisch wirkte in dem verunstalteten Gesicht, und gleich danach eine schmerzverzerrte Grimasse. Da er es nicht verhindern konnte, beschloß er, es zu übertreiben.

»Aber die Krankenschwestern, o Mann, ich kann euch sagen! Die waren eine Sünde wert.«

Die Inquisitoren grinsten, ließen noch ein paar Schweinigeleien ab und verschwanden.

Wallace saß in seinem Büro, spielte mit den Monitoren und rief Informationen auf, ohne sie eines Blickes zu würdigen.

Irgendwann stand er auf und rief Keith zu: »Holen Sie doch

mal zwei Kaffee und Bacon-Sandwiches für Andy und mich. Und wenn Sie schon dabei sind, können Sie sich selbst ja auch eins mitbringen.« Er warf ihm einen Zwanzigpfundschein hin, und Keith zockelte los.

Rankin wartete, bis er weg war, und ging dann in Wallace' Büro.

»Die Heuschrecken werden in einer Minute über uns herfallen«, sagte Wallace. »Denk dran, wir bleiben cool und geben nichts zu. Wir warten ab und beobachten die Lage. Wir schaffen es schon, wenn du tust, was ich sage.«

Er warf einen Blick auf Helen Jencks' verdächtig leeren Schreibtisch. Es war nie geplant, daß es soweit kommen würde, dachte er. Sie hätte bloß im Notfall herhalten müssen, der nie eintreten sollte. Wir waren Freunde. Sie hat es selbst vermasselt, indem sie es herausgekriegt und die Schreibtische aufgebrochen hat. Wäre sie zu mir gekommen, hätten wir uns irgendwas einfallen lassen können. Aber nein, sie mußte türmen und das Geld von der Banque des Alpes mitgehen lassen, so daß sie sich jetzt praktisch selbst zu meiner Konkurrentin gemacht hat. Er hatte immer gewußt, daß sie sich eines Tages trotz ihrer Verbundenheit und ihrer gemeinsamen Einsamkeit gegen ihn stellen würde. So war es immer gewesen, besonders mit Freunden. Traue niemandem, erwarte immer das Schlimmste. Das hatte er von Kindesbeinen an gelernt.

Und wieder einmal hatte er recht behalten, hatten sich seine Vorsichtsmaßnahmen für den Notfall als brillanter Schachzug erwiesen. Helens Flucht war ein unerwarteter Bonus für ihn.

»Je länger sie nicht aufkreuzt, um so besser für uns«, murmelte er, an Rankin gewandt. »Wenn sie unschuldig ist, warum sollte sie dann untertauchen? Sie macht es uns leichter, als wir je zu hoffen gewagt haben. Im Notfall sagen wir ihnen, daß wir von jemand überfallen wurden, der Helen nahesteht. Vielleicht hilft es, wenn wir ihr den Schwarzen Peter zuschieben, und irgendwie müssen wir es sowieso erklären. Savage wird uns nicht abkaufen, daß es bloßer Zufall war. Diese Wichser« – und damit nickte er Richtung Börsensaal – »sind immer scharf auf anderer Leute Pech, Hauptsache, sie können sich amüsieren. Es ist völlig egal ob sie es glauben oder nicht.«

»Ha! Ich habe mich schon gefragt, wann ihr endlich reumütig hier auftauchen werdet.« John Savage stand in der Tür, elegant wie immer mit seinem maßgeschneiderten Anzug und dem nach hinten gekämmten silbernen Haar. Er trat ein und baute sich vor den beiden Männern auf. »Allerdings hatte ich nicht erwartet, euch als Krüppel wiederzusehen. Vielleicht habt ihr die Freundlichkeit, in mein Büro zu kommen und mir zu erklären, was hier eigentlich gespielt wird. Ach, und nehmt bitte die Hintertreppe, ihr habt schon genug Aufsehen erregt.«

Sie saßen nebeneinander auf der dunkelgrünen Ledercouch, die die ganze Wand einnahm. Savage saß hinter seinem Schreibtisch, in seine Unterlagen vertieft, als sei er sich ihrer Anwesenheit gar nicht bewußt. Er sah erst auf, als der Schatten von Michael Freyn über ihn fiel. Freyn schlich trotz seiner Größe immer so leise über die mit Teppichen ausgelegten Gänge der Bank, daß er seine Kollegen ständig erschreckte. Savage lächelte ihm zu.

»Kennen Sie Hugh Wallace und Andy Rankin?« Er deutete auf die beiden Männer. Man hätte meinen können, er wollte ihre verquollenen, grün und blau verfärbten Gesichter streicheln.

Freyn trat zu ihnen. Rankin stand relativ mühelos auf, obgleich ihm von den Schmerzmitteln kotzübel war, doch Wallace hatte Schwierigkeiten, und Savage empfand eine flüchtige Sympathie für seinen Neffen.

Freyn schüttelte beiden Männern überraschend vorsichtig die Hand. Er nahm sich Zeit dabei und musterte ihre Verletzungen mit erfahrenem Auge. Dann sagte er an Wallace gewandt:

»Sieht übel aus. Waren Sie beim Arzt?«

»Natürlich«, erwiderte Wallace.

»Bitte nehmen Sie Platz, alle beide. In Ihrem Zustand ...« drängte Freyn.

»Sie sagen das, als wären wir schwanger«, witzelte Rankin mit einer Grimasse.

»Was ist passiert?« Freyns Stimme hallte in Wallace' Hirn wider wie ein Schuß. Er sah zu dem Mann auf, der vor ihm stand, und in seinen Augen blitzte nackte Wut auf.

»Würde es Ihnen was ausmachen, sich hinzusetzen, es macht

175

mich nervös, wenn Sie sich so vor mir aufbauen.« Wallace spürte seine alten klaustrophobischen Ängste, fuhr mit dem Finger unter den Hemdkragen und zerrte daran, als wollte er sich ein paar Millimeter mehr Platz zum Atmen verschaffen.

Freyn überlegte einen Augenblick genüßlich, wie lange es dauern würde, mit dieser beschissenen Sache fertig zu werden, wenn man ihm und seinen Fallschirmkollegen Rankin, Wallace und Jencks ausliefern und freie Hand lassen würde. Dann wandte er sich wortlos ab und setzte sich Wallace gegenüber.

»Es ist mir ein bißchen unangenehm«, sagte Wallace, wobei er Freyn ignorierte und seine Worte direkt an Savage richtete. »Äh, also was willst du genau wissen?«

»Was immer ihr zu sagen habt.«

»Na schön. Aber wie gesagt, es ist mir unangenehm, um nicht zu sagen, peinlich.«

Rankin betrachtete seine Schuhe.

»Sieh mal, Andy hat den Jungs im Büro gesagt, daß er einen Skiunfall hatte, und ich habe gesagt, daß ich überfallen wurde. Das ist nicht wahr. Wir sind beide zusammengeschlagen worden.«

Freyn nickte. »Von wem?«

»Von einer Frau.« Wallace sah ein Grinsen über Freyns Gesicht huschen, und Savage lachte laut heraus. »Andy auch.«

»Abgesehen davon, daß es ziemlich komisch ist, wüßte ich nicht, warum das Geschlecht eures Angreifers relevant sein soll«, sagte Savage und blickte zu Freyn hinüber. »Schließlich kennen wir uns als Arbeitgeber mit Frauenquoten aus.«

Freyn und Savage grinsten sich zu.

»Sehr witzig. Erinnere mich dran, daß ich auch ein paar dumme Sprüche loslasse, wenn du das nächste Mal durch die Luft fliegst«, fauchte Wallace.

»Durch die Luft fliegst?« fragte Freyn. »Wie genau?«

»Fragen Sie Andy. Ihn hat sie richtig geworfen. Ich bin eher gefallen.«

»Na schön, Andy. Wie genau hat die Frau Sie geworfen?«

»Herrgott, das weiß ich nicht. Sie hat meine Hand gepackt, und dann flog ich plötzlich durch die Luft, als hätte sie mich geschleudert. Klingt ziemlich lächerlich, aber ich konnte nichts dagegen tun.«

»Klingt eher nach einer Art Kampfsport«, murmelte Freyn.
»Erzählen Sie mir mehr über die Frau«, sagte er zu Rankin.

Wallace mischte sich ein, denn er merkte, daß sie Freyn auf eine Idee gebracht hatten.

»Andy und ich glauben, daß es dieselbe war.«

»Wer ist sie? Kennen Sie die Frau?« fragte Freyn.

»Nein«, sagte Wallace. »Aber sie hat uns beiden das gleiche gesagt, daß wir das Helen zu verdanken hätten.«

Savage und Freyn wechselten einen Blick.

»Habt ihr gewußt«, fragte Savage und stand auf, »daß eure Schreibtische aufgebrochen worden sind?«

»Bis heute morgen nicht«, log Wallace. »Paul Keith hat es uns erzählt.«

»Zwei Leute werden zusammengeschlagen, drei Schreibtische sind aufgebrochen, eine Person verschwindet. Könntet ihr mir vielleicht erklären, was ich davon halten soll?« erkundigte sich Savage.

»Lieber Himmel, wie soll ich das wissen«, sagte Wallace. Wieder zerrte er an seinem Hemdkragen. Es war eine Geste, die Freyn allmählich auf die Nerven ging.

Savages Lippen zuckten, als prüfe er den Geschmack von Wallace' Worten, dann schweifte sein Blick zu Rankin.

»Geht zurück in eure Gruppe, sichert eure Positionen oder stellt sie glatt – und sagt nichts. Skiunfall. Jencks hat sich krank gemeldet.«

Rankin dachte eine Weile darüber nach. »Keine neuen Positionen?« fragte er knapp. Neue Transaktionen zu unterbinden war so, wie einem Junkie seinen Stoff wegzunehmen.

»Sie haben mich verstanden.« Savage wandte sich an Wallace. »Schließ dich mit deinen Computern ein und laß dir irgendeinen neuen Coup einfallen. Halte dich zurück. Bleib bei der Story mit dem Überfall.«

»Und was machst du?« fragte Wallace.

»Ich kriege raus, was los ist.«

Freyn nahm in Savages Büro ein dringendes Telefongespräch entgegen. Er lauschte schweigend, legte auf und drehte sich zu Savage um.

»Die Videoüberwachung vor dem Foyer und im Börsensaal hat ergeben, daß Helen Jencks am letzten Freitag um 21.40 Uhr die Bank betreten und sie um 0.15 Uhr wieder verlassen hat.«

»Wieso hat es vierundzwanzig Stunden gedauert, bis das festgestellt wurde?«

»Ich mag den Kerl nicht, der gestern Dienst hatte. Ich wollte keine schlafenden Hunde wecken. Er hätte angefangen zu reden, wenn ich ihn gebeten hätte, die Sache zu überprüfen.«

Savage nickte. »Eine Stunde und fünfunddreißig Minuten im Börsensaal. Das ist Zeit genug, um die Schreibtische aufzubrechen und die Akten mitgehen zu lassen. Diese Helen Jencks wäre die perfekte Verbrecherin. Sie hat den richtigen Stammbaum, finden Sie nicht?«

»Ihr eigener Schreibtisch wurde ebenfalls aufgebrochen«, gab Freyn zu bedenken. »Bluff oder doppelter Bluff?«

Savage stand auf und ging hin und her, dann blieb er in seiner Lieblingspose vor dem Fenster stehen und betrachtete nachdenklich die Skyline der City.

»Ich traue keinem von diesen Wichsern, Sie? Das ist das Schlimme mit Händlern, egal, ob sie gut oder schlecht sind. Alle sind besessen von der Vorstellung, Geld zu scheffeln. Da braucht es nicht viel, um die Grenzen zu überschreiten.«

»Nein?« fragte Freyn.

»Irgendwer da unten hat es getan.« Savage kehrte an seinen Schreibtisch zurück und griff nach dem Hörer. »Ich glaube, es ist Zeit, daß wir Breden hinzuziehen.«

Freyn blieb still. Zumindest hatte Savage *wir* gesagt, nicht *ich*. Dick Breden war Freyns externer Konkurrent und Savages Liebling. Ein Ex-Spion, der sich auf die Aktivitäten eines Privatdetektivs verlegt hatte. Freyn akzeptierte das Stichwort und blieb.

Breden meldete sich in seiner üblichen knappen Art.

»Hallo, Dick, John Savage am Apparat. Hier braut sich was zusammen, es ist dringend. Könnten Sie vorbeikommen? Gut. In einer Stunde dann.«

Dick Breden kam fünf Minuten zu früh. Aus Rücksicht auf Savages wählerische Ansprüche hatte er seine Cordhosen und den Blazer gegen einen Anzug vertauscht. Seiner war von der

Stange, im Gegensatz zu dem von Savage, aber er hatte auch keinen Schneider nötig, der die Kunst des Verbergens beherrschte. Der Anzug schmeichelte seinem schlanken, muskulösen Körper. Immerhin gab er sich gut genug als Finanzier aus, um den wahren Zweck seines Besuchs bei Goldsteins zu vertuschen. Nur Savage und Freyn wußten, daß er Privatdetektiv war. Sie hatten ihn bei einer ganzen Reihe von Gelegenheiten benutzt, um potentielle Kunden, Kollegen und Rivalen innerhalb und außerhalb der Bank unter die Lupe zu nehmen. Savages ungewöhnlicher Respekt vor Bredens Fähigkeiten und ihre gemeinsamen Geheimnisse hielten seinen Hang, andere vor den Kopf zu stoßen, im Zaum, und so begrüßte er Breden mit dem Lächeln eines Verschwörers. Breden wiederum schätzte Savage wegen seiner Direktheit, an der auch Savile Row nichts ändern konnte.

Die beiden Männer begrüßten sich mit Handschlag, dann wandte sich Breden Freyn zu. Der Spion und der Offizier; sie kannten einander vom Typus her, lange bevor sie sich das erste Mal begegnet waren, und respektierten zähneknirschend ihre jeweilige Ausbildung und ihre Schwächen. Trotzdem hatte Breden etwas an sich, dem Freyn heimlich Respekt zollen mußte. Freyn wußte es und reagierte mit kaum verhohlener Feindseligkeit. Doch zu seinem Glück war diesmal er derjenige, der das Sagen hatte; es war seine Abteilung, die Breden anheuerte. Für Breden sprach, daß Savage ihn wollte, daher waren die Machtverhältnisse einigermaßen ausgewogen. Savage spürte die Spannung zwischen den beiden Männern und erlaubte sich ein amüsiertes Lächeln. Konkurrenz und Konflikte waren für die Arbeit dasselbe wie Guano für die Rosen in seinem Garten. Savage sorgte dafür, daß beides im Übermaß vorhanden war.

Evangeline, Savages Sekretärin, reichte ihrem Chef eine braune Mappe, servierte den Kaffee und verschwand. Alle drei tranken ihn schwarz; Savage wegen seiner Figur, Freyn, weil er allergisch auf Milch reagierte und Breden, weil er den bitteren Geschmack mochte.

»Ich brauche Sie, um eine Frau ausfindig zu machen, die bei uns beschäftigt ist«, erklärte Savage. »Sie ist seit zwei Tagen nicht zur Arbeit erschienen. Offensichtlich ist sie nicht zu Hause, und es besteht der Verdacht auf eine strafbare Handlung. Ihr Name ist Helen Jencks.« Er schob ihm Helens Personalakte über den Tisch.

»Außerdem sollten Sie wissen, daß ihr Vater Jack Jencks ist.«

»Der abgetauchte Bankier?«

»Dem schwerer Betrug nachgesagt wird.«

»Wie der Vater so die Tochter?« fragte Breden.

»Manchmal ist die einfachste Erklärung auch die beste.«

»Oder die bequemste. Ich soll also rauskriegen, was sie möglicherweise angestellt hat?«

Savage schüttelte den Kopf. »Nein, darum werden Michael und ich uns hier selber kümmern. Ich möchte, daß Sie sie finden.«

»Erzählen Sie mir von ihr. Wer ist sie?«

Savage lachte. »Dieselbe Frage habe ich ihr eines Nachts mitten auf dem Pazifischen Ozean gestellt.«

Breden runzelte die Stirn, witterte eine gute Story und lehnten sich erwartungsvoll lächelnd zurück, wie jemand, der alle Zeit der Welt hat. Freyn spürte, daß er jetzt eine Seite seines Chefs kennenlernen würde, von deren Existenz er nichts geahnt hatte, und saß schweigend da.

Savage erzählte seine Geschichte, als sei sie erst gestern passiert. Es war eine jener Begegnungen gewesen, deren Bedeutung man sich zum Zeitpunkt des Geschehens bereits vollkommen bewußt ist. Das Gehirn nimmt alles dermaßen aufmerksam wahr, daß es bis ins kleinste Detail gespeichert wird und man es später jederzeit wieder abrufen kann.

»Es war vor vier Jahren im Januar. Ich hatte eine Jacht namens *The Escape* gechartert. Wir segelten zwei Wochen durch den Südpazifik, gingen in Rarotonga, Aitutaki, Atiu, auf den Cook-Inseln, in Mopelia, Bora Bora, Huahine und Moorea auf den Gesellschafts-Inseln an Land. Es war wundervoll. Helen Jencks war Schiffskoch. Sie kochte gut und blieb immer für sich. Sie schien ein sehr einsamer Mensch zu sein, das fiel uns allen auf. Äußerlich sehr attraktiv, aber es war mehr als das. Man spürte ihre Präsenz. Sie war nicht immer angenehm, aber sie hatte etwas Fesselndes. Manchmal spielte sie nachts Saxophon. Nicht für uns, aber dann kamen alle an Deck, um ihr zuzuhören. Sie spielte wie

180

in Trance, wie ein Engel, der weint. Es war, als wären wir gar nicht
da. Wie auch immer, eines Nachts konnte ich nicht schlafen. Ich
ging an Deck, um mir etwas Bewegung zu verschaffen. Dort saß
Helen im Schneidersitz auf dem Teakholzboden und spielte mit
dem Kapitän Backgammon. Ich forderte sie zu einer Partie heraus.« Er lächelte.

»Sie nahm an; der Kapitän verschwand in seiner Kajüte und
ließ uns allein.« Im Geist saß er in diesem Augenblick wieder
auf dem Deck der Jacht, die unter einem tropischen, sternen-
übersäten Himmel vor Anker lag, und betrachtete eine schöne
Frau.

»Worum spielen wir?« fragte Helen lächelnd. »Seien Sie vorsichtig mit Ihrer Antwort, denn ich halte meine Versprechen
immer.«

»Gut, ich auch. Was schlagen Sie vor?«

»Sie sind Chef einer Bank, nicht wahr?«

»Stimmt.«

»Wenn ich gewinne, hätte ich gerne einen Job. Auf dem Parkett. Als Händlerin.«

Er lachte und musterte sie eine Weile. Es war ein interessan-
tes Angebot, hypothetisch, fand er, aber trotzdem aufschlußreich.

»Einverstanden. Das läßt sich machen.«

»Und was hätten Sie gern von mir?« Sie schenkte ihm ein trä-
ges Grinsen, ohne ihn aus den Augen zu lassen.

Sein Blick wanderte über ihr Gesicht, ihre Lippen, den Hals
hinab zu den Brüsten, den gekreuzten Beinen, braun, glatt und
weich.

»Ich würde gern mit Ihnen ins Bett gehen.«

Sie lächelte.

»Falls das unmöglich ist, würde ich gern den Rest meines
Lebens Ihr Essen genießen und Ihnen beim Saxophonspielen
zuhören.«

Sie lachte leise in sich hinein. »Das wird nicht passieren.«

Er wandte sich Breden zu. »Sie war so selbstbewußt! Ich hielt
mich für ziemlich unschlagbar. Immerhin hatte ich acht Jahre
zuvor, als ich noch Zeit für andere Dinge hatte, die Britische Mei-

sterschaft gewonnen.« Er lächelte unversehens. »Sie hat mich in
der Luft zerfetzt. Unsere hübsche kleine Köchin hat mich geschlagen. Es war unglaublich. Wir machten die ganze Nacht durch,
tranken, spielten, Backgammon und Black Jack, und redeten. Sie
schien so viel mehr in sich zu haben, als es nach außen den
Anschein hatte, daß ich sie fragte:

›Wer sind Sie eigentlich wirklich, Helen Jencks?‹«

Und wieder führte seine Erinnerung ihn zurück an Deck, wo
sie beide allein waren.

»Es wäre einfacher, wenn ich Ihnen erzählte, was ich gemacht
habe.«

»Na schön. Wenn ich Ihnen einen Job geben soll, ist das nur
fair.«

»Ich kam vor sechsundzwanzig Jahren in den Welsh Valleys
zur Welt, im Haus meiner Großmutter, bin aber in London
aufgewachsen. Als ich sieben war, hat mein Vater uns verlassen
und ist nie wieder aufgetaucht. Ich lebte bei meiner Mutter,
bis ich sechzehn wurde. Dann zog sie in Devon mit einem
neuen Mann zusammen und bekam noch andere Kinder mit
ihm. Ich blieb allein in London. Als sie wegzog, habe ich die
Schule aufgegeben. Sie hat das Haus verkauft und mir Geld
für die Miete gegeben. Ich zog in eine billigere Gegend und gab
alles, was ich sparen konnte, für Klamotten, Alkohol und
Tanzengehen aus. Als ich die Schule verließ, bekam ich ein sehr
gutes Zeugnis, lauter Einsen. Dann machte ich einen sechs-
monatigen Kochkurs; meine Mutter hatte mich dazu überre-
det. Anschließend zog ich mit einem Mann zusammen, einem
Saxophonisten, der zehn Jahre älter war als ich. Er spielte in
Clubs, nicht mal besonders gut, aber eine Weile hielt ich ihn
für großartig. Irgendwann hatte ich das Gefühl, in der Falle
zu sitzen. Er wollte nicht, daß ich ausging, es sei denn, mit ihm.
Er wollte nicht, daß ich mich hübsch anzog, damit andere
Männer mich ansahen. Manchmal hatte ich den Eindruck, er
wollte nicht mal, daß ich lebte. Außerdem hat er mich geschlagen.«

»Und was haben Sie gemacht?«

»Ich bin durchgebrannt und zur See gefahren.«

»Und das wollen Sie jetzt alles aufgeben für einen Job auf dem Parkett?«

»Ich möchte etwas ganz Neues versuchen.«

»Sie führen ein Leben, von dem andere nur träumen.«

»Das gleiche könnte ich über Sie sagen.«

»Nun, wir brauchen wahrscheinlich alle unsere Illusionen.«

»Dann lassen Sie mich meine ausleben – oder entdecken, daß ich unrecht hatte.«

»Sagen Sie mir eins. Ich habe noch nie jemanden so spielen sehen wie Sie, und bin auch noch nie so vernichtend geschlagen worden. Wo um alles in der Welt haben Sie so spielen gelernt?«

»Hier, an Bord dieses Schiffes. Es spricht sich immer schnell herum, daß ich spielen kann. Eines Tages wurde die *Escape* von einem alten Mann gechartert. Er hat mir beigebracht, wie man gewinnt.«

»Wie hieß er?«

»Sandy Goldsmith.«

Savage lachte ungläubig. »Der ehemalige Weltmeister.«

»Genau der.«

»Hat er Ihnen auch beigebracht, wie man die Karten zählt, oder haben Sie das irgendwo anders abgekupfert?«

»Ich sehe es lieber als ein Talent.«

»Sehr nützlich auf dem Parkett, das muß ich zugeben. Aber könnten Sie sich nach soviel Freiheit überhaupt daran gewöhnen, regelmäßig zu arbeiten?«

»Ich kann alles, wozu ich mich freiwillig entscheide. Und Sie verstehen mich nicht. Freiheit kann ein Fluch sein, wenn man nicht weiß, wie man sie nutzen soll.«

»Wissen Sie es denn nicht?«

»Doch, aber ich wünsche mir eine Abwechslung. Ich möchte genug Geld verdienen, um meine eigenen Ziele verfolgen und den Schnüfflern sagen zu können, sie sollen mich in Ruhe lassen.«

Sie hatte noch andere Gründe, das spürte er, doch sie ging nicht darauf ein.

»Klingt ja alles sehr hübsch, aber vielleicht ist es auch bloß der Ruf einer Sirene.«

»Nein. Es ist das goldene Vlies, und das will ich.«

183

Er lachte, als er sich jetzt an ihre Worte erinnerte.

Bredens Stimme holte ihn zurück.

»Vielleicht hat sie es sich auf andere Art geholt, als Sie sich dachten?«

»Vielleicht. Finden Sie sie, und wir werden es wissen.«

»Haben Sie versucht, sich rauszureden, damals auf dem Boot, als Sie erfahren hatten, wer sie ist?«

»Nein. Ich hatte ihr mein Wort gegeben.«

»Würden Sie es wieder tun?«

Savage antwortete nicht, doch Breden las die Antwort aus seinem ungewohnt sanften Blick.

39 Helen erwachte in aller Frühe mit einem Gefühl verbotener Erregung. Wenn alles nach Plan gelaufen war, wäre sie in Kürze um anderthalb Millionen Dollar reicher. Am besten fuhr sie zum Olivar-Hotel und rief Dai an, um herauszukriegen, ob ihr erster Streich im Rachefeldzug gegen Wallace und Rankin ein Erfolg gewesen war.

Sie begann den Morgen mit einer ausgiebigen Yoga-Sitzung, Konditionstraining und Schwimmen. Von Maldonado war nichts zu sehen, deshalb frühstückte sie allein auf der sonnendurchglühten Terrasse. Danach plauderte sie mit den Hunden, steckte ihnen ein paar Speckstreifen zu und rief dann ein Taxi, das zehn Minuten später eintraf. Wieder war es ein uralter VW. Sie setzte sich auf den Rücksitz und nannte das Olivar-Hotel als Adresse. Dabei bemerkte sie weder den schwarzen Ford Bronco, der kurz vor ihnen losfuhr, noch den klapprigen Toyota-Kombi, der sich vier Wagen hinter ihnen in den Verkehr einfädelte.

Helens Taxi raste durch La Molina und erreichte fünf Minuten später den Hügel mit der Satellitenschüssel. Unter ihnen schimmerte Lima im Dunst und streckte sich aus, bis es im Pazifik zu verschwinden schien. Im Olivar stand Carlos, der freundliche Pförtner von gestern, wieder an der Rezeption, und der Konferenzraum war frei. Helen setzte sich an den langen Tisch und wählte.

»Gute Neuigkeiten, Cariad. Du bist reich.«

Ihr Lachen klang wild. »Großartig. Die Wichser werden staunen. Du bist ein Genie, Dai. Vielen Dank.«

»O, es war mir ein Vergnügen, mach Dir keine Sorgen. Ich glaube immer noch, daß wir nicht ganz dicht sind, so etwas zu tun, aber was soll's?«

Sie unterhielten sich noch eine Weile über Wiltshire, die Hunde und den bevorstehenden Frühling, dann verabschiedete sie sich, bevor sie anfing, ihn allzusehr zu vermissen. Schließlich ging sie zurück zur Rezeption, um das Gespräch zu bezahlen. Sie gab Carlos zwanzig Dollar, eine gute Investition, wie sie glaubte. Als sie in die strahlende Sonne hinaustrat, mußte sie mit der Hand die Augen schützen. Die beiden Männer, die am Eingang zum Park auf der anderen Seite standen, bemerkte sie ebensowenig wie die Blicke, die ihr folgten, oder die leisen Kommentare, die sie in ihre hochmodernen Walkietalkies murmelten. Sie winkte einem Taxi und fuhr zurück nach La Molina. Der schwarze Ford Bronco folgte in diskretem Abstand.

Einer der Männer am Park steckte sein Walkie-talkie weg und betrat das Olivar. Carlos sah nervös zu ihm auf. Die lässige Arroganz des Mannes und die Ausbuchtung unter dem Jackett, die seine Pistole kaum verbarg, verrieten ihm, daß der Mann ein Problem war, noch bevor er seinen Dienstausweis zückte.

»*Servicio Inteligencia Nacional*. Haben Sie einen Augenblick Zeit, *por favor*«, sagte der Mann.

Carlos ging rasch voran in ein Büro, das sich an die Rezeption anschloß. Der Mann vom SIN nickte einer Sekretärin zu, die am Schreibtisch saß und Briefe tippte.

»Du könntest jetzt Kaffeepause machen, Juanita«, schlug Carlos vor. Juanita warf dem Fremden einen raschen Blick zu und verschwand.

Der Mann setzte sich an den leeren Schreibtisch und zündete sich eine von ihren Zigaretten an.

»Die Frau, die hier vor fünf Minuten rauskam, die *gringa* mit dem blonden Haar. Was wollte sie?«

Carlos starrte auf die Schulter des Mannes. Seine Furcht und seine Abneigung ihm gegenüber waren ebenso stark wie die unewartete Loyalität, die er plötzlich für die blonde Ausländerin empfand.

»Und erzähl mir bloß nicht, sie sei hergekommen, um nach dem Weg zu fragen«, sagte der Mann, als könne er Carlos' Gedanken lesen. »Das würde nämlich bestimmt keine zehn Minuten dauern, nicht mal bei einem Kerl, der so ausgesprochen dämlich ist wie du.«

Carlos wußte nur zu gut, was einen erwartete, wenn man sich dem SIN widersetzte. Folterkammern, Krankenhäuser. Die Leichenhalle.

»Sie hat von hier aus telefoniert.«

»Und was hat sie am Telefon gesagt?«

»Das weiß ich nicht. Sie hat den Apparat im Konferenzraum benutzt.«

»Umsonst?«

»Nein, ich habe ihr eine Rechnung ausgestellt.«

»Wie hat sie bezahlt?«

»In bar.«

»Zeig mir die Quittung, oder hattest du etwa vor, das Geld in die eigene stinkende Tasche zu stecken?«

Carlos ging zur Rezeption und holte die Quittung mit dem auf die Rückseite gehefteten Computerausdruck. Er reichte sie dem Mann und trat wieder zwei Schritte zurück. Der Mann las den Aufdruck und steckte sie ein.

»War sie vorher schon mal hier?«

»Einmal, um zu telefonieren.«

»Die Quittung ...« Der Mann streckte die Hand aus.

Carlos blätterte durch die Unterlagen und fand den Zettel.

»Sei nett zu ihr, wenn sie das nächste Mal zum Telefonieren herkommt. Sorg dafür, daß immer ein Telefon für sie frei ist. Und kein Wort von unserer kleinen Unterhaltung.«

40

Ángel reichte Maldonado zwei gelbe Papierstreifen. »Einer unserer Männer hat sie vom Pförtner im Olivar. Señorita Jencks ist dorthin gefahren, um zu telefonieren, einmal gestern und einmal heute. Es ist beide Male dieselbe Nummer, in England.«

Maldonado studierte die Zettel und gab sie dann Ángel zurück.

»Warum fährt sie bloß den weiten Weg bis San Isidro, um zu telefonieren?«

Ángel nahm eine Packung Marlboros aus der Tasche und zündete sich eine an.

»Vielleicht ist sie einfach rücksichtsvoll«, schlug er vor, doch das zynische Grinsen strafte seine Worte Lügen, »und will deine Telefonrechnung nicht überstrapazieren.«

Maldonado zog eine Schublade auf und nahm ein dunkelblaues Adreßbuch heraus. Er blätterte darin, bis er zu M kam, dann lächelte er flüchtig und schloß es wieder.

»Sie hat ihren Patenonkel angerufen. Meinen Freund, der mich gebeten hat, sie aufzunehmen.«

»Es wäre doch vollkommen normal gewesen, zu fragen, ob sie ihn anrufen kann«, sinnierte Ángel. »Was führt sie im Schilde, diese Helen Jencks?«

»Das werden wir noch rauskriegen, nicht wahr? Vielleicht wird es Zeit, daß ich Tess Carlyle anrufe und um geheimdienstliche Informationen über Miss Jencks bitte. Es könnte der SIS dahinterstecken. Mal sehen, wie sie reagieren und ob sie Farbe bekennen.«

»Vielleicht ist sie bloß gekommen, um ihren Vater zu suchen. Hast du nicht gesagt, er ist verschwunden?«

»Warum spricht sie dann nicht darüber? Warum verschleiert sie ihre Identität, warum bittet sie mich nicht einfach um Hilfe? Nein, sie hat irgend etwas vor. Manchmal weiß ich nicht, wer wen aushorcht, sie mich oder ich sie. Und wie gesagt, der Zeitpunkt ihrer Ankunft ist einfach zu auffällig, um reiner Zufall zu sein.«

»Glaubst du wirklich, daß der Secret Intelligence Service dahinter steckt?«

»Das müssen wir rauskriegen. Wenn ja, müssen wir extrem vorsichtig sein, hörst du? Wir dürfen uns keinen Fehler erlauben.«

»Also beschatten wir sie weiter?« fragte Ángel.

Maldonado nickte.

»Das wird teuer. Soll ich das Sonderbudget nehmen?«

»Das, was davon übrig ist, nachdem die verdammten *norteamericanos* ihr Radar in Iquitos installiert haben. Ich kann ja kaum noch aufs Klo gehen, ohne daß sie es mitkriegen.« Maldonado stand auf und ging langsam im Zimmer auf und ab. Dann blieb er stehen, um das Gesicht einer *Moche*-Figur zu berühren.

»Die sollten sich lieber darum kümmern, ihre Drogenabhängigen zu kurieren, statt uns zu belästigen. Wo keine Nachfrage ist, gibt es auch kein Angebot.«

»Weil es in ihrer und in unserer Regierung Leute gibt, die mit den *droguistas* aufräumen wollen«, antwortete Ángel.

»Dann sollten die *gringos* peruanische Baumwolle kaufen und bessere Preise zahlen. Damit würden sie den Farmern wenigstens echte Alternativen bieten.«

»Ich glaube nicht, daß die Wähler in Louisiana davon sehr angetan wären, du etwa?«

Maldonado hob die Hand, als er Helen über die Wiese kommen sah. Das schwache Licht, das aus dem Fenster seines Arbeitszimmers schien, beleuchtete ihren Weg.

»Verschwinde. Ich werde gleich mit ihr zu Abend essen.«

Ángel betrachtete die Frau, die aufs Haus zukam.

»Sieh sie dir an. Sie geht wie eine Katze auf der Jagd. Und das blonde Haar. Ich kann bis hierher sehen, wie ihre Augen funkeln.«

»Sie gefällt dir nicht.«

»Sie würde mir gefallen, sehr sogar.« Ángel leckte sich die Lippen. Er beobachtete, wie Helen näher kam, drückte seine Zigarette aus und verließ unbemerkt das Haus.

41

Helen warf einen Schatten auf die weißen Wände, als sie durch Maldonados Haus ging. Es roch nach Zigarettenrauch und einem durchdringenden Aftershave. Sie folgte Carmen durch den langen Gang zum Wohnzimmer. Nichts war zu hören, nur der Klang ihrer Schritte – ihre eigenen wie das Tappen einer großen Katze auf weichen Pfoten und die von Carmen mit laut klappernden Absätzen. Sie kamen an den dunklen Holztüren vorbei, die vom Gang abgingen. Alle waren geschlossen. Irgendwie hatte Helen das Gefühl, daß sie trotz der Stille nicht leer waren.

Carmen ließ sie allein im Wohnzimmer zurück. Weiße Lilien in feinen Silbervasen dufteten in der Nachtluft. Helen beugte sich über die klebrigen Blüten, sog ihren Duft ein und sah sich aufmerksam im Raum um. Sie war im Lauf der Jahre an vielen ungewöhnlichen Orten gewesen, aber immer nur vorübergehend, unsichtbar, als Schiffskoch, ein winziges Rädchen in einem Boot voller Träume. Und jetzt war sie hier, in diesem Haus, mit einem Mann, über den sie nichts wußte. Plötzlich fiel ihr auf, daß nirgends Fotos zu sehen waren. Es gab keine Spur einer Geschichte, bis auf das allgegenwärtige, gemarterte Holz, bearbeitet von Händen, die längst tot waren. Jedes Möbelstück in diesem Raum war antik und erzählte von einer Vergangenheit, die ohne das Zeugnis von Bildern einfach tot erschien. Wo waren die Sepiadrucke seiner Vorfahren? Wo die Schwarzweißabzüge seiner Eltern oder die farbigen Hochglanzfotos von Geschwistern, Frau und Kindern?

»Suchen Sie etwas?«

Helen wirbelte herum. Maldonado stand in der offenen Tür und beobachtete sie.

»Fotos«, sagte sie einfach. »Sie haben kein einziges Foto im Haus.«

Maldonado kam näher und küßte sie leicht auf die Wange.

»Nein, nicht wahr?« Seine großen dunklen Augen waren unergründlich. »Wie wär's mit einem Drink?«

Sie tranken jeder einen Pisco Sour, dann führte Maldonado sie ins Eßzimmer.

»*Salmón con mango y ají rojo* – das sind rote Chilis. Ein bißchen pikant. Aber das macht Ihnen nichts aus, oder?«

»Ich liebe scharfes Essen«, sagte Helen. »Currys, thailändische oder indische Gerichte. Mein Magen verträgt alles.«

»Das muß er hier auch.«

»Ich bin viel herumgekommen«, sagte Helen und dachte an ihre Campingausflüge in Südostasien. »Ich glaube, mein armer Magen hat sich inzwischen an die meisten Bazillen der Welt gewöhnt.«

»Waren Sie heute wieder unterwegs, um Lima anzusehen?«

»Ja. Aber nur kurz.«

»Seien Sie ein bißchen vorsichtig.«

»Warum? Abgesehen von bewaffneten Männern überall scheint mir Lima genau wie jede andere Großstadt auf der Welt. Wolkenkratzer und Bettler, Einrichtungshäuser und Straßenverkäufer.«

»Der Schein trügt«, antwortete Maldonado. »In den meisten anderen Ländern gibt es weder den Leuchtenden Pfad noch den *Movimiento Revolucionario Tupac Amaru*, kurz MRTA genannt. Sie erinnern sich, das war die Gruppe, die die japanische Botschaft besetzt hat.«

In Maldonados Stimme schwang eine ungewohnte Intensität mit, die Helen sich nicht recht erklären konnte. Sie sah ihn aufmerksam an. »Wie könnte ich das vergessen? Ich habe die Erstürmung der Botschaft im Fernsehen verfolgt.«

»Es gab noch einen anderen Überfall, der nicht so bekannt ist. Ganz in der Nähe. Der MRTA hat nur ein paar hundert Meter entfernt ein Haus besetzt; es kam zu einer Schießerei, vier Menschen verloren ihr Leben. Es ist besser, wenn Sie wissen, in was für einem Land Sie sich befinden.«

»Ich glaubte, der Terrorismus wäre besiegt.«

Maldonado lachte bitter. »Nicht hier. Unterdrückt vielleicht, aber nicht besiegt. Er ist viel zu sehr in unserer Geschichte verwurzelt, als daß man ihn so leicht auslöschen könnte. Sie sehen die Wolkenkratzer, die Mercedes-Limousinen und die elegant gekleideten Frauen auf dem Weg zum Lunch, und Sie glauben, Sie wüßten, wo Sie sind, aber Sie irren sich. Das ist nur die Oberfläche. Die Kluft zwischen der Fassade des Lebens, das diese Menschen führen, und dem, was sich dahinter abspielt, ist riesig. Es ist ein Abgrund, und viele Leute, insbesondere Fremde, merken es nicht einmal, daß sie an seinem Rand stehen. Aber vielleicht ist das auch besser so.«

»Was entgeht mir denn? Was verbirgt sich in diesem Abgrund?«

»Glauben Sie mir, Helen, das wollen Sie bestimmt nicht wissen.«

»Sie brauchen mir ja keine Einzelheiten mitzuteilen, wenn es Ihnen unangenehm ist, aber beschreiben Sie wenigstens die groben Umrisse.«

»Meine Frau hat mich verlassen. Deshalb gibt es hier keine Fotos.«

Es war eine seltsame Antwort, eine, die in diesem Zusammenhang völlig unpassend schien. Sie erklärte auch nicht, warum Maldonado keine Fotos von anderen Familienmitgliedern im Haus hatte. Eine Sekunde lang flackerte eine wilde Traurigkeit in seinen Augen auf, die er jedoch rasch unterdrückte.

Wer war dieser Mann? Dais Warnung fiel ihr wieder ein. Warte ab und beobachte, vertrau Maldonado nicht, bis du ganz sicher bist. Doch je mehr sie von ihm sah, um so weniger kannte sie ihn, um so unruhiger wurde sie. Sie mußte etwas Unveränderliches und Stabiles in ihm finden, etwas, dem sie trauen konnte, aber sie hatte das Gefühl, und es wurde täglich stärker, daß diesem Mann nicht zu trauen war. Und in bestimmten Augenblicken spürte sie, wie die Angst, die sie in London zurückzulassen gehofft hatte, sie immer noch umgab. Insgeheim sehnte sie sich danach, offen zu sein, Maldonado zu erzählen, wer sie war, ihn zu bitten, ihr bei der Suche nach ihrem Vater zu helfen, doch ihr Instinkt riet zur Vorsicht. Die bewaffneten Männer, die zum Töten abgerichteten Hunde, die stetige Bedrohung, die von Maldonados Haus und auch von ihm selbst ausging, bewirkten, daß sie ihre wahren Ziele nach wie vor für sich behielt.

»Erzählen Sie mir von Peru«, sagte Helen in dem Versuch, ein Körnchen Wahrheit aus diesen unzähligen Anspielungen, Warnungen und Emotionen herauszufiltern.

Maldonado sah sie an. Der Schein der Kerze färbte ihr Haar golden, ihr Lächeln war warm, ihr Blick mitfühlend. Wie sehnte er sich danach, zu sprechen, sich jemandem anzuvertrauen, der außerhalb seiner Welt stand, jemand, der nicht verdorben war

191

und ihn vielleicht auch nicht verurteilen würde. Doch als ihm aufging, was für Hirngespinsten er sich da hingab, schlug eine Woge von Bitterkeit über ihm zusammen. Er nahm einen großen Schluck Wein, lehnte sich zurück und sah ihr in die Augen.

»Von welchem Peru soll ich Ihnen erzählen? Dem Land des Machu Picchu und der Inkas? Einer Postkarte für die Unschuldigen? Einer gerahmten und gebändigten Schönheit? Vom Amazonasgebiet, Chinin, der Vernichtung des Regenwaldes, den alten Stämmen, den Machiguenga, den Pira, Dschungelkriegern, die verlorene Städte bewachen, von El Dorado und toten Schatzsuchern, den *pueblos jóvenes,* wo die Leute verhungern, dem IMF, dem Brady-Plan und aalglatten Bankern, den Erdbeben in Yungay, den Tausenden von Verschütteten? Den Brujos und Schamanen, weißer und schwarzer Magie? Den Minenarbeitern, die in fünftausend Metern Höhe Stollen unter die Gletscher treiben? Den selbstzufriedenen, spanischen Möchtegern-Peruanern oder den echten Peruanern – den Indios? Den Damen der Gesellschaft beim Kosmetiker, die per Handy miteinander plaudern und sich über ihre Söhne und Töchter in Miami unterhalten, und was sie zum Examen tragen sollen? Oder wollen Sie lieber von terroristischen Ausbildungslagern im Dschungel hören, den Besuchen der PLO, den Narcos oder den Leuten, die sie bekämpfen, oder den maskierten Richtern, die von den Leitartiklern der *New York Times* in ihrem sicheren Manhattan so gern verunglimpft werden? Es gibt kein einheitliches Peru, Helen, Peru ist ein Bastard mit vielen Vätern, suchen Sie sich eines aus.«

»Irgendwer muß sich doch einen Reim auf das Ganze machen können.«

Über Maldonados Gesicht huschte ein Lächeln, das das ganze Spektrum von Liebe bis Haß umfaßte. Er sprach leise, wie bei einer Beichte.

»Ich kann es, Helen.« Seine Augen glitzerten im stolzen und schmerzlichen Bewußtsein einer großen Sünde.

»Dieses Land ist verrückt, vollkommen verrückt. Es ist wie eine schöne Frau, die immer wieder vergewaltigt worden ist. Sie ist nicht mehr empfänglich für eine zärtliche Berührung. Sie wurde mißhandelt, ist aber noch sensibel genug, um es zu wissen. Sie weiß, was sie war, was sie ist und was ihr angetan wurde, und rächt sich, wann immer sie kann. Dieses Land ist von Grausamkeit und Schicksalsschlägen zerrissen: Erdbeben, Vulkanausbrüchen, Erdrutschen, Springfluten, Überschwemmungen, Dürreperioden, Feuersbrünsten. Fahren Sie einmal in die Anden und überzeugen Sie sich selbst von der gewaltigen Schönheit der Berge. Da ist nichts gebändigt. Fahren Sie zum Eisfestival in den Gletschern und schauen Sie genau hin, vielleicht werden Sie heute noch Zeuge eines Menschenopfers.« Er deutete mit dem Finger auf sie. »Aber passen Sie auf, daß es nicht Sie erwischt. Jedes Jahr ›verschwinden‹ Menschen in den Gletscherspalten. Fahren Sie zum Machu Picchu, besteigen Sie den Wayna Picchu oder den Ausangate. Versetzen Sie sich einmal in die Vergangenheit und stellen sich vor, Sie wären ein reines, unschuldiges Inkamädchen. Sie würden ermordet, um den Berggöttern ein Opfer zu bringen, und dafür hätte man Ihnen die Unsterblichkeit versprochen. Doch die gefrorenen Leichen, die ich gefunden habe, waren im Schrecken des Todes erstarrt. Mit Hilfe von Drogen und Alkohol hatte man ihnen den Weg erleichtern wollen. Ich fand sie beschmiert mit Erbrochenem und Exkrementen. Sie wollten gar nicht unsterblich sein, sie wollten bloß hier auf Erden leben und sterben, wenn ihre Zeit gekommen war. Doch an diesem Ort spukt der Tod. Gottes Wirken hat hier immer etwas Teuflisches. Sie glauben, ich sei ein alter Mann, der zu sehr in seine Geschichten verliebt ist und es mit der Wahrheit nicht so genau nimmt. Überzeugen Sie sich selbst, und Sie werden sehen, was ich meine. Sie werden es sogar sehen, wenn Sie lange genug hinter diesen Mauern bleiben. Sie glauben, Sie seien hier sicher, nicht wahr, aber Sie täuschen sich. Keine Sorge, ich bin es auch nicht. Hohe Mauern und bewaffnete Wachposten spielen da gar keine Rolle. Wenn Sie lange genug in Peru bleiben, werden Sie schon sehen, was ich meine.«

»Was macht man dann? Wie wehrt man sich?«

»Ich weiß nicht, ob das überhaupt möglich ist. Man zieht es an. Man sieht zuviel. Man bildet sich Dinge ein, und sie werden einen verfluchen. Man kann nichts tun, außer sich umdrehen und ihnen ins Auge sehen.«

42

Wallace begann seinen Gegenangriff am Donnerstag morgen.

»Wir müssen es benutzen«, sagte er und deutete mit seinem Bacon-Sandwich auf ein weißes A-4-Blatt, das auf dem Tisch lag. »Die blöde Jencks hat wahrscheinlich die Abrechnung von April mitgehen lassen, jedenfalls kann ich sie nirgendwo finden. Wahrscheinlich ist sie so hinter die ganze Sache gekommen. Aber trotzdem, das wird reichen.«

»Glaubst du, sie werden es schlucken?« fragte Rankin.

»Alles was schlecht für Jencks aussieht, ist gut für uns.«

»Es ist doch bloß ein Katz-und-Maus-Spiel. Früher oder später kommen sie uns auf die Schliche. Warum bringen wir es nicht einfach hinter uns und packen aus?«

»Weil es nicht nötig ist. Anscheinend verstehst du eins nicht: Je länger man uns erlaubt, hierzubleiben, um so kompromittierender wird es für sie sein, wenn sie tatsächlich etwas gegen uns unternehmen wollen. Denn wenn wir uns was zuschulden hätten kommen lassen, hätten sie gleich dahinterkommen und uns feuern müssen. Wenn sie uns weitermachen lassen, obwohl sie glauben, daß wir Dreck am Stecken haben, würden sie das Unternehmen und seinen guten Ruf gefährden. Wir müssen nur weiter alles Helen in die Schuhe schieben und unsere Unschuld beteuern. Die Zeit arbeitet zu unseren Gunsten.«

»Du glaubst, sie werden uns weiter hier arbeiten lassen?« fragte Rankin.

»Ja, das glaube ich. Vorausgesetzt, wir spielen unsere Karten richtig aus. Sieh mal, sie stehen auf der einen und wir auf der anderen Seite, so war es schon immer, aber jetzt müssen wir uns auf eine härtere Gangart gefaßt machen. Wir können es nur schaffen, wenn wir intelligenter und rücksichtsloser sind als sie. Verstehst du?« Auf Wallace' Oberlippe bildeten sich Schweißtropfen. Rankin nickte. »Gut. Dann laß es uns noch mal durchgehen.«

In der Ungestörtheit von Wallace' Büro besprachen sie alles, bis sie schließlich Savage anriefen und um ein Treffen baten.

»Rache!« sagte Wallace, als er mit Rankin die Hintertreppe hinaufstieg. »Freiheit! Es ist ein Spiel. Wir müssen es nur mitspielen.«

Rankin fuhr zusammen und folgte ihm.

Nacheinander betraten sie Savages Büro und setzten sich. Wallace schnaufte von der Anstrengung, drei Stockwerke zu Fuß bewältigt zu haben. Savage und Michael Freyn sahen sie erwartungsvoll an. Wallace schob das Blatt Papier über Savages leeren Schreibtisch.

»Das haben wir vor zehn Minuten gefunden«, erklärte er. »Es klebte ganz hinten in Jencks Aktenschrank, auf der Unterseite einer Schublade.«

Savage las laut vor. »Banque des Alpes. Kontonummer 247 96 26 76 2BV. Name der Kontoinhaberin: Helen Jencks. Kontostand am 28. März: eine Million vierhundertzweiundzwanzigtausend fünfhundertneunundachtzig Dollar.« Er sah einen nach dem anderen an und schwieg.

»Ganz schön viel Geld für eine dreißigjährige Bankerin«, sagte Wallace.

Savage reichte das Blatt weiter an Michael Freyn und lehnte sich zurück.

»Für die Tochter von Jack Jencks vielleicht nicht«, gab er zurück. »Kann sein, daß sie das Geld seit Jahren besitzt. Sein Geld auf einem schweizerischen Bankkonto zu haben ist noch kein Beweis für ein Vergehen. Du hast wahrscheinlich selbst eins, Hugh. Außerdem, wenn man versucht, schmutziges Geld zu verstecken, wird man es bestimmt nicht unter dem eigenen Namen anlegen und dann die Details am Arbeitsplatz herumliegen lassen.«

»Natürlich wissen wir nicht genau, wo das Geld herstammt«, sagte Wallace, dessen Prellungen sich mittlerweile blau verfärbt hatten. »Wir dachten nur, du solltest es wissen.«

»Sehr rücksichtsvoll. Also sehen wir uns an, was wir haben. Helen Jencks ist eine reiche Frau, die plötzlich spurlos verschwindet. Ebenso sechs Akten aus Mr. Rankins Schrank. Und jetzt taucht dieses Papier auf. Ah, nicht zu vergessen der doppelte Überfall. Würde es dir was ausmachen, mir zu erklären, wie das deiner Meinung nach zusammenpaßt?«

»Ich habe keine logische Erklärung dafür«, sagte Wallace.

»Dann versuch es mit einer unlogischen.«

»Helen Jencks hat uns nie richtig leiden können«, mischte sich Rankin ein. »Vielleicht war das ihr Abschiedsgeschenk.«

»Das würde eine Abneigung voraussetzen, die ich eigentlich nicht mehr normal fände, und offen gesagt wäre ich überrascht, wenn sie Expertinnen für asiatische Kampfsportarten zu ihren Freundinnen zählte. Wenn sie aber doch dahintersteckt – was um Himmels willen habt ihr dann getan, daß sie euch dermaßen haßt?« Sie starrten Savage schweigend an.

»Zurück an die Arbeit.« Nachdem sie gegangen waren, rief Savage Dick Breden an.

»Gibt's was Neues?«

»Nichts. Nach allem, was ich rauskriegen konnte, ist Helen Jencks einfach von der Bildfläche verschwunden.«

43 »Maldonado hat sich gemeldet«, erklärte Tess Carlyle Ian Farrell. »Er hat uns ein Foto geschickt und gefragt, wer die abgebildete Frau ist.«

»Jemand, den wir kennen?«

»Die Recherche im Archiv war negativ. Wollen Sie es sehen?« fragte Carlyle und reichte ihm den Umschlag.

»Warum nicht?«

Farrell nahm das Foto heraus. Carlyle entdeckte nichts in seinen Augen, wußte aber nur zu gut, daß er sein Wissen hinter einem ausdruckslosen Blick verbarg.

Damit war ihr Interesse geweckt. »Kennen Sie die Frau?«

Farrell legte das Foto auf den Schreibtisch.

»Warum hat er nach ihr gefragt?« sagte er, ohne aufzusehen.

»Hat er nicht gesagt.«

»Fragen Sie ihn.«

»Victor, hier spricht Tess Carlyle.«

»Das ging aber schnell.«

»Bisher kann ich noch nichts sagen. Es würde uns helfen, wenn wir mehr Informationen hätten.«

»Zum Beispiel?«

»Wir haben einen Namen, Helen Williams, und eine Nationalität, englisch, aber ich habe das Gefühl, diese Frau hält sich nicht in England auf.«

»Was spielt es für eine Rolle, wo sie sich aufhält?«

»Na, hören Sie, Victor, wir könnten zum Beispiel den Leiter der entsprechenden Abteilung bitten, sich der Sache anzunehmen.«

Maldonado spürte, wie ihn der alte Überdruß überkam. Nichts lief je reibungslos, um alles mußte gefeilscht werden, und andere Leute um einen Gefallen zu bitten, galt als Zumutung.

»Wer möchte das wissen?«

»Ich.«

»Und?«

»Ian vielleicht. Sonst niemand.«

»Sie ist in Peru.«

»Worauf zielt Ihr Interesse? Drogen?«

»Nein«, antwortete Maldonado und horchte nach Anzeichen für eine Lüge oder für Ausflüchte in Carlyles Antworten.

»Irgendwas muß sie doch angestellt haben …«

»Sie lebt«, sagte Maldonado mit einem Anflug von Sarkasmus.

Das reicht, dachte Carlyle. Am falschen Ort, zur falschen Zeit zu leben, reicht.

»Danke, Victor. Ich melde mich wieder.«

Carlyle betrat Farrells Büro, das gleich neben ihrem eigenen lag.

»Sie ist in Peru.«

»Was macht sie dort? Und warum interessiert sich Maldonado für sie?«

»Warum sollte sie nicht dort sein?« hakte Carlyle nach. »Wer ist diese Frau?«

»Das ist eine lange Geschichte.«

Farrell stand auf und trat zum Fenster, das auf die langsam dahinfließende Themse hinausging. Sie beobachtete sein Profil und wartete schweigend. Sie spürte, daß sein Zögern den Beginn einer seiner alten Geschichten ankündigte, die alle aus der Zeit stammten, als der Nachrichtendienst noch von sagenhaften Raubrittern bevölkert und Kontrolle ein Fremdwort für jene pickligen Jugendlichen war, die heute als Politiker und Beamte Schweißausbrüche bekamen, wenn sie an eine verlorene Büroklammer dachten, ganz zu schweigen von einer Faust im Gesicht des Angreifers.

Farrell wandte sich von der Betrachtung des Wassers ab.

»Maldonados geheimnisvolle Frau. Ich habe das Foto gleich wiedererkannt, das haben Sie wahrscheinlich gemerkt. Gott helfe jedem, der versucht, etwas vor Ihnen geheimzuhalten. Sie ist bei uns gespeichert. Ich kenne sie als Helen Jencks, nicht Williams. Tochter von Jack Jencks, Patentochter von Dai Morgan. Es ist dreiundzwanzig Jahre her, ich war damals seit sieben Jahren bei der Firma.« Farrell ging im Raum auf und ab, das Gesicht gezeichnet von einstigen Sorgen, und erzählte Carlyle die Geschichte einiger Menschen, die er gekannt hatte, und Ereignissen, die einfach nicht sterben wollten.

Als er geendet hatte, setzte er sich hin und konzentrierte sich wieder auf die Gegenwart. »Die Frage ist also, warum um alles in der Welt fliegt Helen Jencks dreiundzwanzig Jahre nach der Flucht ihres Vaters plötzlich von einem Tag auf den anderen nach Peru?«

»Um ihn zu suchen.«

Farrell nickte. »Das glaube ich auch. Aber warum ausgerechnet jetzt? Und warum verbirgt sie ihre Identität vor Maldonado? Er ist der beste Führer, den sie sich da drüben wünschen könnte. Jencks oder Williams, wie immer sie sich auch nennt, muß sich bei ihm eingenistet haben, und Dai Morgan war höchstwahrscheinlich das Verbindungsglied, der das Ganze eingefädelt hat. Morgan, ein alter SIS-Mann, hat ihn wahrscheinlich aus heiterem Himmel angerufen. Maldonado wird äußerst mißtrauisch sein, ganz gleich, ob er Helens wahre Identität kennt oder nicht. Und wenn er bisher noch nicht weiß, wer sie ist, kann es nicht mehr lange dauern, bis es soweit ist. Er ist ihr auf der Spur, und mit unserer Hilfe versucht er, Licht ins Dunkel zu bringen. Zweifellos glaubt er, daß wir sie geschickt haben, daß die Suche nach ihrem Vater, falls und wenn sie ihm das verrät, eine perfekte Tarnung für sie darstellt. Und wenn er nichts davon weiß, muß er sich erst recht fragen, was zum Teufel sie eigentlich in Peru macht.«

»Dummes Ding! Glauben Sie, daß sie auch nur die leiseste Ahnung hat, worauf sie sich da eingelassen hat?«

»Sie wäre nie nach Peru geflogen, wenn sie über Maldonado Bescheid gewußt hätte, oder? Morgan kann es nicht wissen. Er ist nicht mehr auf dem laufenden.« Farrell zupfte an seinem Bart und starrte über Carlyles Schulter auf den blauen Dunstschleier, der über der Themse hing.

»Glauben Sie an Zufälle?« fragte er schließlich.

»Nein.«

»Oder an die Gabe, durch Zufall eine unerwartete Entdeckung zu machen?«

»Das wäre Zufall verbrämt mit Romantik.«

»Wie steht es dann mit einer anderen Art, Entdeckungen zu machen?«

»Worauf wollen Sie hinaus?« Carlyle musterte ihn. In seinen Augen funkelte eine neue Idee, und sein Lächeln war beinahe grimmig. »Ah, ich verstehe«, sagte sie. »Sie wollen Helen Jencks benutzen, um Informationen über Maldonado zu erhalten.«

»Aber zuerst wollen wir sie ein wenig unter die Lupe nehmen und versuchen, herauszufinden, was sie vorhat, und mit wem wir es eigentlich zu tun haben.«

44 Am nächsten Abend erstattete Tess Farrell Bericht und spielte dabei mit einem großen funkelnden Topasring an dem knochigen Ringfinger. Farrell erlebte Carlyle nur selten ruhig. Die Energie, die sie umtrieb, schien ständig irgendein Ventil zu brauchen, und das nervöse Herumgefummel gehörte auch dazu.

»Okay, zuerst erzähle ich Ihnen von Jencks«, sagte Carlyle mit Augen, die vor Begeisterung glänzten. »Sie arbeitet in der City und gilt als eine Art Senkrechtstarterin. Laut ihrem Arbeitgeber Goldsteins hat sie sich unbefristeten Urlaub genommen. Eine sehr angesehene Händlerin, die der Bank eine Menge Geld einbringt. Wenn mich nicht alles täuscht, könnte sie ein ganzes Jahr Urlaub machen, und Goldsteins würde nicht mit der Wimper zucken. Was hätte es auch für einen Sinn, ein Huhn zu verprellen, das goldene Eier legt? Man hofft, daß sie irgendwann in den Schoß der Bank zurückkehrt und ihr viele weitere Millionen beschert. Ich habe ihre Telefonrechnungen überprüft. Es gibt regelmäßige Anrufe bei einem gewissen Roddy Clark, Journalist, nichts weniger, bei der *World*. Ich habe ihn ein paar Mal getroffen. Er kam her auf der Suche nach heißen Themen, und ich habe ihn mit Stories gefüttert, die nützlich für uns waren.« Carlyle hob die Hand. »Keine Sorge. Er hatte keine Ahnung, daß er benutzt wurde. Er hält sich für neunmalklug; und außerdem ist er viel zu sehr damit beschäftigt, seinen Ehrgeiz zu befriedigen, um sich Gedanken über die Absichten anderer Leute zu machen. Er ist das perfekte Sprachrohr. Wie auch immer, ich habe mich mit ihm verabredet, fünf oder sechs andere Themen angesprochen und bin dann auf Jencks gekommen. Sie hat ihn vor vier Monaten fallenlassen. Er liebt sie anscheinend immer noch, deshalb ist er froh, wenn er über sie reden kann. Besser noch, er ist ziemlich verbittert und hat seine Loyalität ihr gegenüber schnell vergessen, als ich anfing zu bohren. Offenbar ist sie schon seit ihrer Jugend besessen von der Vorstellung, ihren Vater finden zu müssen. Sie hat sogar einen Job als Schiffskoch angenommen und ist acht Jahre um die Welt gesegelt, auf der Suche nach ihm. Roddy glaubt, daß sie den Job in der City bloß angenommen hat, damit sie genügend Geld verdient, um die Suche fortsetzen zu können. Er schien ein bißchen eingeschnappt, daß sie einfach so verschwunden ist. Anscheinend hat sie sich im Verlauf des Bank-Holiday-Wochenendes aus dem Staub gemacht, ohne einer Menschenseele was zu sagen, aber er meinte auch, daß ihn das eigentlich nicht besonders erstaunte. Sie habe schon immer zu den Leuten gehört, die mit gepackten Koffern unter dem Bett schlafen. Dai Morgan habe ich nicht angerufen. Ich dachte, wenn wir Jencks für unsere Zwecke einspannen wollen, ist es nicht klug, Morgan auf den Plan zu rufen. Denn wenn er anfängt, herumzuschnüffeln, könnte er rauskriegen, in wen sich sein alter Freund Victor Maldonado verwandelt hat, und versuchen, Jencks aus Peru zu schleusen, bevor wir auf der Bildfläche erscheinen. Es wäre dumm, potentielle Mitarbeiter zu verlieren, besonders wenn alle Hinweise dafür sprechen, daß Jencks in Peru ist, um nach ihrem Vater zu suchen. Offenbar kam ihr Aufbruch ein bißchen überstürzt, egal, was Roddy sagt. Ich kann mich dahinterklemmen, wenn Sie wollen, aber es könnte einfach sein, daß Morgan – aus welchen Gründen auch immer – plötzlich beschlossen hat, ihr die Wahrheit zu sagen, und Jencks keine Lust hatte, Roddy davon zu erzählen. Immerhin hatte sie ihn verlassen; sie schuldet ihm also auch keine Erklärung. Und wenn man es von Morgans Seite sieht – er ist fünfundsechzig, das ist nicht alt, aber nehmen wir mal an, er hätte gerade erfahren, daß er unheilbar krank ist oder irgend etwas in der Art. Vielleicht ist es auch bloß die Erkenntnis, daß jeder irgendwann sterben muß. Das könnte zumindest theoretisch der Grund sein, warum er seiner Patentochter die Wahrheit gesagt hat, solange er es noch kann.«

Farrell dachte eine Weile nach, bevor er antwortete.

»Es ist ein bißchen riskant, aber einem geschenkten Gaul sieht man nicht ins Maul. Jencks ist die beste Möglichkeit, Maldonado auf die Schliche zu kommen, die ich mir vorstellen kann, und das zu einem Zeitpunkt, der wie gerufen kommt. Wie viele Tote muß es noch geben, bevor wir Favours Warnungen ernst nehmen?« Er zögerte erneut, dann fragte er: »Wären Sie dafür, Jencks zu benutzen?«

»Ja.«

Farrell nickte. »Na schön. Dann machen wir es so. Wir müssen nur noch jemanden finden, um sie zu rekrutieren. Jemand, der schon da ist, sich im Land auskennt und mit den richtigen und falschen Leuten umzugehen weiß. Jemand, der gesellschaftsfähig ist. Ein Mann, der eine Frau einwickeln und sich mit ihr anfreunden kann. Ein sensibler Draufgänger, falls es so was gibt.«

»Natürlich gibt es so was«, sagte Carlyle und lächelte lüstern. »Ich denke da an Favour.«

»Ich weiß nicht so recht, ob ein durchaus fähiger Soldat in diesem Fall das beste Werkzeug ist. Immerhin glaubt er, daß Maldonado für den Tod eines seiner Freunde verantwortlich ist. Das ist eine nachrichtendienstliche Operation, die unglaubliches Fingerspitzengefühl erfordert, und obendrein Menschenleben fordern kann, nicht zuletzt das von Jencks und Favour selbst. Hier geht es nicht um sein Überleben und die Vernichtung eines Feindes. Ich kenne diese SAS-Leute. Sie sind imstande, eine Kälte zu entwickeln, die einem Eskimo das Blut in den Adern gefrieren läßt. Sie haben kein Herz und lassen sich von einem Wirrwarr chauvinistischer Ideen leiten. Sie halten Frauen fast ausnahmslos für schwach und können ihnen nie so ganz verzeihen, daß sie nicht in der Lage sind, vierzig Meilen am Tag ohne Nahrung zu marschieren. Die einzigen Frauen, die sie auch nur halbwegs ebenbürtig behandeln, müssen stark genug sein, um ihnen die Stirn zu bieten, intelligent genug, um sie zu verstehen, und obendrein schön und verführerisch. Das ist allerdings relativ selten. Sollte Helen Jencks nicht zu diesem Kaliber gehören, wird sie sich mit diesem Kerl von Anfang an nicht verstehen, und er wird sie geradewegs in Maldonados Arme zurücktreiben.«

»Glaube ich nicht. Sie haben Favour nie getroffen, haben nicht mal ein Foto von ihm gesehen. Einsneunzig, hellbraunes Haar. Er sieht aus wie eine etwas rauhere Version von Robert Redford. Der Mann ist umwerfend. Und extrem fähig«, setzte sie schnell hinzu. »Machen Sie sich keine Sorgen um seine Ziele. Er untersteht meiner Kontrolle. Ich werde die Sache leiten. Und ich bin überzeugt von ihm«, sagte sie, zuversichtlicher, als sie es tatsächlich war.

Farrell musterte sie nachdenklich. »Nun gut, ich werde Sie beim Wort nehmen. Aber ist er auch vertrauenerweckend?«

»Er hat in Oxford englische Literaturwissenschaft studiert. Er ist die perfekte Mischung von Rauhbein und Romantiker.«

»Sie scheinen ja großes Vertrauen in Bettgeflüster zu setzen.«

»Vielleicht kennen Sie den *Typus* nicht so gut, wie Sie glauben, Ian.«

»Möglich. Im Gegensatz zu Ihnen. Ist er Ihre erste Wahl?«

»Wir hätten verdammtes Glück, wenn wir ihn kriegen könnten«, antwortete Carlyle, ohne auf seine spitze Bemerkung zu reagieren. »Die Frage ist, was er davon hält, Kindermädchen zu spielen.«

»Fliegen Sie nach Bogotá, so schnell Sie können. Jetzt liegt es an Ihnen, ihn zu überzeugen.«

45

Roddy Clark ließ die morgendliche Tasse Lapsang Souchong sausen, die er für gewöhnlich in der schweigsamen Gesellschaft seiner Skulpturen genoß, schnappte sich seine feine Aktentasche aus Leder und fuhr in die Redaktion. Er konnte sein Glück kaum fassen. Anderthalb Jahre ohne Knüller, achtzehn Monate, in denen er sich scheele Blicke im Nachrichtenraum hatte gefallen lassen müssen. Seine Kollegen machten kaum einen Hehl daraus, daß er ihrer Meinung nach auf dem absteigenden Ast war, wenn nicht schon darüber hinaus. Es war Ironie des Schicksals, wirklich. Seit er Helen begegnet war, schienen seine Instinkte für eine gute Story getrübt, da er alle Kräfte darauf konzentriert hatte, diese Frau für sich einzunehmen. Jetzt könnten seine Bemühungen Früchte tragen und ihn möglicherweise retten. In den zwei Jahren, die er Helen kannte, hatte er immer wieder mit dem Gedanken gespielt, eine Story über sie zu schreiben. Er hatte nur auf einen Auslöser gewartet, den Tess Carlyle und das Interesse des Secret Intelligence Service soeben geliefert hatten. Er witterte einen Knüller – und was für einen! Seine journalistischen Instinkte liefen auf Hochtouren. Ganz gleich, was die kleine Stimme, die sich als sein Gewissen maskierte, ihm einflüsterte: Verantwortung trug er nur für sich selbst und seine angeknackste Karriere. Es war nicht seine Aufgabe, egal, welche Gefühle er für Helen hegte, einer kleinen Ausreißerin die Presse vom Hals zu halten, die sie immer verachtet hatte. Sie hatte es selbst so gewollt und ihn von seiner Verantwortung entbunden, als sie ohne ein Wort untergetaucht war. Hätte sie ihm von Anfang an reinen Wein eingeschenkt, wäre es nie soweit gekommen.

Er marschierte durch den Nachrichtenraum und betrat das Büro des Chefredakteurs. In wenigen zusammenhanglosen Sätzen legte er seinen Fall dar. Doch Roland Mudd war unbeeindruckt.

»Das ist eine Story«, beteuerte Roddy mit entschlossenem Gesicht.

»Ja, die älteste Story der Welt«, erwiderte Mudd. »Girl leaves boy.«

»Ach was, darum geht es nicht. Ich kann trotzdem denken wie ein Profi.«

»Niemand will Ihnen unterstellen, daß Sie mit Ihrem Herzen oder einem anderen, minderwertigeren Organ denken.« Gedankenverloren kritzelte er ein blutendes Herz auf seine Schreibtischunterlage. »Bisher wissen wir nur, daß Helen Jencks verschwunden ist.«

»Und der Geheimdienst interessiert sich dafür. Glauben Sie etwa nicht, daß das eine Story wert ist?«

»Wenn Sie das Fragezeichen dahinter geknackt haben, werden Sie es wissen.«

»Na gut, dann hören Sie sich die Sache zu Ende an. Am Dienstag nach dem Feiertag habe ich im Börsensaal angerufen. Normalerweise gehen entweder Helen oder Andy Rankin, der neben ihr sitzt, ans Telefon. Diesmal war es jemand anders, er klang ziemlich mürrisch. Als ich nach Helen fragte, hieß es, sie sei nicht am Platz. Ich fragte, wann sie zurückerwartet werde. Der Typ sagte, und man merkte ihm an, wie unsicher er war, das wisse er nicht. Nach ein paar Stunden rief ich wieder an, aber Helen war immer noch nicht da, und ich fragte den Mürrischen, ob ich mit Hugh Wallace sprechen könnte. Aber auch von ihm fehlte jede Spur, und als ich nachbohrte, stotterte er, er wisse nicht, wann Hugh wiederkäme, später wahrscheinlich. Als hätte er keinen Schimmer. Dann kam mir ein Verdacht, und ich versuchte es mit Andy Rankin. Und sieh mal einer an – auch der war weg. Am Nachmittag versuchte ich es wieder; diesmal meldete sich eine Frau, der das Ganze ziemlich peinlich war. Sie erklärte, Helen, Hugh und Rankin hätten sich krank gemeldet. Dann wich sie aus, fragte, wer ich sei und ob nicht sie mir helfen könne. Ich sagte nein danke. Am gleichen Abend fuhr ich zu Helen, aber es war niemand da, und die Wohnung lag im Dunkeln. Die ganze Woche über habe ich immer wieder in der Bank angerufen, aber Helen ist nicht wieder aufgetaucht. Dafür war Andy Rankin plötzlich wieder da. Dann kam ich auf die Idee, daß Helen vielleicht doch da war und sie mich bloß abwimmelten, weil sie nicht mit mir sprechen wollte.« Plötzlich empfand Mudd so etwas wie Sympathie für Clark. »Also bin ich gestern nachmittag bei Goldsteins vorbeigefahren und habe im Foyer gewartet, um zu sehen, ob sie rauskommt. Händler machen früh Feierabend, daher war ich schon um Viertel vor fünf da. Von Helen keine Spur, aber ich sah, wie Wallace und Rankin zusammen den Lift verließen.« Zufrieden grinste er Mudd ins Gesicht, als käme er jetzt endlich zu dem in dessen Augen reichlich verspäteten Clou. »Beide hatten ein blaues Auge. Rankin obendrein eine gebrochene Nase und den Arm in Gips. Er sah schlimm aus.«

»Haben Sie mit ihnen gesprochen?« fragte Mudd.

»Na klar. Sie waren ziemlich überrascht, mich zu sehen. Offensichtlich war es ihnen unangenehm. Nicht daß man es Wallace sofort ansehen könnte, er wirkt immer irgendwie komisch, aber ich bin schon mit ihm zur Schule gegangen, deshalb weiß ich, was hinter seiner Fassade mit ihm los ist. Sie seien beide überfallen worden, im Abstand von zwölf Stunden.«

»So was kommt vor«, sagte Mudd und stand auf, um ein Aquarell geradezurücken, das er letztes Jahr während seines Urlaubs in der Toskana gemalt hatte. Er betrachtete die Zypressen mit zusammengekniffenen Augen und kehrte dann lächelnd an seinen Schreibtisch zurück. »Vielleicht hatten sie Streit miteinander oder waren mit jemand unterwegs, den man lieber nicht vorzeigt, und wurden zur gleichen Zeit zusammengeschlagen.«

»Nein. Sie haben beide gelogen, das steht außer Frage. Oder zumindest haben sie versucht, die Wahrheit zu verschleiern. Ich fragte sie, wo Helen sei und erklärte, daß ich sie seit Tagen nicht erreichen könne. Da machten sie plötzlich ganz verschlagene Gesichter. Wallace grinste nur und sagte, er hätte geglaubt, sie sei mit mir durchgebrannt. Als ich nachhakte, meinte er, sie habe ein paar Tage freigenommen, und streifte mich mit einem wissenden und mitfühlenden Blick, als sei Helen in Wahrheit eine Weile vor mir davongelaufen.«

»So könnte es ja auch tatsächlich sein«, gab Mudd milde zu bedenken.

»Sie hat mich vor Monaten verlassen«, rief Roddy. »Das hat nichts damit zu tun. Ich belästige sie doch nicht, um Himmels willen. Wir sind Freunde, und wir verstehen uns immer noch sehr gut. Die Vorstellung, sie könnte verschwunden sein, nur um mir zu entkommen, ist einfach lächerlich.«

»Na schön, regen Sie sich ab.«

»Können wir uns jetzt vielleicht auf die Einzelheiten konzentrieren?«

»Ja, konzentrieren, gute Idee.«

»Warum sind Rankin und Wallace überfallen worden? Warum hielt man sich in der Bank so bedeckt, als alle drei am Dienstag nicht zur Arbeit erschienen waren? Wo ist Helen Jencks hin und warum? Und was zum Teufel hat der Geheimdienst damit zu tun?«

»Das klingt wirklich etwas merkwürdig«, räumte Mudd ein. »Na schön, Roddy. Dann gehen Sie der Sache nach. Aber wenn ich auch nur eine Sekunde den Eindruck habe, daß Sie persönliches Kapital daraus schlagen ...«

»Um Gottes willen, Mudd, können Sie nicht endlich damit aufhören? Es geht um eine Story. Das habe ich im Gefühl.«

»Was wird aus Ihrer Freundschaft mit Wallace? Er wird nicht gerade begeistert sein, wenn er erfährt, daß Sie hinter einer Story her sind, in die er verwickelt ist. Und Helen, ausgerechnet Helen? Wie wird sie reagieren, wenn Sie anfangen, ihr nachzuschnüffeln?«

Doch dann entdeckte Mudd den Ausdruck der Entschlossenheit im Gesicht seines Gegenübers. Für Roddy Clark war Ehrgeiz eine unendlich viel mächtigere Antriebsfeder als Loyalität.

46 Als Roddy die urinbefleckte Treppe hinaufstieg, verspürte er Abscheu und Unerschrockenheit zugleich. Vor Joyce Fortunes knallgelb gestrichener Wohnungstür blieb er stehen und klopfte dreimal hintereinander.

»Ach, du heiliger Strohsack, wenn das nicht unser Tausendsassa Roddy ist!« Joyce stemmte eine Hand in die Hüfte und verzog mißbilligend das Gesicht. Zwei völlig gleich aussehende, etwa vierjährige Knirpse mit schwarzen Haaren kamen zur Tür gelaufen und bauten sich neben ihr auf. Offenbar spürten sie die Feindseligkeit ihrer Mutter und starrten ihn böse an.

»Hallo, Joyce. Ich freu mich auch, dich wiederzusehen.«

»Warum laßt ihr uns nicht einfach alle in Ruhe?«

»Alle?« Roddy lächelte. »Wer ist denn noch hinter Helen her?«

»Anständigere Typen als du jedenfalls«, sagte Joyce und

musterte ihn von Kopf bis Fuß. Dann grinste sie verächtlich und warf ihm die Tür vor der Nase zu.

Von Joyce' unangemessener Feindseligkeit beflügelt, machte sich Clark auf den Weg zu Goldsteins am Broadgate Circle. Die Pressesprecherin, Monica Coldburn, ließ sich zwar dazu herab, ihn zu empfangen, doch als er die aufgesetzte Munterkeit in ihrer Stimme hörte, war ihm klar, daß sie etwas zu verbergen hatte. Zuerst ließ sie ihn zehn Minuten warten, nur um zu zeigen, daß sie ihn nicht fürchtete, dann bat sie ihn herein und begrüßte ihn scheinbar atemlos: »Hi, Sie sind von der *World*, stimmt's? Sie müssen neu sein, ich dachte immer, Freddy Monroe sei der Finanzexperte.«

»Roderick Clark«, sagte er und streckte die Hand aus. »Ich bin in der Nachrichtenabteilung. Ich kümmere mich um die Titelseiten, nicht um den hinteren Teil. Wie bei Barings, Sie erinnern sich? Finanzstories, die sich als Sensation entpuppen.«

»O, tut mir leid. Damit können wir bei Goldsteins nicht dienen. Ich kann Ihnen etwas über unsere Abschlüsse erzählen, wir haben in den letzten Wochen ein paar großartige neue Märkte entdeckt, aber für Skandale sind wir leider nicht zuständig.« Sie hob in spöttischer Entschuldigung die Hände.

»Ich interessiere mich für den Börsensaal.«

»Mmhm.« Sie lächelte, voller Eifer, ihm zu helfen. »Dort läuft es *ganz besonders* gut.«

»Und die Derivative-Gruppe?«

»Was ist damit?«

»Vielleicht können Sie mich darüber aufklären, was drei Angestellten dort zugestoßen ist. Anscheinend sind sie alle am Dienstag nicht zur Arbeit gekommen.«

»Schauen Sie, Roddy —«

»Roderick.«

»Roderick, es tut mir leid. Sie wissen ja sicher, daß wir zu Privatangelegenheiten unserer Mitarbeiter keine Stellungnahme abgeben. Und jetzt mal im Ernst, sind Sie so knapp an Themen, daß Sie aus Goldsteins Personalpolitik eine Story zusammenbasteln müssen?« Sie warf einen Blick auf ihre Uhr, auffällig genug, um es ihn sehen zu lassen.

Netter Versuch, aber das reichte nicht.

»Ich würde mich gern mit dem Leiter des Börsensaals unterhalten«, fuhr Clark im Plauderton fort. »Man sollte sich wenigstens die Mühe machen, die Sache einigermaßen plausibel darzustellen. Der Bursche, der am Dienstag da am Telefon saß, hatte jedenfalls nicht die geringste Ahnung. Er sagte den ganzen Tag denselben Spruch auf, daß die Händler nicht am Platz seien oder später kommen würden. Eine Ihrer Mitarbeiterinnen, Helen Jencks, scheint wie vom Erdboden verschluckt zu sein. Ach ja, und dann haben wir noch den Doppelüberfall auf Hugh Wallace und Andy Rankin. Innerhalb von zwölf Stunden sind beide zusammengeschlagen worden. Das klingt doch etwas merkwürdig, finden Sie nicht?«

»Hören Sie, Roderick, mir ist klar, daß Sie bei Ihrem Job eine gewisse Spürnase brauchen, aber für Leute, die von der Börse keine Ahnung haben, klingen wahrscheinlich eine Menge Dinge merkwürdig.«

»Ach so, Außenstehende verstehen nichts davon, deshalb wollen wir unsere Angelegenheiten lieber selbst regeln, damit wir unsere krummen Dinger in aller Ruhe weiterdrehen können. Etwas abgedroschen, meinen Sie nicht?«

»Ich meine, daß Sie Ihre Zeit verschwenden, was auch immer Sie herauskriegen wollen. Das können Sie natürlich gern tun, aber wenn Sie mich jetzt entschuldigen wollen ...« Sie stand auf.

Clark nickte und wandte sich zum Gehen. »Sie hören wieder von mir.«

Als er ging, lächelte sie nicht mehr. Er hatte es zumindest geschafft, einen Blick hinter ihre zuckersüße Maske zu erhaschen, und beide wußten es. Kaum war er weg, rief sie Zamaroh an.

Händler üben normalerweise eine ziemliche Macht auf die anderen Mitarbeiter einer Firma aus. Sie sind barsch und aggressiv, einmal, weil es nicht anders geht, manchmal aber auch, weil sie von Natur aus so veranlagt sind. Bei Nicht-Händlern erwecken sie immer den Eindruck, daß jede Unterhaltung Zeitverschwendung ist, weil sie statt dessen am Telefon hängen und mit Kollegen ihres Schlages eine Menge Geld verdienen könnten. Daher rief Monica nicht ohne Beklemmungen bei Zamaroh an.

208

»Zaha, hier spricht Monica Coldburn von der Presseabteilung. Ich muß mit Ihnen reden.«

»Es geht gerade hoch her an der Börse. Kann es nicht warten?«

»Ich fürchte nein. Wenn Sie keine Zeit haben, muß ich mit James Savage sprechen, und ich würde mich lieber zuerst mit Ihnen unterhalten.«

Monica saß in Zamarohs Büro und sah die Verachtung in ihrem Blick, tat aber so, als bemerke sie sie nicht. Zumindest vorübergehend machte es Spaß, das Problem einfach weiterzureichen.

»Ich hatte gerade Besuch von einem *World*-Reporter. Kein Finanzexperte, sondern jemand, der für Schlagzeilen sorgt, ›wie bei Barings‹, hat er wörtlich gesagt.« Sie sah, wie sich Zamarohs Gesicht verhärtete.

»Er wollte wissen, was in der Derivative-Gruppe los ist. Er sagte, die Leitung der Gruppe sollte ihre Geschichte zumindest so darstellen, daß sie plausibel klingt.« Sie wiederholte Wort für Wort, was Clark gesagt hatte. »Offen gestanden klingt das alles tatsächlich etwas seltsam«, schloß sie.

»Was haben Sie geantwortet?«

»Nun, es hätte mir geholfen, wenn ich gewußt hätte, was hier los ist, damit ich eine passende Antwort hätte vorbereiten können. So mußte ich improvisieren und ihm erklären, daß wir zu Privatangelegenheiten unserer Mitarbeiter keine Stellungnahme abgeben und daß er meiner Ansicht nach ziemliche Not an echten Themen haben muß, wenn er versucht, sich aus unserer Personalpolitik eine Story zusammenzubasteln.«

»Gute Antwort.«

»Unter den gegebenen Umständen ja, aber er wird wiederkommen.«

»Warum?«

»Ich habe das mulmige Gefühl, daß irgendwas an der Sache faul ist. Sie können mich gern belügen, wenn Sie wollen«, fuhr Monica mit hochrotem Gesicht fort, »aber um Himmels willen, drehen Sie es so, daß es logisch ist, und im übrigen würde ich die Wahrheit bevorzugen, wenn es Ihnen nichts ausmacht. Es erleichtert mir meinen Job ungemein.«

»Die Wahrheit ist«, wiederholte Zamaroh und ihre Stimme

triefte vor Geringschätzung, »daß eine Mitarbeiterin im Urlaub ist und die anderen beiden wohl Ärger in einer Bar hatten, wahrscheinlich haben sie sich mit irgendwem angelegt, und der hat ihnen eine Lektion verpaßt. Nun, mir ist klar, daß Sie viel zu beschäftigt damit sind, Leute zum Lunch einzuladen, um sich auch nur im entferntesten vorstellen zu können, wie es hier unten zugeht, wo wir das Geld verdienen, das für Ihr Spesenkonto aufkommt, ganz zu schweigen von Ihrem Gehalt. Aber gestatten Sie, daß ich Sie aufkläre. Die meisten Händler sind rauhe Typen. Es ist absolut nicht ungewöhnlich, daß sie in eine Schlägerei geraten oder Urlaub machen.«

Monica lächelte verzerrt. »Vielleicht nicht, doch jetzt haben wir einen *World*-Reporter am Hals, der eindeutig anderer Meinung ist.«

Zamaroh rief Savage an. »Wir haben ein Problem.«

Er zitierte sie auf der Stelle in den zehnten Stock. Dort erwartete er sie mit Freyn.

»Was ist jetzt wieder los?« fragte Savage.

»Ein Journalist von der *World*. Nachrichtenabteilung.« Zamaroh sah, wie Savages Augen aufblitzten. »Er hat unsere Pressefrau gelöchert, Monica Coldburn. Anscheinend hat sie gut reagiert, wenn man ihr Glauben schenken darf, aber der Typ hat ihr Angst eingejagt.«

Die Presse war Savage ein Dorn im Auge, wie Zamaroh nur zu gut wußte. Er haßte Reporter. Sie waren unabhängig, unterstanden nicht seiner Kontrolle, und sie hatten kein Interesse daran, über Erfolge zu berichten, sondern daran, Mißerfolge und Vergehen aufzudecken, egal ob sie echt oder herbeigeredet waren. Sie waren wie Hofnarren, die den König stürzen wollen.

»Ich möchte, daß Sie die Sicherheitsmaßnahmen verschärfen«, sagte er zu Zamaroh. »Informieren Sie Wallace und Rankin und diesen Trottel von Keith auch, was sie sagen dürfen und was nicht, wenn ihnen die Presse auf die Pelle rückt. Alles muß bis ins Detail aufeinander abgestimmt sein. Bleuen Sie ihnen ein, daß die Sache niemanden sonst etwas angeht; sie sollen den Mund halten. Egal, was hier faul ist, wir haben keine Chance, wenn wir die Sache nicht unter Verschluß halten können. Spekulationen bringen immer neue Spekulationen hervor. Wenn wir der Presse auch nur ein Stück Information geben, wird sie uns als nächstes in der Luft zerfetzen.« Er entließ sie mit einer Kopfbewegung.

»Immer noch keine Spur von Helen Jencks?«

»Nichts. Aber früher oder später wird was auftauchen, keine Sorge. Irgendwann macht jeder mal einen Fehler, selbst Helen Jencks.«

47 Roddy Clark genehmigte sich ein paar Fischklopse bei Sweetings, dem Fischrestaurant im Mansion House. Er saß allein am Fenster, beobachtete die Passanten, ohne selbst gesehen zu werden, und dachte an Helen. Irgendwie war er noch traumatisiert von der Erkenntnis, daß sie ohne ein Wort verschwunden war, andererseits versetzten ihn die sich daraus ergebenden Möglichkeiten in Begeisterung. Immerhin befreite es ihn von jedem unbequemen Anflug von Loyalität ihr gegenüber. Diese Loyalität war bereits angeschlagen worden, als sie ihn verlassen hatte. Doch mit ihrem Verschwinden hatte Helen ihr endgültig den Todesstoß versetzt. Er war mehr denn je überzeugt, daß die Story das Zeug zu einem echten Knüller hatte. Als er gegen drei in die Redaktion zurückkehrte, war er in Hochstimmung. Er hastete durch das Großraumbüro und wäre um ein Haar mit Chefredakteur Mudd zusammengestoßen, der gerade aus seinem Büro stürmte und aussah, als hätte er endgültig die Geduld verloren.

»Was ist los?« fragte Roddy und ging neben ihm her.

Mudd, der sichtlich darauf brannte, Dampf abzulassen, blieb weder stehen noch sah er sich um, sondern setzte seinen Weg unbeirrt fort.

Camilla Wardgrave, ihres Zeichens Fashion Editor, blickte erstaunt auf, als er vor ihrem Schreibtisch stehenblieb.

»Werden Sie eigentlich nie dazulernen?« brüllte Mudd. »Ich habe es satt, morgens beim Frühstück die Zeitung aufzuschlagen und lauter Bohnenstangen zu sehen. Macht es Ihnen Spaß, magersüchtige Dreizehnjährige abzubilden, die aussehen, als seien sie am Verhungern?«

»Aber das ist der Look von heute«, protestierte Wardgrave und schürzte die Lippen, als wollte sie damit kleine Pfeile abschießen.

»Unsinn, das sind des Kaisers neue Kleider. Was zum Teufel stimmt denn nicht mit Cindy Crawford, mit Frauen, die Kurven haben oder zumindest den Anschein erwecken, als gehörten sie zur selben Spezies wie unsere Leser?«

Wardgrave blickte auf einen Punkt hinter Mudds rechtem Ohr. Als ihm klar wurde, daß er gegen sie nicht ankam, seufzte er frustriert.

»Wann bringen Sie endlich eine Doppelseite über die bewundernswerten Frauen, die nichts dabei finden, drei Mahlzeiten am Tag zu verdrücken?« Er starrte kampflustig auf die schweigende Wardgrave herab, machte auf dem Absatz kehrt und stampfte davon. Dann blieb er noch mal stehen und rief über die Schulter:

»Nächste Woche, merken Sie sich das.«

Wardgrave und Roddy sahen ihm nach.

»Seine Frau hat ihn auf Diät gesetzt«, erklärte Roddy.

Er wartete fünf Minuten und folgte Mudd dann ins Büro. Er fand ihn vor einem Haufen Knetmasse, den er wütend bearbeitete.

»Was ist?« fauchte Mudd.

Clark nahm Platz und schlug eins seiner langen Beine über das andere. Dazu setzte er sein »Gottesanbeterinnen«-Gesicht auf, wie Mudd zu sagen pflegte.

»Helen Jencks. Mittlerweile weiß ich, daß es eine Story ist. Es wird immer klarer. Es gibt einfach zu viele Dementis, sowohl freundliche als auch aggressive.«

»Irgendwelche Fakten?« fragte Mudd. Er formte eine rundliche Figur und schlug ihr dann mit sichtlicher Befriedigung den Kopf ab. Das schien ihn zu beruhigen.

»Die werden auch noch kommen.«

»Präsens, Roddy. Oder Sie sind nichts weiter als ein armer Fischer, der dem großen Hecht nachtrauert, der ihm entwischt ist.«

Den Rest des Nachmittags verbrachte Roddy nicht in der Redaktion, sondern bei einer Recherche der besonderen Art. Zuerst suchte er ein Geschäft in der South Audley Street auf, das sich auf Abhörgeräte spezialisiert hatte. Teuer, aber wenn Mudd Fakten wollte … Gegen Abend fuhr er in Helens Wohnung. Er parkte seinen Wagen, einen dunkelgrünen Jaguar, Baujahr '70, der unfaßbare Mengen Benzin schluckte, direkt vor dem Haus, kurbelte die Scheibe herunter, rollte sich auf dem Lederpolster des Rücksitzes zusammen und wartete. Helens Fenster waren dunkel und blieben es hartnäckig. Er wußte selbst nicht, worauf er wartete. Vielleicht mußte er sich mit eigenen Augen überzeugen, daß Helen weg war, um es endlich zu akzeptieren. Er fühlte sich wie ein trauernder Hinterbliebener, dem man die Leiche geklaut hatte. Um kurz vor halb elf richtete er sich wieder auf, kurbelte sein Fenster hoch und fuhr davon.

Am Ladbroke Grove bog er Richtung Elgin Crescent ab. Mit einer Hand hielt er das Lenkrad, mit der anderen nahm er sein Handy aus der Jackentasche und tippte eine Nummer.

»Hey, Hugh. Hab' dich seit Ewigkeiten nicht gesehn.« Er sprach absichtlich schleppend. »Wie wär's mit einem Drink?« Wallace seufzte. »Es ist halb elf, Roddy. Außerdem hört es sich an, als hättest du schon genug für zwei getrunken.«

»Ha ha. Sehr witzig. Ich bin ganz in der Nähe und habe eine Flasche dabei. Na, komm schon, nur ein Drink auf die Schnelle.«

Welcher Mann hat diesem Spruch je widerstehen können, dachte Wallace und gab höflich nach.

Roddy kam und blieb nicht mal eine Stunde. Als Wallace kurz im Badezimmer verschwand, installierte er den Zwischenstecker in der Wand und stellte ihn ein. Ein Stolperdraht, der alle beide überführen würde.

48 Victor Maldonado saß auf der Terrasse und frühstückte, als Helen tropfnaß vom Swimmingpool herüberkam. Sie hatte seit Tagen nicht mit ihm gesprochen, obgleich sie ihn gelegentlich von weitem gesehen hatte, im Garten oder an einem der Fenster seines Hauses. In ihrem Kopf verwandelte er sich allmählich in ein Phantom. Sie wickelte sich ein Handtuch um die Hüften, drapierte es zu einer Art Minirock und trat zu ihm.

»Ein paar Runden im Pool gedreht?« fragte Maldonado, während sein Blick an den Tropfen hängenblieb, die wie feuchte Küsse über ihre Arme und Brüste liefen.

»Mmm«, sagte Helen und fixierte ihn mit den Augen, so daß er gezwungen war, ihren Blick zu erwidern. »Wunderbar. Wo haben Sie denn gesteckt?«

»O, oben im Norden.«

»Und, war es schön?«

Maldonado seufzte und blickte zum Himmel auf, als suche er dort die Antwort auf eine Frage, die sie gestellt hatte, ohne sich dessen bewußt zu sein.

»Ist alles in Ordnung?« fragte sie.

»Natürlich ist alles in Ordnung, wieso nicht?«

Helen wischte sich einen Wassertropfen aus dem Gesicht.

»Sie sind ein seltsamer Mann, Dr. Maldonado. Ich bin nie ganz sicher, was hinter Ihren Augen vor sich geht.«

Er lachte herzhaft, als sei er entzückt von ihrer direkten Art.

»Warum sollte da überhaupt etwas vor sich gehen?«

»Weil ein intelligenter Mann nicht ein so verschlossenes Gesicht macht, ohne daß er etwas zu verbergen hätte. Ein dummer Mensch ja, aber ich bin mir sicher, daß man Sie noch nie im Leben für dumm gehalten hat.«

»Überschätzen Sie Intelligenz nicht. Sie kann auch ein zweifelhaftes Vergnügen sein, meinen Sie nicht?«

»Nein, ganz und gar nicht. Sie kann unbequem sein, wenn man etwas Unangenehmes vor sich hat, aber lieber das als blind.«

»Wirklich?« sinnierte er. »Na, ich weiß nicht. Vielleicht kann das nur jemand sagen, der das Glück hatte, nicht in der dritten Welt aufwachsen zu müssen.«

»Was haben Sie denn gesehen, das so schrecklich ist?«

Er musterte sie einen Augenblick, und in seinen Augen nahm sie einen seltsamen Schmerz wahr.

»Möchten Sie das wirklich wissen? Wollen Sie Peru mit meinen Augen sehen?«

»Sie sagen es so, als sei es eine Drohung.«

Maldonado wartete, bis Helen gefrühstückt hatte. Er saß da und beobachtete, wie sie mit professioneller Geschwindigkeit drei Scheiben Toast verschlang und dazu zwei Tassen Kaffee herunterstürzte. Bei ihr gab es kein langes Trödeln oder Herumstochern im Essen. Sie erinnerte ihn an einen Soldaten, der essen muß, wann immer er die Chance dazu hat.

Er führte sie zum Wagen, wo sein Fahrer und der Mann mit der Lederjacke, die sie vom Flughafen abgeholt hatten, schon warteten. Nachdem er ihnen eine Reihe von raschen Befehlen erteilt hatte, gesellte sich noch ein dritter Mann zu ihnen. Helen hatte ihn einmal im Garten gesehen, wo er sich mit den Wachposten unterhielt. Er setzte sich nach hinten, zwischen Helen und Maldonado.

Maldonado blickte während der Fahrt aus dem Fenster. Es war ein gutes Gefühl, Helen dabeizuhaben, die von stummer Neugier erfüllt zu sein schien. Ihr Schweigen und ihre Selbstgenügsamkeit gefielen ihm. Er fragte sich, wie sie sein Land sah. Ob sie imstande wäre, es zu lieben? Ein gequältes Land, das ihn nie loslassen würde. Als er damals als junger Mann nach Cambridge gekommen war, war das Gefühl der Befreiung geradezu berauschend gewesen. Er hatte sich sogar eingeredet, daß er diese neue Freiheit für immer behalten könnte, wie einen Raum in seinem Bewußtsein und in seiner Seele, den Peru weder für sich beanspruchen noch vergiften konnte. Doch er hatte vergessen, wie gefräßig sein Land war. Ob im Guten oder Bösen, es würde das Recht geltend machen, ihn für immer zu besitzen, und er rieb sich auf zwischen Liebe und erbittertem Haß. Er fürchtete diesen Haß. Wie eine seelische Krankheit, die sich seiner Kontrolle entzog, würde er kommen und ihn in eine Falle locken. Aus Haß würde er Dinge tun, die ihn später, wenn seine Wut erst einmal abgeflaut war, nie mehr losließen. Sein einziger Trost waren die *Moche*-Figuren, der Schatz, den er jetzt vor Helen ausbreiten würde.

In einer schmutzigen Straße im Nordosten von Lima hielt der Fahrer an. Sie verließen das klimatisierte, kühle Innere des Wagens und tauchten in ein brodelndes Durcheinander von hupenden Autos ein. Die Lederjacke ging rasch und aufmerksam voran und beobachtete die Umgebung. Der Muskelmann folgte ihnen und ging dabei rückwärts, um den Bereich hinter ihnen im Auge zu behalten. Der dritte Mann blieb beim Wagen.

»Lieber Himmel! Erwarten Sie eine Invasion?« fragte Helen. Wer zum Teufel war dieser Maldonado, daß er einen solchen Schutz brauchte?

»Es dient nur unserer Sicherheit.«

»Wie schaffen es denn ganz gewöhnliche Leute, zu überleben?«

»Gewöhnliche Leute sind keine potentiellen Entführungsopfer. Ich dagegen bin reich. Lassen wir das Thema. Ich möchte Ihnen etwas Wunderschönes zeigen.«

Die Morgensonne brannte auf ein weißgetünchtes Haus nieder, das in einem großen Innenhof versteckt lag. Der Lärm der Stadt war hier gedämpft, und Helen fühlte sich plötzlich in ein jahrhundertealtes spanisches Dorf versetzt. Vor den gekalkten Mauern standen Töpfe mit roten Geranien. Sie gingen unter den Ästen eines Jacarandabaums hindurch, der seine violetten Blüten über den Rasen verstreute, stiegen ein paar Treppenstufen hoch und kamen zum Eingangsbereich des Gebäudes. Die Lederjacke trat zu einem verhutzelten alten Mann, der hinter einem Tischchen saß, und zeigte ihm etwas, das aussah wie ein Personalausweis. Der Mann sprang auf. Sein Blick flog zu Maldonado, blieb kurz an Helen hängen und senkte sich dann wieder zu Boden. Verstohlen beobachtete Helen ihren Gastgeber. Er würdigte den Mann, dem er solches Unbehagen einflößte, keines Blickes. Sein Gesicht war ausdruckslos und verriet nichts, das auf den Grund für eine solch ungewöhnliche Reaktion hätte schließen lassen können.

»Was ist das für ein Haus?« fragte Helen beiläufig, als der Alte sie durch eine hohe Doppeltür führte.

»Mein liebster Ort auf der Welt«, sagte Maldonado. »Das Rafael-Larco-Museum.« In seinen Augen schimmerte ein Anflug von Verzückung. »Wenn man weiß, wie, kann man hier die

Geschichte des Denkens und Fühlens der Peruaner nachvollziehen.«

Es dauerte ein paar Sekunden, bis Helens Augen sich an das
schwache Licht gewöhnt hatten. Sie stand vor einer Regalwand,
die von der Decke bis zum Fußboden reichte. Unzählige Gesichter starrten sie an: tapfer, verwirrt, ängstlich, feixend, sadistisch,
zerknirscht, versteinert, komisch, stoisch – als warteten sie nur
auf die Katastrophe, die in den Augen ihrer Herrscher glomm
und ihnen den Nacken für den nächsten Streich der Axt beugte.

»Die größte Sammlung von Moche-*huacos* auf der Welt«, sagte Maldonado schlicht und betrachtete die Keramikfiguren. »Alles
in allem fünftausend Gesichter. Die Moche-Handwerker haben
jede menschliche Regung eingefangen, die es je gab, und jemals
geben wird.«

Helen sah zu Maldonado auf, der mit herabhängenden Armen
neben ihr stand. Sie entdeckte keine Tränen in seinen feucht
schimmernden Augen, bemerkte sie aber im Widerhall seiner tiefen Stimme, die von Ehrfurcht gedämpft war und ein wenig
erstickt klang, als er den Kopf in den Nacken legte, um die Figuren in den oberen Regalen zu betrachten.

»Schauen Sie nur – sehen Sie? Alles was Menschen einander
je antun konnten, finden Sie hier versammelt. Und das ist zweitausend Jahre her. Nichts wird sich je verändern.«

»Das klingt aber ziemlich pessimistisch«, wandte Helen ein.

»Realistisch.«

Die *huacos* bahnten sich ihren eigenen Weg in Helens Bewußtsein. Glatte, ebenholzfarbene Gesichter mit negroiden Zügen –
breite Nasen, volle Lippen – waren ebenso vertreten wie die
schlitzäugigen, dunklen Gesichter mit den runden Wangen der
Asiaten. Gesichter, bei deren Anblick man lächeln oder gar laut
herauslachen mußte, so spitzbübisch und unverfroren blickten
sie drein. Es waren Gesichter, die man stundenlang studieren
konnte, voller Mitgefühl und Verständnis, aber auch welche, die
einen zum Weinen bringen konnten, so sehr zeugten sie von Leid.
Doch die geballte Menschlichkeit in all ihrem Schmerz und Triumph strahlte auch etwas ungemein Tröstliches und Beruhigen-
des aus. Was man als Individuum auch fühlen mochte, es war
schon von anderen genauso empfunden worden. Kein Mensch

auf der Welt war in seinem Schmerz oder in seiner Freude allein. Man konnte kaum glauben, daß sich hinter diesen Augen keine Seele verbarg. Vielleicht hatten die Moche-Töpfer in jeder dieser Kreationen einen Funken von ihrem Genie und ihrem persönlichen Schicksal hinterlassen.

»Unglaublich«, sagte Helen.

»Ja, nicht wahr?«

»Welche Figur sind Sie?« fragte Helen und betrachtete ein lächelndes Gesicht neben einem, das nichts als Kummer spiegelte.

»Ich habe von allem etwas«, sagte Maldonado und erwachte einen kurzen Augenblick aus seiner Träumerei. »Das ist Peru. Wenn Sie lange genug bleiben, werden Sie es verstehen.«

»Das klingt wie eine Mischung aus Fluch und Versprechen.«

»Sie haben die Gesichter gesehen. Die Antwort darauf kennen Sie.«

49 *Kolumbien. Cordillera Oriental, östlich von Bogotá.* Das Pferd, eine Kreuzung zwischen Paso und Araber, tänzelte den Berg hinauf. Evan Connor saß lässig, beinahe reglos im Sattel. Über eine Meile waren sie jetzt bereits geklettert, und die Hufe des Tieres bewegten sich so leicht und mühelos, als flöge es über das rauhe Terrain hinweg. Als sie das Buschland des *páramo* erreichten, zügelte er sein Pferd und sah sich um. Auf dieser Höhe wuchs kaum etwas, doch unten im Tal gediehen Gras, Bäume und Blumen in verschwenderischer Fülle. Zwei Meilen weiter aufwärts, zu seiner Rechten, breitete sich die Hochebene aus, schroffes Gestein und Berggipfel von mehr als dreitausend Meter Höhe. Im Tal war er sicherer, doch die Schönheit der Sierra zog ihn stets unwiderstehlich an: die kühle, klare Luft, die Weite der leeren Plateaus, die Kraft des kargen Gebirges. Der Himmel hier oben war unermeßlich, der gefährliche Horizont lag in trügerisch weiter Ferne. In diesen Bergen versteckte sich die Guerilla. Connor jagte sie oft genug und kannte ihre Wege, Unterschlupfe und Tarnungen. Gewöhnlich benutzten die *guerrilleros* dieselben Uniformen wie das Militär, unterschieden sich jedoch

stets in einem kleinen Detail – grüne Gummistiefel zum Beispiel statt regulärer Armeestiefel. Solche Feinheiten zu kennen konnte einem das Leben retten.

Die Guerilla war eine explosive Mischung aus Ideologie, Habgier und Mordlust. Die greisen Anführer waren Maoisten, die kaum zehnjährige Kinder als Anhänger rekrutierten. Ihre Einstellung dem Kapitalismus gegenüber schränkte ihre Geschäftsinteressen nicht im mindesten ein. Sie boten den Drogenkartellen Schutz und beanspruchten den lukrativen Nebenzweig Entführung und Lösegelderpressung für sich.

Connor wäre ein durchaus geeignetes Opfer gewesen, und obendrein ein besonders lukratives, hätte die Guerilla gewußt, mit wem sie es zu tun hatte. Doch sie konzentrierte sich im großen und ganzen auf die Ölarbeiter oder Angestellten großer internationaler Fördergesellschaften. Der British-Petroleum-Konzern hatte fünftausend kolumbianische Soldaten angeheuert, um sein Personal und seine Anlagen zu schützen, und beschäftigte obendrein eine private Sicherheitsflotte, die mit Kampfhubschraubern ausgestattet war. Sie konnte notfalls einen eigenen Krieg anzetteln. Die örtliche Niederlassung machte mehr als eine Milliarde Pfund Umsatz im Jahr. Das trieb den Preis ihrer Angestellten automatisch in die Höhe, für die im Falle einer Entführung Millionen von Dollar gefordert wurden. Die Guerilla wurde von der lokalen Landbevölkerung und Drahtziehern in Bogotá unterstützt. Die Preise für die unterschiedlichen multinationalen Angestellten waren bekannt, als wären es Supermarktartikel. Sie schwankten zwischen etwa hunderttausend US-Dollar für den kleinen kolumbianischen Angestellten einer ausländischen Firma und fünfhunderttausend für einen höhergestellten Kolumbianer. Ein in Kolumbien ansässiger Ausländer brachte zwischen fünfhunderttausend und zwei Millionen Dollar. Die Drahtzieher organisierten die Entführung, ließen ihre Opfer wieder frei und nahmen das Lösegeld in Empfang. Die Willkür ihres Vorgehens machte Personenschutz und Aufdeckung ihrer Machenschaften zum reinsten Alptraum und trug erheblich zum allgegenwärtigen Gefühl der Bedrohung im Land bei.

Connor kam zu einem kleinen Fluß. Ein Bauer saß am

Ufer und fischte. Ein Bauer – oder ein Beobachter, der Terroristen oder Behörden Bericht erstatten könnte, vielleicht sogar allen beiden. Aber ebensogut war es möglich, daß er wirklich bloß hier saß, um Forellen zu fischen. Connor lächelte ihm zu und spornte das Pferd zu einem leichten Trab an. Wenig später lag der flachste Teil der Hochebene vor ihm. Er ließ die Zügel schießen und hieb dem Pferd die Absätze in die Flanken, bis es in Galopp fiel.

So ging es durch die kahle Landschaft. Nichts war zu hören, nur das Brausen des Windes und das wilde Trommeln der Hufe. Als sie unwegsameres Gelände erreichten, zügelte Connor das Pferd. Es blieb keuchend, mit geblähten Nüstern stehen, ebenso erhitzt wie sein Reiter. Connor tätschelte ihm den feuchten Nacken und ritt weiter. Diesmal nahm er eine andere Route den Berg hinunter zur Farm.

Pferd und Farm gehörten einem Freund namens Peters, der nur selten herkam und Connor erlaubte, sie während seiner Abwesenheit zu benutzen. Peters verkaufte Privatjets und machte gute Geschäfte in ganz Lateinamerika.

Zwei Stunden später erreichte Connor die Farm. Zwei von Peters' Hunden, halb Haustiere, halb Wachhunde, begrüßten ihn. Sie sprangen bellend an ihm hoch, als er absaß. Von ihrem Lärm angelockt, erschien dann auch der Stallbursche Pepe. Connor übergab ihm die Zügel und bückte sich, um die zutraulichen Hunde zu necken. Als er durch die Küche ging und sich ein Bier aus dem Eisschrank nahm, folgten sie ihm auf dem Fuß.

Schließlich setzte er sich auf die Steinterrasse hinter dem Haus und betrachtete das üppige Tal und die Berge, die am Horizont in blaue Schatten übergingen. Er trank das Bier und ging dann zu seinem schwarzen Jeep. Eigentlich hatte er über Nacht bleiben wollen, weil er die kalte Bergluft der Dunstglocke über Bogotá vorzog, doch jetzt beschloß er aus einer plötzlichen Eingebung heraus, doch in die Stadt zurückzukehren.

Als er den holprigen Weg vor der Finca passiert hatte, erreichte er eine asphaltierte Straße. Er fuhr schnell, aber sicher, stets auf der Hut vor der exzentrischen Fahrweise der kolumbianischen Autofahrer, die ohne Rücksicht auf den Gegenverkehr überholten und Kurven regelmäßig auf der falschen Straßenseite nahmen. Die Landschaft erinnerte ihn immer an eine Mischung aus Wales und der Schweiz: Die hohen Berge, die grünen Hänge und die hölzernen Chalets gehörten in die Schweiz, das kunterbunte Durcheinander der kleinen Bauernhöfe, wo Schafe gleich neben ausgeschlachteten Automotoren weideten, nach Wales. Doch diese Illusion ließ sich nicht lange aufrechterhalten. Als er in eine Nebenstraße einbog, entdeckte er einen Panzer vor einem Haus: die Armee auf einem ihrer Anti-Guerilla-Einsätze. Die Soldaten, die durch die Straße patrouillierten, rechneten im Grunde nicht damit, so weit unten auf *guerrilleros* zu stoßen, doch zu dem Haus gehörte ein kleiner Laden, der Lebensmittel verkaufte, und vielleicht wußte der Besitzer etwas. Auch Terroristen müssen essen. Die Sorge um den Nahrungsmittelnachschub machte sie verletzbar.

Connor fuhr weiter. Als er sich Bogotá näherte, wurde er von mehreren schnellen Geländewagen überholt, die über die Straße dröhnten und Kleinwagen und einen Großteil der Lastwagen einschüchterten. Ein Toyota-Jeep, aus dem laute Musik drang und der sich vorrangig mit der Hupe bemerkbar machte, konnte nur zweierlei bedeuten: entweder war es ein Drogenhändler oder jemand, der sich als solcher ausgab. Die meisten Autofahrer machten ihnen Platz. Auch Connor winkte sie mit amüsiertem Lächeln vorbei.

Als er seine Wohnung betrat, blinkte das Faxgerät. Er tippte den Code seiner verschlüsselten Mailbox ein und gab den Befehl zum Ausdrucken.

Ein Fax von Carlyle. Sie würde heute abend in Bogotá eintreffen.

50 Tess Carlyle blickte aus dem Fenster, als die Maschine zum Landeanflug auf den Flughafen von Bogotá ansetzte. Meilen unter ihr schimmerten die Plastikdächer unzähliger Treibhäuser im Mondschein. Hier wurden Schnittblumen gezüchtet, einer von Kolumbiens weniger bekannten landwirtschaftlichen Exportartikeln. Er stand an dritter Stelle der wichtigsten Einkommensquellen des Landes, nach Kaffee und Öl und vor Kokain, das an vierter Stelle folgte. Mehr als hundertzwanzigtausend Menschen waren allein in der *Sabana* von Bogotá im Blumenanbau beschäftigt. Sie verspürte eine flüchtige Sympathie für sie. Nach außen hin galten Blumenexporteure nicht gerade als glaubwürdig. Intern hatten viele von ihnen mit logistischen Problemen zu kämpfen, denn nicht selten wurden sie von Drogenhändlern unter Druck gesetzt, die bei Blumenlieferungen nach Übersee Platz für ihre eigene Ware beanspruchten. Carlyle grübelte über Plastikblumen nach.

Das Flugzeug setzte auf, und sie ging von Bord. Viel Gepäck hatte sie nicht, nur einen kleinen Koffer, mit dem sie nun rasch den Flughafen durchquerte. Die Nachtluft war kühl, als sie in ihr vorbestelltes Taxi stieg – eine Sicherheitsmaßnahme gegen die allgegenwärtige Gefahr einer Entführung. Sie nannte die Adresse des Charleston-Hotels.

Bogotá liegt auf dreitausend Meter Höhe inmitten eines Beckens. Seine östliche Flanke wird von einem Bergzug gesäumt, der sich noch weitere siebenhundert Meter erhebt. Carlyle sah die Häuser, die wie märchenhafte Lichtpunkte auf den Hängen verstreut waren. Eine Stadt, die so schön gelegen war, hatte kein Recht auf soviel Gewalt.

In vielerlei Hinsicht wirkte Bogotá gar nicht gewalttätig, jedenfalls nicht auf der Strecke, die das Taxi nahm. Es gab keine Armenviertel, im Gegenteil, teilweise wirkte die Gegend wie ein pedantisch saubergehaltener Vorort. Reihenweise rote Backsteinhäuser mit Vorhängen an den Fenstern, Geschäfte, die Himmelbetten mit rosa Spitzenbaldachinen anboten, unauffällige, gutgekleidete Männer und Frauen an den Bushaltestellen. Soweit sie sehen konnte, gab es weder zur Schau gestellten Reichtum noch extreme Armut. Doch als sie sich dem Zentrum näherte, tauchten die vertrauten bewaffneten Männer auf. Einige waren Polizisten, andere private Sicherheitskräfte, wieder andere Soldaten. Aufmerksam standen sie mit den verschiedensten Waffen ausgerüstet da und behielten das Getümmel von Menschen und Fahrzeugen im Auge. Carlyle erkannte 7.62-Galil-Sturmgewehre und 9mm-Uzi-Maschinenpistolen. Belustigt beobachtete sie einen jungen Soldaten in einer engen Tarnuniform, der lässig an sei-

nem gepanzerten Mannschaftswagen lehnte und einen Cow-
boyhut mit Tarnmuster trug.

Das Taxi bog von dem breiten Boulevard ab und fuhr durch
Nebenstraßen voller Schlaglöcher, die von herrlichen hohen
Bäumen gesäumt waren. Nach einem letzten Holpern und Schlingern bog es um eine Ecke und kam vor dem Charleston zum Stehen.

»Willkommen im Char-les-ton«, sagte die Empfangsdame
lächelnd. Ihr langes dunkles Haar und die Augen glänzten, als
sie Carlyle unter dem Namen Elizabeth Armitrage eintrug.
Das Charleston war das beste Hotel in Bogotá: klein, diskret und
teuer. Carlyle bekam ein großes Zimmer im vierten Stock, das
auf die Straße hinausging. Sie öffnete ein Fenster, um frische
Luft hereinzulassen. Lebhaftes Stimmengewirr von der Straße
drang herauf. Sie nahm eine lange Dusche und entschied sich
für einen korallfarbenen Wollrock mit passender Bluse aus
schwerer Seide. Anschließend schlüpfte sie in hochhackige
Pumps, bürstete sich das Haar und tupfte sich Parfum auf den
Hals.

Dann ging sie hinunter ins Foyer. Ein Flügel stand unbeachtet
neben Vitrinen mit Goldschmuck und kolumbianischen Smaragden, ihren Lieblingssteinen. Sie betrachtete sie kurz und ging an
der Rezeption vorbei in die Bar. Das Licht war gedämpft, die Gäste
unterhielten sich leise. Etwas Verschwörerisches lag in der Luft,
das sich mit dem kräftigen Duft der Mahagonitäfelung vermischte. Sie bestellte schwarzen Kaffee und Cognac und lehnte
sich zurück, um auf Connor zu warten.

Sie spürte seine Gegenwart, noch bevor sie ihn entdeckte. Als
sie aufsah, kam er mit seinen großen, geschmeidigen Schritten
auf sie zu. Er trug eine rehbraune, unverschämt enge Cordhose,
die seine muskulösen Beine und den attraktiven Hintern gut zur
Geltung brachten – zumindest dem Blick der Kellnerin nach zu
urteilen. Er kam an ihren Tisch, beugte sich zu ihr herab und
küßte sie auf die Wange.

»Wie geht's dir, Tess?« fragte er ruhig.

»Sehr gut.« Das Licht machte ihre Augen weicher, und einen
Augenblick sah sie beruhigt aus.

»Und dir?«

»Nicht schlecht.« Connor winkte der Kellnerin und bestellte ein Mineralwasser.

»Du siehst gut aus«, sagte Carlyle. Sie sah auf seine Brust.

»Ich komme gerade von einem Ausritt in Guasca, oben in der Sierra. Eigentlich hatte ich über Nacht bleiben wollen, aber irgendwas hat mich nervös gemacht, und so fuhr ich nach Hause zurück, wo ich deine Nachricht fand.«

Die Kellnerin servierte ihm schwungvoll sein Wasser und schenkte ihm ein einladendes Lächeln. Connor nickte und trank es in einem Zug aus.

»Sollen wir einen Spaziergang machen?« fragte er.

»Gern.«

Carlyle winkte der Kellnerin, zahlte in bar und ging mit Connor zusammen hinaus. Plötzlich blieb er stehen und betrachtete ein Blumenarrangement.

»Gott, das ist ja Wahnsinn.«

Sie musterten ein üppiges Gesteck aus Sonnenblumen und langstieligen violetten Blumen.

»Sieht aus wie ein Miniaturdschungel«, sagte Connor. Sie traten auf die Straße.

»In dieser Gegend sind wir einigermaßen sicher«, fuhr er fort. »Es ist ruhig, und es gibt jede Menge Sicherheitsleute.« Er deutete mit dem Kinn auf drei bewaffnete Wachposten, die vor einem großen Einkaufszentrum standen.

»Eine Menge Narcos wohnen hier in der Zona Rosa. Ihre Frauen und Kinder kommen gern zum Einkaufen her.«

Er nahm Carlyles Arm, und eine Weile gingen sie schweigend nebeneinander her.

»So gern ich mir auch einbilden würde, daß du aus einer plötzlichen Laune heraus hierhergeflogen bist, nur um mich zu sehen, muß ich doch annehmen, daß du noch etwas anderes auf dem Herzen hast.«

Tess drehte sich halb um und blieb vor Connor stehen.

»Wir wollen, daß du dir Maldonado vornimmst.« Connor starrte auf die Umrisse des Montserrate. Einen Moment wünschte er sich, dort oben zu sein, allein in den fernen Bergen.

»Mit einer Waffe?«

»Mit einer Frau.« Carlyle reichte ihm eine Akte und zwei Fotos.

Das Licht der Straßenlaterne fiel auf die Bilder. Die Frau hatte hellblondes Haar und dunkelblaue Augen, die humorvoll und erotisch zugleich waren.

»Wer ist das?«

»Helen Jencks.«

»Jencks ...«

»Jacks Tochter.«

Carlyle brauchte fünf Minuten, um Connor einen kurzen Abriß von Jack Jencks' Leben zu geben.

»Was muß ich mit ihr machen?«

»Du sollst dich mit ihr anfreunden. Bring sie dazu, dir was zu erzählen. Benutze sie blind, rekrutiere sie, was immer dir am besten erscheint. Brich alles andere ab.«

Connor musterte Carlyle ungläubig, halb belustigt, halb empört. »Soll das ein Witz sein?«

51 Connor erreichte den Flughafen von Bogotá mitten in der Hektik des Morgens. Wie üblich hatten die Stewardessen beim Check-in etwas an seinem Ticket oder Visum auszusetzen, ein Problem, das er resolut mit einem Geldschein regelte. Aus solchen Ausgaben bestanden seine der Korruption angepaßten Reisespesen. In diesem Teil der Welt ließen sich Spesenforderungen nur selten mit Quittungen belegen. Er lächelte angesichts des ersten Triumphs an diesem Tag und deckte sich mit einem Vorrat kolumbianischen Kaffees ein. Während ihm durch die Verpackung hindurch das köstliche Aroma der frischen Kaffeebohnen in die Nase stieg, nahm er eine Biographie von Emma Hamilton aus der Tasche, setzte sich und richtete sich auf langes Warten ein.

Zu seiner Überraschung startete seine Maschine bereits zweieinhalb Stunden später, so daß er gut gelaunt in Peru ankam. Seine Unterkunft in Lima war eine Zweizimmer-Wohnung im zwölften Stock eines modernen weißen Apartment-Hauses, die am Malecón Cisnero aufs Meer hinaus ging. Er nahm den Lift nach oben und konnte es wie immer kaum erwarten, den Ausblick zu genießen. Er schloß die Wohnungstür auf, ging mit großen Schritten durch den Flur, öffnete die Balkontür und trat hinaus. Dort stützte er sich mit beiden Händen auf das Geländer und starrte hinaus ins unendliche Blau. So blieb er fünf Minuten stehen, bevor er wieder ins Zimmer zurückkehrte. Manchmal reichte ihm eine Minute, manchmal brauchte er Stunden. Es war jedesmal bei seiner Ankunft hier das erste, was er tat, egal ob er zwei Monate oder nur zwei Stunden weggewesen war.

Er ging in die Küche, die modernsten High-Tech-Anforderungen entsprach, und kochte als erstes Kaffee. Danach blieb ihm noch Zeit genug, seine Funkausrüstung zu überprüfen, die Karte zu studieren und einen vorläufigen Plan zu entwickeln, bevor die Brüder Augusto und Toni Maralconi eintrafen. Offiziell arbeiteten sie für dieselbe Reisegesellschaft wie Connor: Adventure Latin America. Die ALA betrieb ein Netzwerk von unterschiedlichsten Operationen in der gesamten Region und verschaffte diversen Mitarbeitern des Geheimdienstes und der Special Forces Deckung. Augusto und Toni waren klein, drahtig und kräftig. Sie konnten ebensogut Geheimoperationen erledigen wie eine Horde von draufgängerischen Indiana-Jones-Anwärtern durch den Dschungel führen.

Connor verteilte Bier und ließ sich den neusten Klatsch über die dämlichen Touristen erzählen. Die Brüder machten Konversation, doch ihre Augen waren groß vor Neugier; sie warteten. Connor trank sein Bier aus.

»Wir haben einen Überwachungsauftrag. Aber mit Umwegen. Ich möchte einen zufälligen Kontakt mit unserem Objekt herstellen, deshalb müssen wir zuerst seine Gewohnheiten auskundschaften, falls es welche hat.« Er breitete eine Landkarte von Lima auf dem Tisch aus. »Nach den Informationen, die ich bekommen habe, tippe ich darauf, daß die Frau entweder in La Molina wohnt oder zumindest dort gelegentlich zu Besuch ist. Wie auch immer, das ist unser Anhaltspunkt, also sollten wir dort anfangen.« Er zeigte auf die Straße und schob ihnen die Fotos von Helen über den Tisch. Die beiden Männer studierten sie.

»Hübsch.«

»Ja, nicht wahr? Ich weiß nicht, wie alt diese Fotos sind oder ob sie irgendeine Tarnung benutzt, also haltet die Augen offen. Wir brauchen zwei Wagen – Toni und ich einen, und du, Augusto, den anderen. Ich nehme meinen alten Käfer und stecke mir ein Taxischild hinter die Windschutzscheibe. Augusto, du nimmst einen größeren Wagen. Du kannst dich als Chauffeur ausgeben.« Augusto warf seinem Bruder ein triumphierendes Grinsen zu.

»Jeder, der uns sieht, wird denken, daß wir Fahrer sind und auf unsere Herrschaft warten. Ich habe die Ausrüstung vorbereitet und überprüft.« Connor deutete mit dem Kinn auf drei schwarze Funkgeräte. »Zwei Motorola UHF P10.« Er stand auf und warf den Brüdern je eins zu. Beide fingen sie wie Kricketspieler auf, mit einer Hand.

Während der nächsten Viertelstunde paukte Connor ihnen ein, was zu tun war. »Okay. Als erstes machen wir uns kundig. Wenn es koscher ist, fangen wir gleich mit der Überwachung an. Aber ich muß euch warnen. Der Job ist extrem gefährlich. Wir müssen jederzeit größtmögliche Vorsicht walten lassen. Wenn wir die Sache vermasseln oder auffliegen, sind wir tot.« Die Brüder starrten Connor einen Augenblick schockiert an. So eindringlich hatte er sie bisher noch nie gewarnt. Der Hinweis, vorsichtig zu sein, und etwas an seinem Ton, das beinahe wie eine Drohung gegen eine unsichtbare Person klang, jagte ihnen einen Schauer über den Rücken.

Schweigend fuhren sie durch die hügeligen Straßen von Lima. Vierzig Minuten später passierte Connors blauer als Taxi getarnter Käfer Maldonados Haus und parkte etwas weiter die Straße hinunter. »Das ist das Haus«, sagte Connor und deutete nach hinten, »Nr. 96«.

Toni betrachtete die hohen Mauern und den Elektrozaun. Die meisten Häuser in dieser Gegend waren gut geschützt, doch Maldonados Mauern und Absperrungen waren höher als alle anderen.

»Ziemlich starke Sicherheitsvorkehrungen. Wer wohnt hier?« fragte er unbehaglich.

Connor hatte sich das Beste für den Schluß aufgehoben.

»Victor Maldonado.«

»Lieber Himmel! Gott helfe uns und Helen Jencks. Wer immer sie ist.«

52 Helen beendete ihren späten Lunch, fütterte die Hunde mit ein paar Resten und fuhr dann mit einem VW-Taxi nach San Isidro. Sie folgte einem unbestimmten Entdeckertrieb, ohne zu merken, daß ein zweiter Käfer aus der Reihe der geparkten Wagen ausscherte und sich zwei Wagen hinter ihr an ihre Fersen heftete. Und selbst wenn, hätte sie es nicht weiter beunruhigend gefunden, so allgegenwärtig waren die kleinen Wagen.

Sie bat den Taxifahrer, sie vor dem Olivar abzusetzen. Einen Augenblick dachte sie daran, Dai anzurufen, entschied sich dann aber dagegen. Wenn sie mit ihm telefonierte, würde das nagende Gefühl der Einsamkeit nur noch größer sein, wenn sie wieder auflegte, und außerdem wollte sie nicht, daß er sich Sorgen machte. Sie wußte, daß sie es nicht schaffen würde, ihre wachsende Unruhe über Maldonado vor Dai zu verbergen. Daher wandte sie sich ab und überquerte die Straße zum Olivenpark. Den Mann, der ihr folgte, sah sie nicht.

Sie schlenderte unter den knorrigen Olivenbäumen hindurch, deren Äste sich grau vor Staub, Alter und Schönheit über die Wege breiteten. Sie kam an Bänken mit Liebespaaren vorbei, die eng umschlungen dasaßen und stolz die neugierigen Fußgänger musterten. Vor einem Teich blieb sie stehen und beobachtete riesige Goldfische, die zwischen den weißen Wasserlilien hin und her glitten. Am anderen Ende des Parks praktizierte ein Mann mit kurzen Hosen und bloßen Füßen T'ai Chi in der unsichtbaren Brise.

Als sie wieder auf die Straße trat, überwältigten sie Lärm und Abgase erneut. Sie schlenderte an gräßlich erleuchteten Lampengeschäften und Schaufenstern mit weichen Alpaka-Pullovern vorbei und versuchte sich vorzustellen, wie diese Straßen Anfang der neunziger Jahre von Bomben der Terroristen zerfetzt worden waren. An den gesenkten Köpfen, den angespannten Körpern und den ernsten Gesichtern sah man den Menschen die Erinnerung daran bis heute an. Hier hatte man kein Vertrauen zum Leben.

Vor einem Geschäft mit Sportartikeln blieb sie stehen. Ein häßliches Neonschild über dem Schaufenster mit der Aufschrift »Fitneß« hatte ihre Aufmerksamkeit geweckt. Aus einer plötz-

lichen Laune heraus trat sie ein. Der kleine Laden bot Sport-
schuhe, Aerobic-Anzüge und Trikots in gewagten Schnitten und
leuchtenden Farben an. Helen lächelte, kaufte drei Outfits, die
alle gleich scheußlich und exhibitionistisch waren, und folgte
einem Schild mit der Aufschrift »Fitneßraum« die Treppe hinunter. Der pulsierende Beat einer Disco-Musik schallte ihr entgegen. Er war so laut, daß sie den Baß in der Brust spürte. Sie
bog um eine Ecke und stand in einem großen Raum mit Holzboden und Spiegeln an den Wänden. Ausschließlich Frauen, die
sich im Spiegel beobachteten und zwischendurch Blicke auf den
Lehrer warfen, der, die Hände auf die Schenkel aufgestützt, ganz
vorn stand und mit lauter Stimme Anweisungen gab. Helen hatte Aerobic ein paar Mal ausprobiert und dann beschlossen, daß
es nichts für sie war. Der ganze Aufbau, Klassen mit Lehrern,
fleißigen oder faulen Schülern und der beinahe messianische
Eifer der Lehrer erinnerten sie zu sehr an eine organisierte Reli-
gion. Doch etwas weiter den Gang hinunter entdeckte sie zu ihrer
Erleichterung eine große Auswahl an Fitneßgeräten und Hanteln.

Auf Spanisch fragte sie, ob es möglich sei, den Fitneßraum zu
benutzen, und was es kostete. Der freundliche Mann am Empfang verlangte zehn Dollar, händigte ihr einen Schlüssel aus und
führte sie zu den Umkleidekabinen.

Helen schlüpfte in einen grünrot gemusterten Aerobic-Anzug,
der ihre Kurven betonte. Darüber zog sie ein enges Trikot, das
kaum den Po bedeckte. Dann betrachtete sie sich im Spiegel. Nach
ihren eigenen strengen Maßstäben war sie ein bißchen zu dick
und zu schlaff, sah aber nicht schlecht aus. Voll Vergnügen über
ihren ungewohnt freizügigen Aufzug ging sie in den Fitneßraum
zurück und fing mit Lockerungsübungen an. Die neugierigen
Blicke, die sie provozierte, stammten zum größten Teil von Frau-
en, und sie waren alles andere als diskret. Die meisten Peruane-
rinnen trainierten so zurückhaltend, daß sie nie ins Schwitzen
kamen. Mit wenigen Ausnahmen trugen alle die gleichen knappen, enganliegenden Gymnastikanzüge und darüber Trikots,
genau wie Helen. Sie hatten dunkle Haut, dichtes Haar und
erwartungsvolle Augen. Die meisten rekelten sich nur in irgendwelchen einstudierten Posen auf den Geräten und unterhielten

sich. Dabei musterten sie andere Frauen abfällig, Männer dagegen bedachten sie mit einem einladenden Lächeln. Nach anfänglich kritischer Prüfung erschien ihnen Helen weiterer Aufmerksamkeit offenbar nicht wert, und sie konzentrierten sich wieder auf die Herren der Schöpfung.

Zufrieden mit ihrer Begutachtung des Fitneßraums wandte sich Helen den Geräten zu und begann mit dem Laufband.

Evan Connor wartete fünf Minuten, dann kramte er in seinem Kofferraum herum, bis er die Tasche mit den Sportklamotten fand, die er vor etwa einem Monat zum letzten Mal benutzt hatte. Er warf sie über die Schulter, nickte Toni zu und lief die Treppe zum Fitneßstudio hinab.

Als die Frauen sich noch übertriebener in Positur warfen als bisher, wurde Helen sich der Erregung bewußt, die plötzlich den Raum erfaßt hatte. Ein europäisch aussehender Mann war hereingekommen: mittelgroß, kräftig gebaut, mit zerknitterter kurzer Hose und T-Shirt, die in keinster Weise von seinem durchtrainierten Körper abzulenken vermochten. Sein feines, ebenmäßiges Gesicht war von einer Härte gezeichnet, die direkt unter der wettergegerbten dunklen Haut zu sitzen schien. Schräg über die rechte Schläfe zog sich eine Narbe. Das hellbraune, kurzgeschnittene Haar endete knapp über dem Kragen. Er wirkte energisch und ungezwungen, beachtete seine Umgebung kaum und strahlte trotzdem absolute Aufmerksamkeit aus. Helen kannte diesen Blick aus dem *dojo*. Ruhiges Selbstvertrauen im vollen Bewußtsein des eigenen Körpers. Seine Bewegungen waren geschmeidig wie die eines Tiers. Helen konnte sich vorstellen, daß er durch einen Dschungel marschierte oder einen Berg bestieg. Die anderen Frauen warfen ihm schmachtende Blicke zu, als er eine Matte aussuchte und mit Lockerungsübungen begann. Helen beobachtete mit einem Anflug von Belustigung, daß er sich für das Gerät neben ihr entschieden hatte und ihr lächelnd zunickte.

Sie beendete ihre Übung, stieg vom Laufband herunter und stieß dabei eine Limonadenflasche um, die er neben seinem Gerät abgestellt hatte.

»Hoppla!« Helen bückte sich und stellte die Flasche, deren

Inhalt größtenteils ausgelaufen war, wieder hin. Dann sah sie zu ihm auf, ohne allerdings besonders zerknirscht zu wirken.

»Macht nichts«, sagte er auf Englisch und grinste. »Ich kann mir eine neue kaufen.« Er deutete auf die kleine Bar am Ende des Raumes.

»Lassen Sie mich das machen«, antwortete Helen. »Das ist nur fair.«

»Wenn Sie wirklich etwas gutmachen wollen, dann leisten Sie mir nach Ihrem Training Gesellschaft bei einem Drink.«

»Na, vielleicht sind Sie früher fertig als ich«, sagte sie.

»Das wird sich zeigen.«

Helen lächelte und ging hinüber zu den Hanteln. Connor sah ihr hinterher.

Normalerweise war es so, daß die Frauen sich um ihn rissen. Bei seinem unsteten Leben war es leicht und bequem gewesen, auf ihre Avancen einzugehen. Er hätte sich gern eine Frau ausgesucht und die Zeit und Muße gehabt, sie zu verführen. Allzu leichte Eroberungen langweilten ihn schon lange. Wahrscheinlich war er unbewußt immer auf der Suche nach der Richtigen, doch bisher hatte er sie nicht gefunden. Auf alle Fälle war er entschlossen, die innerliche Leere nicht mehr wie früher mit flüchtigen Liebschaften zu überspielen. Seine Freunde, die ihn gern mit seinem beneidenswerten Charme aufzogen, wären erstaunt gewesen, wenn sie gewußt hätten, wieviel Zeit er allein verbrachte, mit Lesen oder Ausritten in die Berge.

Er beobachtete Helen diskret, während sie ihr Kraft- und Konditionstraining absolvierte. Ihr Körper war bewundernswert schlank, wohlgeformt und stark. Sie trainierte hart und energisch, bis der Schweiß ihr knappes Trikot durchnäßt hatte und einen feuchten Film auf den Beinen bildete. Beim Gewichtheben schwollen ihre Muskeln beeindruckend an. Als er sich von ihr abwandte, blieb ihm eine Reihe von rasch aufeinanderfolgenden Bildern im Kopf: Geschmeidigkeit und Anmut, wenn sie sich bewegte; das Blitzen ihrer Augen wie Sonne, die auf Glas fällt; ein aufmerksames, hübsches Gesicht, lange wuschelige Locken. Sie hatte eine unglaubliche Ausstrahlung, die ihn fesselte und zugleich beunruhigte.

Nach fünfzig Minuten sah Connor, wie sie mit den ab-

schließenden Dehnungsübungen begann. Ihre Gelenkigkeit überraschte ihn. Mühelos glitt sie in einen Spagat und streckte die
langen, muskulösen Beine aus. Sehr verführerisch und still saß
sie da, und der Schweiß glänzte auf ihrem Rücken. Zu seiner Verwirrung spürte Connor den Beginn einer Erektion. Hastig lenkte er sich mit einer Reihe anstrengender Liegestützen ab und
schlenderte anschließend lässig zu ihr herüber.

»Fertig?«

Sie sah lächelnd zu ihm auf. »Mehr oder weniger.«

»Treffen wir uns nach dem Duschen oben?«

Helen musterte ihn einen Augenblick. Er war sehr attraktiv,
sie hatte eigentlich nichts Besseres vor, und eine innere Stimme
drängte sie, anzunehmen.

»Okay. Ich brauche ungefähr zehn Minuten.«

Es wurden zwanzig draus, aber damit hatte er gerechnet. Sie
roch nach Seife, Shampoo und frisch gewaschenem Haar.

Zusammen traten sie hinaus in die Nachmittagssonne. Sie
stand so tief, daß sie sie blendete und sie die Augen zusammen-
kniffen. »Übrigens«, sagte Connor lächelnd, »falls es Ihnen unangenehm ist, mit einem Fremden zu trinken – mein Name ist Evan
Connor.«

»Soll mich das etwa beruhigen?« fragte sie lachend. »Was ist
schon ein Name? Sie könnten jedermann sein.«

»So wie Sie.«

»Ich heiße Helen Williams.«

Connor blieb stehen und reichte ihr die Hand. »Sehr erfreut,
Sie kennenzulernen, Helen Williams. Wir müssen hier rüber.«
Sie überquerten die Straße, passierten gebückt eine niedrige Tür
und stiegen vier Stufen zu einer kleinen Bar hinab. Es gab nur
ein kleines Fenster ganz hinten, das die Nachmittagssonne
dämpfte. Trauben von erleuchteten Tiffany-Lampen hingen wie
schimmernde Juwelen von der Decke herab. Die Wände waren
mit feingeschnitztem Mahagoni getäfelt, das im Lauf der Zeit
nachgedunkelt war. Trotzdem roch es immer noch leicht nach
Wald. Am anderen Ende des Raums saßen vier alte Männer und
spielten Schach, bewacht von einem geduldigen Schäferhund, der
jedesmal hoffnungsvoll mit dem Schwanz wedelte, wenn einer
einen Zug tat. Ein dicker Mann, dessen blauer Pullover sich über

dem Bauch spannte, stand hinter der Bar und polierte die Gläser.

»Was nehmen Sie?« fragte Connor, als sie sich an einen runden Tisch setzten.

»Wie wär's mit Pisco Sour?«

»*Hola, amigo*«, rief er dem Barmann zu und bestellte dann in rasend schnellem Spanisch zwei Pisco Sours.

»Leben Sie hier?« fragte Helen. »Ihr Spanisch klingt ziemlich gut.«

Er drehte sich zu ihr um. In seinen blauen Augen lag eine durchdringende Klarheit. Möglich, daß sie andere einschüchterten, doch Helen fand sie interessant.

»Ich pendle zwischen Kolumbien und Bolivien.«

»Als was?«

»Ich leite Expeditionen, Trecks durch den Dschungel und die Berge, wohin auch immer.«

»Das macht bestimmt Spaß.«

Der Kellner stellte die schaumigen Piscos auf den Tisch. Sie sahen ziemlich stark aus. Helen nahm einen Schluck.

»Wow! Köstlich.«

»Hier gibt es die besten Piscos in der ganzen Stadt«, sagte Connor und stieß mit ihr an. »Ja, stimmt, es macht Spaß«, fuhr er dann fort. »Und es ist ein ziemlich unregelmäßiger Job. Manchmal arbeite ich vier Monate hintereinander, und dann wieder einen Monat gar nicht.«

»Wie kommt das?«

»Eine Freundin von mir in London organisiert die Expeditionen. Sie behauptet, der Markt sei nun mal so; ich dagegen glaube, es hängt davon ab, wieviel Lust sie gerade zum Arbeiten hat.« Er zuckte die Achseln. »Aber es ist keine Katastrophe, zu Ferien gezwungen zu sein.«

»Haben Sie jetzt gerade einen Job?«

»Ja.«

»Dann kennen Sie sich ziemlich gut aus im Land, wie?« Der Beginn einer Idee nahm in Helens Kopf eine vage Gestalt an. Dieser Mann kannte das Land, vielleicht konnte er ihr bei der Suche nach ihrem Vater helfen, falls sie beschloß, es ohne Maldonados Hilfe zu versuchen. Doch dann verbannte sie diesen Gedanken

233

rasch wieder. Schließlich hatte sie Connor gerade erst kennengelernt.

»Gut genug. Warum?«

»Ach, reine Neugier. Ich frage mich, wie gefährlich Lima wirklich ist«, sagte sie und erfand schnell eine Ausrede. »Mein Gastgeber rät mir nämlich dringend davon ab, allein herumzulaufen.«

»Warum tun Sie es dann?«

»Weil ich ein großes Mädchen bin. Ich kann mir einfach nicht
vorstellen, daß es wirklich so schlimm ist.«

»Das hängt davon ab, wieviel Glück man hat und womit man
es vergleicht. Es gibt Orte, die Sie lieber meiden sollten, wie in
jeder großen Stadt. Doch in London müßten Sie sich wenigstens
keine Gedanken darüber machen, daß Sie Opfer einer Entführung
werden könnten.«

»Kommt das hier vor?«

»Gelegentlich. In Bolivien und Kolumbien häufiger. Ent-
führungen bilden die Haupteinnahmequelle für terroristische
Organisationen, darüber hinaus gibt es aber auch noch jede Menge ganz gewöhnlicher Verbrecher.«

»Was machen sie? Stellen sich einem mit vorgehaltener Waffe in den Weg?«

»Manchmal. Oder sie halten die Leute im Wagen an. Ein
bestimmter Wagentyp hat es ihnen besonders angetan.«

»Welcher?«

»Dicke Schlitten mit Vierradantrieb.«

»Was, wie Toyota-Jeeps etwa?« fragte Helen und dachte an
Maldonados Wagen.

»Ja, das ist einer ihrer Favoriten.«

»Warum fährt man sie dann?«

»Viele Regierungsmitglieder besitzen solche Wagen. Sie sind
robust und zuverlässig. Man kann sich damit rasch davonmachen,
wenn es brenzlig wird. Die Narcos schätzen sie aus denselben
Gründen.«

»Narcos?«

»*Narcotraficantes*. Sie kaufen sie so gern, daß man Geländewagen hier *narcomobiles* getauft hat.«

Helen speicherte diese Information nur vage interessiert. »Wie
auch immer, ich habe mich in einem uralten Taxi hierher kut-

schieren lassen. Ich glaube nicht, daß mich irgendwer darin entführen würde.«

»Das stimmt nicht unbedingt. Sie sollten etwas vorsichtiger in solchen Dingen sein. Auf jeden Fall ist es besser, Taxis über eine angesehene Firma zu bestellen als sie auf der Straße anzuhalten.«

»Gott, warum versucht eigentlich jeder, mir einzureden, wie gefährlich diese Stadt ist?«

»Tut man das denn?«

»Hmm.«

»Vielleicht weil Sie jemand sind, der sich nicht auskennt. Jetzt werden Sie nicht böse, aber es ist nun mal nicht zu übersehen, daß Sie eine Gringa sind. Sie wirken ein bißchen unsicher. Wahrscheinlich marschieren Sie nur deshalb nicht schnurstracks von A nach B, weil Sie gar nicht wissen, wo Sie hinwollen. Und jeder Hauch von Unsicherheit gilt hier sozusagen als Einladung.«

»Das weiß ich«, sagte Helen schnell. »Das gilt auch für London.«

»Ja, aber in London sind Sie wahrscheinlich nicht unsicher, im Gegensatz zu hier.«

Sie nippte an ihrem Glas und sah ihn nachdenklich an. »Stimmt. Ich weiß nicht, woran ich mit Lima bin. Ich war noch nie an einem Ort, der so schwer zu durchschauen ist.« Sie dachte an Maldonados unsichtbare Abgründe. »Vermutlich ist es das, was mich unsicher macht.«

Sie sprach langsam, nachdenklich, leicht abwesend, als warte sie auf eine Reaktion von ihm und sei jederzeit bereit, einen Rückzieher zu machen. »Ich dachte immer, daß Selbstsicherheit etwas ist, das man hat oder nicht hat. Und eigentlich glaube ich nicht, daß ich meine in Heathrow zurückgelassen habe.«

Er lächelte. »Vielleicht hält man sie wie die meisten Dinge für selbstverständlich, bis sie plötzlich weg ist.«

»Ich glaube nicht, daß sie weg ist. Ich glaube, sie hat sich nur verkrochen und wartet ab, bis sie sich sicher genug fühlt, um aus ihrem Versteck herauszukommen.«

»Aber dann werden Sie sie nicht mehr brauchen.«

»Da haben Sie recht. Wie kommt es bloß, daß man immer alles hat, wenn man es nicht braucht, und gar nichts, wenn man es braucht?«

»Wahrscheinlich hat es damit zu tun, daß es als unfein gilt, Bedürfnisse zu haben.«

»Aber das ist ein ziemlich unfairer Trick, finden Sie nicht?«

»Ich glaube, es ist eine Mischung aus ›Wer hat, dem soll gegeben werden‹ und ›Das Glück ist mit dem Tüchtigen‹.«

»Das klingt aber sehr nach Raubritterphilosophie.«

»Wieso?«

»Die Tüchtigen nehmen sich, was sie wollen.«

Er lächelte.

»Kann sein. Aber es kommt immer drauf an, wo man steht.«

Sie sahen einander schweigend an.

»Also, erzählen Sie«, sagte er und ließ ihr bewußt keine Chance, sich aus der Schlinge zu ziehen. »Was hat Sie nach Lima verschlagen?« Er lehnte sich zurück und wartete auf eine Lüge. Er kannte ihre Geschichte gut genug. Carlyle hatte ihn ausführlich informiert. Irgendwie fand er es abstoßend, wie dieser Auftrag Carlyle zu einer Kupplerin und ihn zum Flittchen machte. Doch alles, was ihn Maldonado näher brachte, lohnte sich, und als er jetzt über den Tisch hinweg die angebliche Helen Williams musterte, begann sein Widerstand dahinzuschmelzen. Er fand sie unglaublich attraktiv. In ihrem Gesicht entdeckte er eine merkwürdige Mischung aus Trotz und Wärme und auch einen Hauch der Einsamkeit, die sie bewogen hatte, seine Einladung anzunehmen.

Sie senkte den Blick und drehte das Glas in ihrer Hand wie ein Weinprüfer. Dann sah sie ihn wieder an.

»Ich wollte sehen, wie es ist.«

»Und?«

»Es ist noch zu früh.«

»Gefällt Ihnen das, was Sie bisher gesehen haben?«

Sie trank aus und hielt seinem Blick stand.

»Ich finde es gefährlich, aber nicht uninteressant.«

53

Eine Woche galt auf dem Parkett als eine lange Zeit, und Hugh Wallace glaubte allmählich, daß er vielleicht tatsächlich glimpflich davonkommen würde, daß er Helen schlagen, der Entdeckung entgehen und das System besiegen könnte. Seine lebenslange Überzeugung, daß er im Grunde seines Herzens ein Versager war, schien sich als falsch zu entpuppen, und das verschaffte ihm einen merkwürdigen Auftrieb. Er zwang sich zu seinem alten Fünfzigmillionen-Dollar-Watschelgang, durchquerte den Börsensaal mit einem Lächeln auf den Lippen, schwenkte sogar die Baseballkappe und steuerte auf sein Büro zu. Seine Schrammen verschwanden und das schreckliche Gefühl, verletzlich zu sein, auch. Am Wochenende hatte er einen unglaublichen neuen Handel ausgebrütet. Wenn er damit herausrückte, wäre er wieder Wallace, der Gewinner. Vielleicht würde sogar sein alter Spitzname, Huge Stash, »der Geldscheffler«, wieder Einzug in den allgemeinen Sprachgebrauch des Parketts halten. Er grinste vor sich hin. Wenn die wüßten.

Dann tauchte Rankin mit seiner Frühstückstüte auf. Wallace winkte ihn mit erhobenem Arm zu sich ins Büro. Rankin kam hereingeschlurft, und ein durchdringender Duft nach gebratenem Speck folgte ihm.

»Um Gottes willen«, fuhr Wallace ihn an. »Du machst ein Gesicht wie ein Kinderschänder auf dem Spielplatz. Wann kapierst du das endlich? Jeder Tag ist ein Sieg für uns. Du solltest begeistert sein. Wir schaffen es«, flüsterte er mit gedämpfter Stimme und sah sich hastig um. »Geh ins Bordell, leg dich auf die Sonnenbank, tu so, als wärest du froh, am Leben zu sein.«

»An dem Tag, an dem ich deine guten Ratschläge für mein Leben brauche, gebe ich mir die Kugel.«

»Worauf wartest du denn dann?«

»Ach, laß mich zufrieden«, sagte Rankin und biß die Hälfte von seinem Sandwich ab. »Du hast wirklich nicht die Spur eines Gewissens, weißt du das?«

»Ich muß meine Haut retten. Und du auch. Also geh und spiel deine Rolle.«

Die Notwendigkeit, durchzuhalten, mußte Wallace' Ego allerhand Schaden zugefügt haben. Er kam Rankin vor wie unter Prozac. Er fand seine Überschwenglichkeit deprimierend. Eine

Sekunde dachte er daran, Wallace den gestreckten Mittelfinger zu zeigen, doch dann fuhr er sich lieber über seine Stoppeln und verließ Wallace' Büro.

Wallace trank seinen doppelten Espresso und sah sich seine E-Mails an. Das Telefon klingelte.

»Ja?«

»Hugh, können Sie mal in mein Büro kommen? Ich würde gern ein wenig mit Ihnen plaudern.«

Zaha Zamaroh. Sie hörte sich an wie geschmolzene Schokolade. Wallace fuhr erschrocken hoch. »Ja. Bin schon unterwegs.« Er überlegte, ob er sie warten lassen sollte, entschied sich aber dagegen. Sein Instinkt sagte ihm, daß sie ihn mit Zuckerbrot, nicht mit der Peitsche erwartete. Also marschierte er quer durch den Börsensaal und stand drei Minuten später in Zamarohs Büro.

Sie hatte zinnoberroten Nagellack aufgetragen und trug ein limonengrünes Kostüm, für blasse Haut tödlich, doch an ihr glühte es wie Phosphor auf einem dunklen Meer. Sie streckte die spitzen Krallen aus. Harvard, Oxford und Wharton wären dann zwar eine schreckliche Verschwendung gewesen, aber Wallace dachte, übrigens nicht zum ersten Mal, daß Zamaroh eine unschlagbare Puffmutter abgegeben hätte.

»Setzen Sie sich, Hugh.«

Er grinste sie an wie ein Wolf und ließ sich auf das weiße, weich gepolsterte Sofa fallen.

Sie lächelte zurück, stützte den Kopf auf die verschränkten Hände und musterte ihn einen Augenblick. Wallace fühlte eine Mischung aus Erregung und Unbehagen.

»Gut gemacht«, sagte sie.

»Danke«, antwortete er und verbarg seine Verwirrung.

»Sie müssen wirklich zufrieden sein.«

»Äh, ja, das bin ich auch.« Wallace beschloß, die Initiative zu übernehmen. »Wir haben wirklich einiges bewegt.«

»Sieht so aus. Wo stehen wir im Moment?«

»Bei etwa achtzig Millionen. Nach viereinhalb Monaten.«

»Mehr nicht?« fragte Zamaroh und riß theatralisch die Augen auf. Dann stand sie auf und strich mit der Hand über ihren Rock. Wallace hatte eine flüchtige Vision des üppigen Fleisches, das sich darunter verbarg.

»Das tut weh, Zaha«, sagte Wallace ein wenig kokett.

Zamaroh trat um ihren Schreibtisch herum und setzte sich halb auf die Kante, so daß ihre Schenkel unter dem zum Bersten gespannten limonengrünen Stoff prächtig gespreizt waren. Sie war nur noch wenige Zentimeter von Hugh entfernt und beugte sich zu ihm herunter. Ein berauschend naher Duft von Tuberosen und Nelken stieg ihm in die Nase.

»Was haben Sie heute abend vor, Hugh?«

Einen Moment war Wallace wie gelähmt vor Schreck. Es mußte irgendeine chauvinistische, dem kollektiven Unbewußten entstammende Urangst vor einer männerverschlingenden Göttin sein. Anscheinend hatte er sie fassungslos angestarrt, denn plötzlich klappte sein Mund zu, und aus Zamarohs Kehle drang ein tiefes, dröhnendes Gelächter.

»Ich dachte, vielleicht könnte ich mal bei Ihnen vorbeikommen, so gegen sieben?«

Wallace' Gehirn spielte eine Art Assoziationsspiel mit Worten, die ihm durch den Kopf schossen: sexuelle Belästigung, Onkel, Zuflucht.

»Prima«, sagte er schwach, stand auf und widerstand der Versuchung, sich rückwärts aus dem Büro zu schleichen.

54 Wallace kam um Viertel nach sechs zu Hause an. Er schlurfte ins Schlafzimmer, stand vor dem großen Spiegel seines Kleiderschranks und überlegte, ob er seine Arbeitskleidung gegen etwas weniger Förmliches eintauschen sollte. Dann verfluchte er sich für diese Idee. Was spielte es für eine Rolle, wie er angezogen war? Was wollte sie denn? Ihn verführen? Bestimmt nicht. Aber warum kam sie dann zu ihm nach Hause? Wieso hatte sie nicht einen Drink im Ritz vorgeschlagen – oder an welchem Wasserloch sie sonst auf Beutefang ging? Er hatte ein merkwürdiges Funkeln in ihren Augen gesehen, als sie ihn im Büro in die Enge trieb – wie eine Katze, die jeden Augenblick zuschlagen wird.

»Mist!« sagte er laut und schenkte sich einen doppelten Wodka ein.

Er behielt den Anzug an. Als es um halb acht klingelte, hatte er noch zwei weitere doppelte Wodkas nachgeschoben und merkte, daß seine Leber protestierte.

Zamaroh marschierte durch den Flur und musterte mit raschem Blick die Kunstwerke rechts und links an den Wänden. Im Wohnzimmer blieb sie wie erstarrt vor einer Skulptur stehen, die den ganzen Raum beherrschte.

»Was um Himmels willen ist denn das?«

»Es heißt *Conception* und stammt von Philippe Baudoi. Er hat es 1966 entworfen und 1969 ausgeführt.«

»Entworfen? Ausgeführt? Das ist nichts weiter als ein Haufen Ziegelsteine.«

»Einhundertzwanzig feuerfeste Ziegel, um genau zu sein. Zehn Zentimeter hoch, fünfundvierzig breit und drei Meter lang.«

»Was hat es gekostet?«

»Zweihundertfünfzigtausend.«

»Dollar?«

»Pfund.«

»Sind Sie wahnsinnig?«

»Ich finde es sehr gut. Es ist ungemein aussagekräftig.«

»Ich habe mich schon immer gefragt, wie Sie Ihr Geld ausgeben.« Zamaroh wandte sich von der Betrachtung der Skulptur ab. »Das heißt, wenn Sie es überhaupt ausgeben. Manche Leute würden Ihnen raten, es lieber nicht zu tun. Für eine Weile jedenfalls.«

»Ich bin mir nicht sicher, ob ich Ihnen folgen kann«, sagte Wallace. Seine Leber machte ihm zu schaffen. Er setzte sich auf einen unbequemen gelben Plastikstuhl.

Zamaroh ließ sich auf dem erdbeerroten Sofa nieder.

»Was verdienen Sie bei uns?« fragte sie. »Ungefähr eine Million, alles in allem, wenn ich mich recht entsinne. Das ist nicht viel, wenn Sie vorhaben« – sie hielt inne und schürzte verächtlich die Lippen –, »eine Kunstsammlung aufzubauen, nicht wahr? Es reicht hinten und vorne nicht, was? Egal, wieviel es tatsächlich ist. Darum geht es doch, oder? Zumindest zum Teil. Das Gehalt ist dazu da, daß man es ausgibt. Bonusse kann man auf die hohe Kante legen, aber das ist ein langwieriger Prozeß. Sie sind genau wie ich – wenn Sie etwas haben wollen, dann wollen

Sie es gleich.« Zamaroh stand auf und beugte sich über Wallace. Ihre Brüste berührten beinahe sein Gesicht. Sie streckte die Hand aus und fuhr mit einem Finger über seine Wange. Wallace konnte seinen Widerwillen kaum verhehlen.

»Hören Sie, ich glaube, das ist keine gute Idee.«

»Doch«, sagte Zamaroh und bleckte lächelnd die Zähne. »Ich finde, daß es eine ausgezeichnete Idee ist, und offen gesagt, Sie haben nicht gerade die Wahl, oder?«

»Was?« Wallace stand auf, entfernte sich aus ihrer Reichweite und fing an, im Zimmer auf und ab zu gehen. »Ich kann es nicht glauben. So fühlt man sich also als Frau ...«

Zamaroh stieß ein schallendes Gelächter aus.

»O Gott, das allein ist die Sache wert – endlich mal die Seiten vertauscht zu sehen.«

Wallace fand es trotz seines Ärgers extrem schwierig, sich vorzustellen, daß irgendwer es je gewagt hatte, Zamaroh zu belästigen, beschloß dann aber, es nicht zu sagen.

»Sie Idiot, glauben Sie wirklich, es ginge um Sex?« fragte Zamaroh.

»Was sonst?« stotterte Wallace.

»O, mein lieber kleiner Freund, es ist nicht Ihr Körper, der meine Begierde weckt.«

»Was zum Teufel ist es dann?«

»Was glauben Sie, wie alt ich bin?« fragte sie.

»Ich habe nicht die geringste Ahnung«, antwortete er vorsichtig.

»Ich bin neununddreißig. Ich arbeite seit dreizehn Jahren in diesem Laden, und wenn Sie das, was ich gerade getan habe, schlimm finden ... Haben Sie eigentlich eine Ahnung, was es bedeutet, als Frau in diesem Geschäft zu überleben? Wenn man gegen Gönnerhaftigkeit, Belästigungen, Vorurteile, Skepsis ankämpfen muß, bis man praktisch gezwungen ist, den Leuten mit ihrem eigenen Mist das Maul zu stopfen? Die Gebote lauten: Du sollst weiß sein, du sollst schlank sein, du sollst Chanel und ein dezentes Make-up und selbst im Hochsommer eine Strumpfhose tragen. Gott behüte, wenn du auch nur einen Fetzen nackte Haut zur Schau stellst, ganz zu schweigen von brauner Haut. Wie geschmacklos und aufreizend, du bist doch keine

Sekretärin, obwohl der Himmel weiß, warum die Sekretärinnen nicht schon längst einen Aufstand angezettelt haben. Dazu kommt *Du sollst kein Privatleben haben*, denn man erwartet von dir, daß du dich mit Haut und Haaren verpflichtest. Sagen Sie mir eins: Soll ich etwa mit meiner Arbeit bumsen, eng umschlungen mit ihr einschlafen, mich an ihrer Schulter ausheulen? Ich sehne mich nach all diesen Dingen. Das verstehen Sie nicht, wie? Sie sehen nur die Karrierefrau. Und wissen Sie, warum?«

Wallace sagte nichts; er war einfach sprachlos.

»Weil ich sonst nicht einen Tag überleben würde. All ihr verdammten angelsächsischen Männer würdet kaltlächelnd über mich hinwegtrampeln, wenn ich nicht so aussähe, als könnte ich alles zehnmal besser als ihr, ohne mich anzustrengen. Also, wollen Sie jetzt wissen, worum es mir geht, Sie kleiner Heuchler? Ich will raus aus diesem Geschäft, will mich zurückziehen, meine Häuser, mein Personal und meine Autos haben und genug Geld, um nie wieder einen Gedanken daran verschwenden oder mir von Leuten wie Ihnen Scheiße anhören zu müssen. Glauben Sie, ich spüre nicht, wie jeden Tag die Messer gewetzt werden? Wie viele Kandidaten Ihres Schlages sind wohl hinter meinem Posten her? Hm? Wieviel Gift müssen Sie noch verspritzen, um Ihr Ziel zu erreichen?« Sie trat zu Wallace und beugte sich über ihn, bis ihre Nasenspitze die seine berührte und ihr Atem ihn streifte.

»Wieviel haben Sie verdient, Hugh? Ich wußte doch, daß etwas nicht stimmt – nicht sofort, auch ich habe erst mal an Helens Schuld geglaubt wie alle anderen, aber nach einer Weile hatte ich das *Gefühl*, daß irgendwas daran nicht stimmte. Also habe ich abgewartet und Sie beobachtet, und je mehr ich sah, um so sicherer wurde ich. In den letzten Tagen haben Sie wieder zu Ihrem alten Selbstbewußtsein zurückgefunden, nicht wahr? Wallace, der Gewinner. In alter Frische. Das hat mir die letzte Gewißheit gegeben, das und Ihr verdammtes, selbstsicheres Grinsen. Wissen Sie eigentlich, wie Sie damit aussehen?« Wallace schüttelte den Kopf. »Wie einer, der sich durchgemogelt hat.« Zamaroh ging zurück zu dem roten Sofa und setzte sich, geduldig und grausam wie ein Richter aus dem Mittelalter. »Ich habe übers Wochenende gearbeitet und ein paar Nachtschichten eingelegt. Ich hatte eine gute

242

Rechtfertigung, ein anderes Problem in einer anderen Abteilung. Niemand hat vermutet, daß ich die alten Händlerscheine Ihrer Gruppe durchsehen könnte. Ich muß zugeben, daß ich eine Weile gebraucht habe, bis ich raushatte, wie die Preise koreanischer Aktienoptionen zustande gekommen sind. Aber dann habe ich Ihr mieses kleines Spiel durchschaut, Stück für Stück. Helen Jencks war das perfekte Opfer, nicht wahr? Wie leicht es doch ist, eine Frau zu bescheißen, was? Aber Sie haben nicht mit mir gerechnet. Sie müssen an die fünfzig Millionen auf die Seite geschafft haben, je nachdem, welchen Deal Sie mit AZC hatten.« Sie hielt inne und lächelte. Ihre Zähne schimmerten wie Gewehrkugeln. »Ich finde, ich sollte ein großes Stück von dem Kuchen abkriegen.« Sie stand auf und ging zur Tür. »Denken Sie darüber nach. Ich gebe Ihnen vierundzwanzig Stunden. Dann gehe ich zu Ihrem Onkel.«

55 Evan Connor wartete dreißig Meter vom Fitneßstudio entfernt, in der Calle Victor Maura. Er war, wie er in der Ausbildung gelernt hatte, eine gute Viertelstunde zu früh dran, um die Lage auszukundschaften und alles zu beobachten. Er lehnte an einer Mauer, rauchte eine Zigarette und starrte düster in den Nebel, der sich in der Nacht über die Stadt gesenkt hatte und jetzt auf ihr lag wie ein Fluch.

Da kam Helen um die Ecke und ging auf das Fitneßstudio zu. Connor beobachtete die Straße. Als er zehn Schritte hinter Helen zwei Männer entdeckte, kräftig gebaute Peruaner, die ihr mit dem Blick folgten, als sie in dem Gebäude verschwand, spürte er, wie das Adrenalin durch seinen Körper schoß. Dann blieben sie stehen. Der eine ging ihr nach, der andere nahm ein Funkgerät aus der Tasche, sprach kurz etwas hinein und schlenderte dann ziellos in Connors Richtung, ohne ihn eigentlich wahrzunehmen. Um die Tatsache zu verschleiern, daß seine Sinne aufs äußerste angespannt waren, stellte Connor rasch die Sporttasche auf den Bürgersteig, zog den Reißverschluß auf und wühlte darin herum, als wollte er sich vergewissern, daß er auch alles dabei hatte. Dann schloß er die Tasche und richtete sich scheinbar befriedigt wieder auf, gerade als der Mann sich zehn Meter vor ihm gegen einen geparkten Ford Mustang lehnte. Connor spürte den Blick des anderen, der kurz an ihm hängenblieb, dann ging er mit langen, lässigen Schritten auf das Fitneßstudio zu.

Warum zum Teufel wurde Helen Jencks observiert? Eine Überwachung konnte nur bedeuten, daß sie ein Risiko darstellte. Die Vorstellung, sie könne neutral sein, hatte sich damit erledigt. Irgendwer in den Chefetagen des alles durchdringenden peruanischen Geheimdienstes von Peru – er tippte auf Maldonado – sah in Helen Jencks eine Bedrohung. Das brachte sie und alle, die mit ihr zu tun hatten, in Gefahr. Connor stand jetzt vor der Wahl: er konnte beschließen, die Mission abzubrechen, sich zurückzuziehen und die Gewitterwolken, die sich offenbar über Helen zusammenbrauten, zu meiden. Oder er konnte ihr ins Fitneßstudio folgen, riskieren, daß er mit ihr zusammen observiert wurde, in das Gewitter hineinlaufen und beten, daß seine Tarnung nicht aufflog. Einen Augenblick war er wütend auf sich selbst. Falls die Beschatter auch gestern schon dagewesen waren, und es gab keinen Grund, das Gegenteil anzunehmen, hatte er sie nicht gesehen. Wenn sie gemerkt hatten, daß er Helen observierte, war er jetzt auch in Gefahr. Er ging auf das Fitneßstudio zu und stellte sich vor, wie ihm der Blick des Beschatters folgte. Noch fünf Schritte zum Entscheiden. In sich hineingrinsend murmelte er: »Wer nicht wagt, der nicht gewinnt.« Chaos hatte ihn schon immer unwiderstehlich angezogen, und im übrigen hatte er noch ein Hühnchen mit Maldonado zu rupfen. Und so lief er die Treppen zum Fitneßstudio hinunter – mitten hinein in den Sturm.

Helen stand am Empfang und zahlte gerade für den Eintritt und eine Flasche Limonade. Der untersetzte Mann stand daneben und tat so, als läse er die Nachrichten an der Pinnwand. Connor prägte sich jede Einzelheit des Mannes ein, obwohl er ihn anscheinend gar nicht wahrnahm, und ging lächelnd auf Helen zu. Sie grinste zurück; offenbar freute sie sich, ihn zu sehen. Er küßte sie auf die Wange, zahlte und ging weiter zur Umkleidekabine.

Sie trainierten eine Stunde. Connor beobachtete, daß Helen Gewichte stemmte, die weit schwerer waren, als er ihrer wohlgeformten Figur zugetraut hätte. Sein Blick schweifte über die anderen Gäste. Der untersetzte Kerl ließ sich nicht blicken. Doch als sie anderthalb Stunden später nach dem Duschen und Umziehen zusammen in die Nacht hinaustraten, sah er eine Bewegung in den Schatten und wußte, daß die Bewacher die Verfolgung wieder aufgenommen hatten.

Er lud Helen ins Sushi Ito ein, das nur drei Minuten entfernt war.

»Wunderbar«, sagte sie. »Ich liebe japanisches Essen.«

»Es gibt ein paar erstklassige japanische Restaurants in Lima. Die japanischen Fischer kamen im letzten Jahrhundert auf der Suche nach Thunfisch hierher. An der Küste wimmelt es nur so von Thunfischen. Sie sind den besten Restaurants in Japan eine Menge Geld wert; schon ein einziger Fang kann einen peruanischen Fischer und seine Familie ein Jahr ernähren.«

Evan bestellte Sake und schenkte Helen ein, die versunken die Speisekarte studierte. Jetzt, nach dem Training, hatten sie einen Bärenhunger und bestellten Miso-Suppe, Sashimi, Prawn Tempura und als Beilage Reis und gebratenes Gemüse.

»Sind Sie gestern abend gut nach Hause gekommen?« fragte Evan.

»Ja, sehr gut, danke. Aber ich bin jedesmal sprachlos, wenn ich sehe, wie einige dieser Taxis es schaffen, sich so lange zu halten. Das von gestern abend muß irgendwann in den Fünfzigern seine Federung verloren haben.«

Connor lächelte nicht. »Wie gesagt, es ist nicht immer eine gute Idee, nach Einbruch der Dunkelheit Taxis auf der Straße anzuhalten. Vielleicht wäre es besser, wenn ich Sie heute abend nach Hause fahre.«

»Gestern waren Sie nicht so beunruhigt. Woher diese plötzliche Sorge?«

»Es fiel mir gestern abend eben plötzlich auf, als Sie weg waren. Wir sind hier nicht in London.«

»Ich weiß, aber wie soll ich mich sonst bewegen? Ich habe keine Lust, die ganze Zeit zu Hause eingesperrt zu sein.« Sie nahm einen Schluck Sake und fuhr fort. »Maldonado, mein Gastgeber, sagt, ich kann seinen Fahrer in Anspruch nehmen, wenn ich ausgehen will, aber der ist nicht immer frei, und außerdem schätze ich meine Privatsphäre.«

245

»Haben Sie die zu Hause denn nicht?«

»Eigentlich nicht. Das Hausmädchen putzt ständig hinter mir her, räumt alles auf und wandert schweigend und mißbilligend durch die Räume. Außerdem ist sie immerzu damit beschäftigt, meine Sachen umzustellen. Sie weiß besser als ich, was ich habe und wo es hingehört.«

»Das ist nun mal Aufgabe eines Hausmädchens.«

»Ich weiß, es klingt undankbar, aber es liegt daran, daß sie ein bißchen eifriger ist als andere Mädchen. Aber das ist ja nicht alles.« Evan wartete.

»Überall gibt es Sicherheitsmaßnahmen. Zwei bewaffnete Security-Leute, die mit Maschinenpistolen Tag und Nacht Patrouille gehen. Ich habe eine Menge Wachposten in der Stadt gesehen – in den Straßen, vor Geschäften, Hotels und so weiter. Aber zwei Security-Leute in einem Garten, der von vier Meter hohen, mit Stacheldraht und Eisenspitzen bewehrten Mauern geschützt sind, scheint mir doch ein bißchen übertrieben. Jedesmal, wenn ich schwimmen gehe oder nur im Garten herumspaziere, begegne ich einem dieser Männer, und sie sind nicht gerade freundlich.«

»Hört sich wirklich merkwürdig an.«

»Ja, das ist es auch.« Helen hatte manchmal das Gefühl, von allen Seiten beobachtet zu werden. Es passierte nichts, man schien einfach nur wissen zu wollen, was sie tat. Doch jetzt beruhigte sie sich ein wenig. Was für eine Wohltat, mit jemandem zu reden, der einem vertraut schien, obwohl sie ihn gar nicht kannte. Trotzdem hatte sie den Eindruck, daß er ähnlich dachte wie sie.

»Was ist dieser Maldonado für ein Mensch?« fragte Evan und goß ihr nach.

»Er ist charmant und interessant. Liebt sein Land über alles. Aber er kann auch sehr verschlossen sein. Ich weiß einfach nicht, wie ich ihn einschätzen soll.«

»In welcher Hinsicht?«

»Auch das ist mir nicht klar. Hinter seinem Charme scheint sich noch etwas anderes zu verbergen. Er wirkt nicht gerade glücklich. Und er ist sehr neugierig.«

»Wahrscheinlich unterhält er sich ganz einfach gern mit Ihnen.«

»Nein. Es ist mehr als das.« Wie sollte sie erklären, ohne sich selbst zu verraten, daß es ihr immer vorkam, als wollte er sie bei irgend etwas ertappen? Das Essen kam. Helen hob die Schale mit der Miso-Suppe zum Mund und nahm einen belebenden Schluck.

»Sie können mich gern heute abend nach Hause bringen, wenn Sie das Gefühl haben, daß es sicherer ist. Nur wird er mich morgen löchern. Hatten Sie einen schönen Abend? Wer war denn der nette junge Mann, der Sie nach Hause gebracht hat?«

»Wie kann er das wissen?«

»Oh, er scheint über jede meiner Bewegungen informiert zu sein, selbst wenn er gar nicht da ist. Ich vermute, daß Carmen ihm alles erzählt. Sie sieht, wenn ich das Haus verlasse, und die Security-Leute sehen es auch. Sie müssen mich ja reinlassen, wenn ich nach Hause komme.«

So brachte Connor sie im Wagen nach La Molina. Helen saß neben ihm und beobachtete ihn diskret. Seine Hände lagen leicht auf dem Lenkrad, groß, sonnengebräunt und rauh, als sei er gewohnt, mit den Händen zu arbeiten. Dann fielen ihr Roddys weiche, blasse Hände ein, die sich bestensfalls mit den Tasten seines Computers herumschlugen. Sie dachte daran, wie sie sich auf ihrer Haut angefühlt hatten und schauderte unwillkürlich zusammen, als sei die Erinnerung unangenehm.

»Alles okay?« fragte Connor und sah zu ihr herüber.

Sie hob den Blick von seinen Händen und sah ihn an. »Ja, danke.«

Er blickte wieder auf die Straße. Sie beobachtete sein Profil. Die Straße, der Verkehr und das wilde Hupen der anderen Wagen verschwammen vor seiner Schönheit.

Sein Gesicht war entspannt und sinnlich. Die Lippen schienen leicht zu lächeln, und seine Augen waren sanft und nachdenklich. Helen sah die selbstsicheren Bewegungen, den muskulösen Oberkörper unter dem weißen T-Shirt und die Kraft in seinem Bizeps. Eine unübersehbare, aber unterkühlte Männlichkeit ging von ihm aus, ein stilles Selbstvertrauen, als hätte er es nicht nötig, sich zu beweisen, sondern könnte so einfach sein, wie er war. Er blieb mit laufendem Motor vor Maldonados Haus stehen.

»Danke fürs Mitnehmen.« Helen stieg aus und kehrte in Maldonados Reich zurück.

Connor setzte zurück, wendete und fuhr nach Hause. Er verbannte jeden Gedanken an Helen und konzentrierte sich darauf, seine Verfolger abzuschütteln. Normalerweise wäre es relativ leicht gewesen, aber sie sollten nicht merken, daß er sie entdeckt hatte oder wußte, wie er ihnen entkommen konnte, deshalb wollte er, daß es wie ein Zufall aussah. Es war besser, wenn sie nicht wußten, wo er wohnte.

Zwei Stunden später kam er zu Hause an. Er stand eine Viertelstunde im Dunkeln auf der Terrasse und lauschte dem beruhigenden Rauschen des Meeres. Dann schaltete er den Zerhacker an und wählte Augustos Nummer.

»Habt ihr die Beschatter gesehen?«

»Die Mistkerle waren den ganzen Nachmittag hinter ihr her, seit sie Maldonados Haus verlassen hat. Vier Teams zu je zwei Mann. Es waren Profis, aber nicht so gut wie wir.«

»Glaubst du, sie haben euch bemerkt?«

»Nein. Ich bin mir sicher.«

»Und gestern?«

»Nichts. Ich glaube nicht, daß sie da auch schon da waren.«

»Hoffen wir das Beste«, sagte Connor knapp.

Er legte auf und rief Carlyle an. In London war es sechs Uhr früh. Nach dem fünften Klingeln meldete sie sich.

»Wehe, wenn das keine gute Nachricht ist.«

»Doch, ist es. Ich habe den Kontakt hergestellt. Der erste Teil der guten Nachricht ist, daß sie bei Maldonado wohnt.«

»Aha. Und der zweite?«

»Daß sie von Profis beschattet wird.«

»Was? Von wem?«

»Von Maldonado, nehme ich an.«

»Mist! Wahrscheinlich traut er ihr nicht über den Weg. Was um Himmels willen führt das dumme Ding bloß im Schild?«

»Wenn ich alles gegeneinander abwäge, würde ich sagen, daß sie auf der Suche nach ihrem Vater ist. Finstere Absichten kann ich nicht erkennen.«

»Schon möglich, trotzdem ist sie in Gefahr. Die Beschatter haben nicht mitbekommen, daß du sie observierst, oder?«

»Nein, bestimmt nicht«, antwortete Connor selbstsicherer, als er tatsächlich war.

248

»Und jetzt willst du mir bestimmt erzählen, daß du dich zurückgezogen und die Mission abgebrochen hast, als du sie entdeckt hast.«

»Nein, ganz im Gegenteil. Ich habe Kontakt zu Jencks aufgenommen.«

»Liebe Güte, Evan. Sie ist ein Risikofaktor, bestenfalls gefährlich, möglicherweise aber eine tödliche Bedrohung, für sich und dich auch. Sie könnte für den DEA, den CIA arbeiten oder Spitzel für irgendeinen Narco-Konkurrenten sein.«

»Oder eine verlassene Tochter, die alten Geheimnissen nachspürt.«

»Geheimnissen, die Maldonado am liebsten für immer tot und begraben sähe.«

»Was ein Grund mehr für sie wäre, ihnen nachzugehen. Wenn Maldonado ihretwegen so beunruhigt ist, muß sie etwas wissen, das herauszufinden sich lohnt.«

»Zu welchem Preis, Evan? Was zum Teufel glaubst du, ist das für ein Spiel?«

»Wenn sich dabei einer die Finger verbrennt, ist es Maldonado.«

»Wieso bist du dir so sicher?«

»Ich bin es eben, okay? Ich gehe Risiken ein, Tess. Das habe ich immer getan. Wenn man Informationen will, muß man damit rechnen, dafür zahlen zu müssen. Wenn ich sie kriegen könnte, indem ich durchs Internet surfe, würde ich es tun.«

»Unsinn. Du bist doch besessen von dem Gedanken, Maldonado zu schnappen. Du wärst sogar bereit, durch die Hölle zu gehen, um ihm das Handwerk zu legen.«

»Und genau deshalb hast du mich für diesen Job ausgesucht, nicht wahr, Tess? Jetzt fang nicht an zu schreien, bloß weil plötzlich die Möglichkeit besteht, daß ein bißchen Blut fließen könnte.«

»Lieber Himmel, Evan! Ein bißchen? Du könntest im Blut waten.«

56

Maldonado und Ángel saßen in gemütlichen Sesseln und rauchten. Beide waren in sich gekehrt und schweigsam. Ángel war wie jeden Abend gekommen, um Bericht über die Aktivitäten des Tages zu erstatten. Maldonado konnte sich immer weniger dazu durchringen, sein Büro in der Calle de la Crucifixión aufzusuchen. Ángel brachte ihm sozusagen die Welt nach Hause und schleppte dabei auch all den Schmutz von draußen mit. Die Fenster von Maldonados Arbeitszimmer standen offen. Es war eine ungewöhnlich warme Nacht. Der Rauch ihrer Zigaretten trieb in den Garten hinaus, als sehnte er sich nach der Dunkelheit. Maldonado war in seine eigenen Gedanken versunken. Er warf einen Seitenblick auf Ángel. Der Mann war völlig schwarz gekleidet, abgesehen von einem violetten Hemd, das selbst in einem Bordell geschmacklos gewesen wäre. Dazu trug er schwarze, glänzende Schuhe, die so gut wie keine Absätze und dünne Gummisohlen hatten, damit man seine Schritte nicht bemerkte. Ángel tauchte überall auf und verschwand wie ein böser Geist. Mit stummem Entsetzen wurde Maldonado klar, daß Ángel wahrscheinlich mehr über ihn wußte als jeder andere auf der Welt. Vor allem darüber, was er tat und was mittlerweile – wie eine ansteckende Krankheit – seine ganze Persönlichkeit ausmachte.

Maldonado hatte das Gefühl, vom Leben betrogen zu sein. Er war so zuversichtlich gewesen, als er angefangen hatte, einen Ausgleich für den Schaden zu suchen, den das Schicksal ihm zugefügt hatte. So hatte er es jedenfalls damals gesehen. Er hatte wirklich geglaubt, die verschiedenen Teile seines Ichs auseinanderhalten und verhindern zu können, daß das Gute vom Bösen infiltriert wurde. Er hatte sich eingeredet, es sei eine Übung für den Intellekt, die der Kontrolle seines Bewußtseins unterworfen wäre, aber das Böse war nicht nur Handlung, sondern auch ein Gefühl. Wie alle Gefühle färbte es ab. Und jetzt saß er in einvernehmlichem Schweigen mit diesem Ungeheuer zusammen, einem Mann mit Pockennarben im Gesicht und Augen, die früher einmal schön gewesen sein mußten. Sein Name klang wie ein Segen, doch seine Seele war verdorben. Ein Mann, der das Leben nur als Serie von Waren beschreiben konnte, mit denen man handeln, die man aufgedrängt bekam, verlieren oder stehlen konnte, je nachdem, wie die Macht verteilt war. Freiheit und Gefangenschaft; Schweigen und Information; Glück und Verzweiflung; Verführung und Erlösung; Leben und Tod. Das war das Erbe der Kokapflanze. Ihr Auftrag hatte gelautet, diesen Zustand zu bekämpfen, nicht ihn zu erhalten, doch die ursprüngliche Absicht war schon längst vom Strom des Geldes hinweggefegt worden, der im Dschungel, der Heimat der Kokapflanze, entsprang und durch ihrer beider Hände bis nach Kolumbien floß, wo er zu einem Meer anschwoll, das die ganze Welt unter sich begraben konnte.

»Gibt es Neuigkeiten aus London?« fragte Ángel.

»Carlyle hat heute angerufen und behauptet, sie habe nichts über Helen.«

»Glaubst du ihr?«

»Natürlich nicht.«

Es klopfte, und Carmen erschien in der Tür.

»*Sí?*«

»Sie ist von einem Mann in einem VW-Taxi nach Hause gebracht worden.«

»Was ist daran so ungewöhnlich?«

»Es war kein Taxifahrer. Der Mann war ein Gringo.«

Maldonado nickte, und Carmen zog sich wieder zurück.

»Hast du ein gutes Team, um sie zu beschatten?« fragte er, an Ángel gewandt.

»Das beste.«

»Dann werden deine Leute mir ja sicher sagen können, wer der Gringo ist.«

»Ich rufe sie an, sobald wir hier fertig sind.«

»Haben sie gestern irgend etwas aufgeschnappt?« fragte Maldonado.

»Ich habe sie am Morgen abgezogen. Wir hatten ein Problem mit El Dólar. Es ist zu einer Schießerei mit Vaticanos Männern gekommen. Wir mußten die Schweinerei beseitigen. Ich wollte nicht, daß irgendwer, dem wir nicht trauen können, herumschnüffelt oder zu viele Fragen stellt. Mir blieb nichts anderes übrig, als die Beschatter dafür einzusetzen. Es sind meine zuverlässigsten Männer.«

»Verdammt.« Maldonado wischte sich mit der Faust über den Mund. »Dieser verfluchte Dólar soll zur Hölle fahren!«

251

»Werden wir ihm helfen?«

Maldonado seufzte tief.

»Warum mußte er unbedingt den Kopf verlieren? Er hatte doch mehr als genug. Was hat ihn dazu getrieben, die Hand nach Vaticanos Territorium auszustrecken?«

»Er wollte eben alles«, antwortete Ángel. Manchmal war die einfachste Erklärung auch die beste.

»Jetzt ist Vaticano hinter ihm her«, erwiderte Maldonado. »Er wird versuchen, ihm eine Falle zu stellen oder dem DEA die Informationen zuzuspielen, die sie brauchen, und dann muß ich ihn verhaften. Wie kann ich das tun? Er wird uns verpfeifen, und mit gutem Grund. Wenn er ins Gefängnis wandert, werden nicht mal wir ihn schützen können. Dieser Vaticano läßt die ganze Stadt hochgehen, wenn es sein muß.«

Maldonado stand auf und trat an das offene Fenster. Er sog die Nachtluft ein, die nach Jasmin und Tuberosen duftete. Als er sich Ángel wieder zuwendete, lächelte er.

»Wir könnten ihn aber auch verhaften, festsetzen und dann fliehen lassen.«

»Das ist gar nicht so einfach, wenn er in Canto Grande sitzt.«

»Wird er nicht. Wir bringen ihn her und stellen ihn unter Hausarrest.«

»Hierher?« Ángel versuchte, sich seine Verblüffung nicht anmerken zu lassen. »Und wie soll er fliehen?«

»Wir inszenieren eine Schießerei«, sagte Maldonado. »Wir tun so, als hätten sie uns überrumpelt. Damit befriedigen wir den DEA, Vaticano und El Dólar. So verlieren wir ihn eben später, nobody's perfect.«

»Was ist mit der Frau?« fragte Ángel.

»Wir erzählen ihr irgendeine Geschichte.«

»Sie ist im Weg.«

»Das weiß ich selbst«, fuhr ihn Maldonado an. »Was soll ich machen? Ich muß doch annehmen, daß sie vom Secret Intelligence Service geschickt wurde. Und wenn man sie mir so vor die Nase gesetzt hat, kann ich sie nicht einfach umlegen. Das würde dem SIS genau den Beweis liefern, den sie brauchen.«

»Beweis wofür? Daß du ein Killer bist? Das wissen sie längst.«

»Das nicht. Wenn ich sie töte, werden sie wissen, daß ich Angst habe, daß ich mehr als sonst vor ihnen verbergen will. Sie umzubringen, käme einer Kriegserklärung gleich. Glaubst du, sie würden einfach verschwinden? Sie würden sich mit dem DEA und dem amerikanischen Justizministerium zusammentun. Die verdammten Yankees würden versuchen, mich ausliefern zu lassen, genauso wie sie Noriega aus Panama geholt haben. Glaubst du, ich will den Rest meines Lebens in einem unterirdischen Bunker verbringen?« Maldonados Atem ging rasch und stoßweise. Er sprang auf und ging erregt im Zimmer auf und ab. Nach einer Weile beruhigte er sich wieder und setzte sich. Langsam bekam er auch seine Atmung wieder unter Kontrolle. »Und wenn ich mich irre, Ángel, wenn sich durch irgendeinen dummen Zufall herausstellen sollte, daß Helen Jencks unschuldig ist, daß sie zur falschen Zeit am falschen Ort war und bloß hier ist, um ihren Vater zu suchen, dann hat sie nicht verdient zu sterben. Ich will kein unschuldiges Blut vergießen.«

Du stehst bereits bis zum Hals in Blut, dachte Ángel. »Sie verdient den Tod schon deshalb, weil sie so dämlich war, hier aufzutauchen. Außerdem muß es Opfer geben, sonst wird man uns die Geschichte mit der Schießerei nie und nimmer abkaufen.«

»Hör auf. Wir können doch nicht einfach …« Maldonado beendete den Satz nicht.

»Wenn du mir eine bessere Möglichkeit sagen kannst, wäre ich dir sehr dankbar«, antwortete Ángel.

Maldonado sah wieder in die Dunkelheit hinaus.

57 Roddy Clark hatte den frühen Morgen schon immer gehaßt. Der heutige aber war Gold wert. Er erschien um Viertel nach sieben im Büro und wartete halb verrückt vor Ungeduld, daß Roland Mudd eintraf.

Der Redakteur erschien um acht. Roddy stürzte sich auf ihn und hielt ihm eine Tonbandkassette unter die Nase.

»Sie ahnen ja nicht, was ich hier habe.«

»Guten Morgen übrigens, Roddy. Sieht aus wie eine 90-Minuten-Kassette, würde ich sagen. Und wenn Sie nicht aufhören, sich dauernd im Kreis zu drehen, wird Ihnen noch schwindelig.«

Clark drehte sich noch einmal um sich selbst. Plötzlich schoß Mudd durch den Kopf, daß er seine Angestellten regelmäßigen Drogentests unterziehen sollte, doch er verwarf die Idee im gleichen Augenblick. Es wäre ein Alptraum, die Zeitung völlig auf sich allein gestellt konzipieren und drucken zu müssen.

»Setzen Sie sich, Sie machen mich ganz konfus.«

»Haben Sie einen Kassettenrecorder?«

»Da oben, im Regal.«

Clark sprang auf, stellte das Gerät auf den Tisch und schob die Kassette hinein.

»Bitte anschnallen«, rief er triumphierend.

Mudd saß da und lauschte dieser Stimme, die über ein Empire hätte herrschen können. Es war eine leidenschaftliche Rede und die sauberste, coolste Erpressung, von der er je gehört hatte. Seine Hände lagen still im Schoß, seine ganze Aufmerksamkeit konzentrierte sich auf die Worte, die aus dem Kassettenrecorder kamen und sein Büro unter Strom setzten. Kaum schaltete sich das Band ab, sprang er auf und ging im Raum hin und her wie ein Tiger.

»Unglaublich! Wer ist die Frau?«

»Zaha Zamaroh, Leiterin des Börsensaals bei Goldsteins.« Roddy ging ebenfalls auf und ab. Für die anderen Journalisten, die von ihren Schreibtischen aus verstohlen beobachteten, was da vor sich ging, sah es aus, als vollführten die beiden Männer ein kompliziertes Paarungsritual.

»Wie sind Sie an dieses Band gekommen?«

»Ich habe meine Quellen«, sagte Roddy und tippte sich an die Nase.

»Hören Sie auf, Roddy. Ich bin kein verdammter Richter, und das ist kein Gerichtssaal, also sparen Sie sich Ihre Geheimniskrämerei.«

»Aus Hugh Wallace' Wohnung.«

»Sie haben ihn abgehört?«

Roddy strahlte ihn an.

»Wie sind Sie in seine Wohnung gekommen?«

»Wallace ist ein Freund von mir.«

»Was Sie nicht sagen. Ein Freund. Natürlich. Wann hat dieses Gespräch stattgefunden?«

»Gestern abend.«

Mudd blieb stehen und starrte Roddy an, als sähe er ihn zum ersten Mal.

»Lieber Himmel. Die Sache ist heiß!«

Roddy starrte zurück. »Habe ich das nicht gleich gesagt? Wir können die Story darauf aufbauen. Dann schreibe ich noch was über Helen Jencks und daß sie verschwunden ist, und schiebe die Story über Jack nach. Auf diese Weise erwecken wir den Eindruck, wie der Vater, so die Tochter, beide sind Schlitzohren, und beide sind untergetaucht. Klar, wir müssen die juristische Seite im Auge behalten, aber das kriege ich schon hin; ich deute alles nur an und passe auf, daß man uns keine Verleumdungsklage anhängen kann. Sehen Sie nicht, es ist eine großartige Story. Ich habe schon immer über Helen schreiben wollen.«

»Liebe Güte, Roddy, bleiben Sie auf dem Teppich! Sie haben das Band doch gehört. Jencks ist die einzige, die in diesem Chaos keinen Dreck am Stecken hat. So sieht es jedenfalls aus. Zamaroh nennt sie ›das perfekte Opfer‹. Es klingt so, als hätte man sie reingelegt. Warum zum Teufel sollen wir sie fertigmachen?«

»Warum ist sie verschwunden, wenn sie wirklich so unschuldig ist? Ich weiß, was auf dem Band zu hören ist. Ich habe es mir die ganze Nacht angehört, ich könnte es Ihnen praktisch auswendig vortragen. Aber verstehen Sie doch, Roland, kein Rauch ohne Feuer. Irgendwas hat sie angestellt.«

»Vielleicht hat sie den ganzen Schwindel entdeckt und solche Angst bekommen, daß sie lieber abgetaucht ist.«

»Könnte sein. Aber wie auch immer, es ist eine Story, und Helen Jencks ist beteiligt. Wir müssen nur noch den richtigen Aufhänger finden. Aber lange warten können wir nicht, sonst schnappt uns noch jemand anders die Story vor der Nase weg.«

»Sie meinen, Sie können nicht warten, Roddy. Sie sind so verzweifelt hinter einem Erfolg her, daß Sie sogar Ihre Freundin verkaufen würden.«

»Ex-Freundin. Sie hat mich verlassen, wenn Sie sich recht erinnern.«

»Und jetzt wollen Sie Ihre Rache. Nun, ich werde Ihnen was sagen, mein Freund, und das wird Ihnen nicht gefallen: Nicht in meinem Blatt. Die Story ist vielversprechend, aber das ist mir nicht genug. Es sind Drohungen, Beschuldigungen, Informationen aus zweiter Hand, mehr nicht. Es gibt weder Fakten noch Beweise. Ich brauche Einzelheiten über die Transaktionen, Kontonummern, etc. Details. Ich werde keinesfalls eine Story nur mit dem Material bringen, das Sie bisher ausgegraben haben. Mit Ihren verkorksten persönlichen Motiven kann ich leben, aber nur, wenn die Story nach allen Seiten hieb- und stichfest ist. Bis dahin legen Sie Ihre Rachegelüste auf Eis und recherchieren weiter.«

»Scheiße, Roland. Jetzt lassen Sie mich nicht hängen. Was zum Teufel ist falsch daran? Es ist ein Wahnsinnsknüller, und Sie wollen mir einreden, es ist nicht genug? Wo zum Teufel soll ich denn die Einzelheiten herkriegen, die Sie verlangen?«

»Sie werden schon Mittel und Wege finden.«

Roddy stürmte aus der Redaktion und setzte sich am Ufer der Themse auf eine Bank, wo er auf das trübe graue Wasser starrte, das an ihm vorbeiströmte. Allmählich beruhigte er sich wieder und tüftelte den nächsten Angriffsplan aus. Eine halbe Stunde später kehrte er ins Büro zurück und klemmte sich hinter das Telefon.

Dai Morgan aufzuspüren, war nicht allzu schwierig. Er rief in Wiltshire an. Derek meldete sich und erklärte knapp, Mr. Morgan sei in London. Anschließend ging es bloß noch darum, sich in Position zu begeben und zu warten.

Roddy parkte seinen Jaguar am Dawson Place, lehnte sich zurück und wurde in weniger als zwei Stunden belohnt. Als er Dai auftauchen sah, stieg er mit gezückter Kamera und laufendem Kassettenrecorder aus dem Wagen. Dai kam langsam die Treppe zur Straße herunter. Er war beim Zahnarzt gewesen und hatte Schmerzen.

Er achtete auf die Stufen und hatte obendrein einen Stapel Post unter dem Arm, daher bemerkte er Roddy nicht, der auf dem Bürgersteig wartete.

»Hey, Dai!«

Morgan wirbelte herum. Roddy erwischte seinen überraschten Gesichtsausdruck.

»Sie kümmern sich wohl um Helens Wohnung, wie? Dann wissen Sie doch sicher auch, wo sie ist.«

Roddy stellte sich vor, was Morgan empfinden würde, wenn er

den Artikel las, den er über Helen schreiben würde. Genüßlich malte er sich aus, wie der alte Mann die Beherrschung verlor und wütend mit den Fäusten herumfuchtelte. Achtzehn Monate schweigender Mißbilligung hatte er ertragen müssen. Dai kam einen Schritt auf ihn zu.

»Hallo, Roddy.« Seine Stimme klang genauso wie immer, distanziert und leicht gereizt, als hinge ein unangenehmer Geruch in der Luft. »Was lungern Sie denn noch hier herum? Ich dachte, Helen hätte Ihnen den Laufpaß gegeben.«

»Nicht schlecht, Dai. Aber kommen wir zum Thema, einverstanden? So wie ich die Sache sehe, hat Goldsteins einiges Geld verloren, und Helen Jencks ist verschwunden. Klingt vertraut, oder? Wie der Vater, so die Tochter.«

Morgan kam einen Schritt näher.

»Wenn es nicht so jämmerlich wäre, könnte man wenigstens lachen«, sagte er langsam. »Die Wahrheit ist nicht so schrecklich interessant, nicht wahr? Eine Frau verläßt einen Mann, übrigens keinen Moment zu früh, aber das ist eine andere Geschichte. Der Mann kann diesen Angriff auf sein schwächliches Ego nicht verkraften und versucht sich deshalb auf die einzig mögliche Art zu rächen, die ihm einfällt – mit seiner vergifteten Feder.«

»Sie schmeicheln mir. Ich arbeite mit Fakten, nicht mit der Phantasie.«

»O, wie dumm von mir, ich wollte Sie bloßstellen.«

Dai wandte sich ab und ging auf seinen Wagen zu.

»Das ist also alles?« fragte Clark und kam hinter ihm her. »Zu Helen haben Sie nichts zu sagen?«

Morgan wandte sich langsam um. »Kein Wort, und wenn ich Sie wäre, würde ich mir eine bessere Story für eine Reportage suchen.«

»Sie wollen doch nicht etwa einen Vertreter der Presse bedrohen, Dai?«

Morgan lachte. »Sie eingebildeter Fatzke! Sie sind wirklich ein Versager, wissen Sie das? Wenn man Ihnen den Presseausweis wegnehmen würde, bliebe nichts mehr von Ihnen übrig.« Er stand neben seinem Range Rover. »Ihr Sensationsreporter erinnert mich an die Priester aus dem Mittelalter. Ihr benutzt den Presseausweis so wie sie damals das Kreuz. Ihr zückt einen Ausweis, und plötzlich ist alles heilig und gerechtfertigt. Jeder, der euch herausfordert, gilt als Ketzer. Ihr glaubt, der Ausweis gäbe euch die moralische Rechtfertigung, im Leben anderer Leute herumzuschnüffeln, dabei ist es nichts weiter als ein Vorwand für eure eigenen, völlig verdrehten Ziele.«

»Nachrichten rechtfertigen sich selbst, Dai. Sie sind unwiderstehlich. Nicht mal Sie werden Ihre heilige Helen schützen können. Das letzte Wort habe ich, und mein Publikum geht in die Millionen.«

58 Um Viertel nach acht am gleichen Abend parkte Zaha Zamaroh ihren schwarzen Mercedes 500 SL in der Elgin Crescent. Wallace machte ihr auf. Sie ging durch sein Wohnzimmer und setzte sich auf die Ziegelskulptur. Wallace wurde blaß.

Bei ihrem Anblick mußte er an Gewalt, Habgier und an die Lust einer Katze denken, die mit ihrer Beute spielt. Er fragte sich, was sie zu dem gemacht hatte, was sie war, bis sie aufstand und auf ihn zukam – so nahe, daß er gar nichts mehr denken konnte.

»Bringen wir es hinter uns«, murmelte er.

»Ich nehme an, das bedeutet ja?«

»Was sonst? Sie haben mir eines jener berühmten Angebote gemacht, die man nicht ablehnen kann.«

Irgendeine perverse Ader in ihm genoß die Situation beinahe: Sein Genie war von einem anderen durchschaut und anerkannt worden. Das Verbrechen macht einsam.

»Einen Drink?«

Zamaroh wirkte eine Sekunde überrascht, was Wallace amüsierte. Sie hatte erwartet, das ganze Spiel allein bestimmen zu können.

Sie lächelte träge. »Nun, warum nicht? Wodka, wenn Sie welchen haben.«

Wallace verschwand in der Küche und kehrte mit einer tiefgekühlten Flasche Stolichnaya zurück. Er öffnete sie schwungvoll, schenkte ein und reichte ihr feierlich ein Glas. Sie blickten auf ihre Gläser und sahen sich dann an. Irgendwie war die Situation so absurd, daß Wallace anfing zu lachen. Schließlich saßen beide da und hielten sich die Bäuche vor Lachen.

»Auf das leichtverdiente Geld«, sagte Zamaroh zwischen den Lachanfällen. Sie hob das Glas, legte den Kopf in den Nacken wie ein Schwan und trank.

»Noch einen?« fragte Wallace und kam mit der Flasche auf sie zu.

»Lieber nicht.« Zamaroh stand abrupt auf, als sei ihr plötzlich bewußt geworden, daß sie viel zu nett zu ihm war. »Kommen wir zum Geschäftlichen, okay?« Sie öffnete ihre Handtasche und nahm ein weißes Blatt heraus, auf dem eine lange Zahlenreihe stand. »CILD-Bank in Antigua. Ich hätte gern fünfzehn Millionen Dollar per elektronischer Überweisung. Anfang nächster Woche.«

Die lustige Stimmung war verflogen, und plötzlich war alles geradezu unerträglich real.

»Sie sind verrückt.«

»Möchten Sie, daß ich Ihren Kopf rette, oder würden Sie es vorziehen, wenn ich ihn auf einem Silbertablett Ihrem lieben Onkel präsentiere?«

»Halten Sie sich für Salome oder was?«

»Wenn es sein muß. Sie eignen sich allerdings mehr zum Judas als zu Johannes, dem Täufer. Sie haben Jencks in die Falle gelockt. Verstehen Sie es als Preis, den Sie für Ihren Verrat zahlen.«

»Das ist zuviel.«

»Wieviel haben Sie verdient, Judas? Mindestens vierzig Millionen, wenn nicht fünfzig.«

»Es wurde geteilt.«

»Zwischen wem?«

»Sie können doch nicht alle jagen.«

»Ich kann tun, was ich will. Lassen Sie mich raten – Ihr Kontrahent natürlich. Er hat wahrscheinlich dafür gesorgt, daß ein Teil der illegalen Gewinne zu Ihnen zurückgeflossen ist. Und wer noch? Machen Sie es sich doch nicht so schwer. Je mehr ich von anderen kassiere, um so weniger wird es für Sie.«

Sie ließ ihm eine Minute zum Nachdenken. »Glauben Sie wirklich, ich wüßte es nicht? Andy Rankin hätte den korrekten Preis gewußt. Er hätte sich das alles nicht ausdenken können, dazu ist er viel zu dämlich und auch zu ängstlich. Aber er hätte mitgemacht. Er wäre wie ein Lemming hinter Ihnen hergezockelt. Also sagen wir, fünfundzwanzig für Sie beide, fünfzehn für Sie und zehn für Rankin. Kommt das ungefähr hin?«

Wallace wandte sich ab.

»Gut, es bleibt bei den fünfzehn. Zehn von Ihnen, fünf von Rankin.«

»Sie können nicht zu ihm gehen.«

»Warum denn nicht?«

»Er würde zusammenklappen. Die ganze verdammte Untersuchung. Er ist verrückt vor Angst. Ich fürchte, daß er auspacken könnte.«

»Machen Sie sich keine Sorgen wegen der Untersuchung. Die sind hinter Helen Jencks her. Damit werde ich schon fertig. Und Sie übernehmen Rankin. Holen Sie sich das Geld von ihm oder zahlen Sie es aus eigener Tasche. Mir ist es egal, wie Sie es anstellen, aber am Wochenende erwarte ich fünfzehn Millionen Dollar auf meinem Bankkonto in Antigua.«

59 Erschöpft von der Arbeit kam Wallace am nächsten Abend gegen sieben nach Hause. Er zog den Anzug aus, ließ ihn auf den Boden fallen und hüllte sich in einen flauschigen Bademantel. Dann tappte er in die Küche und machte sich einen dreifachen Espresso. Nach dem ersten vorsichtigen Schluck nahm er ihn mit ins Arbeitszimmer, setzte sich an seinen Schreibtisch und musterte müde und resigniert sein Telefon. Wenn er daran dachte, was er vorhatte, wurde ihm schlecht. Sein schönes Geld, und jetzt mußte er es abgeben. Das also war die Belohnung für seine Findigkeit. Der Triumph in der einzigen Schlacht, die er je gewinnen konnte. Er würde niemals Frau und Kinder haben, die ihn bewunderten. Er würde nie der Mittelpunkt im Leben eines anderen Menschen sein. Er hatte Geld zum Mittelpunkt in seinem eigenen Leben gemacht, und es war die einzige Rechtfertigung für seine Lebensweise gewesen.

Einen kurzen hoffnungsvollen Augenblick lang dachte er an die Möglichkeit, Zamaroh zu sagen, daß sie sich zum Teufel scheren sollte, aber er hatte keinen Zweifel daran, daß sie auf der Stelle James Savage aufsuchen, ihm alles erzählen und seine Karriere zerstören würde. Savage war der einzige aus seiner Familie oder dem, was darunter zu verstehen war, zu dem er noch so etwas wie eine Verbindung hatte. Ansonsten empfand er bei dem Gedanken an seine Verwandtschaft nicht die geringste Scham. Die fernen Gespenster seiner Eltern und Cousins, das ganze soziale Milieu, dem er angeblich angehörte – es war ihm ebenso gleichgültig wie die Möglichkeit, daß er den Familiennamen in den Schmutz ziehen könnte. Beschämend war es, erwischt zu werden; dabei hatte er eigentlich gar kein Verbrechen begangen. Erwischt zu werden bedeutete, daß jemand anders intelligenter war als er, daß er – Wallace – etwas gewagt und verloren hatte. Erwischt zu werden bedeutete, nie wieder in der City arbeiten zu können. Wenn Savage nicht verhindern konnte, daß alles aufflog, bedeutete erwischt zu werden sogar, daß er einige Zeit im Knast verbringen würde, Tag und Nacht mit anderen Leuten zusammengesperrt. Eine Welle von Klaustrophobie schwappte über ihn hinweg, und er rang nach Luft. Doch wenn er Zamaroh sein Geld aushändigte, könnte er vielleicht überleben und sein Vermögen Pfund für Pfund wieder aufbauen. Er könnte aus Fehlern lernen, einen größeren und besseren Weg finden, das System beim nächsten Mal zu schlagen.

Es war früher Nachmittag in Gran Cayman. Wallace griff nach dem Telefon. Als sein Kontoführer sich meldete, erklärte er mühsam:

»Ich möchte eine Überweisung veranlassen.«

»Ihr Geld ist auf drei Monate festgelegt; Sie werden Zinsen verlieren, wenn Sie es von heute auf morgen kündigen.«

»Vergessen Sie die Zinsen. Überweisen Sie fünfzehn Millionen Pfund auf eines Ihrer Begünstigtenkonten. Dann soll es auf ein anderes Begünstigtenkonto bei einer anderen Bank weitergeleitet werden, welches, ist mir egal, und dann weiter auf ein bestimmtes Bankkonto in Antigua. Können Sie das erledigen?« Wallace las ihm Zamarohs Nummer vor.

Klassisches Verfahren, um Spuren zu verschleiern, dachte der Kontoführer.

»Ja, Sir. Das läßt sich machen.«

»Wie lange würde es dauern?«

»Ende nächster Woche wäre das Geld an seinem Bestimmungsort.«

»Schneller geht es nicht?«

»Das schon, aber nur, wenn wir es direkt überweisen. Wenn andere Banken beteiligt werden, sind wir von ihnen abhängig.«

So wie er von Zamaroh.

60 Der Garten lag ruhig da wie ein Schiff, das in eine Flaute geraten ist. Die Hitze schien alle Geräusche zu verschlucken. Helen hatte allmählich das Gefühl, zu ersticken, wenn sie daran dachte, wie wenig sie mit der Suche nach ihrem Vater vorankam. Sie beschloß, noch heute zu entscheiden, ob sie sich Maldonado anvertrauen und ihn bei der Suche einspannen wollte. Sie hatte das komische Gefühl, daß die Ereignisse sich überschlugen, doch sie saß in diesem Garten wie ein Fisch auf dem Trockenen. Der Wunsch, endlich etwas zu unternehmen, war beinahe überwältigend, und doch gab es eine warnende Stimme in ihr, die zur Vorsicht riet. Sie wußte, daß sie in ihrer gereizten Verfassung in der Lage wäre, etwas Unüberlegtes zu tun.

Sie sprang auf und bestellte telefonisch ein Taxi. Sie würde nach San Isidro fahren und vom Olivar aus Dai anrufen. Sie mußte mit jemandem sprechen, und er war der einzige, dem sie sich anvertrauen konnte. Möglicherweise konnte er ihr Unbehagen in bezug auf Maldonado mit ein paar klugen Ratschlägen zerstreuen. Vielleicht war er gar nicht so finster, wie sie glaubte. Vielleicht war es bloß das Gefühl, eingeschlossen zu sein, das sie so neurotisch machte. Oder Wallace' und Rankins Falle, die ihr diese Paranoia eingeimpft hatte. Sie kannte die Anzeichen von Schiffskoller: Einsamkeit, Abkapselung, das Gefühl, niemanden zu haben, dem man sich anvertrauen kann. Doch man braucht immer jemanden, der einem einen Spiegel vorhält, um sich ein gesundes Gleichgewicht zu bewahren. In den Jahren auf See hatte sie dieses Phänomen kennengelernt, aber das machte es nicht einfacher, einen Entschluß zu fassen. Sie hatte noch nie so unter dem Bedürfnis, über Geheimnisse zu reden, gelitten wie hier und war auch noch nie in einem Land gewesen, das ihr mit jedem neuen Tag mehr das Gefühl vermittelte, eine Fremde zu sein.

Carlos, der Portier im Olivar, wirkte nervös, als er sie entdeckte.

»Hi! Wie geht's Ihnen?« fragte sie lächelnd.

Er blickte zu ihr auf, als hätte er sie noch nie gesehen.

»Gut.« Er nickte knapp.

Wahrscheinlich hat er einen schlechten Tag, dachte sie.

»Meinen Sie, ich könnte das Telefon benutzen?«

Carlos schüttelte den Kopf nachdrücklicher als notwendig. »Nein. Konferenz.«

Also erinnerte er sich doch an sie. »Ach so.« Helen überlegte, was sie sagen sollte. Offenbar wartete er auf etwas.

»Besser, Sie kommen nicht mehr her«, sagte er leise.

»Was?«

»Ich glaube, Sie haben mich verstanden.«

»Wovon reden Sie?«

Carlos sah sich um und sprach dann sehr schnell. Offensichtlich hatte er Angst.

»Als Sie das letzte Mal hier waren, kam anschließend ein Mann und wollte wissen, wer Sie sind und wen Sie angerufen haben.«

Helen spürte, wie die Angst auf sie übergriff. »Und weiter?«

»Ich mußte ihm die Quittung mit der Nummer geben, die Sie angerufen haben. Er sagte, wenn Sie je wieder auftauchen, sollte ich ihn anrufen.«

»Wie sah er aus?«

»Untersetzt, dunkel, mit Schnurrbart.«

Damit war der flüchtige Verdacht, es könnte Evan Connor gewesen sein, ausgeschlossen.

»Wer war es?«

»SIN.«

»SIN! Was in drei Teufels Namen ist das?«

»*Servicio de Inteligencia Nacional.* Spitzel, Señorita. Es gibt Leute, die sagen, sie regieren das Land. Glauben Sie mir, Sie würden ihnen bestimmt nicht gern über den Weg laufen.«

»Sieht aus, als sei das schon passiert.« Helen verließ das Hotel, so rasch sie konnte. Alle Gedanken daran, Dai anzurufen, Maldonado zu vertrauen oder irgend jemand anderem in diesem Land, waren zunichte gemacht.

Sie ging weiter zum Fitneßstudio und widerstand dem beinahe übermächtigen Verlangen, sich umzudrehen oder nach rechts und links zu blicken. Sie sah die Passanten an, die ihr entgegenkamen und sie überholten, als suchte sie nach Schuld, Verschwörung, einem wissenden Blick, einstudiertem Desinteresse, irgend etwas, das nicht dasein dürfte. Sie entdeckte nichts. Der Anschein der Normalität war ihr plötzlich unheimlich. Selbst der blaue Himmel und das übliche Gewimmel um sie herum wirkten finster. Sie hatte genügend Gewitter erlebt, um zu wissen, daß sie von weit her kommen und am schlimmsten und lebensbedrohlichsten sind, wenn sie aus heiterem Himmel hereinbrechen, der sich in Sekundenschnelle schwarz verfärben konnte.

Connor wartete am Empfang. Er küßte sie auf die Wange. »Wie geht's?«

»Ich brauche Bewegung.«

Helen trainierte, bis ihre Muskeln zitterten. Sie versuchte, sich das Gespenst des SIN auszutreiben, doch vergeblich.

Connor kam quer durch den Raum auf sie zu. Sein graues T-Shirt war schweißgetränkt. »Fertig?«

Sie sank in einen Spagat, berührte mit Stirn und Brust den Boden und verharrte so zwanzig Sekunden, bevor sie sich wieder aufsetzte und ihr Gesicht zu ihm erhob.

»Ja, gleich.«

Eine Viertelstunde später traten sie auf die Straße.

Helen sah sich nervös um. Connor fragte sich, ob sie wußte, daß sie beschattet wurde. Ein plötzlicher Impuls, sie zu beschützen, brachte ihn auf die Idee, sie von der Straße in seine gemütliche Wohnung zu lotsen.

»Wie wär's, wenn ich Ihnen etwas koche?« schlug er grinsend vor.

Es war ihm klar, daß er dem SIN damit verriet, wo er wohnte. Andererseits würde er ihn sich nicht ewig vom Hals halten können, jedenfalls nicht, ohne daß die Burschen dahinterkamen, wie erfahren er im Abschütteln von Verfolgern war. Und dann würde es nicht lange dauern, bis sie herausgefunden hatten, daß er selbst so etwas wie ein Spitzel war. Aber wie auch immer, er hatte seine Entscheidung, sich ins Chaos zu begeben, bereits getroffen. Dies war nur der nächste Schritt.

Helen musterte Connor einen Augenblick. Jetzt, da ihr der SIN im Nacken saß, wußte sie nicht, ob es fair war, Connor mit hineinzuziehen. Sie würden sie bis zu seiner Wohnung verfolgen. Doch er war unschuldig, er hatte nichts zu befürchten. Sie sah in seine unergründlichen Augen und spürte, daß er sich irgendwie, auf eine Art, die sie selbst nicht definieren konnte, bereits auf sie und ihre Probleme eingelassen hatte. Was aber noch schwerer wog: Wenn überhaupt jemand imstande war, auf sich aufzupassen, dann er.

»Kochen können Sie auch?«

Schweigend saßen sie in seinem schrottreifen Käfer und fuhren durch die Stadt. Helen beobachtete Connor aus dem Augenwinkel. Sie hätte wetten können, daß er wußte, was mit ihr los war, aber er drängte sie nicht. Er wirkte mit allem einverstanden und selbstbewußt, als könnte ihn nichts so schnell schockieren oder aus der Bahn werfen. Und wenn doch, würde er kämpfen. Halb und halb sehnte Helen sich danach, sich ihm anzuvertrauen, doch gleichzeitig weigerte sie sich, ihren Verdacht und ihre Ängste zum Leben zu erwecken, indem sie sie aussprach. Warum sollte sie einen Fremden in ihr Leben einbeziehen? Sie hatte sehr gut daran getan, sich Männer vom Leib zu halten, seit sie zur See gefahren war, jedenfalls gefühlsmäßig. Sie hatte nicht vor, sich ausgerechnet jetzt verletzlich zu zeigen, da sie sich das weniger denn je leisten konnte.

Sie sehnte sich nach Vergessen. Vielleicht nach jener Art des Vergessens, bei der man einem anderen Menschen in die Arme fällt und ein paar Stunden in der Lust ertrinkt. Und dann? fragte eine kleine innere Stimme. Dann fängt man wieder von vorn an, kam die Antwort.

Connor bog in Richtung Strand ab. Durch das offene Fenster konnte Helen die salzige Meeresluft schon riechen. Fünf Minuten später bremste er und lenkte den Wagen über eine Rampe hinab in eine Tiefgarage. Sie stiegen aus und fuhren mit dem Aufzug in den zwölften Stock. Connor schloß auf, ging voran und schien sich kurz umzusehen, bevor er sie zum Eintreten aufforderte. Das überraschte sie. Sie betrat einen weißgetünchten Flur, der mit Wüsten-Fotos in blaßgoldenen und roten Farbtönen geschmückt war. Im Wohnzimmer gab es noch mehr Fotos: Araberpferde, die mit flatternder Mähne und Schweif neben einem glitzernden Meer entlang galoppierten. Mehrere vollgestopfte und aus allen Nähten platzende Bücherregale. Kostbare Perserteppiche auf dem Boden. In einer Ecke stand eine Wasserpfeife. Helen wunderte sich über Connors Verbindung zu arabischen Ländern und empfand es als einen seltsamen Wink des Schicksals, daß dieser Mann sein Leben mit den gleichen Totems schmückte wie sie selbst.

Connor kam aus dem Flur zurück und führte sie auf einen langen Balkon mit Blick aufs Meer. Sie standen Seite an Seite und sahen hinaus auf die schlummernde See, die vom silbernen Licht einer Mondsichel überglänzt wurde. Keiner von beiden sagte etwas. Es lag eine merkwürdige Intimität in ihrem Schweigen. Helen spürte, wie sie sich immer mehr zu Connor hingezogen fühlte. Plötzlich wandte sie sich ab, um diese Empfindung zu verdrängen. Connor drehte sich lächelnd um. »Kommen Sie, ich mache Ihnen das beste Risotto, das Sie je gegessen haben. Genau das richtige, wenn man Trost braucht.«

»Sehe ich aus, als hätte ich welchen nötig?«

»Wir brauchen alle Trost, Helen, ganz gleich, wie abgehärtet wir wirken.«

»Sie auch?«

»Ich auch.«

Sie gingen in die Küche. Sie war riesig und sichtlich gut ausgestattet. Helen warf Connor einen überraschten Blick zu.

»Kann ich helfen?«

»Sie können sich hinsetzen und mir Gesellschaft leisten.«

Sie sah zu, wie er Zwiebeln und Knoblauch pellte. Bald erfüllte der scharfe Duft von gebratenem Knoblauch den Raum. Er gab etwas gewürfelten Schinkenspeck und ein paar Handvoll Reis hinzu.

»Jetzt kommt etwas, das ich schon vorbereitet habe«, sagte er lächelnd und goß Rindfleischbrühe hinzu. Die brutzelnde Mischung zischte und blubberte dann sanft vor sich hin, während er Weißwein und den Saft von zwei frisch ausgepreßten Limonen hinzufügte. Dann öffnete er einen Schrank, der Kräuter und Gewürze enthielt.

Helen spähte ihm über die Schulter.

»Sie könnten ja ein Restaurant aufmachen.«

Er nahm ein paar Packungen heraus und würzte sein Risotto großzügig mit Salz, Kümmel, Kardamom und Jalapeno. Dann rührte er alles um und verschloß den Topf. Nach ein paar Minuten nahm er den Deckel wieder ab und prüfte den Reis. Ein köstliches Aroma erfüllte die Küche.

»Gut. Noch ein paar Minuten, und wir sind soweit.« Er wusch den Salat, gab ihn in eine Schüssel und stellte sie auf den Tisch. Dann öffnete er eine Flasche chilenischen Weißwein und schenkte zwei Gläser ein.

Als sie sich zum Essen setzten, ließ er Helen zuerst kosten, um ihre Reaktion zu beobachten.

»Hmmmm! Wo haben Sie so gut kochen gelernt?«

Er zuckte die Achseln. »Das habe ich mir selber beigebracht. Ich war beim Militär.« Mehr verriet er nicht. Auf den SAS ging er lieber nicht ein.

»Bei einem Einsatz ist das sehr wichtig. Nicht nur, um zu überleben, sondern auch für die Psyche. Es kann sehr deprimierend sein, monatelang immer dasselbe zu essen. Ein kleiner Luxus, zum Beispiel das richtige Gewürz an der richtigen Stelle, kann einen großen Unterschied machen. Viele meiner Kumpel hatten Gewürze im Gepäck.«

Helen mußte lächeln, als sie sich einen Trupp Soldaten vorstellte, die außer ihren diversen tödlichen Waffen auch Curry-Päckchen mitschleppten.

»Ich bin es nicht gewöhnt, Männer wie Sie zu treffen«, sagte sie plötzlich.

»Und ich kenne eigentlich gar keine anderen. Ich habe zwar auf der Schule oder später an der Universität andere kennengelernt, aber irgendwie war ich nie so richtig einer von ihnen. Ich habe gelernt, so zu tun wie sie, manchmal geht es nicht anders, aber das ist nicht mein wirkliches Ich.«

»Sie sind eine komische Mischung aus hart und weich.«

Er lachte. »Bin ich das?«

»Sie haben eine schöne tiefe Stimme, und Sie sehen gut aus.«

»O Gott, gut?«

»Ja«, sagte sie langsam, und ihr Blick wanderte über seine lächelnden Lippen, die feingeschwungenen Wangenknochen und die unergründlichen Augen. »Aber Ihr Gesicht hat auch etwas Hartes. Sie haben keine schlaffen Wangen, kein Doppelkinn, nichts dergleichen.«

»Ich bin siebenunddreißig, um Himmels willen.«

»Viele siebenunddreißigjährige Männer in London haben ein Doppelkinn. Ich war in der City von solchen Männern umgeben. Sie arbeiten den ganzen Tag, trinken die halbe Nacht und sehen zehn Jahre älter aus, als sie tatsächlich sind.«

»Bestimmt nicht alle.«

»Nein, es gibt Ausnahmen, manchmal sehr attraktive Ausnahmen, aber es ist nicht gerade der Platz, wo sich schöne Männer tummeln.«

»Ist es das, was Sie suchen?«

»Nein. Aber es hilft.« Sie nahm einen Schluck Wein und wandte den Blick ab. »Stammen Sie von dort?«

»Von wo? Aus England?«

»Hmm.«

»Nein, ich kam im Jemen zur Welt, in Mukalla. Mein Vater verbrachte fast sein ganzes Leben im Ausland. Ich wurde in unserem Haus am Strand geboren. Es war wunderschön. Vierzig Meilen nichts als leere Strände. Als ich drei war, bekam ich einen Esel und verbrachte meine Zeit damit, an diesen Stränden zu reiten und zu schwimmen.«

»Allein?«

»Ja. Meine Mutter war bei meiner Geburt gestorben.« Sein Blick ließ ihre Augen nicht los, und sie entdeckte darin den eisernen Willen, keinen Schmerz zu zeigen. »Ich wuchs mit meinem Vater und Harigoo auf, meiner *amah*. Sie hat sich um mich gekümmert. Mein Vater war viel unterwegs. Manchmal hat er mich mitgenommen, aber die meiste Zeit mußte ich allein zurechtkommen.«

»War das nicht gefährlich?«

»Es gab ein bißchen Terrorismus. Mein Vater hat mir das Schießen beigebracht, als ich fünf war. Wir hatten einen Wachmann im Haus ... Aber ich hatte mehr Angst vor Haien als vor Terroristen.«

»Es gab Haie dort?«

Er nickte. »Man lernte, in trüben Gewässern oder da, wo das Meer aufgewühlt war, nicht zu schwimmen. Irgendwie entwickelte ich so etwas wie ein Gespür dafür, wann es sicher war und wann nicht. Aber man konnte sich nicht darauf verlassen. Einmal schwamm ich an einem beliebten Badestrand. Drei Meter von mir entfernt stand eine Frau nur bis zur Taille im Wasser, und plötzlich fing sie an zu schreien. Dann sah man eine riesige Schwanzflosse, die das Wasser aufpeitschte. Ihr Mann stürzte ins Wasser, um sie zu retten.«

»Was war passiert?«

»Er hatte ihr das halbe Bein abgerissen. Sie starb noch am Strand, am Schock, vermute ich.«

»O Gott. Wie alt waren Sie?«

»Sechs.«

Beide schwiegen eine Weile. Connor hing seinen Erinnerungen nach, und Helen dachte an ein Kind, das mit dem Tod aufwachsen mußte.

»Das muß Sie gezeichnet haben.«

»Ja, stimmt. Und was ist mit Ihnen, Helen, was hat Sie gezeichnet?«

»Bin ich das? Fällt es so auf?«

»Wer ist das nicht?«

Sie lächelte. »Ja, wirklich, wer ist das nicht?« Wieder fühlte sie sich hin und her gerissen zwischen den widerstreitenden Wünschen, ihr Schweigen aufrechtzuerhalten und sich ihm anzuvertrauen. Wo sollte sie bloß anfangen? Connor schien ihre Gedanken zu lesen und machte es ihr leichter.

»Was war das Beste, das Sie je gemacht haben?«

»Weglaufen«, antwortete sie ohne zu zögern.

»Wie kam das?«

Helen holte tief Luft und stieß sie dann seufzend wieder aus. Ihr Verlangen, sich mit diesem Mann zu unterhalten, der ihr soviel über sich selbst erzählt hatte, war größer denn je. Mit jedem seiner Worte hatte er sie ein wenig näher zu sich herangezogen. Die ganze Zeit hatte er es geschafft, das Gespenst des SIN zu ban-

269

nen. Jetzt fiel es ihr kurz wieder ein, doch unter der Last der Erinnerungen, die ausgesprochen werden wollten, verdrängte sie den Gedanken. Ihre Augen ließen Connor nicht los, und das Vertrauen wurde von einer ungeheuren Intimität zwischen ihnen getragen.

»Ich war achtzehn und lebte seit zwei Jahren mit einem Musiker, einem Tenorsaxophonisten zusammen. Etwa ein Jahr, nachdem ich bei ihm eingezogen war, fing er an, mich zu schlagen. Nicht oft, bloß wenn er betrunken war, und ... o Gott, jetzt fange ich doch noch an, es irgendwie zu rechtfertigen.« Sie hielt inne, und Connor sah, daß ihre Augen vor Wut blitzten. »Na, jedenfalls, er schlug mich, und aus welchen Gründen auch immer, ließ ich mir das sechs Monate gefallen. Ich konnte mich verteidigen«, setzte sie hinzu, als würde das die Schwere seiner Schuld mildern, »deshalb hat er es nie geschafft, mich wirklich zu verletzen. Doch eines Abends kam er nach Hause, brach einen Streit vom Zaun und ging wieder auf mich los. Ich wollte ihm ausweichen, aber es war schon spät, und ich war müde. Ich stolperte über einen Stuhl, fiel hin und schlug mir den Kopf auf. Ich lag mit blutendem Kopf auf dem Boden, und er stand einfach da und lachte. Da ist in mir etwas zerrissen. Ich stand auf und wollte gehen, einfach die Wohnung verlassen, aber er packte mich und wollte erneut zuschlagen. Ich habe nach seinem Handgelenk gegriffen und ihm den Arm umgedreht, bis er gebrochen war. Er verlor das Bewußtsein vor Schmerz. Ich habe meinen Koffer gepackt und bin verschwunden.«

»Sie sind durchgebrannt?«

»Ja. Zuerst nach Devon, Dartmouth, wo meine Mutter lebt. Als ich dort ankam, brachte ich es nicht fertig, zu ihr zu gehen. Sie selbst hätte es irgendwie geschafft, gute Miene zum bösen Spiel zu machen, aber ihr Freund hätte mich behandelt, als hätte ich was verbrochen. Also ging ich in ein Bed-and-Breakfast. Als ich am nächsten Tag durch die Stadt schlenderte, entdeckte ich im Schaufenster eines Reisebüros eine Anzeige: Schiffskoch gesucht. Ich habe mich beworben und den Job bekommen. Zwei Tage später war ich auf dem Weg nach Jamaika.«

»Kein schlechtes Ziel zum Durchbrennen.«

Sie starrte vor sich hin. »Es war ein Segen. Ich bin acht Jahre zur See gefahren. Wir holten im Morgengrauen den Anker ein und sind in See gestochen. Jeden Tag ein neuer Horizont. Ich bin in meinem Leben nie so aufgeregt und so voller Angst gewesen. Wir überquerten den Nordatlantik. Dann befuhren wir den Südatlantik, nur die Crew und ich, als wir sechs Monate frei hatten. Wir kreuzten auf dem Pazifik und sahen Dinge, die Sie nie glauben würden. Wellen, so groß wie ganze Häuser, brachen über uns herein. Wenn uns bei Sonnenuntergang die Wale begleiteten, konnten wir ihre runden glänzenden Rücken im Wasser sehen. Ruhige Morgen, an denen das Meer so glatt wie ein Spiegel war und man nicht das kleinste Geräusch hörte. Dann schien die ganze Welt stillzustehen.«

Sie lächelte wehmütig und glücklich zugleich.

Es lag eine ungeheure Spannung im Raum. Connor sehnte sich danach, Helen in die Arme zu nehmen, sie einfach festzuhalten und in den Schlaf zu wiegen.

Sie verstummten. Helen hatte einen Augenblick den Eindruck, daß Connor im Schneidersitz in irgendeinem gottverlassenen Winkel der arabischen Welt sitzen könnte, und keine andere Gesellschaft brauchte als ein prasselndes Feuer. Er hatte eine Gabe zum Schweigen, die nur Menschen beherrschen, die lange Zeit allein gelebt haben. Dai besaß sie und sie selbst auch. Ihr ganzes Leben lang hatte sie nach jemandem gesucht, mit dem sie schweigen konnte. In der Ferne rauschte und donnerte das Meer. Die Nacht schien immer dunkler zu werden.

Irgendwann brach Connor das Schweigen.

»Was würden Sie jetzt am liebsten tun?«

Helen sah ihm in die Augen. Ein paar Sekunden sagte sie gar nichts. Sie wollte ihre Nähe nicht zerstören. Sie wollte diesem Mann noch näherkommen. Langsam lächelnd antwortete sie:

»Ich würde gern mit Ihnen tanzen. Irgendwo, wo es dunkel, schummrig und wild ist.«

Sie fuhren durch verlassene Straßen zu einem ehemaligen Lagerhaus irgendwo in der Altstadt. Der Fußboden bebte, als sie hereinkamen. Helen nahm eine Bar wahr, eine Band und Tänzer. Die Luft roch süß und schwer nach Marihuana. Doch all das verschwamm, als sie sich mit Connor bis zur überfüllten Tanzfläche durchgekämpft hatte und anfing, zu tanzen.

Schnelle Salsamusik, ein wildes Tempo, wie rasch dahinjagende Pferde. Sie tanzte, bis ihr schwindlig wurde und die Hitze ihren schweißgebadeten Körper ganz erfaßt hatte. Dann wurde das Tempo langsamer. Connor kam näher und zog sie an sich. Sie spürte, wie die Umrisse seines Körpers mit den ihren verschmolzen und hatte das Gefühl, daß sie das feste Land verlassen hatten und in einem Meer von Musik schwammen. Sie erfüllte die Luft, sie pulsierte durch ihren Körper. Sie bewegten sich im gleichen Strom, und solange es dauerte, wurde alles andere weggeschwemmt.

61 Roddy Clark marschierte den Campden Hill Square zur Holland Park Avenue hinab, und seine eisenbeschlagenen Absätze hallten auf dem Pflaster wie eine Kriegserklärung. Er grinste in sich hinein und bleckte die schimmernden Zähne. Sein Comeback stand unmittelbar bevor, und in den Augen der Frauen, die ihm entgegen kamen, entdeckte er einen Abglanz seines verschwenderischen, jungenhaften Charmes.

Er kam in die Redaktion wie ein Hauptdarsteller, der die Bühne betritt. Der Nachrichtenraum summte vor Erregung. Hier spannen die Reporter ihre Produkte zu Gold. Zum ersten Mal seit achtzehn Monaten war er wieder König Midas. Eine Woge von Zuvorkommenheit für die engagierteren unter seinen Kollegen stieg in ihm auf. Für die anderen, die die Mehrheit bildeten, hatte er nur verächtliche Arroganz übrig. Er berauschte sich an seinem eigenen Talent, und Gott, ja, das tat gut.

Roddy klopfte an die Glastür von Mudds Büro.

»Hey, Roland, ich hab' was für Sie!«

Ausnahmsweise erwischte er seinen Chef bei guter Laune.

»Na, dann rein mit Ihnen, mein Lieber. Zeigen Sie mir, was Sie haben«, erwiderte Mudd und spitzte erwartungsvoll die Lippen.

Clark tanzte um den Kassettenrecorder herum, als lauschten sie einem erotischen Tango. Mit großen, dramatischen Schritten lief er auf und ab, während die Stimmen die klimatisierte Zitadelle von Mudds Büro erfüllten. Zaha Zamaroh gab Hugh Wallace Anweisungen, fünfzehn Millionen Dollar seines illegal erworbenen Geldes auf ein Bankkonto am anderen Ende der Welt zu überweisen, und kurz darauf beauftragte Hugh Wallace telefonisch seine Bank, das Geld zu überweisen und rasselte dabei sämtliche Einzelheiten von Zamarohs Bankkonto runter.

»Details, Fakten, Zahlen«, blubberte Roddy aufgeregt. »Reicht Ihnen das?« Er schaltete den Kassettenrecorder aus und steckte ihn in die Tasche. »Recherche oder?«

Mudd lächelte bedächtig. »Also los. Sie kriegen die erste Seite. Oben links. Sorgen Sie dafür, daß Ihr Artikel nach der Mittagspause fertig ist. Ich bestelle die Anwälte für drei Uhr.«

»Kann ich auch eine Story über Jencks und ihr Untertauchen bringen? Mit ein paar netten, kaum erkennbaren Anspielungen?«

»Na schön. Schreiben Sie, was Sie wollen, Sie Mistkerl. Sie gieren dermaßen nach Rache, daß ich bis hierher hören kann, wie Ihnen der Magen knurrt. Aber Sie haben recht, Jencks ist Teil der Story, und wir wären Idioten, wenn wir sie rausließen. Schreiben Sie einen netten kleinen Aufmacher. Gehen Sie auf ihren Vater ein. Aber nur als Andeutung, haben Sie verstanden? Sie gilt als unschuldig. Spielen Sie nur leise drauf an, daß sie damit zu tun haben könnte.«

Clark machte auf dem Absatz kehrt und war schon halb aus dem Büro, als Mudds Stimme ihn zurückhielt.

»Gut gemacht, Roddy. Prima Story. Ich habe das Gefühl, daß das erst der Anfang ist. Wer weiß, wo wir damit enden werden?«

Roddy nickte und starrte Mudd an, ohne ihn eigentlich wahrzunehmen. Dann verließ er merkwürdig still das Büro. Es war, als hätte er soeben eine Vorahnung von den möglichen Konsequenzen seiner Geschichte gehabt. Er ging durch den Nachrichtenraum, setzte sich an seinen Schreibtisch und starrte lange auf den leeren Bildschirm, bevor er anfing, die Furien herbeizurufen.

62

Helen erwachte spät. Seit etwa neun hatte sie in einem unruhigen Halbschlaf gelegen, ohne sich aus ihrer Traumwelt losreißen zu können. Sie war bis fünf Uhr morgens mit Connor aus gewesen. Dann hatte er sie nach Hause gebracht, und sie hatten in der kühlen Nachtluft, die den Schweiß trocknete, voreinander gestanden und sich aus sicherer Distanz verabschiedet. Ein Kuß wäre wie ein Streichholz gewesen, das man über die Reibfläche zieht; das war ihnen beiden bewußt.

Teilweise hatte sie jetzt noch das Gefühl, zu tanzen. Es war derselbe leichte Rausch, der sie immer nach einer langen Seereise erfaßte, wenn sie wieder festes Land unter den Füßen spürte. Doch er war durchsetzt von einer ängstlichen Beklommenheit, sicher die Nachwirkung des Schocks. Sie brauchte nur ein paar Sekunden, um sich klarzumachen, daß der SIN grausame Realität war. Heute ließ sie die Yoga-Übungen ausfallen und ging direkt zum Pool. Die Oberfläche lag still wie Glas da, als sie hineintauchte. Wassertropfen glitzerten auf ihrer Haut. Fast eine Stunde lang versuchte sie vergeblich, die lauernden Schatten des SIN aus ihrem Bewußtsein zu vertreiben.

Schließlich gab sie auf. Sie schwang sich aus dem Wasser und stützte sich mit den Ellbogen auf die warmen Kacheln, während sie den Garten betrachtete und Ordnung in ihre Gedanken brachte. Der Chlorgeruch vermischte sich mit dem Duft der Hibiskusblüten, die von den Bäumen herabfielen und das Wasser um sie herum mit amethystfarbenen Sternen schmückten.

Ihrer Einschätzung nach gab es bloß zwei Möglichkeiten, um das Interesse des SIN an ihrer Person zu erklären. Entweder hatte es mit Wallace, Rankin und Goldsteins zu tun oder aber mit der Tatsache, daß Dai, ihr Vater und Maldonado früher Geheimagenten gewesen waren. Doch welchen Sinn machte es, daß der peruanische Geheimdienst sie auf eine Bitte von Goldsteins oder der britischen Behörden hin beschattete? Wenn der lange Arm der britischen Justiz nach ihr griff, würde er sich doch eher der peruanischen Polizei bedienen. Und wenn es nichts mit London zu tun hatte, bedeutete es, daß der peruanische Geheimdienst aus irgendwelchen unerklärlichen Gründen eigene Ziele mit ihr verfolgte. Was hatte sie getan, um seine Aufmerksamkeit zu erwecken? Sie war bei Maldonado untergeschlüpft, das war alles. Der SIN interessierte sich also für ihn, anders konnte es nicht sein. Zitternd verließ sie den Pool. Die andere Erklärung, die sie mit fast hellseherischer Angst erfüllte, als sie darauf stieß, war, daß Maldonado selbst dem SIN angehörte und sie, als sie herkam, um ihren Vater zu suchen, unbewußt in den Strudel der Geheimdienste geraten war. Vielleicht war das der Grund für die Elektrozäune, die Hunde und die bewaffneten Wachposten. Es würde auch den seltsamen Anflug von Paranoia erklären, den sie in Maldonados Augen zu erkennen gemeint hatte, und seine Warnung rechtfertigen, daß sie nicht einmal innerhalb seiner rundum abgesicherten Mauern sicher war. Dai hatte sie gewarnt, als er sagte, daß Maldonado sich in dreiundzwanzig Jahren verändert haben konnte, und nicht unbedingt zum Guten, doch jetzt dachte Helen, daß nicht einmal Dai mit seiner angeborenen Vorsicht eine derartige Veränderung hätte voraussehen können. Sie hatten Maldonado für einen Freund gehalten, der ihr eine Zuflucht bot, nicht für ein Raubtier, das jeden ihrer Schritte beobachten würde. Warum mißtraute er ihr? Jetzt schien es plötzlich so, als habe er sich ihr gegenüber vom ersten Augenblick an ambivalent verhalten. Fast jedes Mal, wenn sie sich begegneten, hatte er die eine oder andere Warnung ausgesprochen. Sie war nie darauf gekommen, daß er sie vor sich selbst hatte warnen wollen. Doch jetzt hallte seine Drohung Wort für Wort in ihren Ohren wider: *Der Tod geht um an diesem Ort. Sie glauben, Sie seien hier sicher, aber Sie irren sich. Man zieht ihn an. Man sieht zuviel. Man bildet sich Dinge ein, und sie werden einen verfluchen. Man kann nichts tun, außer sich umdrehen und ihnen ins Auge sehen.*

63 An diesem Abend traf sich Helen mit Connor im Too Too Tango. Argentinischer Tango kam aus der Musicbox, langsam, drängend, nur einen Schritt entfernt von ungezügelter Wildheit. Connor saß in ausgebleichten Jeans auf einem Barhocker und hatte ein Glas Bier in der Hand. Die andere hatte er auf den Schenkel gestützt. Er wandte ihr das Profil zu und schien die überfüllte Bar zu beobachten. Sie konnte beinahe fühlen, wie er träumte, sehnte sich danach zu sehen, was seine

275

Augen beschworen, und wünschte, es wäre ihr Bild. Seine Schönheit ließ sie einen Augenblick innehalten und ihn einfach nur ansehen. In diesem kurzen Augenblick fing sie an, ihn zu begehren. Sie vergaß ihre Angst, als sie sich seine Hände auf ihrer Haut vorstellte, den Geschmack seines Mundes, das Gefühl, wenn er seinen Körper auf den ihren senkte und sie mit seinen unbeschreiblichen Augen betrachtete. Dann wandte er sich um und sah sie. Sein Blick war eine wilde, sehnsüchtige Frage. Sie trat zu ihm, und er glitt lächelnd von dem Barhocker und küßte sie auf den Mund. Seine Hand fand die ihre. Sie verschlangen die Finger ineinander. Halbwegs tanzte sie vor Freude, doch da war auch etwas in ihr, das flüchten wollte. Es gab Männer, die kamen und gingen, ohne einen Eindruck zu hinterlassen. Dieser Mann war eine Gefahr; sie wußte, daß er sie nicht unberührt lassen würde. Er konnte sie bis ins Innerste treffen und alle Schutzmauern wegfegen, die sie im Verlauf von Jahrzehnten aufgebaut hatte.

»Wie fühlst du dich?« fragte er.

Schwindlig, voller Verlangen, aufgeregt. »Gut. Und du?«

»Nicht schlecht. Was möchtest du trinken?«

»Wodka. Sehr kalt.«

Sie stürzte ihn hinunter und kippte gleich noch einen hinterher. Auf ihren Armen bildete sich eine Gänsehaut.

»Ist dir kalt?«

»Es ist nur die Klimaanlage.«

»Hier, nimm meinen Pullover.« Er zog ihn aus. Darunter trug er ein weißes T-Shirt. Sie sah seine kräftigen Arme und konnte sich das Gefühl seiner Haut vorstellen, glatt wie Marmor, Michelangelos David. Eine vollkommene Skulptur, erfüllt von der Erotik des Lebens. Er legte ihr den Pullover um die Schultern. Ihre Haut brannte, als seine Finger sie berührten. Sie war hypersensibel. Das Stimmengewirr an der Bar schien zu verebben. Der Rhythmus des Tangos sickerte in ihr Blut. Jetzt war ihr heiß. Sie ließ Connors Pullover bis zur Hüfte herabrutschen. Ihr Körper war stark, glühend, voller Verlangen, sich mit ihm zu messen, gefolgt von dem köstlichen Gefühl, sich ihm hinzugeben. Sie sah ihm in die Augen und lächelte herausfordernd. Er hielt ihrem Blick stand, ruhig und selbstsicher.

»Wollen wir gehen?«

Connor legte einen Zwanzigdollarschein auf den Tresen. Sie verließen die Bar zusammen, ohne sich zu berühren und ohne zu sprechen. Zu Fuß gingen sie die zwei Blocks bis zum Parkplatz, wo Connors Wagen stand.

»Mist!« sagte Helen plötzlich. »Ich habe deinen Pullover in der Bar vergessen.«

»Macht nichts, ich gehe ihn holen«, sagte Connor und reichte ihr seinen Wagenschlüssel. »Der Wagen steht gleich hier um die Ecke. Und falls es zufälligerweise zwei blaue VWs geben sollte, die Nummer ist VX 264.«

»VX 264. Okay, das kann ich mir merken.« Sie sah ihm nach, als er zur Bar zurücklief, dann drehte sie sich um und schlenderte weiter auf die Ecke zu.

Die Straßenlaternen warfen ein trübes orangefarbenes Licht auf die Gesichter der Männer, die überall herumzulungern schienen. Offenbar hatten sie nichts zu tun, sondern standen einfach da, unterhielten sich leise und beobachteten die Straßen. Als Helen an ihnen vorbeiging, lief ihr ein Schauer über den Rücken.

Connor kam mit dem Pullover in der Hand aus der Bar und sah gerade noch, wie zwei Männer am Ende der Straße im Laufschritt um die Ecke bogen, die Helen genommen hatte. Er fluchte leise und rannte los.

Helen horchte auf die schnellen, beharrlichen Schritte, die wie aus dem Nichts in die stille Straße eingefallen waren. Der Rhythmus, den sie auf dem schmutzigen Asphalt erzeugten, klang gefühllos. Sie wußte sofort, daß sie es auf sie abgesehen hatten. Der Alptraum aller Frauen.

All ihre Instinkte schlugen Alarm. Sie wäre verzweifelt gern losgerannt, aber sie waren schon zu nah. Sie ging weiter, als sei sie sich ihrer Absichten nicht bewußt, und widerstand dem Drang, sich umzusehen. Dann nahm sie die Hände aus den Taschen. Plötzlich war ihr ganzes Training wieder da, als hätte sie es unbewußt gerufen. *Atme, sammle dein chi, Timing, gib dich hin.* Sie bereitete sich körperlich und seelisch vor. In letzter Minute wirbelte sie herum und streckte den beiden Männern die erhobenen Handflächen entgegen.

»KIAI!« rief sie. *Der Weg des Atems. Heile den bösen Geist des Gegners durch Kontakt. Oder fang ihn ein.* Die Männer blieben vor Schreck stehen, nur wenige Meter von ihr entfernt. Der ihr am nächsten Stehende fing sich zuerst und stürzte sich auf sie. Sie zog die Hand zurück, holte mit gestrecktem Arm aus und versetzte ihm einen Schlag unterhalb des Kiefers. Er taumelte nach hinten und schlug mit dem Kopf auf das Pflaster. Dann lag er still. *Wenn du glaubst, daß du getroffen wirst, tritt ein und erhebe dich. Dein unbeugsamer Arm wird den Schlag abfangen.* Sie hob den Arm, der voller *chi* war und wehrte den Schlag seines Kumpans ab. *Such den Kontakt. Wo immer es hingeht, wir sind schon da.* Der Mann schlug erneut zu. Helen trat ein, packte seine Hand und drehte sie nach außen. Dann legte sie die andere Handkante auf seinen Ellbogen, sammelte ihre Energie und wirbelte ihn rücklings nach hinten. *Sumiotoshi.* Er krachte auf einen geparkten Wagen und zertrümmerte mit dem Kopf die Windschutzscheibe. Stöhnend versuchte er, sich zu bewegen. Dann zog er den blutüberströmten Kopf aus dem Wagen und rutschte über die Motorhaube auf die Straße. Helen starrte mit blitzenden Augen auf ihn herab. Sie drehte sich zu dem ersten Mann um, der immer noch reglos mit geschlossenen Augen dalag. Ihre Hände vollführten eine Scherenbewegung über den Körpern der beiden Männer, dann wandte sie sich ab und stand vor Connor. Er starrte in ihre brennenden Augen und nahm die ganze Szene in sich auf. Ohne ein Wort packte er ihren Arm; sie rannten zu seinem Wagen, sprangen hinein und verriegelten die Türen.

Connor raste davon, schlängelte sich durch den Verkehr, fuhr sogar gelegentlich über eine rote Ampel. Aus dem Augenwinkel beobachtete er Helen. Sie hatte den Kopf abgewandt und blickte starr aus dem Fenster. Ihre Brust hob und senkte sich rasch, ohne daß sie einen Ton von sich gab, und die geballten Fäuste hatte sie unter die Schenkel geschoben, als wollte sie sie verstecken. Er sah in den Rückspiegel. Er konnte keine Verfolger entdecken, aber das allein beruhigte ihn nicht. Er wirkte auf Helen wie besessen, als er in einem halsbrecherischen Tempo durch Nebenstraßen brauste, Einbahnstraßen in falscher Richtung nahm und scheinbar ziellos im Kreis fuhr. Sie beobachtete ihn und schwieg.

Später standen sie Seite an Seite auf Connors Balkon. Eine Weile sagte keiner von ihnen ein Wort. Connor schien genau wie Helen in eine Art Meditation versunken.

Dann wandten sie sich im selben Augenblick einander zu.

»Was war passiert?« fragte Connor.

»Hast du eine Zigarette?«

Helen zündete sie an und stieß die Worte in einer Rauchwolke aus.

»Sie waren hinter mir her. Man weiß es sowieso, es ist ein Instinkt. Ich wußte es.«

»Du hast alle beide niedergeschlagen?«

»Ja. Ich glaube, der eine ist ziemlich schwer verletzt.«

»Wenn jemand dran glauben muß, dann lieber der Gegner. Was hast du getan?«

»Ich habe sie unschädlich gemacht.«

»Wo hast du das gelernt, Helen?«

»Wieso fragst du? Warum klingst du auf einmal so mißtrauisch?«

»Es ist nur ein bißchen ungewöhnlich, das mußt du zugeben.« Carlyles Worte fielen ihm wieder ein, *sie könnte für den CIA oder DEA arbeiten, sie könnte eine tödliche Bedrohung sein*. Nicht nur so, wie Carlyle es gemeint hatte. Connor hatte genügend gesehen, um zu wissen, daß Helen mit ihren Fähigkeiten tatsächlich jemanden umbringen könnte. Sein Radar blinkte warnend auf, doch auf seine perverse Art erschien ihm Helen Jencks dadurch nur noch attraktiver. Er hatte geglaubt, daß sich ein Gewitter um sie zusammenballte, aber vielleicht war Helen selbst das Gewitter.

»Was ist schon normal?« sagte Helen. »Willkommen im zwanzigsten Jahrhundert. Mädchen lernen solche Sachen heutzutage auch.«

»Was für Sachen? Jujitsu? Taekwondo? Auf diesem Niveau?«

»Aikido.«

»Was hast du? Den schwarzen Gürtel?«

»Ja, schwarzer Gürtel, zweiter Dan.«

Connor pfiff durch die Zähne.

»Anständige Mädchen leben nicht mehr in einer anständigen Welt«, fuhr Helen ihn an. »Sie können oder wollen nicht mehr rumsitzen und darauf warten, daß ein anständiger Mann kommt und sie rausboxt.«

»Also hast du dich selbst rausgeboxt«, sagte Connor leise. »Wie bist du darauf gekommen, so was zu lernen? Was ist dir zugestoßen, Hel?«

Connor entging nicht, wie distanziert ihr Blick plötzlich war. Eine Weile sagte sie gar nichts.

»Ich habe angefangen, Aikido zu lernen, als ich sieben war, gleich nachdem mein Vater uns verlassen hatte. Meine Mutter hat mich dazu ermutigt. Das war sehr klug von ihr. Ich war böse, voller Wut, und je mehr Fortschritte ich machte, um so nützlicher fühlte ich mich.«

»Das glaube ich gern. Du scheinst es geradezu zu genießen. Es ist, als hättest du zehn Gänge höher geschaltet. Dein Gesicht glüht, du siehst phantastisch aus.«

Helen lachte. »Stimmt, ich bin immer aufgeblüht, wenn es brenzlig wurde. Meine Freundin Joyce behauptet, daß ich etwas Wildes in mir habe, das ich immer wieder erproben muß, weil ich sonst eingehe. Sie hat recht. Ich habe vier Jahre in der City verbracht, die mich gezähmt und abgestumpft haben. Wenn du eine Vorstellung davon haben willst, wie ich wirklich bin: Es gibt nichts Schöneres für mich, als bei Windstärke acht festgezurrt an Deck eines Bootes zu stehen und gegen zehn Meter hohe Wellen anzusegeln. Ich liebe dieses Gefühl, verstehst du? Deshalb lassen mich zwei kleine Wichser wie die von heute abend kalt, wer zum Teufel sie auch sein mögen. Es ist nicht das erste Mal, daß ich mich verteidigen muß. Als ich zur See fuhr, habe ich es mit schlimmeren Typen zu tun gehabt. In schäbigen Hafenstädten oder an Bord. Ich frage mich nur, was heute abend der Grund war.« Dann hob sie plötzlich die Hand. »Nein, streich das. Vergiß, was ich gerade gesagt habe. Es waren zwei Halbstarke auf der Suche nach fetter Beute.« Sie bemerkte Connors ungläubigen Blick. Das Ganze erschien ihr wie eine erneute Warnung, möglicherweise vom SIN persönlich überbracht, aber das war eine Möglichkeit, über die sie lieber nicht nachdenken wollte.

Connor stand auf, um eine Flasche Whiskey zu holen.

»Bester Single Malt.« Er schenkte zwei große Gläser ein. »Vielleicht wäre es besser, nach Hause zurückzukehren, Helen«, sag-

280

te er sanft. »Heute abend hattest du Glück. Manchmal tragen diese Männer Waffen. Selbst mit Aikido kannst du gegen eine Kugel nichts ausrichten.«

Sie lächelte. »Das hat schon mal jemand gesagt.«

»Wer?«

»Mein Patenonkel.«

»Ein kluger Mann.«

»Das ist er.«

»Dann wirst du also wieder nach Europa fahren?«

Sie musterte ihn einen Augenblick. Aus dem Gefühl der Verbundenheit mit ihm wußte sie, daß er sie beschützte. So viel hing in der Luft zwischen ihnen, nicht nur Verlangen, auch das Bewußtsein einer Gefahr, das Gefühl, daß er mehr wußte, als er sagte, und genau wie sie verborgene Ziele hatte, die er für sich behielt.

Sie schüttelte den Kopf.

»Ich fahre nirgendwo hin.«

»Warum nicht?«

»Weil ich noch nicht erledigt habe, was ich mir hier vorgenommen habe.« Unter ihrem schiefen Lächeln entdeckte er eine unversöhnliche Entschlossenheit. »Keine weiteren Fragen, bitte.«

Wie oft hatte er diese Worte ausgesprochen? Genauso wie sie gerade. Es war, als hörte er ein Echo. Connor beobachtete sie. Er spürte das Chaos, das sie mit sich herumschleppte und das aus ihren unergründlichen Augen sprach. Er hätte sie am liebsten gewarnt, die Hand ausgestreckt und sie an sich gezogen, um die Gefahr, die sie umgab, wie er sehr wohl wußte, zu bannen. Doch er war nun mal Agent und hatte die Verpflichtung, sich zurückzuhalten, zu warten und zuzusehen, wie sich ihr Schicksal entwickelte. Ganz tief in seinem Inneren, das weder von seiner Ausbildung noch von dieser Aufgabe berührt worden war, schwor er sich, ihr beizustehen, solange sie es zuließ. Er war bereit, sie kurz vor dem entscheidenden Moment zu retten. Daß dieser kommen würde, stand außer Zweifel. Er hatte das Gefühl, daß eine große Gefahr bevorstand, und wenn man diese Ahnung einmal gehabt hat, kann man sie nie wieder vergessen.

Helen spürte das Gewicht von Connors Blick. Das Verlangen,

281

das der Überfall erstickt hatte, regte sich erneut, doch jetzt war
es getrübt. Sie drängte es zurück. Es gab zuviel anderes, um das
sie sich jetzt kümmern mußte. Sie wußte, daß ihre Tage bei Maldonado gezählt waren. Sie hatte ein mulmiges Gefühl bei der
Aussicht, in sein Haus zurückzukehren, doch all ihre Sachen
waren da, ihr Geld, ihr Paß. Und was noch wichtiger war, sie hatte das Gefühl, daß es ihre letzte Chance war, etwas zu entdecken,
das ihr bei der Suche nach ihrem Vater helfen konnte.

»Du solltest mich jetzt lieber nach Molina bringen«, sagte sie
zu Connor. Es entging ihr nicht, daß er mit sich kämpfte, doch er
schwieg, fuhr sie einfach nach Hause und warf ihr nur gelegentlich einen besorgten Blick von der Seite zu.

Vor der Tür küßte er sie und strich ihr zum Abschied über die
Wange.

»Paß auf dich auf.«

Rasch und unfreundlich wie immer ließen die Wachposten Helen
eintreten, ohne ein Wort oder ein Lächeln an sie zu verschwenden. Sie ging durch den Garten zu ihrem Cottage.

Im Schlafzimmer sah sie sich um, als sei sie sich nicht sicher,
was sie als nächstes tun sollte, dann zog sie sich langsam aus. Sie
setzte sich aufs Bett, schlang die Arme um die Knie und versuchte sich zu beruhigen, die Angst abzuschütteln, die Unver-
nunft auszuschalten. Eine halbe Stunde später hatte sie ihre Entscheidung getroffen. Sie würde noch eine Nacht bleiben, sich
irgendwie Zutritt zu Maldonados Arbeitszimmer verschaffen und
es durchsuchen. Dann würde sie verschwinden und Connor bitten, ihr bei der Suche nach ihrem Vater zu helfen.

64 Am nächsten Morgen beobachtete Maldonado von seinem Arbeitszimmer, wie Helen auf der Terrasse saß
und frühstückte. Er drehte sich rasch zu Ángel um.

»Sie hat keinen Kratzer abbekommen. Was zum Teufel ist passiert?«

Ángel ging im Raum auf und ab. »Ich habe alles organisiert,
jefe. Zwei von meinen Leuten sind ihr nachgegangen.« Er blick-

te durch das Fenster auf ihren Rücken. »Sie hat sie niedergeschlagen.«

»Sie hat was?«

»Meine Männer haben gebrochene Rippen und eine Gehirnerschütterung. Sie waren bewußtlos. Sie hat sie einfach blutend
auf der Straße liegenlassen.«

»Was für Kerle waren das? Amateure?«

»Sie waren gut, *jefe*.«

»Sorg dafür, daß du sie schnellstens los wirst. Wie kann man
sich von einer Frau überwältigen lassen?«

»Das ist keine gewöhnliche Frau, *jefe*. Es hat alles genauso
geklappt, wie wir gedacht haben. Es war meinen Männern zwar
peinlich, aber sie haben gesagt, daß sie ihnen Angst eingejagt hat.
Ihre Verletzungen sprechen für sich. Sie haben gesagt, sie hätte
sie sicher töten können, wenn sie das gewollt hätte, so stark und
sicher sei sie gewesen. Zweifelst du jetzt immer noch daran, daß
sie eine Agentin ist?«

Maldonado fuhr sich mit der Hand durch das dichte graue Haar.
Er setzte sich an den Schreibtisch und sah Ángel an.

»Wenn du recht hast, wäre sie intelligent genug gewesen, die
Falle zu entdecken.«

»Sie hatte etwa fünf Sekunden, um darüber nachzudenken,
dann reagierte sie nur noch instinktiv. Ein Agent wird darauf trainiert, instinktiv zu kämpfen. Es bedarf einer ganzen Menge mehr
Training, um das Training zu tarnen.«

»Also ist sie tatsächlich ein Spitzel«, sagte Maldonado langsam, widerwillig, als spräche er damit ein Urteil. »Ein Spitzel, der
imstande ist, mit bloßen Händen zu töten.« Eine Weile beobachtete er Helens Rücken, dann sprach er weiter.

»Ist alles bereit für El Dólar?«

Ángel nickte. »Er ist unterwegs. Offiziell nehmen wir ihn heute nachmittag gegen drei fest, während er mit seiner Geliebten
beim Mittagessen sitzt. Um zu zeigen, wie ernst wir seine
Verhaftung nehmen, werden wir erklären, daß wir ihn zum
Verhör ins Privathaus eines ranghohen SIN-Beamten gebracht
haben – jeder weiß, daß du damit gemeint bist. Die Schießerei
beginnt gegen Mitternacht. Wir lassen es so aussehen, als sei
El Dólar geflohen; in Wirklichkeit behalten wir ihn aber hier

und verstecken ihn bei deiner Moche-Sammlung. In zwei Tagen schaffen wir ihn dann heimlich über die Grenze nach Kolumbien.«

»Und heute abend hinterlassen wir eine breite Blutspur«, unterbrach ihn Maldonado. »Vielleicht können wir ja zwei Fliegen mit einer Klappe schlagen«, flüsterte er und fuhr sich mit den Händen übers Gesicht. »Sie läßt mir einfach keine andere Wahl.« Er stand auf und ging durch den Raum zum Fenster, um Helen zu betrachten. »Wie hat sie mir das antun können? Sie ist so schön und obendrein die Tochter eines Mannes, den ich einmal geliebt habe.« Insgeheim wußte er, daß der kleine Teil seines Ichs, der ihn davor bewahrte, engültig die Grenze zum Wahnsinn zu überschreiten, Jack Jencks immer noch liebte. Dieses Gefühl hatte ihn gegen besseres Wissen dazu bewogen, Helen Jencks weiterhin seine Gastfreundschaft zu gewähren, obwohl die Indizien gegen sie erdrückend waren. Mit ihrer Ausstrahlung und dem Blut ihres Vaters, das so unübersehbar in ihren Adern floß, hatte sie den verkümmerten Rest von Güte in seinem Inneren mit einem Funken Leben und Hoffnung erfüllt. In Wirklichkeit jedoch hatte sie ihn die ganze Zeit bespitzelt. Und betrogen. Dieser Verrat erstickte den letzten kümmerlichen Widerschein von Wärme in seinen Augen. Der Schmerz war überwältigend. Das überraschte ihn, denn er hatte geglaubt, seine Fähigkeit, Schmerz zu empfinden, sei längst erloschen. Er grübelte darüber. Es erinnerte ihn daran, daß er immer noch menschlich war, immer noch fühlte wie ein Mann. Eine Woge von Bitterkeit, Verzweiflung und Sinnlosigkeit schlug über ihm zusammen. Was von seinen edleren Gefühlen noch übrig war, würde auch nichts ändern können. Er würde genauso weitermachen wie immer. Er war auf seiner verdammten Reise schon zu weit vorangeschritten, um jetzt umzukehren. Niemand konnte gegen einen solchen Strom von Blut anschwimmen. Es kam ihm vor wie eine Ironie des Schicksals, daß er trotz seiner vielgerühmten Macht seine Freiheit schon lange verloren hatte. All seine Handlungen erschienen ihm vorherbestimmt. Er versuchte sich mit dem Gedanken zu trösten, daß Helen, wenn sie Agentin war, die Risiken ebensogut kannte wie die Konsequenzen. Maldonado bezweifelte, daß sie während ihres Aufenthaltes viel entdeckt hatte, womit sie ihm schaden konnte. Aber sicher war er sich nicht, und die wirkliche Gefahr für ihn lag darin, daß sie sich Zugang zu seinem Haus verschafft hatte und nicht nur die Fähigkeit, sondern auch die Gelegenheit hatte, ihn zu töten. Das würde sich herumsprechen. Die Spitzel seiner unzähligen Feinde würden sich Helen zum Vorbild nehmen, die Versuche, ihn zu töten oder zu ruinieren, würden sich mehren, es sei denn, er ergriff Maßnahmen, um seine Glaubwürdigkeit wiederherzustellen. Halbwegs bewunderte er Helen für das, was sie getan hatte, doch gleichzeitig verfluchte er sie, weil sie ihn zwang, zu handeln. Er betete darum, daß sie unschuldig war, aber Beten allein änderte nichts. Das einzige, was er in letzter Zeit verlangte, war, daß sein Tod, wenn es soweit war, rasch kommen möge. Er hatte sich jahrelang mit dem Wunsch geplagt, seinem Leben ein vorzeitiges Ende zu setzen, doch der Überlebenstrieb war zu stark gewesen, und er schien dazu verdammt, weiterzuleben und unbarmherzig auf seinem blutigen Weg voranzuschreiten, während alle um ihn herum fielen.

Er drehte sich zu Ángel um. »Laß sie heute nacht umbringen. Aber besorg dir einen Profi. Diesmal dürfen wir uns keinen Fehler erlauben.«

65 Helen wartete den ganzen Tag auf eine Chance, Maldonados Arbeitszimmer zu betreten. Sie schlenderte durch den Garten und so nah wie möglich am Haus vorbei, ohne daß es auffiel. Sie schwamm im Pool und versuchte die Anspannung abzuschütteln, die in ihr hochkroch. Es kam ihr vor, als sei selbst das Haus von einer namenlosen Erregung erfaßt. Merkwürdige Männer tauchten auf. Sie konnte unterdrückte, hastige Stimmen hören, die im Arbeitszimmer mit Maldonado sprachen. Victor blieb den ganzen Tag zu Hause, und als er im Eßzimmer ein rasches Mittagsmahl einnahm, drang das leise Murmeln fremder männlicher Stimmen weiterhin aus dem Arbeitszimmer. Schließlich dämmerte es, und ihre Frustration wuchs, aber auch das mulmige Gefühl, das sie schon den ganzen Tag verfolgte. Sie spürte, daß die Zeit knapp wurde, daß ein verborgenes Uhrwerk

unerbittlich weitertickte und die Sekunden zählte, die von ihren Fingern tropften wie Blut. Sie fröstelte in der einbrechenden Nacht und beschloß, es noch einmal zu versuchen.

Um elf spähte sie von ihrem Fenster aus durch den Garten und sah das Licht in Maldonados Arbeitszimmer erlöschen. Sie nahm eine kleine starke Taschenlampe aus ihrem Kulturbeutel, kletterte leise aus dem Fenster und schlich in Turnschuhen durch den Garten.

Sie duckte sich gegen die Mauer unter dem offenen Fenster des Arbeitszimmers. Nachdem sie ein paar Minuten gewartet hatte, um sicherzugehen, daß sich niemand im Raum befand, blickte sie sich rasch um und schwang sich dann durchs Fenster. Mit klopfendem Herzen kauerte sie vor der Wand, wartete, bis ihre Augen sich an die Dunkelheit gewöhnt hatten, und begann dann ihre Suche, ohne die Taschenlampe zu Hilfe zu nehmen. Als erstes versuchte sie, die Schreibtischschubladen zu öffnen, doch alle waren abgeschlossen. Als sie die Regale mit den Moche-Figuren überflog, blieb ihr Blick an ein paar dicken Mappen hängen. Sie zog eine heraus, öffnete sie und fing an, in den Unterlagen zu blättern, fand jedoch nichts. Sie legte die Mappe zurück und griff nach der nächsten. Als sie die Papiere halb durchgesehen hatte, hörte sie plötzlich Stimmen. Sie knipste die Lampe aus und versteckte sich unter Maldonados Schreibtisch. Ihr ganzer Körper verkrampfte sich in Panik, als sie hörte, wie die Stimmen näher kamen. Sie zwang ihn zur Ruhe, entsetzt von dieser Reaktion, die jedes normale Maß an Angst zu übertreffen schien. Es war, als ahnte ihr Körper etwas, das sie nicht wußte. Sie stellte sich vor, wie sie von fremden Händen gepackt wurde, sah im Geiste die Männer von gestern abend vor sich und schauderte erneut, als die Stimmen die Tür erreichten und sich dann wieder entfernten.

Sie wartete, bis sie hörte, wie sich eine andere Tür öffnete und wieder schloß und die Stimmen verebbten. Dann kroch sie aus ihrem Versteck und richtete sich auf. Am liebsten wäre sie losgerannt, aus dem Fenster gesprungen, aus dem Haus und dem Garten geflohen; sie wollte gar nicht mehr aufhören zu rennen. Doch ein stärkeres Verlangen hielt sie fest. Sie hatte das Gefühl, daß dies ihre letzte Chance war und daß sich irgendwo in diesem Raum das Geheimnis um den Verbleib ihres Vaters verbarg.

Die zweite Mappe war ebenso unbrauchbar wie die erste. Vollgestopft mit Berichten, Zeitungsausschnitten und Artikeln, aber nichts, das auch nur im entferntesten mit ihrem Vater zu tun haben könnte. Sie griff nach der dritten. Eine Viertelstunde später wanderte auch diese wieder zurück ins Regal. Sie warf einen Blick auf die Leuchtziffern ihrer Armbanduhr. Fast Mitternacht. Wieder überkam sie das Gefühl eines Wettlaufs mit der Zeit. Mit zitternden Fingern zog sie die vierte Mappe heraus. Es klapperte etwas darin. Als sie sie aufschlug, fand sie ein paar alte Tagebücher und Adressenverzeichnisse. Sie fing mit letzteren an und blätterte sie so hastig durch, daß die Haut an ihren Fingern ganz spröde wurde. Ihre Augen brannten. Um ein Haar hätte sie es übersehen.

Arturo León, und dann in Klammern dahinter der Name *Jack Jencks*. Mit heftig zitternden Fingern tastete Helen nach einem Stift auf dem Schreibtisch und schrieb sich die Adresse in die Innenfläche der Hand: 268 Calle Choquechaca, Cuzco. Gerade als sie alles wieder in die Mappe zurücklegte, hörte sie erneut Stimmen. Die von Maldonado klang rauh und leise, als gäbe er eine Anweisung. Sie stellte die Mappe ins Regal zurück, während die Stimmen immer näher kamen. Dann lief sie zum Fenster, schwang sich hinaus und tastete sich gebückt an der Wand entlang. Im gleichen Augenblick hörte sie, wie sich die Tür des Arbeitszimmers öffnete. Plötzlich fiel ihr die Taschenlampe ein. Sie hatte sie unter dem Schreibtisch vergessen. Sie fluchte und versuchte, das Zittern zu unterdrücken, das ihren Körper erfaßt hatte. Dann hörte sie Schritte und Maldonados Stimme, ganz nah. Offenbar stand er am Fenster und sah hinaus. Helen versuchte, ihren Atem zu kontrollieren. Er kam stoßweise und keuchend; sie war sich ganz sicher, daß er sie hörte. Es war klar, daß sie keinesfalls bleiben konnte, wo sie war, so unübersehbar vor der erleuchteten Hauswand. Die Wächter würden ihre Runden mit unerbittlicher Regelmäßigkeit drehen, doch wenn sie sich bewegte, riskierte sie, daß man sie hörte. Also wartete sie. Die Sekunden bohrten sich in ihr Gehirn, als sie sich vorstellte, wie die Wachposten näher kamen. Sie hörte Maldonados Stimme, doch jetzt klang sie dumpf, als hätte er sich vom Fenster abgewandt. Sie tastete sich am Haus entlang und lief dann gebückt auf ein nahes Gebüsch zu. Dort hielt sie inne und sah sich um, ehe sie zum nächsten Gebüsch weiterrannte und dann weiter in wilden Sätzen, bis das Adrenalin ihr die Kehle zuzuschnüren drohte. Sie erreichte ihr Cottage und schlüpfte durchs Fenster, gerade als der erste Wachmann ums Haus bog. Sie sah seine Silhouette, als er vorbeipatrouillierte, nur wenige Schritte von der Stelle entfernt, wo sie noch vor dreißig Sekunden gekauert hatte.

Helen wälzte sich zitternd auf dem Boden hin und her. Sie hatte ein unbändiges Verlangen, laut herauszulachen vor lauter Freude über die Entdeckung, die sie gemacht hatte, und die um Haaresbreite geglückte Flucht. Bei diesem Wort verging ihr das Lachen. Plötzlich hatte sie das Gefühl, in der Falle zu sitzen. Jetzt, da sie die Adresse ihres Vaters hatte, war das Verlangen zu fliehen überwältigend. Sie sah auf die Uhr. Fünf nach zwölf. Die Hunde würden jetzt frei im Garten herumlaufen. Selbst wenn sie sie wie durch ein Wunder beruhigen könnte, würde sie erneut riskieren, Maldonados Wachposten in die Arme zu laufen. Es war höchst unwahrscheinlich, daß sie das Glück hatte, ihnen am gleichen Abend zweimal zu entkommen. Aber, o Gott, sie wollte weg von hier! Ihre Beine zitterten, so sehr unterdrückte sie das Verlangen, einfach loszulaufen. Sie stand auf und ging im Dunkeln hin und her.

Dann zerriß ein Schuß die Nacht. Helen erstarrte. Sie spürte den Klang in der widerhallenden Stille, die folgte. Und noch ein Schuß. Wahrscheinlich probierte einer von Maldonados Posten seine Pistole aus, irgend so etwas mußte es sein. Doch dann folgte der dritte; er klang grell und sehr nah. Sie blickte sich um, und ihr Gehirn begann fieberhaft zu arbeiten. Bevor sie ihre Gedanken sammeln konnte, folgte schon der nächste Schuß, und dann noch einer und noch einer, Salven von Schüssen und das kurze, scharfe Rattern von Maschinenpistolen, wie eine aus den Fugen geratene Unterhaltung, bei der alle durcheinanderreden. Sie ließ sich fallen und robbte ins Wohnzimmer. Die Fensterläden waren geschlossen; sie konnte nichts sehen. Grauen und Verwirrung beherrschten sie völlig. Dann rannte sie zum Badezimmer, und die Schüsse hielten an, als plötzlich ein neues Geräusch dazukam: das schrille, durchdringende Heulen einer Alarmanlage. Es kam quer durch den Garten von Maldonados Haus. Doch selbst dieser gellende Ton wurde im nächsten Augenblick vom Dröhnen einer Explosion verschluckt, die so heftig und durchdringend war, daß sie ihre Brust erschütterte und ihr die Luft aus den Lungen preßte. Als das Dröhnen verebbte und nur noch in ihren Ohren nachhallte, schrillte die Alarmanlage ihres Cottage los, und das konnte nur eins bedeuten: Irgendwer versuchte, hereinzukommen oder war vielleicht schon drin. Sie rannte in die Küche, auf der Suche nach der einzigen Waffe, die sie besaß. Mit dem Fleischmesser aus der Schublade rannte sie zurück ins Bad und schloß sich ein.

Sie wartete mit erhobenem Messer. Noch immer peitschten einzelne Schüsse durch die Nacht. Sie hörte weder Geschrei noch Worte, nur diese gräßlichen Schüsse und ihr eigenes Keuchen. Das Messer zitterte heftig in ihrer Hand. Ihr ganzer Körper bebte, ihr Atem ging in flachen Stößen. Sie hatte noch nie ein derart blankes Entsetzen erlebt, noch nie im Zentrum eines so blinden und ungezügelten Chaos gestanden. Sie malte sich aus, wie Männer mit erhobenen Waffen auf leisen Sohlen durch das Cottage schlichen und nach ihr suchten. Sie stellte sich vor, wie sie durch alle Zimmer gingen und am Schluß zu der verschlossenen Badezimmertür kamen. Sie saß in der Falle und hatte nur ein Messer und ihr Aikido, um sich zu verteidigen. Im Wirrwarr ihrer Gedanken fielen ihr Dais und Connors Worte wieder ein: *Selbst mit Aikido kannst du gegen eine Kugel nichts ausrichten.* Die Angst jagte in Wellen durch ihren Körper, bis sie das Gefühl hatte, daß sie von Kopf bis Fuß vibrierte. Körper und Geist funktionierten auf einer Ebene, wie sie es noch nie erlebt hatte. Es war ein wildes, lebendiges Chaos. Irgend etwas in ihr wollte hinaus und die Eindringlinge stellen, ihre Gesichter sehen, etwas tun. Sie war nicht gelähmt vor Angst, wie sie es so oft gelesen hatte. Im Gegenteil, die Angst stachelte sie an, und ihr Körper schüttelte sich, als wollte er ausbrechen. Sie lauschte, ob sie Geräusche im Cottage hörte. Nichts. Daraufhin entriegelte sie die Badezimmertür und stieß sie einen Spaltbreit auf. Sie sah hinaus, wartete und schlich in den Flur. Es war, als folgte sie einem unausgesprochenen Bewegungsdrang. Sie duckte sich unter dem mit Läden verschlossenen Fenster und kroch auf die Haupttür zu. Ein Geräusch ließ sie innehalten. Knirschend drehte sich ein Schlüssel im Schloß. Einen Augenblick drohte nackte Panik sie zu blenden. Mit drei geräuschlosen Sätzen war sie an der Wand, drückte sich flach gegen die Mauer und wartete. Die Tür öffnete sich. Sie roch den Mann, den Schweißgeruch, die sexuelle Erregung. Sie hörte sein leises Atmen, dann ein Geräusch. Die Tür öffnete sich weiter. Ein Arm streckte sich herein, in der Hand einen Revolver. Helens Bewußtsein war jetzt völlig klar. Ihr Training übernahm das Kommando, der Körper folgte. Sie legte das Messer auf den Boden und wartete, bis der Mann einen Schritt machte und das Cottage betrat. Dann schnellte ihre rechte Hand vor und packte die Rechte des Mannes, die die Pistole hielt. Sie drehte sich um hundertachtzig Grad, zielte mit ihrem linken Ellbogen auf seinen rechten und hieb ihn mit voller Wucht nieder. Sein Ellbogen krachte, bevor er mit dem Gesicht voran zu Boden fiel. Helen nahm ihm die Waffe aus den schlaffen Fingern, trat zurück und zielte auf ihn. Er trug eine schwarze Schalmütze mit einem Schlitz für die Augen. An seinem wilden, unversöhnlichen Blick sah sie, daß er nicht aufgeben würde. Er war so nahe, daß sie ihn beinahe berühren konnte. Er richtete sich halb auf und griff nach seinem Fußknöchel. Helen erhaschte einen Blick auf ein schwarzes Nylonhalfter, sah das Aufblitzen von rostfreiem Stahl und den Lauf eines Revolvers. Sie zielte auf die Schulter des Mannes und drückte ab. Der Schuß dröhnte ihr bis ins Herz. Dann traf die auf eine Explosion folgende Schockwelle ihre Brust. Ein blendender weißgelber Blitz mit rotem Kern. Sie blinzelte angestrengt; ein paar Sekunden konnte sie nichts sehen, dann erfaßte ihr Blick die Gestalt des Mannes, der nach hinten taumelte und durch die offene Tür in den Garten fiel. Sie stand da und zielte mit beiden Waffen auf ihn. Der Mann starrte sie einen Augenblick an, rappelte sich dann mühsam auf und rannte in die Dunkelheit.

Helen warf die Tür zu, schloß sie ab, zerrte den Eßtisch in den Flur und verrammelte damit die Tür. Ihre Ohren gellten noch vom Echo der Schüsse. Ihre Hände zitterten heftig. Sie schob sie unter die Achseln, ging ans andere Ende des Raums, hockte sich mit beiden Waffen vor den Füßen hin und unterdrückte den durchdringenden Schrei, der ihr wie ein Kloß im Hals steckte. Der Mann war gekommen, um sie zu töten, und eine innere Stimme sagte ihr, daß weitere folgen würden, wahrscheinlich schon innerhalb weniger Minuten. Die Schießerei draußen dauerte an. Sie konnte bleiben und abwarten oder in dem Durcheinander ihre Chance zur Flucht nutzen. Sie kroch zurück ins Schlafzimmer und spähte aus dem Fenster. Der Garten lag im Licht riesiger Scheinwerfer. Geduckte Gestalten rannten hier und dort durch die Büsche, Maschinengewehre ratterten, und jetzt hörte sie auch Schreie. Sie sprang auf, schloß das Fenster und ließ sich wieder zu Boden fallen. Es wäre glatter Selbstmord, in dieses Chaos hinauszulaufen, aber sie wußte auch, daß hierzubleiben ihren sicheren Tod bedeutete.

Doch lieber starb sie in Aktion als hilflos in der Falle sitzend. Sie griff nach ihrer Sporttasche und stopfte die beiden Waffen, ihren Paß, die Geldbündel von Dai und ihre Wanderschuhe hinein. Dann zog sie den Reißverschluß zu, kroch zurück zum Schlafzimmerfenster und spähte vorsichtig, sich Zentimeter für Zentimeter hochziehend, hinaus. Die Schüsse draußen klangen wie dumpfe Einschläge, die schärfer wurden, als ihr Hörvermögen langsam zurückkam. Sie beobachtete die Umgebung und lauschte, bis die Maschinengewehrsalven allmählich nachließen. Jetzt konnte sie schon einzelne Schüsse unterscheiden, dann hörten sie ganz auf und mündeten in eine unheimliche Stille. Ihre Ohren schmerzten; sie hatte den Eindruck, ihren eigenen Herzschlag und das Rasseln ihrer Lunge hören zu können. Wieder fing sie heftig an zu zittern, als ihr klar wurde, daß dies der Augenblick war, den sie nutzen mußte. Sie öffnete das Fenster, hob ein Bein über das Sims und erstarrte, als sie plötzlich eine Stimme ihren Namen rufen hörte.

»Helen! Helen! Sind Sie da? Hier spricht Victor.«

Er war vor dem Haus, höchstens zehn Meter entfernt. Seine Stimme klang gedämpft und trotzdem drängend. Er rief sie immer wieder, und seine Stimme klang lauter, als er um das Cottage herum auf sie zukam. Dann hörte sie ihn sprechen, offenbar gab er Anweisungen. Sie kletterte durchs Fenster. Ihre Muskeln zuckten vor Anspannung. Sie sah sich um und rannte dann auf ein Gebüsch zu, das ein paar Meter entfernt war. Sie kroch so tief hinein, daß die Zweige ihr das Gesicht zerkratzten. Als es nicht weiter ging, verharrte sie reglos. Wieder hörte sie Malconado rufen, dann tauchte er als verschwommene Silhouette hinter den dornigen Zweigen auf. Vier Männer folgten ihm, alle mit Maschinenpistolen bewaffnet. Sie blieben vor dem offenen Schlafzimmerfenster stehen. Maldonado bellte ein paar Befehle, und zwei Männer kletterten ins Innere des Cottage. Nach ein paar Minuten kamen sie wieder und sprachen leise mit Maldonado. Helen hörte ihn fluchen und verstand in seinen Anweisungen das Wort *perros*, Hunde.

Sie kauerte im Gebüsch und beobachtete die schattenhaften Gestalten von Maldonado und seinen Männern, als sie zum Haus zurückgingen. Ein paar Minuten später – sie hatte keine Ahnung, wie lange es war, denn die Zeit schien, wie die gesamte Wirklichkeit, die sie bisher gekannt hatte, aufgehoben –, kämpfte sie sich aus dem Gebüsch und rannte auf das nächste zu, das etwa zehn Meter entfernt war. Dort blieb sie mit jagendem Herzen stehen, rannte weiter und duckte sich hinter einen dichten Heliotrop. Sie erkannte das dunkle Violett der Blüten, die im Licht der noch immer brennenden Scheinwerfer leuchteten. Der Geruch der Blumen stieg ihr in die Nase und vermischte sich mit dem Karbidgestank aus den Gewehren.

Als sie ein Geräusch hörte, fuhr sie hastig herum. Die Dobermänner kamen auf sie zugeschossen. Sie ging in die Hocke und machte sich so klein wie möglich.

»He, meine Süßen, da seid ihr ja, wie geht's?« flüsterte sie. In dem keuchenden Atem klangen die Worte abgehackt. Die Dobermänner wurden langsamer und kamen steifbeinig näher. Fünf Schritt von ihr entfernt blieben sie leise knurrend stehen, mit gestreckten Hinterläufen, gerecktem Hals und gebleckten Zähnen.

»Ihr seid abgerichtet, was? Ihr sollt alles angreifen, was sich im Garten bewegt, bloß nicht Maldonado und seine Wachposten, stimmt's?« Sie zwang sich, tief und gleichmäßig zu atmen und sich ihre Angst nicht anmerken zu lassen. »Ja, ja, schon gut, ich bin keine Bedrohung, ihr kennt mich doch, psssst, ganz ruhig.« Sie sah, wie sich beim Klang ihrer Stimme die Hundeaugen unmerklich besänftigten. Sie sprach einfach weiter, gleichmäßig, mechanisch, als wollte sie ihr Unbewußtes erreichen. Ihre Stimme war leise, damit Maldonado oder die Wachleute nichts hörten. Wenn es ihr nicht gelang, die Hunde zu besänftigen, wäre sie tot. Sie wußte, wozu solche Hunde imstande waren. Innerhalb von Sekunden könnten sie ihr die Kehle durchbeißen. Sie verdrängte die Vorstellung und stellte sich vor, wie sie mit Dai und seinen Hunden am Kaminfeuer saß. Sie durfte keinerlei Angst zeigen, sonst würden sie sie wittern.

»Ja, kommt her, kommt zu mir.« Langsam und sanft streckte sie die Hände aus. Das Knurren verwandelte sich in leises Fiepen und hörte dann ganz auf. Die Anführerin der Meute kam näher, beschnupperte Helens ausgestreckte Finger und leckte daran. Helen rollte sich auf den Rücken; ihre Kehle war ungeschützt. Die drei anderen kamen ebenfalls näher und leckten ihr das Gesicht. Sie hätte am liebsten vor Erleichterung losgekichert, außerdem kitzelten sie mit ihren Zungen die Haut. »Okay, das reicht, meine Süßen, ihr seid brave Hunde, und ich stehe jetzt auf, hört ihr. Alles in Ordnung, ihr braucht keine Angst zu haben.« Sie richtete sich im Schneckentempo auf und streichelte dabei die Hunde. »Jetzt muß ich aber los, ihr Süßen, also bis bald.« Sie sah sich um und ging dann langsam durch den Garten, wobei sie ihre wackligen Knie zu einem gleichmäßigen Rhythmus zwang. Sie durfte jetzt nicht rennen. Nach drei schnellen Schritten würde den Hunden ihre Abrichtung wieder einfallen. Sie sahen ihr nach, und ihre braunen Augen glänzten in der Dunkelheit.

Helen blickte nach rechts und links. Von Maldonado und den Wächtern war nichts zu sehen. Wahrscheinlich hatten sie sich ins Arbeitszimmer zurückgezogen, wo jetzt wieder Licht brannte, und vertrauten darauf, daß die Hunde erledigen würden, was der Killer, den sie auf sie angesetzt hatten, nicht geschafft hatte.

Der Eingangsbereich lag strahlend hell erleuchtet vor ihr. Es war unmöglich, sich zu verstecken. Helen blieb stehen und starrte auf die zehn Meter, die sie von der Freiheit und vom Leben trennten. Wie stark doch der menschliche Überlebenstrieb ist. Sie kämpfte die Panik nieder, die sie immer noch erfüllte, tat den ersten Schritt und überquerte die lichtüberflutete Grenze. Dann stand sie im vollen Licht eines Scheinwerfers vor dem Tor, das auf die Straße führte, schob den Riegel zurück und trat hinaus.

66

Evan Connor wurde vom hartnäckigen Summen der Sprechanlage geweckt. Er warf einen Blick auf das leuchtende Zifferblatt seines Weckers – Viertel nach drei. Wie immer, wenn er nachts aus dem Schlaf gerissen wurde, durchfuhr ihn ein Schreck. Er stand auf und tappte durch das dunkle Schlafzimmer zur Sprechanlage. Dann hörte er Helens gehetzte Stimme:

»Evan, bist du da?«

Zwei Minuten später stand sie im Lift nach oben. Er hatte mit einem langen Fleischmesser in der Hand neben dem Aufzugschacht Posten bezogen. Als er sah, daß Helen allein war und sich die Aufzugtüren hinter ihr schlossen, ließ er das Messer sinken und zog sie in die Wohnung. Dort schloß er die Tür hinter ihnen ab und machte Licht. Helen stand vor ihm. Als er das Grauen in ihrem blutverschmierten Gesicht sah, breitete er die Arme aus, und sie ließ sich einfach fallen. Er trug sie ins Schlafzimmer und legte sie aufs Sofa. Erst nachdem er die Kratzer in ihrem Gesicht versorgt und ihr einen Becher stark gezuckerten Tee gebracht hatte, fragte er:

»Was ist passiert?«

Unter ihnen donnerten die riesigen Brecher des Pazifik über den dunklen Strand. Helen konnte sie beinahe fühlen und stellte sich vor, wie sie auf der weißen Gischt trieb, in einer Jacht, die sie mit geblähten Segeln in Sicherheit brachte. Sie nahm einen großen Schluck Tee. Seine bittere Süße legte sich schützend um ihre Zunge. Der Becher brannte auf ihren Lippen. Jede Empfindung war ihr geradezu übersinnlich bewußt.

»Jemand hat versucht, mich umzubringen. Ich war in meinem Cottage, als ich einen Schuß hörte, und dann noch einen. Es war die Hölle, diese endlose Schießerei. Dazu kamen die Alarmanlagen, die in Maldonados Haus und in meinem Cottage losgingen. Irgendwo gab es eine Explosion. Ich konnte Lichter sehen, die an meinem Fenster vorbeifegten. Zuerst habe ich mich im Badezimmer versteckt, aber dann riet mir eine innere Stimme, zu verschwinden. Doch als ich wieder rauskam und auf die Tür zuging, drehte sich plötzlich ein Schlüssel im Schloß. Die Tür ging auf, und ich sah, wie sich eine Hand mit einer Waffe hereinschob. Ich wartete, und dann tauchte ein Mann auf. Ich habe ihm den Ellbogen gebrochen, ihn zu Boden geschlagen und ihm die Waffe weggenommen.«

»Liebe Güte. Und dann?«

»Er griff nach seinem Knöchel. Dort hatte er eine zweite Waffe in einem Pistolenhalfter versteckt. Als er sie zog, habe ich geschossen.«

»Ist er tot?«

»Nein, ich habe auf die Schulter gezielt. Er konnte weglaufen.«

Connor blickte zum Himmel auf und seufzte tief.

»Mist.«

»Die zwei Revolver sind da drin.« Helen deutete mit dem Kinn auf ihre Tasche.

Connor zog den Reißverschluß auf und nahm den größeren heraus. Mit dem Daumen entriegelte er die Revolvertrommel und klappte sie auf.

»Smith and Wesson .357 Mag. Hast du nur einmal geschossen?«

Helen nickte. »Es war ohrenbetäubend.«

»Ja, es haut einen um, besonders wenn man nicht damit rechnet. Er hat den Hammerhebel abgesägt«, sagte Connor nachdenklich, als er die Waffe untersuchte. Dann nahm er den zweiten Revolver aus der Tasche und prüfte ihn.

»Smith and Wesson .640. Nicht abgefeuert. Das war seine zweite Waffe, stimmt's?«

»Die im Halfter.«

»Ja. Der Mann war ein Profi.« Connor nahm ein Taschentuch, wischte beide Waffen ab und verstaute sie in einer Plastiktüte. »Die muß ich später irgendwo entsorgen. Weiß der Himmel, was sie schon alles gesehen haben.« Er wandte sich wieder Helen zu.

»Und wie ging es weiter?«

»Nach einer Weile wurden die Schüsse weniger. Maldonado erschien, offenbar suchte er mich. Ich habe nicht geantwortet, sondern mich in einem Gebüsch versteckt. Als sie mich nicht fanden, gaben sie auf und ließen die Dobermänner frei. Ich hatte mich schon mit ihnen angefreundet, deshalb konnte ich sie beruhigen, als sie mich aufspürten.«

Connor schauderte.

»Ich schlich durch den Garten und habe es trotz der hellen

295

Scheinwerfer geschafft, rauszukommen. Aber dann mußte ich anderthalb Stunden zu Fuß gehen, ehe ich ein Taxi fand. Ich habe den Fahrer gebeten, mich eine Viertelmeile von hier entfernt abzusetzen.«

Connor griff nach ihrer Hand.

»Es ist ein Wunder, daß du noch am Leben bist. Liebe Güte, Helen, das war knapp. Ganz schön tapfer, wie du das gedeichselt hast.«

Helen lächelte. Connor streichelte ihre Hand, drehte sie um und entdeckte die roten Tintenspuren. Als Helen seinem Blick folgte, schrie sie auf, entwand ihm ihre Hand und starrte auf die verwischte Schrift.

»Was ist das?« fragte Connor.

»Die Adresse meines Vaters. O Gott, sie ist weg!« In ihren Augen spiegelte sich völlige Verzweiflung.

»Sie ist nicht weg. Du hast sie gesehen, du hast sie aufgeschrieben«, sagte Connor hastig. »Sie wird dir wieder einfallen. Wir holen sie zurück.«

»Cuzco!« rief sie. »Irgendwo in Cuzco.«

Connor stand auf und kam mit einem kleinen Stadtführer von Cuzco zurück. Er blätterte durch den Index und zählte mechanisch Straßennamen auf, doch sie sagten Helen nichts, bis sie plötzlich hochfuhr.

»Das ist sie. Calle de la Choquechaca. Jetzt erinnere ich mich. Es klang wie Schock und Shakra. Ja, das ist sie. Nummer 268.« Sie nahm Connors Hand und drückte sie mit aller Kraft, die sie noch hatte. Tränen der Erleichterung rollten über ihre Wangen. Connor hielt sie fest und beobachtete sie. Als die Tränen versiegten, erkannte er den Plan, der in ihren Augen Gestalt annahm.

Er stand auf und ging vor ihr auf und ab. »Helen, du darfst nicht mal dran denken, jetzt nach ihm zu suchen. Wir müssen dafür sorgen, daß du so schnell wie möglich das Land verläßt.«

Sie blickte ihn ruhig an.

»Keine zehn Pferde werden mich dazu bringen.«

»Nicht mal, wenn dein Leben auf dem Spiel steht?«

»Es hat bereits auf dem Spiel gestanden.«

»Und das wird so bleiben, solange du in Peru bist. Ich glaube, du hast keine Ahnung, worauf du dich da eingelassen hast.« Er hockte sich mit ernstem Gesicht neben sie. »Hör mir zu, Helen, und entscheide dann. Weißt du, wer Maldonado ist?«

»Ein Amateurarchäologe. Jemand, der versucht hat, mich zu töten.«

»Aber nicht irgend jemand. Wahrscheinlich der mächtigste und blutrünstigste Mensch in diesem ganzen verdammten Land. Er ist der Kopf des peruanischen Geheimdienstes und oberster Drogenfahnder des SIN.«

Helen hatte das Gefühl, daß etwas Seltsames, Verrücktes an ihren Nerven zerrte.

»Warum bist du hier, Helen?«

Die Fragezeichen in ihrem Kopf ballten sich zu einer düsteren Wolke zusammen. Ob Dai das wußte? Unmöglich. Warum war der SIN hinter ihr her? Was wußten sie über sie? Was hatten sie damit zu tun? Warum hatte man versucht, sie umzubringen?

»Wer bist du?« fragte sie.

»Wie bitte?«

»Du hast mich schon verstanden.«

»Warum fragst du?«

»Mein Gastgeber, den ich für einen Archäologen hielt, entpuppt sich als Meisterspion. Wer zum Teufel bist du?«

»Muß ich denn jemand sein?«

»Du kommst mir vor wie jemand, der wartet, einer jener Menschen, die scheinbar mühelos durchs Leben gehen, und dann plötzlich passiert etwas, und man entdeckt eine ganz neue Seite an ihm. Du bist nicht bloß der ruhige Mann, der Abenteuerreisen organisiert und im Fitneßstudio von Lima seine Muskeln trainiert.«

»Und du bist nicht bloß eine Touristin, die das Land besucht, weil ihr sein Klang gefällt, und die zufälligerweise ausgerechnet beim Chef der Rauschgiftfahndung abgestiegen ist.«

Sie starrten einander an, und plötzlich schien sich in beiden gleichzeitig etwas zu regen, etwas Bedeutsames, das nichts mit den Umständen zu tun hatte. Und so sahen sie sich einfach an, noch lange, nachdem die erste Wut verflogen war.

Connor kam zu dem Schluß, daß es jetzt keine Zeit und keinen Raum mehr für Heimlichtuerei gab. Er würde ihr erzählen, was sie wissen mußte, seine Tarnung preisgeben, und alle Regeln der Firma hinsichtlich seines Engagements bei einer solchen Operation brechen. Die Firma war nicht hier. Die Firma hatte nicht vor drei Stunden einen Mordversuch überstanden, und die Firma kannte auch Helen Jencks nicht. Er betrachtete die Frau, die vor ihm lag, den Trotz in ihren Augen, der sich mit Angst vermischte, und die Sehnsucht nach ihrem Vater, die immer wieder durchschimmerte. Das alles rief Gefühle in ihm wach, von deren Existenz er bisher nichts gewußt hatte. Er empfand eine wütende Zärtlichkeit für sie, das überwältigende Verlangen, sie zu beschützen, und etwas, das wohl der Beginn von Liebe war, ihm aber solche Angst einjagte, daß er sich weigerte, es zu benennen. In diesem Augenblick sah er seiner Vorsicht, seinem angeborenen und anerzogenen Mißtrauen, das ihm so oft das Leben gerettet hatte, ins Gesicht und beschloß, nicht darauf zu hören.

»Du zuerst«, sagte Helen.

Connor wandte den Blick ab, dachte eine Weile nach und seufzte.

»Es ist mir klar, daß du mich dafür hassen wirst, aber es ist kein Zufall, daß wir uns begegnet sind. Ich wollte mich mit dir anfreunden und dich benutzen, um mehr über Maldonado zu erfahren.« Er sah, wie sich ihr Gesicht verhärtete, und hätte am liebsten innegehalten oder versucht, sie mit einem Wort oder einer Berührung zurückzugewinnen, fuhr jedoch gnadenlos fort.

»Ich arbeite für den britischen Geheimdienst. Rauschgiftfahndung.«

»Verstehe.«

Sie wandte sich ab, und Connor glaubte schon, daß er verloren hatte. Er betrachtete die Biegung ihres Halses, das Heben und Senken ihrer Brust, als sie tief Luft holte. Dann richtete sie den Blick wieder auf ihn. Sie sagte nichts, lag einfach auf dem Sofa und sah ihn an.

Connor hatte beim SAS mehrmals medizinische Hilfe in Anspruch genommen. Gelegentlich ging er zum Arzt, um sich durchchecken zu lassen. Das Übliche, man zog sich aus, mußte zur Probe husten, usw. Die Ärztin mit ihrem kühlen, abschätzenden Blick. Jetzt sah Helen ihn an. Ihr Blick war nicht flüchtig, sondern ein langes, klares Abwägen, das ihm das Gefühl gab, daß sie bis auf den Grund seiner Knochen sah, ihre Festigkeit prüfte, feststellte, wie oft sie gebrochen waren und wo sie Schwachstellen hatten. Sie schien sogar zu wissen, wie das Blut durch seine Adern floß, ob schneller oder langsamer.

»Warum genau wurdest du angewiesen, dich mit mir anzufreunden? Was wolltest du über Maldonado herausfinden?«

»Einige von uns zweifeln an seiner Integrität. Was dir passiert ist, beweist, daß wir recht hatten.«

»Warum wollte er mich umbringen? Was zum Teufel habe ich ihm oder seinen Handlangern angetan?«

»Du hast sie niedergeschlagen. Die Männer auf der Straße neulich, das war kein Zufall, Helen. Ich habe letzte Woche angefangen, dich zu beobachten, das war an dem Tag, an dem wir uns im Fitneßstudio begegnet sind. Am nächsten Tag haben wir bemerkt, daß du noch von anderer Seite beschattet wirst. Der SIN verfolgt dich. Ich glaube nicht an Zufälle. Diese Männer müssen in Maldonados Auftrag gehandelt haben. Sie haben den richtigen Augenblick genutzt. Sie hatten nur zwei Minuten, als ich in die Bar zurückging und die Straßen menschenleer waren. Genau in dem Moment haben sie zugeschlagen.«

»Welchen Grund könnte Maldonado haben, mich überfallen zu lassen?«

»Er wollte dich testen. Um herauszukriegen, ob du Spezialistin bist, sprich Agentin. Es gibt nicht viele Frauen, geschweige denn Männer, die Aikido so gut beherrschen wie du, abgesehen von Agenten. Ich kenne ein paar, die dir ganz schön zusetzen könnten.«

»Jederzeit.«

Connor lächelte. »Als du die beiden Männer lahmlegtest, hatte er seine Antwort. Als nächstes kommt jemand mit einer Pistole durch deine Tür. In ihrer verdrehten Welt ergibt das Sinn. Maldonado konnte sich nicht leisten, noch weitere Risiken mit dir einzugehen. Wenn sich herumgesprochen hätte, daß sich eine Agentin in sein so gut bewachtes Haus eingeschlichen hat und sich mit ihm, der angeblich imstande ist, jedermanns Tarnung zu durchschauen, angefreundet hat, wäre eine unvorstellbare Hetzjagd auf ihn eröffnet worden. Er hat zahllose Feinde. Er ist ein Mann, der seine Position durch Angst, einen geheimnisvollen

Nimbus und Rücksichtslosigkeit aufrechterhält. Diese Position hast du bedroht. Und er sah keine andere Lösung, als dich aus dem Weg zu räumen.«

Helen dachte zurück an ihre Ankunft in Lima. Sie hatte Maldonados Garten, dieses Paradies betreten und war mitten ins Chaos gelaufen. Und während sie glaubte, auf der Stelle zu treten, hatte sie, ohne es zu merken, Tag für Tag ihr eigenes Schicksal vorangetrieben, war dem Tod immer näher gekommen.

»Weißt du was? Du wirst mich für verrückt halten, aber ich kann mir nicht vorstellen, daß Maldonado mich umbringen wollte. Er besitzt eine gewisse Härte, klar. Ich kann mir vorstellen, daß er den Befehl gibt, einen Gegner aus dem Weg zu räumen, aber in mir schien er eine Freundin zu sehen. Ich hatte den Eindruck, daß ich ihm etwas bedeutete. Ich habe eine tragische Seite an ihm gesehen. Er ist einsam.«

»Du hast das bißchen gesehen, das von seinen guten Anlagen übriggeblieben ist. Du hast nur das gesehen, was du sehen wolltest. Aber es stimmt, es gab eine Tragödie in seinem Leben. Seine beiden Söhne und seine Tochter kamen bei einem Bombenanschlag um, den der Leuchtende Pfad auf ihn verübt hatte. Ein Jahr später hat sich seine Frau das Leben genommen. Wahrscheinlich hat er damals geglaubt, daß er nichts mehr zu verlieren hätte. Das war 1989. Ich vermute, daß er zu dieser Zeit die Fronten gewechselt hat.«

»O Gott.« Helen dachte an Maldonados Haus, in dem es keine Fotos gab, dafür jedoch zahllose Geister. Sie dachte an sein Gesicht, als er ihr die *Moche*-Figuren gezeigt hatte. Sämtliche Regungen, die ein menschliches Wesen je empfunden hatte. Er kannte sie alle.

»Und davor?« fragte sie. »Wie war er da?« Jetzt, da Connor den Schleier des Geheimnisses lüftete, der ihren Blick trübte, seit sie Maldonados Haus zum ersten Mal betreten hatte, wollte Helen alle Einzelheiten wissen. Irgendwie machte es das Überleben realer, wenn sie mehr über den Mann erfuhr, der versucht hatte, sie umzubringen.

»Er war auch vorher nicht völlig unbestechlich. Er war das, was wir annehmbar korrupt nennen. Letztlich korrupt. Aber damit konnten wir leben.«

»Wie meinst du das?«

»Es ist eine lange Geschichte. Man muß weit ausholen, um zu verstehen, welchen Hintergrund er hat, was ihn und sein Land geprägt hat.«

»Erzähl, ich will es wissen.«

»Seine Familie besaß eine Anzahl riesiger Haciendas, die 1969 alle verstaatlicht wurden. Das ist noch gar nicht so lange her. Ein Grundstück allein war so groß wie ganz Belgien. Wie auch immer, Maldonados Familie verpraßte, was von ihrem Vermögen übriggeblieben war, so daß Victor Anfang der sechziger Jahre als junger Armeeoffizier zwar wenig Geld hatte, dafür aber auf eine lange Tradition zurückblicken konnte. Er lebte in dem Bewußtsein, daß er etwas zählte, daß man ihm etwas schuldete. Er wollte das Vermögen und den Einfluß seiner Familie zurückgewinnen und ließ sich deshalb auf einen Posten im Dschungel versetzen, in eine Gegend namens Huallaga. Normalerweise verbringt man zwei Jahre auf einem solchen Posten; Maldonado blieb sieben. Falls du es nicht weißt, und eigentlich gibt es keinen Grund, warum du es wissen müßtest, etwa vierzig Prozent des gesamten Kokainaufkommens der Welt stammt aus Huallaga. Die Kokapflanze wird hier angebaut und als Paste zur Weiterverarbeitung nach Kolumbien geflogen. Hunderte von winzigen Start- und Landebahnen sind überall im peruanischen Dschungel verstreut, nicht nur in Huallaga, sondern auch an einem Ort namens Manu. Die Piloten bekommen etwa fünfzigtausend Dollar pro Kokaflug, das ist tausendmal soviel wie für einen normalen Auftrag, und so herrscht kein Mangel an Flugzeugen. Früher, also vor dem Satelliten-Zeitalter, gab es dreißig bis vierzig Flüge am Tag, aber mittlerweile registrieren die Spione am Himmel jede Bewegung. Wie auch immer, der entscheidende Punkt ist, daß viele Drogenlieferungen von Rollbahnen abgehen, die militärischer Kontrolle unterliegen, oder daß das Militär sonstwie seine Finger im Spiel hat. Es kommt vor, daß die Luftwaffe solche privaten Rollbahnen einfach ignoriert. Die verantwortlichen Offiziere verlangen dafür natürlich eine Gewinnbeteiligung. Maldonado trug Verantwortung.«

Helen dachte an den Brief der Banco de Panama. Ihr Gedächtnis, das sich Zahlen so gut merken konnte, spuckte alles bereitwillig aus: Kontonummer, vier Millionen Dollar.

»Wieso bleiben die Militärs ungestraft, wenn sie Drogengeschäfte in solchen Ausmaßen durchgehen lassen?« fragte sie.

»Die Militärs drücken nicht nur beide Augen zu, sie stecken selbst mit drin und fördern solche Geschäfte geradezu. Das geht, weil niemand da ist, der sie zur Rechenschaft zieht. Leute, die es versucht haben, Journalisten oder Einwohner der dortigen Gegend, wurden aus dem Weg geräumt. In dieser Region sind mehr Journalisten gestorben als irgendwo sonst auf der Welt, außer während des Vietnamkrieges. Es ist keine Gegend, in der man Fragen stellt. Fast während der gesamten achtziger Jahre wurde sie vom Leuchtenden Pfad und dem MRTA kontrolliert. Die Regierung war zu sehr damit beschäftigt, sich an Drogengeschäften zu bereichern oder sich irgendwo anders mit dem Leuchtenden Pfad anzulegen, als daß sie sich allzuviel um Huallaga hätte kümmern können. Fujimori hat gerade erst angefangen, die Drogenbarone zu bekämpfen, und scheint erste Erfolge zu verzeichnen. Er hat der Luftwaffe und der Marine verboten, den peruanischen Luftraum oder die peruanischen Gewässer zu verlassen – damit sind die Drogentransporte, die direkt über militärische Connections ausgeführt wurden, erheblich zurückgegangen. Doch selbst wenn die Militärs plötzlich die Fronten wechseln würden, kämen sie gegen die *droguistas* nicht an. Drogengeschäfte machen einen Umsatz von etwa vierhundert Milliarden Dollar pro Jahr weltweit. Das sind acht Prozent des gesamten Welthandels, mehr als Eisen/Stahl oder die Autobranche. Um dir ein kleines Beispiel zu nennen: Kolumbien, ein Land, das viel reicher ist als Peru, verfügt über rund zweitausend Beamte in der Policia Anti Narcóticos. Sie sind mit zweiundzwanzig Starrflügelflugzeugen und etwa sechzig Helikoptern ausgerüstet. Jetzt vergleiche das mal mit den kolumbianischen Narcos, die mindestens zwanzig Milliarden Dollar pro Jahr mit Drogenhandel verdienen – das entspricht acht Prozent des kolumbianischen Bruttosozialprodukts. Stell dir vor, wie viele es sind, welche Art von Ausrüstung sie sich leisten können, und du bekommst eine Ahnung vom Ausmaß dieses Krieges. Es gab einen großen kolumbianischen Narco namens Parafán, der vor nicht allzu langer Zeit in Venzuela verhaftet wurde. Er ist mittlerweile an die USA ausgeliefert worden, das ist der Alptraum aller Narcos. Wie auch immer, er allein hatte zwölf Milliarden Dollar auf seinen privaten Bankkonten. Der ganze Kontinent schwimmt in Drogengeldern. Etwa dreißig Prozent der kolumbianischen Wirtschaft sind davon abhängig. Alle oder fast alle Beteiligten werden geschmiert. Maldonado war keine Ausnahme. Er ist in Huallaga reich und sehr mächtig geworden. Es dauerte nicht lange, bis er die Karriereleiter beim SIN hinaufkletterte. Er war korrupt, wir wußten es, glaubten aber, daß er seine Loyalitäten im Gleichgewicht halten könnte, uns mit den Informationen versorgen würde, die wir brauchten, und ein paar wichtige Narcos ans Messer liefern würde, besonders in Kolumbien. Dann fiel seine Familie einem Anschlag zum Opfer, und ich glaube, damit war das Gleichgewicht ein für allemal zerstört. Das ist der Mann, mit dem wir es zu tun haben. Ausgerechnet ihn hast du dir als Gastgeber ausgesucht, als du nach Peru kamst. Warum bist du hier, Hel?« Um ihren Vater zu finden, soviel stand für ihn fest, aber er wollte es aus ihrem Mund hören. »Und warum bist du ausgerechnet zu Maldonado gegangen?«

Helen schüttelte den Kopf. »Ich kann das alles kaum fassen. Ich glaubte, ich könnte dem Regen entfliehen und bin in der Traufe gelandet.«

»Im Auge des Hurrikans, würde ich sagen.«

Helen lächelte schwach. Jetzt war es leichter, zu reden. Diese neue Welt, in die sie gestolpert war, hatte nicht das geringste mehr mit London zu tun. Der versuchte Mordanschlag in Peru hatte sie irgendwie immun gemacht gegen das, was ihr zu Hause passiert war. Im Moment ließ es sie völlig kalt. Nun, da Connor offensichtlich beschlossen hatte, seine Geheimnisse auf den Tisch zu legen, würde sie seinem Beispiel folgen.

»Maldonado sollte mir eine Zuflucht bieten. Ich mußte weg aus London. Es gab einige Scherereien —«

»Zum Beispiel?«

»Die Einzelheiten spielen keine Rolle. Ich arbeite in der City. Man hat mich reingelegt, und es sah aus, als hätte ich verdammt viel Dreck am Stecken. Aber dann habe ich etwas entdeckt, wonach ich mein ganzes Leben lang gesucht hatte.« Sie wandte den Blick ab, auf einmal fiel es ihr doch schwer, weiterzusprechen.

»Sag es mir«, sagte er mit unendlicher Sanftheit.

Sie sah ihn wieder an.

»Ich habe erfahren, daß mein Vater hier ist. Ich bin hergekommen, um ihn zu suchen. Er ist verschwunden, als ich sieben war. Seitdem habe ich ihn nie wiedergesehen oder mit ihm gesprochen.«

»Wie kommst du darauf, daß er hier ist?«

»Ich weiß es. Für welchen Teil der Regierung arbeitest du? Wenn du wirklich der bist, als der du dich ausgibst, mußt du von ihm gehört haben.«

Sie wußte, daß Connor ihr als Freund davon erzählen wollte. Doch der Agent oder was immer er war, kämpfte sich an die Oberfläche und mußte schweigen.

»Du hast bereits beschlossen, es mir zu sagen. Ich weiß, daß es gegen deine Anweisungen verstößt«, sagte sie weich.

»Ich arbeite für den Secret Intelligence Service, auch bekannt als MI6.«

»Ich kenne ihn als SIS, sofern ich ihn überhaupt kenne, und auch das erst seit ein paar Wochen.«

»Was ist da passiert?«

»Ich habe die Wahrheit über meinen Vater erfahren. Diese Wahrheit müßte dir bekannt sein.«

»Willst du wissen, was ich weiß?«

Sie nickte.

»Ich weiß, daß du in Wirklichkeit Helen Jencks heißt und daß dein Vater Jack Jencks ist.«

»Ja, und weiter, sag es nur.«

»Angeblicher Betrüger, abgetaucht.«

»Und die Wahrheit?«

»Er hat für uns gearbeitet, und wir haben dafür gesorgt, daß er verschwindet. Nach Peru. Zu Victor Maldonado.«

»Hat der SIS seitdem von ihm gehört?« Helens Stimme klang rauh.

Connor schüttelte den Kopf. »Er hat den Kontakt abgebrochen.«

»Ihr habt dreiundzwanzig Jahre nichts von ihm gehört?«

»Es geht nicht anders. Wenn eine neue Identität Erfolg haben soll, müssen alle Spuren des alten Lebens verwischt werden.«

»Einschließlich Frau und Kind«, sagte sie bitter.

»Aber jetzt, dreiundzwanzig Jahre später, hast du dich entschieden, ihn zu suchen. Warum? Warum bist du nicht in London geblieben und hast erst einmal dafür gesorgt, daß dein guter Ruf wiederhergestellt wurde?«

»Wie schon gesagt, ich wurde in eine Falle gelockt. Falls es dir nicht aufgefallen ist, mit einem Namen wie Jencks ist man der perfekte Sündenbock.«

»Trotzdem hättest du kämpfen müssen.«

»Das ist leicht gesagt. Natürlich wäre es das Nächstliegende gewesen. Ich habe für eine große Bank gearbeitet, allerdings nur mit stillschweigender Duldung bestimmter Kreise. Sie haben mich behalten, weil ich meinen Job gut gemacht habe. Ich habe ihnen eine Menge Geld gebracht, aber manchen Leuten war meine Herkunft unangenehm. Ich hätte gegen den Neffen des Vorstandsvorsitzenden aussagen müssen. Man hat mir wirklich übel mitgespielt. Ich hätte niemals eine faire Verhandlung bekommen.«

»Du scheinst mir viel zu stark, um wegzulaufen.«

»Ich bin nicht weggelaufen. Es war nur die Gelegenheit, auf die ich gewartet hatte. Ich habe mein ganzes Leben mehr oder weniger planlos mit der Suche nach meinem Vater verbracht. Als ich zur See fuhr, hoffte ich in jedem Hafen, ihn irgendwo aufzuspüren. Und doch gab es auch etwas in mir, das davor zurückscheute, vielleicht, weil ich dachte, daß er gar nicht gefunden werden wollte. Wie auch immer, als ich rauskriegte, daß er hier war, konnte ich mich nicht länger drücken. Und ich entdeckte, daß ich von Anfang an recht gehabt hatte: Er war unschuldig, er war gezwungen worden, zu fliehen und hatte uns nicht freiwillig verlassen.« Ihre Stimme klang abgehackt. »Außerdem muß er jetzt um die fünfundsechzig sein. Nicht alt, aber auch nicht mehr jung.« Sie wandte den Blick ab und kämpfte darum, die Fassung nicht zu verlieren. Dann blickte sie Connor wieder an und wechselte das Thema. »Und was ist mit dir? Was hat dich auf Maldonados Spur gebracht? Irgendwie habe ich das Gefühl, daß es bei dir fast etwas Persönliches ist.«

305

»Stimmt.«

Helen erkannte einen Schatten von Zorn in seinen Augen, und auch Schmerz.

»Vor ein paar Monaten gab es eine große Operation gegen die *droguistas*. Irgendwer hat sie informiert. Ein Freund von mir kam dabei um. Du kennst die Regeln. Sterben kann man jederzeit. Aber in einen Hinterhalt gelockt zu werden ...«

»Und du glaubst, daß Maldonado dahintersteckt?«

»Genauso wie er hinter dem Anschlag auf dich steckt. Der einzige Unterschied ist, daß du noch lebst. Wer hat dafür gesorgt, daß du nach Peru kommst, Helen?«

Sie warf ihm einen finsteren Blick zu. »Er wußte nichts davon, hörst du?«

»Jetzt komm schon, du mußt es mir erzählen, sonst haben wir keine Chance, rauszukriegen, was hier eigentlich gespielt wird.«

»Es war mein Patenonkel«, sagte sie langsam. »Er, Maldonado und mein Vater haben zusammen in Cambridge studiert und waren eng befreundet. Mein Vater und Dai kannten sich aus den Welsh Valleys, praktisch seit ihrer Geburt. Was willst du noch wissen? Na los, stell mir eine Frage, oder weißt du schon sämtliche Antworten?«

»Ich will wissen, ob ich dir helfen soll, dich außer Landes zu bringen.«

»Nein, Evan. Ich gehe nicht weg. Ich bin hergekommen, um meinen Vater zu finden. Davon habe ich mein ganzes Leben lang geträumt. Ich fahre nach Cuzco und suche ihn.«

»Du bist verrückt. Verstehst du nicht, welche Gefahr du eingehst?«

»Doch, durchaus.«

»Und du willst trotzdem fahren?«

»Es ist mein Leben, Evan.«

»Vielleicht ist es dein Tod.«

»Vielleicht.« Ihr Gesicht war nachdenklich, düster. Erleichtert sah er, daß seine Worte sie zumindest beeindruckt hatten und sie nicht einfach blind losstürmte. Bis vor ein paar Stunden war ihr die Gefahr noch so fremd gewesen, daß sie leicht so hätte tun können, als gäbe es sie gar nicht. Wenn man unerfahren ist, geht man häufig Risiken ein, vor denen andere, die die Konsequenzen kennen, fliehen würden. So unschuldig war Helen jetzt nicht mehr. Connor sah, daß seine Worte sie zwar ernüchtert hatten, daß sie aber trotzdem an ihrem Entschluß festhielt.

»Hast du dich noch nie in deiner eigenen Welt verkrochen und alles andere ignoriert? Hast du noch nie den Wunsch gehabt, ein bestimmtes Ziel zu erreichen, aller Vernunft oder Gefahr zum Trotz?« fragte sie.

»Doch, mehrmals.«

»Bei militärischen Einsätzen, schätze ich.«

Connor nickte. »Man verdrängt alles andere aus seinem Bewußtsein oder versucht es wenigstens. Manchmal macht man Sachen, die man nicht machen sollte, weil sie allen Regeln oder dem gesunden Menschenverstand zuwiderlaufenn. Der Überlebenstrieb kommt einem zu Hilfe.«

»Ich glaube, ich tue es, weil ich ihn wirklich liebe. Ich habe ihn mein Leben lang geliebt, und es gab keinen Tag, an dem mir der Verlust nicht schmerzlich bewußt gewesen wäre. Ich weiß, daß es verrückt ist, und ich kenne die Risiken. Wahrscheinlich könnte man sagen, im Krieg und in der Liebe ist alles vernünftig. Weißt du, was ich meine?«

Connor sah sie quer durchs Zimmer an. »O ja.« Mit Krieg kannte er sich aus, mit Liebe nicht, jedenfalls bisher nicht. Er wandte sich ab; dieses Gefühl machte ihn schwindlig.

Helen deutete dies als Ablehnung dessen, was sie gesagt hatte. »Deshalb kann ich nicht anders. Glaub bloß nicht, daß ich nach Hause fliege. Ich werde meinen Vater suchen.«

»Hast du schon mal daran gedacht, daß die Adresse, die du hast, gar nicht mehr stimmen könnte?« fragte Connor leise.

»Ich weiß, was du sagen willst. Du glaubst, er könnte längst tot sein.«

»Es ist immerhin möglich.«

»Trotzdem muß ich fahren. Ich muß es versuchen.«

»O Gott, Helen.« Connor starrte sie verzweifelt an.

»Du kannst mich nicht umstimmen.«

»Verdammt noch mal! Dann muß ich eben mitkommen.«

»Warum?« rief Helen. »Willst du etwa den schützenden Ritter spielen?« Doch im gleichen Augenblick sah sie sein Gesicht und den Zorn darin, gepaart mit etwas, das sie nicht enträtseln konnte, und biß sich auf die Lippen. Warum konnte sie nicht sagen, was sie fühlte? Warum konnte sie ihm nicht einfach erklären, daß sie notfalls allein fahren und überleben würde, sich aber wünschte, daß er mitkam, daß jeder Augenblick mit ihm etwas Besonderes war, von wilder Freude erfüllt, und wie unerträglich und wunderbar lebendig sie sich fühlte, selbst in diesem Durcheinander?

»Möchtest du, daß ich es ausspreche?« fragte er. »Ich will es nicht, aber ich werde es tun, wenn es sein muß. Ich habe mein ganzes Leben auf eine Frau wie dich gewartet. Ich will sie nicht verlieren, bevor auch nur irgend etwas mit ihr angefangen hat.«

Helen rappelte sich vom Sofa auf, ging quer durch den Raum und berührte seine Lippen mit den ihren. Sie atmete seinen Atem ein.

»Dann komm lieber mit.«

Connor stieß einen langen Seufzer aus und wandte sich ab. Er schien sich wieder in sich selbst zurückzuziehen, hin und her gerissen zwischen Instinkt und Kalkül. Sie sah die Konsequenzen in seinen Augen, die schwarzen Visionen, die vorbeizogen wie Wolken an einem blauen Himmel. Einen kurzen Moment wirkte er nackt und schutzlos. Sie konnte tief in ihn hineinsehen, blickte durch alle zivilisierten Umgangsformen, Täuschungsmanöver und Schutzmechanismen hindurch. Sie sah ihren Zwilling, der so dachte wie sie, dieselben Entscheidungen traf, frei von Angst war, ein Mann, der nicht dem Verstand, sondern immer nur seinem Herzen folgte. Dann war der Augenblick vorüber, aufgehoben von Kühle und Berechnung.

Connor wußte nun, daß er mit Helen gehen würde. Er hatte sich schon lange für den Weg des Chaos entschieden. Sein ganzes Leben hatte er die unvergleichliche Erregung gesucht, die die Gratwanderung zwischen Leben und Tod mit sich brachte. Er hatte sich ein intensives Leben ausgesucht, und alle gewöhnlichen Empfindungen waren ihm gleichgültig. Gefahren zogen ihn unwiderstehlich an, und mit Helen hatte er jemand gefunden, der selbst die Augenblicke seines inneren Friedens mit Spannung erfüllte. Jetzt würde er der Liebe folgen, genau wie Helen. Er würde sämtliche Grenzen seiner beruflichen Verpflichtungen überschreiten, wenn er beschloß, sie auf der Suche nach ihrem Vater zu begleiten. Er traf seine Entscheidung als Mann, doch als Agent genoß er die Vorstellung des Risikos, des bevorstehenden Kriegs mit Maldonado. Dieser würde ihre Spur aufnehmen, das stand fest. Connor war bereit. Die Erinnerung an seinen toten Freund war noch frisch, und sein Herz schrie nach Rache.

Er stand auf, trat auf den Balkon und starrte hinaus auf den dunklen Ozean. Nach einer Weile spürte er Helens stille Gegenwart an seiner Seite. Als er den Kopf wandte, sah er in ihre brennenden Augen.

Der Wind blies ihm fast die Worte weg, als er leise sagte:

»Wir müssen los.«

67 Um sechs Uhr früh durchbrach die Aero-Peru-Maschine nach Cuzco die Nebeldecke und flog der Morgendämmerung entgegen. Schon nach fünf Minuten Flug traten sie in eine andere Klimazone ein. Die Sonne brannte nun auf eine goldene Wüstenlandschaft, die unter ihnen vorbeizog. Während sie weiter ins südöstliche Landesinnere auf die Anden zusteuerten, ging die Wüste in Berge über, von denen einige schneebedeckte, von Nebel umhüllte Gipfel hatten. Helen warf einen Blick nach unten. Sie sah ein Dorf, das sich in ein schmales Tal quetschte. Die Sonne wurde von den Dächern reflektiert und blendete wie eine Reihe von explodierenden Taschenlampen. Die Landschaft schien ihr von schrecklicher Wut gezeichnet, steile Berghänge, enge von unsichtbaren Flüssen ausgehöhlte Schluchten. Die Erde färbte sich in der Sonne rot, und sie sah einzelne Häuser, winzig wie Schafe. Die Anden waren ein junges Gebirge. Sie erkannte etwas Ungeformtes in ihnen, den Zorn eines jungen Mannes, ungebändigte Wildheit.

Helen drehte sich zu Connor um. »Glaubst du, daß Maldonado versuchen wird, mich zu finden?«

»Ja, bestimmt.«

»Dann wird er erfahren, daß ich nach Cuzco geflogen bin. Mein Name steht auf der Passagierliste.«

»Nicht ganz. Wenn du auf dein Flugticket schaust, wirst du sehen, daß es auf den Namen Chell Willems ausgestellt ist. Er hat genug Ähnlichkeit mit Helen Williams, um dich an Bord zu bekommen, falls irgend jemand sich quergestellt hätte, ist aber hoffentlich auch anders genug, um den Computer zu täuschen oder sonstigen Kontrollen zu entgehen.«

»Wie hast du das hingekriegt?«

»Ich bin Reiseführer, vergiß das nicht. Ich kenne das Personal am Schalter. Ich habe deinen Namen einfach falsch buchstabiert, und niemand hat nach deinem Paß gefragt.«

»Klug.«

Je weiter sie flogen, um so schroffer wurden die Felsen, um so dichter die Nebelschwaden, die ihre Gipfel umhüllten. Die Erde war nun rotbraun mit vereinzelten roten Streifen, als hätte ein verrückter Künstler die Berge wahllos mit Pulverfarben beworfen. Die Maschine flog in geringer Höhe an der Gebirgskette entlang; Helen kam es vor, als könnte sie durch das Fenster greifen und die vorüberfliegenden Gipfel mit der Hand berühren. Mit der Zeit wurden die Berge schokoladenbraun und die Schneedecke auf den Spitzen höher, wie eine Glasur. Dann änderte sich die Landschaft unter ihnen erneut, und sie flogen über ein fruchtbares Tal mit großen rechteckigen Anbauflächen, die von bewaldeten Hügeln gesäumt waren. Hier schienen die Berge niedriger und zahmer. Sie entfalteten sich wie gekräuselte Seide, die im Wind flattert. Mittlerweile wirkten sie saftig grün, und aus der roten Erde wuchsen Moos und Nadelhölzer. So weit das Auge reichte, blickte man über grüne Gipfel wie schäumende Wellen im aufgewühlten Meer. Jenseits davon, am fernen Horizont erhoben sich einer riesigen Festung gleich die Kämme der schneebedeckten Berge.

Die Maschine kam an die Berge heran. Als sie zur Landung ansetzte, sah Helen im Tal die roten Dächer der Häuser, die mit der Erde verschmolzen. Sie starrte darauf, als wollte sie durch die Steinmauern hindurchsehen, und stellte sich vor, wie ihr Vater an einem rustikalen Holztisch frühstückte und dazu den starken Kaffee trank, den er schon immer geliebt hatte. Sie spürte, wie die Aufregung in ihr wuchs und auch die Angst. Es war kaum zu fassen, daß ihr Vater dort sein sollte, daß sie nach dreiundzwanzig Jahren endlich sein Gesicht wiedersehen und seine Stimme hören könnte. Sie ermahnte sich, einen kühlen Kopf zu behalten.

Wie Connor gesagt hatte, war er vielleicht schon lange tot. Maldonados Adreßbuch war offensichtlich alt und nicht mehr auf dem neuesten Stand gewesen. Er konnte umgezogen sein. Womöglich würde er sogar entsetzt reagieren, wenn die Tochter, die er vor dreiundzwanzig Jahren im Stich gelassen hatte, plötzlich vor ihm stand. Helen fragte sich, ob er wohl schockiert wäre. Am liebsten hätte sie die Maschine wieder zum Umdrehen gezwungen, um sich weder mit seiner Abwesenheit noch seiner Gegenwart auseinandersetzen zu müssen, doch tief im Innern wußte sie, daß sie auf dem einzig richtigen Weg war.

Sie spürte, wie Connor ihre Hand berührte.

»Cuzco«, sagte er. »Ist es nicht wunderschön?«

»O ja.«

»Der Name bedeutet Nabel der Welt.«

»Warum hat man es so genannt?«

»Die Inkas glaubten, daß der Nabel der Ursprung und der Mittelpunkt allen Lebens sei. Hier lag das Herz ihres Reiches.« Er lächelte sie an. »Willkommen in Tawantinsuyo, was soviel bedeutet wie die vier Ecken der Welt. Cuzco war ihr Mittelpunkt, im Norden lag Chinchaisuyo – das nördliche Peru und Ecuador; im Westen Condesuyo – die südliche Küstenregion; im Süden Collasuyo – der *antiplano* des südlichen Peru und Bolivien; und im Osten Antisuyo, der nicht unterjochte Dschungel des Amazonas. Die Bezeichnung Anden leitet sich von den Antis, den dortigen Urbewohnern, ab. Ein wildes Pack, das den Inkas eine Menge Kopfzerbrechen bereitete.«

Helen lächelte. Connors Vortrag war dazu gedacht, sie abzulenken und aufzuheitern.

Dann setzten sie zur Landung an.

68 Die Calle Choquechaca war eine schmale, steile Gasse mit Kopfsteinpflaster und zweistöckigen Steinhäusern, deren schmiedeeiserne Balkone himmelblau gestrichen waren. Während Connor das Taxi bezahlte, das sie vom Flughafen hergebracht hatte, wartete Helen auf der Straße neben den beiden Rucksäcken, die er in seiner Wohnung gepackt hatte. Sie schau-

te auf die Fassade des Hauses Nr. 268. Ihr Atem ging schwer, und sie wußte, daß es wenig damit zu tun hatte, daß Cuzco auf einer Höhe von dreieinhalbtausend Metern liegt. Ihr Herz flatterte förmlich vor Angst. Es war immer noch unbegreiflich, daß sie nach dreiundzwanzig Jahren am Ende ihrer Suche angelangt war. Mit sieben hatte sie sich geschworen, ihren Vater zu finden. Sie hatte alle sieben Meere durchsegelt auf der Suche nach ihm. Jetzt brauchte sie nur noch die Hand auszustrecken und an diese Tür zu klopfen. Ihre Finger ballten sich zu einer Faust. Zögernd klopfte sie zweimal.

Eine untersetzte Indiofrau im roten Rock öffnete. Helen starrte sie schockiert an und brachte kein Wort heraus. Connor sprach mit der Frau in einer seltsamen Sprache, die nicht Spanisch war. Zuerst sah diese ihn überrascht und mißtrauisch an, doch als Connor lächelte, gestikulierte und noch ein paar Sätze sagte, entspannte sich ihr Gesicht. Plötzlich ließ sie einen langen Redeschwall los. Helen stand reglos da und beobachtete sie, während ihr zehn verschiedene Interpretationen in der Sekunde durch den Kopf gingen. Die Sekunden kamen ihr wie eine Ewigkeit vor. Plötzlich hörte sie ihre eigene Stimme dazwischenrufen:

»Was zum Teufel sagt sie, wo ist er?«

Connor und die Frau verstummten. Connor nahm Helens Hände. Tränen liefen ihr übers Gesicht und hinterließen eine brennende Spur auf ihren Wangen. Ihre Haut fühlte sich an, als stünde sie in Flammen.

»Er war bis gestern hier, Hel! Gestern morgen ist er abgereist.«

»O, Gott! Wir haben ihn verloren.«

»Wir haben ihn nicht verloren. Hör mir zu. Ich habe erfahren, wo er ist, das heißt, wo er hin will. In fünf Tagen ist Inti Raymi, die Wintersonnenwende. Normalerweise findet in den Ruinen der Inkas in Machu Picchu eine große Zeremonie statt, und dieses Jahr kommt noch etwas dazu, das Kosmische Konvergenz heißt. Der Sonnenstand soll dieses Jahr ganz besonders günstig sein. Archäologen aus aller Welt werden sich dort versammeln. Nach Auskunft der Frau ist dein Vater gestern auf dem Inkapfad nach Machu Picchu aufgebrochen. Offensichtlich ist er Archäologe und wurde zu diesem Ereignis eingeladen.«

Helen schaute Connor in die Augen, und ihre Tränen versiegten.

»Er lebt?«

Connor lächelte und drückte ihre Hände fester.

»Ja, Hel, er lebt.«

Connor dankte der Haushälterin, die der Szene mit einem Ausdruck der Verwirrung gefolgt war, und führte Helen zu einem Café, das etwas weiter oben auf der Straße lag. Sie setzten sich an einen Tisch, und Connor bestellte zwei Tassen Kaffee. Helen spürte, wie sich eine ungeheure Hochstimmung in ihr ausbreitete und alle Geräusche in ihrer Umgebung dämpfte.

»Du weißt, was ich tun will, nicht, Evan?«

»Du willst den Inkapfad nehmen. Deinem Vater nach Machu Picchu folgen.«

»Wirst du mir dabei helfen?«

»Hel, eins müßtest du jetzt kapiert haben. Was ich dir in meiner Wohnung sagte, habe ich auch so gemeint. Wir sind jetzt zu zweit.«

Sie lächelte ihn an, und er fragte sich, ob er in ihren Augen ein Aufflackern der Liebe gesehen hatte.

»Also«, sagte sie mit leiser Stimme. »Erzähl mir alles über den Inkapfad und wann wir aufbrechen.«

»Zuerst muß ich einen alten Freund anrufen, der uns mit dem Nötigen ausstatten wird. Ich hoffe nur, daß er uns einen Jeep besorgen kann, um nach Chillca zu fahren, das sind ungefähr siebzig anstrengende Kilometer von hier. Von da aus geht es auf dem Inkapfad weiter. Normalerweise braucht man dreieinhalb Tage bei guter Kondition. Es ist eine etwa fünfzig Kilometer lange phantastische Strecke. Wenn wir deinen Vater nicht vorher einholen, treffen wir ihn in Machu Picchu.«

»Wie denn? Was ist, wenn ich ihn nicht wiedererkenne?«

»Keine Angst. Ich habe mit den meisten Trägern des Inkapfads gearbeitet. Sie werden uns helfen. Sie haben ihr eigenes Nachrichtensystem. Und wir werden auf ihre Hilfe angewiesen sein. Es wird dort wegen der Kosmischen Konvergenz und Inti Raymi von Touristen und Archäologen wimmeln. In dem Durcheinander ist es nicht leicht, jemanden zu finden.«

Connor sah Helens niedergeschlagenes Gesicht.

»Wir werden ihn schon finden, Hel, mach dir keine Sorgen. Außerdem kommen uns die Menschenmassen vielleicht zugute. Sie können uns als Tarnung dienen. Auf dem Inkapfad können wir uns bestens verstecken. Und wenn es wirklich Ärger geben sollte, verschwinden wir einfach in die Berge.«

»Bist du dir denn so sicher, daß Maldonado uns nachstellen wird?«

»Seine Glaubwürdigkeit steht auf dem Spiel. Mit deiner Flucht hast du ihn und seine Männer düpiert. Er weiß nicht, wieviel du über ihn rausgefunden hast. Vergiß nicht, für ihn bist du eine Agentin. Du hast ihn im eigenen Haus zwei Wochen lang ausspioniert. Er ist paranoid. Er ist nicht wie du und ich, Hel. Er hat schon so viel Blutvergießen gesehen, seine Kinder wurden vor seinen Augen in die Luft gejagt, seine Frau hat sich erschossen, und er hat zahllose Feinde beseitigen lassen. Er hat ein anderes Verständnis von Leben und Tod als wir. Mord ist für ihn nur eines von vielen Mitteln im Kampf ums Überleben oder die Staatsräson, nenn es, wie du willst. Du bist sein Feind, also bist du auch ein Staatsfeind. Ich habe nicht den geringsten Zweifel, daß er das, was er begonnen hat, auch zu Ende führen will.«

»Willst du mir angst machen?«

»Nein, ich sage dir nur, was Sache ist.«

»Wie soll er uns denn finden? Vielleicht haben wir Glück.«

»Das ist nur eine Frage der Zeit. Er ist der Kopf des Nachrichtendienstes in einem Land, das voller Spione steckt. Früher oder später wird er uns finden. Wir gegen ihn, das ist jetzt eine Art Krieg. Vergiß die Welt, die du kanntest. Das schöne, geborgene Leben. Es gibt kein London mehr, kein Berufungsgericht, das von unparteiischen Richtern geführt wird. Es gibt kein Netz, das uns auffangen kann. Nur drei Dinge sind wichtig. Daß wir überleben, deinen Vater finden und so schnell wie möglich aus Peru verschwinden. Wir müssen stärker, schneller und rücksichtsloser als Maldonados Männer sein. Das ist dir doch klar, oder?«

»Ja, sicher. Aber was habe ich davon? Sollten wir meinen Vater tatsächlich finden, muß ich sofort wieder verschwinden.«

»Ich kann euch beide rausholen. Ich kenne jemanden im Dschungel, der uns mit dem Flugzeug nach Kolumbien bringen könnte. Und da gehen wir sofort zur Botschaft. Die werden dafür sorgen, daß wir nach Großbritannien ausgeflogen werden.«

»Das hört sich so einfach an.«

»Nein, es wird alles andere als einfach sein. Es wird verdammt kompliziert sein.«

»Und wenn er nicht mitkommen will?«

»Das ist ein Risiko, mit dem du rechnen mußt.«

Helen wandte sich ab und sah entschlossen aus dem Fenster. Sie dachte darüber nach, ob sie, wenn sie dies überlebte, irgendwann zurückblicken und sich für völlig verrückt erklären würde. Vielleicht war sie es ja, aber sie hatte etwas in Bewegung gesetzt, das nun unaufhaltsam schien. Mit jeder weiteren Minute, mit jedem weiteren Meter, den sie zurücklegte, hatte sie das Gefühl, ein Stück weiterzukommen auf dem Weg, den sie unter allen Umständen bis zum Ende gehen wollte.

69 Von einem Telefon im Café aus rief Connor seinen Freund Ernesto an. Eine Stunde später bahnte sich ein schlanker, etwa dreißigjähriger Mann einen Weg durch die Tische. Ein müde herabhängender Schnurrbart und sanfte Augen gaben ihm ein trauriges Aussehen. Connor sprang auf.

»*Hola*, Ernesto!«

Connors Freund wirkte auf Helen wie ein Philosoph, aber einer von der pessimistischen Art. Er sah das Ende der Welt vor der Tür stehen und fand, es sei nicht der Mühe wert, die Menschheit retten zu wollen. Connor stellte ihn Helen vor.

»Ernesto, das ist meine Freundin, Hel.«

Sie gab ihm die Hand. Er lächelte sie traurig an. »*Encantado*«, sagte er. »Sollen wir sofort zu mir fahren? Du hast gesagt, ihr hättet es eilig. Ich habe alles, worum du mich gebeten hast.«

Sie fuhren durch Straßen, die Helen an das Italien der Renaissance erinnerten. Auf der Fahrt zum Haus ihres Vaters hatte sie aus dem Fenster geschaut und doch nichts gesehen. Jetzt nahm sie die Kuppeln, die Bögen, die kleinen vorbeihuschenden Gassen, das vom Verkehr blitzblank polierte Kopfsteinpflaster, das in der Sonne glänzte, die roten Dächer, die weißgetünchten oder

315

schokoladenbraun gestrichenen Häuser und die Tauben wahr, die um die allgegenwärtigen Kirchen flatterten.

»Cuzco war die Heilige Stadt der Inkas«, erklärte Ernesto plötzlich, »jedenfalls bis zum Morgen des fünfzehnten November 1533.«

»Pizarro?« fragte Helen.

»Pizarro, der ungebildete Schweinebauer. Der große Konquistador«, fuhr Ernesto fort. Er war aus seinem Pessimismus erwacht und spuckte seine Worte aus wie einen Fluch. Dann bog er um die Ecke und kam auf einen großen Platz.

»Die Plaza de Armas und die Kathedrale«, sagte er, drehte sich zu ihr um und achtete nicht im geringsten auf den Straßenverkehr.

»Sehr beeindruckend«, sagte Helen.

»Kein Wunder«, erklärte Ernesto. »Sie wurde auf den Ruinen des Palastes des letzten Inkakönigs Viracocha gebaut. Ach, könnten wir den alten Glanz des Inkareiches noch einmal sehen. Wußten Sie, daß die Inkas Gewänder aus den Häuten von Vampirfledermäusen trugen?«

»Das ist doch ein Witz, oder?«

»Aber nein.« Ernesto fuhr um den Platz herum und bog in eine Seitenstraße ein.

»Das da ist El Triunfo«, erläuterte Ernesto und zeigte auf eine andere Kirche. »Sie wurde gebaut, um den Sieg der Spanier über die Inkas zu feiern, nach dem großen Aufstand 1536. Die Spanier hatten Cuzco monatelang belagert.« Damit bog er erneut ab.

»Und das hier ist wahrscheinlich der größte Triumph der Conquistadores.« Er nahm beide Hände vom Lenkrad und zeigte in bitterer Anklage auf eine gewaltige Kirche im reinsten spanischen Kolonialstil.

»Die Kirche von Santo Domingo. Die Conquistadores bauten sie auf den Ruinen des alten Sonnentempels der Inkas, dem Corincancha. Es war das gewaltigste Bauwerk der Inkas in Cuzco. Seine Wände waren mit siebenhundert Goldplatten bedeckt und mit Smaragden und Türkisen gespickt. Die Fenster waren so angelegt, daß die Sonne auf das Gold und die Edelsteine schien. Es war so hell im Tempel, daß manche Leute erblindeten, als sie ihn betrachteten.« Ernesto sprach, als hätte er die blendenden

Reflexionen mit eigenen Augen gestern erst gesehen. Helen spürte, wie der Geist der Inkas in diesem Mann und an diesem Ort weiterlebte.

»Und die Conquistadores haben die Kirche einfach draufgebaut?« fragte Helen.

»Auf jeden Tempel und jedes Heiligtum der Inkas, die sie fanden, haben sie eine Kirche gebaut. Sie zerstörten, was sie konnten, und den Rest schafften sie nach Spanien in die königlichen Schatzkammern.«

Eine Zeitlang schwiegen sie, während der Wagen über das Kopfsteinpflaster holperte. Ernesto fuhr durch unzählige schmale Gassen und hielt schließlich vor einem großen Holztor. Er sprang aus dem Wagen, schob das Tor auf, stieg wieder ein und fuhr hindurch.

Sie befanden sich in einem mit Steinen gepflasterten, schmutzigen Innenhof. In der Mitte stand ein Brunnen, der schon lange versiegt war. Auf drei Seiten wurde der Hof von einem zweistöckigen Steinhaus mit Balkonen und reich verzierten Holzgeländern begrenzt. Es war ruhig hier. Der Lärm der Stadt wurde von dicken Wänden und hohen Dachgesimsen gedämpft.

Sie stiegen aus. Ein grauer Hund lief auf sie zu und bellte freudig. Ernesto fuhr ihm durch das Fell, dann wandte er sich Helen zu und verbeugte sich.

»Willkommen.«

»Gehört das ganze Haus dir?«

»Nicht nur mir. Meinen Eltern, Großeltern, Geschwistern, Vettern und Cousinen. Wir leben hier zu vierzig, aber die letzte Zählung war vor sechs Monaten, und seitdem sind bestimmt noch ein paar neue Kinder dazugekommen.«

Er führte sie in einen niedrigen Raum mit weißgetünchten Wänden und einem großen Kamin am Ende. Das Feuer brannte, und die Luft roch nach Holzrauch. In der Ecke stand ein Haufen Proviant: Trockenfrüchte, Nüsse, Fleischbüchsen, Reispackungen und Orangensaft in Pulverform.

»Alles, worum du mich gebeten hast«, sagte Ernesto zu Evan. Und als Helen nicht hinsah, reichte er ihm auch noch eine in eine Plastiktüte gewickelte Pistole. Connor ging ins Badezimmer und überprüfte die Waffe. Als er zurückkehrte, trug er sie hinten im Jeansbund unter dem weiten Hemd versteckt.

»Was ihr nicht braucht, könnt ihr zurückgeben«, sagte Ernesto. »Der Jeep ist auch bereit. Du kannst ihn in Chillca stehenlassen. Gib Edda die Schlüssel, ihr Laden ist direkt an der Brücke.«

Connor nahm die Schlüssel. »Danke Ernesto.« Dann stand er auf. »Wir müssen uns langsam auf den Weg machen.« Er drückte Ernesto ein paar Scheine in die Hand und begann, die Sachen in seinem Rucksack zu verstauen. Helen gab er nur das Nötigste zu tragen, gerade genug für den kleinen Hunger zwischendurch. Ihr Rucksack war schon schwer genug.

»Ihr wollt Inti Raymi in den Ruinen verbringen?«

»Vielleicht. Möglicherweise zelten wir irgendwo in den Bergen.«

Ernesto sah erst Connor, dann die Frau an. Irgend etwas zwischen ihnen stimmte nicht; sie war keine gewöhnliche Touristin, für die er als Führer arbeitete. Sie wirkten beide ruhig und zurückhaltend, aber er spürte auch eine unausgesprochene Anspannung, die auf weit mehr deutete als ein touristisches Abenteuer. Es hatte den Anschein, als würde Connor sie beschützen, denn wenn er sie ansah, lag nicht nur Faszination, sondern auch Besorgnis in seinem Bick. Ernesto verstand die Botschaft. Weder er noch sonst jemand sollte erfahren, wohin sie gingen. Na schön. Vielleicht war die Dame verheiratet. Er hatte Evan eigentlich nicht für einen Ehebrecher gehalten.

Als sie wieder in den Hof traten, hatte sich der Himmel verdunkelt, und es hagelte. Dicke Eiskörner prasselten auf die Erde und schlugen Helen ins Gesicht, als sie zum Himmel aufsah. Sie lachte, warf ihren Rucksack auf den Rücksitz, küßte Ernesto zum Abschied und stieg in den Jeep ein. Evan sprang neben ihr auf den Fahrersitz. Die Scheiben beschlugen von der Wärme ihrer Körper.

Helen wischte die Fenster sauber, während Connor rückwärts aus dem Hof setzte und Ernesto hinter ihnen das Tor schloß. Connor hupte zum Abschied und lenkte dann den Wagen durch die schmalen Gassen mit Kopfsteinpflaster, die wie in allen Universitätsstädten von jugendlichen Tagedieben bevölkert waren: junge, unfertige, vom Leben noch nicht gezeichnete Gesichter, herausfordernd in ihrer offenen Anmaßung und ungemein selbstbewußt. Helen fragte sich, ob sie jemals so gewesen war. Vor zehn Jahren? Nein, sie war nie selbstbewußt gewesen. Sie beneidete sie um dieses Gefühl der Sicherheit, obgleich auch ein Hauch von Verachtung darin mitschwang.

Evan spürte ihre Stimmung. Er streckte die Hand aus und berührte ihren Arm.

»Alles in Ordnung?«

»Ich habe mir nur die Kids angesehen.«

»Ja. Cuzco entwickelt sich zu einem Mekka der Schönheit und Jugend.«

Er bemerkte ihren spöttischen Blick.

»Aber sie sind ein bißchen jung für mich. Ich habe schon vor Jahren das Interesse an Äußerlichkeiten verloren.«

Sie bogen in eine breite Straße ein, die aus der Stadt herausführte und sich einen Hügel hochschlängelte. Eine Gruppe von Frauen kam ihnen entgegen. Sie gingen in einer raschen Prozession den Hügel hinunter und trugen feuerrote Hüte über zwei langen schwarzen Zöpfen, die am Ende zu einer Schleife zusammengebunden waren, und weite schwarze Röcke mit besticktem Saum. Helen sah auf Cuzco hinunter, das in einem Becken lag, und auf den Ausangate vor ihr, dessen schneebedeckter Gipfel eine Höhe von 6400 Metern erreichte. Irgendwo auf halbem Weg schienen die Enden eines doppelten Regenbogens im Schnee zu stecken.

»Sieh dir das an!« sagte Helen. Connor folgte ihrem Blick.

»Wunderbar! Einen doppelten Regenbogen kann man hier oft sehen. Die Inkas lebten in einem Reich der Regenbogen. Sie verehrten das Wasser, und der Regenbogen galt als Symbol.«

»Für Gold?«

»Nein. Die Inka-Frauen hatten Angst vor Regen, besonders vor Regenbogen.«

Connor verschwieg, daß Regenbogen für die Inkas ein Symbol des Bösen waren.

»Wie kann man denn vor einem Regenbogen Angst haben?«

»Die Legende besagt, daß man vom Regen schwanger werden kann. Auf dem Land gibt es immer noch *campesinas*, die bei Regen nie allein aus dem Haus gehen oder neben einem Bach pinkeln würden.«

»Und was bedeutet dann ein doppelter Regenbogen?«

»Doppelte Gefahr.«

»Danke für den Hinweis«, sagte Helen. Sie kurbelte das Fenster herunter. Es hatte aufgehört zu hageln; jetzt wehte eine kühle Brise, die den Duft der Eukalyptusbäume am Straßenrand herübertrug. Ihre Blätter schimmerten silbern in der Sonne.

Sie erreichten den Kamm des Hügels. Unter ihnen erstreckten sich sanfte, grün und gelb bebaute Täler bis zum blauen Horizont der fernen Berge. Sie kamen an Gehöften aus Lehm mit Strohdächern vorbei, an kleinen schwarzen Schweinen am Straßenrand und an Eseln, die zufrieden grasten. Die gerippten Wellblechdächer der Häuser in der Ferne glänzten wie Spiegel in der Sonne.

Sie sprachen kaum miteinander, Helen war von der Schönheit überwältigt und Connor so in seine Gedanken vertieft, daß er unnahbar wirkte. Nachdem sie eine Stunde gefahren waren, brach er das Schweigen.

»Jetzt kommen wir ins Heilige Tal. Die Inkas nannten es Vilcanota.« Fünfhundert Meter unter ihnen bahnte sich der Fluß Vilcanota einen Weg durch die Landschaft.

Am westlichen Ende des Heiligen Tals fuhren sie in ein großes Dorf, das von knorrigen Bäumen und einer alten Befestigungsanlage auf einem Hügel beherrscht wurde. Auf dem Dorfplatz hielten sie an. Rotgekleidete Frauen saßen auf den Bordsteinen und boten Proviant auf buntgestreiften Decken an, die sie auf den Bürgersteigen ausgebreitet hatten. Die Männer trugen leuchtend rote Ponchos und lächelten mit ihren schwarzen Augen, während sie zufrieden über die Touristensaison palaverten.

»Unsere Notration«, sagte Evan und sprang aus dem Jeep. »Bin gleich wieder da.« Er verschwand in einer der Buden, die den Platz säumten. Helen stieg aus und streckte sich. Die Sonne wärmte ihr Gesicht, die Luft dagegen war so kühl und frisch wie Wasser. Sie hörte, wie Connor in der Bude lachte und sich in seinem raschen Spanisch unterhielt. Sie sah sich auf der Plaza um, die in heiterer Gelassenheit dalag. Einen Augenblick stellte sie sich vor, wie sie von bewaffneten Männern überwältigt wurden, dann schüttelte sie den Kopf und verjagte diese Gedanken.

Connor kam mit vier Flaschen Bier und vier Empanadas wieder. Er machte zwei Flaschen auf und reichte Helen eine. Sie nahm einen langen gierigen Schluck, während sie auf eine große Statue auf der gegenüberliegenden Seite der Plaza starrte: einen bronzenen Krieger mit sehnigen, straffen Muskeln und hohen, gebieterischen Wangenknochen. In seinen versteinerten Augen brannte heute noch ein Feuer. Sie ging hin und sah ihn sich genauer an.

»Herrlich! Wer ist das?«

»Das ist Ollantay. Das Dorf ist nach ihm benannt. Ollantaytambo.«

»War er so was wie ein König?«

»Leider war er nur ein General und hatte das Pech, sich in eine Inka-Prinzessin zu verlieben. Er wollte sie heiraten, doch der König verbot es. Sie flohen und verschanzten sich hier in dieser Festung. Der Inka-König liebte beide, konnte aber nicht zulassen, daß seine Tochter einen gewöhnlichen Bürger heiratete, also ließ er die Festung stürmen, verbannte seine Tochter und verurteilte Ollantay zum Tode. Die Inkas behaupten, er sei als Kolibri und sie als Bergblume wiedergeboren worden.«

»Das ist wunderschön«, sagte Helen und wandte den Blick ab. Sie hatte plötzlich Tränen in den Augen.

Connor berührte ihren Arm, und sie gingen wieder zum Jeep, wo sie sich auf die Motorhaube setzten, die mit Hackfleisch und Thymian gefüllten Empanadas aßen und das Bier austranken.

Danach fuhren sie weiter nach Chillca tief im ehemaligen Inkareich, das mit jeder Meile schöner und wilder wurde.

Evan wählte einen Campingplatz auf einem offenen Feld neben einem reißenden Strom, der von hohen Bergen umgeben war. Überall standen bunte Zelte. Aufgeregte Trekker liefen dazwischen umher, und Träger boten ihre Dienste an. Connor sah sie sich genau an. Helen folgte seinem Blick. Nach einer Weile sah er sie offensichtlich zufrieden an.

»Wir übernachten hier.«

»Meinst du, mein Vater könnte hier sein?«

»Komm, wir drehen eine Runde.«

Sie gingen auf die Zelte zu. Helen spürte, wie sich ihre Brust vor Hoffen und Bangen zusammenzog.

»Was meinst du, wie dein Vater aussieht?« fragte Connor. Helen blieb stehen und sah ihn an, während sie sich vorzustellen versuchte, wie er nun aussehen mochte.

»Etwa einsachtzig, dichtes, lockiges graues Haar. Möglich daß er leicht hinkt. Schon vor Jahren hatte er Arthritis im linken Knie. Seine Augen sind freundlich, blau und stehen eng beieinander, ein bißchen wie meine. Ich sehe ihn vor mir, wie er am Lagerfeuer sitzt, einen starken Tee mit Milch trinkt und Glenn Miller hört. Er liebte Glenn Miller.«

Connor sah Helen an und versuchte, sich in ihre Vision hineinzuversetzen.

»Ja, damit kann man was anfangen. Sehen wir uns also ein bißchen um.«

Als sie zu der Gruppe von Trekkern kamen, sah sich Helen jedes Gesicht genau an und suchte nach dem vertrauten Tonfall inmitten des Stimmengewirrs.

Connor begrüßte die meisten Träger und sprach mit ihnen dieselbe seltsame Sprache, die er auch bei der Haushälterin ihres Vaters benutzt hatte. Als sie ihn verwirrt anschaute, lächelte er: »Quechua«, erklärte er. »Das ist die Sprache der Landbevölkerung.«

»Wo hast du sie gelernt?«

»In den letzten Jahren habe ich viele Monate hier verbracht und mir ein paar oberflächliche Kenntnisse angeeignet.«

»Scheinen mir mehr als nur oberflächliche Kenntnisse zu sein. Hast du irgendwas erfahren können?«

»Nein. Keine Spur von deinem Vater. Und du? Hast du jemand gesehen, der ihm ähnlich sieht?« Helen schüttelte den Kopf.

»Wir stehen noch am Anfang, Hel. Morgen brechen wir in aller Frühe auf. Dann haben wir vielleicht mehr Glück. Weißt du, wie man ein Zelt aufbaut?« fragte er, um sie abzulenken.

Sie lächelte. »Ich kann's ja mal versuchen.«

»Prima, dann nichts wie ran!« Er schleppte ihre Ausrüstung zu einer Stelle in der Mitte des Feldes, die von anderen Zelten umgeben war.

»Mitten drin, aus Sicherheitsgründen?« fragte Helen.

»Ja, so ungefähr. Ich bringe Ernestos Tante die Wagenschlüssel zurück. Bin gleich wieder da.«

Als Connor eine Viertelstunde später zurückkam, hatte Helen das Zelt aufgebaut, die Schlafsäcke auf den Schaumgummiunterlagen ausgebreitet und war dabei, Wasser aus dem Fluß auf dem Campingkocher zum Kochen zu bringen.

Er setzte sich im Schneidersitz auf den trockenen Boden und nahm die Teetasse, die sie ihm reichte.

»Wo hast du das alles gelernt?«

»Ich hatte immer einen Seesack mit einem Zelt und Kochutensilien mit an Bord. Wenn wir irgendwo für ein paar Tage vor Anker lagen, habe ich immer gezeltet.«

Connor grinste und nahm einen Schluck Tee. »Du steckst voller Überraschungen, Helen Jencks.«

Fast unbeabsichtigt fuhr ihm Helen mit der Fingerspitze über das Gesicht.

»Was meinst du?«

»Ich habe noch nie eine Frau getroffen, die in fünf Minuten ein Zelt aufbauen, ein paar Schläger verdreschen konnte, ohne ihre Frisur durcheinanderzubringen und obendrein so schön, entschieden und sanft ist wie du.«

Helen lächelte. Sie rollte sich ein Stück weit von ihm weg und starrte in den Himmel. Sie lagen Seite an Seite, nur wenige Zentimeter voneinander entfernt. Lange Zeit herrschte Stille. Helen sah nach oben und spielte ihr altes Kinderspiel, in den Wolken nach Palästen zu suchen, bis sich die Berge und der Fluß in der untergehenden Sonne rot färbten und die ersten Sterne am Himmel aufflackerten.

Nach einem Abendessen aus Hackfleischbällchen und Reis ging Helen schlafen. Sie zog sich bis auf die Unterwäsche aus und kroch in ihren Schlafsack. In den Daunen wurde ihr schnell warm, aber die Nachtluft auf dem Gesicht war eisig. Sie lag still da und horchte auf das leise Zischen der Campingkocher und das Flüstern der Stimmen in den umliegenden Zelten, das von gelegentlichem Gelächter unterbrochen wurde. Draußen hörte sie Evan hantieren.

Als er kurz darauf in den Schlafsack neben ihr schlüpfte, meinte sie, die Wärme seines Körpers spüren zu können. Sie lag reglos mit geschlossenen Augen da und tat so, als schliefe sie, dabei war sie sich seines Körpers neben dem ihren schmerzhaft bewußt. Sie lauschte dem Rhythmus seines tiefen, langsamen und gleichmäßigen Atems in der vergeblichen Hoffnung, er könne sie in den Schlaf wiegen. Sie versuchte, sich das Gesicht ihres Vaters vorzustellen und fragte sich, ob das Leben ihn in den letzten zwei Jahrzehnten wohl sehr gezeichnet haben mochte. Sie strengte sich an, um sich an sein Gesicht zu erinnern, doch es flackerte nur kurz auf und löste sich dann in der Zeltleinwand über ihrem Kopf auf. Plötzlich war die Angst wieder da. Das Tuch, das sich im Wind bewegte, war so dünn, so verletzlich – nur ein paar Messerstiche, und ihr Versteck wäre aufgeflogen.

70 Im Morgengrauen wachte Helen auf. Sie war allein im Zelt. Von draußen hörte sie das leise Dröhnen des Campingkochers. Evan pfiff vor sich hin. Sie zog sich warm an und schnürte ihre Wanderstiefel zu. Ihre Bewegungen waren langsam und nachdenklich. Sie versuchte sich Gesprächsfetzen und Geräusche der letzten Nacht ins Gedächtnis zu rufen, doch sie entglitten ihr, sobald sie sich erinnern wollte. Irgendwie hatten sie ein ungutes Gefühl in ihr hinterlassen, das sie jedoch angesichts der Schönheit des Morgens bald vergaß. Sie zog den Reißverschluß des Zeltes herunter, trat auf den nassen Rasen hinaus und blickte über die anderen Zelte, in denen die Trekker noch schliefen, und auf die Berge, die sie wie riesige Zitadellen eines großen Reiches umzingelten. Im Westen färbte die aufgehende Sonne die schneebedeckten Gipfel golden. Unten lag das Tal im kühlen Schatten des dunstigen Morgens.

»Mein Gott, ist das schön!«

Evan stand neben ihr und folgte ihrem Blick.

»Warte, bis wir nach Machu Picchu kommen.«

»Erzähl mir davon«, sagte Helen. »Wie ist es da?«

Connor lächelte. »Man kann es nicht beschreiben. Es ist wie aus einem Kindertraum. Shangri-la.«

»Das verlorene Reich ewiger Jugend.«

»Nur wenn man geopfert wird, erlangt man Unsterblichkeit, behaupteten die Inkas.«

»Ich glaube, darauf kann ich verzichten. Na los, versuch mal zu beschreiben, wie es ist.«

»Na gut. Es ist die verlorene Stadt der Inkas, ein Teil des mächtigsten Reiches in der Neuen Welt. Sie wurde während der Blütezeit des Inkareiches erbaut, zwischen der Mitte des fünfzehnten und dem frühen sechzehnten Jahrhundert, wahrscheinlich als Sitz für den damaligen Inkakönig Pachacuti, um seinen erfolgreichen Feldzug gegen die Chancas zu feiern. Es war eine von mehreren heiligen Stätten in dieser abgelegenen Gegend, die durch den Inkapfad miteinander verbunden waren und in schwindelerregenden Höhen errichtet wurden. Riesige Steinblöcke, Hunderte von Tonnen schwer, wurden mit größter Präzision aufeinandergesetzt. Niemand weiß, wie sie die Steinblöcke transportiert und vor allem so millimetergenau geschnitten haben. Die Stadt wurde einige Jahre nach der Eroberung des Inkareiches im Jahre 1532 verlassen. Es ist nicht bekannt, warum. Sie war für die Welt verloren, bis Hiram Bingham sie 1911 wiederentdeckte. Die Einheimischen hatten wahrscheinlich immer von ihrer Existenz gewußt. Manche Teile mußten restauriert werden, aber bis auf die Dächer ist das meiste gut erhalten geblieben. Soweit die Legende, aber meine Beschreibung kann dich nicht auf den Anblick vorbereiten. Warte, bis du es mit eigenen Augen siehst. Seine Schönheit und sein Zauber lassen sich nicht in Worte fassen. Wer an Magie glaubt, findet sie dort.«

Helen fragte sich einen kurzen Augenblick, ob sie überhaupt bis Machu Picchu kommen würden. Doch dann verdrängte sie den Gedanken und setzte sich hin und ließ sich das riesige Frühstück schmecken, das Connor zubereitet hatte. Bohnen, Toast und Speck. Die Sonne ging gerade auf und kämpfte sich von den Berggipfeln in das Tal vor.

»Lang tüchtig zu!« sagte Connor. »Heute haben wir einen vierzehn Kilometer langen Marsch vor uns. Das ist nicht allzuviel, aber du hast einen schweren Rucksack, und die Höhe könnte dir Probleme bereiten.«

Evan machte sich Sorgen. Wie würde sich Helen schlagen, wie schnell käme sie vorwärts, wie lange würde sie durchhalten, wenn sie flüchten mußten? Für eine Städterin schien sie außerordentlich fit zu sein, aber die Berge waren keine Turnhalle, und die *soroche*, die Höhenkrankheit, scherte sich nicht darum, ob man fit war oder nicht. Helen nickte schweigend. Sie sah Evan an. Er war stark und schlank, und seine Augen glühten. Sein Rucksack wog mehr als vierzig Kilo. Er warf ihn sich um, als enthalte er bloß einen Schlafsack, und lief damit, als sei er gar nicht da.

Sie marschierten am Ufer des Urubambaflusses entlang, überquerten die Brücke und begannen den Aufstieg durch einen schattigen Eukalyptushain, der herrlich duftete. Dann traten sie in den blendenden Sonnenschein und wanderten an Reihen von Kakteen mit winzigen, sternförmigen Blüten, orangefarbenen Beeren und golden schimmernden Blättern vorbei. Ein unsichtbarer Flötenspieler schien sie zu begleiten. Helen blieb stehen und sah sich um, doch der Flötenspieler war nirgends zu entdecken.

»Das ist ein Vogel«, erklärte Connor. »Er spielt einem immer Streiche.«

»Er hört sich an wie ein Geist.«

»Die *campesinos* halten ihn auch dafür.«

Eine Welt, die aus Farben, Düften und Vogelgesang bestand. Eine magische Welt. Sie war betörend. An Connors verzaubertem Ausdruck konnte sie sehen, daß er dieser Magie längst verfallen war, und spürte, wie auch sie ihre alte Welt verließ und das Reich der Inkas betrat.

Das war das Peru, von dem Maldonado erzählt hatte. Wild, geheimnisvoll und schön. Er hatte auch prophezeit, daß sie, wenn sie lange genug im Lande blieb, die Kehrseite der Medaille kennenlernen würde, den Tribut, den man für diese Schönheit zahlte. Die Gewalt. Hatte er sie damals schon mit einem Fluch treffen wollen?

Je höher sie kamen, um so mehr entfernte sich der Urubamba, doch sein wildes Rauschen blieb ihnen im Ohr wie ein wütender Donner oder eine warnende Stimme.

»Siehst du den Pfad da unten, neben den Eisenbahngleisen am Fluß?« fragte Connor.

»Ja.«

»Den Weg hat Pizarro genommen, auf der Suche nach weiteren Inkastädten, die er plündern konnte. Unseren Pfad entdeckten die Spanier nicht. Gott sei Dank, denn der hätte sie schnurgerade nach Machu Picchu geführt.«

Helen sah hinunter auf den Pfad und stellte sich vor, wie Pizarro und seine berittenen Männer in ihren schweren Rüstungen durch das Tal gezogen waren. Sie dachte an die Angst, die die Inkas gehabt haben mußten, als sie zum ersten Mal in ihrem Leben Pferde sahen. Ihre Hufe schlugen Funken und auf ihren stolzen Rücken saßen Ritter in ihren schweren Rüstungen.

Das Rauschen des Wassers drang an ihre Ohren. Sie bildete sich ein, ihre Schreie zu hören. Wohin waren die Inkas geflüchtet, als sie zwischen dem Fluß und den Bergen in der Falle saßen? Wie viele waren ermordet worden, deren Geister in diesen Tälern umherspukten?

Plötzlich sah sie sich im Geiste zehn Jahre später zurückblicken, wie sie durch die Kakteen ging, die sengende Sonne am strahlenden Himmel wahrnahm, das Rauschen des Wassers und das Vogelgezwitscher. Doch es war eine trügerische Ruhe, denn Pizarros Nachkommen lauerten an der nächsten Ecke auf sie.

Sie spürte Connors Hand auf ihrer Schulter. »Alles okay?«

Sie schwitzte und atmete schwer. Sie schüttelte das Haar aus ihrem Gesicht und hielt es mit einer Hand vom Nacken weg. »Ja, es ist nur etwas heiß. Wahrscheinlich muß ich mich erst an die Höhe gewöhnen.«

Sie fühlte, wie er ihr den Rucksack abnahm. »Setz dich und ruh dich ein bißchen aus. Jede Armee, die was auf sich hält, legt pro Stunde fünf Minuten Pause ein, und wir sind schon seit fünfundfünfzig Minuten unterwegs.« Er holte ihre Wasserflasche aus dem Rucksack. »Hier, trink. Du wirst viel Flüssigkeit brauchen.«

Sie setzte sich mit gekreuzten Beinen auf den Pfad und trank, ohne die Augen von der Flasche zu nehmen, während sie versuchte, ihre plötzliche Angst abzuschütteln. Connors Hand lag auf ihrer Schulter, bis sie fertig war. Danach verstaute er die Flasche wieder im Rucksack. Sie sah zu ihm auf und lächelte.

»Danke, Evan.«

Er mußte die Angst in ihren Augen gesehen haben, denn plötzlich verdüsterten sich auch die seinen. Sein Blick glitt über sie hinweg und suchte die Landschaft ab, dann kehrte er wieder zu ihr zurück, ruhig, aber unzufrieden. Sie hatte das Gefühl, daß er die vagen Vorahnungen an ihren Augen abgelesen hatte.

»Auf geht's«, sagte er und half ihr hoch. »Machu Picchu ruft.«

Sie kletterten weiter und kamen an kleinen Dörfern vorbei, in denen Kinder mit schlammverschmutzten Gesichtern und schelmischen Augen kleine schwarze Borstenschweine kitzelten, die vor Entzücken quiekten. Die Kinder unterbrachen ihr Spiel, um sie mit kreischenden *holas* zu begrüßen und um *caramelos* zu betteln. Connor griff in seine Hemdtasche und verteilte ein paar Bonbons. Die Kinder grinsten wie kleine Teufel.

Jede Stunde hielten sie an, und Connor gab Helen etwas aus seinem Rucksack zu essen. Trockenfrüchte, Nüsse, Äpfel, Wasser. Nach vier Stunden Marsch spürte sie die ersten Anzeichen von Müdigkeit. Connors Rücken war schweißüberströmt, wenn er den Rucksack abnahm, aber das war auch alles, was man ihm von der Anstrengung anmerkte. Wo der Pfad etwas breiter war, überholten sie die ersten Touristen, die sich schwitzend am Wegesrand ausruhten. Sie sahen unschuldig, fröhlich und harmlos aus. Ihr Vater war nicht darunter. Helen und Connor grüßten sie im Vorbeigehen und versuchten, sich ihre Enttäuschung nicht anmerken zu lassen. Wenn der Platz ausreichte, ging Connor neben Helen.

An einem steilen Hang wurde der Pfad schmaler, und Connor ließ Helen vorangehen und das Marschtempo angeben. Als sie fast oben angelangt waren, tauchte plötzlich ein Mann mit Hut vor ihnen auf. Er versperrte Helen den Weg und sagte etwas.

Connor ging an ihr vorbei und stellte sich schützend vor sie. »*Sí?*«

Die beiden wechselten ein paar Worte, dann beobachtete Helen, wie Connor ihm einige Scheine in die Hand drückte. Der Mann nickte, sah sich um und ließ sie durch.

»Was war denn das?«

»Das war ein Beamter, der die Touristenausweise kontrolliert. Wir hätten sie im voraus kaufen müssen. Kein Problem, wir haben es gerade nachgeholt.«

»Was nicht gerade billig war, wie mir scheint.«

»Ihn zufrieden zu stimmen, war nicht billig, nein.«

Sie setzten ihren Marsch schweigend fort. Connor war besorgt.

Ein paar Stunden später beschloß er, am Ufer eines Flusses ihr Lager zu errichten. Sie waren allein, die anderen Touristen hatten sie weit hinter sich gelassen. Helen baute das Zelt direkt neben einem Baum voller dunkelvioletter Orchideen auf, während Connor ein paar Würstchen mit Reis zubereitete. Beim Essen gab er sich fröhlich, doch Helen merkte, daß er sich Sorgen machte. Sie wollte ihn danach fragen, hatte aber das Gefühl, daß er nicht gestört werden wollte. Als sie fertig waren, stand sie auf und rekelte sich.

»Ich glaube, ich mache eine kleine Siesta.«

Er lächelte. »Gute Idee.«

Während Helen schlief, kam eine große Gruppe von Trekkern an. Connor wartete, bis die Träger das Lager aufgebaut hatten, dann ging er zu ihnen. Sie aßen im Freien neben einem luxuriösen Kantinenzelt, wo sich die Trekker über die Strapazen des ersten Tages ausließen.

Er grüßte die Träger, von denen er zwei gut kannte. Mit Alejandro und Jesus hatte er schon öfter zusammengearbeitet. Er setzte sich im Schneidersitz zu ihnen in den Halbkreis.

»*Hola, flacos. Qué tal?*«

Sie tauschten Neuigkeiten aus. Connor konnte ihrem Geplauder nichts Ungewöhnliches entnehmen. Keine Fremden, die Fragen gestellt hatten, keine Suchtrupps. Doch das beruhigte ihn nicht. Maldonado war für die Geschicklichkeit und Rücksichtslosigkeit, mit der er Informationen sammelte oder seine Ziele verfolgte, berüchtigt. Er würde keinen Staub aufwirbeln, wenn er es nicht wollte. Connor wechselte seine Strategie. Er beugte sich leicht vor und sagte:

»Ich brauche eure Hilfe.«

Sie warteten.

»Ich suche einen Mann, den Freund eines Freundes, er ist Archäologe. Vielleicht hat einer von euch hier oder auf dem Machu Picchu mit ihm gearbeitet.«

»Wie heißt er denn, *amigo?*«

Connor dachte nach. »Arturo León.«

Die Träger wechselten mißtrauische Blicke.

»Ich will ihm nichts Böses, keine Angst.«

Alejandro und Jesus wirkten erleichtert, höchstens ein bißchen verwirrt, aber in den Augen der anderen glomm noch Feindseligkeit.

»Wie sieht er aus, dieser Señor León?« fragte Alejandro, der älteste Träger.

Connor versuchte, das zu sehen, was Helen gesehen hatte. Eine derart unwissenschaftliche Beschreibung war eigentlich nicht sein Fall, aber was nützte einem in so einer Lage die Wissenschaft? Alter und Größe. Das Alter war nur eine Zahl, keine genaue Beschreibung, und sogar die Größe besagte im Alter nichts. Plötzlich hatte er eine Ahnung wie es sein mußte, wenn man alt wurde und wieviel schlimmer noch, wenn man der Identität seiner Jugend beraubt war. Mit wem könnte dieser alternde Mann seine Erinnerungen teilen, wenn er noch lebte? Keiner würde sich an seine Schönheit, seine Kraft oder Macht erinnern. Man würde ihn nur als alten Mann kennen. Er müßte von seinen einsamen, getrübten Erinnerungen leben. Sie hatten ihn geliebt, Helen und ihre Mutter, doch wenn er sich an ihre Liebe erinnerte, beschwor er auch ihren Schmerz herauf, so daß nicht einmal die Erinnerung an die Liebe Trost für ihn barg.

»Er ist schon etwas älter«, beschrieb ihn Connor langsam. »Er hat graues Haar, volles graues Haar, vielleicht auch einen grauen Bart. Er ist etwa eins achtzig groß, kräftig, aber nicht dick. Blaue, traurige Augen. Er ist freundlich, spricht aber wenig von der Vergangenheit, der jüngsten Vergangenheit, dafür um so mehr darüber, was vor Jahrhunderten geschah. Er hat keine Vergangenheit, keine Familie, anscheinend ist er schon immer hier gewesen und hat an seinen Ausgrabungen gearbeitet. Er ist viel herumgekommen und hat geforscht, in letzter Zeit vielleicht etwas weniger. Möglich, daß er hinkt, aber er tanzt gerne und mag Musik. Er liebt Glenn Miller.« Während des Sprechens beobachtete er die Gesichter und glaubte ein Aufflackern in den Augen eines der Träger gesehen zu haben, doch er war sich nicht sicher, und der Mann sagte nichts.

»Du liebst ihn?« fragte Alejandro.

Connor sah ihn überrascht an. Er liebte die Tochter des Mannes, den er beschrieben hatte. Diese plötzliche Erkenntnis hätte ihn schockieren müssen, aber da es eine simple Tatsache

330

war, so unvermeidlich wie ein Sonnenaufgang, war das nicht der Fall.

Er hatte das Gefühl, als kenne er ihren Vater, und konnte auf einmal Helens Verlust nachvollziehen, die Einsamkeit, den Schmerz und das Gefühl, ungerecht behandelt worden zu sein, weil sie aus Liebe gehandelt hatte.

»Ja«, antwortete er. »Ich würde ihn lieben.«

Alejandro, der Gruppenälteste, sah ihn verwirrt an. »Wir müssen darüber nachdenken. Wir werden versuchen, uns zu erinnern, und Leute fragen. Wenn wir etwas erfahren, melden wir uns bei dir.«

Die Dunkelheit brach ein. Beim Abendessen erzählte Connor Helen, was er mit den Trägern besprochen hatte.

»Ist dir jemand aufgefallen?« wollte sie wissen.

Connor schüttelte den Kopf.

»Laß uns gleich noch mal nachsehen«, schlug Helen vor. Sie sammelten die Sachen auf, wuschen die Teller im Fluß und spazierten um das Camp. Es war niemand da, der ihr Vater hätte sein können. Mit gesenktem Blick kehrte Helen zum Zelt zurück.

Als der Mond aufging, krochen sie und Connor in ihre Schlafsäcke. Helen lag neben ihm und lauschte seinem Atem. Er schien wach zu sein und genau wie sie vorzutäuschen, daß er schlief. In der Wärme, die sein Körper ausstrahlte, erkannte sie seinen Geruch. Er roch wie Apfelmost, wie süßer Honig. Sie hatte das Verlangen, ihre Lippen auf ihn zu pressen, ihn zu schmecken. Sie wollte unter das aufgeknöpfte Hemd fassen und seine Brust berühren. Wie sie selbst schlief auch er in seinen Kleidern. Sie stellte sich vor, wie das Mondlicht durch das Zelt drang und sein Gesicht in weißen Marmor meißelte, schön und glatt, kalt, wenn man es berührte, und heiß wie Eis auf weicher Haut. Wieso rührte er sie nicht an? Er lag einfach da, als sei er immun gegen sie, während sie gefangen war in ihrer Schlaflosigkeit.

Etwas später hörte sie, daß er sich bewegte und beobachtete, wie er aufstand, Stiefel und Jacke anzog, den Reißverschluß des Zeltes leise öffnete und hinausschlüpfte. Eine Weile lag sie reglos da und spürte der Spannung nach, die er hinterlassen hatte.

Bis auch sie aufstand, sich die Jacke überwarf, die Stiefel anzog und in die mondbeschienene Nacht hinausging.

Er stand etwas weiter weg am Fluß mit dem Rücken zu ihr. Sie ging leise auf ihn zu. Als sie näher kam, hörte sie seine Stimme, leise und weich über dem dumpfen Rauschen des Wassers. Sie machte noch ein paar Schritte, und dann drehte er sich plötzlich um.

Er schien schockiert, sie zu sehen, fast zornig, und seine Augen brauchten eine Weile, um von einer weiten Reise zu ihr zurückzufinden.

»Was machst du hier draußen?« fragte sie sanft.

»Ich bete«, antwortete er fast trotzig.

»Du hast meinen Namen genannt.«

»Meinen auch. Ich habe um eine sichere Reise gebetet.«

»Zu wem denn?«

»Zu Ausangate und Salcantay. Das habe ich von den Trägern gelernt. Die Verehrung der Berggötter geht auf die Inkas zurück. Am Beginn jeder Expedition halten die Träger eine Zeremonie ab. Sie nennen die Namen aller Trekker und bitten die Berge, sie zu beschützen.«

»Wie schön.«

»Ja, das ist sehr schön. Die Träger haben mich mehrmals zu diesem Ritual eingeladen. Es war eine große Ehre, sie lassen sonst nie Fremde daran teilnehmen. Ich habe versucht, mich an die genauen Worte auf Quechua zu erinnern, aber ich glaube, daß ich sie nicht ganz richtig gesagt habe.«

»Mach dir keine Sorgen.« Helen berührte seinen Arm. »Ich bin mir sicher, daß die Berge uns trotzdem beschützen werden.«

Schweigend gingen sie wieder zum Zelt und krochen in ihre Schlafsäcke. Sie lagen Seite an Seite, immer noch durch wenige Zentimeter voneinander getrennt. Er wandte ihr das Gesicht zu.

»Versuch zu schlafen. Du wirst morgen deine ganze Kraft für den Warmiwanusca brauchen.«

»Den Warmi was?«

»Das ist ein Quechua-Name. Es bedeutet Paß der Toten Frau.«

71

Helen wachte vom Pfeifen des Wasserkessels auf. Sekunden später streckte Connor den Kopf durch das Zelt, begrüßte sie mit einem fröhlichen »Guten Morgen« und reichte ihr eine Tasse mit dampfendem *mate de coca*.

»Mit tüchtig Zucker«, sagte er, während er sich neben sie kniete. »Und draußen warten Haferflocken und Pfannkuchen auf dich.«

»Wunderbar!« sagte Helen und nahm ihm die Teetasse lächelnd ab.

Fünf Minuten später kam sie aus dem Zelt.

»Ich nehme zuerst die Pfannkuchen.«

»Nein, das tust du nicht. Zuerst ißt du deine Haferflocken, und als Belohnung gibt's dann Pfannkuchen.«

»Mir wird schlecht werden. Ich kann nicht soviel essen.«

»Kannst du wohl. Dein Körper wird alles verbrennen.«

»Dieser Name, Paß der Toten Frau, gefällt mir ganz und gar nicht.«

»Wenn man langsam geht, genug ißt und trinkt, kann nichts passieren.«

Sie war überrascht, daß sie ihre Haferflocken und noch zwei vor Honig triefende Pfannkuchen herunterbekam. Connor hatte bereits gefrühstückt und war dabei, das Lager abzubrechen. Sie stand auf, um ihm zu helfen. »Du verwöhnst mich, weißt du«, sagte sie, während sie die Zeltstangen verstaute.

»Das ist nicht schwer.«

Als die ersten Sonnenstrahlen die Berge herunterwanderten, brachen sie auf. Sie ließen das schlafende Camp hinter sich, darauf bedacht, schnell voranzukommen und ihre Suche fortzusetzen. Der Pfad führte am Fluß entlang, der blaßblau und seidenweich schimmerte. Ein süßes, trauriges Vogelgezwitscher begleitete sie. Sie gingen langsam, Connor hinter Helen. Er forderte sie auf, eine lächerlich langsame Gangart einzuschlagen.

»Da ist ja eine Schnecke schneller als wir«, sagte sie. Sobald sie schneller ging, legten sich seine Hände um ihre Hüften und zwangen sie, langsamer zu gehen.

Sie folgten dem Tal im Schatten eines Waldes aus leuchtend orangefarbenen Bäumen.

»Quenoas«, erklärte Connor, als Helen ihn danach fragte. »Sie wachsen nur hier im Hochland der Anden.«

Um die Baumstämme rankten sich Orchideen. Der Pfad war gesäumt von gelben Blumen, die wie winzige Narzissen aussahen. Im Unterholz leuchteten zierliche porzellanblaue Blumen, die aussahen wie Glockenblumen. Nach einer Weile kamen sie an eine Brücke.

»Das ist die Brücke des Glücks«, erklärte Connor. »Nach ihr ist auch das Dorf benannt. Cusichaca.«

»Vielleicht bringt sie uns Glück«, sagte Helen.

Sie überquerten die Brücke, wandten sich vom Fluß ab und kletterten auf einem gewundenen Pfad den Hang hinauf. Die Sonne stand im Zenit. Auf ein wildes Kreischen hin sah Helen auf.

»Nein! Sieh dir das an!« rief sie. Über ihnen flogen Hunderte von grünen Papageien, eine Wolke von Juwelen. Ihre Flügel blitzten in der Sonne wie Smaragde. Die Vögel flogen ins Tal und ließen sich auf den Wipfeln des Regenwaldes nieder, man konnte nicht sehen, wo, aber man konnte sie hören.

Bald war Helen schweißgebadet. Sie blieb an einem Bach stehen, der neben ihrem Weg plätscherte, und tauchte ihre Hände in das kühle Wasser. Dann bespritzte sie ihr Gesicht und ließ mehrere Handvoll Wasser über ihre Brust und ihren Kopf rinnen. Sie strich ihr wildes, lockiges Haar nach hinten. Über dem tiefen V-Ausschnitt ihres T-Shirts glänzte die Haut vor Schweiß. Ihre Brust hob und senkte sich heftig, während sie in der dünnen Luft zu atmen versuchte. Connor stand zwei Schritte entfernt und beobachtete sie. Sie lächelte ihm fröhlich zu und genoß die Anstrengung sogar, ohne zu wissen, woran er dachte, als er sie beobachtete. Er dachte an Frauen, die er in London gekannt hatte, mit lackierten Nägeln, geschminkten Augen und modischen Frisuren. Helen war verschwitzt, ihr Gesicht schmutzig, das Haar klebte ihr am Kopf. Und doch hatte er noch nie jemanden so anziehend gefunden. Ein derart starkes Verlangen war völlig neu für ihn. Doch immer wieder rief er sich seine eigenen Worte ins Gedächtnis. Nur drei Dinge zählten: zu überleben, Helens Vater zu finden und aus Peru zu verschwinden.

»Wir müssen weiter«, sagte er heiser. »Wenn man zu lange stehenbleibt, ist es schwerer weiterzugehen.«

Helen marschierte weiter. Nach einer Weile verließen sie den kahlen Hang und drangen in einen Wald aus Bäumen mit weißer Rinde ein, die von Moos überwuchert waren. Ihre verdrehten, knorrigen Äste glichen bittend erhobenen Armen mit arthritischen Fingern.

»Willst du nicht eine Weile vorgehen? Manchmal ist es leichter, wenn man jemandem folgen kann.«

»Natürlich. Ich will nur schnell etwas aus meinem Rucksack nehmen. Er setzte sich auf einen Felsen, stellte den Rucksack ab und holte eine kleine Tüte mit Blättern heraus.

Connor gab ihr eine Handvoll. »Hier, kau das.«

»Was ist es?«

»Kokablätter.«

»Koka? Wie in Kokain?«

»Mmhm. Rohmaterial, aber so sind sie eher nützlich als schädlich. Sie schenken dir Energie, betäuben den Schmerz und töten Bakterien im Magen. In Peru sind sie legal und für fünf Millionen Menschen heilig.«

»Heilig?« sagte Helen und warf ihm einen zweifelnden Blick zu.

»Seit den Inkas sind Kokablätter heilig, wenn nicht schon vorher. Erst die Narcos haben ihnen ihren schlechten Ruf verpaßt. Sie haben Koka zu etwas Gefährlichem gemacht. Man braucht nur Schwefelsäure, Petroleum, Zementpulver, Natriumbicarbonat, Permanganat, Ammoniak, Äther und ein bißchen Salzsäure, und schon kann man sich das Zeug die Nase hochjagen. Das Rezept für ein großartiges Leben.«

»Das klingt ja fast, als hättest du jetzt selbst gerne was davon «

»Ich halte mich lieber an die Blätter. Ich habe dreimonatige Expeditionen durch den Dschungel gemacht und mich fast nur von Yucca, Wasser und Kokablättern ernährt. Es ist schon eine tolle Sache in seiner natürlichen Form.«

Helen schob sich die Blätter in den Mund und begann zu kauen.

»Sie schmecken ekelhaft.«

»Dann müssen sie ja wohl gut sein, nicht?«

Connor ging vor, langsam, aber mühelos. Sein Atem war gleichmäßig. Ihrer dagegen hallte wie eine Trompete in ihren Ohren. Sie hätte ihn gerne an der Hüfte gepackt und so getan, als wollte sie ihn zwingen, langsamer zu gehen, wie er es mit ihr getan hatte, aber sie bekam die Arme nicht hoch.

Eins, zwei, drei, vier. Zähl bis hundert, halte den Kopf gesenkt, bleib kurz stehen und geh dann weiter. Vielleicht halfen die Blätter, aber es war trotzdem eine Qual. Sie näherten sich dem Paß der Toten Frau. Wenn Maldonados Männer jetzt auftauchten, hätte sie keine Chance. Sie verdrängte den Gedanken und konzentrierte sich auf ihre Schritte.

Sie konnte nicht aufsehen, es war zu deprimierend, der Paß schien noch so weit weg. Sieh zu Boden, zähl die Schritte, bleib stehen und atme tief durch. Sie fühlte sich krank, nicht wirklich krank, aber sie hatte Schmerzen. Plötzlich erinnerte sie sich an Clarke's, wo sie früher in London frühstückte. Mein Gott, wie schön wäre es, jetzt irgendwo in Notting Hill zu sitzen, wo es kühl und sauber war, die Lungen voller Sauerstoff, Kaffee zu trinken, ein *pain au chocolat* zu essen und in der Zeitung über Leute zu lesen, die sich einen Berg hochplagten! Weit weg von diesem verrückten, schönen, gewalttätigen Ort. Heil und sicher in ihrem alten Leben.

Ein letzter Ruck, Helens Lungen protestierten, und dann erreichten sie den Gipfel.

»Prima gemacht«, sagte Connor. »Viertausendzweihundert Meter.«

»Unglaublich«, sagte Helen keuchend, stützte die Hände auf die Knie und versuchte, in der dünnen Luft wieder zu Atem zu kommen.

Connor breitete die Arme aus, sie ging auf ihn zu, und er umarmte sie feierlich.

»Wie fühlst du dich?«

»Toll«, sagte Helen mit glühendem Gesicht. Trotz ihrer Schwäche stieg ihr der Erfolg zu Kopf.

Sie sahen gemeinsam hinab auf den Weg, den sie zurückgelegt hatten, und auf die rauhe, kahle Landschaft um den Paß. Dann drehte sich Helen um. Wellen von leuchtend grünen Tälern lagen ihr zu Füßen.

»Das Tal der Stille«, klärte sie Connor auf. »Siehst du da hinten, das ist die Silhouette des Regenwaldes und noch weiter hinten liegen die Vilcabamba-Berge.« Die mächtige Bergkette schien das Ende der Welt zu markieren.

Eine Gruppe von Trägern sah ihnen nach, als sie sie überholten und eine Steintreppe hinunterliefen, die so breit war wie eine Straße und ins Zentrum der Erde zu führen schien.

Nach Pacaymayo. Anderthalb Stunden Abstieg über nervtötende Stufen. Im Tal unter ihnen gab es Bäume und Büsche, aber auf dem Pfad waren sie völlig exponiert. Der Wind peitschte um Helens nasses Haar, zunächst fühlte er sich erfrischend an, dann wurde er mit jedem Schritt eisiger, und sie fror. Wenn sie die Augen von den Stufen nehmen konnte, sah sie sich um und versuchte, sich etwas abzulenken. Als sie eine Ansammlung von Zelten erblickte, schaute sie hoffnungsvoll zu Connor hinüber. Er drehte eine Runde um die Zelte und sprach mit den Leuten, ehe sie ihr Lager aufbauten.

»Wir bleiben über Nacht hier. Ich habe mich umgehört, aber von deinem Vater keine Spur.« Er drückte ihren Arm. »Morgen früh sehen wir noch mal nach. Wir müssen schon ganz nah dran sein. Der alte Junge ist rüstiger, als ich angenommen habe.«

Helen lächelte schwach. Sie war viel zu erschöpft, als daß sie sich um viel mehr kümmern konnte als ihren geschundenen Körper. Doch die unermüdliche Sehnsucht tief in ihrem Herzen verwandelte sich in eine Art Raserei, wenn Connor wie gerade jetzt erklärte, daß sie ihrem Vater immer näher kamen und es nur noch eine Frage der Zeit war, bis sie ihm gegenüberstehen würden. Sie betete zu Gott, daß ihnen noch genug Zeit blieb, um ihn zu finden, bevor Maldonados Männer sie entdeckten.

Connor streichelte ihr tröstend über das Gesicht, als hätte er ihre Gedanken erraten.

»Du hast dich heute verdammt gut geschlagen, Hel. Wir waren ziemlich schnell.«

»Ja, es ging so«, antwortete sie und schaute nach oben auf die federartigen weißen Wolken. »Schäfchenwolken. Das bedeutet schlechtes Wetter.«

»Stimmt, ist mir auch schon aufgefallen«, erklärte Connor.

»Eigentlich ist jetzt Trockenzeit, aber das ist noch lange keine Garantie dafür, daß es nicht doch hin und wieder regnet.«

Sie hatten ihr spätes Mittagessen beendet und sich vor das Zelt gesetzt, um die ankommenden Trekker im Auge zu behalten, als plötzlich Wind aufkam und Gewitterwolken mit sich brachte. Connor sah zum Himmel auf. »Wir haben ungefähr zehn Minuten, was meinst du?«

»Das könnte hinkommen.«

»Also, verkrümeln wir uns ins Zelt und kriechen in unsere Schlafsäcke. Wir können ja Karten spielen, solange es regnet.«

Zwölf Minuten später war der Regen da: riesige Tropfen prallten gegen das Zelt – die Pfeile einer vorrückenden Armee. Der Wind rüttelte an der Leinwand wie Geister, die sich mit Gewalt Einlaß verschaffen wollten. Die Wolken verdüsterten die Sonne, und bald war es Nacht.

Plötzlich sah Connor von seinen Karten auf. »Alles okay?« Helen war plötzlich so still geworden.

»Mir ist kalt.«

»Hier, es ist noch etwas Tee in der Thermosflasche.« Er schenkte ihr eine Tasse ein und holte eine Flasche aus seinem Rucksack. »Nimm auch etwas Brandy.«

Er richtete sich auf und beobachtete sie aufmerksam.

»O je, du zitterst ja. Stimmt's? Da gibt's nur eines, um dich wieder aufzuwärmen.« Er zog die Reißverschlüsse ihrer beiden Schlafsäcke auf und verband sie miteinander. Dann kroch er neben ihr in den Schlafsack.

»Zieh dich aus.«

»Was?«

»Zieh deine Kleider aus.« Sie spürte, wie er sich neben ihr auszog.

»Was machst du?«

»Ich werde dich wärmen. Durch deine Kleider würdest du meine Körperwärme nicht spüren, und außerdem sollte der Körper immer im Kontakt mit den Daunen sein«, erklärte er und fügte sanfter hinzu: »Also, zieh dich aus.«

Sie lachte und begann sich auszuziehen.

Sie behielt ihr Höschen und Connor seine Boxershorts an. Er legte die Arme um sie und drückte sie an seine Brust. Dann rieb

338

er ihre Haut mit schnellen Bewegungen. Als seine Wärme in ihre Haut eindrang, hörte sie allmählich zu zittern auf. Seine Handbewegungen wurden langsamer, und er zog sie noch enger an sich. Sie fühlte seinen ganzen Körper, spürte auch seine Begierde, ein unmißverständliches, forderndes Verlangen, das sich schmerzhaft gegen ihren Schenkel drückte. Sie ließ es geschehen. Doch plötzlich ließ er von ihr ab.

»Tut mir leid, Helen. Ich will nicht, daß es soweit kommt.«

»Warum nicht?«

»Ich soll dich beschützen, aber das kann ich nicht mit heruntergelassenen Hosen.«

»Du hast doch gar keine Hose an.«

»Du weißt genau, was ich meine.«

»Ja ich weiß«, erklärte sie und streichelte seine Haut mit ihren Fingerspitzen. Sie spannte sich warm und glatt wie Seide über seine Muskeln. Sein Geruch war betörend. »Trotzdem glaube ich, daß die Berggötter auf unserer Seite stehen. Sie werden uns ein paar Stunden beschützen.« Sie hielt inne und fuhr mit ihrem Nagel über seinen Bauch. »Aber wenn du dir nicht sicher bist ...«

Er zog sie wieder an sich und küßte sie. Sie spürte sein Verlangen wie einen Wind, der durch einen Tunnel peitscht. Sie fühlte, wie es an ihrem Körper, ihrem Herzen und ihrem Geist zerrte und gab sich ihm ganz hin.

72 Helen wachte in Connors Armen auf. Ihr Kopf lag auf seiner Brust. Sie atmete seinen Geruch ein, seine Wärme und seine Kraft. Sie hatte seine Energie gespürt, als er sie liebte, eine unheimliche, gebändigte Kraft. Sie fragte sich, wie dieses Verlangen wohl war, wenn es ganz ungezügelt sein konnte. Aber er war auch sanft gewesen, und unglaublich zärtlich. Sie mußte an die Dosen von Lyle's Golden Syrup denken, die bei ihr zu Hause auf dem Küchenregal standen: golden und grün, der Löwe mit dem offenen Bauch, aus dem die Bienen flogen, und das Zitat aus der Bibel darunter: »Vom Starken kommt Süßes.«

Sie fühlte, wie Connor sich regte. Er öffnete die Augen, lächelte und streichelte ihr Gesicht.

»Wie geht es dir?«

»Ziemlich gut.«

»Frierst du nicht mehr? Keine Kopfschmerzen, keine Bauchschmerzen, kein Höhenkoller?«

»Nun, wenn du schon fragst, mir ist ein bißchen schwindelig, aber ich bin mir nicht sicher, ob es wirklich an der dünnen Luft liegt.«

Er lachte und küßte sie lange und zärtlich.

»Bist du sicher, daß du kein bißchen mehr frierst?«

»Na ja, etwas wärmer könnte es schon sein …« Sie lächelte, und ihre Augen waren schmal und voller Begierde, als sie ihn an sich zog.

Später, als sie friedlich nebeneinander lagen, hörten sie, wie die Welt um sie herum langsam erwachte, zuerst die Vögel, dann die Köche, die Träger und schließlich die Trekker in den benachbarten Zelten. Die Träger unterhielten sich leise, während die Touristen ihre Glieder reckten und lauthals damit prahlten, wer am besten geschlafen, am meisten gegessen und die seltsamsten Träume gehabt hatte.

»O, da brät irgend jemand Bacon, riechst du es?« sagte Helen.

»Hmmm, und ob«, antwortete Connor. Er kroch aus dem Schlafsack und zog sich an. »Bleib noch etwas liegen und ruh dich aus. Ich mache uns Frühstück und sag dir fünf Minuten vorher Bescheid, damit du Zeit genug hast, dich anzuziehen.«

Sie legte sich wieder zurück und genoß die Wärme, die er hinterlassen hatte. Sie zog den Schlafsack wieder zu und stöhnte zufrieden, zu glücklich, um sich Sorgen zu machen.

Fünfzehn Minuten später kam sie aus dem Zelt.

»Wo hast du den Bacon her?« fragte sie begeistert und starrte auf die Bratpfanne, die Connor über das Feuer hielt.

»Von Americo. Er kocht für die Truppe dort.« Er deutete mit dem Kinn auf eine große Touristengruppe, die um einen Tisch saß und hungrig das Frühstück verschlang.

»Er ist ein Kumpel von mir. Wir haben oft zusammen gearbeitet. Die machen eine Luxustour. Sie haben soviel zu essen dabei, daß sie uns eine ganze Woche miternähren könnten, ohne es zu merken.«

»Hm, Eier auch. Das perfekte Frühstück. Oder muß ich vorher noch ein paar Kilo Hafer in mich hineinstopfen?«

Connor lächelte. »Heute wird es nicht so schwer, und es ist ein wunderschöner Tag. Ich kann's kaum abwarten, dir die schöne Landschaft zu zeigen.«

»Keine Spur von ihm, was?« sagte Helen, als sie mit zusammengekniffenen Augen die verstreuten Touristengrüppchen beobachtete.

Connor hatte bereits nach ihrem Vater gesucht und sogar Americo ausgequetscht, doch ohne Erfolg. Er schüttelte den Kopf.

Sie packten ihre Sachen, gingen an den Luxustouristen vorbei, die immer noch aßen, und winkten ihnen zu. Die Touristen sahen ihnen nach, wehmütig angesichts der Freude, die sie ausstrahlten.

»Jetzt gehen wir über die alten Steine der Inkas«, erklärte Connor. »Der erste Teil des Pfades, bis zum Paß der Toten Frau, wurde im achtzehnten und neunzehnten Jahrhundert als Schmuggelroute benutzt. Die Hufe der Maultiere haben dort die alten Steine zerstört.«

»Wie viele solcher Straßen hatten die Inkas?« fragte sie. »Ich kann mich erinnern, daß mir mein Vater mal erzählt hat, ihr ganzes Reich wäre durch unzählige Straßen kreuz und quer miteinander verbunden gewesen.«

»O ja, sie hatten ein riesiges Straßennetz von mindestens fünfundzwanzigtausend Kilometern Länge, das das heutige Peru, Ecuador, Bolivien sowie Teile von Chile, Argentinien und Kolumbien umspannte. Viele dieser Straßen gibt es heute noch, teilweise sind sie vom Dschungel überwuchert.«

Helen stellte sich vor, wie die Geister der Inkakrieger vor ihnen gingen. Sie war wie berauscht von dem Weg. Es war ein Traum, eine phantastische Reise. Nebelverhangene Ruinen und moosüberwucherte Bäume; mit giftigen Schlangen verseuchte Wälder voller Orchideen. Um sie herum der Nebel, der die sengende Sonne und die Berge mit ihren hohen, felsigen Gipfeln verschleierte. Den ganzen Tag folgte ihnen das ferne Rauschen des Flusses, den man nie zu sehen bekam, der aber irgendwo unter ihnen im Schutz des dichten Waldes floß.

Sie überquerten einen weiteren knapp viertausend Meter hohen Paß. Diesmal kam er Helen nicht so anstrengend vor. Ihr Körper paßte sich schnell an und mobilisierte die Reserven, die sie benötigte. Connor bemerkte es mit Erleichterung. Wenn sie plötzlich den Pfad verlassen und in den Dschungel fliehen mußten, würde Helen alle ihre Kräfte brauchen und noch mehr. Durch sein hartes SAS-Training gestählt, hatte er selbst keine Angst vor Strapazen, aber er machte sich große Sorgen um Helen. Er konnte nur hoffen, daß ihre starke Willenskraft sie auffangen würde, wenn die physischen Kräfte schwanden, oder, besser noch, daß sie Maldonado gar nicht erst begegneten.

Der Weg führte sie weiter hinab in den Dschungel. Grün, Orange und Gelbbraun in allen Schattierungen, und immer wieder der plötzliche Schock beim Anblick violetter Orchideen, die von den Bäumen hingen. Als sie sich dem Wald der Schlangen näherten, flatterten schwarze Schmetterlinge um ihre Köpfe.

»Bleib unbedingt auf dem Pfad«, warnte Connor. »Wenn du in den Schlangenwald gehst, kommst du nie wieder lebendig raus.« Er sah sich wachsam um. Wenn Maldonados Männer sie in einen Hinterhalt locken wollten, dann war dies hier der richtige Ort. Sie konnten nicht fliehen, sich nirgendwo verstecken. Es war eine spektakuläre architektonische Leistung der Inkas gewesen, den Pfad auf einer Mauer aus Steinen zu bauen, so daß der Schlangenwald auf einer Seite lag, während der Hang aus Granitgestein auf der anderen Seite steil abfiel. Je weiter sie kamen, desto höher wurde die Mauer. Ein falscher Schritt und man stürzte Hunderte von Metern in den Tod.

Helen blieb stehen und schaute nach unten. Die Bäume erinnerten an japanische Tuschezeichnungen. Ihre moosüberwucherten Konturen verschwammen wie ineinanderlaufende Farben. Die Vögel zwitscherten in ihrem eigenen Geheimcode. Man fühlte sich wie in einer verlorenen Welt. Wenn sie stehenblieben und aufhörten zu sprechen, herrschte vollkommene Stille, die nur vom klagenden Ruf unsichtbarer Tiere unterbrochen wurde.

Helen erinnerte sich an eine Geschichte, die ihre Mutter ihr als junges Mädchen vorgelesen hatte. Sie handelte von einem Zauberwald und einem Mann, der ihn trotz aller Gefahren durchqueren muß, um sein Schicksal zu erfüllen. Er ging durch diesen Wald, in dem die Blätter der Bäume aus Gold waren, und die Früchte, die von ihnen herabfielen, Diamanten, Rubine und Smaragde. Der Mann schützte sich vor den Gefahren, indem er einen Umhang trug, der ihn unsichtbar machte. Der Nebel, der Connor und sie umhüllte, war wie ein Umhang, der sie unsichtbar machte. Er schien alle Geräusche zu ersticken, sogar ihre eigenen Schritte. Es kam ihr vor, als seien sie von Mythen und Geistern umgeben, als seien sie selbst Geister auf ihrer stillen Reise. Der Nebel strich flüsternd um sie herum und huschte kalt wie ein Gespenst an ihnen vorbei.

Auf dem Weg nach unten verschwand der Pfad plötzlich in einem Tunnel unter einem riesigen vorspringenden Felsen. Connor blieb ein paar Meter davor stehen und flüsterte Helen ins Ohr.

»Warte hier.« Dann verschwand er in der Dunkelheit des Tunnels. Ein paar Minuten später tauchte er wieder auf und gab ihr ein Zeichen. Daraufhin folgte sie ihm. Im Licht, das durch die Öffnung drang, konnte sie bei den ersten Schritten noch sehen, doch nach ein paar Metern war es stockdunkel. Evan zog Helen an sich und küßte sie. Kondenstropfen fielen von den Felswänden in ihren Nacken. Als sie weitergingen, hörten sie Schritte hinter sich. Sie drehten sich hastig um, aber in der Dunkelheit war nichts, nur ihr eigenes Echo.

Sie überquerten einen weiteren Paß von dreitausendachthundert Metern Höhe. In dieser Nacht schlugen sie ihr Lager über den Wolken auf. Es gab immer noch keine Spur von Helens Vater. Langsam befürchtete sie, sie würden ihn niemals finden. Sie beobachteten, wie die Nacht hereinbrach und der Himmel aufklarte. Nach dem Abendessen standen sie vor dem Zelt und beobachteten die Milchstraße im Nebel von abermillionen Sternen.

Am nächsten Morgen brachen sie sehr früh auf und setzten ihren Weg durch den Himmel fort.

»Heute kommen wir in Machu Picchu an«, erklärte Connor. In seinem Blick entdeckte Helen Aufregung und zugleich eine Warnung.

Langsam lösten sich die Wolken auf, und die ersten Sonnenstrahlen fielen auf einen schneebedeckten Berg, der den Horizont beherrschte.

»Die Nordwand des Salcantay«, bemerkte Connor. »Der Name bedeutet soviel wie wild, unzivilisiert. Sechstausendzweihunderteinundsiebzig Meter.«

»Der Heilige Berg?« fragte Helen. »Zu dem du gebetet hast, er möge uns vorbeilassen?«

»Ja, einer von ihnen.«

Helen wollte schon sagen, daß es wohl genützt hatte, doch ihre Aufregung und auch ihre Angst nahmen mit jedem Schritt zu. Sie stiegen durch die sich auflösenden Nebelbänke an vielen Ruinen in den steilen Berghängen vorbei.

»Phuyupatamarca«, sagte Connor. »Das heißt ›Stadt an der Grenze zu den Wolken‹ auf Quechua. Wahrscheinlich war es ein ritueller Ort oder eine Festung.«

Helen sah auf die abfallenden Terrassen, die in die riesigen Granitblöcke gehauen waren und stellte sich Köpfe vor, die auf dem harten Gestein zerplatzten wie Melonen.

Der Abstieg schien eine Ewigkeit zu dauern, dreizehnhundert Stufen, eintausendsechshundert Meter tief in den dichten Dschungel. Die Vegetation wurde immer üppiger, die Temperatur nahm zu. Mit jedem Schritt, den sie den serpentinenförmig verlaufenden Pfad hinabstiegen, wurde die Landschaft wilder und abschüssiger. Die Luft war still und schwer, zäh wie Schokolade. Oben auf der Höhe war sie ihre Kehlen hinuntergeflossen wie Weißwein.

Je tiefer sie kamen, um so höher erschienen die Berge ringsum. Sie umgaben sie wie Festungen der Götter. Eine Gebirgskette nach der anderen, eine weite grüne Fläche, die sich bis zu den schneebedeckten Gipfeln am blauen Horizont erstreckte. Über ihnen blitzten silberne Wolkenfetzen am strahlenden Himmel. Es kam ihr vor, als hätte ein Maler hier verschwenderisch seine Farben verteilt, denn auch die Blätter an den Bäumen glänzten silbrig in der Sonne, der Pfad durch den Wald war mit Hunderten von Goldtönen gesprenkelt, und im Unterholz leuchteten gelbe Blumen. Selbst die Luft schien zu funkeln. In ihren Augen spiegelten sich alle Farben wider. Schwarze, weiße und orangefarbene Schmetterlinge tanzten um sie herum.

Connor blieb stehen und drehte sich zu Helen um.

»Wir nähern uns dem Sonnentor. Für die Inkas war es eine Art Nadelöhr. Es gibt keinen anderen Weg, der zum Machu Picchu führt.«

»Du nimmst an, daß Maldonados Männer hier auf uns lauern könnten, nicht wahr?«

»Ja, schon möglich, aber es werden auch noch viele andere Trekker unterwegs sein. Sie werden nicht in aller Öffentlichkeit zuschlagen, aber sie werden sich an unsere Fersen heften.«

»Was sollen wir machen?«

»Wir müssen auf der Hut sein. Vielleicht haben wir ja Glück.«

»Ja, vielleicht. Das Sonnentor. Ein schöner Name. Kaum zu glauben, daß dort etwas Böses passieren könnte. Was stellt es eigentlich dar?«

»Es ist ein Ort der Verwandlung. Die Inkas haben die Sonne verehrt, sie brachte Leben und Veränderung. Aber sie konnte auch tödlich sein, indem sie wegblieb. Das Sonnentor soll etwas Magisches haben. Alle Kräfte konzentrieren sich in ihm. Es potenziert das Gute und das Böse und läßt beides aufeinanderprallen. Die stärkere Kraft wird den Sieg davontragen. Die Quechua sagen, daß man nie wieder derselbe ist, wenn man durch dieses Tor gegangen ist. Es ist wie der Rubikon für die Römer. Wenn man ihn einmal überquert hat, gibt es kein Zurück.«

»Vielleicht ist das meinem Vater passiert«, sagte Helen.

Jetzt schlängelte sich der Pfad wieder einen Berghang hinauf, bis sie zu einer Treppe gelangten, die scheinbar in den Himmel führte. Als sie unten standen und hinaufsahen, erblickten sie hinter der letzten Stufe nichts als das unendliche Blau.

»Da oben ist das Sonnentor«, sagte Connor. »Bist du bereit?«

Helen lächelte und lief die Treppenstufen hinauf. Sie blieb nicht ein einziges Mal stehen, obwohl ihr Herz raste und sie kaum Luft bekam. Endlich kam sie oben an. Das Sonnentor war vor ihr, ein Durchlaß aus behauenen Felsblöcken. Kurz davor hielt sie noch einmal inne und blickte sich um. Dann schritt sie langsam hindurch.

Dahinter verbarg sich eine Welt von berauschender Fülle: sat-

345

te grüne, moosüberwucherte Berge, die sich bis zum Horizont
erstreckten, ein schäumender Fluß weit unten. Und mittendrin,
auf dem Kamm einer steilen Gebirgskette balancierend, die Ruinen von Machu Picchu.

Sie schienen förmlich dem Berg zu entspringen. In ihrer sub-
tilen Symmetrie paßten sie sich der Schönheit, die sie umgab,
vollkommen an. Helen spürte Tränen auf den Wagen, wischte sie
ab und betrachtete dieses Wunder. Es war derselbe Anblick, der
sich den Inkas Jahrhunderte zuvor geboten hatte: ein Bild von
unvergleichlicher Pracht, das wie ein Fluß die Seele durchström-
te. Dasselbe hatte auch ihr Vater gesehen. Sie ging ganz langsam
und strich mit der Hand über die warme Oberfläche der Felsblöcke am Sonnentor, als tastete sie nach seinen Fingerabdrücken.

Schließlich blieb sie versunken stehen und ließ den Blick über
die vielen verschiedenen Bilder dort unten schweifen.

»Die schönste Aussicht auf der Welt«, erklärte Connor.

»Ich weiß nicht, ob ich weitergehen kann«, antwortete Helen.
»Am liebsten würde ich für immer hier oben bleiben.« Sie standen Seite an Seite und starrten auf eine unbekannte Welt, die
sich Tausende von Meilen hinter den Bergen bis zum Amazonas
erstreckte.

Sie sahen nirgendwo Anzeichen für eine Bedrohung. Überall lun-
gerten Trekker herum, doch Connor beachtete sie nicht. Insgeheim wußte er, daß Maldonados Männer irgendwo sein mußten
und es nur eine Frage der Zeit war, bis sie auftauchten. Insgeheim betete er, daß sie Helens Vater bald fanden, wenn er denn
hier war. Er hatte das ungute Gefühl, daß ihnen die Zeit davon-
lief.

Er versuchte die bösen Ahnungen zu verdrängen, blieb aber
auf der Hut. Sie stiegen über die behauenen Steinblöcke hinab
an Lamas vorbei, die auf dem schmalen Pfad grasten. Hinab zur
Zitadelle und dem Gipfel des Wayna Picchu, der sich hinter
Machu Picchu auftürmte und schweigsam und streng darüber
wachte.

73 Helen hatte befürchtet, daß sie enttäuscht werden könnte, daß die Magie von Machu Picchu, die Connor heraufbeschworen hatte, in Wirklichkeit weniger eindringlich wäre als der Traum. Doch der Anblick, der sich ihr nun bot, übertraf alle Erwartungen, die Connor in ihr geweckt hatte. Fotografien verblaßten vor dem wirklichen Leben. Nichts konnte Machu Picchu wiedergeben, dieses Reich, das nur noch aus Ruinen bestand und doch so lebendig war. Seine Stärke lag nicht nur in der Anordnung der Felsblöcke, sondern in deren Einbettung in der Natur. Dreihundert Meter tiefer floß der Urubamba durch die Schlucht, die sich um den Fuß des Berges wand. Ein Kreis von schneebedeckten Gipfeln und grünen Bergen türmte sich zum blendenden Himmel hinauf. Die Zitadelle lag genau in der Mitte.

»Es ist wie ein verborgenes Königreich«, sagte Helen. »Du hast recht. Wie Shangri-la. Uneinnehmbar im Schutz der Berge und des Flusses.«

»Kein Wunder, daß die Inkas hier bauten«, erklärte Connor. »Sie glaubten an eine Harmonie zwischen Mensch und Natur.«

»Jedenfalls ist sie ihnen hier meisterlich gelungen. Wie hätte man sich gegen die Natur stellen können, wenn man jeden Tag eine so paradiesische Aussicht genießen konnte?«

Das Gefühl der Harmonie strömte durch die trapezförmigen Steinbögen, durch die Tempel und über die Treppen. Wo sie auch ging, hatte Helen das Gefühl, sie würde auf natürliche Weise weitergezogen, immer weiter aufwärts. Connor ließ sie gehen, wohin sie wollte. Er folgte ihr und sah die Schönheit mit ihren Augen. Sie schritten durch den Palast des Königs, wo die Steinblöcke so präzise aufeinandergeschichtet waren, daß man nicht einmal ein Blatt Papier durch die Ritzen hätte schieben können. Dann blickten sie auf die steilen Terrassen hinab.

»Was wurde hier angebaut?« fragte Helen.

»Mais und Kokasträucher.«

Helen trat durch einen steinernen Torbogen in einen Raum mit drei Wänden, deren letzte sich spiralförmig nach innen drehte.

»Der Sonnentempel«, sagte Connor. »Man nannte ihn Torreon.«

Helen fiel ein gemeißelter Stein auf.

»Sieht wie ein Altar aus«, rief sie.

»Wahrscheinlich war es auch einer, der übrigens gleichzeitig zur Beobachtung der Sterne diente. Anfang der Achtziger fanden hinstorisch orientierte Astronomen heraus, daß das Fenster dort« – er zeigte auf eine rechteckige Öffnung, die auf die tiefergelegene Schlucht hinausging – »perfekt auf den Sonnenaufgang bei der Junisommersonnenwende abgestimmt war. Und auf die Pleiaden. Die Sonne geht über dem Gipfel des Veronica-Kammes auf, und die ersten Strahlen fallen durch dieses Fenster auf den Altarstein.«

»Morgen sehen wir uns das genauer an«, sagte Helen. »Meinst du, es wurden auf dem Altar auch Menschen geopfert?«

»Man weiß es nicht. Bei den Inkas gab es Menschenopfer, meistens waren es die schönsten Kinder des Reiches. Sie glaubten, daß die Geopferten Unsterblichkeit erlangten und sie als Gesandte bei den Göttern vertraten.«

»Man spürt nichts davon«, erwiderte Helen. »Nicht hier. Es ist so friedlich.«

»Vielleicht spürst du den weiblichen Geist. Hiram Bingham war der Auffassung, daß Machu Picchu ein Frauentempel war. Eine Legende deutet sogar darauf hin, daß hier die der Sonne geweihten Jungfrauen eine letzte Zuflucht fanden. Eine andere, daß Machu Picchu eine Stätte der Anbetung war, wo Priester und Hohepriester ausgebildet wurden. Die Inkas haben nichts Schriftliches überliefert, so daß niemand weiß, was Machu Picchu wirklich für eine Funktion hatte.« Connor lächelte. »Es ist immer das, wozu man es macht.«

Helen stieg weiter in die Zitadelle hoch, bis sie an den höchsten Punkt gelangte. In der Mitte eines Platzes stand ein behauener Felsblock. Er war etwa einen Meter achtzig hoch und kam Helen vor wie eine abstrakte Skulptur des Wayna Picchu, dem fast pyramidenartigen Berg, der dahinter aufragte. Instinktiv streckte sie die Hand aus und berührte den warmen Stein.

»Er ist direkt aus dem Gestein gehauen«, erklärte Connor. »Teil des Berges, auf dem wir stehen.«

»Er fühlt sich lebendig an«, sagte Helen mit glühenden Augen.

»Angeblich konzentriert sich hier die ganze Kraft von Machu Picchu«, erklärte Connor. »Der Intihuatana-Stein, ein Pfosten zum Festbinden der Sonne. Viele der morgigen Beobachtungen werden von hier aus gemacht.«

Helen stellte sich vor, wie die Inkas versucht hatten, die Sonne mit einem goldenen Lasso einzufangen. Und dann sah sie sich plötzlich selbst an den Intihuatana-Stein gefesselt. Sie fragte sich, ob sie das ihrem Vater näherbringen würde.

»Du solltest für eine Weile von der Bildfläche verschwinden und dich möglichst wenig sehen lassen«, sagte Connor, als könnte er Helens Gedanken lesen. »Draußen vor der Zitadelle kenne ich eine gute Stelle, wo wir unser Lager aufschlagen können. Ein prima Versteck, von dem aus wir uns heute abend in die Zitadelle schleichen können, um an der Zeremonie teilzunehmen, ohne daß wir durch das Tor müssen. Das ist unsere Chance, Hel. Dein Vater wird ganz bestimmt dasein.«

Helen nickte langsam. Noch einmal schweifte ihr Blick langsam über die Gesichter der Touristen, dann wandte sie sich ab und folgte Connor.

Sie bauten ihr Zelt auf einer kleinen flachen Stelle an einem steilen Hang unter einem Felsvorsprung auf. Das Grün des Zeltes war eine hervorragende Tarnung.

»Hier zu campen, ist illegal«, erklärte Connor. »Und die Touristenpolizei auf den Plan zu rufen, wäre das letzte, was wir wollen.«

»Was würden sie mit uns machen?«

»Sie würden uns an Maldonado ausliefern. Wir müssen davon ausgehen, daß der SIN eine landesweite Fahndung nach dir eingeleitet hat, mit Bild und genauer Personenbeschreibung. Hör zu, ich werde uns noch etwas Proviant besorgen. Möglich, daß wir plötzlich verschwinden müssen, und dann sollten wir ausreichend versorgt sein. Du bleibst hier. Hier bist du sicher.« Er küßte sie und wandte sich zum Gehen.

»Bleib nicht lange weg.«

»Nein. Versteck dich und halte Ohren und Augen offen. Wenn es irgendwelche Komplikationen gibt und du fliehen kannst, dann … siehst du die Bäume dort?«

»Ja.«

»Dann lauf dahin. Darunter gibt es eine kleine Höhle. Versteck dich da, bis ich komme.«

»Rechnest du mit Ärger?«

»Regel Nummer eins: Halte dir immer einen Fluchtweg bereit.«

»Du hast nicht auf meine Frage geantwortet.«

»Ja, Hel, tue ich.«

In ihren Augen erkannte er dieselbe Vorahnung einer Gefahr, die immer näher kam.

74

Connor ging um den Berg und mischte sich unter die Horden von Touristen, die vor dem Machu-Picchu-Ruinas-Hotel versammelt waren. Er trat auf die Träger zu, deren rote Ponchos sich von ein paar Felsen abhoben. Sie unterhielten sich fröhlich. Sie waren gerade bezahlt worden, und die meisten freuten sich auf ein paar Tage wohlverdienter Ruhe. Connor begrüßte sie auf Quechua, plauderte eine Weile mit ihnen und kaufte ihnen die Vorräte ab, die nach vier Tagen auf dem Inkapfad übriggeblieben waren. Als er eine Hand auf seiner Schulter spürte, drehte er sich um. Alejandro stand mit ernstem Gesicht vor ihm und zog ihn beiseite.

»Ich habe kein Glück gehabt, *amigo*. Den Mann, den du suchst, hab' ich nicht gefunden, dafür weiß ich aber etwas anderes. Ein paar Männer haben nach einem Mann gefragt, der dir sehr ähnlich sieht, und nach einem Mädchen. Sie sagen, die beiden seien zusammen.« Alejandro zog eine gefaltete ausländische Zeitung aus seinem Poncho. Er schlug sie auf und zeigte sie Connor. Ein Foto von Helen starrte ihn an.

Connor drückte Alejandro einen Zwanzigdollarschein in die Hand.

»Du hast uns nie gesehen.«

»Nein, *jefe*, aber die anderen haben euch gesehen, und sie haben geredet.«

Connor verschwand aus der Menge und suchte Schutz im Wald. Dann eilte er zurück zum Zelt. Bevor er hineinging, beobachtete er fünfzehn nervenaufreibende Minuten lang die Gegend, bis er sich vergewissert hatte, daß alles in Ordnung und ihm niemand gefolgt war. Erst dann kroch er ins Zelt, nachdem er Helen leise vorgewarnt hatte. Ihr Magen überschlug sich vor Schreck, als sie ihn ansah. Sie wußte gleich, daß etwas passiert war. Connor schlug die Zeitung auf und breitete sie auf dem Boden aus. Es gab zwei Artikel unter der Verfasserzeile *Rod Clark*. Sie lasen schweigend:

Die Investitionsbank Goldsteins International hat eine interne Untersuchung gegen einen ihrer Händler eingeleitet, der im Verdacht steht, Gelder veruntreut zu haben. Laut unterrichteten Kreisen könnte es sich um eine Summe von fünfzig Millionen Dollar handeln. Anders als bei Barings sollen diese Verluste verlorene Profite sein. Man vermutet, daß der Händler bei illegalen Geschäften am unübersichtlichen Derivative-Markt Profite unterschlagen hat, die rechtmäßig der Bank zustehen. Keiner der Händler in der Derivative-Gruppe wollte sich dazu äußern.

Der Artikel erklärte den Derivative-Markt und ging ausgiebig auf die großen Betrugsskandale auf dem Parkett ein. Die nächste Spalte enthielt den zweiten Artikel von Rod Clark:

Helen Jencks, eine Händlerin, die für Goldsteins International arbeitet, wird von ihren Freunden und ihrer Familie vermißt. Bei Goldsteins hieß es, sie habe unbefristeten Urlaub genommen, nachdem sie nach dem langen Wochenende am Bank Holiday nicht mehr zur Arbeit erschienen war. Jencks ist die Tochter des Finanzfachmanns Jack Jencks, der 1976 untertauchte, einen Tag, nachdem zwanzig Millionen Pfund von Privatkonten bei Woolson's, deren Direktor er war, verschwunden waren.

Danach ging der Artikel auf Jack Jencks' Verschwinden ein und zog eine Verbindung zwischen dem angeblichen Betrug und seiner Flucht.

Das Foto neben dem Artikel zeigte Helens lächelndes Gesicht. Sie starrte darauf und ballte wütend die Fäuste.

»Dieser Dreckskerl! Jeder wird glauben, daß ich die Betrügerin bin. Wenn ich nach London zurückkomme, wird er dafür büßen. Bei Gott, ich werde ihn vernichten!«

»Möglich, daß wir hier nie wieder rauskommen, Hel. Maldonados Männer sind uns auf der Spur. Man hat ihnen gesteckt, daß wir hier sind. Wir müssen sofort verschwinden.«

»Was? Und aufgeben?«

»Oder sterben.«

»Das ist nicht gesagt. Wir haben noch eine Chance. Es muß eine Chance geben.«

»Wir haben keine Chance, es sei denn wir brechen sofort auf. Bisher haben wir keine einzige Spur von deinem Vater gefunden. Keiner der Träger, mit denen ich gesprochen habe, hat ihn gesehen.«

»Vielleicht verschleiern sie die Wahrheit. Vielleicht reist er unter einem anderen Namen. Vielleicht hat unsere Beschreibung nicht gestimmt.«

»Vielleicht hat uns seine Haushälterin angelogen, und er ist nie hierhergekommen. Vielleicht hat er sich die ganze Zeit im Haus versteckt gehalten.«

»Nein! Das ist unmöglich. Er ist hier. Er muß hier sein.«

»Du kannst ihn dir nicht herbeiwünschen, Hel. Nicht alle Sehnsucht der Welt kann ihn herzaubern, wenn er nicht da ist.«

»Er ist hier, verdammt noch mal! Ich bleibe hier und suche ihn heute nacht. Ich bin schon so weit, daß er zum Greifen nah ist. Jetzt kann mich nichts mehr aufhalten. Weder Maldonado noch du. Du machst dir doch nur um deine eigene Sicherheit Sorgen, stimmt's? Du hast sogar Angst, mit mir zu schlafen, weil man dich mit heruntergelassenen Hosen erwischen könnte. Man kann doch nicht etwas aufgeben, wovon man sein ganzes Leben geträumt hat, nur weil es gefährlich ist! Wieso geht man zur Armee? Wieso lebt man überhaupt, wenn man immer nur darauf bedacht ist, das Risiko im Leben gering zu halten? Wieso siehst du überall Gespenster?« Sie erhob verzweifelt die Stimme. Verzweifelt, damit er sah, was sie meinte. »Siehst du denn nicht? Das hier ist kein steriles Labor, wir spielen keinen Krieg am grünen Tisch. Du siehst überall Gespenster und beschwörst sie herauf.«

Seine Stimme unterbrach sie schroff. »Du hast keine Ahnung, wovon du redest.«

Sie lachte wütend. »O doch! Du bist es, der nicht versteht, was ich sage. Du glaubst, daß du alles kontrollieren, alles einschätzen kannst und daß es nur darum geht, zu überleben.«

»Wenn ich nicht so denken würde, wäre ich schon zehnmal gestorben.«

»Wir befinden uns doch nicht in einem Kriegsgebiet!«

»Das glaubst du! Sollen wir es ausprobieren? Willst du den ganzen Tag hierbleiben und dann nachts auf der Feier deinen Vater suchen?«

»Ja, genau das habe ich vor. Du kannst jetzt gehen. Sag mir, wieviel ich dir schulde.«

Er drehte sich hastig um und packte sie am nackten Oberarm. »Ich will dein Geld nicht.«

Alles, was er sagte, ergab einen Sinn, und alles, was sie sagte, ebenfalls, und trotzdem fanden sie sich plötzlich auf verschiedenen Seiten eines Grabens, der mit jedem Wort weiter auseinanderklaffte. Sie wußte, daß er bereits zu groß war, um überbrückt zu werden.

»Geh und laß mich in Ruhe!«

Connor sah sie ungläubig an. Dann wendete er sich abrupt ab, griff nach seinem Rucksack und verschwand durch den Eingang des Zeltes.

Helen starrte auf die Zeltleinwand als könnte sie ihn dahinter sehen wie ein verblassendes Röntgenbild, als er ging. Wie war es dazu gekommen? Drei Minuten Streit, in dem sie sich so verstrickt hatten, daß es kein Zurück gab, so sehr sie es sich auch gewünscht hätten. Irgendwann kam immer der Punkt, von dem es kein Zurück gab. Doch sie hatte nicht damit gerechnet, daß es ausgerechnet jetzt soweit wäre. Es war dasselbe Gefühl wie damals, als ihr Vater sie verließ, nur diesmal hatte sie den Mann, den sie liebte, gehen sehen. Sie selbst hatte ihn weggeschickt.

Sie starrte so lange auf die Zeltleinwand, bis ihr die Tränen kamen. Sie wischte sie wütend weg und fing an zu lachen, ungläubig und wild, als hätten ihr die Götter gerade den größten Streich der Geschichte gespielt.

»Was bleibt einem übrig?« fragte sie sich, während das Lachen erstarb.

Connor ging in den Wald. Er ging so lange weiter, bis er sich allein fühlte, bis es still war.

Er kochte fast vor Wut. Er haßte Helen, haßte sich selbst, und trotzdem wußte er, daß er recht hatte. Sie befand sich in tödlicher Gefahr, auch wenn sie beschlossen hatte, sie zu ignorieren, um ihren Traum weiterverfolgen zu können. Wie die meisten Menschen war auch sie von ihrer Unverletzbarkeit überzeugt. Daß sie bereits einen Anschlag auf ihr Leben vereitelt hatte, bestätigte sie nur noch mehr in ihrem Irrtum. Connor hatte zu viele Tote gesehen, um sich irgendwelchen Illusionen über seine eigene Unsterblichkeit hinzugeben. Das hier war sein Revier, und Helen hatte ihn darin angegriffen. Doch er konnte nicht beides zugleich sein, ein sensibler Liebhaber und ein Beschützer, wenn sich die beiden Rollen im Konflikt befanden und das Ergebnis über Leben und Tod entschied. Bilder von Helen wirbelten ihm durch den Kopf. Triumphierend lächelnd stand sie am Paß der Toten Frau. Dann sah er, wie sie aufgewühlt und erschüttert von den beiden Männern wegging, die sie gerade zusammengeschlagen hatte. Er sah sie verletzlich und glücklich, als er sie liebte. Und er weinte. Was immer Helen sich einredete, Connor wußte, daß sie nicht mehr lange leben würde, wenn nicht ein Wunder geschah.

75 Helen igelte sich in ihrem Zelt ein. Sie konnte weder essen noch schlafen. Sie sehnte sich nach Connor. Sie weinte seinetwegen. Sie sehnte sich nach ihrem Vater. Obendrein war sie fast gelähmt vor Angst bei der Vorstellung, daß Maldonados Männer irgendwo da draußen auf sie lauerten. Um Mitternacht machte sie sich auf den Weg.

Die Nacht schien so mächtig und unverletzlich, wie sie die aufragenden Berge umhüllte, deren Umrisse zum Greifen nah waren. Allmählich gewöhnten sich ihre Augen an die Dunkelheit, und sie konnte die schneebedeckten Gipfel in der Ferne leuchten sehen. Der Pfad wurde von einem Viertelmond und dem Licht der Sterne erleuchtet, das von fernen Galaxien bis hierher drang. Sie stieg den Hügel hinauf, kletterte über die Mauer und verschaffte sich Eintritt in die Zitadelle. Oben auf der Ruine stand ein einsamer Mann und spielte auf einer Panflöte. Der unheimliche Klang schwebte über der gespenstischen Landschaft. Kleine Menschengruppen liefen durch die Anlagen und gestikulierten im Dunkeln; ihre Stimmen waren gedämpft vor unterdrückter Erregung.

Es würden noch Stunden vergehen, bis die Zeremonie begann. Die meisten Besucher würden wahrscheinlich erst kurz vor dem Morgengrauen kommen.

Sie musterte die Gesichter auf der Suche nach Maldonado und ihrem Vater. Wenn ihr Vater hier war, würde er sie dann wohl nach dreiundzwanzig Jahren wiedererkennen, und sie ihn, oder würden beide aneinander vorbeigehen, als wären sie Fremde? Heute nacht nickten sich sogar Fremde zu, vereint in dem erregenden Gefühl, dabeizusein. Würden sich Vater und Tochter zunicken und aneinander vorbeigehen? Sie wand sich innerlich, als sie im Geist die beiden Worte formte: Vater, Tochter. Ihr Selbstverständnis als Tochter war gestorben, als ihr Vater sie verließ, er aber hatte den Titel »Vater« behalten, obwohl ihr längst nicht mehr klar war, was Vater eigentlich bedeutete. Vor zwanzig Jahren bedeutete es, daß er da war, es bedeutete Stärke, Aufrichtigkeit und Zärtlichkeit. Es bedeutete Gemeinsamkeit. Die Vergangenheit deprimierte sie. Sie schien mehr Einfluß zu haben als es die Gegenwart jemals könnte. Würde sie diese Vergangenheit denn nie mehr abschütteln? Jetzt war sie hier und suchte sie in den Gesichtern der Fremden, obwohl ein Damoklesschwert über ihr hing. Sie blieb neben einer Gruppe stehen, offensichtlich Wissenschaftler, die aufmerksam einer weißhaarigen Frau in der Mitte zuhörten. Sie sprach mit lauter Stimme, als hielte sie einen Vortrag in einem Hörsaal.

»Vom Intihuatana aus gesehen fällt auf, daß die Anordnung der Heiligen Berge mit den vier Himmelsrichtungen übereinstimmt. Der Veronicakamm liegt im Osten, und die Sonne geht am Äquinoktium über dessen höchstem Punkt auf. Im Norden haben wir den Wayna Picchu, im Westen die schneebedeckten Gipfel des Pumasillo-Gebirges, über dessen höchster Spitze zur Wintersonnenwende die Sonne untergeht. Sie liegt auf einer Linie mit der Äquinoktiallinie im Norden. Das Massiv des Salcantay erhebt sich im Süden, sein höchster Punkt liegt in einem Azimut von exakt 180 Grad. Daher war der Intihuatana der zentrale Punkt, der die Verbindung zwischen den Heiligen Bergen und den Himmelsrichtungen herstellte. Hier wurden bedeutende astrologische Ereignisse beobachtet.«

Ihre Worte drifteten durch Helens Bewußtsein, während sie die Gesichter der Zuhörer musterte. Einigen fiel ihre Suche auf, und sie warfen ihr neugierige Blicke zu. Sie erwiderte sie mit angehaltenem Atem und hakte sie innerlich ab. Dann drang sie tiefer in die Zitadelle ein, eine einsame, vom Mondlicht eingefangene Gestalt.

Connor begrüßte die Dunkelheit wie ein Raubtier auf der Jagd. Er ging durch die Ruinen und suchte jeden Winkel ab. Den Rucksack hatte er in einer Höhle unter dem Felsblock im Sonnentempel versteckt. Ohne das Gewicht war er wendiger und schneller. Er dachte jetzt nicht mehr an Helen, nur daran, wie er sie beschützen konnte. Wenn er schon nicht so fühlen konnte, wie sie es von ihm erwartete, so konnte er wenigstens etwas tun. Was für ein Irrtum zu glauben, er hätte Gefühle haben können. Der Teil in ihm, der nach dem Tod seiner Mutter und der einsamen Kindheit noch imstande gewesen wäre, etwas zu fühlen, war in den Jahren des Einsatzes vollends verkümmert. Helen jedoch weigerte sich einzusehen, daß man nicht auf Kommando von einem Modus auf den anderen umschalten konnte.

Er beobachtete, wie sie zum Intihuatana-Stein hinaufging. Einige Schritte vor ihr ging ein Mann. Sie schien ihn im Auge zu haben, denn sie paßte nicht auf, wohin sie auf dem unebenen Boden trat. Es war ein großer Mann mit vollem grauem Haar. Er hinkte.

Connor schaute nach unten zum Fuß der steilen Steintreppe. Zwei dunkle Schatten kamen langsam herauf, die Augen auf Helen gerichtet.

Helen beobachtete, wie der alte Mann oben ankam und stehenblieb, um Luft zu holen. Dann ging er auf den Intihuatana zu und berührte ihn mit beiden Händen. So stand er lange Zeit da, die Hände auf dem Stein, die Augen geschlossen. Er schien ihre Gegenwart nicht zu bemerken. Nach einer Weile ließ er den Stein los und setzte sich auf eine kleine Mauer, die vor den steil abfallenden Terrassen lag. Dann drehte er sich zu Helen um. Und sie blickte in die Augen eines Mannes, dem sie in ihren Tagträumen millionenfach begegnet war.

Helen sah den Mann an, der ihr Vater war, und brachte kein Wort heraus. Beim Sitzen war die Hose hochgerutscht und entblößte ein paar hagere Knöchel, die in zerknitterten Socken steckten. Er saß vornüber gebeugt da und hatte die Hände um die Knie geschlungen. Sein Gesicht war abgespannt, die Haut papierbraun, die Augen blasser als das strahlende Blau, das sie in Erinnerung hatte.

Jack Jencks lächelte Helen höflich zu und wandte dann den Blick ab. Doch irgend etwas in ihren Augen bewog ihn, noch einmal hinzusehen. Sie starrte ihn immer noch an. Plötzlich erinnerte ihn etwas an ihr an ein siebenjähriges Mädchen, das mit unschuldigem und strahlendem Blick auf ihn zulief. Diese Frau jedoch wußte zuviel von der Welt. Und er verstand, welchen Preis sie für das Wissen, das Mitgefühl und die Wut zahlte, die in ihrem Gesicht brannten. In dem winzigen Schimmer dieser dunklen Augen, im Körper dieser Frau, die vor ihm stand, erkannte er seine Tochter. Er sah sie an, als hätte er mit diesem kurzen Blick in die Unendlichkeit alle Geheimnisse der Welt erhascht. Neugier, Schrecken, Staunen, Freude und Trauer jagten einander in seinen Augen.

»O, Helen! Bist du es wirklich? Oder ist das eine Halluzination?«

Es war die Stimme, die sie in ihren Träumen verfolgt hatte.

»Ja, Daddy.« Ihre Stimme klang erstickt. »Ich bin es.«. Sie machte einen Schritt auf ihren Vater zu und blieb dann stehen.

»Wie rührend«, sagte eine Stimme hinter ihr. Sie wandte sich um und sah Victor Maldonado auf der obersten Steinstufe. Seine Augen wanderten von Helen zu ihrem Vater. Sein vom Mond erhelltes Gesicht verzog sich zu einer verächtlichen Grimasse. Hinter ihm stand ein hagerer, grinsender *mestizo*.

»Das Treffen zweier Spitzel. Das Wiedersehen von Vater und Tochter. Tut mir leid, daß ich so dazwischenplatze, aber ich habe noch ein Hühnchen mit Helen zu rupfen«, sagte Maldonado und kam näher. Sie spürte die Bedrohung, die von ihm ausging. Als er sie berührte, zog sie heftig den Arm zurück.

»Warum haben Sie mir das angetan, Helen? Ich habe Sie bei mir aufgenommen, und Sie haben mich ausspioniert, meine Männer zusammengeschlagen und erschossen.«

»Sie wollten mich umbringen.«

»Sie haben mir keine andere Wahl gelassen. Ich kann nicht zulassen, daß man mich ausspioniert.«

»Ich bin keine Spionin. Das war ich nie.«

»Ah, dann war es also Zufall, daß Sie aufgetaucht sind? Nur Zufall, daß Sie meine Männer zusammengeschlagen, meinen besten Killer entwaffnet und niedergeschossen haben? Nur Zufall, daß Sie meine Hunde überlistet haben und meinen Leuten entwischt sind?«

»Ich kam her, um vor London zu flüchten. Ich hatte niemals vor, irgend etwas gegen Sie zu unternehmen.«

»Aha, jetzt mimen Sie das Opfer, das einem Finanzbetrug aufgesessen und auf der Flucht ist. Die Geschichte kommt mir irgendwie bekannt vor, was meinen Sie?«

»Mein Gott ... Helen! Was machst du hier?« Bei den Worten ihres Vaters zuckte Helen zusammen. Er löste die Hände von den Knien und stand mühsam auf. Dann kam er unsicher auf sie zu. Seine Worte hallten durch Helens Bewußtsein. Er hatte eine tiefe Stimme. Sie hatte schon immer so geklungen, als käme sie aus dem Herzen der Welsh Valleys, doch jetzt schien ein Fluß darin zu fließen, als seien seine Worte von Trauer getränkt. Sie klangen nicht klar und frisch, sondern gepreßt, wie von der Umwelt abgeschnitten.

»Sie ist ein Spion, Jack. Vielleicht sogar ein Killer, der auf mich angesetzt wurde. Sie kommt jetzt mit mir. Tut mir wirklich leid, daß ich eure kleine Feier stören mußte.«

»Was sind Sie nur für ein Unmensch?« fragte Helen und nahm Maldonados Arm. Sie beugte sich vor, als suchte sie in seinen Augen nach einem letzten Rest von Mitgefühl.

»Er hat sich schon lange verändert«, erklärte Jack Jencks. »Er entschied sich für das Gold. Er hatte immer eine Schwäche dafür, nicht wahr, Victor, schon als wir noch in Cambridge waren, du, ich und Dai; erinnerst du dich? Du liebtest Geld, du konntest nie

358

genug davon bekommen. Ich habe mich immer gefragt, wie lange das gutgehen würde, aber niemand von uns konnte ahnen, wie tragisch es für dich enden würde. Das Gold hat dich verdorben, und Gott weiß, vielleicht hätte es uns alle verdorben. Aber Helen brauchst du nicht.« Bei der Erwähnung ihres Namens stockte seine Stimme, und es dauerte ein paar Sekunden, bis er weitersprechen konnte. »Was immer sie getan oder auch nicht getan hat, laß sie gehen. Du hast genug. Du hast schon zuviel Schuld auf dich geladen. Es reicht für tausend Leben.«

Helen sah, welche Wirkung die Worte ihres Vaters auf Maldonado hatten. Die Kälte bekam Risse, sie konnte die Scherben seines Schmerzes erkennen, und sie hatte das Gefühl, als hinge das Gleichgewicht des Berges allein vom Fluß seiner Stimme ab. Ein falsches Wort, und sie würden alle in den Abgrund stürzen.

Ángel trat auf ihren Vater zu, blieb vor ihm stehen und spuckte ihm ins Gesicht. Helen sah, wie der Speichel über seine Wange lief. Wut und Abscheu loderten in ihr auf, sie spürte, wie sie mit Macht durch ihren Körper strömten. *Bleib ruhig, wäge ab, beobachte, analysiere, erst dann handele.* Die Stimme ihres Sensai.

Ihr Vater nahm ein zerlumptes Taschentuch aus seiner Tasche und wischte sich das Gesicht ab. Er sprach mit Maldonado so, als stünde Ángel nicht zwei Schritte von ihm entfernt: »Ich habe schon immer den Abschaum verachtet, mit dem du dich umgibst. Diese Leute haben stets auf die Gelegenheit gewartet, dich zu verraten, während sie dich mit Gift fütterten. Abschaum wie er.« Er blickte auf Ángel. »Wenn du dich doch nur von ihnen trennen könntest …«

Helen beobachtete Ángels Reaktion. Sie sah, wie sich seine Armmuskeln wölbten und die Sehnen sich spannten, als er ausholte. Sie konnte den Schlag fast spüren, der das Gesicht ihres Vaters treffen würde.

»Kiai!« schrie sie und sprang ihn mit erhobenen Armen an, die Handflächen auf sein Gesicht gerichtet, als wollte sie ihn durch reine Willenskraft außer Gefecht setzen. Er packte sie, dann verloren beide das Gleichgewicht und stürzten über die kleine Mauer auf die nächstliegende Terrasse. Ángel landete auf dem Rücken, Helen auf ihm. Er stöhnte vor Schmerz, und Helen sah, daß ihm die Luft wegblieb, trotzdem packte er sie mit beiden Händen am Hals und drückte zu. Sie stieß ihm das Knie in den Magen, bis er losließ, und versuchte, ihn mit einem Griff über den Rand zu schleudern. Doch noch im Fallen trat er ihr gegen die Beine, so daß sie stürzte. Er packte sie und riß sie drei Meter in die Tiefe auf die nächste Terrasse. Helen sprang auf und spürte ein Brennen in der Schulter, auf der sie gelandet war. Auch Ángel richtete sich auf und zog eine Pistole aus der Jacke.

Noch ehe er den Lauf auf sie richten konnte, ergriff sie blitzschnell wie eine Schlange sein Handgelenk, drehte sich unter ihm und schleuderte ihn mit einem *kokyu-nage*-Griff zu Boden. Die Pistole flog ihm aus der Hand, und wieder landete er auf dem Rücken. Helen griff nach der Waffe. Ángel stürzte sich auf sie. Sie wich aus. Ángel lief ins Leere und fiel eine Terrasse tiefer. Diesmal landete er auf dem Kopf. Helen hörte das Knacken und hätte sich fast übergeben. Sie sah auf ihn hinab, doch er bewegte sich nicht mehr. Sie starrte auf den leblosen Körper, bis sie den Anblick nicht mehr ertragen konnte und alle Zweifel ausgeräumt waren. Dann kletterte sie die Terrasse wieder hinauf. Ihre Nägel krallten sich in die Erde. Als sie fast oben war, hörte sie Stimmen. Sie blickte auf. Vor ihr stand Connor. Er hatte Maldonado den Arm auf den Rücken gedreht und hielt ihn in Schach. Zuerst war ihr fast schwindelig vor Glück, ihn dort bei ihrem Vater zu sehen, doch dann überfiel sie wieder das Grauen. Sie kletterte die letzte Terrasse hoch, schwang sich über die kleine Mauer und ging auf die freie Fläche vor dem Intihuatana-Stein zu.

»Was ist da unten passiert?« fragte Connor.

»Einer von Maldonados Männern«, antwortete Helen.

»Und?«

»Tot.«

An ihrer steifen Körperhaltung und den unnatürlich glänzenden Augen erkannte Connor die ersten Anzeichen des Schocks.

»Wir müssen auch ihn umbringen«, erklärte Connor und deutete mit dem Kinn auf Maldonado.

»Nein!« erwiderte Helen und sah Maldonado in die Augen. »Laß ihn.«

»Er würde dich töten, wenn er an deiner Stelle wäre, glaub mir«, warnte Connor. »Und wenn wir ihn nicht umbringen, kommen wir hier nie heil raus. In zehn Minuten hätte er seine Männer auf uns gehetzt.«

»Ich passe auf ihn auf«, sagte plötzlich Jack Jencks. »Gebt mir die Waffe, und ich halte ihn in Schach, bis ihr genügend Vorsprung habt.«

Helen wirbelte herum und starrte ihren Vater an.

»Dich hierlassen? Nach dreiundzwanzig Jahren? Weißt du überhaupt, wie lange ich dich gesucht habe?« Sie brach in Tränen aus und kämpfte gegen das Schluchzen an. »Ich bin um die halbe Welt gefahren, um dich zu finden. Kannst du dir überhaupt vorstellen, wie das war? Und jetzt sagst du, geh, laß mich hier?«

Sie sah die Tränen, die ihrem Vater über das Gesicht liefen.

»Ich würde alles darum geben, dich hier behalten zu können. Es hat keinen Tag gegeben, an dem ich nicht an dich gedacht habe. Sogar in meinen Träumen spreche ich mit dir. Ich habe dir soviel zu erzählen, so viele Fragen, daß ich ...« Die Stimme versagte ihm, und er schluchzte. Dann bezwang er sich und gewann seine Fassung zurück. Er deutete auf Maldonado. »Du hast keine Ahnung, mit wem du es zu tun hast, Helen. Ich weiß nicht, wie du da hineingeraten bist, aber eins steht fest, er will dich umbringen. Ich hatte Gerüchte von einer Fahndung gehört, einer richtigen Menschenjagd. Auf eine Frau und einen Mann. Ich wäre nie darauf gekommen, daß du damit gemeint warst. Wenn du hierbleibst, wirst du sterben.«

Helen lief auf ihn zu und nahm seine Hand. »Du könntest doch mit uns kommen.«

Er zeigte auf sein Bein. »Ich kann kaum gehen. Arthritis. Ich würde euch nur aufhalten. Maldonados Männer hätten uns in Nu geschnappt.«

»Du bist den Inkapfad gegangen. Du kannst mithalten.«

»Wer hat dir das gesagt?«

»Deine Haushälterin.«

»Ach, Patria, sie wollte mich nur beschützen. Ich bin mit dem Zug gekommen. Ich kann keinen Kilometer gehen.«

Helen ließ seine Hand los und krümmte sich vor Schmerz. Ihr Vater nahm ihren Arm und half ihr vorsichtig wieder hoch, bis sie wieder aufrecht stand.

»Du mußt gehen, sonst wirst du sterben. Ich halte Victor hier

361

in Schach. Wir können uns unten in den Terrassen verstecken. Dein Freund« – er zeigte auf Connor – »kann mir vielleicht herunterhelfen. Da wird uns niemand sehen. Ich kann euch einen Vorsprung von etwa einer Stunde verschaffen.«

Connor nahm Helen die Waffe ab und richtete sie auf Maldonado. »Das beste wäre, wir töten ihn«, erklärte er.

»Bitte! Das darfst du nicht!« flehte Helen unendlich sanft. »Ich weiß, daß es das Richtige wäre, aber das darfst du nicht tun.« Sie wandte sich Maldonado zu. »Vergessen Sie nicht, wir schenken Ihnen das Leben. Sie stehen in unserer Schuld. Uns darf nichts geschehen.«

»Daran wird er sich nicht halten«, warnte Helens Vater. »Er weiß nicht, was Ehre ist.«

»Dann wird er dich töten«, schrie Helen.

»Nein, wird er nicht. Wir kennen uns schon viel zu lange«, log Jack Jencks.

»Jetzt reicht es, verdammt noch mal!« fuhr Connor sie ungeduldig an. »Geh zur Seite, damit ich ihn abknallen kann.«

»Nein!« sagte Helen. »Wir lassen ihn am Leben. Frag mich nicht, warum. Ich kann dir nur sagen, daß er dafür bezahlen wird. Irgendwann, irgendwo. Bitte, ich flehe dich an. Laß ihn am Leben.«

Connor nahm die Augen nicht von Maldonado. In seinen Ohren hörte er seinen Ausbilder, die leise, ruhige Stimme der Vernunft. Dann ging sie unter im Heulen einer Vorahnung, die ihn wie aus dem Nichts überfiel und ihm etwas versprach, das er noch nie im Leben gesehen hatte.

Langsam ließ er die Waffe sinken und gab sie Jack Jencks, der sie auf Maldonados Knie richtete. Connor wandte sich zu Helen.

»Du hast nur eine Chance, wenn du das Angebot deines Vaters annimmst.«

Helen sah von Connor zu ihrem Vater. »Ich kann nicht. Ich kann nicht ohne ihn gehen.«

Helens Vater sah sie an. »Geh, ich bitte dich! Meinst du, ich könnte hierbleiben und zusehen, wie man dich abführt, um dich zu töten? Es ist die einzige Möglichkeit, dich zu retten. Nichts kann rechtfertigen, was ich dir angetan habe, aber laß mich wenigstens das tun.«

»Du hattest keine andere Wahl, als du uns verlassen hast«, schluchzte Helen. »Das weiß ich mittlerweile.«

»Du mußt jetzt gehen«, erwiderte ihr Vater. Helen hörte den Schmerz in seiner Stimme. »Ich bin damals auch gegangen und habe dir und mir das Herz gebrochen. Diesmal ist es umgekehrt, jetzt hast du keine Wahl.«

»Damit es uns ein zweites Mal das Herz bricht?«

»Entweder das oder du mußt sterben.«

Helen hatte das Gefühl, als würde ihr das Herz aus dem Leib gerissen, und im nächsten Augenblick fühlte sie gar nichts mehr, alles war taub und empfindungslos. Als läge sie im Sterben, und ihr Körper machte ihr ein letztes Geschenk, um den tödlichen Schmerz zu lindern.

Sie sah ihren Vater an, drückte ihn an sich. Connor zwang sich, diese letzten Sekunden abzuwarten, die über ihrer beider Leben entscheiden würden.

Plötzlich löste sich Helen von ihrem Vater, sah ihn ein letztes Mal an und sagte dann zu Maldonado gewandt:

»Wenn Sie ihm etwas antun, wenn Sie ihm auch nur ein Haar krümmen, wenn Sie ihn nicht gehen lassen, dann schwöre ich, daß ich zurückkomme und Sie töte! Ich werde Sie mit jedem Tropfen meines Blutes verfluchen, mit all dem Blut, das Sie je vergossen haben.«

»Glauben Sie wirklich, Sie könnten mir etwas anhaben?«

Helens Augen funkelten wild, und sie trat einen Schritt auf Maldonado zu. »Sie wissen genau, daß ich das könnte. Ich könnte Sie in diesem Augenblick mit bloßen Händen umbringen, Ihnen das Genick mit einem Schlag brechen. Ich bin eine Spionin, vergessen Sie nicht Ihre eigenen Worte, ein Killer. Ich finde einen Weg, um wieder herzukommen. Sie haben genug Feinde, die froh wären, mir dabei zu helfen. Ich würde Sie zermalmen.«

Maldonado sah ihr in die Augen und wandte sich ab. Connor beobachtete sie fassungslos. Helen ging zu ihrem Vater zurück.

»Daddy, wir werden uns wiedersehen. Ich verspreche es.« Dann wandte sie sich mit einem Schluchzer ab. Connor zwang Maldonado, drei Terrassen hinabzusteigen, und half Helens Vater. Er brachte beide zu einem dunklen Versteck, kletterte wieder zu

Helen hoch, nahm sie an der Hand und lief mit ihr die Steinstufen hinunter.

»Hier entlang! Wir können unmöglich den Haupteingang nehmen. Maldonados Männer werden überall sein.«

Sie holten Connors Rucksack aus dem Versteck und liefen zehn Terrassen den steilen Berghang hinunter. Connor führte Helen an der Hand. So sprangen sie von Terrasse zu Terrasse. Sie rannte mit ihm über loses Geröll und an dornigen Sträuchern vorbei, und nur der Mond und die Sterne zeigten ihnen den Weg.

Vor ihnen lag ein leicht ansteigendes Feld und dann der Wald. Sie liefen über das freie Gelände, bis sie den Schutz des Waldes erreichten. Dort brach Helen keuchend zusammen.

Connor setzte sich neben sie. In ihren Augen war nur Qual.

»O, Gott, Evan. Was sollen wir machen?« fragte sie mit gebrochener Stimme.

Connor nahm ihre Hände. »Wir werden überleben. Und du wirst dein Versprechen halten. Wenn du ihn jemals wiedersehen willst, dann mußt du mit allem kämpfen, was du hast. Du kannst jetzt nicht zusammenbrechen. Verstehst du?«

Connor starrte ihr in die Augen und versuchte, seine eigene Panik vor ihr zu verbergen. Zunächst schien die Raserei stärker zu sein, doch dann kehrte sie langsam zu ihm zurück. Der Überlebenstrieb verdrängte den Wahnsinn ihres Schmerzes. Sie nickte. »Ja, ich verstehe.«

»Gut«, sagte Connor, der immer noch ihre Hände hielt. »Es gibt zwei Möglichkeiten. Ich schätze, daß uns noch eine halbe Stunde bleibt, bis sie Maldonado und seinen Killer vermissen. Dann wird erst einmal die Hölle los sein. Wenn wir schnell weiterkommen, haben wir eine Chance. Ich kenne einen Weg, von dem sie bestimmt nichts wissen, aber bis dorthin sind es mindestens drei Stunden. Vielleicht kommen wir gar nicht so weit. Andererseits werden sie wahrscheinlich davon ausgehen, daß wir in die andere Richtung geflüchtet sind, das ist unser Vorteil. Die zweite Möglichkeit: Wir versuchen, uns ein paar Tage, vielleicht eine Woche, hier zu verstecken, bis die Meute wieder abgezogen ist. Aber wenn man uns findet, sind wir tot.« Es klang gleichmütig, doch diesmal erkannte Helen in seiner scheinbaren Kälte den Wunsch, offen die Wahrheit zu sagen und die Emotionen in Grenzen zu halten.

»Ich glaube nicht, daß ich hier ruhig abwarten kann.«

»Na gut, dann fliehen wir.«

»Wohin?«

»Richtung Dschungel, zu einem Ort in der Nähe von Bcca Manu. Dort hat ein Freund von mir eine Hütte neben einer schmalen Landebahn. Er kauft und verkauft Flugzeuge. Wenn er eine große Maschine da hat, fliege ich uns nach Kolumbien.«

»Kannst du fliegen?«

»Habe ich in der Armee gelernt.«

Er sah die Zweifel in Helens Augen, den immer wieder auf-flackernden Schmerz. Er fragte sich, ob sie überhaupt weiter konnte, aber da sprang sie auf, und ihre Augen verhärteten sich, als hätte sie seine Sorgen erahnt.

»Los!« sagte sie.

Wie betäubt folgte sie ihm in schweigendem Einverständnis und kämpfte darum, wieder zu sich zu kommen, einigermaßen zu funktionieren, wie ein Unfallopfer, das wieder laufen lernt. Schritt für Schritt, vorsichtig, die Luft um sie herum erfüllt von ange-strengtem Keuchen. Der Tod, den sie hinter sich gelassen hatten, fühlte sich an wie der Widerhall eines fernen Erdbebens, das sie erschütterte und dann weiterzog. Connor rechnete ständig mit dem Tod. Es war ein Teil von ihm, so vertraut und doch so uner-gründlich wie das Leben selbst. Für Helen hingegen stellte die Tatsache, ihren Vater gefunden und gleich wieder verloren zu haben, selbst den Tod in den Schatten.

»Warum hat er das getan?« rief Helen heiser in die Nacht hin-aus. »Warum ist er geblieben?« Die Äste der Bäume zerkratzten ihr Gesicht, als sie durch den dichten Wald liefen. Das Blut ver-mischte sich mit ihren Tränen. Connor blieb stehen und nahm sie in den Arm. Er spürte, wie sie heftig atmete, als er sie an sich drückte. Er hielt sie fest, bis der Anfall vorbei war und sie wie-der gleichmäßig atmete. Dann ließ er sie langsam los und reich-te ihr seine Wasserflasche.

Helen trank gierig und starrte in die Dunkelheit, als wollte sie sie mit ihren Blicken durchbohren. Connor berührte sie leicht am

Arm, und sie brachen wieder auf. Die Stille erschien ihr so undurchdringlich wie Gefängnismauern. Seine Worte waren dazu bestimmt, sie abzulenken und sie am Leben zu halten.

»Mach es so wie ich, ganz leise. Wenn ich in Deckung gehe, folge mir. Wenn ich mich zu Boden werfe, dann leg dich neben mich. Wir müssen verhindern, daß man uns sieht, aber wenn wir nicht rechtzeitig in Deckung gehen können, müssen wir uns ganz normal verhalten und in jedem, dem wir begegnen, einen potentiellen Informanten sehen. Wir marschieren nachts, so weit wir kommen, und schlafen tagsüber.«

Sie nickte wortlos, während sie den Klang seiner Stimme einsog und ihr Bewußtsein mit seinen Worten füllte.

»Wir folgen dem Tal bis zum Dschungel auf dem Pfad, von dem so gut wie niemand weiß, bis wir zur Dschungelstraße kommen, die nach Cuzco führt. Dort geht es dann weiter. Vielleicht nimmt uns sogar ein Laster mit.«

»Und dann?«

»Wir müssen meinen Freund Álvaro finden, uns ein Flugzeug ausleihen und nach Kolumbien fliegen. In Bogotá gehen wir zur Botschaft. Sie werden uns wieder nach Großbritannien bringen.«

»Das klingt so einfach. Nur ein kleiner Spaziergang durch den Dschungel und über die grüne Grenze, dabei haben wir den peruanischen Geheimdienst auf den Fersen.«

»Es ist auch einfach. Entweder wir riskieren es, oder wir sterben.«

76

Sie marschierten durch die dunkle Nacht. Nach drei Stunden bogen sie in einen fast undurchdringlichen Dschungel ab, wo sie sich einen Weg durch das widerspenstige Gestrüpp bahnten und nach etwa vierzig Metern auf einen Pfad stießen.

»Ist das der Pfad, den angeblich niemand kennt?« fragte Helen.

»Ja«, antwortete Connor. »So, damit dürften wir unsere Chancen ein winziges bißchen verbessert haben.« Er brauchte nicht zu erwähnen, daß ihre Chancen nach wie vor überwältigend schlecht standen.

Allmählich dämmerte es.

»Eigentlich sollten wir uns jetzt, wo es hell wird, etwas ausruhen, aber am liebsten würde ich noch ein bißchen mehr Vorsprung rausholen«, erklärte Connor. »Wenn du noch kannst.«

»Ich kann noch«, antwortete Helen verbissen.

Als wollte er sie verhöhnen, glänzte der Himmel wie ein Diamant über den grünen Bergen. Eine sanfte Brise strich über ihre Haut. Helen spürte das Leben so stark wie noch nie zuvor. Der Schmerz schlug über ihr zusammen. Dreiundzwanzig Jahre Hoffen und Bangen. Endlich hatte sie ihren Vater gefunden und dann wieder verloren und seinen Kummer mit eigenen Augen gesehen. Diese Erfahrung hatte sie so aus dem Gleichgewicht gebracht, daß sie das Gefühl bekam, jeden Moment umzukippen. Doch sie ging weiter, Schritt für Schritt, und Connor war neben ihr und führte sie.

Lange Strecken haben etwas Hypnotisierendes. Der Körper mobilisiert bislang ungeahnte Kräfte und verfällt in einen befreienden Rhythmus. Sie gingen weiter durch die sengende, heimtückische Hitze des Tages. Wann immer es möglich war, hielten sie sich im Schatten der Bäume, doch gelegentlich mußten sie kahle Hügel und offene Felder überqueren. Weiter, immer weiter. Sie schrammten sich die Füße an den Steinen auf und stolperten. Immer weiter, dem unwiderlegbaren Rhythmus im Kopf folgend durch den Nebel der Erschöpfung. Am späten Vormittag war er ihnen in Fleisch und Blut übergegangen. Gedankenfetzen schwirrten ihr durch den leeren Kopf, Gespräche, die Jahre her waren und ihr jetzt nur bruchstückhaft einfielen. Sie erinnerte sich an Roddy, Wallace und Rankin. Ihre weichen, kraftlosen Gesichter gingen fast unterschiedslos ineinander über. Jedesmal wenn sie daran dachte, wie sie dick und fett in London im Sessel saßen, mußte sie lachen. Sie fragte sich, woher dieses wilde Lachen kam, das so rauh war und so dicht unter der Oberfläche saß. Es war wie eine Waffe, hart und scharf.

Schließlich führte Connor sie vom Pfad weg in den tiefen Wald. Zweige verhedderten sich in ihren Haaren und zerkratzten ihre Arme. Er blieb an einem kleinen Hügel stehen und suchte aufmerksam die Umgebung ab. Dann kramte er in seinem Rucksack

und nahm zwei Äpfel und eine Büchse Rindfleisch heraus. Sie
aßen und tranken klares Bachwasser dazu. Anschließend zog
Connor eine grüne Hängematte aus dem Rucksack hervor und
spannte sie zwischen zwei Bäume. Er half Helen hinein, und dann
lagen beide fest umschlungen da. Connor küßte sie. Sie sah ihn
mit traurigen Augen an und schloß sie dann vor der Welt. Der
Schlaf kam zu ihr wie ein Liebhaber.

Wenige Stunden später schreckte Helen auf. Sie sah sich
um, konnte aber im dichten Blattwerk ringsum nichts erkennen.
Im Gebüsch war es still. Ihre Augen suchten den Dschungel ab
und vergewisserten sich Stück für Stück, daß sich unter den hundert verschiedenen Grüntönen nicht der Umriß eines Menschen
verbarg. Ihr Atem normalisierte sich wieder. Sie drehte sich um
und sah den schlafenden Connor an. Seine Handflächen lagen
offen da. Er hatte unverhältnismäßig große Hände, wie Michelangelos David. Hart und rauh. Sie konnten sie zärtlich
streicheln oder mit einer Kraft an sich ziehen, die ihr alle Knochen brechen würde, wenn er es darauf anlegte, aber jetzt erschienen diese offenen Handflächen völlig schutzlos. Sein ganzes
Gesicht wirkte verletzlich: der leicht geöffnete Mund, die Falten
auf der Stirn, die sogar im Schlaf seine Augenbrauen zusam-
menzogen. Er konnte sich keine Fehler leisten. Jeder Fehler wäre
fatal.

Sie küßte ihn sanft auf die Stirn, löste sich aus seiner Umarmung und ging ein Stück in den Wald hinein, um zu pinkeln.

Als sie die Jeans wieder hochzog, erstarrte sie vor Schreck. Als
Echo dessen, was sie kurz vorher geweckt hatte, hörte sie höchstens zwanzig Meter entfernt mehrere Stimmen, die rasch miteinander sprachen. Wie eine Raubkatze schlich sie auf Zehenspitzen geräuschlos zu Connor zurück, der hellwach in der
Hängematte lag. Er warf Helen einen Blick zu, und sie verstand
seine Bedeutung und blieb reglos neben einem Baum stehen. So
verharrten sie wie Figuren in einem lebenden Bild, bis sich die
Stimmen entfernten und im leisen Zwitschern der Vögel, den
Geräuschen anderer Tiere und dem weichen Rascheln der Blätter ringsum untergingen. Auch nachdem sie nicht mehr zu hören
waren, rührten sie sich eine Viertelstunde nicht vom Fleck und

sprachen kein Wort. Erst dann hatten sie das Gefühl, wieder tief durchatmen zu können. Helen kletterte zurück in die Hängematte zu Connor.

»Glaubst du, es waren Maldonados Männer?«

»Nein, dafür waren sie viel zu laut. Das waren einfache Bauern, aber bestimmt hat man ihnen gesagt, daß sie die Augen offenhalten sollen. Ich weiß, wie man sich hier fühlt. Man glaubt, man sei ganz allein auf der Welt. Alles scheint so weit weg, so undurchdringlich. Eine Stunde im Dschungel und man meint, man sei unantastbar. Aber der Dschungel steckt voller Gefahren. Schlangen, fallende Äste, Taranteln, tausend Augen, die einen beobachten. Ich bin nicht der einzige, der sich hier auskennt. Maldonados Männer spinnen bestimmt schon ein tödliches Netz mit Hilfe von Dorfbewohnern, Waldbauern, Jägern, Mitgliedern des Geheimdienstes und Terroristen. Hier im Dschungel haben der MRTA und der Leuchtende Pfad ihre Schlupfwinkel. Ganz zu schweigen von den Narcos. Maldonado wird eine ordentliche Belohnung auf uns ausgesetzt haben. Bestimmt sind schon alle unterwegs und suchen uns.«

Helen sah zum grünen Licht des Himmels auf. »Eine psychopathische Schnitzeljagd. Können wir jetzt weitergehen? Ich glaube, ich kann nicht länger stillhalten.« Sie hatte das Gefühl, daß ihr Körper einen Adrenalinstoß nach dem anderen aushalten mußte. Connor schaute auf die Uhr. »Noch fünf Stunden. Wir brechen in der Dämmerung auf.«

Wie viele Wochen hatte er reglos wie ein Luchs dagelegen, gewartet und seine Umgebung beobachtet? Es war so viel einfacher, der Jäger zu sein als der Gejagte. Er zog Helen an sich. »Stell dir vor, du bist ein Baum, der leise schlummert.« So hielt er sie umarmt und wartete, bis sie wieder eingeschlafen war.

Er selbst lag wach neben ihr, still und angespannt. Als sie Stunden später aufwachte, kam er ihr vor wie ein kleiner Junge, der das Geheimnis entdeckt hatte, wie man mit dem Tod flirtete: so lebendig und doch jeden Augenblick auf das Ende gefaßt.

Die Dämmerung brach an. Die Vögel suchten sich einen Schlafplatz, murmelten gute Nacht und verstummten. Andere Tiere, die tagsüber aktiv waren, verkrochen sich im feuchten, von Laub bedeckten Boden oder versteckten sich im dichten Baldachin der

Bäume. Helen und Connor kletterten langsam aus der Hängematte. Connor löste sie von den Bäumen und packte sie ein. Dann
reichte er Helen die Wasserflasche. Sie trank ein paar Schlucke
und gab sie ihm zurück. Das Wasser war bräunlich und schmeckte stark nach Chemikalien, aber es beruhigte ihre Nerven angesichts der hereinbrechenden Nacht. Danach gab Connor ihr einen
Müsliriegel, den sie mit zwei Bissen herunterschlang.

»Du könntest Monate hier draußen überleben«, sagte er, als er
ihre Gedanken las. »Mit deinen Kurven.«

»Und du?« fragte sie. »Mit deinem harten muskulösen Körper? Wie würdest du überleben?«

»Ich würde dich auffressen«, sagte er und kam begehrlich
näher, »und hiermit anfangen.« Sie unterdrückte ein Lachen, als
er begann, an ihrer Brust zu saugen.

»Spar deine Kräfte. Möglich, daß du mich noch vor Tagesanbruch tragen mußt«, sagte sie grinsend.

Sie setzten ihren Weg durch die dunkle Nacht fort. Connor
ging voran und suchte sich langsam seinen Weg durch das dichte Gestrüpp. Jedesmal, wenn die Dornen ihn blutig kratzten, hörte sie, wie er scharf Luft holte.

»Können wir nicht deine Taschenlampe benutzen? Hier kann
uns doch bestimmt niemand sehen.«

Connor schüttelte den Kopf, und Helen dachte an Maldonados
Männer, die um sie herum ausschwärmten.

»Trainiere deine Augen«, sagte Connor. »Stell dir vor, die Dunkelheit wäre voller Lichtlöcher, dann kannst du dich vorantasten.
Versuch mit Bewußtsein zu sehen.«

Allmählich gewöhnten sich ihre Augen an die Dunkelheit. Sie
hatte das Gefühl, durch einen dunklen Pool zu schwimmen. Das
Wasser kräuselte und beruhigte sich dann wieder hinter ihr, bis
alle Spuren ihrer Anwesenheit verwischt waren.

Nach einer Stunde verließen sie den dichten Urwald und gingen auf sandigen Wegen oder über offene Felder weiter. Der Himmel über ihnen war riesig und klar. Sie marschierten im Ster-
nenlicht. Die Nacht war erfüllt vom Duft der Eukalyptusbäume,
die ihren Weg säumten. Ihre Blätter leuchteten jetzt kupfern im
orangefarbenen Licht des Mondes, der über einer Wolkenbank
aufging. Sie gingen schweigend, wie hypnotisiert von der Schön-

heit der Nacht. Alles, was sie hörten, war der Rhythmus ihrer Schritte und sporadisches Hundegebell, das die Stille der Nacht unterbrach.

Plötzlich ging es bergab. Sie stolperten durch die Dunkelheit, bis sie zu einer weiten Ebene gelangten. Hohes Gras wogte im Wind. Sie bewegten sich wie durch eine Traumlandschaft. In der Erinnerung an Träume gibt es keine Töne, nur Bilder. Wenn sie jemals heil hier herauskam, dachte Helen, würde sie diese Nacht als die eines anderen in Erinnerung behalten, denn sie selbst würde die Stille und Schönheit des mondbeschienenen Grases, das sich wie ein stilles Meer um sie herum bewegte, oder die silbernen Bergspitzen, deren Blick ihnen folgte und über sie hinausging bis zu den geheimnisvollen Weiten des Amazonas, niemals wieder so zurückrufen können. Sie gingen Seite an Seite, wie verzaubert. Sie fragte sich, was sie so lebendig machte, daß sie den Atem der Nacht spüren konnte, obwohl die Wunde, die der erneute Verlust ihres Vaters gerissen hatte, nicht aufhören wollte zu bluten. Schmerz, Sehnsucht, Verzweiflung und Angst spukten wie Gespenster um sie herum. Hin und wieder kamen sie so nahe, daß Helen Angst hatte, zu ersticken. Nur die kleine Hoffnung, daß sie überleben würde, und der seltsame Zauber der Nacht hielten sie in Schach. Helen sah Evan an und wußte, daß er genauso fühlte, denn in seinem Blick spiegelte sich dasselbe Wunder.

»Glaubst du, daß wir wieder so einen Mond sehen werden?« fragte sie.

»Wo würdest du ihn gerne sehen?«

»In den Marlborough Downs, ein paar Meilen von Dais Haus entfernt. Auf dem höchsten Punkt gibt es einen kleinen Hain mit fünf Rotbuchen. Dort möchte ich ihn sehen. In einer Mittsommernacht.«

»Dann will ich dort mit dir sein.« Connor lächelte und griff nach ihrer Hand. So wanderten sie durch das Gräsermeer. Sie brauchten die ganze Nacht, um die Ebene zu überqueren. Als es hell wurde, suchten sie sich einen versteckten Schlafplatz und lagen den ganzen Tag in der heißen Luft, die vom Dschungel zu ihnen aufstieg.

77

Helen und Connor erwachten im Schutz eines Gebüschs oberhalb des Regenwaldes. Helen sah auf den Baldachin herab, eine unentwirrbare Masse von Blättern, die sich bis zum Horizont ausdehnte. Die Sonne ging wie eine glühende Orange über dem endlosen Grün unter. Bald würden sie wieder aufbrechen müssen. Seit zwei Tagen waren sie auf der Flucht. Helen spürte, wie ihr von der Anspannung und den Strapazen der Flucht geschwächter Körper immer schneller ermüdete und fragte sich, wie lange sie noch durchhalten würde.

Sie sah Evan an und drückte sanft seine Hand. Er warf ihr einen fragenden Blick zu. Er strahlte ein solches Vertrauen aus, wenn er schweigend auf ihre Frage wartete und bereitwillig antwortete, egal, was sie wissen wollte. Er verzog keine Miene, war kein bißchen ungeduldig, wenn sie sich ausruhen mußte, und gab ihr wie selbstverständlich immer die besten Stücke zu essen. Angst merkte man ihm nicht an, nur eine grenzenlose Gelassenheit.

»Werden wir es bis Kolumbien schaffen?«

Diese Frage hatte er nicht erwartet, und die Überraschung flackerte kurz in seinen Augen auf, doch er lächelte und antwortete: »Ja, natürlich werden wir es schaffen.«

»Wie stehen unsere Chancen wirklich?«

Ein zweites Mal konnten sich seine Augen nicht so schnell verstellen. Er wußte, daß sie sein Zögern bemerkt hatte.

»Mach dir keine Sorgen«, sagte er. »Ich hab' schon immer hoch gepokert, und es wäre nicht das erste Mal, daß ich dem Schicksal ein Schnippchen schlage.«

Ihre Augen glänzten in dem schmutzigen Gesicht. Connor hatte sie noch nie so begehrt. Er unterdrückte sein Verlangen. Für die kommenden Strapazen würde Helen auch die letzte Energien mobilisieren müssen. Er drückte ihren Kopf an seine Brust, strich ihr übers Haar und hielt sie fest, während sie im ausklingenden Tag noch einmal einnickte.

Eine Stunde später verließen sie die Ebene und kletterten dreihundert Meter abwärts, durch vereinzeltes Gestrüpp, das sich zu Buschwerk und später auch zu Bäumen verdichtete. Je tiefer sie kamen, um so üppiger erschien ihnen die Vegetation. Die Bäume waren doppelt so hoch wie zuvor, und der Dschungel wurde so unwegsam, daß sie nur noch schleppend vorwärts kamen. In dem undurchdringlichen Dickicht aus Laub und Unterholz konnten sich zahllose aufmerksame Gesichter verstecken. Helen lief es kalt über den Rücken, als sie sich vorstellte, daß der Leuchtende Pfad oder der SIN irgendwo auf der Lauer lag und ihre Ankunft erwartete.

Connor war auf der Hut, wie immer. Alle zehn Minuten blieben sie stehen, und er lauschte. Hinter jeden knackenden Ast, jeder schattenhaften Bewegung konnten ihre unsichtbaren Verfolger stecken. Seine Wachsamkeit ließ nicht nach. Sein scharfer, ständig forschender Blick hielt das Phantom der Verfolger am Leben.

»Glaub ja nicht, daß sie nicht da sind, nur weil wir sie nicht sehen. Sie sind uns auf den Fersen, vielleicht haben sie sogar schon unsere Spur aufgenommen. Sie werden an allen strategischen Punkten auf uns warten. An den Brücken, entlang der Straße nach Cuzco, an den Startbahnen«, erklärte Connor. »Sie wissen, daß wir früher oder später auftauchen müssen, wenn wir noch leben. Sie brauchen nur Posten zu beziehen und abzuwarten.«

»Wie wollen wir dann an ihnen vorbeikommen?« fragte Helen. Ihre Augen blitzten vor Zorn, denn trotz der Aussicht auf den nach seiner Logik sicheren Tod blieb er vollkommen ruhig. »Habe ich irgend etwas übersehen?«

»Wir müssen besser sein als sie. Wir müssen so denken wie sie und dazu noch klüger sein. Schneller und nicht nur leiser, sondern völlig geräuschlos. Wir müssen den Schutz der Nacht, des Windes und des Dschungels ausnutzen und beten, daß wir Glück haben. Und unser Überlebenswille muß stärker sein als ihr Wunsch, uns zu töten.«

Ja, darauf lief es hinaus, dachte Helen mit jedem Schritt, der sie tiefer in dieses Reich der Angst und Erschöpfung hineinführte. Der Überlebenstrieb war wie eine leidenschaftliche Liebe. Kein Weg war zu weit.

Stunde um Stunde marschierten sie durch die Nacht. Um vier Uhr früh, nach einem neunstündigen Marsch, merkte Helen, daß Connor stehenblieb und nach etwas suchte, das nichts mit ihren Verfolgern zu tun hatte. Er konsultierte seinen Kompaß, untersuchte einige große Felsen, die ihren Weg kreuzten, und änderte dann mehrmals die Richtung, in der sie gingen.

»Wonach suchen wir?« wollte Helen wissen.

»Nach einem alten Inkapfad, den ich mit einigen Forschern entdeckt habe, als wir nach Paititi suchten. Vorsicht!« Connor führte sie durch ein besonders dorniges Gestrüpp, das blutige Kratzer in ihr Gesicht ritzte. Schließlich kamen sie an einem schmalen Pfad heraus, der offensichtlich vor nicht allzu langer Zeit freigerodet worden war. Unter dem Laub konnte man die Steinplatten gerade erkennen.

Helen wischte sich mit einem schmutzigen Taschentuch das Blut vom Gesicht.

»Was ist Paititi?«

»El Dorado, die verlorene Stadt aus Gold. Die letzte Zuflucht der Inkas. Im Jahre 1536 begehrten sie gegen die Konquistadoren auf und zogen sich nach Vilcabamba im Dschungel zurück. Dort harrten sie noch fünfunddreißig Jahre aus, bis sie schließlich ganz unterworfen wurden. Danach holte sich der Dschungel Vilcabamba wieder zurück, und die Stadt ging verloren. Angeblich birgt sie riesige Goldschätze, die von den Konquistadoren nie gefunden wurden.«

»Und du – hast du sie gefunden?«

Connor lächelte. »Tausende sind auf der Suche nach dem Gold umgekommen. Eine Legende besagt, daß es von verstoßenen Kriegern des Machiguenga-Stammes bewacht wird. Von Psychopathen.«

»Das ist ja sehr ermutigend«, sagte Helen, zupfte sich eine schwarzgelbe Spinne aus dem Haar und fragte sich, ob sie wohl giftig war. »Hat denn irgend jemand, der die Stadt gesehen hat, überlebt?«

Connor blies die Spinne von der Spitze ihres Fingers. »Sieht gefährlich aus, ist aber harmlos.« Er sagte lieber nicht, daß es eine kleine Tarantel gewesen war.

»Es gibt jede Menge Geschichten über Leute, die sich verirrten und einschliefen und später in einem goldenen Tempel wieder aufwachten. Dort nahmen sie dann irgend etwas mit – ich habe von der Hand eines Kindes aus Gold gehört – und kehrten in den Dschungel zurück. Aber Paititi war unauffindbar, egal wie sehr sie sich anstrengten. Für die meisten endete die Suche mit dem Tod.«

»Also liegt ein Fluch über Paititi, genau wie über den Gräbern von Moche?«

»Schon möglich. Auf Guarani, einer der Dschungelsprachen, heißt Paititi soviel wie Angst, Schwermut, Leid.«

»Vielleicht ist es also gar nicht schlecht, wenn du die Stadt nicht gefunden hast. Wo soll sie denn liegen? Irgendwo in der Nähe?«

»Angeblich liegt sie irgendwo zwischen Machu Picchu und Manu, mitten im Dschungel in etwa fünfhundert Meter Höhe. Das könnte überall hier in der Gegend sein.« Connor lächelte. »Wer weiß, vielleicht stolpern wir sogar darüber, gerade weil wir sie nicht suchen.«

»Und lassen uns von den Psychopathen der Machiguenga umbringen. Immerhin wäre dieses Ende poetischer, als hinterrücks von Maldonados Leuten abgeknallt zu werden.«

Helens Gedanken kehrten wieder zu ihrem Vater zurück. Sie versuchte, sich ihn in der Hitze des Dschungels vorzustellen, fragte sich, ob auch er diesen Pfad genommen hatte, auf der Suche nach Paititi, auf der Jagd nach Legenden, während sie selbst in ihren Träumen zu Hause auf der Jagd nach ihm gewesen war. Sie hatte fast das Gefühl, seine Augen dort in der Dunkelheit glühen zu sehen.

Er wird mich nicht töten. Wir kennen uns schon so lange, hatte er von Maldonado gesagt. Die Sehnsucht in ihr wuchs. Sie dachte an die Szene in Machu Picchu, als sie ihren Vater angefleht hatte, dachte an den Klang seiner Stimme, den kurzen Augenblick, als sie ihn an sich drückte. An seine von Schmerz und Liebe gezeichneten Augen. So gut, so selbstlos, so mutig. Hatte er sein Leben für sie gegeben, als er beschloß, auf Maldonado aufzupassen? War das die einzige Art der Buße, die er leisten konnte? Sich für sie zu opfern, nachdem er sie dreiundzwanzig Jahre im Stich gelassen hatte? Die Grausamkeit dieser Vorstellung war fast unerträglich. Sie hatte das Gefühl, an ihrer Trauer zu ersticken. Am liebsten hätte sie sich auf dem Boden ausgestreckt und dem Wahnsinn überlassen. Doch ihr Überlebenstrieb rüttelte sie unsanft wieder wach. Ihr Tod würde nichts lösen, höchstens ihrem Vater das Herz brechen, wenn er überlebte. Und Evan verraten. Er hatte mit jedem Schritt, den er neben ihr ging, sein Leben für sie aufs Spiel gesetzt. Er hätte schon längst kehrtmachen und sie allein lassen können. Er hätte sie im Stich lassen können, als sie ihn angeschrien und weggeschickt hatte, aber er war zurückgekommen, und jetzt rettete er ihr das Leben. Wohin hätte sie in dieser Wildnis auch laufen sollen ohne seine Hilfe? Wie konnte sie ohne Evan das Versprechen einhalten, ihren Vater wiederzusehen? Trotz ihres Schmerzes fühlte sie, wie die Liebe und Bewunderung, die sie für ihn empfand, immer größer wurden.

»Die Wildnis macht dir überhaupt keine Angst, nicht wahr?«

»Ich weiß, was ich essen kann und was nicht. Wo ich Wasser finde, worauf ich achten muß. Ich weiß, wie man hier draußen überlebt. Für andere ist es der schrecklichste Ort auf der Welt. Man sieht nur Blätter und Bäume und nie weiter als zehn Meter, bis man zu einem Fluß kommt. Manche Leute bekommen Platzangst und drehen durch. Andere empfinden gar nichts im Dschungel. Für mich ist er so etwas wie ein Freund. Hier vergesse ich, daß die Außenwelt existiert. Das hier ist meine Welt. Die Zeit scheint aufgehoben, als sei man unsterblich, aber vielleicht liegt es nur daran, daß man alle Sorgen vergißt. Ich habe hier ein unglaubliches Gefühl von Ruhe.«

»Das hört sich an, als wolltest du den Dschungel beschützen.«

»Will ich auch. Für mich ist er so etwas wie ein Paradies. Es gibt über fünf Millionen verschiedene Tier- und Pflanzenarten, von denen mindestens zehn Prozent der Wissenschaft völlig unbekannt sind. Kannst du dir vorstellen, wieviel es da noch zu entdecken gibt? Man hat aus der Rinde eines Baumes ein unglaubliches Medikament gegen Entzündungen mit dem Namen *uña de gato* entwickelt, Katzenklaue. Es wird bei der Behandlung von Rheuma, Arthritis, Aids und Krebs angewendet. Wahrscheinlich wird es das Medikament des Jahrhunderts. Und gleichzeitig wird jedes Jahr ein Gebiet von der Größe der Schweiz niedergeholzt und zerstört.«

Um sechs Uhr morgens spannte Connor die Hängematte zwischen zwei Ficusbäume. Er gab Helen eine Packung Erdnüsse, sei-

ne Wasserflasche, die noch zu einem Drittel voll war, eine halbe
Pfefferschote und drei Schokoriegel. Er selbst trank nur etwas
Wasser und aß die andere Hälfte der Pfefferschote. Dann pflückte er zehn Feigen, die er sorgfältig in entkeimtem Wasser wusch
und unter ihnen aufteilte. Ein erbärmliches Mahl. Er fragte sich,
wie lange Helen noch durchhalten würde. In den fünfzig schrecklichen Stunden, seit sie auf der Flucht waren, hatte sie sich besser gehalten, als er angesichts ihrer dürftigen Mahlzeiten und der
zermürbenden Angst, die jeden anderen gelähmt hätte, erwartet
hatte.

Eng umschlungen schliefen sie ein. Connor hätte lieber Wache
geschoben, aber er wog ab und beschloß, das Risiko einzugehen.

Fast zwölf Stunden später wachte Helen auf. Ihr Körper schmerz-
te, und ihre Stimme war heiser vor Durst. Connor gab ihr den
Rest aus der zweiten Flasche, fünf Feigen und eine weitere
Packung Erdnüsse.

Sobald es dunkel wurde, brachen sie auf. Connor führte Helen
vom Pfad weg in den dichten Dschungel.

»Wir brauchen Wasser. Irgendwo hier in der Nähe gibt es einen
Bach, wenn ich mich recht entsinne.«

Der Dschungel wehrte sich gegen ihr Eindringen, die Wurzeln
schienen sich verschworen zu haben, sie zu Fall zu bringen. Helen
hatte das Gefühl, die Orientierung zu verlieren. Ihr Körper zitterte vor Angst.

»Was hast du?« fragte Connor und hielt sie am Arm fest.

»Hier ist alles so unübersichtlich. Vier falsche Schritte und man
hat sich verirrt.« Sie sah sich bereits in einer Falle von Dornen
und Schlingpflanzen gefangen, wenn Connor nur für einen kurzen Augenblick in der Dunkelheit verschwand.

Connor blieb stehen. »Du wirst dich nicht verirren. Ich bin da.
Ich kenne den Dschungel, und ich weiß, wie man rauskommt.«
Er drückte sie an die Brust und hielt sie fest, bis er spürte, daß
die Angst ihren Körper verließ. Er saugte ihren Schmerz und ihre
Ängste in sich auf. Connor wußte, daß seine Maske aus Selbstvertrauen niemals Risse zeigen durfte. Er war vom SAS dazu
trainiert worden. Flucht, Untertauchen, Überleben im Dschungel. Man hatte ihm beigebracht, seinen Männern alle Ängste und

Sorgen zu nehmen, aber Helens Qual durchbrach seine Verteidigungslinien. Trotzdem versuchte er, den Ansturm seiner eigenen Gefühle zu unterdrücken und sich auf das Überleben zu konzentrieren.

Sie marschierten weiter, Helen hatte sich wieder beruhigt. Nach zwanzig Minuten kamen sie zu einer großen Lichtung mit einem kleinen von lehmfarbenen Mauern umgebenen Brunnen im Vordergrund. Sie tranken den Rest des Wassers aus. Danach füllte Connor die Flaschen wieder auf und warf die Entkeimungstabletten hinein. Sie ruhten sich noch eine Weile im Zwielicht aus und lauschten den leisen Geräuschen der Tiere, die sich einen Schlafplatz suchten.

Plötzlich zerriß ein lautes Kreischen die Luft. Helen hob den Kopf und sah ein Arapärchen, das über sie hinwegflog und auf der Lehmmauer landete. Dann beobachteten sie, wie ein weiteres Paar dazukam, und noch eins, und innerhalb von Minuten hörte man überall das Kreischen der Aras, und die Luft war erfüllt vom Rot, Türkis, Gold und Grün ihres Gefieders.

»Sie kommen, um den Lehm zu picken«, erklärte Connor. »Es gibt eine schöne Legende darüber, wie die Aras zu ihren Farben kommen. Die blauen baden in einem See, der keinen Zufluß hat. Die roten baden im Blut eines Neugeborenen aus dem Kadiueu-Stamm. Die braunen baden im Schlamm. Die grünen reiben sich am Laub, und die weißen sind diejenigen, die sich nie vom Fleck rühren.«

Das Bild Hunderter von Papageien in allen Farben des Waldes, die über der Silhouette des Dschungels in den Sonnenuntergang flogen, und ihr lautes Kreischen würden Helen für immer in Erinnerung bleiben.

78 Nach einer Weile gelangten sie auf einen Waldweg. Connor blieb stehen, sah sich nach allen Seiten um und lauschte aufmerksam.

»Die Dschungelstraße nach Cuzco. Jetzt werden wir schneller vorankommen, aber du mußt immer darauf vorbereitet sein, in Deckung zu gehen.«

Helen nickte. Connor übernahm die Führung und legte ein ziemliches Tempo vor. Wie üblich ging er schweigend mit langen Schritten voraus. Die Nacht war schwül. Vier Stunden lang marschierten sie wie in Trance am Rand der vom dichten Dschungel gesäumten Straße. Ihre Füße rutschten auf dem schlammigen Untergrund aus. Grillen zirpten. Insekten schwirrten um ihre Köpfe und tranken ihr Blut. Der Schweiß lief ihnen über den ganzen Körper. Sie hörten und sahen nichts, nur den Weg vor ihnen.

Plötzlich blieb Connor stehen und horchte. Dann machte er Helen ein Zeichen, in Deckung zu gehen. Sie spürte den grausamen Schauer von Angst und lief ins Gebüsch. Sie war wie gelähmt vor Schrecken. Sie wollte rennen, weg von der Straße, nur weg. Alle Instinkte waren in Aufruhr.

Zu ihrer Linken hörte sie etwas rascheln und dann lautes Krachen im Gebüsch. Plötzlich sprangen zwei Männer auf die Straße. Sie sah Metall aufblitzen. Zwei Pistolen waren auf sie gerichtet. Connor hatte sich umgedreht und war auf sie zugelaufen, dann aber wie erstarrt stehengeblieben, als er sah, wie man auf sie zielte. Zwei weitere Männer tauchten von links auf und kamen näher, die Waffen auf Connor gerichtet. Sie unterhielten sich hastig auf Spanisch, ihre Stimmen klangen erregt. Helen wollte irgend etwas tun, wild um sich schlagen, aber sie wußte, daß es diesmal zwecklos war, sich gegen das Schicksal aufzulehnen. Connor sah ihr in die Augen. Sie erwiderte den Blick mit einem unendlich süßen und bedauernden Lächeln. Connor kochte vor Wut, doch in den wenigen Sekunden, die sie ihn ansah, beobachtete sie, wie sein Zorn völlig verrauchte. Und plötzlich erkannte sie das Gesicht, das sie anstarrte, nicht mehr wieder.

»Wer zum Teufel seid ihr?« fragte eine vor Wut gedämpfte Stimme mit amerikanischem Akzent. Ein großer Mann mit breiten Schultern kam auf sie zu. Er trug wie alle anderen Tarnkleidung und eine schwarze Mütze, die Kopf und Hals bedeckte und nur das Gesicht freiließ.

In den Augen der anderen Männer blitzten Wut und eine seltsame Ungeduld auf.

»Kann euch egal sein. Laßt uns einfach vorbei, und kümmert euch um euren Mist.«

Einer der Männer, der bei Helen stand, machte eine verächtliche Geste und setzte ihr den Lauf an die Schläfe.

»Ich habe gefragt, wer zum Teufel ihr seid?« wiederholte der Amerikaner.

Nach allem, was Connor wußte, würde seine Antwort sie entweder sofort das Leben kosten oder aber ihnen die Freiheit bringen.

»Sagen wir einfach, gute Freunde von Blair O'Patrick.«

Der Amerikaner musterte Connor. »Gehörst du zu den Briten?«

»Zum Regiment, wenn ihr es genau wissen wollt.«

»Und wer zum Teufel ist das?« fragte der Amerikaner und zeigte auf Helen.

»Ein weiblicher Offizier. Truppenübung.«

»Das sagst du. Kannst du es auch beweisen?«

»Wie hätte ich sonst O'Patricks Namen wissen können?«

»Nenn mir einen weiteren Namen!«

»Gus Jamieson«, sagte Connor, »aber den kennst du vielleicht nicht. Er gehört nicht zu den oberen Rängen.«

Der Amerikaner machte auf dem Absatz kehrt und ging in den Dschungel, um mit Männern zu sprechen, die sich dort versteckt hielten, wie Connor wußte. Nach einer nervenzermürbenden Ewigkeit kam er zurück.

»Du hast Glück, Freundchen. Nimm dein Mädchen und sieh zu, daß ihr hier so schnell wie möglich verschwindet. Und wenn ihr das nächste Mal auf Truppenübung geht, sorg gefälligst dafür, daß euer verdammter CO uns informiert.«

Die Männer, die auf Helen gezielt hatten, zogen sich mit bedauernden Blicken zurück.

»Wir sind schon unterwegs«, sagte Connor und drehte sich um. Helen zwang ihre Beine, ihm zu folgen. Sie ging an dem großen Amerikaner vorbei. Er war so nah, daß sie fast sein Gesicht berührte. Wahrscheinlich roch er den kalten Angstschweiß, den ihre Haut verströmte.

Schritt für Schritt folgte sie Connor durch die dunkle Nacht. Ihre Arme waren wie gelähmt vor Panik, sie konnte sie nicht einmal ausstrecken und Connors Rücken berühren, um sich zu beruhigen. Aber solange sie gehen konnte, war sie noch am Leben.

Ihr Rücken schmerzte. Noch eine Stunde später zitterte er bei der Vorstellung, wie ihr eine Kugel das Schulterblatt zertrümmerte.

Connor blieb stehen. Er nahm die Flasche aus dem Rucksack und reichte sie ihr. Sie nahm sie mit zittrigen Händen, und schließlich fand sie auch ihre Stimme wieder.

»Wer waren diese Leute? Und wieso haben sie uns gehen lassen.«

»DEA«, antwortete Connor. »Sie haben einen Hinterhalt gelegt, und wir sind mitten hineingeplatzt. Ich wußte, daß irgend etwas nicht in Ordnung war. Ich konnte es förmlich riechen, und trotzdem sind wir reingeschlittert.«

Helen berührte seinen Arm. »Woher wußtest du, daß es die DEA war?«

Er schob ihre Hand weg. »Es ist mein Job, das zu wissen. Wir können froh sein, daß wir zum Reden gekommen sind und sie uns nicht sofort über den Haufen geschossen haben.« Er verfluchte sich selbst, weil er ihr keine Angst hatte einjagen wollen. Sie antwortete ruhig.

»Man hat uns aber nicht über den Haufen geschossen, und du hast das Richtige gesagt, was immer damit gemeint war. Wir sind noch mal davongekommen.«

»Ich habe ihnen den Namen eines ranghohen Undercover-agenten der DEA genannt. Nur Eingeweihte oder vielleicht ein Drogenboß würden ihn kennen.«

»Hätten wir sie denn nicht bitten können, uns zu helfen? Daß sie uns in die amerikanische Botschaft bringen, zum Beispiel?«

»Das wäre nicht einfach gewesen. Möglich, daß auch Peruaner bei dieser Aktion mitmischen, und sie könnten von Maldonado benachrichtigt worden sein. Ich hoffe, daß sie schon längere Zeit hier oben sind und sich auf ihren Einsatz konzentrieren. Ich glaube nicht, daß sie von Maldonado wissen, sonst hätten sie uns nicht entkommen lassen, aber sie werden es bald erfahren, und dann werden sie berichten, daß sie uns gesehen haben. Bestimmt geben sie dann auch unsere letzte Position durch. Wir müssen jetzt verdammt schnell sein.«

»Wie weit ist es noch bis zu deinem Freund?«

»Zwanzig Stunden Fußmarsch, vielleicht auch mehr. Bis dahin dürfen wir uns nicht mehr ausruhen.«

Sie spürte, wie die Erschöpfung an ihr nagte. Sie nahm ihm die Wasserflasche ab und trank ausgiebig. Dann gab sie sie ihm mit einem Lächeln zurück.

»Dann nichts wie los.«

79 Diesmal rasteten sie nicht, weder am Abend noch am Morgen. Connor gab das Tempo vor und zog Helen wie an einem unsichtbaren Faden hinter sich her.

Die Luft wurde zäh und schwer. Klebrig wie Honig floß sie durch ihre Lungen. Nachdem sie fünfzehn Stunden ununterbrochen marschiert waren, begann Helen zu halluzinieren. Im Geiste sah sie sich plötzlich in einem fernen, unwirklichen Ort namens London. Er existierte nur in ihren Gedanken. Jedes Geräusch wurde vom beschützenden Wald aufgesogen, und man konnte in keine Richtung weiter als fünfzehn Meter sehen. Die Luft war erfüllt vom Geschrei der Aras und dem spöttischen Kreischen der Affen. Die Vögel konnten fliegen, sie waren Gesandte, Boten, ihre Schreie erzählten von der Welt draußen, vom Wissen. Die Affen dagegen kreischten nur hysterisch, als litten sie an einer Art Treibhausklaustrophobie. Sie lebten in den Wipfeln der Bäume und wagten sich nur selten in Bodennähe. Für sie war das Blätterdach des Dschungels so weit und unermeßlich wie das Meer. Wenn sie sich friedlich von Ast zu Ast schwangen, waren es wunderschöne, anmutige Wesen, wenn sie aber anfingen zu schreien, verlor Helen fast den Verstand. In ihren Ohren klang es wie splitterndes Glas, Scherben von Wahn und Zerstörung. Dann wäre sie am liebsten mitten im Wald stehengeblieben und hätte zurückgeschrien.

Ihr Vater erschien ihr als lebender Alptraum und verlor sich dann wieder in Halluzinationen, so wie ihre Trauer und Sehnsucht in der Erschöpfung untergingen.

Am Mittag legten sie eine Rast ein. Die Hitze raubte ihnen den Atem, ihre Kleider waren naßgeschwitzt, und sie konnten kaum noch etwas sehen. Connor trank einen Schluck Wasser und überließ Helen den Rest. Zu essen gab es nichts mehr. Dann nahm er eine kleine Packung Kokablätter aus dem Rucksack, die er für den Fall aufgehoben hatte, daß ihnen der Proviant ausging und die Müdigkeit sie übermannte. Er gab Helen eine kleine Handvoll.

»Danke.« Sie nahm die Blätter und verzog das Gesicht bei dem bitteren Geschmack. Sie sah Connor an. Er wirkte müde, aber gefaßt. Helen spürte die Erschöpfung, die nun in Wellen über sie hereinbrach.

»Wie weit noch?«

»Sieben Stunden, dann sind wir in Shintuya. Da endet die Straße. Kurz davor müssen wir über den Fluß, und dann ist es noch eine Stunde bis zur Villa Carmen.« Als Connor sie an sich zog, spürte sie, daß sie taumelte.

»Wir haben's bald geschafft, Helen. Du schlägst dich prima. Ich kenne keine andere Frau, die dazu fähig wäre. Und selbst manche Spezialisten aus der Army hätten hier ihre Schwierigkeiten.«

»Besser als sterben.«

Sie ruhten eine halbe Stunde aus, dann marschierten sie weiter. Nach einigen Stunden hörten sie das erste Fahrzeug. Das Dröhnen war meilenweit zu hören. Sie hatten eine Menge Zeit, im dichten Dschungel Deckung zu suchen, sich flach auf die Erde zu legen und das schmutzstarrende Gesicht und die funkelnden Augen zu verstecken. Mehr Fahrzeuge fuhren vorbei. Dann wurde es Nacht, und ihre Scheinwerfer schlängelten sich über die staubige Straße. Jedesmal, wenn ein Wagen an ihnen vorbeifuhr, hatte Helen das Gefühl, daß ihre Insassen sie anstarrten.

»Wir müssen hier ein wenig vorsichtig sein, Hel.« Bei der Untertreibung grinste sie. »Wir kommen jetzt in die Nähe eines strategischen Punktes.«

»Wohin?«

»Nach Shintuya, etwa vier Meilen vor uns. Sobald ich eine Lücke finde, müssen wir durch den Dschungel weitergehen.« Connor sah sie an. Sie kämpfte gegen die Erschöpfung an. Auf der Straße kamen sie viel leichter voran als im Dschungel, dafür war es um ein Vielfaches gefährlicher. Trotzdem blieb er so lange auf der Straße, bis er das Risiko nicht mehr verantworten konnte.

Schließlich drangen sie in den Dschungel ein und bahnten sich einen Weg durch das dichte Unterholz. Drei- oder viermal stürzte Helen und rappelte sich wieder auf, bevor die Vegetation abnahm und sie einen Hügel hinabstiegen. Die Luft wurde frischer, und dann entdeckten sie den Fluß.

Er war riesig und schimmerte schokoladenbraun im Mondlicht. Das Wasser floß rasch und leicht dahin. Hin und wieder trieb ein großer Baumstamm mit, dessen Äste sich flehend zum Himmel reckten, als würden sie um Rettung bitten.

»Wir brauchen ein Kanu«, flüsterte Connor. »Ein paar Meilen weiter liegt ein kleines Dorf der Piru. Vielleicht setzen sie uns über.«

»Können wir ihnen trauen?«

»Den Piru? Sie werden dich anstarren und kichern, vor allem die Kleinen, und dann werden sie uns helfen.«

Eine Stunde später fanden sie das Dorf. Helen sah auf das leuchtende Zifferblatt ihrer Uhr. Acht. Sie waren seit sechsundzwanzig Stunden auf den Beinen und hatten sich weniger als eine Stunde ausgeruht. Sie legte Connor die Hand auf den Rücken. Er blieb stehen und drehte sich um.

»Evan, ich glaube, ich kann nicht mehr.«

»Schon gut«, sagte er sanft. »Wir sind gleich da. Wir nehmen uns ein Kanu, überqueren den Fluß, und dann ist es nur noch eine Stunde. Entweder steigen wir dann in ein Flugzeug, oder wir ruhen uns aus. Ich verspreche es dir.«

Connor wollte nicht in die Nähe des Dorfes, doch den Fluß schwimmend zu durchqueren kam nicht in Frage. In ihrem Zustand wäre Helen in den wirbelnden Fluten sofort untergegangen.

Einen Moment schloß Helen die Augen, ihr Körper flehte sie an, sich auf den Boden zu legen und einfach einzuschlafen. Sie hatte das Gefühl, vor Erschöpfung zu sterben, als würden alle Kräfte sie verlassen und sie leer zurücklassen. Sie beschwor die Erinnerung an ihren Vater, erinnerte sich an ihr Versprechen. Dann zwang sie sich, die Augen wieder zu öffnen, sah Connor, schöpfte Kraft aus seiner Liebe und folgte ihm, bis sie zu einigen Hütten mit Strohdächern gelangten. Im Schutz des Dschungels hielt Connor an und hockte sich hin. Helen legte sich neben ihn und schlief sofort ein. Connor wartete eine halbe Stunde, um das Dorf zu beobachten, dann weckte er sie auf.

»Ich werde ins Dorf gehen und uns ein Kanu besorgen. Ich bin gleich wieder da. Schlaf nicht ein, du mußt Wache halten.«

Helen nickte und wischte sich über die Augen, um wach zu bleiben. Connor küßte sie auf die Wange und ging auf eine der Hütten zu. Sie war auf Stelzen gebaut und hatte eine Holzleiter. Er rief einen Gruß und kletterte dann die Sprossen hinauf. Helen beobachtete, wie er in der Hütte verschwand. Sie sah alles verschwommen. Immer wieder rieb sie sich die Augen, doch es nützte nichts.

Sie roch den Holzrauch und hörte vereinzeltes Lachen unter den leise murmelnden Stimmen. Dann war es plötzlich ganz still, und sie stellte sich vor, wie sie Connor aufmerksam lauschten. Seine Stimme konnte sie jedoch nicht hören. Wenn es um wichtige Dinge ging, sprach er oft so leise, daß sie sich anstrengen mußte, um ihn zu verstehen. Sie vernahm eine leise, bedächtige Stimme, kurz darauf ein scharfes Grunzen, und dann kam Connor mit zwei Männern aus der Hütte auf sie zu. Die Männer trugen schlammbraune Umhänge mit roten Streifen. Ihre offenen, hübschen Gesichter waren dunkel wie der Fluß. Flinke Augen erfaßten sie und lächelten warm.

»Sie bringen uns über den Fluß«, sagte Connor und half Helen beim Aufstehen. Sie lächelte, hielt sich an ihm fest und schüttelte den Männern die Hand. Sie drehten sich um und machten Helen und Connor Zeichen, ihnen zu folgen.

In diesem Augenblick schien die Nacht zu explodieren. Gewehrfeuer blitzte auf, und hundert Meter von ihnen entfernt kamen bewaffnete Soldaten aus dem Dschungel gerannt. Die Piru warfen sich auf den Boden. Connor schleuderte seinen Rucksack weg und packte Helen an der Hand. Geist und Körper erwachten zu neuem Leben. Sie rannte mit Connor über das offene Feld zum Flußufer.

Zusammen sprangen sie in den reißenden Strom. Helen tauchte unter, ruderte mit den Armen und verlor dabei Connors Hand. Der Strom erfaßte sie, sie spürte einen heftigen Schlag gegen den Kopf und schnappte nach Luft. Das Wasser füllte ihren Mund und strömte in die Lungen. Die nassen Kleider zogen sie hinab. Alles verschwamm und sie merkte, daß sie das Bewußtsein verlor.

Ich sterbe, dachte sie seltsam distanziert und trotzdem unendlich traurig. Sie dachte an ihren Vater, an Dai, an Evan, daran, wie sehr sie diese Menschen liebte, und dann spürte sie plötzlich eine ungeheuere Energie. Sie kämpfte gegen das wirbelnde Wasser an, tauchte wieder auf, hustete und schnappte nach Luft. Diesmal blieb sie an der Wasseroberfläche und suchte im Dunkeln nach Connor. Er war etwas unterhalb von ihr und schwamm rasch auf sie zu. Gleichzeitig wurden sie von der Strömung immer weiter weggetrieben. Vom Ufer kamen Schreie. Sie sah, wie die Soldaten in die Hocke gingen und auf sie zielten. Sie hörte, wie sie feuerten. Die Schüsse peitschten ins Wasser neben ihr. Sie tauchte wieder ab, hörte erneut das Donnern unter Wasser und tauchte erst wieder auf, als ihre Lungen fast platzten. Immer schneller trieb sie auf die Mitte des Flusses zu, wo die Strömung am stärksten war. Die Soldaten stiegen am Ufer in ein Kanu. Plötzlich wurde sie von einer Hand am Haar gepackt. Sie keuchte.

»Schon gut«, sagte Connor. »Ich hab' dich.« Sie spürte, wie er gegen den Strom ankämpfte. Zentimeter für Zentimeter zog er sie ans andere Ufer, bis sie beinahe da waren. Sie konnte schon den schlammigen Grund unter den Füßen spüren. Sie strampelte und rutschte aus. Connor nahm sie in die Arme, trug sie im Dunkeln über eine kleine Bucht und legte sie hinter einem Gebüsch vorsichtig in den Sand. Sie lag ganz still da mit jagendem Herzen, während die Soldaten auf dem Kanu gegen die Strömung anpaddelten und immer weiter weggetrieben wurden, bis sie sich in der Dunkelheit verloren.

Connor half Helen auf die Beine und suchte ihren Blick. Sie versuchte, sich zu bewegen und hustete, der Fluß kam auf sie zu, alles drehte sich, und einen Augenblick befürchtete sie, daß die Dunkelheit, die ihre Augen umgab, sie überwältigen könnte. Doch dann schüttelte sie den Kopf, ein stechender Schmerz verdrängte die Dunkelheit, sie setzte einen Fuß vor den anderen und folgte Connor, während seine Worte aus weiter Ferne langsam ihr Bewußtsein erreichten.

»Wir sind gleich da. Nur noch ein paar Schritte. Halt durch, Hel, halt durch, ja so ist es gut. Wir sind gleich da.« Sie stieß gegen Bäume und spürte, wie sich eine wärmere Flüssigkeit mit dem Wasser des Flusses vermischte, das an ihr herunterlief. Sie hatte einen durchdringenden Geschmack von Blut im Mund, hör-

386

te Connor fluchen. Und immer noch kämpften sie sich durch den Wald. Sie hatte keine Ahnung, wieviel Zeit vergangen war, bis er den Pfad fand, den er gesucht hatte.

Er legte ihr den Arm um die Hüften, um sie zu stützen. »Jetzt geht es leichter auf dem Pfad. Los, Hel, nur noch ein paar Schritte.«

Immer weiter marschierten sie in die Dunkelheit, bis sie im undurchdringlichen Wald ein Licht funkeln sahen.

Sie taumelten darauf zu, und das Licht wurde größer. Es war ein Haus. Connor schlich um das Gebäude herum zum Kücheneingang. Helen spürte, wie sie zu Boden sank. Das letzte, was sie hörte, war, wie Connor schnell und leise mit einem Mann sprach, der eine Kochmütze trug.

80 Aus Helens Hinterkopf sickerte das Blut, und auch über die Wange zog sich eine klaffende Wunde. Als Álvaro das Blut sah, packte er Connor in panischer Angst am Arm.

»*Evan, qué ha pasado?* Am besten rufe ich ...«

Connor kniete nieder, teilte Helens blutverklebtes Haar und sah sich die Wunde an. Nichts Ernstes. Sie würde von allein heilen. Er richtete sich wieder auf.

»Hast du ein Flugzeug da, das wir uns ausleihen könnten?« Connor spürte erste Anzeichen eines ängstlichen Zitterns und erstickte sie sofort, wie auch alle anderen Gefühlsregungen.

»Wieso? Was habt ihr vor?«

»Wir müssen hier weg. Sofort.«

»In der Nacht, ohne etwas zu sehen? Seid ihr wahnsinnig? Wollt ihr abgeschossen werden? Weißt du überhaupt, wie viele Maschinen letztes Jahr abgeschossen wurden, die von Peru nach Kolumbien wollten?«

»Mehr als zehn. Die Chancen stehen also nicht schlecht. Wenn wir hierbleiben, bringen sie uns um.«

»Wenn ihr jetzt startet, erst recht.«

»Vielleicht, vielleicht aber auch nicht.«

»Die haben Radar, die haben so was ähnliches wie AWACS, ganz zu schweigen von Satellitenüberwachung. Meinst du wirklich, daß du dich da oben verstecken kannst?«

»Wie machst du es denn? Bestichst du jemand, damit er das Ding abstellt und wegsieht?«

»Mann, da oben gibt es viel zu viele Augen.«

»Du weißt genausogut wie ich, daß die Chancen, geschnappt zu werden, eins zu zwanzig stehen. Sie haben einfach nicht die notwendigen Mittel.«

»Wenn sie euch nicht kriegen, dann zerschellt ihr eben an einem Berg. Wann bist du das letzte Mal nachts geflogen?«

»Ich habe vierhundert Nachtflugstunden auf dem Buckel. Ich weiß, was ich tue. Verdammt noch mal, Álvaro, sag mir einfach, was du für eine Maschine da hast.«

»King Air. C9oSE.«

»Sehr gut!«

»Die kostet achthunderttausend Riesen, Mann.«

»Wie gewonnen, so zerronnen.«

»Du kannst mir doch nicht einfach mein...«

Connor packte Álvaro mit einer Hand am Kragen. »Ich will dir nicht weh tun, *amigo*, aber wenn es sein muß, töte ich dich. Glaub mir.« Connor verstärkte seinen Griff. Álvaro fuchtelte mit den Armen. Connor drückte noch etwas mehr zu und ließ ihn dann los.

Álvaro fiel zu Boden und unterdrückte einen Schmerzensschrei. Er blickte auf, sah die unbändige Gewalt in Connors Augen und glaubte ihm.

»Schon gut, schon *gut*!« Seine Stimme überschlug sich vor Angst.

»Gib mir die Schlüssel«, befahl Connor und zerrte Álvaro hoch. »Los, gehen wir.«

Connor schob Álvaro vor sich her. Sie stiegen die Hintertreppe zu seinem Zimmer hoch. Weißgetünchte Wände, Fliegengitter an den Fenstern, ein ungemachtes Bett und der Geruch nach Moder und Sex. Álvaro holte die Schlüssel aus einer leeren Bierdose.

»Die Karten!« befahl Connor.

»Wohin wollt ihr?«

»Nach Norden.«

388

»Wenn ihr nach Kolumbien wollt, müßt ihr direkt an den Radaranlagen von Iquitos vorbei, Mann.«

»Besorg mir einfach die Karten für niedrige und hohe Flughöhen, IFR und VFR. Die müßtest du doch immer parat haben, oder? Wie oft fliegst du denn selbst nach Kolumbien?«

Álvaro holte acht verschiedene Karten von der Größe einer Kamelsatteltasche aus einem Wandschrank. Connor schlug eine nach der anderen auf. »Ein großer Knick direkt über Leticia. Sieh mal einer an.«

Connor eilte zu Helen zurück und hob ihren schlaffen Körper auf seine Schulter.

»Wo ist die Maschine?«

»Drüben, im Hangar.«

»Geh du vor!«

Connor folgte Álvaro über ein dunkles Feld zum Hangar.

»Mach das Tor auf!«

Álvaro schloß die Vorhängeschlösser an mehreren schweren Riegeln auf, schob die große Schiebetür beiseite und schaltete das Licht an. Die langen Neonröhren an der Decke tauchten die weiße, etwa zehn Meter lange, zweimotorige Maschine mit einer Flügelspannweite von fünfzehn Metern in blendendes Licht. Hinter dem Cockpit befanden sich drei runde Fenster, ein weiteres am Heck, auf dem das Kennzeichen OB1330 stand.

Connor nickte, als er es sah. »Prima, freut mich, daß du ein peruanisches Kennzeichen hast. Mit HK wären wir womöglich abgeschossen worden.«

»Glaubst du, ich fliege mit einem kolumbianischen Kennzeichen durch die Gegend?«

»Nein, wahrscheinlich würdest du es überkleben. Mach die Tür auf!«

Álvaro zog den Schlüssel aus der Tasche und schloß die Tür am Rumpf der Maschine auf. Connor hob Helen hinein und trug sie nach vorn zum Cockpit, wo er sie auf dem Sitz des Kopiloten anschnallte.

Er stieg wieder aus und ging einmal um die Maschine, um sie zu inspizieren. »Ich gehe davon aus, daß sie vollgetankt ist?«

»Ich habe sie immer einsatzbereit.«

»Das glaube ich dir. Mußtest ja selbst ein paar Mal Fersengeld geben, nicht wahr?« Connor überprüfte die Tanks an den Motoren und die an den Tragflächen. Alle vier waren gut gefüllt. Er überprüfte das Hauptfahrwerk, die Flügel, das Heck, die Propeller, die Fenster, die Verkleidungen und den Ölstand. Dann kam er zufrieden zu Álvaro zurück.

»Mit welcher Geschwindigkeit fliegt man normalerweise?«

»Etwa vierhundert auf einer Höhe zwischen sechs- und siebentausend Metern.«

»Reichweite?«

»Um die elfhundertfünfzig Meilen mit einer Tankreserve von dreißig Minuten.«

Connor rechnete die Entfernung nach Bogotá im Kopf aus. Zwölfhundert Meilen.

»Ich hoffe, du hast GPS?«

»Na klar.«

»Hast du auch noch ein Handgerät übrig?«

Er sah, wie Álvaro den Blick abwandte. »Hol es. Und bring uns auch noch was zu essen und zu trinken mit. Aber beeil dich!«

Während Connor wartete, überprüfte er die Maschine erneut. Jede Minute, die Álvaro weg war, brachte die Verfolger näher. Aber wenn er jetzt einen Fehler machte und sie nachher am Himmel herumirrten, waren sie verloren. Er zwang sich, ruhig zu bleiben. Endlich kam Álvaro und reichte ihm das Handgerät und eine Tüte mit Proviant.

»Wieviel Platz braucht sie zum Landen?«

»Vierhundertdreißig Meter. Wo fliegst du hin?«

»Ich sag dir Bescheid, wenn ich da bin. Dann kannst du kommen und dir dein Baby abholen.«

»Wird nicht viel übrig sein von meinem Baby«, murmelte Álvaro, als Connor ihm die Flugzeugtür vor der Nase zuknallte. Er prüfte nach, ob sie richtig geschlossen war, dann schnallte er sich auf seinem Sitz an. Helen lag bewußtlos neben ihm. Connor schlug die erste Karte auf, rechnete mit Hilfe des Auswerters seine ersten Koordinaten aus und speiste sie sowohl ins GPS der Maschine als auch in Álvaros Handgerät ein, um eine Kontrolle zu haben. Dann nahm er die Checkliste aus dem Fach über seinem Kopf und begann den Rundown. Zwei Jahre waren vergangen, seit er zum letzten Mal eine King Air geflogen war. Er zwang sich trotz seiner Erschöpfung zur Konzentration. Er überprüfte die Batterien und drückte dann auf den Startknopf Nummer zwei. Die Turbine sprang langsam an. Connor sah nach, ob sich die Propeller drehten und das kleine gelbe Licht leuchtete, dann schaltete er die Druckanlage an. Er überprüfte die Temperatur der Turbinen und drückte dann den Startknopf wieder auf »off«. Er schaltete den Generator an, wartete, bis die Batterie sich ganz aufgeladen hatte, drückte auf den Startknopf Nummer eins und begann die ganze Startprozedur noch einmal von vorn. Schließlich kontrollierte er ein letztes Mal die Positionslichter, das Kabinendruckventil, das Radar, das GPS, Förder- und Transfertanks, die Anzeige und die Außenbordklappen. Dann zog er das Ruder an, und die Maschine setzte sich in Gang. Er stoppte, um die Bremsen zu prüfen und absolvierte den Line-up Check. Er sah sich um, vergewisserte sich, daß die Startbahn frei war, beschleunigte auf hundertsiebzig km/h und startete in die Nacht.

Während die Maschine langsam an Höhe gewann, beobachtete er den Dschungel unter sich. Die Lichter der Villa Carmen verschwanden hinter ihnen. Sie waren frei. Er unterdrückte einen Freudenschrei, als sie immer weiter aufstiegen.

Der Start war gelungen. Connor zog das Fahrwerk ein, drosselte den Motor und warf einen Blick auf die Climb-Checkliste. Er stieg bis auf eine Höhe von 5400 Metern, ging dann die Cruise-Checkliste durch und speiste die neuen Koordinaten ins GPS ein.

Er sah Helen an. Sie war immer noch halb bewußtlos, aber die Wunde hatte aufgehört zu bluten.

Nach einer Stunde zwang sie sich, die Augen zu öffnen, und sah aus dem Cockpitfenster auf einen fernen braunen Fluß, der vom aufgehenden Mond beschienen wurde und sich wie Blut durch den Urwald schlängelte. Sie saß in einem Flugzeug und überflog das Amazonasgebiet.

Connor hörte, wie sie sich neben ihm regte. Er griff unter seinen Sitz und förderte einen Verbandskasten zutage.

»Wie geht's dir?« fragte er.

Sie lächelte und strich ihm unendlich sacht über das Gesicht. Er sah wieder Leben in ihren Augen.

»Hier, nimm!« Er gab ihr den Verbandskasten. »Da müssen

etwas Jod und Verbandszeug drin sein. Du hast eine kleine Wunde am Kopf. Und auch deine Wange hat was abbekommen. Besser, du desinfizierst sie.«

»Danke.«

Evan sah, wie sie zusammenzuckte, als sie ihre Wunden säuberte. Anschließend verstaute sie den Verbandskasten unter dem Sitz und sah Connor an.

»Wir haben's geschafft.«

Er beugte sich zur Seite und küßte sie.

»Ja, Hel, wir haben's geschafft.« Er griff nach seiner Provianttüte und gab ihr Biskuits, Äpfel und Coca-Cola. »Abendessen. Iß soviel du kannst.«

»O, das ist ja ein richtiges Festessen!«

Connor beobachtete, wie Helen zwischen Erschöpfung und Hunger hin und her gerissen aß. Als sie danach wieder einnickte, nahm er ihr die Flasche ab, die ihr aus der Hand zu fallen drohte. Sie hatte ein Wunder vollbracht. Vier Tage war sie durch den Urwald marschiert, ohne zu essen und ohne zu rasten. Jetzt war er dran. Er konnte ihr unmöglich sagen, daß immer noch die Gefahr bestand, daß man sie für Schmuggler der Drogenbarone hielt und abschoß, oder bestenfalls, wenn sich die Behörden an die Gesetze hielten, von der peruanischen Luftwaffe zur Landung gezwungen werden könnten. Mit Glück würden sie im Gefängnis landen; sollte allerdings Maldonado davon erfahren, würde man sie in einer Nacht- und Nebelaktion aus dem Gefängnis holen und erschießen. Er mußte sie zwölfhundert Meilen über das Amazonasgebiet, entlang der Andenkette durch eine Finsternis fliegen, in der er die Gefahren, die auf sie lauerten, nicht sehen konnte, den Überwachungssystemen aber schutzlos ausgeliefert war. Die Motorenwärme, die der metallene Rumpf ausstrahlte, verriet sie aufmerksamen Beobachtern. AWACS-Flugzeuge, Überwachungssatelliten und Bodenradarstationen suchten den Himmel ab.

81

Allein in einer Welt, die fern und schwarz an ihm vorbeizog, suchte Connors Blick die Nacht ab. Er studierte seine Karten und überprüfte den Treibstoffpegel. Wenn er in gerader Linie fliegen konnte und der Rückenwind anhielt, würde der Sprit vermutlich bis kurz vor Bogotá reichen. Er würde auf Peters Grundstück landen und sich dann überlegen, wie es weitergehen sollte. Doch in gerader Linie zu fliegen, hieß die zweihundertfünfzig Meilen reichenden Radaranlagen bei Iquitos genau zu überqueren. Wenn er nach Bogotá wollte, konnte er sich keine großen Umwege leisten. Und wenn er woanders landete, konnte er nicht sicher sein, daß man ihn freundlich empfing. Die meisten Landebahnen in der Region gehörten den Narcos. Wer mitten in der Nacht dort landete, mußte darauf gefaßt sein, daß sie erst schossen und dann Fragen stellten. Außerdem wußte er nicht, wie ernsthaft Helen verletzt war. Er hatte Menschen gesehen, die an weitaus geringerer Erschöpfung oder Schock gestorben waren. Wenn er an die Platzwunde am Kopf dachte und das viele Flußwasser, das sie geschluckt hatte, sah es nicht gut aus für sie. Durchfall wäre das kleinere Übel, sie konnte aber auch Cholera oder Typhus bekommen.

Connor hatte also keine andere Wahl, als direkt nach Bogotá zu fliegen. Zweihundertfünfzig Meilen vor Iquitos brachte er die Maschine auf eine Höhe von nur fünfzig Metern über den Baumwipfeln. Wäre er noch tiefer geflogen, hätte er riskiert, zu zerschellen. In dieser Höhe war die Wahrscheinlichkeit, daß man von den Radaranlagen erfaßt wurde, erheblich geringer, aber es war immerhin möglich. Er konnte nur hoffen, daß heute nacht ein paar Schmugglermaschinen unterwegs waren, die von ihnen ablenkten. Doch wenn er merkte, daß seine Konzentration nachließ, mußte er wieder höher steigen und das Risiko, von den Radaranlagen eingefangen zu werden, in Kauf nehmen.

Sie flogen so dicht über den Wald, daß Connor sich beinahe vorstellen konnte, die funkelnden Augen der aus dem Schlaf gerissenen Affen zu sehen, die erschrocken zu ihnen hinaufstarrten.

Regelmäßig drehte er sich um und sah nach Helen. Sie döste oder saß zusammengesunken da und sah aus dem Fenster. Ihr Körper war schlaff.

Connor war jetzt seit über zwei Stunden in der Luft, eine davon im Tiefflug über dem Dschungel. Im Moment war er machtlos, eine schutzlose Zielscheibe. Er konnte nur noch sein Bestes geben, das Flugzeug so gut wie möglich steuern und hoffen, daß das Glück auf ihrer Seite war. Der Tod war allgegenwärtig. Er stellte sich vor, wie sie den Wald streiften und der Bauch der Maschine von den Bäumen aufgeschlitzt wurde. Oder wie sie von der FAP, der peruanischen Luftwaffe, abgeschossen wurden. Die Bordkanonen der Blackhawk-Hubschrauber könnten sie treffen, und sie würden in einem Feuerschwall abstürzen. Wie lange würde es dauern? Würde er auch nur eine Sekunde dieses Infernos überleben? Mein Gott – reiß dich zusammen! Er wischte sich den Schweiß von der Stirn und warf einen Blick auf seine Instrumente. Sie flogen gerade an Iquitos und den Radaranlagen vorbei, die fünfundsiebzig Meilen östlich der Stadt lagen.

Sie flogen weiter. Zwanzig Meilen, fünfzig, dann einhundert. Mit jeder Meile nahm Connors Hoffnung zu. Zweihundert Meilen, jetzt waren sie außer Reichweite der Radaranlagen. Er konnte nur hoffen, daß sich keine anderen Teller drehten, die AWACS-Flugzeuge nicht gerade unterwegs waren, die Aufklärungssatelliten irgendwo anders hinschauten und die überforderte peruanische Luftüberwachung nur noch tatenlos zusehen konnte, wie er von ihren Bildschirmen verschwand.

Doch im Tiefflug verbrauchten sie viel mehr Treibstoff, und daher stieg er wieder etwas höher. Hier oben brauchte er sich nicht so stark zu konzentrieren, um die Maschine plötzlich hochzuziehen, wenn ein größerer Baum auftauchte, doch seine Augen brannten trotzdem wie verrückt. Langsam begannen sie, nervös zu zucken. Die Bilder verschwammen.

Sie flogen hoch über den fernen Bäumen, über den dunklen Plafond, der Helen wie das Fundament der Welt vorkam. Im Mondlicht erstreckte sich das Reich des Dschungels bis in unermeßliche Fernen. Hie und da blitzte ein Fluß auf, der sich durch das dunkle Grün schlängelte. Jedesmal, wenn sie einen sah, lief es ihr kalt über den Rücken und sie wandte sich ab.

»Wo sind wir?«

Connor drehte sich schnell um. Er sah auf die Fluginstrumente.

»Über Kolumbien. Gerade überfliegen wir einen Ort namens Puerto Leguizamo.«

»Und danach?«

»Wir sind etwa dreihundertvierzig Meilen von Bogotá entfernt. Ungefähr noch anderthalb Stunden.«

»Und dort landen wir?«

»Ja.« Das hoffte er. Wenn sie soweit kamen.

Helen nickte wieder ein. Connor flog auf die Cordillera Oriental zu. Er stieg von 6000 auf 7000 Meter. Auf seinen Karten war ein Berg namens Cerro el Nevado verzeichnet, der fünftausend Meter hoch war. Er sah wieder auf die Instrumente und überprüfte den Treibstoffpegel. Sie flogen seit vier Stunden und fünfzehn Minuten. Bald würde ihnen der Sprit ausgehen. Er reichte noch für etwa siebzig Meilen, mehr oder weniger. Peters Ranch lag etwa fünfundsiebzig Meilen entfernt.

Er flog über den *Páramo*. Connor streckte die Hand aus und berührte Helen an der Schulter. Sie reagierte nicht.

»He, wach auf!« sagte er und rüttelte sie wach.

»O Gott, was ist los?«

»Wir landen in zwanzig Minuten. Ich brauche deine Hilfe, um die Landebahn zu finden.«

»Mein Gott! Draußen ist es stockdunkel. Man kann doch gar nichts sehen. Hast du denn keine Koordinaten?«

»Das ist nicht Heathrow, verstehst du? Bloß eine Privatranch mit einer kleinen Landebahn. Sie ist nicht auf den Karten verzeichnet. Der nächste auf der Karte verzeichnete Ort befindet sich zehn Meilen von hier.«

»O Mist! Das ist ja wie eine Nadel im Heuhaufen suchen.« Sie strich sich das Haar aus der Stirn und drückte ihre Nase gegen die Scheibe. »Könnten wir denn auf einem Feld landen, wenn wir die Landebahn nicht finden?«

»Wir fliegen über der Hochebene. Der Boden ist sehr uneben, voller Felsen und Bäume. Bei Tageslicht hätten wir noch eine Chance ...«

Bis zum Tagesanbruch waren es noch fünf Stunden. »Wir

werden schon heil herunterkommen, entweder finden wir die Ranch oder irgendeine Wiese. Ich verspreche es dir.« Er küßte ihre Hand, und sie lächelte. Er fragte sich, ob sie wußte, daß er ihr soeben das Unmögliche versprochen hatte. Sie kannte sich ein bißchen mit Navigation aus. Sie würde wissen, wie die Chancen standen. Einen Moment lang sahen sie sich in die Augen. Und für diesen kurzen Augenblick war die Liebe stärker als die Angst.

Sie flogen weiter durch die gnadenlose Dunkelheit. Connor brachte die Maschine auf hundertfünfzig Meter herunter. Nun hing ihr Schicksal vom Glück ab. Er stellte sich vor, wie ihnen der Sprit ausging und sie an den Felswänden des *Páramo* zerschellten. Es war nicht wie die Angst, abgeschossen zu werden, jene schreckliche Erlösung durch einen plötzlichen Tod. Ein Absturz konnte sich hinziehen, genau wie Ertrinken. Mit jeder Sekunde kamen sie dem Tod näher, oder umgekehrt, kam der schleichende Tod auf sie zu. Doch diesmal war es schwerer, weil sie ihr Schicksal in den eigenen Händen hielten. Es lag an ihnen, ob sie den rettenden Landstreifen erwischten oder nicht.

»Wir müssen in der Dunkelheit landen«, sagte Helen.

»Ja. Die Landebahn liegt noch dreißig Meilen vor uns. In zehn Minuten sind wir da.«

Er warf einen Blick auf die Instrumente. Das rote Lämpchen für den Treibstoff blinkte. Die Tanks in den Flügeln waren leer. Nur noch die am Rumpf hatten welchen, aber sehr wenig. Connor spürte, wie sein Puls raste. In panischer Angst starrte er auf das Lämpchen.

»Die Ranch muß gleich irgendwo am Horizont auftauchen.«

Sie flogen noch weitere drei, vier, fünf, sechs Minuten. Helens Blick flackerte hin und her. Nichts, keine einzige Unterbrechung in der endlosen Dunkelheit. Connor drehte ab und suchte verbissen nach einem Lichtschein, einem Fenster, in dem sich das Mondlicht spiegelte. Ein Blick auf den Treibstoffpegel. Gleich würden sie auch die letzten Reserven verbraucht haben. Eine, vielleicht zwei Minuten blieben ihnen noch. Zuerst würden sie rasch an Höhe verlieren und dann bei 140 km/h abstürzen. Er überlegte und begann dann, die Maschine nach unten zu ziehen.

Er mußte eine Notlandung riskieren. Da unten sah alles gleich gut oder schlecht aus. Er brauchte nur vierhundertdreißig Meter zum Landen. Vierhundertdreißig Meter ohne einen Felsen, ohne einen Baum, einen Graben oder ein Gebäude. Da hilft nur noch beten, dachte er.

»Beug dich vor und schling die Arme um die Knie«, rief er. »Ich werde eine Notlandung versuchen.« Zum ersten Mal sah sie den Tod in seinen Augen.

Sie wandte den Blick ab, schaute aus dem Fenster und schrie.

»Da! Da unten! Wir sind gerade an etwas vorbeigeflogen, rechts. Es sah aus wie eine Landebahn!«

»Ich kann's nur hoffen, denn wenn ich umkehre und da ist nichts...«

»Dreh um. Los! Ich habe etwas gesehen.«

Helens Magen überschlug sich, als Connor das Ruder herumriß und die Maschine sich steil auf die Seite legte.

»Wo? Wo ist die Stelle?«

»Etwas weiter hinten rechts, nur noch ein Stückchen weiter. Ich habe das Mondlicht auf Metall glitzern sehen, und da war ein langer dunkler Streifen, sah aus wie eine Landebahn. Ich bin ganz sicher, ich...«

»Um Gottes willen! Wir verlieren an Höhe. Wir werden...«

»Es muß gleich da sein, noch ein wenig nach rechts.«

Beiden stockte der Atem. Das Leben bestand nur noch aus Augen, die suchten.

»Da! Da ist sie!« schrie Helen.

»Ich seh sie! Wir fliegen direkt darauf zu!«

Vor ihnen lag die Landebahn. Und vierzig Meter weiter sah Connor die undeutlichen Umrisse der Ranch.

»OK. Wir landen, mach dich bereit.«

Connor flog auf die Landebahn zu. Er betete zu Gott, daß sich keine schlafenden Kühe oder geparkte Traktoren darauf befanden. Er fuhr das Fahrwerk aus, öffnete die Landeklappen und bekreuzigte sich. Die Nase zeigte nach unten, und Helen spürte, daß sie ruckartig fielen. Dann setzten sie holpernd auf den Boden auf. Die Maschine schwankte hin und her, Connor trat auf die Bremsen, und sie verloren schnell an Geschwindigkeit. Am Ende der Bahn kamen sie vibrierend zum Stehen.

Connor sah Helen an, hob die Arme und dankte dem Himmel. Helen küßte ihn und schmeckte das Salz in seinen Tränen, als sie sich mit den ihren vermischten. Wie in Trance absolvierte er die Shutdown-Prozedur.

Plötzlich erstarrte er. Zwei Männer mit Maschinenpistolen und Hunden kamen auf sie zu.

»Tu, was ich sage«, sagte Connor. »Egal, welche Rolle ich dir gebe, spiele sie.«

»Steigen wir aus?« fragte Helen.

»Gleich. Die Ranch gehört einem Freund, aber ich glaube nicht, daß er begeistert ist, wenn er hört, daß wir einfach so vom Himmel gefallen sind.«

»Wieso nicht?«

»Er mag kein Aufsehen. Vielleicht hat uns die Radarüberwachung bis hierher verfolgt.«

Die Männer blieben draußen stehen und zielten mit ihren Waffen auf das Cockpit. Erleichtert erkannte Connor Pepe und seinen Sohn. Er wartete, bis auch sie ihn erkannt hatten, und machte ihnen dann Zeichen, daß sie ausstiegen.

»Komm.« Er half Helen aus dem Sitz. »Keine plötzlichen Bewegungen.« Sie gingen zum hinteren Teil der Maschine. Helen hielt sich an den Sitzen fest, um aufrecht zu gehen. Dann öffnete Connor die Tür, klappte die Treppe heraus und trug Helen auf den Armen hinunter.

»Señor Evan!« sagte Pepe ungläubig. »Was machen Sie hier? Was ist los?«

»Ein Notfall«, antwortete Connor. »Meine Freundin ist verletzt. Sie muß sofort nach Bogotá zum Arzt. Kannst du uns helfen?«

»Wir haben nur einen Jeep hier«, entgegnete Pepe unsicher. Er wußte, daß der Señor über die Art und Weise wie Connor aufgetaucht war, verärgert sein würde, aber er würde toben, wenn er Señor Connor nicht wie einen Freund behandelte.

»Mehr brauchen wir nicht. Kannst du ihn holen? Bitte.«

Pepe zögerte einen Augenblick lang. Dann überlegte er es sich anders.

»*Cómo no?*« Selbstverständlich. Die beiden drehten sich

um und gingen auf die Finca zu. Connor und Helen folgten ihnen.

»Wie geht es dir, Liebling?« Er hatte den Arm um ihre Hüfte gelegt, um ihr beim Gehen zu helfen.

»Ich lebe«, antwortete sie und lächelte.

Pepe trat ins Haus und kam kurz darauf mit einem Schlüsselbund zurück. Er deutete auf einen roten Suzuki, der vor ihnen geparkt war.

»Besser, Sie warten ein paar Stunden, bis es hell wird. In der Gegend sind *terroristas*. Es ist zu gefährlich, in der Nacht zu fahren.«

Sie legten sich ein paar Stunden aufs Ohr. Es fühlte sich an, als sei es nur einen Augenblick gewesen, als Pepe sie um sechs Uhr früh mit Omelettes und Kaffee weckte. Helen kämpfte gegen die Übelkeit an und aß soviel sie konnte. Connor hatte seinen Teller im Handumdrehen leer. Sie bedankten sich bei Pepe, versteckten die Maschine in einem leeren Hangar und machten sich im vollgetankten Jeep mit drei Flaschen Cola, etwas Brot und zwei gegen die Kälte geborgten Pullovern auf den Weg. Helen hielt sich am Haltegriff des Armaturenbretts fest, um die stärksten Stöße auf der unebenen Straße abzufangen. Jeder Körperteil tat ihr weh. Sie träumte von einem heißen Bad, strahlend weißen Bettlaken und sauberen Kleidern.

Über den Gipfeln der umliegenden Berge ging die Sonne auf und nahm mit ihren langen Strahlen der Morgenluft ein wenig von ihrer Kälte. Sie fuhren durch ein friedliches Tal mit grünen Wiesen, grasenden Lamas, Landhäusern und sanft gewellten Hügeln.

»Wie weit ist es noch?« fragte Helen.

»In einer Stunde sind wir in Bogotá.«

Der Verkehr verdichtete sich allmählich. Regelmäßig wurden sie von riesigen Geländewagen überholt, die mit voll aufgedrehten Lautsprechern verächtlich an ihnen vorbeipreschten.

Nach so langer Zeit in der Wildnis wieder in eine moderne Metropole zu kommen, schien ihnen mehr als unwirklich. Wie lange war es her, daß sie einen Wettlauf gegen die Zeit geführt hatten, um zu überleben? Als Minuten, Stunden und Tage zu

Augenblicken wurden, die ihnen wie eine Ewigkeit erschienen oder wie ein Flüstern verflogen waren?

Helen beobachtete, wie die Stadt langsam vor ihr auftauchte. Hochhäuser, Lärm, Verkehr, modisch gekleidete Frauen auf den Bürgersteigen, Luxusgeschäfte, und an manchen Kreuzungen langhaarige Männer mit Raubtieraugen. Helen konnte ahnen, wie schäbig sie aussehen mußte, als die Männer sie nur flüchtig musterten und dann den Blick abwandten.

»So wie wir aussehen, läßt man uns nie in die Botschaft.«

»Ich kenne den Botschafter. Er weiß, wer ich bin. Mach dir keine Sorgen.«

Die Residenz des britischen Botschafters, ein zweistöckiges Gebäude im Kolonialstil, lag in der Calle 87 in einem schattigen Außenbezirk von Bogotá. Sie parkten vor der Mauer an einer Ecke.

»Steig noch nicht aus«, wies Connor Helen an, »sonst könnten sie glauben, daß wir eine Bombe im Jeep haben. Hier gibt es eine Menge Autobomben«, erklärte er ihr.

Connor stieg aus, ging auf das reichverzierte, schmiedeeiserne Tor zu und wechselte ein paar hastige Worte mit einer der drei Wachen. Helen sah das mißtrauische Gesicht des Mannes.

Der Mann verschwand in seinem Häuschen. Helen sah ihn telefonieren. Nach fünf Minuten kam ein weiterer Mann. Er sah Connor und dann sie prüfend an und schüttelte schließlich Connor die Hand. Connor sprang wieder in den Jeep und fuhr grinsend durch das geöffnete Tor die lange Einfahrt inmitten kühler grüner Rasenflächen hoch.

Sie parkten neben einem leuchtendgrünen Range Rover. Connor half Helen aus dem Jeep und stützte sie, als sie auf die Residenz zugingen.

Die weißen Außenwände waren mit Bougainvillea bedeckt. Aus dem Inneren des Hauses hörte man Hundegebell. Es roch nach gebratenem Bacon. Sie stiegen eine Vortreppe hinauf und traten durch eine mit Schnitzwerk geschmückte Holztür in eine hohe Empfangshalle mit Ölgemälden an den Wänden und weichen Teppichen. Man führte sie in einen sterilen Büroraum, wo sie eine Weile erschöpft, aber glücklich dasaßen und sich schweigend ansahen.

Dann trat ein Mann ein. Etwa eins achtzig, stämmig, mit rosiger Gesichtsfarbe und großen Händen. Er trug einen dunkelblauen Anzug mit ungewöhnlich breiten Nadelstreifen. Connor stand auf und schüttelte ihm die Hand. Dann wandte er sich Helen zu.

»Helen, das ist Peter Ingram, der britische Botschafter. Peter, das ist Helen Jencks.«

Der Botschafter umfaßte ihre Hand mit beiden Händen. Seine Stimme war beruhigend sonor. »Seien Sie willkommen in der Residenz.«

Sie mußte fast lachen, so unwirklich war das alles.

»Danke, ich bin sehr froh, hier zu sein«, antwortete sie.

Ingram musterte sie mit einem ironischen Lächeln. »Ja, das glaube ich Ihnen aufs Wort. Vielleicht wollen Sie erst einmal ein Bad nehmen und sich etwas ausruhen?«

Helen war verblüfft. »O ja, das wäre großartig.«

Der Botschafter rief etwas ins Nebenzimmer. Eine freundliche Frau um die Fünfzig kam herein. Sie trug flache, praktische Schuhe, eine Bluse mit Schleife und einen Faltenrock, der ihr bis zur Mitte der Waden reichte. Sie schenkte Connor ein mütterliches Lächeln. Er zwinkerte ihr zu.

»Hilly, das ist Miss Jencks. Mr. Connor und sie werden zwei Zimmer benötigen. Können Sie sich darum kümmern und Miss Jencks zu ihrem Zimmer bringen, bitte?«

Hilly lächelte zustimmend, als bemerke sie den Schmutz, das Blut und die zerfetzten Kleider gar nicht. Sie streckte Helen die Hand entgegen. »Kommen Sie, Kleines. Folgen Sie mir.«

Sie stiegen eine Marmortreppe hinauf und gingen im Schein eines glitzernden Kronleuchters einen Gang entlang. Der flauschige Teppich war Balsam für ihre geschundenen Füße. Lautlose Schritte, eine Tür, die aufsprang, und ein freundliches Lächeln.

»Da wären wir. Rufen Sie mich, wenn Sie etwas brauchen. Sie erreichen mich auf Leitung vier der Sprechanlage. Ruhen Sie sich erst einmal aus. Sie werden es gemütlich hier haben.« Hilly lächelte und verschwand.

Helen sah sich in ihrem Zimmer um. Ein Doppelbett mit weißen Laken, eine warme gemusterte Decke, vier dicke, weiche

Kissen. Eine Tür führte zu ihrem eigenen Badezimmer, creme-
farbener Marmor, über dem Waschbecken ein Spiegel. Sie näherte sich dem Spiegel und sah sich an.

Ihr Haar war stumpf, voller Blut und Dreck, ebenso das Gesicht.
Über die rechte Wange zog sich eine häßliche Schnittwunde. Die
Augen lagen in tiefen Höhlen, ihre Wangen waren eingefallen. Sie
starrte auf ihr Spiegelbild, auf die Fremde, die sie da entdeckt hatte. Sie starrte so lange darauf, bis der Schock nachließ. In ihrem
geschundenen Gesicht suchte sie nach den Zügen ihres Vaters, versuchte sich an ihn zu erinnern, da sie Angst hatte, ihn niemals wiederzusehen. Sie weinte um ihn, bis sie keine Tränen mehr hatte
und die Freude, am Leben zu sein, wieder die Oberhand gewann.

Ein lautes Klopfen unterbrach sie. Hilly stand mit einer Flasche Wasser, einer Teekanne und ein paar Sandwiches vor der Tür.

»Sie sehen ein bißchen erschöpft aus. Vielleicht sollten Sie
etwas essen.«

»Oh, Sie sind ein Engel. Vielen Dank. Das ist sehr nett von
Ihnen. Ich ...«

Hilly scheuchte sie ins Zimmer zurück und stellte das Tablett
auf dem Nachttisch ab. »Essen Sie, nehmen Sie ein Bad und legen
Sie sich aufs Ohr, dann werden Sie sich fühlen wie neugeboren.
Keine Dummheiten. Ich habe Ihnen auch etwas Alkohol und eine
antiseptische Salbe mitgebracht. Die Wunde sieht ziemlich
schlimm aus.«

»Danke«, sagte Helen. »Hätten Sie vielleicht auch etwas von
der trinkbaren Variante?«

»Sie meinen Alkohol? Ach herrje, aber sicher. Wir schwimmen
praktisch in Alkohol. Was hätten Sie denn gerne?«

»Brandy, bitte«, antwortete Helen. »Jede Menge.«

»Ich bringe Ihnen am besten die ganze Flasche, dann können
Sie damit machen, was Sie wollen.«

»Sie sind wirklich ein Engel. Darf ich Sie um noch etwas bitten?«

»Schießen Sie los.«

»Ich muß jemandem eine Nachricht schicken. Meinem Patenonkel. Ich will ihm mitteilen, daß ich in Sicherheit bin.«

»Sagen Sie mir seinen Namen und seine Nummer, und ich
werde sehen, was ich machen kann.«

»Dai Morgan.« Helen gab ihr seine Telefonnummer, und Hilly schrieb sie sich auf.

Zwei Minuten später kehrte sie mit einer Flasche Brandy und einem schweren Kristallglas zurück.

»Hier, nehmen Sie das und ruhen Sie sich aus. Ich werde inzwischen Ihren Patenonkel benachrichtigen.«

Helen trank den Tee und verschlang die Sandwiches. Zuletzt spülte sie alles mit einem ganzen Glas Brandy hinunter und schüttelte sich, als sie fertig war. So, damit müßten die letzten Bazillen aus dem Fluß abgetötet worden sein.

Sie ließ Wasser in die Wanne einlaufen, zog sich aus und stieg in das dampfende Bad. Die Erschöpfung überfiel sie wie ein Fieber. Sie zitterte am ganzen Körper. Sie beugte den Kopf über die Knie und atmete ein paar Mal tief durch. Dann lehnte sie sich zurück, bis ihr Haar naß wurde und das Wasser über ihr Gesicht lief. Die Wunden schmerzten, und langsam färbte sich das Wasser rot.

82

Der Botschafter führte Connor in sein Arbeitszimmer.

»Ich kann mich hier unmöglich hinsetzen«, erklärte Connor und deutete auf seine schlammverkrustete Kleidung.

Ingram deutete auf einen grünen Ledersessel.

»Nehmen Sie da Platz. Der Sessel hat schon Schlimmeres gesehen. Was wollen Sie trinken? Whiskey, Wasser, Kaffee?«

»Einen Kaffee und Wasser, bitte.«

Ingram gab über die Sprechanlage in der Küche Bescheid. Drei Minuten später brachte ein Hausmädchen mit weißer Schürze eine Silberkanne mit Kaffee und einen Krug mit eiskaltem Wasser. Sie schenkte dem Botschafter und Connor ein und zog sich schweigend zurück.

Ingram nippte nachdenklich an seinem Kaffee.

»Man hatte mich bereits vorgewarnt, die Augen aufzuhalten. Offenbar ist alles in heller Aufregung. Ich werde Ihnen gleich das Telefon geben, damit Sie Ihre Leute in London anrufen können, aber da Sie und Ihr kleiner Flüchtling auf etwas ungewöhnliche Art bei mir Zuflucht suchen, sollten Sie mir vielleicht zuerst erklären, was zum Teufel eigentlich passiert ist.«

Connor nahm einen großen Schluck Wasser und begann zu erzählen. Das Sprechen fiel ihm fast noch schwerer als das Laufen.

Zwei Stunden später erlöste ihn Ingram, nachdem er seine Eitelkeit und Neugier befriedigt und eine einigermaßen akzeptable Version der wahren Story erhalten hatte. Er brachte Connor zu einem abhörsicheren Telefon, von wo aus er in London anrufen konnte, und ließ ihn allein.

Connor rief Carlyle an.

»Ja?«

»Was ist denn das für eine Begrüßung?«

Einen Augenblick lang war es still, dann reagierte Carlyle mit Erleichterung und Freude.

»Verdammt noch mal, wo steckst du?«

»In Bogotá, in der Botschaft.«

»Und die Frau?«

»Auch.«

»Was geht da eigentlich vor? Wir haben einen Bericht der DEA vorliegen, die euch oder eure Doppelgänger in erbärmlichem Zustand im peruanischen Dschungel gesehen haben will. Sie behauptet, der SIN sei hinter euch her.«

»Ich erzähl's dir später. Hol uns erst mal hier raus, und zwar so schnell wie möglich. Und bitte Farrell, Ingram zu benachrichtigen. Ich will keine Probleme.«

»Er wird entzückt sein, euch wieder loszuwerden.«

»Wahrscheinlich. Ich gehe davon aus, daß wir die Nachtmaschine nehmen. Kommst du zum Flughafen?«

»Das will ich keinesfalls verpassen. Ach, noch was, Evan.«

»Ja?«

»Gut gemacht.«

»Was meinst du?«

»Daß ihr noch lebt.«

»Sie nehmen die Mittagsmaschine«, erklärte der Botschafter,

nachdem er in seinem Arbeitszimmer mit Ian Farrell gesprochen hatte. »Je schneller Sie hier verschwinden, desto besser. Wahrscheinlich könnte ich genauso gut lügen wie Sie, wenn ich leugnen müßte, daß Sie hier sind, aber ich will lieber erst gar nicht in Versuchung geraten.«

Connor nickte. »Ich werde Helen wecken. Was ist mit den Pässen? Wir haben unsere verloren.«

»Ich lasse Ihnen ein paar Diplomatenpässe ausstellen. Das dauert nicht lange. Die Maschine geht um halb eins. Seien Sie in zwei Stunden abreisebereit.«

»Vielleicht kann mir jemand Helens Zimmer zeigen, und vielleicht dürfte ich Sie auch um ein Bad bitten. Ich sehe nicht gerade aus wie ein Diplomat.«

Der Botschafter rief seine Sekretärin. »Hilly, können Sie Mr. Connor zeigen, wo Sie Miss Jencks untergebracht haben?« Und an Connor gewandt: »Sie können ja in ihrem Zimmer baden, wenn es Ihnen nichts ausmacht.« Damit verließ er den Raum. Connor beobachtete ihn und wunderte sich über seinen Stimmungswechsel. Er lächelte in sich hinein und folgte Hilly die Treppen zu Helens Zimmer hinauf.

Helen lag im Bett, das Laken bis zum Kinn hochgezogen. Sie öffnete die Augen und lächelte, als er die Tür hinter sich schloß und auf der Bettkante Platz nahm.

»Wir müssen in zwei Stunden los, Hel. Unser Flieger geht um halb eins.«

In ihren Augen spiegelte sich Erschöpfung. Sie richtete sich mühevoll auf, und das Laken rutschte auf ihre Hüften.

»Mein Gott, Hel. Du bist ganz schön dünn geworden.« Er strich ihr übers Haar und zog sie an sich. »Es tut mir leid«, sagte er langsam.

»Was denn, um Himmels willen?«

»Ich hätte das niemals zulassen dürfen. Ich hätte dich nicht einer solchen Gefahr aussetzen dürfen.«

»Glaubst du immer noch, du hättest mich aufhalten können?« Sie stand auf und schwankte ein wenig, als sie nackt, voller Wunden und blauer Flecken dastand und auf den Haufen mit ihren zerfetzten Sachen sah.

»Ich werde den verdammten Botschafter bitten, dir was Ver-

nünftiges zum Anziehen zu besorgen. Seine Frau ist eine fette
Kuh, fürchte ich. Eine dieser stämmigen aristokratischen Zicken.
Ich kann mich erinnern, daß sie nicht viel von mir gehalten hat.«

»Nach den Lumpen hier ist mir alles recht. Und was ist mit
dir?«

»Ingram besorgt mir was. Er stellt uns Diplomatenpässe aus,
wir dürfen daher nicht wie Penner aussehen. Sie werden sich ein
bißchen Mühe geben müssen mit uns.«

»Warum so plötzlich? Wollen wir nicht hier übernachten?«

»Wahrscheinlich halten sie es für sicherer, uns so schnell wie
möglich loszuwerden.«

Sie wurden in dem grünen Range Rover zum Flughafen gebracht.
Die Türen des gepanzerten Wagens schlugen dumpf hinter ihnen
zu. Die schußsicheren Fensterscheiben blieben geschlossen. Die
Klimaanlage fühlte sich an wie der arktische Winter.

Man hatte die British-Airways-Maschine eigens für sie aufgehalten. Die Maschine rollte auf die Startbahn. Dann beschleunigte sie und startete in Richtung Heimat.

83

Es war dunkel, kurz vor Morgengrauen. Helen konnte in der Finsternis unter ihnen nichts erkennen, bildete sich aber ein, den Augenblick gespürt zu haben, als die
Maschine die anonyme Weite des Meeres verließ und über englischen Boden flog. Sie überlegte, wie lange sie fort gewesen war.
Fast einen Monat. Die Wochen fühlten sich an wie der Bruchteil einer Sekunde, und doch hatte sie in der kurzen Zeit ein
ganzes Leben gelebt. Nun kam sie als andere Frau zurück. Sie
hatte ihren Vater gefunden. Sie hatte sein Gesicht gesehen. Sie
wußte, daß er sie liebte, und wahrscheinlich wußte er, daß auch
sie ihn liebte. Daß sie ihn verloren hatte, wahrscheinlich für
immer, würde eine offene Wunde hinterlassen, mit der zu leben
sie lernen mußte. Sie hatte erfahren, was es hieß, dem Tod ins
Auge zu blicken und mit allen Kräften, die man besaß, ums Überleben zu kämpfen. Und sie hatte sich hoffnungslos in Evan Connor verliebt.

Als die Maschine in Heathrow landete, umarmte Connor sie und vergrub sein Gesicht in ihrem Hals. Ihr Haar fiel über ihn, sie spürte seine warmen Lippen auf ihrer Haut und drückte ihn an sich, so fest sie konnte.

»Alles wird gut«, sagte er.

Sie löste sich ein wenig von ihm und wiederholte: »Alles wird gut.«

»Einige meiner Leute warten auf uns«, fuhr er fort. »Sie werden dir eine Menge Fragen stellen. Sie werden wissen wollen, was du gemacht hast, und dich auch über mich ausfragen. Sag ihnen die Wahrheit, Hel.«

»Was wird passieren, wenn ich das tue?«

»Keine Ahnung, aber es ist besser, du sagst von Anfang an die Wahrheit.«

»Ich habe nicht gesagt, daß ich das nicht vorhabe, aber warum erwähnst du das?«

»Wenn du sie beschwindelst, werden sie dich so lange bearbeiten, bis sie dich weich geklopft haben. Mach nicht den Fehler, sie zu unterschätzen. Du bist durch die Hölle gegangen, aber sie können dafür sorgen, daß du dasselbe noch einmal durchmachen mußt.«

Er konnte ihnen standhalten, diese Gewißheit zeigte sich in seinen Augen und an der unergründlichen Kälte, die sie manchmal in ihm gespürt hatte.

»Mach dir keine Sorgen. Ich habe keine Angst vor deinen Leuten. Wallace, Rankin, Roddy Clark, Goldsteins, die Polizei, das ganze Pack kann mir nichts anhaben, nach allem was ich durchgemacht habe.«

»Willst du zulassen, daß sie damit durchkommen? Die Leute, die dich reingelegt haben und dieser verdammte Journalist?«

»Nein, bestimmt nicht, Evan.«

»Was wirst du tun?«

Helen lächelte grausam. »Ich bin ein Schmetterling. Ich werde mit den Flügeln flattern.«

»Was meinst du damit?«

»Man nennt es Chaostheorie. Rache. Ich habe mir damals geschworen, es ihnen heimzuzahlen, wenn die Zeit gekommen ist. Jetzt ist es soweit.«

Eine untersetzte Frau wartete in der Ankunftshalle auf sie. Sie stand etwas abseits und beobachtete die beiden ruhig und neugierig, doch ohne zu lächeln. Die Deckenlampen gaben ihrem Gesicht ein gelbes kränkliches Aussehen. Ihre Augen streiften Connor und verharrten auf Helen. Jencks sah ganz anders aus als auf den Fotos, die sie hatte: schmaler und drahtiger. Ihr sonnengebräuntes Gesicht stand im Kontrast zu dem blonden Haar, das ihr in Locken über den Rücken fiel. Ihr Gang wirkte entschlossen und zielbewußt, fast wie ein Raubtier. Irgendwie sah sie sogar ein bißchen gefährlich aus mit der klaffenden Schnittwunde und den eiskalten Augen.

Tess Carlyle rührte sich nicht vom Fleck, als Helen und Connor auf sie zukamen. Nur ihr Gesicht schien sich leicht zu verändern, als würden sich ihre Züge einen Augenblick lockern – doch dann war die Weichheit wieder verschwunden, und ihr Gesicht spiegelte einen Zorn wider, der Helen fast besitzergreifend erschien.

Sie nickte, berührte Connor aber nicht.

»Evan.«

»Tess.«

Leise Stimmen, ein Blick, ihrer sondierend, seiner entschlossen. Dann wandte sie sich Helen zu.

»Helen Jencks, nehme ich an, oder ist es Williams wie in Ihrem Paß?«

Sie hatte eine kräftige, fast bleierne Stimme und rollte das R ein wenig. In einem früheren Leben hätte sie Eartha Kitt sein können.

»Jencks«, antwortete Helen ausdruckslos und fragte dann im selben inquisitorischen Tonfall: »Und Sie sind?«

»Tess Carlyle«, antwortete sie mit einem belustigten Flackern in den Augen.

Sie reichten sich die Hand. Die von Carlyle war klein und knochig wie eine Vogelkralle. Aber nicht die eines Rotkehlchens oder Spatzen, trotz ihrer Statur. Sie hatte nichts Zahmes an sich. Sie war ein Raubvogel, ein kleiner Killer, ein Wanderfalke mit gnadenlosen Augen.

»Kommen Sie hier entlang.« Sie streckte die Hand hinter Helens Rücken aus und Helen spürte die Kraft, die von ihr ausging, obwohl sie sie nicht berührte. Helen bemerkte einige Männer, die sich mit ihnen in Bewegung setzten. Sie ging neben Connor. Sein Gesicht war unergründlich, höchstens an seinen Mundwinkeln erkannte man ein Fünkchen belustigter Entschlossenheit.

Sie wurden zu einem Parkplatz geleitet, auf dem ein mit Antennen gespickter Landrover stand. Einer der schweigsamen Männer öffnete die hintere Tür und nickte Helen zu. Nachdem sie eingestiegen war, setzte sich der Mann neben sie. Tess Carlyle stieg auf der anderen Seite ein. Connor setzte sich nach vorne neben den zweiten schweigsamen Mann, der den Wagen fuhr.

Sie fuhren durch das erwachende London. Obwohl Helen die Stadt wie auch alles andere nie wieder mit denselben Augen sehen würde wie vorher, hatten sich die alten Gebäude, die unsichtbare Ordnung, das Gefühl der Vertrautheit nicht verändert. Sie erschienen ihr nur nicht mehr real. Nach der drückenden Hitze des Dschungels, der Nähe der unzähligen Bäume, die einen verrückt machen konnte, der glühenden Erde, den reißenden Flüssen und Millionen von Insekten kam ihr diese Stadt aus Stein und Beton mit ihrer bleiernen Luft einfach unwirklich vor. Der dichte Verkehr, die Passanten, die zur Arbeit hetzten, die vielen Verkehrsampeln erschienen ihr wie eine Karikatur. Das war das Leben, das war normal, und doch tobte in ihrem Inneren alles, was sie gesehen und getan hatte. Es schien unmöglich, die beiden Leben miteinander zu vereinen. Sie hatte die Grenzen der schönen, heilen Welt überschritten und wußte, daß es kein Zurück gab. Mit einem Anflug von Ironie dachte sie, daß es vielleicht doch etwas auf sich hatte mit der Legende des Sonnentors. Sie jedenfalls würde nie wieder dieselbe sein.

84 Während der Fahrt sagte keiner ein Wort. Helen spürte, wie Carlyle sie beobachtete. Gelegentlich erwiderte sie ihren forschenden Blick mit derselben Intensität.

Sie bremsten vor einem unscheinbaren Haus südlich des Flusses. Carlyle führte Connor in einen Raum, der vom Flur mit dem geblümten Teppichboden abging. Connor konnte Helen gerade noch einen aufmunternden Blick zuwerfen, ehe Carlyle die Tür hinter ihnen schloß. Der Fahrer bedeutete Helen, nach oben zu gehen und führte sie in ein Zimmer.

»Mehr brauchen Sie vorerst nicht. An Ihrer Stelle würde ich versuchen, etwas zu schlafen.« Er sah sie mit flüchtiger Sympathie an, ehe sein Blick wieder passiv und anonym wurde. Als sie Jahre später versuchte, sich an die Einzelheiten ihrer Rückkehr zu erinnern, konnte sie sich das Gesicht dieses unscheinbaren Mannes nicht mehr ins Gedächtnis zurückrufen.

Sie schloß die Tür. Dann hörte sie, wie er sie abschloß und die Treppen wieder hinunterstieg. Sie trat ans Fenster. Es war vergittert.

»Erzähl, was hast du erreicht?« Carlyle schenkte sich einen Kaffee aus einer Thermosflasche ein, die der Fahrer ihr gebracht hatte, hob eine Augenbraue und sah Connor fragend an. Connor nickte. Sie schenkte ihm ebenfalls eine Tasse ein und ging mit ihren hochhackigen Schuhen lautlos über den weichen Teppich auf ihn zu. Ihre Bewegungen konnten anmutig und ihre Körpersprache extravagant sein, wenn sie entspannt war, aber das kam selten vor. Meistens hielt sie sich zurück, so wie jetzt gerade. Jedes Wort und jede Geste dienten dazu, sich selbst so weit zurückzunehmen, daß sie so unbeteiligt wie nur möglich beobachten und zuhören konnte.

»Vor wem seid ihr geflüchtet?«

»Wir sind Maldonado sehr nahe gekommen, zu nahe. Ich kann dir bestätigen, falls du noch daran interessiert bist, daß der Kerl schlimmer ist, als wir gedacht hatten. Er hat versucht, Helen umzubringen. Wir sind geflüchtet. Als er uns aufgespürt hat, mußte ich Ángel Ramírez töten, damit wir davonkamen.«

Carlyle musterte ihn einen Augenblick, und er konnte förmlich fühlen, wie sie die Wahrheit aus ihm heraussaugte.

»Wenn das deine Absicht war, dann hast du ganz schön versagt. Ángel Ramírez ist nicht tot, sondern querschnittsgelähmt.«

»O Gott!«

Carlyle wußte, was das bedeutete. Männer wie Connor fürchteten nichts mehr, als zu Krüppeln zu werden.

»Woher weißt du das?« fragte er.

Carlyle sah ihn abschätzig an.

»Du bist nicht mein einziger Posten in der Gegend, Connor. Sie haben versucht, es zu vertuschen, aber irgendwas sickert immer durch. Man sprach von einem Überfall und einer Großfahndung nach den Tätern. Sie hätten euch erledigt, wenn sie euch gekriegt hätten. Was zum Teufel hast du dir dabei gedacht?«

»Was meinst du? Daß ich eure Anweisungen, die ihr in euren schönen, sauberen und klimatisierten Büros ausheckt, mit etwas Leben erfüllt habe? Mit der Drecksarbeit da draußen habt ihr ja nichts zu tun. Für euch gibt es nur Befehle und Ziele. Und jetzt, wo das Ziel erreicht ist, wollt ihr über die Drecksarbeit urteilen. Ihr mit euren ernsten, mißbilligenden Gesichtern, weil ich ein paar eurer heiligen Regeln gebrochen habe.« Connor wußte, was jetzt folgen würde. Die Vorhaltungen, die Drohungen, die schwarzen Flecken in seiner Personalakte und die Rügen von graugesichtigen Beamten, die nie um etwas kämpften, es sei denn, um einen Sitzplatz in der morgendlichen U-Bahn nach Waterloo. Sie würden in ihren breiten Sesseln sitzen, an seiner Spesenabrechnung mäkeln, mit seinem Rausschmiß drohen und erwarten, daß er um seine Stellung bettelte. Und die ganze Zeit würde er Jack Jencks Gesicht vor sich haben, wie er sich von seiner Tochter verabschiedete, oder Helens Gesicht, als sie ihn zurücklassen mußte. Dreiundzwanzig Jahre Qualen, weil Jack Jencks der Firma treu gedient hatte, die ihn und seine Opfer einfach vergaß und dann nicht verstehen konnte, warum Connor die Regeln für Helen gebrochen hatte und immer wieder brechen würde.

»Geh doch selbst da raus«, sagte er leise mit unterdrückter Wut. »Und sieh dir die Kehrseite der Medaille an! Mal sehen, wie weit du mit euren Regeln kommst. Oder programmiert ein paar Roboter, die eure Befehle blindlings befolgen.«

»Komm schon, Connor. Was ich will oder nicht will, ist völlig belanglos. Du kennst das Spiel. Regeln muß es nun mal geben.«

»Ich scheiße auf die Regeln und auf das Spiel. Ich hab' die Nase voll. Ich steige aus! Eure Schreibtischpolitik langweilt mich, und die Sache selbst ist auch nicht mehr das, was sie mal war. Ich habe zu oft dem Tod ins Auge gesehen, um mich dafür noch begeistern zu können.« Er hätte vor Carlyle nie zugegeben, daß sich seine Einstellung erst geändert hatte, als er sich in Helen verliebte. Das Leben und die Liebe erschienen ihm nun weit aufregender als sein alter Flirt mit dem Tod.

»Das ist nicht so einfach, wie du weißt. Wenn du die Firma verlassen willst, ohne eine Menge Scheiße am Hals zu haben, hältst du dich besser an die Regeln.«

Connor lachte. »Du müßtest mich besser kennen. Meinst du wirklich, daß ich auch nur eine schlaflose Nacht verbringen werde, weil ich Angst vor dem Scheißdonnerwetter in der Firma habe? Ich werde dir alles erzählen, weil ich diesen Auftrag übernommen habe, und ich werde ihn auch zu Ende führen. Aber danach könnt ihr mich mal.«

85 Sie unterhielten sich, bis es dunkel wurde. Um zehn Uhr abends zeigte Carlyle Connor sein Zimmer. Sie selbst legte sich zwei Stunden hin und ging dann zu Helen. Es war Mitternacht. Sie schloß die Tür auf und schaltete das Licht an. Helen erwachte und versuchte, den Nebel der Erschöpfung abzuschütteln und sich aufzurichten. Carlyle fiel der eiserne Willen dieser Frau auf, als sie sich schlaftrunken das Haar aus dem Gesicht strich.

»Nur eine Minute«, sagte Helen und ging, ohne die Antwort abzuwarten, in das angrenzende Badezimmer, um sich eine Handvoll kaltes Wasser ins Gesicht zu spritzen. Dann folgte sie Carlyle nach unten. Sie setzten sich an einen schmutzigen Tisch, und Helen spürte, wie die Müdigkeit sie erneut überwältigte. Sie nahm sich zusammen und sah Carlyle an.

»Erzählen Sie mir alles von Anfang an. Mit Ihren Worten«, wies Carlyle sie an und lehnte sich zurück, ohne die Augen von Helen zu nehmen.

»Wie denn sonst?«

»Nun, Sie könnten lügen, was wenig Zweck hätte oder ausweichen, was Ihre und meine Zeit unnötig vergeuden würde ...«

»Ich kenne die Regeln«, unterbrach sie Helen. »Sie werden

mich schon kleinkriegen, also soll ich von Anfang an die Wahrheit sagen.«

»Bitte. Ich höre.«

»Sie sind sich Ihrer Sache ziemlich sicher, nicht wahr? Sie meinen, Sie könnten meinen Willen brechen.«

»Ich habe da so meine Mittel.«

»Und ich habe meine Version der Wahrheit.« Helen band sich das Haar zu einem Zopf, so daß man die Schnittwunde auf ihrem hageren Gesicht sehen konnte. Dann beugte sie sich über den Tisch. »Was wollen Sie wissen?«

»Warum mußten Sie flüchten?«

»Erstens, weil mich Maldonado töten wollte. Und zweitens, weil ich einen seiner Männer getötet hatte.«

»Ángel Ramírez?«

»Ich glaube, ja, Evan hat ihn so genannt.«

»Sie haben ihn getötet?«

Helen lächelte grimmig.

»Connor behauptet, er hätte ihn getötet«, erklärte Carlyle.

Helen schwieg.

»Wie haben Sie das angestellt?«

»Haben Ihre Spione das nicht rausgekriegt?«

Carlyle lächelte streng. Sie ließ sich ihren Ärger nicht im geringsten anmerken, doch Helen spürte, daß die Luft plötzlich vor Spannung knisterte.

»Soll ich es Ihnen zeigen? Ich bin zweiter Dan, schwarzer Gürtel. Aikido.«

Sie erzählte, bis das erste Licht der Dämmerung die orangefarbene Dunkelheit der Nacht durchbrach. Sie beantwortete präzise alle Fragen über Goldsteins, den Betrug, dem sie aufgesessen war, Maldonado, die Abmachung, die sie mit Connor getroffen hatte, und wie sie ihren Vater gefunden und wieder verloren hatte. Das letzte, was sie von ihm gesehen hatte, war, wie er Maldonado mit der Waffe in Schach hielt und sie gequält ansah, als sie sich umdrehte und weglief. Dann hatte sie das Gefühl, daß sie kurz davor war, zusammenzuklappen.

»Das mit Ihrem Vater tut mir leid«, sagte Carlyle. »Es sieht nicht gut aus.«

»Haben Sie denn keinen Kontakt zu Maldonado? Könnten Sie

413

ihn nicht fragen, was er mit meinem Vater gemacht hat, ob er noch lebt?«

»Er würde es uns niemals sagen. Ich wüßte nicht, wie wir es aus ihm herauskriegen sollten. Er wird alles einfach leugnen. Was hätte er auch davon?«

»Können Sie ihm denn nicht irgendeinen Deal vorschlagen?«

»Wir werden unser möglichstes tun.«

»Ich habe nicht viel Vertrauen zu Ihren Rezepten.«

»Halten Sie sich da raus. Es ist schon genug Schaden angerichtet worden.«

»O, das weiß ich. Ich habe meinen Vater auf dem Gewissen, weil ich ihn gefunden habe. Hätte ich ihn in Ruhe gelassen, wäre er wahrscheinlich eines natürlichen Todes gestorben. Es waren Gefühle, die mich geleitet haben. Nicht Berechnung. Ist Ihnen das noch nie passiert?«

»Viel zu oft.«

»Und für jemand, der so beherrscht ist wie Sie, ist schon ein einziges Mal zuviel, schätze ich.«

»Was haben Sie nun vor?« fragte Carlyle ruhig. Helen hatte das Gefühl, daß ihre Pfeile an dem Schutzpanzer dieser Frau abprallten. Es war nicht so, daß sie eine Fassade der Gleichgültigkeit um sich errichtet hatte, sondern daß bittere Erfahrungen sie zu dem gemacht hatten, was sie nun war. Helen hatte fast den Eindruck, als sei sie immun gegen alltägliches Leid.

»Was haben *Sie* vor?« gab Helen zurück. »Ihre Leute sind in erster Linie dafür verantwortlich, daß es ihn dorthin verschlagen hat. Meinen Sie nicht, daß Sie jetzt verpflichtet sind, ihn auch wieder rauszuholen? Oder spielt die Pflicht plötzlich keine Rolle mehr?«

»Gegenüber wem?«

»Gute Frage. Ich bin mir sicher, daß Sie vielen Menschen verpflichtet sind, ich dagegen nur einem.« Sie hielt inne und lächelte Carlyle düster an. »Nein. Besser gesagt zweien.«

»Sie sind nur knapp dem Tod entronnen. Haben Sie nichts dazugelernt?«

»O doch!«

»Wir könnten Sie festhalten. Das Betrugsdezernat kann Sie wegen Betrugsverdachts bei Goldsteins verhaften lassen.«

»Nicht sehr lange. Außerdem glaube ich, daß Sie Ihre Macht überschätzen. Goldsteins hätten am allerwenigsten Interesse, mich vor Gericht zu bringen. An Ihrer Stelle würde ich mich nicht mit der City anlegen. Dort hat man mindestens genausoviel zu verbergen wie bei Ihnen und weitaus bessere Argumente. Geld. Milliarden. Das ist ein viel plausiblerer Grund als all Ihr Geschwafel von Pflichten.«

»Was genau haben Sie getan?«

»Ich wurde mit dem falschen Namen geboren. Ich bin weggelaufen, als ich hätte bleiben sollen. Ich habe eine Entscheidung getroffen, die ich jederzeit wieder treffen würde. Ich habe mich selbst verstrickt, habe es denen, die mich benutzen wollten, leichtgemacht. Aber ich habe nichts verbrochen.«

»Was verbergen Sie dann?«

Helen hätte fast gelacht. Die furchtbare Macht in Carlyles Augen, die Verlockung, sich ihr anzuvertrauen, war fast unwiderstehlich.

»Waren Sie dem Tod schon mal ganz nah?« fragte Helen.

Carlyle wirkte überrascht.

»Sie waren es«, fuhr Helen fort. »Diese Erfahrung hat Sie hart gemacht, und deshalb werden Sie meine Frage auch nicht beantworten.«

»Es ist nicht wichtig.«

Seit sechs Stunden wurde sie nun schon verhört. Man hatte ihr weder etwas zu essen noch zu trinken angeboten, außer Kaffee. Carlyle ging nervös im Zimmer auf und ab. Helen dachte, daß es bald vorbei sein müßte. Sie war so erschöpft, daß sie gelegentlich einnickte und von Carlyles einschmeichelnder Stimme wieder wachgerüttelt werden mußte.

»Wie haben Sie das ganze Geld bei Goldsteins beiseite geschafft?«

»Welches Geld?« Mein Gott, sie fing allmählich an zu lallen.

»In den Zeitungen stand etwas von fünfzig Millionen Dollar.«

»Glauben Sie alles, was in den Zeitungen steht?«

»Wie sind Sie an das Geld gekommen?«

»Ich bin nicht an das Geld gekommen. Ich habe keinen einzigen Penny illegal verdient. Sie können gern so weitermachen und versuchen, mich kleinzukriegen. Das ist Ihr Job. Aber Sie werden immer wieder das gleiche zu hören bekommen. Aber darf ich Ihnen einen Vorschlag machen?«

»Schießen Sie los.«

»Versuchen Sie es bei Hugh Wallace und Andy Rankin, wenn Sie wirklich weiterkommen wollen. Ach, was soll's.« Sie stand ruckartig auf und warf dabei ihren Stuhl um. Sie zuckte zusammen, und für einen kurzen Augenblick konnte Carlyle hinter Helens Fassade aus Wut und Erschöpfung blicken. Sie war die Frau, die Ángel außer Gefecht gesetzt hatte, den Mann, der in Maldonados Auftrag einen Freund von Connor ermordet hatte. Wäre sie sentimental, dachte Carlyle, hätte sie es als eine gute Tat registrieren müssen. Sie erkannte, daß sie vorerst nichts mehr aus Helen herausbekommen würde.

»Wir werden uns weiter unterhalten müssen, aber jetzt werde ich veranlassen, daß man Sie nach Hause bringt«, sagte sie. Helen sah überrascht auf. »Möchten Sie irgend jemanden anrufen?«

»Ja, danke. Meinen Patenonkel. Ich möchte zu ihm. Ich nehme an, Sie wissen, wo er wohnt.«

»Wahrscheinlich ist es unrealistisch, Sie zu bitten, mit Ihrem Patenonkel nicht darüber zu sprechen, aber ich würde dafür sorgen, daß sonst niemand davon erfährt. Man weiß nie, ob es Ihrem Vater schaden könnte.«

»Ihnen ist anscheinend jede Form von Psychoterror recht, wie? Was glauben Sie, was Maldonado als nächstes tun wird?«

»Wenn er erfährt, daß Sie wieder hier sind, wird er wissen, daß seine Maske durchschaut worden ist. Dann ist er am gefährlichsten. Nicht unbedingt für Sie, ich glaube kaum, daß er auf englischem Boden etwas gegen Sie unternehmen würde. Aber vor Ángel Ramírez würde ich mich in acht nehmen.«

»Ich dachte, er sei tot.« Helen hörte das Blut in ihren Ohren rauschen.

»Nein. Sie haben ihn nicht getötet, sondern verkrüppelt. Er ist querschnittsgelähmt.«

Helen wurde übel.

»Er lebt und hält nach wie vor die Fäden in der Hand. Er könnte jederzeit vom Krankenbett aus etwas in die Wege leiten.«

»Maldonado, Ángel Ramírez und ihre Handlanger haben drei-

416

mal versucht, mich umzubringen, und dreimal sind sie gescheitert.«

»Ich an Ihrer Stelle würde untertauchen. Vielleicht haben Sie ein viertes Mal nicht mehr soviel Glück.«

Draußen wartete der Dienstwagen.
»Wo ist Evan? Bleibt er noch da?«
»Ja.«
»Darf ich mich von ihm verabschieden?«
»Nein.«

86 Sie wehrte sich standhaft gegen den Schlaf. Obwohl jede einzelne Zelle in ihrem Körper erschöpft war, zwang sie sich, die Augen offenzuhalten. Sie wollte jeden Augenblick ihrer Heimkehr bei wachem Bewußtsein miterleben.

Ein stummer Chauffeur raste mit ihr durch die Stadt, während sie still auf dem Rücksitz saß. Sie überquerten die Vauxhall Bridge und fuhren dann am Themse-Ufer entlang, das zuerst von Büropalästen und dann von Sozialbauten gesäumt war. Sie kamen durch Chelsea, wo vornehme Herrenhäuser hochmütig auf sie herabblickten. Helen ließ den Blick über den Fluß schweifen, dessen Wasser im Licht der aufgehenden Sonne blau schimmerte. Auch das Dach der Pagode im Battersea Park glänzte dem beginnenden Tag entgegen. Sie kurbelte das Fenster herunter. Der Geruch von Seetang, der von der Flut die Themse hinaufgespült wurde, drang ihr in die Nase. Sie sog den Duft der Bäume ein, die an der Uferstraße Spalier standen, den trockenen Staub, der nach einer Woche ohne Regen in der Luft hing, und die allgegenwärtigen Autoabgase.

Die Gerüche Londons begleiteten sie auch noch, als sie die M5-Autobahn erreichten, und wurden erst schwächer, als die Fabriken Feldern wichen und die Luft frischer wurde. Durch grünes Weideland und die Hügel von Wiltshire fuhren sie in Richtung Westen. Die Sonne setzte gemächlich ihren langen Weg über den Himmel fort. Helen spürte ihre Wärme und roch frisches Gras, als sie auf die Landschaft hinausblickte, von der sie einmal geglaubt hatte, sie würde sie nie wiedersehen. Von diesem Augenblick hatte sie geträumt.

Irgendwann bogen sie schließlich von der schmalen Nebenstraße in die lange Einfahrt ein, die zu Dais Haus führte. Aus einiger Entfernung konnte sie sehen, daß er und die Hunde schon auf dem oberen Treppenabsatz auf sie warteten. Sie stieg aus, noch bevor der Wagen ganz zum Stehen gekommen war. Die Hunde sprangen an ihr hoch und bellten aufgeregt, als sie auf Dai zulief, ihn umschlang, von seiner Umarmung fast erdrückt wurde.

Dai versuchte, sich nicht anmerken zu lassen, wie schockiert er über ihr blutiges Gesicht, ihren Gewichtsverlust und den wildentschlossenen, unversöhnlichen Ausdruck in ihren Augen war. Keiner von ihnen konnte die Tränen zurückhalten.

Dann gingen sie in sein Arbeitszimmer und nahmen in den alten, vertrauten Lehnsesseln Platz. Die Sonne schien schräg durch die offenen Fenster, eine erfrischende Brise von draußen umschmeichelte sie. Die Hunde, die Helen so aufgeregt begrüßt hatten wie noch nie, lagen ihr nun voller Zufriedenheit zu Füßen. Die geschmeidigen Muskeln der Tiere waren zum erstenmal, seit sie weggegangen war, völlig entspannt. Gelegentlich öffnete einer der Dobermänner ein Auge und sah Dai an, als wollte er sich vergewissern, daß es seinem Herrn jetzt besserging, daß die lähmende Anspannung, die er an ihm gespürt hatte, wirklich verschwunden war. Derek kam herein, umarmte Helen und ging dann mit vor Rührung gerötetem Gesicht in die Küche, wo er sich ums Frühstück kümmerte. Er brachte Helen Rührei, Kaffee, Orangensaft und perfekt gebräunte Marmeladetoasts. Helen aß und lächelte dabei immer wieder. Sie genoß jeden Augenblick.

Als Dai seine Neugier nicht mehr länger bezähmen konnte, fragte er endlich, was passiert war. Angespannt und entsetzt hörte er sich an, was Helen zu erzählen hatte. Sie bemerkte, daß er sie einer genauen Prüfung unterzog, um zu sehen, wieviel Schaden sie genommen hatte. Er fragte sie so lange aus, bis ihm absolut nichts mehr einfiel.

»Ist alles in Ordnung, Cariad?« fragte er schließlich und beugte sich vor. Er konnte einfach nicht begreifen, daß sie nach außen kaum Spuren des Erlebten aufwies.

»Ich weiß nicht, wie ich es erklären soll. Ich bin erschöpft, ich habe seit Tagen nicht richtig geschlafen, mein Körper ist von Schnittwunden, Stichen und Kratzern überzogen, ich bin halb verhungert, jeder Gedanke an meinen Vater schmerzt fürchterlich, ich verzehre mich vor Sehnsucht nach Evan Connor, obwohl ich erst seit vierundzwanzig Stunden von ihm getrennt bin – aber trotz allem verspüre ich dieses unglaublich heftige Glücksgefühl, das stärker ist als alles, was ich je gefühlt habe.«

Dai neigte den Kopf zur Seite und sah sie nachdenklich an. Er erinnerte sich daran, wie man sich als Überlebender fühlte.

87 Helen schlief zwanzig Stunden lang, gab sich dem tiefen, scheinbar traumlosen Schlaf der Erschöpfung hin. Sie ließ sich mit dem Erwachen Zeit, streckte sich genüßlich und spürte, wie die Kraft allmählich in ihren Körper zurückkehrte. Sie duschte und zog eine alte Jeans an, die Dai vom Dachboden heruntergebracht hatte. Die Hose hatte ihr zum letzten Mal gepaßt, als sie vierzehn gewesen war. Jetzt schlotterte sie ihr um die Taille. Sie ging durch den langen, teppichbelegten Flur. Das Sonnenlicht strömte durch die offenen Fensterflügel zu beiden Seiten der Mittelpfosten und beleuchtete winzige Staubkörnchen, die in der Luft tanzten. Sie spürte den lauen Sommerwind auf ihrer Haut. Er brachte den Duft der ersten Heuernte mit, einen heißen, würzigen Sommerduft, der sie in ein flüchtiges Gefühl von Ruhe und Frieden hüllte.

Sie ging ins Erdgeschoß, verließ das Haus durch die geöffnete Vordertür und blieb am Ende der abgetretenen Marmortreppe stehen, die zur Einfahrt führte. Dahinter lag die Allee, die sie in Peru so oft in ihren Träumen gesehen hatte. Jetzt erstreckte sie sich direkt vor ihr, diese Straße mit ihren alten Eichen, von denen jede einzelne ein Naturdenkmal war, und die immer schmaler zu werden schien, je weiter sie ihre Augen schweifen ließ, bis in der Ferne nur noch ein Meer aus Grün zu sehen war. Diese Straße, die darauf wartete, sie wieder von hier wegzubringen.

Sie frühstückte mit Dai. Lapsang-Souchong-Tee und Kedgeree, aber nur einen halben Teller. Während der Flucht war ihr Magen geschrumpft. Dai nötigte sie sanft dazu, mehr zu essen. Im Eßzimmer regierte ihr Kater Munza. Die Dobermänner mieden ihn vorsichtshalber. Munza sprang beleidigt auf Helens Schoß, schlug heftig mit dem Schwanz und gestattete ihr höflich, ihn fünf Minuten lang zu streicheln, bevor er ohne sich umzusehen wieder abzog. Hinter dem Stolz in seinen hochmütigen grünen Augen verbarg sich die stumme Anklage, daß sie ihn verlassen hatte.

Auf einem Beistelltisch lagen, wie üblich, die Zeitungen: die *Times*, der *Daily Telegraph* und die *Daily Mail*. Helen blätterte sie schnell durch und legte sie weg. Nachrichten, die andere betrafen, wurden unwichtig, wenn die eigene Geschichte noch nicht zu Ende war.

»Irgendwelche Pläne für heute?« fragte Dai mit gespielter Beiläufigkeit.

»Ein köstliches Frühstück mit meinem liebsten Patenonkel« – Helen mußte lächeln, als er die Augen zusammenkniff – »und dann ein langer Spaziergang mit den Hunden.«

»Was heckst du jetzt wieder aus, Cariad?« Seine Stimme klang scharf, weil er sich Sorgen machte und mißtrauisch war, aber gleichzeitig aus Respekt vor ihr nicht zu weit gehen wollte.

»Ich kann doch nicht so tun, als wäre alles in Ordnung, oder? Mein Vater ist erneut verschwunden und befindet sich durch meine Schuld wahrscheinlich in Lebensgefahr, wenn er nicht schon tot ist. Und ich soll mich ruhig verhalten, vorsichtig sein und mich lieber nicht in die feine Gesellschaft wagen, weil ich dort dank Wallace und Rankin und wegen Roddys Artikeln nun als kleine Betrügerin gelte. Daddys Erbin, die Kriminelle von der Stange.« Sie mußte lachen. »Wenn die wüßten.«

»Du hättest dir Wallace und Rankin vorknöpfen können, als du von dem Betrug erfahren hast, statt diese Quälerei in Peru auf dich zu nehmen.«

»Nein, hätte ich nicht, Dai. Ich habe das einzige getan, was mir möglich war – und ich würde es jederzeit wieder tun. Ich mußte meinen Vater suchen. Es war mir völlig egal, was sie mir angetan hatten, solange ich nur die Chance hatte, ihn zu finden. Damals habe ich mir geschworen, mich nach meiner Rückkehr um Wallace und Rankin zu kümmern. Genau das habe ich jetzt vor. Nur steht mittlerweile auch noch Roddy auf meiner Liste.«

Sie spazierte mit den Hunden bis zu dem kleinen Wäldchen auf dem Gipfel des Hügels. Dort blieb sie lange stehen, blickte auf die grüne Landschaft hinaus, die sich unter ihr ausdehnte, bis zu den niedrigen Hügelketten am Horizont, die durch irgendeinen optischen Effekt von hier aus immer blau aussahen. Die Hunde hetzten einander wie wild. Die Sonne stieg an dem wolkenlosen Himmel höher. Ein perfekter Tag. *Wo würdest du hingehen, wenn du dich an jeden Ort der Welt versetzen könntest?* Sie erinnerte sich, daß sie Connor während ihrer Flucht durch den Dschungel diese Frage gestellt hatte. Damals hatte sie sich für diesen Ort entschieden, hoch auf den Hügeln von Wiltshire, und Connor wollte ebenfalls hier sein, mit ihr. Sie versuchte, sich mit all ihren Sinnen an ihn zu erinnern. Sein Geschmack, wie Honig, wie Apfelwein, herb und würzig zugleich; der Klang seiner Stimme, tief, sanft, lebendig, humorvoll. Die Konturen seines Körpers, seine seidenweiche Haut, die harten Muskeln. Sein Mund, die Lippen eines sinnlichen Menschen. Seine Augen, die den Tod gesehen hatten und in denen ein wütender Überlebenswille brannte, den nach diesem Martyrium nur jemand mit komplettem Gedächtnisschwund nicht verspürt hätte. Jetzt war sie auch in ihr. Die Kraft, die zum Überleben notwendig ist.

88 Sie zeigte keinerlei Gefühle, als sie sich von Dai und Derek verabschiedete. Derek wirkte verwirrt und starrte sie vorwurfsvoll an. Dai verstand, und das fand sie beruhigend. Sie merkte, daß er sich die Fragen und Warnungen verbiß, die seinen Augen so deutlich anzusehen waren. Er besaß genug Weisheit und Liebe, um sie gehen zu lassen.

Sie nahm die kläglichen Überreste ihres Lebens in London mit – Munza und ihren Schlüsselbund, an dem ihre und Roddys

Hausschlüssel baumelten. Sie stieg in den Wagen ihres Vaters, genoß den Geruch des warmen Leders, ließ sich in den Schalensitz sinken. Sie stellte sich vor, wie er an diesem Platz saß, wie seine abgearbeiteten Hände das Lenkrad umfaßten. Bei diesem Gedanken stiegen ihr die Tränen hoch, doch sie kämpfte sie mutig nieder. Jetzt war nicht die Zeit zum Weinen, nicht, solange es noch einen Rest Hoffnung gab. Sie schaltete den CD-Player ein, den sie ins Auto hatte einbauen lassen. Nina Simone sang »House of the Rising Sun«. In der wehmütigen Stimme der Sängerin schwang die Haltung einer Außenseiterin mit, die vorsichtig und zugleich total unnachgiebig ihren Weg ging; auch sie würde es jederzeit wieder tun.

Sie hielt sich an die Geschwindigkeitsbegrenzung. Was sie jetzt vorhatte, war zu bedeutend, um zu riskieren, daß die Polizei sie wegen eines Bagatelldelikts wie Geschwindigkeitsübertretung daran hinderte. Sie hatte noch keinen genauen Plan, nur eine vage Idee, aber auf jeden Fall reichte sie, um das Schicksal in die richtige Richtung zu lenken.

Sie sah aus dem Fenster. Grüne Wiesen und Felder, weidende Kühe, Schafe wie Konfetti auf den Hügeln in der Ferne. Pferde, die träge mit dem Schweif schlugen, während ihr Fell im Sonnenlicht glänzte.

An der letzten Tankstelle vor der Stadtgrenze Londons legte sie eine kurze Pause ein. Als sie sich im Shop anstellte, fiel ihr die unverhohlene Neugier der anderen Leute dort auf. Zurück im Auto, betrachtete sie ihr Gesicht im Rückspiegel und tastete mit den Fingern über die frische Schnittwunde, die sich über ihre Wange zog. Einen Moment dachte sie an den brennenden Schmerz, den Fluß im Dschungel, die Schüsse, die rund um sie ins Wasser peitschten, die Strömung, die sie mitriß. Der Schatten der Erinnerung tauchte in ihren Augen auf. Sie schaltete die Zündung ein und fuhr weiter.

Es war Mittag, als sie am Campden Hill Square ankam. Sie fand einen Parkplatz und nahm ihn sofort, ohne sich die Mühe zu machen, ihren Wagen weiter weg abzustellen, um sich unbemerkt anschleichen zu können. Sie beobachtete eine Weile Roddys Wohnung. Um diese Zeit müßte er eigentlich arbeiten, aber sie wollte sichergehen. Nach zehn Minuten ging sie die Stufen zu seiner Tür hinunter und läutete. Niemand da. Sie zog ihre Schlüssel aus der Tasche. Das Schloß ließ sich problemlos öffnen. Sie betrat die Wohnung und ließ die Tür leise hinter sich zuschnappen. Bücher und Gin. Der vertraute Geruch weckte sofort Erinnerungen. Gute und schlechte. Helen unterdrückte sie, alle außer die an das Foto, das er eines Sommernachmittags geschossen hatte, das Foto, das in der *World* abgedruckt war.

Sie ging ins Schlafzimmer, öffnete den Kleiderschrank, schob die Anzüge und gebügelten Jeans auseinander. Ihre Finger legten sich auf den Safe, liebkosten das Kombinationsschloß, verließen sich darauf, daß er nichts daran geändert hatte. Er hatte ihr die Nummer verraten, hatte sie – mit ihrem Talent für Zahlen – angewiesen, sie sich einzuprägen, nur für den Fall, daß er sie einmal vergessen sollte. Ein weiterer Versuch, sie in sein Leben einzubinden, so wie die feierliche Übergabe seiner Wohnungsschlüssel, und das alles »nur zur Sicherheit«. Helen lachte laut auf, als sich der Safe mit einem Klicken öffnete.

Zu seiner privaten Versicherungspolitik gehörte auch, daß er heikle Rechercheunterlagen nie in der *World*-Redaktion ließ. *Könnte in falsche Hände geraten.* Ihre Finger tasteten über die beiden Bleiregale. Papiere. Sie warf ein paar flüchtige Blicke darauf. Nichts von Bedeutung. Kein Geld. Davon hatte er nie genug, um seine Brieftasche zu füllen, geschweige denn, um irgendwelche Reserven anzulegen. Ihre Finger drangen weiter vor. Zwei Kassetten. Sie steckte sie ein, schloß den Safe wieder, verließ auf Zehenspitzen das Schlafzimmer, versperrte die Wohnung und fuhr nach Hause.

Dawson Place strahlte im Licht der Sonne. Sie ließ den Anblick ihrer Wohnung einige Sekunden lang auf sich einwirken, genoß das Gefühl, das sich in ihr ausbreitete. Die Rosen standen in voller Blüte. Mrs. Lucas hatte ihnen anscheinend die übliche Fünf-Sterne-Behandlung angedeihen lassen. Natürlicher Dünger aus den Hyde-Park-Ställen, dem Geruch nach zu schließen.

Kaum hatte sie ihre Wohnung betreten, öffnete sie auch schon den Katzenkorb und ließ Munza heraus. Er stolzierte durch die

Zimmer, mit erhobenem Schwanz in Form eines Fragezeichens. Ein Zuhause, Sicherheit, ein normales Leben, Jahre voller Erinnerungen. Das Gefühl des Geborgenseins war anders als früher, aber dennoch großartig. Sie spazierte durch die Zimmer ihrer Wohnung, hielt kurz inne, um ihr Bett zu betrachten, blieb in der Küche stehen und stellte sich verschwundene Gerüche vor. Dann spielte sie die Bänder ab.

Zaha Zamarohs Stimme ertönte. Anfangs weiteten sich Helens Augen vor Schreck, dann begann sie lauthals zu lachen.

»Ja, Zamaroh, mach ihn fertig.«

Es war alles da: Zamarohs Aufdeckung des Verbrechens, das Wallace und Rankin begangen hatten; wie sie Helen Jencks hereingelegt hatten; Wallace' Schuldbekenntnis und wie er fünfzehn Millionen Dollar auf Zamarohs Konto überwiesen hatte. Der Beweis ihrer Unschuld ... Eine Idee begann sich in ihrem Kopf zu formen. Sie ging zu ihrem Weinregal, nahm eine Flasche Puligny Montrachet heraus, entkorkte sie und goß sich ein Glas ein. Dann saß sie eine Zeitlang im Schneidersitz ganz still auf dem seidenen Bucharateppich im Wohnzimmer. Ein Sonnenstrahl ließ ihr Haar flammend rot aufleuchten. Sie blickte aus dem Fenster, ohne etwas zu sehen, ohne das Geschrei der spielenden Kinder und die bellenden Hunde draußen zu hören. Bedächtig und sorgfältig stellte sie ihre Überlegungen an, war sich mit jeder Faser ihres Körpers bewußt, welche Konsequenzen die erfolgreiche Verwirklichung ihres Plans haben würde.

Sie griff zum Telefon und rief Victor Maldonado an. Carmens Stimme, wachsam, bedrohlich. Helen sprach, hörte am anderen Ende nur schweres Atmen, dann gar nichts mehr, als Carmen ihre Beherrschung wiedererlangt hatte.

»Doktor Maldonado. Sofort. *Espero*.« Ich warte.

Sie wartete ein paar Minuten und stellte sich vor, daß sie durch die Leitung in die Eingangshalle sehen konnte, wo das Telefon auf einem mit Schnitzarbeiten verzierten Tischchen stand, unter dem wilden Blick von Paso-Pferden mit edlen Zügen und grausamen Hufen. Daß sie Maldonado sehen konnte, der den Hörer anstarrte, als sähe er ein Gespenst.

»Helen.«

Seine Stimme ließ sie zusammenzucken. Sie klang dumpf, bedächtig, kummervoll, als hätten sie beide dieselbe Tragödie durchlebt. Der Anflug von Schärfe und die folgende Stille hatten etwas Anklagendes.

»Sie glauben, ich hätte Sie verraten«, sagte sie. »Das stimmt nicht. Ich hoffe nur, das ist auch umgekehrt der Fall.«

Maldonado gab ein tiefes, bebendes Seufzen von sich. »Warum sind Sie nur nach Peru gekommen?«

»Um dort meinen Vater zu finden.« Sie wartete still auf seine Antwort.

»Sie haben ihn gefunden«, sagte Maldonado endlich.

»Und wieder verloren.«

Erneutes Schweigen. Helen hörte die Standuhr in Maldonados Arbeitszimmer schlagen.

»Warum rufen Sie an?«

»Weil ich Sie um meinen Vater bitten will.«

Maldonado lachte, ein bitteres, bedauerndes Lachen, fast so, als wollte er sich über sich selbst lustig machen.

»Glauben Sie, ich hätte ihn? Glauben Sie, er wäre noch am Leben?«

»Er sagte, Sie brächten es nicht fertig, ihn umzubringen«, sagte Helen und bemühte sich, ihre Stimme gefaßt klingen zu lassen. »Ich glaube auch nicht, daß Sie das könnten.«

»Aber ihn laufenlassen ... Nehmen wir mal an, ich hätte ihn – warum sollte ich ihn laufenlassen?«

»Denken Sie daran, was ich in Machu Picchu gesagt habe.«

»Wenn ich mich recht erinnere, haben Sie mir gedroht«, antwortete er distanziert, als wäre die Frage rein rhetorisch gewesen. »Drohen Sie mir jetzt wieder?« fragte er und gab sich amüsiert.

»Ich biete Ihnen einen Tausch an.«

»Was könnten Sie mir schon anbieten?«

89 Helen ging zu WH Smith am Notting Hill Gate und kaufte sechs Neunzig-Minuten-Leerkassetten. Zu Hause machte sie anschließend drei Kopien von jedem der Bänder, die sie in Roddys Safe gefunden hatte. Einen Satz Kopien befestigte sie mit Klebeband unter der Sitzfläche eines Sessels, den zweiten steckte sie in einen Umschlag und den dritten in ihre Handtasche. Sie bestellte einen Motorradboten, der den doppelt zugeklebten und an Dai adressierten Umschlag abholen sollte. Der Bote kam eine halbe Stunde nach ihrem Anruf. Schwarzes Leder, kraftstrotzender Gang, dunkle Locken, die sich unter seinem Helm hervorkräuselten. Helen übergab ihm den Umschlag.

»Sie müssen Abfahrt fünfzehn nehmen«, sagte sie und nahm sich Zeit für eine ausführliche Wegbeschreibung.

»Danke, Süße. Spart mir viel Zeit.«

»Kein Problem.«

»Üblen Schnitt haben Sie da«, sagte er nach einem Blick auf ihre Wange. »Wo haben Sie sich den denn geholt?«

»Ein Baum hat mich erwischt, in einem Fluß im Amazonasgebiet, auf der Flucht vor einer Bande von Drogenschmugglern.«

»Aber sicher, Süße. Glaub' ich Ihnen aufs Wort.«

»Passen Sie auf sich auf«, sagte Helen und machte lächelnd die Tür hinter ihm zu.

Sie wartete ab, bis es dämmerte, suchte dann Zaha Zamarohs Privatnummer heraus und rief sie an.

»Zaha. Hier spricht Helen Jencks.«

»O ... Helen. Was für eine Überraschung.«

»Ich würde Sie gern besuchen kommen, Zaha.«

»Ich halte es für besser, wenn Sie morgen zu Goldsteins kommen. Mit einem Anwalt, falls Sie einen haben.«

»Das sehe ich anders, Zaha. Ich glaube nicht, daß Ihnen ein Anwalt recht wäre.«

»Mir recht wäre ...?«

»AZC. CILD, Antigua. Kontonummer 248 ...« Helen unterbrach sich. »Soll ich am Telefon weitermachen oder lieber unter vier Augen?«

Sie hatte sich früher gelegentlich gefragt, wie Zamaroh wohl lebte. Fünfzehn Minuten später kannte sie die Antwort. Onslow

Square in South Kensington. Eine Penthouse-Wohnung mit hellen Holzböden, Gemälden skandinavischer Künstler an den weißen Wänden, einem gerahmten Teppich, der ebenfalls an der Wand hing – ein feines Gitterwerk, das mit einer Fülle von Blüten- und Laubmustern geschmückt war. Helen trat näher an den Stoff heran.

»Ein Schah-Abbas. Wunderschön.« Sie betrachtete die Teppiche, die auf den Holzböden lagen. »Ein Saruk, ein Seraband und ein Ferahan. Dieses blasse Grün ist so zart, wie Sonnenlicht im Regenwald.« Helen starrte die Teppiche fasziniert an.

Zamaroh warf ihr einen erstaunten Blick zu. »Wo haben Sie soviel über Perserteppiche gelernt?«

»Mein Patenonkel ist Arabist und Sammler. Er hat mir alles beigebracht. Sind das Erbstücke oder haben Sie sie mit Ihren unrechtmäßig erworbenen Profiten gekauft?«

Zamaroh sah Helen einen Moment lang wütend an und konnte sich dann ein Lächeln nicht verkneifen. Sie trug eine bodenlange Dschellabah, die mit komplizierten Mustern aus Goldfäden bestickt war. Die goldenen Ohrringe bildeten einen Kontrast zu ihrer braunen Haut. Sie wirkte mehr denn je wie eine Göttin. Doch in ihrer privaten Umgebung zeichnete sich ihre Ausstrahlung durch stille Würde aus, im Gegensatz zur hochtrabenden, lautstarken Arroganz, die sie im Börsensaal an den Tag legte.

»Möchten Sie einen Drink?«

»Sie wollten damals einen Wodka, wenn ich mich recht erinnere, und Sie stießen auf leichtverdientes Geld an. Wie gewonnen, so zerronnen, Zaha.« Helen griff in ihre Handtasche und überreichte Zamaroh die beiden Kassetten. Sie setzte sich auf ein niedriges weißes Sofa. Im Hintergrund waren Chopins *Nocturnes* zu hören. Zamaroh schaltete die Musik aus und ließ sich auf einem weißen, mit hellem Leinenstoff bezogenen Sofa nieder. Sie spielte erst eines der Bänder ab, dann das andere.

Sie sah sich im Zimmer um, das von den körperlosen Stimmen durchdrungen wurde. Ihre Blicke verweilten auf ihren Gemälden, auf windstillen Meeresszenen, die in kaltem, reinem Licht strahlten, auf Buchen, die sich in einem Wind bewegten, den man beinahe körperlich spüren konnte, auf golden leuchtenden Getreide-

feldern vor einem tiefblauen Himmel, auf menschenleeren Kies-
stränden. Ihre Totems, ihre private Zuflucht. Als ihre aufgezeich-
nete Stimme verklang und das Band nur noch leise rauschte, wandte sie sich Helen zu. Sie sah so entspannt aus wie eine Schlange,
die in aller Ruhe über den besten Angriffswinkel sinniert.

»Ich habe keine verwundbare Stelle mehr, Zaha«, sagte Helen,
als hätte sie ihre Gedanken gelesen. »Nicht einmal eine Achil-
lesferse.«

»Was ist mit Ihrem Gesicht passiert? Was ist mit *Ihnen* passiert?«

Helen lächelte, weil sie an die Reaktion des Motorradboten
denken mußte, als sie seine Frage beantwortet hatte.

»Sie würden es ohnehin nicht glauben …«

Zamaroh stand auf, um sich ein Glas Whiskey einzugießen.
»Sie auch?« fragte sie und bewegte die Flasche hin und her. Helen
schüttelte den Kopf.

»Ich hätte jetzt gern meine Kassetten zurück, bitte. Und kommen Sie nicht auf komische Ideen – ich habe Kopien davon, die
an sicheren Orten verwahrt sind.«

Zamaroh hielt die Kassetten zwischen ihren Fingerspitzen, als
seien sie vergiftet. Sie gab sie Helen und nahm wieder Platz. Eine
Perserkatze kam geschmeidig um die Ecke, ignorierte Helen und
sprang auf den Schoß ihrer Herrin.

»Warum kommen wir nicht zur Sache – was wollen Sie?« fragte Zamaroh, während sie das rauchgraue Fell ihrer Katze streichelte.

»Den gesamten Betrag, den Sie von Wallace und Rankin kassiert haben.«

»Fünfzehn Millionen Dollar?« Als Zamaroh ihre Stimme erhob, kam plötzlich ein Teil ihrer Börsenpersönlichkeit
durch. »Sind Sie wahnsinnig? Wie kommen Sie auf die Idee, ich
würde Ihnen eine derartige Summe einfach in die Hand
drücken?«

»Weil ich die Kassetten ansonsten Goldsteins und dem SFO
übergeben werde.«

Zamaroh nickte. Es war offensichtlich, daß sie die Bänder
innerlich noch einmal abspielte. Helen merkte, daß Zamarohs
Gesicht aus Verlegenheit ein ganz kleines bißchen rot wurde;

428

wahrscheinlich wegen des Vortrags, den sie Wallace damals gehalten hatte, ihre zutiefst persönlichen Bemerkungen darüber, was es für sie bedeutete, als farbige Frau in der Londoner Finanzwelt zu überleben. Diese Geschichte war ihr peinlicher als der Diebstahl. Der Mythos, den Zamaroh um sich herum geschaffen hatte, dieser öffentliche Eindruck einer Person ohne jede Schwäche, war durch diesen Vortrag zerstört worden. In ihren Augen hatte sie damit ihr eigenes Image verraten.

Sie funkelte Helen einen Augenblick lang zornig an, bevor ihr Intellekt wieder die Kontrolle übernahm.

»Nicht schlecht, Helen. Sie wurden von Wallace und Rankin reingelegt. Aber vielleicht wurden die beiden die ganze Zeit über auch von Ihnen reingelegt?«

Helen lächelte. »Das wäre doch mal was, nicht wahr?«

»Und was haben Sie mit ihnen vor?«

»Dasselbe wie mit Ihnen.«

»Sie sind anscheinend davon überzeugt, daß wir alle mitspielen werden.«

»Ein paar Jahre Gefängnis, das Ende Ihrer Karriere? Das ganze schöne Geld beschlagnahmt?«

»Die Sache würde möglicherweise nie vor Gericht kommen. Sie wissen doch, wie unfähig der SFO ist.«

»Ich glaube nicht, daß Sie sich auf dieses Risiko einlassen werden. Schließlich geht's doch auch darum, daß Ihr Image zerstört wäre, oder? Ziemlich schmutziges Erbe für eine iranische Prinzessin, was?«

»Du Schlampe.«

»Ist nicht persönlich gemeint, Zaha.«

»Was dann? Warum wollen Sie das Geld? Ich hatte immer den Eindruck, es hätte keine besondere Bedeutung für Sie.«

»Sie haben recht, das hat es auch nicht. Aber für andere Leute ist es wichtig.«

90

Helen klopfte laut an Hugh Wallace' Wohnungstür und vertraute darauf, daß er wie üblich allein zu Hause sein würde. Sie hörte Schritte, dann nichts mehr. Sie malte sich aus, wie er sie in diesem Moment durch den Spion beobachtete. Fast konnte sie sein unterdrücktes Atmen auf ihrer Haut spüren, sah vor ihrem geistigen Auge, wie sich sein Gesicht rötete, wie er nervös an seinem schmuddligen Hemdkragen zerrte.

»Mach auf, Hugh. Oder wär's dir lieber, ich trete die Tür ein?«

Helen Jencks' Gesicht war nur ein paar Zentimeter von seinem entfernt. Er überprüfte die Verriegelung. Am liebsten hätte er sich umgedreht, wäre lautlos in sein Arbeitszimmer zurückgeschlichen, zu seiner Dose Heineken-Bier und seinen Computern. Doch die Naturgewalt auf der anderen Seite der Tür hatte etwas Unwiderstehliches.

»Ich tu es wirklich, Hugh. Zehn, neun, acht . . .«

Er schob einen Riegel nach dem anderen zurück. Dann öffnete er die Tür ein kleines Stück, füllte den Spalt mit seinem Körper aus, als könnte er sie dadurch von sich fernhalten. Helen grinste ihn an.

»Was willst du?« Seine Stimme war angespannt, klang fast wie ein Winseln. Sein Handgelenk lag auf der Türklinke. Helen griff danach, drehte es um und drängte ihn zurück in die Wohnung.

»Deine Neugier wird dich noch den Kopf kosten, stimmt's? Das war immer schon deine große Schwäche, Hugh.« Sie roch seine Angst. Seine Hand wurde schlüpfrig, so schwitzte er. Als sie im Wohnzimmer angelangt waren, ließ sie ihn los. Er entfernte sich ein paar Schritte von ihr und trat auf die andere Seite seiner Skulptur. Helen folgte ihm, stieß ihn auf ein Sofa. Er fiel ungeschickt und setzte sich dann auf, mit verschränkten Armen und fest aneinandergepreßten Knien.

»Dein Gesicht scheint ganz gut verheilt zu sein. Ich habe gehört, du wurdest überfallen.«

Wallace zuckte zusammen. Helens Hand strich über eine der vier Lautsprecherboxen, die im Zimmer verteilt standen.

»Bang & Olufsen. Surround-Sound. Ich habe da etwas, das du dir vielleicht gern anhören würdest.«

Sie steckte die erste Kassette ins Abspielgerät. Rund um sie herum ertönten plötzlich Stimmen in perfekter Wiedergabe, sozusagen in Konzertqualität. Jede Betonung, jede Andeutung war deutlich zu hören. Helen setzte sich auf das Sofa gegenüber von Wallace und lehnte sich gemütlich zurück. Sie ließ ihn keine Sekunde lang aus den Augen, betrachtete interessiert, wie sein Gesicht einzufallen schien und sich wieder spannte, während sein Ego gegen die Realität ankämpfte. Es war ein groteskes Schauspiel, ein unaufhörlicher Wechsel zwischen Begreifen und Unglauben, Angst und Wut, Ohnmacht und gespielter Kontrolle. Als sie ihn so vor sich sah, war ihr Rachedurst gar nicht mehr so groß. Trotzdem prägte sie sich die Stadien seines Zerfalls genau ein – nur für den Fall, daß sie irgendwann wieder den Wunsch nach Vergeltung verspüren sollte.

Sie spielte mit der Fernbedienung, ließ die Lautstärke an- und abschwellen, bis Wallace das Gesicht verzog und sich die Ohren zuhielt.

»Schalt es ab!« brüllte er. »Jemand könnte es hören.«

Helen drehte leiser. »Ja, und genau das wird auch passieren, wenn du nicht genau das tust, was ich von dir verlange.«

91 Am nächsten Morgen erwachte Helen vom Geräusch des Regens. Sie stand auf, blickte aus dem Fenster und sah einen Regenbogen. Sie mußte an den doppelten Regenbogen denken, den sie mit Connor in Cuzco gesehen hatte. War er ein gutes oder ein schlechtes Omen gewesen? Eine Hälfte des Himmels war schwarz, die andere strahlte in leuchtendem Blau. Sie kramte ihr Adreßbuch hervor, rief Damien, ihren Bankbetreuer auf Jersey, an und führte ein kurzes Gespräch mit ihm. Dann schlüpfte sie in Shorts und ein T-Shirt und zwängte ihre Füße in Laufschuhe. Sie verzichtete auf die Streckübungen und rannte gleich in den Sonnenscheinschauer hinaus. Der Regen strömte über ihr Gesicht, die Sonne spiegelte sich auf nassen Gehsteigen. Sie lief in den Park, auf dem durchnäßten Rasen, bis ihre Schritte genauso fließend kamen wie der Regen.

Die Junisonne triumphierte über den Regenschauer. Das nasse Gras schien zu dampfen. Sie lief nach Hause, nahm ein Bad, zog saubere Jeans, ein weißes T-Shirt und Turnschuhe an und erledigte anschließend im Europa ihre Einkäufe.

Gerade als sie ihr Frühstück – Mangos und kolumbianischer Kaffee – beendet hatte, läutete es an der Tür. Sie ging auf Zehenspitzen ins Schlafzimmer und warf zwischen den Vorhängen einen vorsichtigen Blick aus dem Fenster. Roddy Clark.

Zorn regte sich in ihr, wie eine Flamme, die aufloderte und langsam verglühte. Sie ging zur Gegensprechanlage, drückte auf den Summer und hörte das überraschte Klicken der Tür, als Roddy sie aufdrückte. Innen entschlossene Schritte auf dem Parkettboden des Korridors, die vor der Wohnungstür verstummten. Sie öffnete schwungvoll, und er trat einen Schritt zurück.

»Helen!«

»Wen hast du denn erwartet, Lucrezia Borgia?!«

»Ich ... äh ... das ist sozusagen nur ein Routinebesuch. Wollte nur sehen, ob du wieder da bist.«

»Da bin ich.« Sie verschränkte die Arme über der Brust. »Du hast doch nicht ernsthaft geglaubt, daß dein Geschreibsel mich von hier fernhalten würde?«

»Na, komm, Hel, wir wollen doch nicht ...«

»Persönlich werden? War es das, was du sagen wolltest?« Sie lachte. »Deine Story über die vermißte Wertpapierhändlerin scheint mit einem Mal sehr weit hergeholt, nicht wahr? Ein sachlicher Fehler. In diesem Licht könnten deine Andeutungen über diverse Vergehen recht eigennützig erscheinen.«

»Worauf willst du hinaus?«

»O, du machst dir Sorgen, daß ich dich verklagen könnte. Verleumdung. Üble Nachrede. Ich frage mich, wieviel man dafür kriegen kann?« Sie registrierte den Funken von Angst, der in seinen Augen aufflackerte. Er wußte schon jetzt, daß er verloren hatte. »Verschwinde, Roddy. Du hattest nie eine reine Seele. Dein Geschmiere ist durch und durch falsch und vergiftet. Du bist ebenso belanglos wie alles, was du schreibst. So war es immer, und so wird es immer sein.«

92 Notting Hill war ein Fest für die Sinne: Sommer, braune Haut, Schweiß, exotische Gerüche, Cappuccino in Straßencafés, härtere Getränke in den Privatgärten. Hinter der einschläfernden Schwüle verbarg sich unterdrückte Erregung. Balzrituale auf den Straßen. Sie sah alles wie durch einen Schleier. Weder wollte sie mit Dai sprechen, noch konnte sie Joyce gegenübertreten, auf jeden Fall nicht, solange dieses ungewisse Stadium des Wartens andauerte.

Sie hatte ihren Einsatz gemacht. Vielleicht war es ein Fehler gewesen, aber darüber würde die Zeit entscheiden. Das Wochenende ging vorbei. Dai rief an und klang besorgt. Mrs. Lucas stattete ihr einen kurzen Besuch ab, hieß sie zu Hause willkommen und bestand darauf, daß sie sich demnächst bei ihr zum Tee, einem kleinen Schwätzchen und Kuchen (damit sie wieder zu Kräften käme) blicken lassen sollte. Währenddessen wartete Helen ab, saß in ihrer kühlen Wohnung mit der hohen Decke und blickte auf das leuchtende, sonnengesprenkelte Grün der Eichenblätter vor dem Fenster. Am Montagmorgen rief Damien sie aus Jersey an, mit einer vor Hochachtung atemlosen Stimme.

»Sie haben mich ersucht, Sie anzurufen, wenn es auf Ihrem Konto eine Einzahlung gibt. Heute früh haben wir gleich zwei erhalten. Wir ...«

»Wieviel insgesamt?«

»Zwanzig Millionen Dollar.«

Sie wartete noch einige Zeit ab und versuchte sich mit peinlich genau ausgeführten Routinetätigkeiten etwas zu beruhigen. Sie mahlte frische Kaffeebohnen, füllte Wasser in die Espressokanne, gab Kaffeepulver in den Filter, das so fein gemahlen und frisch war, daß es ihr wie dunkle, parfümierte Luft vorkam, steckte den Filter in den dafür vorgesehenen Behälter, stellte das Kännchen dann auf den Herd, um das Wasser zum Kochen zu bringen. Sie legte ihre Nina-Simone-CD ein und hörte sich das schrecklich sorglose »My Baby Just Cares For Me« an. Die kleine Kanne auf der Herdplatte begann zu zischen und zu spucken. Helen goß sich eine kleine, wahnsinnig starke Tasse Kaffee ein und setzte sich damit neben das Telefon. Sie wartete ab, bis das Getränk leicht abgekühlt war und leerte die Tasse auf einen Zug.

Ein Windstoß kam durchs offene Fenster, rüttelte an den Vorhängen, flüsterte durch ihr Haar. Sie griff zum Telefon. Ihre Hand zitterte, als sie den Hörer in die Hand nahm und Maldonado anrief. Carmen hob ab. Endloses Warten. Dann die tiefe Stimme. Verletzt, unversöhnlich, neugierig.

»Helen.«

»Wieviel ist mein Vater wert?«

»Helen, wovon …«

»Die Geschäfte in dieser Branche laufen ja ganz gut, wie ich höre. Kidnapping. Für Lösegeld. Nehmen wir mal an, Ángel hätte meinen Vater in seiner Gewalt …«

»Was soll das konkret heißen?«

»Für den richtigen Betrag würde er ihn freilassen, oder?«

»Warum führen wir dieses Gespräch?«

»Ich bin eine Betrügerin, wissen Sie noch?«

»Sind Sie das wirklich?«

»Nehmen wir mal an, es wäre so. Die Zeitungen glauben es jedenfalls, nicht wahr?«

»Sie deuten es an.«

»Lebt er noch?«

»Warum quälen Sie uns beide, sich und mich?«

»Wie ist es, lebt er noch?«

Maldonado antwortete nicht.

»Banco de Panama. BD 1564 831 9929«, sagte Helen auswendig die Kontonummer her, die sie in Maldonados Schreibtisch entdeckt hatte. »Stimmt das?«

»Wo haben Sie diese Nummer her?«

»Antworten Sie einfach. Stimmt sie?«

»Ja.«

Sie rief Damien an.

»Würden Sie bitte eine elektronische Überweisung für mich tätigen, die heute noch rausgeht?«

»Aber sicher, Helen. Geben Sie mir die Daten durch. Ich brauche dann nur irgendwann eine schriftliche Bestätigung.«

»Kein Problem.«

»Okay. Fangen Sie an.«

»Zahlbar an die Banco de Panama, Konto BD 1564 831 9929.«

»Name des Empfängers?«
»Kein Name.«
»Betrag?«
»Zwanzig Millionen Dollar.«

93

Helen rief bei Joyce an und wurde mit ihrem Anrufbeantworter verbunden.

»Hi, Joyce, hier ist Hel. Ich bin wieder da und werde demnächst nach Wiltshire aufbrechen. Ruf mich zurück.« Sie stellte sich vor, wie Joyce die Nachricht abhörte und sich ein erwartungsvoller Ausdruck auf ihrem verschmitzten Gesicht ausbreitete.

Sie telefonierte mit Dai, um ihre bevorstehende Ankunft anzukündigen. Dann warf sie ein paar Kleidungsstücke in eine Reisetasche. Das Summen der Gegensprechanlage überraschte sie. Mit einem T-Shirt in der Hand hielt sie kurz inne. Als das Summen erneut zu hören war, ließ sie das Shirt auf den Boden fallen. Sie ging vorsichtig ums Bett herum, drückte sich an der Wand entlang bis zum Schlafzimmerfenster und spähte hinaus. Draußen stand ein großer, untersetzter Mann in einem schlechtgeschnittenen Anzug. Sein dünnes, rotblondes Haar war zurückfrisiert. Irgend etwas an ihm kam ihr bekannt vor.

»Scheiße. Ich kann mich ja nicht ewig verstecken«, flüsterte sie und bewegte sich lautlos auf die Sprechanlage zu.

»Ja?«

»Miss Jencks?«

»Wen haben Sie denn erwartet?«

»Miss Jencks, wenn Sie das sind, mein Name ist Michael Freyn. Ich bin Sicherheitschef bei Goldsteins.«

Statt zu antworten, drückte Helen nur auf den Summer. Dann machte sie ihre Wohnungstür auf und sah Freyn entgegen. Er bewegte sich in der unbeholfenen Art eines Menschen, der schlechte Nachrichten zu überbringen hatte. Helen lächelte ihn an.

»Weisen Sie sich aus.«

Er wirkte überrascht, griff aber dann trotzdem in seine Jackett-tasche.

»Langsam«, sagte Helen und machte einen Schritt auf ihn zu. Er zog seinen Ausweis in Zeitlupe heraus und zeigte ihn ihr.

Helen überprüfte das Dokument und nickte. »In Ordnung. Kommen Sie rein.« Sie führte ihn ins Wohnzimmer. »Bitte, nehmen Sie Platz.« Sie sah zu, wie er sich einen Stuhl mit gerader Rückenlehne aussuchte und Platz nahm, das Gesicht ihr zugewandt. Sie ging auf die andere Seite des Zimmers.

»Kaffee, Tee, Wasser?«

»Wasser, bitte.«

Helen ging in die Küche, goß zwei Gläser Mineralwasser ein und trug sie ins Wohnzimmer. Wortlos reichte sie Freyn eines der Gläser und setzte sich dann selbst.

»Was ist mit Ihrem Gesicht passiert?«

»Bin gegen eine Tür gelaufen.«

»Alles klar.« Er seufzte kurz. »Ich muß Ihnen ein paar Fragen stellen, wenn Sie einverstanden sind. Ihr plötzliches Verschwinden von Goldsteins hat uns ziemlich beunruhigt.«

»Es handelte sich um eine Privatangelegenheit. Ich mußte ins Ausland. Ich hätte den Empfang darüber informieren sollen. Für diese Unterlassung habe ich keine Rechtfertigung anzubieten. Tut mir leid.«

»Das genügt aber nicht, Miss Jencks.«

Helen zuckte die Achseln. »Es muß genügen. Woher wußten Sie, daß ich wieder da bin?«

Freyn lächelte. Sein Blick teilte ihr mit, daß er hier die Fragen stellte.

»Warum waren Sie so lange fort?«

»Das ist für Sie ohne Belang.«

»Ich würde es aber gern wissen.«

»Warum?«

»Weil es eine interessante Frage ist. Anscheinend fand man das sogar in der *World*.«

Helen mußte lachen.

»Was ist daran so amüsant?«

Helen dachte wieder an die Kugeln, die rund um sie im Fluß explodierten, daran, wie sie in Connors Arme geschwommen war. »Anscheinend begreift niemand, worum es hier wirklich geht.«

»Worum geht es denn?«

»Warum fragen Sie nicht bei der *World* nach?«

»Stört es Sie, wenn ich kurz telefoniere?«

»Bitte, nur zu.«

Freyn holte ein Handy aus der Tasche, zog die Antenne heraus und tippte eine Nummer ein.

»Evangeline, könnte ich bitte James sprechen? Es ist dringend. James? Ich bin gerade bei Helen Jencks. Sie wollten benachrichtigt werden, wenn ich sie gefunden habe. Vielleicht würden Sie sich gern selbst mit ihr unterhalten.« Freyn wandte sich an Helen. »Haben Sie etwas dagegen?«

Helen schüttelte den Kopf.

Savage traf vierzig Minuten später ein. Als Helen öffnete, stand er in seinem eleganten Nadelstreifenanzug und mit melancholischem Gesichtsausdruck vor ihr. Er betrachtete sie, wie sie ihm in Jeans, T-Shirt und barfüßig gegenüberstand, und fand, daß sie wie eine Amazone aussah. Sie wirkte fit und schlank. Unter ihrer tief gebräunten Haut zeichneten sich sehnige Muskeln ab, und aus ihren Augen strahlte ein Licht, das er nie zuvor an ihr bemerkt hatte. Sie kam ihm vor, als hätte sie in einem Spiel gewonnen, von dessen Regeln er nicht die geringste Ahnung hatte. Sie begrüßte ihn mit einem Nicken und sprach seinen Namen aus, als würde sie ihn auf einer unsichtbaren Liste abhaken. Er folgte ihr ins Wohnzimmer und ging vorsichtig über die Perserteppiche.

»Wunderschön. Fast zu schade, um draufzutreten«, bemerkte er.

»Das klingt aber gar nicht nach dir«, sagte Helen lächelnd und ergriff seine ausgestreckte Hand. Einen Augenblick lang blieb sein Gesicht unbeweglich, doch dann verzog es sich zu seinem schiefen Grinsen.

»Du nimmst dir einiges heraus«, sagte er.

»In meinen eigenen vier Wänden …«

»Hm.« Savage drehte sich zu Freyn um. »Vielen Dank, Michael.«

Freyn begriff und stand zögernd auf.

»Wir sehen uns im Büro«, sagte er zu Savage. Er deutete eine Verbeugung an und ließ sich von Helen hinausbegleiten.

»Läuft ja alles sehr zivilisiert«, sagte sie, als sie wieder ins Wohnzimmer kam. Savage ließ sich auf ein Sofa sinken und schlug die Beine übereinander. Sie kauerte sich in ihrem mit saphirblauem Samt bezogenen Sessel zusammen.

»Was ist mit deinem Gesicht passiert?«

»Meine Katze.«

»Wir haben das mit den falschen Kursen herausgefunden.«

Als sie das hörte, hellten sich ihre Züge auf.

»Verdammt, was ist los, Helen?«

»Zieh dich aus.«

»Wie bitte?«

»Du hast mich schon verstanden. Ein Stück nach dem anderen, ganz langsam, damit ich alles genau sehe.«

»Helen, ich glaube wirklich nicht, daß dies der rechte Ort und die rechte Zeit für solche Dinge ist. So gern ich es immer gewollt hätte...«

Er unterbrach sich, als sie sich vor Lachen krümmte. »O Gott, James! Das hat doch mit Sex nichts zu tun! Du möchtest, daß ich rede? Daß ich dir erzähle, was los war?«

»Genau.«

»Aber du könntest irgendwo am Körper ein Aufnahmegerät tragen«, erklärte sie ihm geduldig.

»Ich kann dir versichern, daß das nicht der Fall ist.«

»Tu mir einfach den Gefallen.«

Er erhob sich, zog sein Jackett aus und legte es über die Rückenlehne des Sofas. Dann bückte er sich und schnürte die Schuhbänder auf.

»Wenn du darauf bestehst.«

»Ich bestehe darauf.«

Er stieg aus den Schuhen. Helen hob sie auf und unterzog sie einer genaueren Betrachtung. Teure Straßenschuhe aus schwarzem Leder, mit dem Etikett »Lobb, St. James' Street«.

»Maßschuhe?« fragte ihn Helen mit einem breiten Grinsen.

Savage, der eine marineblaue Socke in der Hand hielt, bedachte sie mit einem wütenden Blick. »Woher weiß ich, daß du das nicht alles auf Video aufnimmst?«

»Du weißt es nicht. Du mußt mir einfach trauen.«

Er schnaubte verächtlich und ließ die Socke fallen. Anschließend nahm er seine Krawatte ab und legte sie neben die schlaffen Socken. Seine goldenen, etwas zu auffälligen Manschettenknöpfe landeten auf dem Couchtisch, das weiße Hemd, das jetzt leicht verknittert war, legte er über die Rückenlehne des Sofas. Helen stand die ganze Zeit über mit verschränkten Armen da und beobachtete ihn, wirkte dabei wie eine römische Herrscherin, die einen Sklaven bei der Versteigerung taxiert.

Savage knöpfte seine Hose auf. Als sie zu seinen Knöcheln hinunterrutschte, war das leise Zischen des Seidenfutters zu hören. Er stieg aus der Hose und legte sie über sein Jackett. Dann stand er in weiß-blau-gestreiften Boxershorts vor ihr. Das Alter hatte seine Brustpartie erschlaffen lassen, seine Haut war blaß und die Knie standen knochig hervor. Seine Oberarme, die einmal muskulös gewesen sein mußten, wirkten jetzt weich und schwammig. Eigentlich hätte er einen verwundbaren Eindruck machen müssen, doch der grausame Zorn, der aus seinen Augen funkelte, ließ Helen gleich wieder vorsichtig werden.

»Zufrieden?«

»Hmmm … Eigentlich hätte ich Seide und Paisley erwartet«, sagte sie lächelnd und betrachtete dabei seine Unterhose. »Die kannst du auch ausziehen.«

»Mach dich nicht lächerlich.«

»Wer weiß, was du da drunter versteckst.«

»Das scheint dir Spaß zu machen.«

»Und wie. Zieh sie aus.«

Savage ließ die Unterhose fallen, schob sie mit dem Fuß weg und machte eine Pirouette vor Helen.

»Na, bitte. War doch gar nicht schlimm, oder?«

»Du riskierst ganz schön viel, Jencks.«

»Genau deswegen hast du mich engagiert.«

»Stimmt. Findest du nicht, daß du der Fairneß halber auch deine Jeans ablegen solltest? Wer weiß, was du mit dir herumschleppst.«

»Sehr witzig. Ich habe nichts als mein Anliegen. Zieh dich an.«

Savage kleidete sich wieder an, während Helen in ihre Turnschuhe schlüpfte.

»Gehen wir irgendwo hin?«

»Wir machen nur einen kurzen Spaziergang.«

Sie gingen nach Kensington Gardens und setzten sich auf eine Parkbank mit Blick auf Millionaires Row. Eine alte Eiche schützte sie vor den Strahlen der Sonne. Das Geschrei von Kindern, die sich auf einem nahen Spielplatz vergnügten, zerriß die Stille. Rollerblade-Fahrer sausten an ihnen vorbei. Sie saßen im Abstand von einigen Zentimetern auf der Bank und blickten starr geradeaus, als wären sie ein Liebespaar, das gerade miteinander gestritten hatte und nun darüber nachsann, was der andere wohl denken mochte.

»Wieviel habt ihr herausgefunden?« fragte Helen.

»Falsche Kursangaben bei den KOSPI-Optionen. Wir schätzen, daß wir dadurch etwa fünfzig Millionen verloren haben. Dreißig davon als Gewinnausfall für Goldsteins, und zwanzig als echter Verlust. Nicht zu gierig. Ziemlich schwer herauszufinden. Clever. Und jedes der fraglichen Papiere trägt deine Unterschrift.«

»Und?«

»Und? Du hast dich abgesetzt.«

»Mehr Beweise habt ihr nicht?«

»Nur Vermutungen.«

»Du glaubst, daß ich dahinterstecke?«

»Was soll ich sonst glauben? Du bist verschwunden.«

»Und jetzt willst du die Wahrheit hören?«

»Das wäre nett.«

Helen lachte laut auf. »Du wirst mir entweder nicht glauben oder mich gleich einweisen lassen.«

»Ich will es hören. Deswegen bin ich hier.«

»Ich kann dir nicht mit einer Wahrheit dienen, die du begreifen könntest. Diese Sache liegt außerhalb deines Erfahrungsbereichs.«

»Versuch es trotzdem.«

»Du wirst noch bereuen, daß du mich gefragt hast.«

Helen erzählte eine halbe Stunde lang. Savage schwieg. Er rutschte auf der Bank hin und her, beugte sich vor, umklammerte seine Knie, massierte seine Schläfen und ließ seine Augen von Helen zu einem imaginären Punkt an einer Hauswand in der Millionaires Row wandern.

Als Helen fertig war, setzte er sich aufrecht hin. Er wartete einige Sekunden ab, als fürchte er weitere Enthüllungen. Dann atmete er plötzlich so lange und tief aus, daß Helen fürchtete, seine Lungen würden kollabieren.

»Also, fassen wir zusammen«, sagte er. »Fünfundzwanzig Millionen Dollar von Goldsteins' Geld sind bei AZC gelandet, fünf Millionen oder so haben Wallace und Rankin, und die restlichen zwanzig Millionen Dollar hat ein korrupter Geheimdienstagent und Drogenbaron in Südamerika kassiert.«

»So sieht's in etwa aus. Wenn du meine Version der Geschichte weitererzählst, wird man dich für verrückt halten. Ich werde kein Wort davon bestätigen.«

»Herr im Himmel.« Savage hatte den Kopf auf die Hände gestützt und blickte in stillem Zorn zu Helen auf. »Und was ist mit den anderthalb Millionen auf dem Banque-des-Alpes-Konto passiert?«

»Banque des Alpes? Was hat denn die damit zu tun?«

Savage sah Helen tief in die Augen. Sie wich seinem Blick nicht aus, starrte kühl und klar zurück. Es war offensichtlich, daß sie keine Ahnung hatte, wovon er redete.

»Um Himmels willen. Das darf doch alles nicht wahr sein! Es ist einfach zu ... ›absurd‹ ist ein viel zu schwaches Wort dafür.«

»Ich sagte ja, du wirst bereuen, daß du gefragt hast. Was mir in Peru zugestoßen ist, ist eine Sache – aber was in deinem eigenen Börsensaal geschehen ist, sollte dich eigentlich nicht überraschen. Was hast du denn erwartet? Dort wimmelt es doch von Leuten, die ebenso intelligent wie habgierig sind und noch dazu riesige Egos mit sich herumschleppen. Und du läßt diese Typen auf die Finanzmärkte los, mit dem ausdrücklichen Auftrag, die Konkurrenz zu vernichten. Es ist ihr Job, Geld zu machen, so kreativ und skrupellos wie möglich. Wenn sie das schaffen, werden sie behandelt wie Könige und Königinnen im Mittelalter. Sie halten sich für unantastbar. Ist es ein Wunder, daß sie sich irgendwann umdrehen und dich fertigmachen wollen? Daß sie einen Teil von Goldsteins' fetten Gewinnen für sich selbst abzweigen wollen? Das ist dein schlimmster Alptraum, stimmt's? Du und jeder Bankdirektor zwischen hier und Tokio fürchten nichts mehr, als daß sich eines ihrer aufstrebenden jungen Talente plötzlich am falschen Goldesel bedient. Dabei hast du noch Glück gehabt. Du kannst deine Verluste vor dem Frühstück wegstecken, ohne schwere Schäden davonzutragen. Die *World* ist zwar dahintergekommen, aber ich schätze, es wird keine Artikel mehr zu diesem Thema geben. Du hast eine echte Chance, die ganze Sache zu vertuschen, den guten Ruf von Goldsteins zu wahren und deine Karriere zu retten.«

»Und nebenbei auch noch dich mit heiler Haut davonkommen zu lassen ...«

»Glaubst du wirklich, daß mir das noch etwas bedeutet, nach allem, was passiert ist?! Ich lebe. Das ist alles, was zählt. Ich fürchte mich weder vor dem Betrugsdezernat noch davor, daß mich die Presse durch den Dreck ziehen könnte. Ich wurde als Unschuldige durch den Dreck gezogen, und es ist mir völlig gleich, was jetzt passiert, wenn ich tatsächlich schuldig bin.« Sie beugte sich zu ihm vor. »Worin besteht meine Schuld denn eigentlich? Daß ich Diebe bestohlen habe, um das Leben meines Vaters zu retten?«

Savage erhob sich und warf einen langen Blick auf Helens Gesicht, auf dem sich Schmerz, Hoffnung, Liebe und Sehnsucht zeigten.

»Ich kann nur hoffen, daß es klappt.«

94 Um sechs war Savage wieder im Büro. Freyn wartete schon auf ihn. Er blickte erwartungsvoll in Savages verkniffenes Gesicht.

»Was hat sie Ihnen erzählt?«

»Das Thema ist ein für allemal abgeschlossen. Helen Jencks hat gekündigt. Andy Rankin wird ab jetzt als Forschungsassistent von Hugh Wallace tätig sein. Die beiden werden Produkte erfinden, die wir nie einsetzen werden. Innerhalb der nächsten sechs Monate werden sie uns ohne weiteres Aufsehen verlassen. Keiner von ihnen wird jemals wieder einen Job im Londoner Finanzdistrikt finden. Ich werde via ACZ das eine oder andere Gerücht über sie verbreiten. In spätestens einem Vierteljahr wird keine seriöse Firma mehr mit ihnen zu tun haben wollen.«

»Und was ist mit Zamaroh? Haben Sie nicht vermutet, daß sie ebenfalls in die Angelegenheit verwickelt war?«

»Selbst wenn das stimmt, hat Helen aus irgendeinem Grund beschlossen, sie zu schonen. Zamaroh bleibt.«

»Was werden Sie der Internen Ermittlungskommission erzählen?«

»Diese Bürde muß ich ganz alleine tragen.«

»Warum sagen Sie denen nicht die Wahrheit? Berichten Sie einfach, was Helen Ihnen erzählt hat.«

Savage lachte höhnisch.

»Ich denke nicht, daß die auf so etwas vorbereitet sind. Wahrscheinlich werden sie das auch nie sein. Die Angelegenheit ist beendet, sämtliche Untersuchungen werden eingestellt. Wir machen weiter wie immer. Alles klar?«

»Äh, ja. Alles klar.«

Als Freyn ging, spiegelte sich in seinem Gesicht der Konflikt zwischen Verwirrung und loyalem Gehorsam wider. Savage blieb allein in seinem Büro zurück und sah auf die Londoner Skyline hinaus. Helen hatte recht gehabt – er hatte eine echte Chance, damit durchzukommen. Und er war ein Hasardeur, wie sie.

95 Helen machte sich im Wagen ihres Vaters auf den Weg nach Wiltshire, der untergehenden Sonne entgegen, die schräg durch die Windschutzscheibe fiel. Sie fuhr durch Shepherd's Bush und reihte sich in den Stoßverkehr ein. Es dauerte fast eine Stunde, bis sie aus London heraus und auf der M5 war. Jetzt gab sie Gas, spürte die Kraft des Motors, wechselte vom dritten in den vierten Gang, beschleunigte wieder, bis der Tachometer auf hundert stand, schaltete dann in den fünften und hielt das Tempo. Das Auto lag immer noch perfekt auf der Straße. Sie trat das Gaspedal weiter durch und amüsierte sich bei dem Gedanken an einen Strafzettel wegen Geschwindigkeitsübertretung,

während sie an der Kriechspur vorbeiraste, auf der die anderen Fahrzeuge fast stillzustehen schienen.

Um acht erreichte sie Dais Haus. In der halbkreisförmigen Auffahrt stand ein alles überragender Vierzigtonner. Im Gegensatz zu den meisten anderen Straßenmonstern sah dieser Lastwagen äußerst gepflegt aus. Die Chromteile glänzten auf dem Untergrund der roten Karosserie. Helen stieg aus dem Wagen und ging auf den LKW zu. Auf die Fahrertür hatte jemand in Schrägschrift das Wort *Bestie* gemalt. Helen wußte, daß der Duft nach Chanel No. 5 die Abendluft durchdringen würde, wenn sie die Tür öffnete. Sie stieg die Stufen hinauf und läutete. Durch die dicke Eichenholztür waren Stimmen zu vernehmen.

»He, ich schätze, da draußen wartet unsere beige Schönheit.«

Die Tür sprang auf. Joyce lief ihr mit einem freudigen Aufschrei entgegen.

»Aah! Ich glaub's einfach nicht!«

Helen umarmte sie. »Ich hab' mir schon gedacht, daß du es bist. Ich kenne sonst niemanden, der so ein Ungeheuer fährt.«

Joyce befreite sich aus ihren Armen. Sie studierte Helens Gesicht, runzelte die Stirn, als sie die Schnittwunde sah.

»Du siehst gut aus«, sagte Joyce. »Irgendwie gut und schlecht gleichzeitig.«

»Na also, mehr kann man wirklich nicht erwarten«, meinte Helen grinsend. Als Dai hinter ihnen auftauchte, ging Helen auf ihn zu und umarmte ihn.

»Irgendwas Neues?« fragte er sie.

»Gar nichts.«

»Komm rein und trink was.« Er legte den Arm um sie, Joyce hängte sich auf der anderen Seite bei ihr ein, und so spazierten sie zusammen ins Wohnzimmer.

»Joyce hat mich mit ihren Straßenabenteuern zwischen Cornwall und John o'Groat's unterhalten«, sagte Dai. »Hat sich so angehört, als wäre sie seit Wochen unterwegs.«

»Immerhin hat sie lang genug Pause gemacht, um für ein bißchen Gerechtigkeit zu sorgen«, sagte Helen und warf ihrer Freundin einen bewundernden Blick zu.

»Darauf kannst du dich verlassen. Unser Sensai würde sich für

444

mich schämen. Aber da kann man nichts machen. Bei Aikido dreht sich schließlich alles um Gerechtigkeit. Ich hatte das Gefühl, endlich einen Beitrag leisten zu können.«

»Gut gemacht, Mädchen.«

»Na, sicher. Aber jetzt mußt du mir alles erzählen. Dai hat dichtgehalten und gemeint, ich müßte es von dir persönlich erfahren.«

Helen berührte ihren Arm.

»Erzähl es ihr beim Essen, Hel«, sagte Dai. »Unterhalten wir uns einfach, als wäre alles ganz normal, wenigstens für eine Stunde, als wärst du nie weg gewesen.«

Helen grinste. Sie lernte immer besser, einen Teil ihrer Person Glücksgefühle empfinden zu lassen, während sich ein anderer Teil nach wie vor mit Schmerzen quälte. Sie hatte geglaubt, dieses Kunststück schon vor Jahren erlernt zu haben, aber damals hatte sie nur ihre Gefühle betäubt. Heute erschien es ihr nicht mehr nur möglich, die Freuden des Lebens zu genießen und zugleich die unangenehmen Seiten zu akzeptieren, sondern sie konnte sich gar keine andere Lebensweise mehr vorstellen. Die Angst um ihren Vater zerriß ihr fast das Herz. Connors Abwesenheit war wie eine eiternde Wunde, doch ihr Lächeln durchdrang alle Blessuren.

Es gab Lamm, das mit Rosmarin und Knoblauch geschmort worden war, dazu Bratkartoffeln, deren Kruste beim Zerbeißen knackte, und saftiges Gemüseallerlei aus dem Garten.

»Ich glaube, es würde einen Monat dauern, meine Geschichte beim Abendessen zu erzählen«, sagte Helen, »und dabei ist sie noch nicht einmal zu Ende.«

Joyce hörte ihr zu, fasziniert und entsetzt zugleich.

»Erinnerst du dich noch an unser Essen, kurz bevor du verschwunden bist? Damals sagtest du, du wolltest deine Grenzen überschreiten oder so ähnlich, nach dem Chaos Ausschau halten. Mann, du hast ja wirklich gefunden, wonach du gesucht hast!«

»Das würde ich auch sagen.«

»Und was willst du jetzt unternehmen?«

»Abwarten.«

»Du? Du konntest doch noch nie warten.«

445

»Kann ich immer noch nicht.«

Joyce und Helen blieben lang auf und tranken Brandy, bis sie betrunken waren. Helen schwelgte in Erinnerungen und versuchte gleichzeitig zu vergessen. Ihren Vater, Evan, die Liebe, die Sehnsucht, die Trauer.

Joyce blieb über Nacht und fuhr nach dem Frühstück mit donnerndem Motor davon. Dai ließ die Hunde von der Leine und sah zu, wie sie dem Sattelschlepper bis zum Ende der eine Meile langen Einfahrt nachjagten.

Als Helen und Dai ins Haus zurückgingen, läutete das Telefon. James Savage. Derek nahm den Anruf entgegen.

»Wenn Sie sich bitte einen Augenblick gedulden würden, Mr. Savage.« Er kam in die Eingangshalle heraus.

»Hel, Mr. Savage wäre am Apparat«, teilte er ihr mit fragendem Unterton mit.

»Danke.« Sie ging in die Bibliothek und griff nach dem Hörer. »James.«

»Helen. Paß auf, ich wollte dich nur vorbereiten. Ich habe eine Klage gegen die *World* angestrengt. Ich muß wissen, was sie gegen uns in der Hand haben, damit es gleich herauskommt. Wenn sie noch etwas haben, zum Beispiel eine weitere Kopie deiner Kassetten, was ich für sehr wahrscheinlich halte, dann möchte ich das sofort wissen. Früher oder später würde uns das den Todesstoß versetzen. Wenn es schon sein muß, dann lieber früher.«

»Es muß nicht so sein.«

»Das betrifft nicht dich, sondern mich. Es würde mich zerstören. Ich will den Schicksalsgöttinnen nicht so hilflos ausgeliefert sein.«

»Also beschwörst du sie lieber gleich herauf, zusammen mit allen Rachegöttinnen.«

96

Roddy Clark saß Roland Mudd an seinem Schreibtisch in der Redaktion gegenüber.

»Nur ein kleines technisches Problem«, sagte Mudd. »Goldsteins verklagen uns. Verleumdung. Üble Nachrede. Ihre Ehre und die von Helen Jencks. Sie haben sich geirrt, Roddy. Jencks ist wieder in der Stadt. Anscheinend hat sie nur einen längeren Urlaub gemacht. Streß, Managerkrankheit, etwas in der Art. Unsere Vermutung, sie wäre in irgendeine Betrugsaktion verwickelt gewesen, konnte sich nur so lange halten, wie sie wegblieb, oder so lange, wie Goldsteins sich von ihr distanzierte. Aber auch da lagen wir falsch. Sie stehen voll hinter ihr und verklagen uns auch in ihrem Namen, und zwar mit sämtlichen Mitteln, die ihnen zur Verfügung stehen – und die sind, falls Sie das nicht wissen sollten, um einiges umfangreicher als unsere. Wir können Helen nichts anhängen. Wir haben uns auf ein Spiel eingelassen und die legalen Grenzen überschritten, weil es eine gute Story war. Und jetzt haben wir verloren. Gut. Das ärgert mich zwar, aber so läuft das Spielchen eben. Was Goldsteins betrifft – eigentlich sollten wir diese überbezahlten Arschlöcher vor Gericht fertigmachen, wo doch die Interviewkassetten in unserem Besitz sind, die beweisen, daß sie bis zum Hals in der Sache drinstecken. Das Problem ist nur, daß wir die Bänder nicht haben. Laut unseren Unterlagen haben Sie sie vor zwei Wochen aus dem Archiv genommen. Darf ich fragen, warum Sie das getan haben und wo sie jetzt sind?«

Clark rutschte unruhig auf seinem Stuhl herum. »Sie wissen doch, wie ich über unser Quellenmaterial denke. Ich behalte es lieber selbst, weil ich nicht immer darauf vertraue, daß es nicht in die falschen Hände gerät.«

»Keine doppelten Verneinungen, bitte. Ich könnte sonst den Eindruck bekommen, Sie hätten etwas zu verbergen.« Mudd stand auf, ging um den Schreibtisch herum und blieb ganz dicht vor Clark stehen. »Ich nehme an, Sie haben beide Kassetten?«

»Ja, bei mir zu Hause. In meinem Safe.«

»Dann bringen Sie sie gefälligst her.«

Clark hatte ein seltsames Gefühl, als er mit der U-Bahn nach Holland Park fuhr. Klagen waren nicht gerade eine Seltenheit. Die World mußte sich wahrscheinlich mehrere Male im Monat damit herumschlagen. Das war zwar nicht gerade die feine Art und manchmal etwas entnervend, aber bei guten Stories kam man eben gelegentlich mit dem Gesetz in Konflikt. Wie oft hatte man denn der Washington Post Klagen wegen Watergate angedroht? Die Nachrichtenbranche war ein Schlachtfeld, auf dem sich Journalisten und Anwälte gegenüberstanden. Hin und wieder ging die Presse zu weit und leistete sich einen Fehler. Verrechnete sich. Roddy begriff nicht, warum Goldsteins Helen nicht fallengelassen hatte. Ihr Name war so in Mißkredit geraten, daß es ganz und gar nicht im Interesse des Unternehmens liegen konnte, sie in einer öffentlichen Schlacht aus Prozessen und Zeitungsberichten zu verteidigen. Noch unerklärlicher schien es ihm, daß Goldsteins klagte, weil der Ruf des Unternehmens angeblich geschädigt worden war. Die World würde das Verfahren gewinnen, weil sie im Besitz der Bänder waren. Warum ging Goldsteins also vor Gericht? Es war möglich, daß sie von der Existenz der Kassetten keine Ahnung hatten. Da der Artikel in der World aber derart detailliert gewesen war, mußte das Blatt über Quellenmaterial aus erster Hand verfügen. Doch warum klagten sie gerade jetzt? Es mußte etwas mit Helens Rückkehr zu tun haben.

Roddy hatte ein flaues Gefühl im Magen, als er seinen Safe öffnete. Er griff hinein und suchte hektisch. Die Kassetten waren verschwunden. Er wußte sofort, wer sie genommen hatte. Sie hatte seine Wohnungsschlüssel, kannte die Kombination, hatte nicht einmal bei ihm einbrechen müssen. Sie hatte sich wirklich an ihm gerächt.

»Verschwunden? Was heißt verschwunden?« schrie ihn Mudd eine Stunde später an.

»Sie sind nicht mehr da«, sagte Clark mit ausdrucksloser Stimme.

»Sind sie gestohlen worden, haben Sie sie verlegt oder haben sie sich einfach in Luft aufgelöst?«

Clark wandte den Blick ab.

»Verdammt!« Mudd schleuderte seinen Klumpen Knetmasse gegen die Wand, wo er dumpf aufschlug und dann zu Boden rutschte. »Und Sie haben nichts bemerkt?«

»Ich habe seit einer Woche nicht mehr in den Safe geschaut.«

»Keine Anzeichen für Einbruch, nehme ich an.«

»Nein.«

»Also hat Helen Jencks die Bänder geklaut?«

»Wie hätte sie das schaffen sollen? Sie kennt die Kombination nicht.« Er wußte nicht, warum er log – vielleicht ein letzter, seltsamer Rest von Gefühl, das er Helen entgegenbrachte.

»Irgendwer scheint sie aber wohl gekannt zu haben.« Mudd ging erregt in seinem Büro auf und ab. »Scheiße. Damit haben wir überhaupt nichts gegen sie in der Hand. Der Himmel weiß, wieviel uns das kosten wird. Dabei stört mich das mit dem Geld noch am wenigsten. Ich finde es viel schlimmer, daß sie damit durchkommen. Was hätte das für eine großartige Story werden können! Und jetzt müssen wir eine Entschuldigung abdrucken, einen unmißverständlichen Widerruf. Goldsteins wird über jeden Verdacht erhaben sein, im Finanzdistrikt herrscht wieder eitel Wonne, und irgendwo spaziert so ein Dreckskerl mit fünfzig Millionen Dollar herum.«

»Helen ist es nicht.«

»Nein, Helen ist es nicht. Die war nur der perfekte Sündenbock. Aber jetzt wird niemand die Wahrheit erfahren.«

»Was werden wir also unternehmen?«

»Unsere Anwälte werden ihre Anwälte anrufen. Wir lassen uns auf einen Vergleich ein. Wir rücken Geld heraus, drucken einen Widerruf und eine Entschuldigung. Sie machen zwei Wochen unbezahlten Urlaub, bis ich Ihre Visage wieder ertragen kann. Falls das überhaupt jemals der Fall sein sollte …«

Mudd erhob sich und brachte sein Gesicht wenige Millimeter vor das seines Reporters. »Gut gemacht, Roddy. Die Schweine gewinnen wieder, und ein neuer Finanzskandal wird vertuscht.«

97 Helen machte vor dem Essen einen langen Spaziergang mit den Dobermännern. Es war ihre einzige Chance, allein zu sein und den liebevollen Aufmerksamkeiten von Dai und Derek eine Zeitlang zu entkommen.

Sie lief mit den Hunden um die Wette, jagte sie, wirbelte im Kreis herum, ließ sich von ihnen jagen, wälzte sich mit ihnen im Gras. Die Tiere sahen die einsame Gestalt, die auf sie zukam, einige Zeit vor ihr. Sie liefen zu Helen zurück, starrten in die Richtung, aus der der Fremde kam, und ließen ein bedrohliches Knurren los.

»Ist schon gut, ihr Süßen, beruhigt euch. Sehen wir lieber mal nach, wer das ist.«

Hier in Stonehurst konnte ihr nichts zustoßen. Das Anwesen war wie eine Festung, in deren Mauern sie frei und sicher war. Dai hatte immer auf sie aufgepaßt, sie immer beschützt, bis zu der Zeit, als sie nicht mehr beschützt werden wollte und die Gefahr gesucht hatte. Sie beherrschte Aikido und war in Begleitung von vier dressierten Dobermännern, die einen schützenden Ring um sie bildeten. Sie ging auf den Fremden zu. So machte man das.

Als die Gestalt näher kam, wurde das Knurren der Hunde lauter. Der Gang dieses Fremden hatte etwas Vertrautes. Helen starrte den Mann aufmerksam an: Jeans, lange, lockere Schritte, massiver Oberkörper, breite Schultern. Er war jetzt nahe genug, daß sie seine Gesichtszüge erkennen konnte, seine lächelnden Lippen, die blauen Augen mit den kleinen Fältchen rundherum, die Narbe an seiner rechten Schläfe. Vor Glück lachte sie auf. Tränen rannen über ihre Wangen. Die Hunde blickten zu ihr auf, hörten auf zu knurren. Ihre Muskeln entspannten sich vor lauter Freude darüber, daß Helen so glücklich war.

»Entschuldige die kleine Verspätung«, sagte Evan Connor.

»Macht nichts«, log Helen. »Ich habe ohnehin nicht mit dir gerechnet.«

Connor lachte, nahm sie in die Arme und umklammerte sie so fest, daß sie seine Gedanken beinahe körperlich spüren konnte. Als sie sich voneinander lösten, sahen sie sich glücklich an. Er hielt sie auf Armeslänge von sich weg, betrachtete sie genau, zog sie dann wieder an sich und küßte sie so heftig, daß sie den Eindruck hatte, ihr Blut würde gleich verdampfen.

Arm in Arm gingen sie zurück zum Haus. Dai und Derek erwarteten sie schon. Dai sah, wie glücklich sie waren, wie die Energie zwischen ihnen hin- und herströmte, wie sie durch ein Band miteinander verbunden waren, das über bloße körperliche Anziehung hinausging. Ihre Liebe umgab sie wie ein Heiligenschein.

Er näherte sich ihnen mit einem Lächeln auf den Lippen. »Lassen Sie mich raten. Sie müssen Evan Connor sein.«

Connor lächelte zurück und schüttelte Dai und Derek die Hand. »Sehr erfreut. Tut mir leid, daß ich so unangemeldet hier aufkreuze.«

»Das tut Ihnen gar nicht leid«, sagte Dai. »Keiner von uns sieht so aus, als täte ihm irgend etwas leid. Wie ich höre, haben Sie und Hel eine Menge Glück gehabt, überhaupt noch am Leben zu sein.«

»Ja, wir haben einiges hinter uns.«

»Ich weiß, wie stur diese Frau ist.« Dai warf Helen einen kurzen Seitenblick zu. »Mir ist klar, daß Sie sie nicht aufhalten konnten, sobald sie sich einmal etwas in den Kopf gesetzt hatte. Bleibt mir nur, Ihnen dafür zu danken, daß Sie sie relativ unbeschädigt wieder rausgeholt haben.«

»Dazu hat sie selbst einiges beigetragen. Man sieht selten Menschen, die soviel Mut haben. Und einen solchen Willen. Ich glaube, ich habe noch nie jemanden kennengelernt, der einen stärkeren Willen gehabt hätte als sie.«

»Den hatte sie schon immer. Sogar, als sie noch ein kleines Mädchen war. Sie bleiben doch zum Essen?«

»Mit dem größten Vergnügen.«

Als sie sich an den Tisch setzten, musterte Dai Connor genauer. Helen spürte, wie schnell sich die beiden füreinander erwärmten. Sie wußte, daß Connor sämtliche Prüfungen bestanden hatte, die Dai für ihn auf Lager gehabt haben mochte – und noch einige mehr.

James Savage meldete sich telefonisch, als sie gerade gegessen hatten. Helen nahm den Anruf in Dais Arbeitszimmer entgegen.

»Die *World* hat uns einen Vergleich angeboten, und zwar in bemerkenswert kurzer Zeit, möchte ich anmerken.«

»Wirklich bemerkenswert«, stimmte Helen zu. »Ich dachte immer, solche Dinge dauern Monate.«

»Normalerweise tun sie das auch. Anscheinend hatten sie ein kleines Problem damit, ihre Story zu verifizieren. Ein wichtiges Beweisstück ist ihnen abhanden gekommen.«

Helen kicherte. »So ein Pech.«

»Sie besaßen nicht einmal eine Kopie davon. Ist so was zu glauben?«

»Wie unprofessionell.«

»Sie versuchten deine Karriere, die durch ihre Berichterstattung natürlich zerstört ist, wertmäßig einzuschätzen. Ich habe ihnen mitgeteilt, daß dein Gesamteinkommen bei Goldsteins wenigstens einhundertfünfzigtausend Pfund im Jahr betrug, je nach Höhe der Bonuszahlungen. Ich war der Ansicht, daß dir noch mindestens fünf weitere erfolgreiche Jahre als Wertpapierhändlerin bevorgestanden hätten. Die *World* hielt dagegen, daß du wahrscheinlich nach höchstens zwei Jahren geheiratet und Kinder gekriegt hättest. Immerhin hast du bereits das reife Alter von dreißig Jahren erreicht. Ich habe sie daraufhin als sexistische Dreckskerle tituliert.«

»Ich bin beeindruckt.«

»Sie haben dreihundertachtzigtausend Pfund geboten.«

Sie lächelte. »Sag ihnen, ich nehme ihr Angebot an.«

»Aber gern.«

»Ich hoffe, die Rachegöttinnen halten sich jetzt fern.«

»Das hoffe ich auch. Und wie steht's bei dir? Irgendwas Neues?«

»So langsam wird alles besser. Aber es ist noch lange nicht gut.«

Helen ging zurück ins Eßzimmer.

»Gute Nachrichten?« fragte Dai, als er ihr breites Grinsen sah.

»Anscheinend hatte die *World* ein Problem mit verschwundenen Beweisstücken. Sie haben einen Vergleich angeboten.«

»Du hast angenommen?«

»Ja.«

»Zahlt es sich aus?«

Helen nickte nur.

»Was wirst du mit dem Geld anfangen?« fragte Dai.

»Ein Boot kaufen und damit in See stechen. Ich werde es *Freiheit* nennen. Ihr seid alle herzlichst eingeladen.«

»Wohin geht die Reise?« fragte Connor.

»Spielt das eine Rolle?« gab Helen zurück.

»Nicht im geringsten.«

Nach dem Essen spazierten Helen und Connor mit den Hunden zu dem Buchenwäldchen am Gipfel des Hügels.

»Das ist der Ort, von dem ich dir erzählt habe«, sagte Helen. »Weißt du noch? Du fragtest mich, wo ich jetzt gern wäre, wenn ich es mir aussuchen könnte.«

»Es ist schön hier«, sagte Connor, legte sich ins Gras und blickte zu den Wolken hinauf. »Hättest du gedacht, daß du diesen Ort je wiedersehen würdest?«

»Ich habe nie aufgehört, daran zu glauben.«

»Auch im Fluß nicht?«

»Na gut, im Fluß hatte ich so meine Zweifel.«

Connor erinnerte sich an den Ausdruck in ihren Augen, als er sie aus den Wasserwirbeln gerettet hatte. Er hatte diesen Ausdruck schon früher gesehen, bei jemandem, der sich dem Tod nahe fühlte. Er nahm sie in die Arme und schlief mit ihr.

»Was ist mit Carlyle und Konsorten passiert?« fragte Helen anschließend, als sie neben ihm lag und ihm das Haar aus dem Gesicht strich.

»Ich war fünf Tage mit ihnen auf dem Land, um einige Leute zu verhören.«

»Waren sie zufrieden?«

Helen konnte spüren, wie sich Connors Schulter an der ihren rieb, als er mit den Achseln zuckte.

»Wer weiß. Sie haben alles gekriegt, was ich anzubieten

hatte. Meine Tarnung ist jedenfalls aufgeflogen. Ich kann ihnen jetzt nicht mehr nützlich sein, zumindest nicht in diesem Teil der Welt. Und ich habe keine Lust, irgendwo anders für sie zu arbeiten.«

»Warum nicht?«

»Ich habe diesen Job lange genug gemacht. Die Luft ist einfach raus. Es wäre nett, mich zur Abwechslung einmal um meine Angelegenheiten kümmern zu können.«

»Was willst du jetzt tun?«

Helen fühlte, wie er näherrückte. Er legte die Arme um sie und zog sie an seine Brust.

»Mit dir um die Welt segeln.«

98 Am nächsten Morgen, beim Frühstück, lasen sie den Widerruf und die Entschuldigung in der *World*. Neben dem Artikel war ein Foto von Helen abgedruckt, die – wie kurz angemerkt wurde – derzeit im Haus ihres Patenonkels in Stonehurst, Wiltshire, Urlaub machte. Das Blatt freute sich, seinen Lesern mitteilen zu können, daß es bei Goldsteins keinen Betrug gegeben habe, und entschuldigte sich in aller Form bei Miss Helen Jencks, falls der Eindruck entstanden sein sollte, sie sei für irgendwelche Unregelmäßigkeiten verantwortlich gewesen. Weiter bestätigte das Blatt, daß eine erhebliche Schadenersatzsumme an Goldsteins International und Miss Jencks bezahlt worden war, um jedweden Schaden, der dem guten Ruf der Beteiligten entstanden war, wiedergutzumachen. Helen las den Artikel, lachte darüber und bastelte Papierflieger aus den Zeitungsseiten. Sie und Connor beendeten ihr Frühstück und machten sich dann mit den Hunden auf den Weg zum Wäldchen.

In der Ankunftshalle des Flughafens Heathrow blätterten zitternde Hände die *World* durch. Der alte Mann hatte ganz vergessen, wie gut die britischen Zeitungen waren, besser als alle anderen auf der Welt, trotz ihrer Spielchen. Er war vor zwei Stunden in Heathrow angekommen, als es draußen gerade hell wurde. Er hatte das Gefühl, als würde die Welt um ihn herum gerade erwachen. So vieles hatte sich verändert, daß er sich wie ein Fremder vorkam. Er hatte sich nach etwas umgesehen, das ihm vertraut erschien, aber nichts gefunden. Er hatte in einer Wechselstube einige Dollar in Pfund gewechselt und dann die *World*, den *Daily Telegraph* und die *Financial Times* gekauft. Dann hatte er sich mit seinen Zeitungen im Café der Ankunftshalle niedergelassen. Er saß allein an einem Tisch, nippte an seinem aufgeschäumten Cappuccino und informierte sich über ein Land, das ihm gleichermaßen vertrauter und fremder wurde, je mehr er darüber las. Dann sah er das Foto. Aus dem anfänglichen Schock wurde ein Lächeln. Er trank den Kaffee aus, faltete die *World* zusammen und stand auf.

Verwirrt, im Widerstreit von Hoffnung und Zweifel, ging er auf den Taxistand zu. Ein schwarzes Taxi fuhr vor, und der Fahrer stieg aus, um dem Mann mit seinem lädierten Koffer zu helfen.

»Wohin soll's denn gehen?«

Als Helen von ihrem Spaziergang mit Connor und den Hunden zurückgekehrt war, ging sie nach oben und duschte. Sie bemerkte das Taxi nicht, das draußen in der Einfahrt vorfuhr. Sie bemerkte auch den Fremden nicht, der aus dem Auto stieg und sich langsam auf die eindrucksvolle Haustür zubewegte.

Als sie gerade ihr Haar trocknete, klopfte es. Dai stand draußen und machte ein ernstes Gesicht, als müsse er gegen eine Gefühlsaufwallung ankämpfen. Er suchte nach Worten.

Helen legte ihre Haarbürste aus der Hand und packte ihn an den Schultern. »Dai, was ist los?«

»Es ist Besuch für dich da. Er wartet im Arbeitszimmer.«

»Wer ist es?« fragte sie.

Doch Dai schüttelte nur den Kopf und wandte sich ab.

Helen ging die Treppe hinunter und strich sich dabei das feuchte Haar aus den Augen. Connor und Derek standen in der Eingangshalle und beobachteten sie. Die Tür zum Arbeitszimmer war geschlossen. Sie sah die Tür an, versuchte sich auszumalen, was sie dahinter erwarten mochte, aber in ihrem Kopf war nichts als Leere und eine schreckliche Angst.

Sie klopfte zweimal und öffnete dann die Tür. Der Fremde stand mitten im Zimmer und lächelte zögernd. Der alte Mann hatte die Augen ihres Vaters.

**Der berühmteste Thriller
der Bestseller-Autorin**

Die attraktive Sarah Jensen, der Shooting-Star der Londoner Finanzwelt, nimmt einen gefährlichen Undercoverauftrag des Geheimdienstes an: Als Devisenhändlerin wird sie in eine Bank eingeschleust, die im Verdacht steht, in illegale Machenschaften verwickelt zu sein. Tatsächlich stößt sie bald auf Unstimmigkeiten, die auf Mafia-Kontakte schließen lassen. Und dann ist da auch noch ihr neuer Vorgesetzter, der undurchsichtige Dante Scarpirato, dessen Interesse an Sarah nicht nur mit ihren Erfolgen im Börsengeschäft zusammenhängt ...

Linda Davies
Das Schlangennest
Roman

ULLSTEIN TASCHENBUCH

***Der neue Thriller der
New-York-Times-Bestsellerautorin***

Die Nachrichtenredakteurin Annabelle Murphy traut ihren Augen kaum, als ihr Kollege ein Reagenzglas mit Anthraxsporen in die Kamera hält – diese seien gar nicht so schwierig zu bekommen, wie die Polizei behaupte. Kurz darauf wird ein Mitarbeiter mit einschlägigen Symptomen in eine Klinik eingeliefert und stirbt dort qualvoll. Annabelle gerät in Panik. Denn der tote Kollege hatte ihr ein Manuskript anvertraut – einen Enthüllungsroman, voller pikanter Details über Vorgänge bei *KEY News*. Und irgendjemand im Sender geht über Leichen, um die Veröffentlichung dieses Buches zu verhindern ...

Mary Jane Clark
Tod liegt in der Luft
Roman
Deutsche Erstausgabe

ULLSTEIN TASCHENBUCH

»Ein Bestseller-Phänomen!«
New York Times

Ein geheimnisvoller Schädelfund in den Sümpfen Louisianas soll untersucht werden. Nur eine forensische Schädelrekonstrukteurin kommt dafür in Frage: Eve Duncan. Schweren Herzens nimmt sie den Auftrag an, doch schon bald sieht sie sich hineingezogen in eine verbrecherische Intrige von globalem Ausmaß. Wer will die Identifizierung des Toten mit allen Mitteln verhindern? Und warum trachtet man auch Eve Duncan nach dem Leben?

»Ein unglaublicher Plot, schnelle Dialoge und filmreife Szenenwechsel – ein Thriller der Extraklasse.«
Publishers Weekly

Iris Johansen
Knochenfunde
Roman

ULLSTEIN TASCHENBUCH

> »Geschickt aufgebaut und mit dem Maß an Authentizität, das den wirklich guten Krimi ausmacht.« BBC

Seit Monaten macht ein Serienmörder Bradford unsicher, der 14-jährige Mädchen missbraucht, verstümmelt und tot in dunklen Seitengassen deponiert. Alles deutet darauf hin, dass es sich um Prostituierte handelte. Doch in Bradford gibt es keine Kinderprostitution – so lautet zumindest die offizielle Sprachregelung. Inspector John Handford und sein Partner Sergeant Khalid Ali müssen feststellen, dass die Wirklichkeit ganz anders aussieht. Ihre Ermittlungen führen sie in eine verborgene Welt, regiert von Gier, Geld und Brutalität – und gleichzeitig in die besten Kreise Bradfords ...

Lesley Horton

Der Atem deines Mörders

Roman

Deutsche Erstausgabe

ULLSTEIN TASCHENBUCH